Luca Di Fulvio

Dramaturge, le Romain Luca Di Fulvio est l'auteur de huit romans, dont certains sont devenus des succès internationaux.

Ont notamment paru chez Slatkine & Cie : *Le Gang des rêves* (2016), *Les Enfants de Venise* (2017) et *Le Soleil des rebelles* (2018). *Les Prisonniers de la liberté* paraît chez le même éditeur (septembre 2019).

DU MÊME AUTEU

CHEZ POCKET

LUCA DI FULVIO

LE SOLEIL DES REBELLES

Traduit de l'italien
par Françoise Brun

Slatkine & Cie

Titre original :
IL BAMBINO CHE TROVO
IL SOLE DI NOTTE

Pocket, une marque d'Univers Poche, est un éditeur qui s'engage pour la préservation de l'environnement et qui utilise du papier fabriqué à partir de bois provenant de forêts gérées de manière responsable.

ISBN 978-2-266-27245-2
Dépôt légal : mai 2019

À ma femme Elisa

Première partie

1

Jamais autant de sang innocent ne fut versé, sur cette langue de terre connue sous le nom de Raühnvahl, qu'en ce matin du 21 septembre de l'an de grâce 1407.

Dans cette partie de l'arc alpin qui délimite la péninsule italique et la sépare abruptement du reste de l'Empire comme de l'Europe, un soleil froid venait de se lever sur la petite vallée désolée qu'enserraient des cimes hostiles culminant à plus de dix mille pieds.

Le seigneur de ce royaume était le prince Marcus Ier de Saxe, père de Marcus II de Saxe, prince héréditaire.

Ce matin-là, le petit Marcus II de Saxe, assis sur son lit gigantesque au matelas rembourré de duvet d'oie fin et chaud, frissonna, nu et ensommeillé, ses jambes se balançant loin du sol, bien qu'il soit grand pour ses neuf ans. Il avait des yeux verts, paresseux comme ceux d'un chat, de longs cheveux blonds et brillants qui tombaient en boucles sur ses épaules, et une peau si lisse et si blanche qu'on aurait dit celle d'une fille.

Eilika, la gouvernante qui s'occupait jour et nuit de son petit seigneur, et dormait comme un chien fidèle sur une couche de paille au pied du lit, enveloppa les épaules de l'enfant dans une toile de lin passée dans l'eau bouillante puis essorée.

Au contact de la toile tiède, le petit prince grogna de plaisir et ferma les yeux.

« Ne t'avise pas de te rendormir, Marcus, dit Eilika, ou la corneille viendra manger ton petit oiseau. »

L'enfant rit et posa la main entre ses jambes.

Eilika plongea un autre linge dans la cuvette, l'essora et y mit un peu de savon. « Allez, gros paresseux, que je te nettoie.

— Pourquoi faut-il se laver tous les jours ? maugréa Marcus II.

— Les ordres de Madame ta mère doivent être suivis à la lettre, répondit Eilika. Il faut qu'on voie que tu es un prince, supérieur au commun des mortels, même sans tes habits élégants. Ta peau doit briller et sentir bon, comme si tu étais un petit dieu.

— J'aime pas me laver… protesta encore l'enfant.

— Nous le savons bien, Monseigneur Porcelet », dit Eilika en le faisant descendre du lit.

L'enfant rit puis, au contact de la pierre humide du sol, frissonna de nouveau. « J'ai froid !

— Tu ne peux donc pas regarder où tu poses tes nobles patounes ? » soupira Eilika. Elle guida ses petits pieds blancs vers une épaisse peau d'ours qui servait de tapis. Elle le fit pivoter et frotta ses fesses avec le linge tiède.

L'enfant tendait l'oreille. Les bruits extérieurs lui arrivaient ouatés. « Pourquoi on n'entend plus rien… ? » Il regarda sa gouvernante, et ses yeux s'emplirent soudain de joie. Encore nu, il échappa aux mains d'Eilika et se précipita à la fenêtre, oubliant le froid. Agrippé à la pierre du rebord, il se souleva pour voir s'il avait bien deviné. « La neige ! » s'écria-t-il, tout excité, pendant qu'Eilika l'attrapait solidement et le remettait sur la peau d'ours.

« Pour l'amour de Dieu, laisse-moi t'habiller avant que tu attrapes froid !

— La neige ! La neige ! répétait le petit Marcus en sautant de joie.

— La première neige est arrivée cette nuit, tu parles d'un bonheur ! pouffa Eilika. Tu as bien de la chance de te réjouir quand tout le monde se lamente.

— C'est beau, la neige !

— Toi, mon petit prince, tu as des habits chauds. Et des gants pour tes précieuses petites mains. Et des bonnets de fourrure », dit Eilika en lui enfilant son épais tricot de laine bouillie et son caleçon, qu'elle avait cousus de ses mains. « Pour tous les autres, au contraire, la neige veut dire que le froid les mordra jusqu'au sang.

— Pourquoi ils ne mettent pas des habits chauds, eux aussi ? »

Eilika regarda l'enfant et lui caressa la tête. « Oui, je me le demande parfois. » Elle ajouta, comme pour elle-même : « Mais je le dis tout bas, pour éviter qu'on me coupe la tête.

— Et moi j'ordonnerai qu'on te la remette, dit Marcus en riant. Je suis le prince, et tout le monde doit faire ce que je dis, n'est-ce pas ?

— Oui, Votre Excellence », sourit Eilika, à qui l'enfant plaisait sincèrement, et qui aimait son caractère joyeux et vif. « Laisse-moi te mettre tes habits, sinon tu vas devenir dur comme de la viande séchée. » Elle lui enfila sa tunique de daim fourrée de peau de lapin, sa casaque en peau de cerf à boutons de corne et enfin ses bottes en fourrure de loup, à double semelle épaisse en cuir de vache. « Voilà, tu es prêt », lui dit-elle alors, en lui enfonçant sur la tête un bonnet de marmotte qui lui couvrait les oreilles, et en lui tendant des gants de loutre imperméables.

« La neige ! Vive la neige ! » s'écria l'enfant en sortant de la chambre au pas de course et dévalant les escaliers qui menaient à la grande salle commune du château, sombre et froide malgré les tapisseries qui recouvraient la pierre noire, et les gros troncs de sapin qui brûlaient dans les énormes cheminées entre lesquelles était installée une table.

« Marcus II de Saxe ! » dit sa mère en voyant son fils se précipiter sur les plats en étain où étaient posées une tarte aux pommes et gingembre, et une tourte à la viande de cerf. « Apprends à te comporter comme un prince, et non comme le premier vaurien venu. »

Eilika arriva tout essoufflée et s'inclina en direction de la table autour de laquelle les dignitaires étaient assis, puis dit à la princesse : « Veuillez m'excuser, Madame. »

La princesse fit signe que ce n'était rien de grave et, sans cesser d'allaiter sa fille qui venait de naître, attira son aîné à elle. « Viens embrasser ta mère, avant de te salir les lèvres et de me tartiner les joues, lui dit-elle.

— Alors, tu t'es battu avec les palefreniers, hier ? demanda son père en l'attrapant par la nuque. Quelqu'un s'est plaint de ton arrogance ? Est-ce que je dois te punir ?

— Non, père. J'ai été gentil », répondit l'enfant.

Le prince régnant s'assombrit un instant. C'était un homme gigantesque, au visage et au corps couverts de cicatrices. Plus qu'à un prince raffiné, il ressemblait à un soldat. Il renforça sa prise sur le cou de son fils, qui fit une grimace. « Tu n'as même pas donné un coup de pied à un chien ? »

L'enfant se tourna vers Eilika.

« Ne cherche pas la réponse dans les yeux d'une servante », lâcha le prince d'un ton sévère. Il regarda les autres convives. D'abord, le capitaine des gardes, un soldat d'aventure qui avait combattu à ses côtés. Puis il croisa le regard de son confesseur et conseiller spirituel, spécialement recommandé par l'évêque de Bamberg. Ensuite celui du maître de musique que sa femme avait fait venir de la cour de l'empereur, le *Rex Romanorum* Robert III, de la maison des Wittelsbach Palatins. Enfin, son regard revint se poser sur son fils, et il lui parla d'une voix calme : « Marcus, je te l'ai déjà dit, mais je te le répéterai jusqu'à ce que tu comprennes. Tu dois devenir un guerrier.

— Mais je n'aime pas me battre, dit l'enfant.

— Combien de temps un loup qui n'aurait pas l'instinct du sang survivrait-il dans nos forêts ? » Marcus Ier tapa du poing sur la table. « C'est ce que nous sommes, nous, les princes de Saxe : des loups ! Destinés à commander et à soumettre les autres loups. »

L'enfant fit un pas en arrière pour se dégager de la prise paternelle.

« Cher mari, tu l'effraies », dit la princesse.

Marcus Ier de Saxe prit une profonde inspiration, pour se calmer. Il avait le visage rouge et les veines du cou gonflées. Il attira son héritier à lui. « Mon cher fils, écoute-moi bien. Je ne sais pas si c'est vrai, ce que l'Église raconte, que nous avons reçu notre pouvoir et notre rang directement de Dieu. Mais il y a une chose que je sais : pour garder ton pouvoir et ton rang, tu ne peux pas compter sur Dieu, mais uniquement sur toi-même. Sur ta force et ta détermination, tu comprends ? »

L'enfant acquiesça doucement.

« Tu dois apprendre à te battre, continua son père. Tu vivras dans le sang, comme moi et comme tous nos ancêtres. C'est notre destin, notre fatalité. On te respecte pour l'instant parce que tu es mon fils. Mais tu dois savoir te faire respecter pour ce que tu es. C'est clair ? »

L'enfant regarda son père et dit timidement : « Tu seras fier de moi, père, si aujourd'hui je donne un coup de pied à une poule ? »

Le prince le fixa avec sérieux. « Oui, je serai fier de toi, mon fils. » Puis il lui donna une chiquenaude sur la tête, faisant voler son chapeau de marmotte. « Va jouer », lui dit-il en lui tendant une part de tarte aux pommes et une autre de tourte à la viande de cerf.

L'enfant engloutit presque toute la tarte, s'étouffant à moitié, puis partit en courant, excité par la première neige de l'année.

« Fils », l'appela son père de sa voix tonnante.

L'enfant s'arrêta et se tourna vers lui.

« Pas besoin de donner de coups de pied à cette poule. Je suis fier de toi de toute façon. » Et il sourit.

« Dis merci, Marcus, chuchota Eilika.

— Merci, père », obéit machinalement l'enfant, qui piétinait d'impatience, sans savoir que ce serait la dernière fois qu'il verrait sourire son père. Il se précipita à l'extérieur.

Ce 21 septembre 1407, le petit Marcus II de Saxe,

en arrivant à la porte, s'émerveilla du silence parfait de la neige encore blanche qui enveloppait la cour du château. À sa droite, adossées aux fortifications de pierre hautes de trois perches, surmontées d'un chemin de ronde en bois, s'élevaient les écuries et les étables à vaches. Pour récupérer la chaleur des bêtes, on avait construit au-dessus les logements des serviteurs de rang inférieur, ceux qui ne dormaient pas dans les mansardes du château. À sa gauche, les porcheries, poulaillers et clapiers. Cochons noirs, chèvres de montagne, poules, dindons, pintades, paons et lapins grattaient le sol dans des enclos bien entretenus. Face à l'enfant, la grande porte à deux battants renforcés de lames de fer et la tourelle, laide et trapue, d'où l'on pouvait voir jusqu'au fond de la vallée de la Raühnvahl. Elle était ouverte, comme toujours pendant la journée.

« Allez, va te cacher », dit la gouvernante.

L'enfant finit sa tarte aux pommes et fit ses premiers pas dans la neige, la tourte au cerf à la main. Au milieu de la cour, il se retourna pour regarder ses empreintes, et vit Eilika en train de le regarder. « T'as pas le droit ! Tu dois fermer les yeux ! » lui cria-t-il.

Elle sourit et tourna le dos, la tête enfoncée dans ses bras contre le mur du château.

L'enfant la fixa un instant. Puis son regard s'éleva vers le château, une construction massive et carrée de deux étages auxquels s'ajoutaient les mansardes avec leurs petites fenêtres étroites pour se protéger du froid. Sur le côté ouest, accrochée comme une verrue contre l'épaisse muraille, se dressait une petite chapelle.

Il se tourna vers la grande porte, près de laquelle il y avait une caserne basse, construite en pierre. Quatre pièces, où logeaient les soldats du château. Il s'approcha et jeta un coup d'œil à l'intérieur. Plusieurs fois, il avait voulu s'y cacher car il était sûr qu'Eilika ne le trouverait pas. Mais les gardes, chaque fois, l'en avaient empêché.

Ce matin-là, il eut la surprise de voir les soldats de garde qui dormaient sur la table, dans la première pièce. Un des hommes était renversé sur une chaise, tête en arrière, bouche ouverte. Les trois autres avaient les bras croisés sur la table. Une bouteille de vin renversée gouttait encore sur le sol en terre battue. Les bûches de la cheminée étaient presque éteintes, et personne ne ravivait le feu.

L'enfant regarda vers Eilika, qui tournait toujours le dos. Pour une fois, il entrerait dans la caserne sans se faire rabrouer. Il sourit, tout content, et s'apprêta à franchir le seuil de la pièce.

« Tu ne sais donc pas que c'est interdit d'entrer ici ? » dit une voix derrière lui.

L'enfant se retourna d'un bloc, effrayé. Il vit une petite fille qui avait plus ou moins son âge, le visage sale, les cheveux très clairs et coupés court. Il la connaissait vaguement. C'était Eloisa, la fille d'Agnete Veedon, la femme qui faisait naître les bébés.

Il n'oublierait jamais cette image.

2

L'enfant fixait Eloisa, et se disait que son père se moquerait de lui s'il le voyait avoir peur d'une petite fille en guenilles.

« Je suis le prince héréditaire, je fais ce que je veux, répondit-il en bombant le torse. Attention à comment tu me parles, ou je te ferai fouetter », ajouta-t-il, en rougissant légèrement.

Eloisa ne semblait pas effrayée. « Ce n'est pas vrai que tu fais ce que tu veux, répliqua-t-elle. Tu n'as pas le droit d'entrer ici, même toi. Tu n'es qu'un enfant. Et j'ai bien vu qu'on t'en chassait.

— Tu es stupide et mal élevée, dit Marcus II de Saxe, mal à l'aise. Tu ne vois donc pas que si tu continues à m'embêter je vais te faire fouetter ? »

La petite fille hocha la tête. Mais ne bougea pas. Ses yeux, bleus comme les lacs de montagne, étaient fixés sur la tourte de Marcus.

« Va-t-en », dit l'enfant, et il regarda du côté d'Eilika, qui s'était retournée et commençait à le chercher.

« Tu m'en donnes un morceau ? demanda Eloisa.

— C'est à moi.

— J'ai faim.

— Moi aussi j'ai faim. »

La petite fille le regarda en silence. Elle avait une robe de toile grossière, rouge, avec des piqûres et des ourlets en cuir, sous une veste de futaine pleine de taches. Ses jambes étaient nues dans des sabots de bois. L'un d'eux était fendu et maintenu par un lacet.

L'enfant regarda vers sa gouvernante. Cette idiote de petite fille l'empêchait de jouer. « Si je te donne ma tourte, tu t'en vas ?

— Donne-moi ta tourte.

— Jure-le.

— Je le jure. Pour ce que j'en ai à faire.

— Justement, tu m'as tout l'air d'une fouineuse. »

Eloisa avait la main tendue. Crasseuse. Une épaisse couche de noir sous les ongles.

Marcus lui donna sa tourte.

La petite fille la prit avec avidité, les yeux brillants. Elle en fourra un gros morceau dans sa bouche et partit, sans plus accorder d'attention au prince héréditaire.

Marcus la fixa encore quelques instants, la guettant du coin de l'œil sur le seuil de la caserne. Il comprit qu'Eilika l'avait vue manger sa part de tourte. La gouvernante se dirigeait vers elle pour lui demander où elle l'avait prise. Elle allait découvrir la cachette de son petit prince Porcelet.

« Espèce de sale gamine, je te ferai couper la tête », maugréa Marcus, qui se sentait trahi.

Mais Eloisa indiqua l'écurie à la gouvernante, qui se précipita dans cette direction.

La petite fille se retourna brusquement, certaine que Marcus la regardait. Et lui tira la langue.

Marcus sourit et entra dans la première pièce.

Les gardes ne s'étaient pas réveillés. Sans réfléchir à ce qu'il y avait là d'étrange, il ne pensait qu'à se cacher. Cette fois, il gagnerait. Il souriait, ravi, en cherchant autour de lui une cachette. Il traversa la pièce sur la pointe des pieds et passa dans la suivante. Quatre couches vides, aucun endroit sûr où se cacher. Dans la troisième pièce, il trouva cinq autres gardes profondément endormis, écroulés dans toutes les positions sur leurs matelas de paille. Et deux bouteilles de vin. L'une d'entre elles était renversée sur le sol. Il eut envie de se cacher dans la grande armoire où l'on rangeait les armes, les grandes épées, les poignards, les arcs et les flèches, mais il alla d'abord voir la dernière salle. Là encore, cinq gardes endormis.

Des années plus tard, il se demanderait comment il avait fait pour ne pas s'inquiéter. Et si cela aurait pu changer le cours des événements. Mais, ce jour-là, il voulait seulement trouver une cachette où Eilika ne le dénicherait pas.

Il aperçut alors dans le mur du fond, derrière une chaise, une petite niche sombre. Sur la pointe des pieds, il s'approcha pour écarter doucement la chaise, s'agenouilla et se glissa dans la niche. Elle était si étroite qu'on ne pouvait s'y retourner et il dut tirer la chaise avec le pied. Il avança alors dans le noir, comprenant qu'il s'agissait d'un boyau qui débouchait sur l'enclos des chèvres. Sauf qu'on ne pouvait pas en sortir. Il n'y avait qu'une petite ouverture entre les pierres, par où il aperçut Eilika qui le cherchait. Il voyait les gens du château vaquer à leurs tâches quotidiennes : les palefreniers pelletaient le fumier, les cuisinières ramassaient les œufs, le boucher désossait une carcasse de bœuf pendue à un crochet dans sa boutique. Il chercha la petite fille de tout à l'heure, sans la voir. Seule la grande porte était visible. Il essaya de se pencher, mais l'ouverture était trop étroite.

Il regarda de nouveau Eilika inspecter sans succès les cachettes habituelles. Il était fier d'avoir trouvé ce tunnel et riait tout bas. Une chance que les gardes soient si fatigués qu'ils s'étaient endormis en plein jour.

L'enfant s'assit par terre. Le boyau s'élargissait un peu à cet endroit. Il écouta de nouveau le silence dont la neige recouvrait tout et le savoura intensément. C'était un silence parfait.

Mais il ne dura qu'un instant.

Ce fut d'abord une sensation. Il lui semblait que la terre tremblait. Ôtant son gant de loutre, il posa la paume sur le sol. Oui, c'était une vibration, profonde et soutenue. Il ne savait pas d'où elle venait. Elle grandissait, comme se rapprochant de plus en plus.

Quand la vibration devint plus forte, il regarda par l'ouverture. Le maréchal-ferrant ouvrait de grands yeux. Deux servantes laissèrent tomber à terre les cruches de bière qu'elles portaient sur la tête. Une grosse cuisinière, relevant ses jupes, courut vers le château. Les lavandières lâchèrent le linge et les draps dans la neige, portant leurs mains à la bouche. Les palefreniers interrompirent le mouvement de leur pelle et s'immobilisèrent.

La vibration se révéla être le fracas étourdissant d'une vingtaine de chevaux de guerre lancés au galop, déchirant le silence parfait de la neige par des cris de bataille suivis de hurlements de terreur. Le petit prince héréditaire du royaume de Raühnvahl vit alors apparaître dans son champ de vision une troupe de bandits qui moulinaient leurs grandes épées.

Le premier à tomber fut le jeune apprenti du maréchal-ferrant. Il n'avait pas quatorze ans. La lame d'un des brigands s'abattit sur lui par le travers, ouvrant une trouée effroyable entre ses côtes. Son corps fut projeté en l'air par la fureur du coup accrue par l'élan du cheval, et retomba au sol comme un pantin désarticulé.

Pour l'enfant, la neige, à partir de ce jour, ne serait plus jamais blanche.

Tout se passa très vite. Les bandits attaquaient tout le monde, sans pitié. La grosse cuisinière, frappée dans le dos, tomba avant d'atteindre l'entrée du château. Les deux servantes aussi, l'une transpercée par une épée, l'autre piétinée par les chevaux. Les lavandières trempèrent de leur sang les draps à peine lavés et s'y enroulèrent comme dans un suaire. Les palefreniers moururent en renversant sur eux leur pelle de fumier. Puis Marcus, le souffle coupé, vit une épée s'abattre sur le maréchal-ferrant, et d'un coup de fendant lui trancher le bras droit à hauteur de l'épaule. Le bras tomba au sol, serrant encore dans sa main le lourd maillet. Puis le bandit, dans un grand rire, fendit la tête du maréchal-ferrant d'un coup de hache.

« Eilika... », murmura l'enfant en s'agrippant aux pierres de l'ouverture.

Comme si elle l'avait entendu, la gouvernante se mit à courir au hasard dans la cour en lançant des cris aussi affolés que ceux des bêtes, qui avaient renversé les barrières de leurs enclos : « Marcus ! Reste caché ! Marcus ! Mar... »

L'enfant vit alors Eilika presque soulevée de terre,

et la pointe d'une épée ressortit par sa poitrine. Ses yeux roulèrent, écarquillés de surprise. Sa bouche, à présent muette, s'ouvrait et se fermait sans plus pouvoir articuler le nom de son petit prince.

Du haut de son cheval, le bandit posa un pied sur l'épaule d'Eilika et poussa pour extraire son épée.

Elle resta debout un instant puis tomba face dans la neige et ne bougea plus.

L'enfant n'arrivait pas à détacher son regard d'elle. Les chèvres de l'enclos se regroupèrent alors contre le mur d'enceinte et, l'odeur du sang dans les narines, se mirent à bêler de terreur, bloquant son champ de vision.

Lorsqu'elles s'écartèrent, Marcus vit beaucoup de corps par terre. Hommes, femmes et enfants. Le confesseur, sa soutane relevée de manière obscène. Le maître de musique avait la bouche grand ouverte, comme s'il s'apprêtait à chanter.

Soudain il reconnut son père, debout et brandissant sa grande épée, qui tranchait les jarrets d'un cheval et, avant même que l'animal ne s'écroule, ouvrait d'un coup terrible la gorge de son cavalier. Le capitaine des gardes se battait à ses côtés. Ils étaient les deux derniers. Bientôt cinq bandits étaient morts, mais le capitaine aussi.

« Tu vivras dans le sang, comme moi et comme tous nos ancêtres. C'est notre destin, notre fatalité », lui avait dit son père peu de temps auparavant. Le petit Marcus comprenait maintenant ce que cela voulait dire, et qui étaient les loups. Il voyait que son père était un guerrier phénoménal, et il fut certain qu'il allait les sauver.

Mais à ce moment-là, le prince de Saxe fut frappé

d'un grand coup de fendant à la poitrine. Il vacilla, grogna en montrant les dents, comme un loup. Puis il se redressa pour reprendre le combat et s'élança au milieu du groupe des brigands qu'il avait mis à terre. L'enfant ne le voyait plus. Les épées tournoyaient. Enfin la mêlée s'ouvrit. Trois des bandits étaient au sol. Le prince de Saxe, à genoux et sans force, s'appuyait sur son épée comme un vieillard sur sa canne. Un des bandits – sûrement le chef, pensa le petit Marcus – s'approcha lentement. Le prince, sans peur, tourna la tête et lui cracha dessus.

Le bandit grogna. Il fit signe à l'un de ses hommes, qui arriva en traînant par les cheveux une femme au visage tordu de douleur. Elle tenait dans ses bras un nouveau-né qui ressemblait à une poupée de chiffon. Rouge.

« Mère », murmura l'enfant.

Le chef des bandits saisit la princesse par le bras pour la montrer au prince. Il déchira sa robe, dénuda ses seins, les palpa. Le prince voulut se relever mais tout son corps ruisselait de sang, et son visage couturé de cicatrices était blanc. Autour de lui, les bandits riaient. Le prince porta alors la main au poignard à sa ceinture, et d'un geste vif le lança à sa femme. La princesse attrapa le couteau et fixa son mari sans un mot. Leurs yeux se parlaient. Tout avait disparu, il n'y avait plus de vacarme autour d'eux. Elle n'hésita pas un instant et plongea la lame dans son cœur. Lentement, elle s'affaissa sans lâcher son bébé mort ni détacher son regard de celui de son mari, jusqu'à ce que la vie s'éteigne dans ses pupilles.

L'enfant vit le visage de son père se mouiller de larmes tandis qu'il regardait mourir sa femme.

Puis le chef des bandits, furieux, leva son épée et l'abattit, lui tranchant net la tête.

Le petit prince se tourna et remonta dans le boyau. Terrorisé, il ne songeait qu'à fuir. Mais quand il arriva à l'entrée il entendit des voix dans la quatrième pièce de la caserne des gardes. Les bandits passaient au fil de l'épée les gardes endormis.

« Le frère herboriste avait raison. Cette potion d'herbes est puissante », dit un de ces hommes à quelqu'un qui venait d'entrer : c'était leur chef, celui qui avait tué le prince régnant de Saxe.

Il vint s'asseoir sur la chaise qui masquait l'entrée du petit tunnel. L'enfant sentait son odeur forte. Celle des vêtements sales et de la sueur. Et une autre odeur, douceâtre, écœurante, qu'il n'avait sentie jusque-là qu'à l'étal du boucher du château.

Un des hommes entra, traînant avec lui une fille en larmes qui criait. Marcus la connaissait. C'était une jeune et jolie lavandière aux mains rougies.

Le chef des bandits se leva de sa chaise et remonta sa tunique. Deux hommes arrachèrent la robe de la fille et la mirent nue puis la jetèrent sur une couche, parmi les cadavres. La fille pleurait, implorait la pitié. Le chef des bandits vint sur elle, lui écarta les jambes et la viola.

L'enfant regardait, incapable de bouger un seul muscle.

La lavandière continuait de pleurer et de crier.

Quand il eut fini, le chef se releva. Il regarda un de ses hommes qui observait la scène, et lui dit : « À toi, si tu veux »

L'autre ricana : « Non, c'est déjà fait.

— Alors t'as fini de crier, ma fille », dit le chef des bandits à la lavandière.

La fille, toujours pleurant, lui répondit : « Merci, Seigneur, merci.

— Je crois que t'as pas compris », dit le chef en riant. Il leva son épée et la tua.

L'enfant faillit crier. Il se mordit la langue jusqu'à entamer la chair.

« Ils sont tous morts, Agomar, dit l'un des hommes en entrant.

— Vous avez trouvé le fils du prince ? demanda Agomar.

— Non… »

Agomar lui envoya une gifle. « Alors ils ne sont pas tous morts, imbécile ! » Il lança un coup de pied dans un banc, qu'il cassa. « Trouvez-le et tuez-le ! Le seigneur d'Ojsternig nous a ordonné de ne laisser personne en vie, et surtout pas les princes de Saxe, bande d'imbéciles ! »

L'enfant sentit son estomac se tordre. Il recula le plus rapidement possible, essayant de ne pas faire de bruit. À mi-chemin, il vomit la tarte aux pommes et au gingembre. Il s'immobilisa, espérant qu'ils n'avaient rien entendu. Prudemment, il atteignit la fin du boyau et regarda par l'ouverture.

La neige de la cour était rouge, comme un tapis scintillant et précieux sur lequel dormaient des dizaines et dizaines d'hommes, de femmes et d'enfants. Les uns sans tête, les autres sans bras. Les jeunes femmes à demi dénudées.

« Trouvez le petit prince ! » hurla un homme.

Les bandits se dispersèrent dans le château, les porcheries, les écuries, les poulaillers, la chapelle.

La perquisition sembla durer une éternité.

Puis les hommes se rassemblèrent au milieu de la cour, autour de leur chef.

« On l'a pas trouvé », dit un des hommes au nom de tous.

Agomar, leur chef, avait les pommettes proéminentes, la barbe et les cheveux roux, de petits yeux noirs aux paupières plissées. Il leva la main droite. L'enfant vit qu'il n'avait que quatre doigts. Le dernier manquait.

« Sortez les bêtes et mettez le feu ! hurla-t-il. Il mourra grillé. Vous ne l'avez pas trouvé mais les flammes de l'Enfer le trouveront ! Dépêchez-vous ! »

Le petit Marcus les vit faire sortir les bêtes par la grande porte.

Agomar lança une torche à travers la fenêtre centrale du premier étage. Des dizaines de torches volèrent alors dans les airs et atterrirent dans le château, les porcheries, les écuries, sur les toits des logements des serviteurs. En un instant, le feu fut partout.

« Sortons ! ordonna Agomar. Et refermez la grande porte. » Il monta sur son cheval qu'il fit se cabrer, et hurla : « Adieu, petit prince ! » Et dans un grand rire, il quitta le château au galop.

Peu après, l'enfant entendit les lourds battants de la porte se refermer. Il remonta le boyau en direction de la caserne pour chercher un moyen de s'échapper. Mais la chaleur dans la pièce était insoutenable, et la fumée âcre le fit larmoyer. Les matelas de paille des gardes comme le toit de chaume avaient pris feu.

Il toussait, n'arrivait plus à respirer et recula à quatre pattes vers l'autre extrémité du boyau. À travers la petite ouverture dans la pierre, il vit que le feu dévorait maintenant tout le château. Il était pris au piège.

De nouveau, il repartit dans l'autre sens. Il n'avait pas le choix. Pour sortir de la caserne, il fallait traverser les flammes. Mais au moment où il arrivait à l'entrée du boyau, les poutres incandescentes du toit s'effondrèrent dans un fracas assourdissant, en répandant partout des éclats enflammés.

Il avait de plus en plus de mal à respirer, sentait ses forces défaillir. Il ne cessait de tousser, les larmes l'aveuglaient. Lentement, il recula encore, chassé par la fumée âcre qui commençait d'envahir le boyau. Et il se retrouva dos au mur de pierre, coincé.

C'était un petit garçon de neuf ans qui venait tout juste de faire connaissance avec la mort, et qui savait qu'il allait mourir.

« Ça y est, je t'ai trouvé ! » s'écria une voix.

L'enfant se retourna, terrorisé.

Un œil bleu l'épiait par le trou dans le mur.

Il voulut hurler. Mais il n'avait plus de voix.

Puis il s'évanouit, tandis qu'une des pierres du mur bougeait.

3

L'enfant ouvrit les yeux et la bouche en même temps. Brusquement, comme s'il sortait d'une longue apnée.

Un visage de femme le fixait.

« Respire », dit la femme.

Il ne savait pas où il était. Il était couché sur quelque chose de dur. Il avait du mal à respirer, sa gorge le brûlait et il serrait les lèvres pour s'empêcher de tousser. Il ne se souvenait de rien, ne savait plus rien. Et ne voulait pas se souvenir. Il ferma les yeux.

Quelque chose lui faisait mal. À l'intérieur. Quelque chose qui voulait sortir. Il serra encore plus fort les lèvres et les paupières.

L'enfant resta aussi longtemps qu'il le put dans cette obscurité et cette immobilité. Mais le noir commença à tourbillonner, devint une sorte de gouffre gluant qui s'éclaircissait peu à peu et dont la couleur lui donna un coup au cœur.

Il ouvrit les yeux pour ne plus voir ce rouge qui se répandait sous ses paupières.

La femme était toujours penchée sur lui. Elle avait le visage dur, marqué. Avec quelque chose de familier.

Mais il ne se souvenait pas d'elle, il ne se souvenait de rien.

« Il va mourir ? » demanda une voix sur sa gauche.

Se tournant vers la voix, il croisa le regard d'une petite fille au visage sale, aux yeux bleus limpides comme les lacs de montagne et aux cheveux très clairs et coupés court. Effrayé, il détourna la tête. Il ne pouvait éviter de la reconnaître, même s'il s'y refusait. Les lèvres serrées, il secouait la tête, résistait de tout son être.

« Mère, il va mourir ? demanda encore la petite fille.

— Tais-toi, Eloisa », dit la femme.

Quand il entendit le nom d'Eloisa, ses souvenirs remontèrent à la surface, aussi dévastateurs qu'un torrent en crue. Il se souvint de son père qui combattait, de sa mère qui se poignardait en plein cœur, serrant contre elle sa petite fille morte. Il se souvint du bandit qui appuyait le pied sur l'épaule d'Eilika pour en retirer son épée. Et de la soutane du confesseur relevée de façon obscène, de la bouche grande ouverte du maître de musique, du jeune apprenti projeté en l'air, le premier à être tué, et du bras du maréchal-ferrant qui tombait sans lâcher son maillet. Il se souvint des hurlements des gens et des cris des animaux, de la fumée, du toit de la caserne qui s'écroulait. Puis il vit le sang. Du sang partout. Il sentit qu'il allait hurler. Avant que ces images ne l'emportent dans un abysse, il rouvrit les yeux.

La femme le regardait, sans le toucher.

L'enfant la reconnut. C'était Agnete, la sage-femme.

« Tu es chez moi », dit-elle alors.

Il ne bougea pas un muscle, ne regarda pas autour de lui, ne dit pas un mot.

« Tu te souviens de ce qui s'est passé ? » lui demanda Agnete.

L'enfant la regardait sans la voir. Toujours immobile.

« Il est devenu idiot, mère ? demanda Eloisa.

— Je t'ai dit de te taire », lui dit sa mère. Elle s'adressa de nouveau à l'enfant. « Tu m'entends ? » lui demanda-t-elle d'un ton sec et brusque.

Il acquiesça imperceptiblement.

« Et tu comprends ce que je dis ? »

Il acquiesça de nouveau.

« Dis-moi : tu te souviens de ce qui s'est passé ? »

L'enfant se mordit les lèvres et ferma les yeux pour retenir ses larmes. Quand il les rouvrit, Agnete le fixait toujours.

« Tu peux parler ? » demanda-t-elle.

L'enfant ne répondit pas.

Agnete l'attrapa par le bras. « Il faut te lever maintenant, tu ne peux pas rester ici éternellement », dit-elle en le faisant asseoir.

Il s'aperçut alors qu'il était jusque-là couché sur une table, près d'une cheminée arrondie, dans une baraque sombre où planait une odeur de sueur et d'oignon. Dans un coin, une couche de paille recouverte d'une peau de vache.

« Bois », dit Agnete en lui tendant une louche d'eau.

L'enfant fit signe que non.

« Bois », répéta Agnete.

L'enfant but. Puis toussa.

« Tes poumons doivent se nettoyer de la fumée. Bois encore. »

L'enfant obéit.

Agnete le poussa à bas de la table, sans ménagement. Elle n'avait pas la douceur d'Eilika, et ses mains étaient rêches et fortes. « Déshabille-toi », ordonna-t-elle.

Eloisa ricana.

L'enfant ne bougeait pas.

« Tu as compris ce qui s'est passé au château ? » demanda Agnete avec rudesse.

L'enfant hocha la tête.

« Qu'est-ce qui s'est passé ? » insista Agnete.

L'enfant serra les lèvres.

« Il est devenu muet, mère ? demanda Eloisa.

— Si Dieu pouvait te rendre muette toi aussi ! Je t'ai dit de te taire. » Elle se tourna vers l'enfant. « Tout le monde a été tué. Les serviteurs aussi. Tu sais ce que ça veut dire ? Il va y avoir un nouveau prince. Et ça dérangera les plans de ce bâtard que tu sois encore vivant. C'est plus clair, maintenant ? »

L'enfant sentait les larmes lui monter aux yeux.

« Tu es vivant parce que ma fille t'a sauvé, continua Agnete. Elle t'a traîné toute seule hors du château. Elle t'a caché sous un buisson et elle est venue me chercher. Et moi, je t'ai porté jusqu'ici dans un sac. Je l'ai fait pour elle, et aussi parce que je t'ai fait naître, comme plein d'autres enfants, et je ne veux pas être complice de ta mort ou détourner la tête. » Elle approcha son visage du sien. « Ta seule chance pour continuer à vivre, c'est de ne plus être qui tu es. »

Il ne comprenait pas. Cette femme lui faisait peur. Jamais personne ne lui avait parlé de cette façon.

« Déshabille-toi, avant que je perde patience », ajouta-t-elle.

L'enfant ne bougea pas.

Agnete lui enleva alors sa peau de cerf, qu'elle arracha presque. Elle fit de même avec ses autres vêtements, jusqu'à ce qu'il soit complètement nu.

Eloisa ricana encore.

Les fourrures à la main, Agnete alla vers la cheminée. « Regarde comme c'est beau, marmonna-t-elle.

— On n'a qu'à les vendre au marché, dit Eloisa.

— On ne vendra rien, crétine, répondit sa mère en jetant les précieux vêtements dans le feu. Est-ce qu'une pouilleuse comme toi pourrait avoir des fourrures comme ça à vendre ? À qui tu veux qu'elles soient, sinon à un prince ? Un petit prince… que tout le monde croit mort », conclut-elle en se retournant vers lui. Et tandis qu'une odeur piquante de poil brûlé se répandait dans la pièce, elle prit d'autres vêtements dans un coffre en bois. « Tu oublieras la douceur du velours et la chaleur de la laine, gamin. Tu lutteras contre le froid comme nous tous, avec une petite veste en drap et des peaux de lapin. Tu apprendras à te pisser sur les mains pour ne pas avoir d'engelures, et si tu ne tombes pas malade et que tu ne meurs pas, tu deviendras fort comme nous. » Elle lui tendit les vêtements. « Mets-les. C'était à mon fils. » Sa voix hésita un instant puis, d'un ton dur, comme pour écarter une pensée, elle ajouta : « Lui, il n'a pas pu. Il n'a pas pu devenir fort. »

Les habits à la main, l'enfant ne bougeait toujours pas.

« Habille-toi ! » lui cria presque Agnete.

Et pour la première fois de sa vie, il s'habilla seul. Dès qu'il eut enfilé les vêtements, il sut qu'il allait avoir très froid.

« Personne ne t'appellera plus jamais prince, ni messire, ni par ton nom. Je ne veux même pas le prononcer », dit Agnete en s'emparant de la paire de ciseaux qui lui servait à tondre les chèvres. Elle poussa l'enfant jusqu'à une chaise déglinguée et le fit asseoir. Elle souleva les longs cheveux blonds et les coupa entièrement, à ras du crâne.

« Qu'ils sont beaux, dit Eloisa en regardant les boucles d'or qui tombaient par terre.

— Brûle-les », ordonna sa mère.

Eloisa les ramassa et les jeta dans la cheminée. Mais elle glissa discrètement une longue mèche dans sa poche.

Agnete plongea les mains dans une flaque noire et puante que les gouttes d'eau tombées du toit avaient formée dans un coin de la pièce. « À partir d'aujourd'hui, tu seras sale et tu sentiras mauvais, comme nous », dit-elle en frottant ses mains noires sur le visage et la poitrine de l'enfant. Elle lui pinça la chair. « T'es gras comme une oie. Mais bientôt on te verra les côtes, comme à nous tous. »

L'enfant n'arrivait plus à retenir ses larmes.

« Apprends à supporter la douleur, lui reprocha Agnete d'un ton dur, implacable. Regarde », dit-elle pendant qu'elle se tournait vers Eloisa et lui assénait une violente gifle en pleine face.

Eloisa encaissa en silence, malgré le sang qui lui coulait du nez. Elle ne pleura pas, ne se plaignit pas.

Agnete se tourna vers l'enfant. « T'as vu ? Pourtant c'est une fille. Essuie-moi ces larmes », ordonna-t-elle.

Il passa le dos de sa main sur ses yeux, terrorisé à l'idée de prendre une gifle, lui qui n'avait jamais été frappé.

Agnete acquiesça, satisfaite, puis déplaça le coffre en bois dans lequel elle avait pris les vêtements de son fils mort. Elle découvrit dans le plancher une trappe qu'elle ouvrit et montra à l'enfant. « Tu resteras caché là jusqu'au jour où tu seras devenu quelqu'un d'autre et où ils t'auront oublié. Après, j'inventerai une histoire pour expliquer comment tu es arrivé dans notre vie. »

Il regardait la trappe et le trou noir avec terreur.

Agnete l'attrapa fermement par le bras et l'entraîna vers le trou.

Il se mit à pleurer et résista de toutes ses forces, les pieds plantés dans le sol.

Agnete lâcha son bras et le saisit par l'oreille. Elle le tira jusqu'à la porte de la baraque. « Personne te retient, gamin, dit-elle d'une voix dure en ouvrant grand la porte. Je sais pas si tu échapperas aux bandits, ni ce que tu mangeras ni où tu dormiras. Mais t'es libre de partir. S'ils découvraient qu'on t'a sauvé la vie, ils nous trancheraient la gorge. Je veux pas que tu mettes nos vies en danger. Décide. Ou tu t'en vas ou tu restes, mais à mes conditions. »

L'enfant regarda dehors.

Ce jour-là, dirait-il plus tard, le bon Dieu semblait s'être retiré de chaque endroit du monde où son regard se posait.

La rue principale du village était un fleuve de glace boueuse brisée par les empreintes des bêtes et des hommes. Et dans ce gel livide, incolore, il vit un vieux se traîner jusqu'à un os de vache et s'y agripper, avec les quelques forces qui lui restaient. Un chien, grognant et bavant, le lui disputa. Vaincu par la furie de l'animal, le vieil homme éclata en sanglots comme un enfant.

Au loin, au nord de la Raühnvahl, la cime de la colline qui dominait la vallée était enveloppée de la fumée dense de l'incendie qui faisait toujours rage dans le château. Un souffle de vent glacé semblait porter jusqu'à ses narines l'odeur de la chair brûlée. Son cœur cogna dans sa gorge quand il comprit que cette nuit le vieil homme et le chien chercheraient leur nourriture dans les braises fumantes.

La tête basse, il s'écarta à pas lents de cette porte ouverte sur l'enfer. Il entendit qu'on la refermait. Au-dessus de la trappe, il regarda Agnete.

« Tu dois changer de nom, dit-elle. Comment tu veux t'appeler ? »

L'enfant haussa les épaules.

« Comment tu veux t'appeler ? » répéta Agnete.

L'enfant ne répondait pas.

« Mikael ! » s'exclama Eloisa.

Agnete fixa l'enfant. « Ça te va, Mikael ? »

Il haussa de nouveau les épaules.

« Bon, tu t'appelleras Mikael, dit-elle. Et si ça ne te plaît pas, il ne faudra pas venir protester, parce que c'est ma fille qui te l'a donné. Si ça ne te plaît pas, tu ne pourras t'en prendre qu'à toi-même, puisque tu n'as pas su décider. Dans la vie, il faut choisir, rappelle-toi. » Elle alluma une chandelle de suif qui donna une faible lumière, et la lui tendit. « Fais-la durer. Attention, le dernier barreau est cassé. Tu trouveras une couverture et une cuvette avec des braises. Entre là-dedans, maintenant. »

Il regarda avec effroi le trou noir où il devait se glisser. Puis commença à descendre l'échelle branlante.

Agnete referma la trappe.

« Madame, entendirent-elles alors.

— Il n'est pas muet », dit Eloisa en souriant.

Agnete ouvrit la trappe.

« Madame… appela de nouveau l'enfant d'une petite voix.

— Qu'est-ce que tu veux ?

— Il n'y a pas de lit…

— Non.

— Mais moi… d'habitude je dors dans un lit… »

Il y eut un long silence. Puis Agnete dit : « Tu n'auras plus jamais de lit. Maintenant tu es l'un des nôtres. »

4

En entendant la trappe se refermer et le coffre glisser dessus, l'enfant frissonna. Il sentit son cœur se glacer. Il se tourna dans l'obscurité en protégeant la chandelle.

C'était un espace étroit, large d'à peine trois pas sur trois, si bas qu'un adulte n'aurait pu y tenir debout. Le plafond n'était que le plancher brut de la baraque, un réseau de traverses de sapin écorcé. Le sol était en terre battue. Dans un coin, une petite estrade en bois couverte de paille, grande comme la niche d'un chien, s'élevait à une paume du sol pour éviter le contact avec l'humidité. Une couverture de drap léger, râpeuse et usée, était jetée dessus. Des braises fumaient dans une cuvette.

L'enfant sentit les larmes couler le long de ses joues en respirant la puanteur de moisissure et d'excréments de rat.

Agnete lui avait dit d'éteindre la chandelle. S'il le faisait, pensa-t-il en frissonnant, il ne pourrait pas la rallumer. Mais il avait peur de désobéir à Agnete. Cette femme était dure, pas comme Eilika qui dormait chaque nuit au pied de son lit, prête à se réveiller s'il y avait un problème ou s'il fallait le consoler d'un mauvais rêve. Il regarda une fois encore la flamme de la chandelle, comme pour en imprimer la lumière dans ses yeux, puis l'éteignit en soufflant doucement dessus. Il se recroquevilla sur l'estrade, tira la couverture sur lui et approcha la cuvette de braises. Il étendit ses jambes mais les ramena bien vite pour les serrer contre sa poitrine.

Il resta ainsi, immobile, les sens en éveil, les yeux grands ouverts dans le noir. La fatigue le faisait somnoler par moments, mais d'un sommeil intermittent, bref et agité, peuplé d'images effrayantes qui le réveillaient aussitôt.

À l'aube, épuisé, il perçut avec soulagement des mouvements au-dessus de sa tête. Il écouta les sabots qu'on traînait sur le plancher, le bruit du coffre qu'on déplaçait au-dessus de la trappe, tandis qu'un rai de lumière mince et ténu se glissait dans sa cachette.

« Approche-toi, gamin », dit la voix d'Agnete.

Les membres endoloris par le froid et la tension, l'enfant s'approcha de l'échelle qui menait à la trappe.

Le visage sévère de la femme s'encadra dans l'ouverture. « Tu ne peux pas sortir, lui dit-elle en lui tendant une écuelle chaude et un morceau de pain. Mange. »

L'enfant se rendit compte qu'il était à jeun depuis l'attaque du château, la veille, quand il avait vomi la tarte aux pommes. Malgré la douleur causée par la mort de ses proches, malgré la peur, il avait faim et s'en sentait presque coupable, mais il tendit la main. L'écuelle était bouillante. Il la posa par terre et prit le bout de pain. Il était dur.

« Trempe-le dans le bouillon pour le ramollir, gamin », dit Agnete.

Il regarda vers le haut, s'attendant à recevoir d'autres aliments.

« Fais un trou pour tes besoins, après tu les recouvriras de terre », dit-elle encore en lui jetant une planche de bois épointée. « Bois le bouillon tant qu'il est chaud », ajouta-t-elle avant de refermer la trappe. « Eloisa, remets le coffre à sa place et partons », dit-elle à sa fille en ouvrant la porte de la baraque.

« Partez devant, mère, répondit celle-ci. Je vous rejoins tout de suite. »

Au bout de quelques instants, la trappe se rouvrit.

« Tiens », murmura la voix d'Eloisa.

L'enfant vit la main de la petite fille lui tendre quelque chose. Il hésitait à le prendre.

« De quoi t'as peur, gros bêta ? C'est un oignon, dit Eloisa. Mange-le avec le pain. C'est bon. »

L'enfant prit l'oignon.

La voix d'Agnete résonna à ce moment-là : « Qu'est-ce que tu fais ? »

La trappe se referma d'un coup.

« Rien, mère. Je lui disais au revoir.

— Où est ton oignon ?

— Je l'ai mangé.

— Menteuse.

— Je l'ai mangé, mère !

— Si je renifle ton haleine et que ça ne sent pas l'oignon frais, je te bourre de gifles. Alors ? Où il est ton oignon ? »

Il y eut un instant de silence et Eloisa avoua : « Je lui ai donné. »

L'enfant entendit un gémissement.

« Aïe, mère, vous me faites mal à l'oreille… »

La voix d'Eloisa s'était un peu éloignée. Sa mère avait dû l'entraîner jusqu'à la porte de la baraque.

« Je ne veux pas que tu lui donnes à manger, dit Agnete en essayant de parler à voix basse, malgré sa colère.

— Mais, mère…

— Tu dois m'obéir, un point c'est tout, l'interrompit Agnete d'un ton décidé.

— Mais j'ai peur qu'il meure… »

L'enfant en eut la gorge nouée.

« Peut-être qu'il mourra. Ou peut-être pas, dit Agnete à sa fille, d'une voix moins sévère. On verra. Mais il doit y arriver tout seul. Sinon il sera faible toute sa vie.

— Mais je…

— Tu lui seras plus utile si tu lui montres que toi, tu sais t'en sortir. Un oignon, ça dure le temps de le mâcher. Un exemple, ça dure toute la vie. Et lui, il a besoin d'apprendre comment on s'en sort, ici. »

L'enfant n'entendit plus rien qu'un bruit de bois raclé sur du bois. Eloisa traînait sans doute ses sabots sur le plancher. Il entendit : « Excusez-moi, mère.

— Remets le coffre sur la trappe et partons, dit Agnete. Il faut trouver le vieux Raphael. Cette nuit, j'ai eu une idée. »

L'enfant entendit Eloisa s'approcher de la trappe puis souffler en remettant le coffre en place. Ses pas s'éloignèrent à nouveau. Mais ils s'arrêtèrent, et elle revint en arrière.

« Tombe pas malade. Et tâche de pas mourir, gros bêta », chuchota Eloisa tout d'un trait à travers les planches, avant de sortir en tirant la porte derrière elle.

Il continua d'écouter. Quand il eut compris qu'il était seul, il se réfugia sur l'estrade avec l'écuelle, le morceau de pain et l'oignon cru. Il avala une gorgée de bouillon. Ça n'avait aucun goût. Rien à voir avec les bouillons de viande auxquels il était habitué. En y trempant le doigt, il trouva quelques légumes. Il tenta en vain de mordre dans le morceau de pain, qu'il finit par tremper dans le bouillon. C'était du pain de farine grossière, sans sel. Il mordit dans l'oignon et ses yeux se mirent à pleurer. Depuis toujours il voyait les serviteurs du château en manger. Tandis qu'il avait des tourtes à la viande et de la tarte aux pommes. L'oignon cru, c'était mauvais. Il but un peu de bouillon pour en chasser le goût. Puis il posa l'oignon sur la paille pour revenir au pain et au bouillon. Quand il eut fini, il entendit un léger bruit sur la paillasse. Dans la pénombre à peine éclairée par la lumière qui filtrait entre les planches, il aperçut la silhouette d'un rat, attiré par l'odeur de l'oignon. Effrayé, l'enfant fit un bond en arrière. Le rat recula lui aussi. Puis tous deux, prudemment, s'approchèrent à nouveau de l'oignon. L'enfant prit l'écuelle vide et s'apprêta à frapper l'animal. Le rat le regarda de ses petits yeux ronds, sans comprendre, plissant le nez pour humer l'air. L'enfant pensa que, s'il le tuait, il y aurait encore du sang. Il jeta l'écuelle et s'empara de l'oignon. Le rat couina et s'enfuit.

En mordant dedans, l'enfant poussa un cri de dégoût, tandis que le rat reprenait son approche. L'enfant le regarda. Il détacha un bout d'oignon et le lui tendit. Avec circonspection, le rat s'en saisit et repartit aussitôt avec son butin. On l'entendait grignoter avec avidité dans le noir. Alors l'enfant planta de nouveau ses dents dans l'oignon, qui lui parut moins mauvais. Il l'avait presque terminé quand le rat revint, le museau frémissant. L'enfant sépara en deux ce qu'il restait. Il en mangea une moitié et tendit l'autre au rat. Le petit animal, toujours sur ses gardes, prit le bout d'oignon entre ses pattes pour le grignoter, ses yeux ronds posés sur l'enfant.

Quand ils eurent terminé, ils se regardèrent.

L'enfant se sentit soudain vaincu par la fatigue. Il se recroquevilla et remonta la couverture.

Le rat couina, effrayé, et repartit se cacher dans l'obscurité.

L'enfant ne le voyait plus, mais il le savait là. Ses yeux se fermaient. Il se sentait terriblement seul.

« Je m'appelle… Mikael », dit-il, de plus en plus fatigué.

Il entendit le rat s'approcher prudemment. Dressé sur ses pattes postérieures, il reniflait ses cheveux ras. Alors l'enfant répéta doucement, dans un chuchotement : « Je m'appelle Mikael. »

Il se dit que c'était un beau nom. Et s'endormit.

5

« Arrêtons-nous ici », dit Agomar en levant sa main au petit doigt coupé. Son visage et ses vêtements étaient encore souillés du sang qu'il venait de verser.

Les hommes regardèrent autour d'eux. Ils se trouvaient dans une gorge enserrée entre deux parois rocheuses. Ils étaient vingt quand ils avaient attaqué le château. Ils n'étaient maintenant plus que douze, dont trois blessés graves. Deux d'entre eux risquaient de ne pas passer la nuit. Ils tremblaient, leurs yeux brillaient. Le prince de Saxe s'était révélé un combattant prodigieux.

« Montez le camp ici, dit Agomar. Je vais chercher notre paie. »

Les hommes transportèrent les blessés à l'abri d'un ressaut de roche et commencèrent à préparer le feu.

Agomar les regarda. Ils étaient sous ses ordres depuis plus de cinq ans et lui étaient toujours restés fidèles, tant au combat que dans les périodes maigres. Il éperonna son cheval et atteignit l'issue étroite de la gorge. Il n'avait fait que quelques pas au trot quand il entendit un grand bruit derrière lui. Il se retourna à temps pour voir un énorme rocher qui, après avoir rebondi sur la neige molle, s'arrêtait en bouchant l'issue de la gorge. Plus loin, il entendit la terre trembler. Du côté de l'entrée de la gorge. Son cheval hennit furieusement et se cabra. Agomar le retint. Le bruit des cailloux qui dégringolaient du flanc de la montagne venait à peine de cesser que résonnaient dans l'air les claquements de corde secs des arcs et des arbalètes. Le sifflement impitoyable des flèches et des traits.

Agomar entendit les gémissements de ses hommes.

Il reconnut la voix de certains d'entre eux. Celle, aiguë, de Jaka, la voix rauque de Niklas, la voix perçante du castrat Monaldo, le plus féroce. Et la voix cristalline d'Ole, qui avait seulement seize ans, la voix enrouée de Tebbe, le vétéran, jadis le maître d'Agomar, qui lui avait enseigné tout ce qu'il savait sur la guerre.

Ses hommes mouraient, l'un après l'autre, tombés dans un guet-apens auquel ils n'échapperaient pas, attaqués d'en haut par des guerriers que protégeaient des rochers acérés.

Agomar retenait toujours son cheval qui piaffait, excité par l'odeur du sang. Ses fidèles guerriers, pensa Agomar, compagnons de tant de batailles et d'incursions, allaient mourir, l'un après l'autre, du premier au dernier. Il ne pouvait plus faire marche arrière. Il était séparé de la mort des siens par bien autre chose qu'un rocher. Une dernière fois, il regarda l'issue obstruée de la gorge puis éperonna son cheval. Avec une douleur confuse, même s'il n'était pas de nature à en éprouver, ni dans son corps ni dans son âme. Avec une fureur aveugle qui lui coupait la respiration, il grimpa la montagne, serrant convulsivement ses rênes et son épée contre son flanc, en direction des positions ennemies. Seul.

Il arriva en haut, au galop, fouettant furieusement son cheval. Il repéra les soldats armés d'arcs et d'arbalètes, qui visaient ses hommes, en bas, désarmés. C'était un massacre. La gorge où ils avaient fait halte se transformait en tombeau. Agomar hurla toute sa rage.

Un homme au visage maigre et osseux, vêtu d'une pelisse d'ours brodée d'or, regardait dans sa direction. Agomar ralentit la course de son cheval. Puis piquant ses flancs des talons, l'éperonna avec un cri sauvage. À lui maintenant.

Près de l'homme en pelisse apparut un soldat, sa grande épée dégainée.

Quand il fut près d'eux, Agomar tira violemment sur les brides, faisant écumer son cheval. Il se tint immobile un instant. C'était sa bataille, à présent. Une bataille contre lui-même. Une bataille qu'il avait décidé de perdre. Il descendit de cheval.

L'homme le regardait, absolument immobile. Ses yeux étaient froids, inexpressifs, comme ceux d'un rapace.

Agomar arriva à un pas de lui, la main serrée sur son épée. Dans l'air résonnaient toujours les sifflements des flèches et les hurlements des hommes qui mouraient, plus bas, dans la gorge. Agomar se dit qu'il ne retrouverait jamais de compagnons aussi fidèles. Et il pensa que le tourment des êtres humains, c'était leurs rêves.

Il s'agenouilla devant l'homme.

Car le rêve d'Agomar supposait le sacrifice de ses fidèles compagnons dans cette gorge. Il avait indiqué lui-même à l'homme et à son armée l'endroit où sa troupe monterait le camp. C'était lui qui, avant le massacre au château, avait préparé le guet-apens. Vendu la vie de ses hommes. Il sentait maintenant la brûlure de cette trahison. Mais aussi, plus forte encore, l'excitation de voir approcher la récompense négociée.

« Excellent travail, Agomar, dit l'homme.

— Merci, Votre Seigneurie », répondit Agomar, la tête basse. Les muscles de ses épaules étaient tendus. Il ignorait si le soldat à ses côtés allait le tuer.

« Laisse-nous seuls, Leonz », dit l'homme.

Agomar entendit le soldat rengainer son épée et s'éloigner.

« Lève-toi, Agomar. »

Agomar se remit debout.

« J'admire la cruauté de celui qui peut sacrifier ses hommes à ses propres intérêts », dit l'homme avec un sourire amusé.

Agomar se sentit humilié par ce regard. Il était un traître. Mais impossible de revenir en arrière. Et même s'il l'avait pu, Agomar ne l'aurait pas fait. Il avait un rêve. Il en avait fixé le prix : la vie de ses hommes. Maintenant, il voulait sa récompense. « Je serai votre capitaine, comme vous me l'avez promis ? demanda-t-il.

— Peut-être », répondit l'homme en souriant.

Agomar serra les mâchoires.

L'homme sourit à nouveau, plus amusé encore. « J'ai oublié d'informer Leonz que tu allais prendre sa place. Fais-le toi-même. »

Agomar regarda le soldat qui s'était éloigné, les laissant seuls. Le dernier obstacle entre lui et son rêve. Il dégaina son épée.

« Pas maintenant, l'arrêta l'homme. Je ne veux pas de témoins. »

Agomar remit l'arme dans son fourreau.

« Viens, apprécions le spectacle », dit l'homme en se dirigeant vers la roche coupée en deux qui surplombait la gorge choisie par Agomar pour être le tombeau de ses hommes.

Il le rejoignit, regarda en bas. Vit le sang de ses guerriers se mêler au sang presque séché de leurs victimes. Il sentait en même temps sur lui le regard de l'homme, qui examinait ses réactions. Alors, pour lui montrer qu'il n'avait pas de cœur, il cracha dans le vide, vers les siens, comme s'il décochait une flèche.

« Voici la version officielle : il s'agissait de rebelles qui ont exterminé les princes de Saxe, dit l'homme en montrant les soldats d'Agomar. Je ferai savoir à l'empereur Robert III que j'ai rendu justice de mes propres mains. » Il sourit, satisfait. « Et qu'il doit choisir un nouveau seigneur pour le royaume de Raühnvahl. »

Quand le capitaine Leonz annonça que tous les soldats étaient morts dans la gorge, l'homme renvoya sa petite armée. « Leonz, tu restes avec nous. Agomar a quelque chose à te dire. »

Le capitaine regarda Agomar. Il y avait du mépris dans ses yeux. « Qu'est-ce que t'as à me dire ? » demanda-t-il quand ils furent seuls.

Agomar avait toujours un couteau cousu dans sa manche. Un mouvement sec du bras suffisait pour faire glisser la lame vers l'avant. Il fit le geste qu'il avait répété tant de fois : saisissant le manche en os, il planta son couteau dans le cou de Leonz, sous le menton, en poussant vers le haut, vers le cerveau.

L'œil de Leonz éclata. Le capitaine ouvrit la bouche dans un cri rauque et le couteau qui le tuait brilla au fond de sa gorge.

Agomar retira le couteau et l'enfonça de nouveau, au même endroit, avec une violence féroce. On entendit le craquement sec de l'arcade sourcilière qui cédait de l'intérieur. Les yeux du capitaine s'obscurcirent.

« Très ingénieux, dit l'homme, qui avait assisté avec complaisance à la scène. Tu ne t'embarrasses pas de paroles », ajouta-t-il en riant. Il indiqua le corps inanimé de Leonz sur le sol. « Jette-le parmi les rebelles. Il ira lui aussi nourrir les corbeaux et les vautours… capitaine Agomar. »

Agomar poussa Leonz en contre-bas. Le corps tomba avec un bruit sourd. Et il y eut alors, à côté du corps, un léger mouvement.

Un des hommes assassinés leva la tête vers la montagne et reconnut son chef. « Sois damné, Agomar ! dit-il avec les dernières forces qui lui restaient. Tu mourras comme un chien… »

L'homme et Agomar restèrent à le regarder jusqu'au moment où le brigand mourut, en vomissant un flot épais et sombre.

« Tu ne crois pas aux malédictions, j'espère, dit l'homme en souriant tandis qu'ils montaient à cheval.

— Je me suis damné tout seul, aujourd'hui », répondit Agomar.

Ils avancèrent en silence, longeant le flanc de la montagne.

« Et je le referais, ajouta Agomar peu après.

— Bien. C'est ce que je voulais t'entendre dire, dit l'homme, satisfait. Allons finir notre travail.

— Où ça ? »

L'homme ne répondit pas.

Ils cheminèrent jusqu'au moment où ils furent en vue d'un village qui semblait peint en rouge et noir.

« Dravocnik », dit Agomar, qui connaissait bien l'endroit pour y être né, trente ans plus tôt.

Ils pénétrèrent dans la rue principale. Les maisons étaient recouvertes de la suie noire produite par l'extraction et la combustion de la tourbe, et d'une poussière rouge dense et grasse, venue de la mine d'hématite. Certaines nuits, aujourd'hui encore, Agomar était assailli de violents accès de toux, pour avoir trop respiré cette poussière avant de s'enfuir et de se faire bandit. Rouges et noires les maisons. Rouges et noirs les gens. Seules les dents, celles des hommes et des bêtes, semblaient très blanches, par contraste.

L'homme mena son cheval jusqu'à un couvent qui se dressait juste après la sortie de Dravocnik. Il contourna les épais murs extérieurs pour atteindre une entrée secondaire, qu'à l'évidence il connaissait bien. Descendu de cheval, il frappa à la petite porte. Trois fois. Pause. Trois fois.

Agomar se tenait derrière lui.

La porte s'ouvrit et un gros moine apparut. Dès qu'il reconnut son visiteur, il s'inclina presque jusqu'à terre. « Quel honneur, Votre Seigneurie ! » dit-il. Puis il s'écarta, fit entrer l'homme et Agomar, et les conduisit dans une grande pièce aux murs recouverts d'étagères de sapin cirées.

« Vous êtes satisfait de la potion que je vous ai fournie, Votre Seigneurie ? demanda le frère.

— Oui », répondit simplement l'homme.

Agomar regarda le moine. Cette potion qui avait mis

hors de combat les gardes du château de Raühnvahl. Puis son regard se tourna vers l'homme, qu'il examina. Il pouvait sentir chez lui une excitation croissante, dont il ignorait la raison.

« Maintenant, j'ai besoin d'un poison. Puissant et rapide », dit l'homme.

L'autre hésita, puis baissa la tête et se dirigea vers une étagère. « Il vous en faut quelle quantité ?

— Pour une seule personne. »

Le frère choisit un petit flacon de verre épais et sombre. Il le déboucha et s'apprêta à verser un peu de son contenu dans un flacon plus petit encore.

« Non, mets la quantité nécessaire dans cette cruche, dit-il en indiquant une cruche en étain.

— Mais, Votre Seigneurie… rétorqua le frère, c'est ma cruche, elle contient du cidre que j'étais en train de boire.

— Je sais, dit l'homme. Verses-y ton poison. »

Le frère prit la cruche.

Agomar vit les mains du moine trembler. Et l'homme frémir de plaisir.

Le frère versa la dose de poison dans la cruche.

« Bois maintenant, lui dit l'homme.

— Mais pourquoi, Votre Seigneurie… »

L'homme le fixait sans répondre.

Les yeux du frère s'emplirent de terreur et de larmes pendant qu'il hochait doucement la tête. Sa robe de bure commença à se mouiller sur le devant.

L'homme rit en voyant que le moine se pissait dessus. « Bois, répéta-t-il.

— Non… Votre Seigneurie…

— S'il est aussi rapide et puissant que tu le dis, ça ne prendra qu'un instant. Mais si tu ne bois pas, je te couperai les doigts un par un, puis je te pendrai la tête en bas, comme on fait avec les cochons, et je te saignerai si lentement que tu me supplieras de te donner le poison. Sauf que là, je ne te le donnerai pas. Ta chance, c'est de le boire maintenant. Tu n'en auras pas d'autre.

— Votre Seigneurie…

— Je vais compter jusqu'à cinq », dit l'homme. Sa voix était calme. Son expression impassible. Sur ses lèvres, un sourire froid comme la glace. Mais ses yeux ne riaient pas. « Un… deux… trois…

— Votre Seigneurie…

— Quatre…

— Au nom de Dieu… Votre Seigneurie…

— Cinq ! » L'homme se tourna vers Agomar. « Enlève-lui la cruche et attache-le à la table.

— Non… », dit le frère.

Agomar fit un pas vers lui.

« Non ! »

Agomar fit un autre pas.

Alors le frère, sans cesser de pleurer, avala d'un trait le cidre empoisonné. Il regarda l'homme avec une expression étonnée. « Votre Seigneurie… », dit-il encore. Il laissa tomber la cruche. Puis porta la main à son estomac, pendant que son visage se contractait en une horrible grimace. Une écume blanchâtre sortit de ses lèvres contractées par des spasmes. Enfin, il s'écroula sur le sol, où il trembla et se contorsionna encore quelques instants.

« Tu es le seul à savoir, maintenant. Je vais devoir te faire confiance, à ce qu'il semble », dit-il avec un sourire.

Agomar acquiesça gravement. Et s'agenouilla. « Je

jure loyauté à mon seigneur, le prince d'Ojsternig, dit-il.

— Tu me prêteras serment demain. Aujourd'hui le mot de loyauté sonne étrangement dans ta bouche. » Et le prince d'Ojsternig, l'homme qui avait donné l'ordre de rayer la maison de Saxe de la face de la terre, éclata de rire.

6

Les jours suivants, Mikael comprit ce que voulait dire sa vieille gouvernante Eilika, quand elle disait que le froid « mord la chair » des pauvres. Son corps était secoué de tremblements jour et nuit, ses dents claquaient parfois si fort qu'elles faisaient un bruit terrible dans le silence de sa cachette. Les doigts de ses mains et de ses pieds étaient engourdis, et il devait parfois faire un effort pour les bouger. La braise de la cuvette, le soir, s'éteignait trop vite. Ses muscles, toujours contractés, étaient douloureux. Ses yeux larmoyaient, ses oreilles étaient livides, son nez coulait sans arrêt. Il ramenait les jambes contre sa poitrine et restait assis sur la paille, enveloppé dans la couverture légère.

Il attendait avec anxiété le moment où Agnete et Eloisa se réveilleraient, à l'aube. Il les écoutait ranimer le feu, remuer la marmite et finalement ouvrir la trappe et lui passer à manger : l'écuelle de bouillon avec quelques rares légumes, et la tranche de pain dur. Avant de manger, il trempait ses doigts dans le bouillon chaud, savourait la chaleur qui montait dans ses phalanges gelées. Il cessait de trembler. C'était une sensation magnifique.

Ensuite, il mangeait. Son estomac était toujours vide et contracté. Il mangeait avidement, sans faire la grimace, sans penser à la fadeur du bouillon ni à la farine grossière. Il n'aurait rien d'autre jusqu'au soir.

Dès qu'il avait terminé, il attendait, retenant sa respiration, qu'Agnete ou Eloisa lui demandent la cuvette, qu'elles remplissaient à nouveau de braises. Il leur tendait la cuvette glacée. Elles la lui rendaient chaude.

Il s'asseyait, la cuvette entre ses jambes croisées, et formait une tente en mettant sa couverture sur sa tête. La tiédeur montant des braises gagnait ses cuisses, pénétrait sa poitrine, cuisait ses joues jusqu'à provoquer une douleur nouvelle, l'inverse de celle du froid. Peu à peu, la torpeur prenait le dessus. Ses yeux se fermaient, sa tension se relâchait. Le sommeil éloigné par la nuit glacée prenait artificiellement le dessus, violent comme un évanouissement. Mikael entendait à peine la porte grincer quand Agnete et Eloisa partaient.

Pendant un instant, avant de s'écrouler, il se savait seul. Plus seul que jamais. Et il espérait que son sommeil soit le plus long possible. Noir, vide.

Mais il se réveillait vite, la bouche ouverte dans un cri silencieux, les yeux écarquillés sur des scènes de mort et de sang. Il secouait furieusement la tête, comme les chiens pour se débarrasser de l'eau qui les mouille. Puis il pressait les poings sur ses paupières, et le noir se peuplait de lueurs scintillantes comme un ciel étoilé, empêchant sa nuit intérieure de s'emplir d'images de mort. Il retenait sa respiration jusqu'à s'en faire exploser les poumons, pour que ses narines ne se souviennent pas de l'odeur âcre du feu où brûlait la chair humaine. Quand il reprenait son souffle, il pleurait en silence. Ses larmes grésillaient dans la braise, qui s'éteignait peu à peu.

Alors il écoutait le silence, brisé seulement par les cloches de la petite église de Notre-Dame des Neiges qui sonnaient les heures brèves de l'hiver. Et il avait peur. Une peur sans fin, parce que le temps s'écoulait lentement, toujours égal à lui-même, obscur de jour comme de nuit, dans son étroite prison de trois pas sur trois.

Quand sonnaient les vêpres, la porte de la baraque s'ouvrait. Agnete et Eloisa rentraient. Elles cuisinaient une soupe de navets ou de racines amères, parfois avec de l'orge ou du seigle, parfois avec un bout de couenne de porc ou un os de genou, qu'elles ne lui donnaient jamais.

Mikael était incapable de leur parler.

Un soir, il avait entendu Eloisa demander : « Pourquoi il parle pas, mère ?

— Laisse-le tranquille.

— Pourquoi il parle pas ? avait insisté sa fille.

— Pour pas se casser, avait répondu Agnete de sa voix dure.

— Qu'est-ce que ça veut dire ?

— Laisse. Dors. »

Mikael venait de les entendre se coucher, épuisées. Agnete ronflait comme un homme. Une nouvelle nuit commençait, qui serait semblable à la précédente, interminable, silencieuse, froide et menaçante. Et maintenant, sans savoir ce que cela voulait dire, il avait peur de se casser.

Le seul contact que Mikael avait timidement établi,

c'était avec le petit rat qui, après leur première rencontre, s'était enhardi et lui tournait souvent autour.

Cette nuit-là, alors que Mikael, recroquevillé sur la paille, tremblait de froid, le petit animal s'approcha, curieux. Après lui avoir inspecté les cheveux, il lui renifla la figure. Les yeux, le nez, la bouche.

Mikael, immobile, tentait de résister au chatouillement des longues moustaches.

Le rat se glissa sous son menton, flaira un peu alentour puis se lova au creux de son cou en léchant ses petites pattes arrière.

« Comment tu veux t'appeler ? » chuchota Mikael.

Le rat s'installa mieux.

« Bon, dit Mikael, tu t'appelleras Hubertus. Et si ça ne te plaît pas il ne faudra pas venir protester... parce que c'est moi qui te l'ai donné... Si ça te plaît pas, tant pis pour toi, t'avais qu'à le choisir toi-même », répéta-t-il comme un refrain, tandis que le tiède contact du rat le faisait se sentir moins seul.

Le lendemain matin, dès que la trappe s'ouvrit, Hubertus se sauva.

« Ce soir, tu vas rencontrer quelqu'un, gamin, annonça la voix d'Agnete.

— Tiens, mange », lui dit Eloisa en lui tendant l'écuelle de bouillon et le morceau de pain quotidien.

Mikael les prit.

« Pourquoi tu parles pas ? » demanda Eloisa.

Mikael ne répondit pas.

« T'es bizarre, tu sais ? » dit Eloisa.

Mikael la regardait en silence.

Eloisa aussi le fixait. « Le pâté de viande que tu m'as donné ce jour-là, il était bon. J'avais jamais rien mangé d'aussi bon. »

Mikael ne bougeait pas.

« Tu ressembles à une statue, dit-elle. Ou à un crétin. »

Mikael baissa les yeux.

« On y va ! » cria Agnete.

Eloisa lui passa la cuvette avec de nouvelles braises. Puis chuchota : « Cherche dans le bouillon. »

Mikael la regarda, sans comprendre.

« T'es vraiment un gros bêta », dit-elle en éclatant de rire. Elle ferma la trappe, poussa le coffre dessus et s'en alla.

Mikael porta l'écuelle de bouillon, le morceau de pain et la cuvette de braises jusqu'à sa couche. Il s'assit. Comme tous les matins, il trempa ses mains dans le bouillon. Il était agréablement chaud. Il frissonna. Puis il sentit sous ses doigts quelque chose de gluant. C'était un morceau de lard. Un flot de salive envahit sa bouche. Il mordit dedans et mâcha lentement, parce que ses mâchoires lui faisaient presque mal. La saveur était merveilleuse.

À ce moment-là, Hubertus, le nez frémissant, émergea de l'obscurité. Il s'avança, sans aucune pudeur, et monta sur sa cuisse en tendant ses petites pattes.

Mikael détacha un bout de lard avec ses dents et le lui donna. « C'est le *plus meilleur* que t'as jamais mangé, tu verras », lui dit-il. Ils finirent le lard, et Mikael se consacra au pain et au bouillon. À Hubertus, il donna aussi un bout de pain.

Quand ils eurent tout terminé jusqu'à la dernière miette, le rat monta sur son épaule, renifla son oreille puis se glissa dans la casaque de Mikael jusqu'à son ventre tiède, où il s'installa.

« T'es vraiment un gros bêta », lui dit Mikael.

Ils restèrent ainsi, immobiles, jusqu'au moment où les vêpres sonnèrent à Notre-Dame des Neiges.

La porte de la baraque s'ouvrit et l'on entendit la voix d'Agnete : « Entrez, Raphael. »

Hubertus courut se cacher dans le noir, et la voix d'un homme répondit : « Merci, Agnete. »

La porte se referma.

« Il est là, en dessous, dit Eloisa tout excitée.

— Fais-le sortir et laisse-moi le regarder en face, je veux lui parler, dit l'homme.

— Non, c'est pas prudent. Descendez plutôt, Raphael.

— Je suis vieux, j'ai les genoux qui craquent, répondit l'homme. Qui veux-tu qui le voie, avec la nuit ? »

Un long silence suivit. Agnete ordonna à sa fille : « Bon, fais-le sortir de là. Mais restez loin de la fenêtre. »

La trappe s'ouvrit et la lumière tremblotante d'une chandelle se répandit dans le noir. « Monte », dit Eloisa.

Mikael s'agrippa à l'échelle de ses mains engourdies et commença à monter. Ses jambes étaient faibles, ses pieds douloureux.

Dès qu'Eloisa le vit à la lumière de la chandelle, elle resta bouche bée et ouvrit de grands yeux. Elle se retourna vers la table, où sa mère et l'homme s'étaient assis. « Le voilà… », dit-elle, effrayée.

« Viens là, mon gars », dit l'homme, qui avait une voix profonde.

Mikael s'approcha.

L'homme était vieux. Ses cheveux gris, longs, épais comme de la bourre étaient attachés en queue-de-cheval, et un petit bouc clairsemé, blanc, le faisait ressembler à une chèvre, dont il avait aussi la tête allongée. De grands yeux noirs, pénétrants. Un nez droit et fin. Des lèvres fines, elles aussi, cachaient une rangée de dents blanches et régulières, malgré son âge. Ses mains étaient noueuses, élégantes, ses doigts effilés.

Le vieux prit la chandelle pour examiner Mikael. « Par la misère, Agnete, il est cyanosé ! » Il se tourna vers la sage-femme. « Si ça continue, il va mourir. Il peut pas s'en sortir là-dessous.

— Il s'en sortira », dit Agnete les dents serrées.

Eloisa eut un petit cri inquiet.

« Assez, Eloisa », ordonna sa mère d'un ton sévère. Elle regarda le vieil homme. « Vous êtes devenu docteur, Raphael ? »

Le vieux prit les mains de Mikael dans les siennes et les examina. « Pas besoin d'être docteur. Regarde. » Il toucha un des pieds du garçon.

Mikael gémit.

« Il faut qu'il dorme à côté de la cheminée, dit Raphael.

— Pas question. Si on le découvrait, pas la peine que je vous explique ce qui nous arriverait, à Eloisa et moi.

— Alors autant lui donner tout de suite un grand coup sur la tête. Ça ira plus vite, rétorqua le vieux.

— Mère, intervint Eloisa.

— Tais-toi ! » Agnete frappa de la paume sur la table. Elle dévisagea Mikael en fronçant les sourcils, sans rien dire. Enfin elle pointa le doigt sur lui, menaçante. « Quand il fera nuit, tu monteras et tu te coucheras là… » Elle montra un coin du plancher derrière la cheminée ronde d'où il ne pouvait pas être vu si quelqu'un ouvrait la porte de la baraque. « Et que je t'entende pas respirer, compris ?

— Merci, mère ! s'exclama Eloisa.

— Ça devrait pas être à lui de remercier ? demanda le vieux en levant un sourcil amusé.

— Il parle pas, répondit Eloisa.

— Il est muet ? demanda Raphael.

— Non, mais s'il parle il se casse », dit Eloisa en répétant la phrase de sa mère, sans comprendre ce que ça voulait dire.

Le vieux prit Mikael par les épaules et le fit venir près de lui. « Écoute-moi bien, gamin, lui dit-il. Dans quelque temps, quand tu seras prêt, tu devras me reconnaître et faire semblant d'avoir peur de moi, parce que j'ai mauvaise réputation : je suis marchand d'enfants. Les gens disent que je les vole. » Le vieux balaya l'air de la main et cligna lourdement les paupières. Il tira de sa ceinture un grand couteau, qu'il posa sur la table. « Je sais qui tu es. Agnete a confiance en moi. Et je l'aiderai volontiers. Je ferai semblant de te vendre à elle et elle fera semblant de t'avoir acheté à moi. Tu t'en tiendras à cette histoire. Tu m'as suivi ? »

Mikael, bizarrement, n'avait pas peur du vieux. Il acquiesça.

« Très bien, dit Raphael. Les histoires crédibles sont les plus simples. Rappelle-toi ça. Qui tu étais avant que je t'attrape ? Où tu vivais ? Qu'est-ce que tu faisais ? Qui étaient tes parents ? »

Mikael ne savait que répondre.

Eloisa s'était approchée, comme pour entendre une fable.

« Pour éviter tout problème, tu ne te souviens de

rien, expliqua le vieux. Tu ne sais répondre à aucune de ces questions, parce que tu ne te souviens de rien. Moi, je t'ai ramassé là-haut, dans la forêt, sur la Selle de Lom, tu avais perdu la mémoire et tu avais une vilaine blessure à la figure. Peut-être un sabot de cheval, peut-être un brigand... on le saura jamais parce que tu te souviens pas de ta vie d'avant. »

Mikael lui lança un regard inexpressif.

« Fais un signe si t'as compris », dit le vieux en le secouant par les épaules.

Mikael hocha à peine la tête.

« Il n'a pas l'air très intelligent, dit Raphael à Agnete.

— Peut-être qu'il l'est pas », répondit Agnete.

Raphael fixa Mikael, en silence.

« Mais où elle est sa cicatrice ? demanda alors Eloisa.

— Ta fille est intelligente, elle, dit le vieux à Agnete. On y va ? »

Agnete se leva, vint se placer dans le dos de Mikael, et lui bloqua la tête.

Raphael prit son grand couteau et lui fit une incision sur le front, une coupure profonde, en demi-cercle, de la racine des cheveux jusqu'au sourcil gauche.

Mikael gémit et le sang se mit à lui couler dans les yeux.

Eloisa porta la main à sa bouche.

« C'est fait, dit Raphael en essuyant son couteau sur sa casaque de cuir. Maintenant t'auras une cicatrice qui confirmera notre histoire. » Il se tourna vers Agnete : « Tu sauras mieux que moi ce qu'il faut y mettre pour que ça guérisse.

— Nettoie le sang, dit Agnete à Mikael en lui

tendant un bout de linge humide. Et garde un peu appuyé. »

Eloisa fit un pas en avant pour aider Mikael.

Agnete l'arrêta. « Non, il doit se débrouiller tout seul. »

Mikael sentait sa blessure brûler. Mais il pensa un instant que cette douleur n'était pas déplaisante. Elle était réelle.

« Une dernière chose, gamin, dit Raphael de sa voix profonde. À partir de maintenant, tu as deux routes devant toi. Tu peux maudire le mauvais sort qui t'a enlevé tes parents, ton royaume, ta richesse, tout ce que tu avais… ou tu peux remercier la chance d'être vivant. » Il le regarda intensément. « Selon le point de vue que tu adopteras, tu deviendras un homme ou un autre, deux hommes complètement différents, avec deux vies différentes. » Sans rien ajouter, il se dirigea vers la porte.

« Je vous remercie, Raphael », dit Agnete.

Le vieux ouvrit la porte et s'arrêta. « À Dravocnik, ils disent que les rebelles responsables du massacre au château ont été tués… » Il désigna Mikael d'un mouvement de la tête. « Bon, t'as compris. On raconte qu'ils ont été exécutés dans les gorges de Joff par le seigneur d'Ojsternig. »

Agnete fit un signe de la tête.

« Mais tout le monde sait que ce n'étaient pas des rebelles, dit le vieux Raphael en disparaissant dans le noir.

— Comme ça, on sait qui est le nouveau maître », marmonna Agnete. Elle referma la porte, ôta le linge du front de Mikael et le noua serré autour de sa tête.

Elle jeta de la paille sur le sol, à côté de la cheminée. « Couche-toi là », dit-elle.

Mikael se coucha par terre, sans un mot.

Eloisa ôta ses gants de laine bouillie et les lui tendit.

« Non, dit Agnete.

— Si, répondit Eloisa d'un ton résolu.

— Je t'ai dit non, répéta Agnete, menaçante.

— Si c'est pas lui qui les a, je les jetterai au feu », dit Eloisa. Elle avait un regard intense, déterminé. Et sa voix ne tremblait pas.

Sa mère la fixa en silence. Puis elle lui tourna le dos et alla se coucher sur sa paillasse. « Viens dormir », lui dit-elle.

Eloisa jeta les gants à Mikael. « Mets-les », lui dit-elle rudement.

Mikael prit les gants et les enfila.

« T'es vraiment un gros bêta », dit Eloisa en rejoignant sa mère.

7

Les nuits suivantes, Mikael dormit près de la cheminée. Le soir, quand il faisait sombre et qu'on ne risquait plus de frapper à la porte, Eloisa le faisait remonter. Il se mettait dans son coin, silencieux, en attendant le dîner. Agnete et Eloisa, après avoir travaillé dans les champs du seigneur comme tous les paysans, faisaient bouillir des bonnets de queue d'écureuil, tressaient de fins lacets de cuir pour faire des ceintures, fabriquaient des chaussures en feutre, pour elles et pour les vendre. Peu avant l'aube, quand sonnait la cloche des matines, Mikael remplissait sa cuvette de la braise qui grésillait encore dans la cheminée et retournait dans sa cachette pour toute la journée. Les gants d'Eloisa atténuaient la douleur de ses mains. Ses pieds dégonflèrent. La couleur de son visage devint de moins en moins cyanosée.

Le soir, quand il sortait de sa cachette, Agnete avait déjà préparé dans un grand pilon un emplâtre de prêle et de millefeuille, qu'elle appelait « saigne-nez ». Eloisa étendait l'emplâtre sur sa blessure et la couvrait d'une mince écorce de saule.

Dans la journée, quand il était seul, et qu'Agnete

et Eloisa travaillaient dans les champs d'orge et de seigle avec les autres serfs, Mikael sentait la peur grandir en lui. Si trop d'images de mort lui venaient, il appuyait la main sur sa blessure, qui lui faisait mal. La douleur le ramenait sur terre. Comme si, chaque fois qu'il risquait de se perdre, la souffrance lui permettait de se retrouver.

Pendant ce temps, son amitié avec Hubertus, le petit rat, augmentait de jour en jour. À l'animal silencieux au museau frémissant, qui cherchait la chaleur et des miettes de pain, il racontait ce qu'il n'aurait jamais pu s'avouer lui-même.

Un soir, il avait vu Agnete tuer un rat qui se promenait le long du mur. Le lendemain, en caressant Hubertus, il lui avait dit : « Tu peux être triste parce qu'Agnete a tué ton père, ou content qu'elle ne t'ait pas tué. Et selon ce que tu penses, tu es un imbécile ou un type bien… En tout cas, je crois que c'est ça. Mais il ne faut surtout pas qu'Agnete te voie sinon elle te tuera toi aussi, tu peux en être sûr. »

Au bout d'une dizaine de jours, le mélange de prêle et de mille-feuille avait formé une croûte dure qui démangeait.

« Si tu la grattes, t'auras une cicatrice plus grande, lui avait dit Eloisa le soir en l'examinant à la lueur d'une chandelle. Regarde, ça c'était une petite coupure, mais j'ai enlevé la croûte avant qu'elle tombe toute seule », avait-elle ajouté en découvrant sa jambe et en lui montrant une cicatrice au-dessus du genou.

Agnete l'avait aussitôt grondée : « Baisse ta jupe. »

Eloisa avait remis ses vêtements en place, en pouffant. Puis elle avait tendu la main vers le front de Mikael. « Bouge pas », avait-elle dit. Et d'un coup d'ongle décidé, elle avait arraché la croûte. La blessure s'était remise à saigner.

Mikael avait grimacé de douleur puis l'avait regardée d'un air interrogateur.

« Il faut qu'on voie ta cicatrice, gros bêta », avait-elle dit en riant. Et elle avait tartiné de nouveau son front avec l'emplâtre de mille-feuille et de prêle.

Plus tard, couché sur la paille à côté de la cheminée, Hubertus bien caché dans sa casaque, il lui avait murmuré : « Reste là sans te montrer… gros bêta.

— Avec qui tu parles ? » avait aussitôt demandé Eloisa.

Mikael n'avait pas répondu.

« Mère, il parle tout seul, avait-elle dit à Agnete. Il est fou ?

— Dors, ma fille, si tu ne veux pas que je te torde le cou. »

Eloisa avait rit doucement. Puis elle avait dit : « Bonne nuit, Mikael. »

Il n'avait pas répondu.

Une semaine encore s'écoula et une nouvelle croûte se forma.

« Bouge pas », lui dit Eloisa en tendant la main vers son front.

Mais Mikael, d'instinct, s'écarta et arracha la croûte lui-même.

« Tu devais pas l'enlever ! Pourquoi t'as fait ça ? » dit-elle en secouant la tête.

Mikael ne répondit pas. Il était perdu. Il avait voulu l'impressionner par son courage. Mais apparemment il s'était trompé.

« Pourquoi t'as fait ça ? » répéta Eloisa, en colère.

Mikael sentait le sang qui coulait à peine. Épais

comme du miel. Cette petite fille le faisait chaque fois se sentir bête. Il regarda les mains d'Eloisa. Elles étaient noires. « Parce que t'es sale, lui répondit-il, agacé. Tu te laves jamais ? »

Eloisa eut un mouvement de recul, comme si elle avait reçu une gifle. Elle plissa les yeux, serra les lèvres, qui se mirent à trembler un peu. Ses narines se dilatèrent. « T'es qu'un crétin ! » cria-t-elle presque, et elle s'écarta de lui.

« Qu'est-ce qui se passe ? demanda Agnete de l'extérieur, où elle fendait des bûches.

— Rien, répondit Eloisa. C'est un crétin.

— Bon, dit Agnete. Donne-lui la soupe, elle doit être prête.

— Non ! Je le déteste ! Pour moi, il peut aussi bien crever de faim ! »

Agnete s'encadra dans la porte. Sa fille, les bras croisés, serrés contre la poitrine, lui tournait ostensiblement le dos. Mikael avait l'air perdu et sa blessure saignait. Agnete alla jusqu'à la marmite, versa deux louches de bouillon dans l'écuelle et la lui tendit. Elle lui donna un bout de lard, un demi-oignon et une tranche de pain. Puis elle posa près de lui, à côté de la cheminée, le pilon d'emplâtre de millefeuille et de prêle. « Mets-le tout seul, ce soir. Je crois bien qu'Eloisa n'est pas près de le faire.

— Ça non, même pas en rêve ! dit la petite fille en écho.

— C'était pas la peine de lui ôter la croûte une deuxième fois, dit Agnete.

— Et qui l'a enlevée ? Il s'est fait ça tout seul, ce crétin ! »

Agnete regarda Mikael. « Mange, après tu mettras

l'emplâtre. » Elle s'assit à table. « Viens t'asseoir, Eloisa.

— Non !

— Ne pousse pas trop, si tu ne veux pas que je te casse une bûche sur le dos. »

Eloisa s'assit, à contrecœur.

Agnete coupa une tranche de pain. Les mains de sa mère aussi étaient sales. Eloisa les regarda, et une larme glissa le long de sa joue. Elle se tourna brusquement vers Mikael, qui la fixait d'un air de chien battu. « Qu'est-ce que tu veux, crétin ? » lui demanda-t-elle, rageuse.

Mikael baissa la tête.

Mère et fille mangèrent sans parler puis allèrent se coucher. Mikael se sentait plus seul que jamais. Alors, dans le silence de la nuit, pour la première fois, il chuchota : « Bonne nuit, Eloisa. »

Le lendemain, ce fut Agnete qui lui passa son repas par la trappe.

Mikael en fut attristé. Eloisa était encore en colère après lui. La trappe se referma au-dessus de sa tête, le laissant dans l'obscurité. Puis il entendit Agnete hurler : « Qu'est-ce que t'as fait, malheureuse ?

— Laissez-moi tranquille, mère ! répondit Eloisa d'une voix altérée.

— Qu'est-ce qui t'est passé par la tête ? cria Agnete. Oh, Dieu du ciel ! »

Mikael s'inquiéta. Il essaya de soulever la trappe pour jeter un coup d'œil, mais Agnete avait poussé le coffre dessus, et c'était trop lourd.

« Eloisa, viens ici tout de suite ! hurla Agnete.

— Non, cria Eloisa, de l'extérieur.

— Oh, mon Dieu… », fut la dernière phrase

d'Agnete que Mikael entendit. Ensuite la porte claqua, et le silence retomba.

Ce soir-là, quand il sortit de la cave, Mikael se retrouva devant Eloisa, qui avait un sourire de défi. Ses courts cheveux blonds brillaient. La peau de son visage était immaculée et ses yeux bleus ressortaient comme deux pierres précieuses. Ses lèvres étaient roses comme des pêches.

Mikael resta bouche bée.

« Qu'est-ce qu'il y a, gros bêta ? demanda Eloisa avec une moue de satisfaction, à voir la stupeur dans ses yeux. Allez, viens soigner ta blessure », ajouta-t-elle comme si de rien n'était, mais en agitant exagérément ses mains blanches devant son nez. Il n'y avait plus de traces noires sous ses ongles.

Mikael pensa qu'il n'avait jamais vu de petite fille aussi jolie. Et il rougit aussitôt. Pendant qu'Eloisa passait l'emplâtre sur sa blessure qui se refermait pour la troisième fois, il ne pouvait pas détacher ses yeux d'elle. Il ne les baissait que lorsqu'elle le regardait, et chaque fois rougissait un peu plus.

Ce fut un soulagement quand ils allèrent se coucher.

Agnete, pendant tout ce temps, était restée silencieuse, les coudes posés sur la table, l'air sombre. Elle n'avait adressé à sa fille que quelques mots désagréables. Avant de souffler la chandelle, elle lui dit : « Reste couverte, malheureuse. »

Dans le noir, Eloisa dit : « Bonne nuit, gros bêta. »

Mikael sourit. Il allait lui répondre, quand Eloisa se mit à tousser.

« Qu'est-ce qui t'arrive, ma fille ? dit Agnete, alarmée.

— Rien, mère… », dit Eloisa. Puis elle toussa de nouveau. « Il fait chaud… »

Agnete se leva immédiatement et ralluma la chandelle. Elle posa la main sur le front de sa fille puis la glissa sous ses vêtements, sur sa poitrine. « Tu es brûlante ! » gémit-elle. Elle se précipita à l'extérieur avec un linge, qu'elle remplit de neige et posa sur le front de sa fille.

Mikael sentit qu'Agnete était angoissée.

Eloisa toussa encore. Et encore. Puis un gros accès de toux lui coupa la respiration.

Mikael s'était redressé pour regarder. À la lueur de la chandelle, il la voyait frissonner et s'agiter.

« Ma petite fille… ma petite fille… se lamentait Agnete. Pourquoi ? Pourquoi t'as fait une telle bêtise ?

— Je voulais… être propre… comme les seigneurs… bredouilla Eloisa entre deux accès de toux.

— Par le Bon Dieu ! Les seigneurs ont des cheminées grandes comme des maisons, des matelas de laine ou de duvet d'oie, des pelisses de loup et d'ours. Nous, on a de la paille humide et des trous dans le toit…

— Je voulais… être propre, répéta Eloisa d'une voix toujours plus faible.

— Mais tu es propre ! s'exclama Agnete. C'est dedans que les personnes sont sales ou propres. L'enveloppe, c'est pas le fruit. » Elle secoua la tête, en proie au désespoir. « Mais qui t'a mis ça dans la tête… » Elle ne termina pas sa phrase. Se tourna comme une furie vers Mikael et le pointa du doigt d'un air menaçant. Elle se releva et s'approcha de lui. « Toi… »

Mikael fit glisser Hubertus de sa casaque, en espérant qu'Agnete ne le verrait pas.

« Toi ! répéta-t-elle quand elle fut à un pas de lui, agitant le doigt sous son nez. Qu'est-ce que tu lui as dit ? Qu'est-ce que tu lui as mis dans la tête ? Se laver ! T'aurais mieux fait de rester muet, quand tu parles tu fais venir le malheur ! » Aussitôt prononcé ce mot, elle se tourna vers sa fille et fit un signe de croix. Puis elle regarda Mikael et leva la main pour le gifler.

Il recula dans son coin, effrayé. Jamais de sa vie il n'avait été frappé.

La main d'Agnete resta en l'air, vibrant comme une corde tendue. Elle la baissa pour saisir Mikael par l'oreille et l'obliger à se lever. « Prie ! » cria-t-elle. Elle le traîna jusqu'au lit d'Eloisa. Le jeta au sol. « Agenouille-toi et prie ! » dit-elle, la voix pleine de rancune.

Mikael était terrorisé. Maintenant qu'il était près d'elle, il voyait que le visage d'Eloisa était plus pâle que jamais et tout perlé de sueur. Ses beaux yeux bleus semblaient voilés.

« Prie pour que ma fille ne meure pas ! » La voix d'Agnete se brisa en un cri guttural, de colère et de peur. Elle lui montra le poing, l'agita devant son visage. « Fais-moi sortir cette voix, ou le Bon Dieu m'est témoin que j'irai te la sortir moi-même ! » Elle se baissa et siffla : « Prie ! »

Mikael déglutit. Mais il n'arrivait pas à parler.

« Prie ! »

Il commença à pleurer, doucement. Sa voix se coinçait dans sa gorge pendant qu'Eloisa, couverte de sueur glacée, continuait de tousser.

« Si elle meurt... » Agnete ne put finir sa phrase.

Mikael ouvrit la bouche. Mais il resta muet, fixant les yeux d'Eloisa qui se voilaient de plus en plus.

« Mon Dieu, ne la faites pas mourir par ma faute. Dis-le ! » s'écria Agnete en le secouant par le bras.

Il ouvrait et fermait les lèvres, comme un poisson hors de l'eau, sans émettre aucun son.

« Prends-moi plutôt ! Dis-le ! » fit Agnete.

Mikael ouvrit de grands yeux.

Agnete le bouscula. « Lève-toi ! » Son regard était bouleversé d'inquiétude. « Ma fille n'est peut-être pas une princesse, mais elle vaut cent fois mieux que toi… » Elle s'écroula, secouée de sanglots, le front posé sur la couche de sa fille.

Eloisa délirait, brûlante de fièvre.

Ils restèrent ainsi jusqu'à l'aube.

« Descends, ordonna Agnete à Mikael. Et tâche de pas causer d'autres malheurs. »

Le cœur battant, il se glissa dans la cave par la trappe.

Toute la journée il entendit un va-et-vient de gens. Des femmes se lamentaient, des hommes tentaient maladroitement de consoler Agnete. Une vieille apporta une décoction de gentiane. Une autre une infusion de saule. Une troisième dit qu'il fallait recouvrir la petite de neige, soit elle mourrait vite, soit la fièvre tomberait.

Mikael entendait Agnete pleurer et répéter : « Seigneur tout-puissant, me la prenez pas elle aussi… me la prenez pas elle aussi… »

Eloisa délirait.

Vers le soir, Mikael entendit arriver le curé de Notre-Dame des Neiges.

« Non… mon père… non, dit Agnete d'une voix désespérée.

— Il faut te préparer, femme, dit le curé. Il est bon qu'elle soit confiée à notre Seigneur pendant qu'elle est encore en vie. »

Mikael entendit les planches grincer. Le curé s'était agenouillé.

Agnete, à bout de forces, répétait en pleurant : « Non… non… non… »

D'une voix monotone qui avait prononcé tant de fois l'extrême-onction, le curé commença : « *In nomine Patris, et Filii, et Spiritus Sancti, extinguatur in te omnis virtus diaboli per impositionem manuum nostrarum, et per invocationem gloriosæ et sanctæ Dei Genitricis Virginis Mariæ, ejusque inclyti Sponsi Joseph, et omnium sanctorum Angelorum, Archangelorum, Martyrum, Confessorum, Virginum, atque omnium simul Sanctorum. Amen.*

— Non… non… non… », gémissait Agnete.

Les planches grincèrent à nouveau. « Courage », dit le curé. Puis il partit.

Ils étaient de nouveau seuls.

Mikael ouvrit la trappe et alla se mettre à genoux à côté d'Agnete.

Elle ne parut pas s'apercevoir de sa présence.

Le front d'Eloisa, ses paupières, sa bouche et ses oreilles étaient ointes d'huile bénite. Elle respirait difficilement.

Mikael ouvrit la bouche. La referma. L'ouvrit de nouveau, serra les poings avec force. « Dieu… réussit-il à dire tout bas, prends-moi… Prends-moi, ne fais pas mourir Eloisa. »

Agnete se tourna pour le regarder, un instant, les

yeux pleins de stupeur, puis laissa éclater sa douleur, et elle se plia en deux comme si elle se cassait, secouée de sanglots.

Mikael n'avait pas le courage de la toucher. Il avait peur d'être frappé. Mais il s'accrocha à un pan de sa jupe. « Assez de morts, mon Dieu... dit-il. Assez de morts... » Il fixa Eloisa, secouée par la fièvre. Enleva les gants qui avaient sauvé ses mains et les lui mit. « Assez de morts, mon Dieu... »

Ni Mikael ni Agnete ne bougèrent de toute la nuit.

À l'aube, Eloisa ouvrit les yeux. Elle était consciente. Et sauvée. La fièvre n'avait pas eu raison d'elle.

Agnete éclata en violents sanglots, et serra Eloisa dans ses bras. « Jamais plus, ma fille ! Jamais plus, promets-le-moi !

— Je promets... dit Eloisa d'une petite voix.

— Jure ! Jure ou je te tue de mes propres mains !

— Je jure, mère... » Eloisa s'aperçut alors qu'elle portait les gants. Elle se tourna vers Mikael, qui la fixait avec inquiétude. Elle sourit à peine et dit : « Gros bêta... »

8

À partir de ce matin-là, Mikael sortit de son mutisme et commença à leur parler.

Un soir, pendant qu'il mâchait sa tranche de pain, dont il mettait discrètement un peu de côté pour Hubertus, il prit son courage à deux mains et demanda à Agnete : « Madame… est-ce que je pourrais avoir…

— Tu veux plus à manger ? dit Agnete d'un ton brusque. C'est non.

— Je voulais dire… je pourrais avoir la permission de garder avec moi… un… un ami ?

— Un ami ? dit Eloisa, surprise.

— Quel ami ? » demanda Agnete, soupçonneuse.

Mikael rougit. Son cœur battait fort sans sa poitrine, il avait peur. « Un… un rat, en fait. »

Agnete le fixa en silence. Longtemps.

Eloisa regardait sa mère.

« Je vous en supplie, madame… dit Mikael.

— Un rat. » Agnete fronça les sourcils. « Tu es ami avec un rat ? »

Eloisa éclata de rire.

Agnete aussi rit, à sa manière bourrue. Elle secoua la tête. « Gamin…

— Je vous en supplie, madame, ne dites pas non ! »

Agnete regarda sa fille.

« Je vous l'avais dit qu'il était un peu idiot, mère, dit Eloisa avec un sourire béat.

— Et c'est quoi, une crétine qui se lave en hiver juste parce qu'un idiot lui a dit qu'elle était sale ? » dit Agnete.

Eloisa prit une expression offensée. Elle vit Mikael esquisser un sourire. « Crétin ! lui dit-elle.

— Arrêtez, vous deux, intervint Agnete. Et il serait où, cet ami ? »

Mikael mit la main dans sa casaque, attrapa le petit rat et le montra, en le tenant sur la paume de sa main.

Eloisa s'approcha. Le rat, épouvanté, se glissa dans la manche de Mikael. Puis il mit le museau dehors et regarda Eloisa en ouvrant de grands yeux.

« Il s'appelle Hubertus », dit Mikael.

Agnete ne disait rien.

« Je vous en supplie, madame…

— On va faire un pacte, gamin, se décida Agnete. Si tu arrêtes de m'appeler "madame", je ne vais pas l'écrabouiller tout de suite.

— Comment je dois vous appeler ?

— Tout le monde m'appelle Agnete.

— D'accord. Alors, je peux le garder ? »

Agnete acquiesça imperceptiblement.

« Et vous ne tuerez pas non plus ceux de sa famille, mad… Agnete ?

— J'ai pas compris. T'es en train de me demander de pas tuer les rats qui mangent mon seigle, mon fromage et…

— C'est moi, sa famille, dit Mikael.

— Tu avais raison, ma fille, dit Agnete à Eloisa.

Il est idiot. » Elle regarda Mikael, pointant le doigt sur lui. J'élève pas des rats, gamin. Je te permets d'en garder un. Celui-là. Les autres, ils ont intérêt à se méfier. S'ils veulent rester en vie, ils feraient mieux de pas se montrer.

— Mais…

— Y a pas de "mais", dit Agnete d'un ton sans appel. D'ailleurs, arrange-toi pour que je le reconnaisse, ton rat, sinon je le tue lui aussi. Et dis-lui de garder son sale petit museau loin de mes provisions. »

Mikael avait l'air perdu.

Eloisa coupa une frange de cuir rouge de sa jupe et la lui donna : « C'est très solide. Mets-lui autour du cou. »

Mikael prit le lien de cuir et l'attacha au cou d'Hubertus. Puis il regarda Agnete et dit : « Merci. Et par rapport à sa famille…

— Je préférais quand t'étais muet », dit Agnete avec un soupir. Elle hocha la tête, hésitant à continuer. Écarta les bras. « Écoute, je regrette pour ta famille… mais c'est des rats. Et moi, les rats, je les tue. Fin de l'histoire. »

Les yeux de Mikael s'embuèrent. Il serra les lèvres.

« Mange, lui dit Agnete en s'installant à table. Eloisa, viens manger toi aussi. »

Eloisa fixait le petit rat qui, rassemblant tout son courage, était sorti de la manche de Mikael. Il s'installa de nouveau sur sa paume, curieux.

« Eloisa, viens t'asseoir toi aussi, t'as jamais vu un rat ? »

Eloisa tendit le doigt vers le rat, lentement.

Le petit animal recula la tête et voulut partir, mais Mikael referma sa main et l'immobilisa, avec douceur.

Eloisa caressa la tête poilue du bout du doigt. Elle sourit. Puis elle dit : « Hubertus, ça lui va pas du tout. Tu sais pas choisir les noms. »

Mikael haussa les épaules et ouvrit la main. Le petit rat ne chercha pas à s'échapper.

Eloisa approcha de nouveau son doigt. Le petit rat se mit debout et, prenant le bout du doigt entre ses pattes, le renifla. Eloisa rit doucement.

« Il est mignon, hein ? dit Mikael, tout content.

— Je ris parce que t'es vraiment un gros bêta, répondit-elle. C'est une femelle ! Et tu lui as donné un nom de mâle ! »

Mikael eut une expression étonnée.

Eloisa rit encore, satisfaite, et s'éloigna.

Le lendemain, Mikael lui demanda : « À quoi on voit qu'Hubertus est une femelle ?

— Tu sais rien de rien, décidément, répondit Eloisa. T'es vraiment bête. »

Quand ce fut l'heure de fermer la trappe, Agnete vit Mikael retourner le petit rat entre ses mains, examinant son ventre. « Gamin, si t'apprends pas à te défendre, Eloisa ne fera qu'une bouchée de toi, dit-elle en souriant. Je te l'ai dit, ma fille vaut cent fois mieux que toi, même si c'est pas une princesse.

— Mais… à quoi elle a vu que c'est une femelle ? » demanda Mikael.

Agnete éclata de rire et se tapa la cuisse. « Tu comprends pas ? Elle n'en sait rien. Mais elle te l'a fait croire, idiot. » Et elle rit encore plus fort, en refermant la trappe.

Mikael, resté seul, caressa encore un peu le petit rat. Puis il sourit. « Tu es un mâle, je le savais. Et Hubertus, ça te va très bien, ne l'écoute pas. »

Les jours suivants, Eloisa prit elle aussi l'habitude de mettre un peu de nourriture de côté pour Hubertus.

« Je savais pas qu'on pouvait devenir ami avec un rat, avoua-t-elle candidement à Mikael, un soir.

— Et moi, je savais pas que t'avais pas le droit de te laver... », lui dit Mikael. Il resta émerveillé à la regarder, se rappelant comme elle était jolie. Il rougit violemment.

Eloisa rougit aussi et lui donna une bourrade.

C'était la première fois que Mikael la voyait rougir.

Peu à peu cependant l'hiver commença à céder. Le froid acéré relâchait sa prise. La tiédeur des braises de la cuvette que Mikael remplissait chaque matin durait plus longtemps. Il y eut des jours où, les pieds autour de la cuvette chaude, il sentait des frissons de plaisir se répandre dans tout son corps. Ses muscles raidis se détendaient, s'abandonnaient à cette sensation inattendue.

Puis ce furent les orages, qui annonçaient l'arrivée du printemps.

Une nuit, un violent coup de tonnerre fit trembler toute la baraque, et une fine pluie de poussière et de paille tomba du toit. À la lumière de l'éclair qui suivit, Mikael entrevit la silhouette d'Eloisa qui se levait. Un instant après, la petite fille s'était couchée près de lui, tandis que la baraque était secouée par le tonnerre.

« N'aie pas peur », lui dit-elle d'une voix altérée.

Il y eut un nouvel éclair et aussitôt après un coup de tonnerre sec, rageur, si proche qu'il semblait avoir claqué devant la porte.

Eloisa sursauta, retint un gémissement et se recroquevilla contre lui en le prenant dans ses bras.

« N'aie pas peur, répéta-t-elle d'une voix qui tremblait. Serre-toi contre moi, tu verras que ça te passera. »

Mikael bougea timidement la main et la posa sur l'épaule d'Eloisa.

Eloisa mit la tête contre sa poitrine.

Ils restèrent là, immobiles, attendant le coup de tonnerre suivant.

On entendit alors la voix ensommeillée d'Agnete : « Eloisa, viens te coucher. »

La petite fille relâcha son étreinte et retourna à sa couche.

« Arrête de tourner autour du gamin, dit Agnete tout bas.

— Mère, pourquoi tu l'appelles jamais par son nom ?

— Dors », dit Agnete avec une note triste dans la voix.

Le lendemain, Mikael écouta comme toujours les pas d'Eloisa et Agnete se dirigeant vers la porte.

« Parce que je veux pas m'attacher à lui », entendit-il alors, comme si Agnete avait gardé longtemps cette phrase en elle.

« Qu'est-ce que vous dites, mère ? demanda Eloisa sans comprendre.

— J'appelle pas le gamin par son nom parce que je veux pas m'attacher à lui, continua Agnete avec une douleur sourde dans la voix. La mort m'a déjà pris un fils. Et si elle prend aussi le gamin, je veux pas verser une seule larme. »

La porte se ferma.

Mikael courut presque à la trappe. Il se cacha sous la couverture, sans boire le bouillon, et donna son pain à Hubertus. Pendant que le petit rat grignotait ce gigantesque trésor, Mikael commençait à sentir dans sa poitrine un poids qui lui coupait la respiration.

Aux vêpres, quand Agnete et Eloisa rentrèrent, il était fatigué comme s'il avait couru toute la journée, alors qu'il n'avait pas bougé.

Il monta l'échelle, se coucha sur la paille dans le coin de la cheminée et mangea sans envie, dans un silence total. Ce fut seulement tard dans la nuit qu'il murmura, les yeux pleins de larmes : « Je veux pas mourir. Mon Dieu, me faites pas mourir, je vous en supplie. »

Alors, pour la première fois de sa courte existence, au seuil de ses dix ans, il eut conscience d'être vivant. Un tremblement le secoua et il toucha son corps, comme s'il le découvrait tout à coup.

Il prit Hubertus dans sa main, le regarda et dit : « Moi, je vivrai. »

9

« Toujours rien, illustre Seigneur… », dit Mitija, un homme gigantesque qui était le directeur de la mine d'hématite de Dravocnik, d'une voix mal assurée et la tête basse.

Le prince d'Ojsternig serra ses mains osseuses sur les accoudoirs de son fauteuil. Il était assis dans la grande salle du Palais de Fer, comme on l'appelait dans le village minier, qui était situé sur une colline, par-delà le monastère. Couché aux pieds du prince, un gros molosse de guerre au poil tigré grogna tout bas, immobile. Ojsternig se leva.

Mitija gardait les yeux au sol.

Ojsternig s'approcha d'une des fenêtres en ogive et regarda dehors.

Du temps de la pleine activité de la mine, qui avait employé jusqu'à quatre cents hommes, les maisons de bois avaient poussé comme des champignons à Dravocnik. Serrées les unes contre les autres, elles envahissaient les ruelles, effaçaient des places. Mais c'était il y avait bien longtemps, du temps de l'arrière-grand-père d'Ojsternig. Certaines de ces maisons étaient maintenant vides et tombaient en ruines. Les habitants de Dravocnik récupéraient du bois sur ces maisons abandonnées pour réparer les leurs. Le filon le plus productif de la mine était maintenant tari.

La recherche d'autres filons d'exploitation, Mitija venait de le dire, demeurait infructueuse.

Ojsternig observait les rues et les maisons de Dravocnik, rouges et noires. Et les gens et les bêtes, étrangement rouges eux aussi, à cause de la poussière d'hématite qu'on émiettait avant de la fondre pour séparer le fer des autres matériaux, et noirs, à cause de la suie de la tourbe qui servait à chauffer l'alliage d'acier et de fer. Il regarda le village qui avait rendu sa famille riche et puissante. Qui avait attiré des armuriers venus de tout l'Empire. Les fours des forges étaient allumés jour et nuit pour fabriquer des couteaux, des épées, des haches, et des outils pour les artisans de la moitié de l'Europe.

Ojsternig regardait Dravocnik et pensait avec colère qu'il n'avait jamais profité de cette opulence. Son arrière-grand-père puis son grand-père puis son père avaient dilapidé toute cette fortune à faire bamboche, ne lui laissant que les récits de cette richesse passée. Il regardait les habitations croulantes, ces gens sales et émaciés, et il nourrissait une terrible rancune à l'égard de ces ancêtres qui avaient été plus chanceux que lui, simplement parce que le destin les avait fait naître avant. Les « sangsues », comme il les appelait, avaient saigné Dravocnik à blanc et ne lui avaient rien laissé. Sinon des dettes.

Il se tourna vers Mitija. « Tu es en train de me dire que je n'ai plus besoin de directeur ? » lâcha-t-il d'un ton glacial.

Mitija courba ses épaules puissantes. Il avait une

femme et trois enfants. Si Ojsternig le chassait, ils auraient du mal à survivre. « Illustre Seigneur, je trouverai une autre veine, même si je dois creuser de mes propres mains et y laisser mes doigts », dit-il, la voix brisée d'émotion.

Ojsternig le fixa en silence.

Si longtemps, que Mitija eut la sensation d'avoir vieilli d'un an quand son seigneur reprit la parole.

« Je veux vous présenter mon nouveau capitaine, dit alors Ojsternig.

— Bien sûr, illustre Seigneur… »

Un sourire rapide crispa les lèvres d'Ojsternig. Le destin avait été cruel avec lui. Il lui plaisait d'être cruel avec les autres. Tirant sur un cordon près de la table où il vérifiait habituellement les comptes de la mine, il fit sonner une petite cloche.

La grande porte de la salle s'ouvrit aussitôt.

« Dorénavant, c'est à lui que tu feras ton rapport », dit Ojsternig en désignant Agomar, qui avançait vers le directeur de la mine d'un pas lent et arrogant.

Mitija leva les yeux et resta la bouche ouverte. « Toi… ? » murmura-t-il.

Agomar sourit. Puis il regarda Ojsternig. « Qu'est-ce que je vous avais dit, Votre Seigneurie ? J'étais sûr que ce bon Mitija ne m'avait pas oublié. » Il fit un pas vers le directeur. Lui tendit sa main droite. Un observateur normal aurait pensé qu'il voulait le saluer.

Mais Mitija savait bien que ce n'était pas son intention. Il lui montrait sa main. Et il la regarda.

« Non, dit Agomar avec un sourire, il n'a pas repoussé, malheureusement. » Il agita devant lui sa main privée de petit doigt.

« Agomar… commença à dire tout bas Mitija, je suis désolé… mais tu sais…

— Tu n'as pas à être désolé, intervint Ojsternig. Au contraire, sois heureux. Mon capitaine a décidé de te donner la possibilité de te racheter. »

Mitija le regarda sans comprendre.

« Tu n'es pas content d'avoir l'occasion de réparer un tort ? » insista Ojsternig.

Mitija fixait Agomar. Plus de quinze ans avaient passé. Le père d'Agomar avait été un mineur robuste et honnête. Sa mère, une brave femme. Mais leur fils unique, Agomar, était un voleur, qui n'avait aucune envie de travailler. Il aurait dû lui couper la main entière, selon la loi, quand il l'avait découvert en train de voler la paie d'un vieux mineur qu'il avait frappé presque à le tuer. Mais par pitié pour ses parents, il ne lui avait coupé que le petit doigt. Le lendemain, Agomar avait disparu. Il l'avait cru parti dans les montagnes, mais avait appris qu'il était d'abord devenu bandit, puis soldat d'aventure. On murmurait, ces dernières années, qu'il avait une bande à lui.

« Alors ? demanda Ojsternig. Tu es content de pouvoir réparer le tort que tu as commis ? »

Mitija baissa la tête. « Oui, Votre Seigneurie, dit-il, puisqu'il n'avait pas le choix.

— Notre Mitija vient de me promettre qu'il trouvera une nouvelle veine qui me rendra aussi riche que mes ancêtres, dit Ojsternig. Même s'il doit creuser de ses propres mains et… comment as-tu dit exactement, Mitija ?

— Et y laisser mes doigts, Votre Seigneurie.

— Pour être plus précis, acquiesça Ojsternig, au risque d'y laisser tes *neuf* doigts. »

Mitija regarda Ojsternig. Puis Agomar. Et il comprit.

Ojsternig frappa dans ses mains. Un serviteur apparut avec un tranchoir de cuisine et une petite hache au manche de corne raffiné. Il posa le tranchoir sur une grande maie, sous une fenêtre, et donna la hache à Agomar.

Agomar la prit, la tourna dans ses mains, vérifiant le fil de la lame, puis la tendit à Ojsternig. « Monseigneur, voulez-vous le faire vous-même ? » lui demanda-t-il.

Le regard d'Ojsternig frémit. « Bien volontiers, ainsi cette affaire aura l'*imprimatur* de la justice. »

Agomar saisit Mitija par le bras et le traîna jusqu'à la maie.

« Non, l'arrêta Ojsternig. Ce n'est pas une exécution. Mitija veut sincèrement réparer ses torts. » Il regarda le directeur. « N'est-ce pas ? »

Mitija respira profondément. Il ne pouvait pas se permettre de perdre son travail. Il ne pouvait pas mettre sa famille en danger. Ojsternig était un prince violent, cruel et injuste. Et il avait maintenant pour capitaine un bandit. Mitija alla jusqu'à la maie et posa sa main droite, ouverte, sur le tranchoir. Il serra les mâchoires, ses narines se dilatèrent et, sans fermer les yeux, il regarda vers la maison de pierre et de bois où vivait sa famille. Du coin de l'œil, il vit Ojsternig lever la hache. Puis il sentit une douleur aiguë, brûlante. Il gémit. Il ferma les yeux et, quand il les rouvrit, son petit doigt était sur le tranchoir, noyé dans une flaque de sang.

Ojsternig le prit et le jeta à son molosse, comme un vulgaire os de poulet.

Le chien le dévora. Ses dents émirent un craquement sinistre.

Mitija alla vers la cheminée, et prit un tison incandescent avec une pince. Il posa sur le tison ce qu'il restait de sa phalange mutilée. La chair grésilla en se cautérisant.

« Très bien, directeur, vous pouvez aller, fit Ojsternig. Dès que vous serez guéri… commencez à creuser. »

Quand Mitija fut sorti, Ojsternig revint contempler le village recouvert de poussière rouge et noire. « Robert III n'a pas encore répondu à mon message, dit-il d'une voix sourde.

— Il le fera bientôt, j'en suis sûr, dit Agomar.

— Il n'est resté personne de la lignée des princes de Saxe, n'est-ce pas ? » demanda Ojsternig.

Agomar regarda son seigneur et répondit, sans hésiter : « Personne.

— Et pourtant, Robert III n'a pas encore donné son avis.

— Pourrait-il répondre autre chose que ce que vous attendez ? Qui, en dehors de vous, peut devenir le nouveau seigneur de la Raühnvahl ? En attendant l'investiture de l'empereur, annoncez à vos nouveaux sujets que vous avez annexé la vallée. Et commencez à percevoir les impôts. »

Ojsternig le regarda. « Tu es un bandit, Agomar. »

Agomar se lança dans une large et théâtrale révérence. « Merci, Votre Seigneurie. »

Ojsternig rit. « Viens, allons marcher dans Dravocnik. On murmure que les mineurs écoutent certains rebelles. » Il se dirigea vers la sortie. « Le petit doigt de Mitija m'a ouvert l'appétit. »

10

Le seigneur d'Ojsternig venait d'avoir quarante ans. Son corps était sec comme celui d'un jeune homme. Mais ce soir-là, en se déshabillant dans sa chambre à coucher du château d'Ojsternig, si luxueux autrefois, et en se regardant à la lumière de la lampe à huile dans la mince plaque de laiton poli qui lui servait de miroir, il ne vit pas le corps mince d'un jeune homme, mais celui, usé, d'un homme qui vivait de regrets, de rancœurs. Qui maudissait le mauvais sort, haïssait son destin. Passait son existence à regarder en arrière pour envier le passé opulent de ses ancêtres, en attendant d'être récompensé par la fortune sans rien faire toutefois pour la mériter. Il passa la main sur son abdomen, tendu par l'air qui agitait ses entrailles. Toucha la zone du foie qui empoisonnait son sang par son tribut quotidien de fiel et qui cernait ses yeux, semblables à deux puits marécageux. Il posa la paume sur ses côtes, à gauche, là où son cœur scandait son éternelle insatisfaction.

Il enfila une tunique de laine bouillie ornée d'incrustations de velours et brodée d'or fin, à présent usée, mais qui avait jadis été précieuse. Elle avait appartenu à son père et témoignait des derniers éclats de la fortune des Ojsternig. Les manches avaient été si souvent raccommodées aux coudes que les reprises étaient devenues la trame du tissu. Il regarda la bordure inférieure de son vêtement, avec ses broderies d'or raffinées au dessin floral autrefois complexe, qui pendait maintenant sur ses chevilles comme une toile d'araignée effilochée. Il passa le bout des doigts sur le col de velours élimé.

Il avait d'autres tuniques pour dormir, plus chaudes et plus récentes. Mais chaque soir, quand le domestique chargé de le déshabiller lui en tendait une, Ojsternig la refusait sèchement d'un signe de tête. Celle-ci le confortait dans sa rancœur.

Ojsternig n'était pas pauvre, pas plus que d'autres seigneurs dont les royaumes avaient perdu leurs ressources d'autrefois. Le cochon de lait, cuit avec des châtaignes et du miel ou rôti à la broche, ne manquait pas à sa table. Le vin non plus, celui aux épices venu d'Alsace ou celui plus sincère, mûri au soleil, de l'Italie méridionale. Ni les pains de blé tendre et de farine blanche, aux graines de pavot ou de cumin. Ni la vaisselle et les couverts d'argent et d'étain, au manche d'ivoire ou de corne finement ouvragé.

Ojsternig avait pourtant l'impression de manquer de tout. Et plus la rancune le rongeait, plus il se sentait abandonné par le sort, trahi par le destin.

Il se tourna vers le domestique. « Appelle la princesse », ordonna-t-il. Et tandis que celui-ci quittait la pièce, il contempla le feu dans la grande cheminée. Des bûches de hêtre, grosses et vigoureuses, diffusaient une chaleur intense, franche et parfumée. Mais Ojsternig gardait dans les narines la puanteur de la tourbe dont le sous-sol était riche, qu'on utilisait aussi au château pour réchauffer la grande salle commune et pour le feu des cuisines. Comme dans les maisons des pauvres.

Ses ancêtres étaient allés jusqu'à dilapider la forêt, comme les bois de hêtres et de mélèzes qui poussaient sur le flanc sud-est de la montagne.

Il pensa au royaume de Raühnvahl. Dès qu'il aurait mis la main dessus, son château se chaufferait de nouveau au bois de hêtre et de mélèze. Il couperait sans pitié la forêt du Mezesnig jusqu'au dernier arbre, sans se soucier de laisser quelque chose à ses héritiers. C'était la leçon qu'il avait apprise : chacun pour soi. Et que les autres aillent se faire foutre.

Cet après-midi-là, en marchant avec Agomar dans les rues de Dravocnik, il avait été plus dégoûté que d'habitude par les maisons et les êtres vivants. Cette coloration rougeâtre et la suie de la tourbe en faisaient un paysage infernal. « Un enfer… éteint », avait-il dit à Agomar, sans les flammes des forges et l'activité incessante des ouvriers. Un enfer abandonné par le Démon lui-même. Rouges et noirs étaient les poteaux de bois, le fond des ruelles, les égouts à ciel ouvert, les chrétiens et leurs animaux. Et le seul et constant arrière-plan sonore n'était plus la clameur des marchés ou les cris des vendeurs, les appels des prostituées, les rires des enfants, le vacarme des bagarres, les grognements des cochons, les bêlements des chèvres, les mugissements des vaches. Le seul et constant arrière-plan sonore était la toux des hommes et des bêtes. Le raclement des gorges et des poumons encrassés par la poussière, la rouge et la noire.

Dravocnik était répugnant, pensa Ojsternig, pendant qu'il attendait la visite de la princesse.

Il s'étendit sur son lit. Le châssis de bois de mélèze grinça. Sur la tête de lit impressionnante étaient gravées des scènes de chasse, de guerre et d'amour. Il joua avec les petits reliefs du bois spécialement sculpté par un ébéniste du XIIIe siècle pour son bisaïeul.

Il entendit frapper timidement à la porte. Le visage décharné et jaunâtre du domestique apparut. « La princesse est là, Votre Seigneurie, annonça-t-il.

— Fais-la entrer et va-t-en », dit Ojsternig.

Le domestique s'inclina et s'écarta.

La princesse entra dans la chambre, fit un pas et resta immobile.

Le domestique referma la porte.

« Me voici, Monseigneur », dit la princesse.

Ojsternig la regarda. Elle n'avait pas un teint lumineux. On aurait même pu dire que sa peau était couleur ivoire. Mais elle était toujours parfaitement propre. Ojsternig n'aurait pas supporté que son visage soit lui aussi coloré du rouge de l'hématite et du noir de la tourbe. Il le lui avait dit. Si un jour il la voyait, même très peu, rougie ou noircie, il la chasserait du château et l'offrirait à ses hommes pour qu'ils en fassent ce qu'ils voulaient.

« Bienvenue, ma chère », répondit Ojsternig.

La princesse avança jusqu'au pied du lit.

Ojsternig déplaça la lanterne pour mieux l'éclairer. Elle avait d'épais cheveux châtains, qui disparaissaient le jour sous une coiffe de soie, mais qu'elle brossait et laissait retomber quand son seigneur la convoquait. Ils n'étaient pas brillants comme le bois de chêne ciré, mais d'un châtain opaque et terne qui évoquait l'étoupe brûlée. Ses yeux étaient clairs mais comme voilés par une imperceptible cataracte, un brouillard qui venait de l'âme plus que de la nature de l'iris. Son nez était effilé, avec une pointe anguleuse. Elle n'était pas belle. Mais ses lèvres en forme de cœur étaient rouges comme des cerises mûres. La princesse commença à défaire le nœud qui retenait sa robe bleu clair autour de son cou. Laissant tomber sa tunique sur le sol, elle resta nue à la lumière vacillante de la lanterne.

Elle avait une poitrine pleine. Des mamelons larges et clairs comme des fleurs d'aubépine en plein été. Des hanches rondes. Et entre ses jambes fuselées, un duvet encore rare.

Et puis elle était jeune. Très jeune. Elle venait d'avoir treize ans.

« Viens ici », dit Ojsternig en tapotant le matelas rempli de laine de chèvre, après avoir soulevé la couverture de loup.

La princesse se coucha près de lui, sur le dos, le regard posé sur les grosses poutres marquetées du plafond.

Elle avait parfois l'air d'un cadavre, pensa Ojsternig.

« Tu as froid ? lui demanda-t-il.

— Non, Monseigneur », répondit la princesse.

Ojsternig se mit sur le côté et la regarda, longuement. Puis il souleva cette tunique usée qui avait été celle de son père et monta sur elle. Les lèvres couleur de cerise de la princesse s'entrouvrirent à peine.

Quand il eut fini, Ojsternig roula sur le côté. « Merci, ma chère, tu peux partir », dit-il, sans plus la regarder.

La princesse se leva, ramassa sa tunique, l'enfila et

la boutonna serrée, jusqu'au cou. Puis elle se dirigea vers la porte et l'ouvrit.

« Bonne nuit, père », dit-elle en se glissant hors de la chambre.

Ojsternig ne répondit pas. Il attendit que sa fille soit sortie, avant de palper son corps émacié, desséché par la rancœur et le vice.

Il écouta le battement de son cœur.

Il n'éprouvait aucune émotion. Aucun sentiment de culpabilité.

Seule la cruauté l'excitait et le faisait se sentir vivant.

Avant de s'endormir, il décida qu'il ordonnerait le lendemain la première pendaison d'un mineur.

Pour son divertissement.

11

À mesure que le printemps s'insinuait dans la froide vallée, en retard sur le reste du monde, Hubertus avait l'air de plus en plus inquiet. La nuit, il s'agitait, entrait et sortait de la casaque de Mikael, humait l'air comme s'il cherchait quelque chose, acceptait la nourriture mais la grignotait à peine. Le jour, il grimpait sur la petite échelle qui menait à la trappe et l'inspectait sans cesse.

Mikael observait ces changements avec un malaise croissant. Il ne comprenait pas et s'inquiétait. La présence réconfortante et constante d'Hubertus dans ses mains lui manquait. Il le rattrapait souvent sur l'échelle et le ramenait sur sa couche, en essayant de le retenir. Mais dès qu'il pouvait, le petit rat s'échappait et montait de nouveau en haut de l'échelle, où il tentait de glisser le museau entre les planches.

Un matin, Eloisa ne ferma pas bien la trappe. Un petit caillou s'était glissé entre le plancher et le bord. Mikael n'eut pas le temps de prendre conscience du courant d'air qu'Hubertus s'était glissé dans la mince ouverture.

« Hubertus ! » l'appela Mikael, bondissant sur ses

pieds. Il monta jusqu'à la trappe et l'appela de nouveau : « Hubertus ! »

Mais le petit rat ne revint pas.

En tendant l'oreille, Mikael entendait ses petites pattes sur le plancher. La peur et l'angoisse l'envahirent tout à coup. « Hubertus… Hubertus… », répétait-il, entendant la note de désespoir dans sa voix. Et quand la peur devint insupportable, enfreignant les règles qu'il avait respectées pendant des mois, Mikael essaya d'ouvrir la trappe. Elle était lourde, à cause du coffre. Il glissa ses doigts dans la fente et força. Rien à faire. Alors, il grimpa un barreau de plus, mit sa nuque et le haut de son dos sous la trappe et poussa de toutes ses forces sur ses jambes. Elle s'ouvrit un peu. Il y glissa sa main droite puis son bras, cherchant à quoi s'agripper. Mais ses jambes cédèrent, la trappe se referma d'un seul coup et lui écrasa le bras à la hauteur du coude. Il gémit de douleur mais ne céda pas et recommença à pousser sur ses jambes. Le souffle court, il répétait, effrayé : « Hubertus… Hubertus… » Enfin, le coffre glissa vers l'arrière, ce qui suffit à Mikael pour passer la tête et le tronc dans l'ouverture. Il rampa à l'extérieur en s'écorchant le ventre et le dos.

C'était une matinée nuageuse, sombre. On aurait presque dit qu'il faisait nuit. Mais Mikael réussit à voir dans la pénombre le petit rat qui grattait frénétiquement près de l'encoignure de la porte.

« Hubertus, viens ici », murmura-t-il, en avançant à quatre pattes.

À ce moment-là, l'amas de terre qui obstruait l'espace entre le sol et la porte céda sous les petites pattes d'Hubertus, et le rat se glissa au-dehors.

« Non ! » s'exclama Mikael en courant vers la porte. Il l'atteignit et l'entrouvrit. « Hubertus ! »

Le petit rat traversa la route boueuse au moment même où passait une charrette traînée par des bœufs.

Mikael ferma les yeux tandis qu'Hubertus s'enfilait sous la charrette et passait entre les roues. Quand il les rouvrit, Hubertus avait échappé à la mort et courait sur l'herbe entre deux baraques. Ce n'était plus qu'un petit point au loin.

« Hubertus ! » appela une fois encore Mikael, désespéré.

Soudain la porte s'ouvrit. Il fut heurté en plein visage par le battant de bois rugueux, et tomba sans comprendre ce qui s'était passé.

Agnete, telle une furie, se précipita sur lui. « Espèce d'idiot, tu veux nous faire tous tuer ? » siffla-t-elle en l'attrapant par le bras et en le traînant sur le plancher.

Mikael regardait vers la porte, là où Hubertus avait disparu.

Arrivée à la trappe, Agnete déplaça le coffre d'un coup de pied puis souleva presque Mikael de terre en le fixant d'un regard plein de colère, les yeux plissés et les narines dilatées.

« Hubertus s'est sauvé… pleurnicha Mikael.

— Et tu veux nous faire tuer pour un rat ? » explosa Agnete. Elle le saisit par les épaules et le secoua en grinçant des dents.

Mikael n'arrivait pas à quitter la sortie des yeux, malgré sa frayeur.

« Ton rat est parti, gamin, dit-elle, tandis que la colère s'éteignait dans sa gorge. C'est le printemps. Il cherche une femelle. Il veut juste tirer son coup ! »

Mikael la regarda en fronçant les sourcils, avec une expression égarée et stupide.

Agnete hocha la tête. « Je suis une femme vulgaire, dit-elle avec un orgueil qui cachait une légère honte. Tu dois t'habituer à cette manière de parler, petit prince. Il n'y a pas de maître de chant ou de luth, ici. Nous, les gens du peuple, c'est comme ça qu'on parle. Et tu ferais bien d'apprendre à parler comme nous. »

Mikael baissa les yeux et courba les épaules.

« Ton rat obéit aux lois de la nature, reprit Agnete sur un ton moins agressif. Il ne va pas se retourner pour te dire au revoir. Il est comme moi, il est mal élevé. Mais il suit la nature. Il veut conquérir sa femelle. Il ne pense à rien d'autre. Il se battra contre tous les mâles pour elle. Et il n'est pas dit qu'il gagne uniquement parce qu'il est bien nourri. Ceux qui sont dehors ont survécu à des choses qu'il n'imagine même pas. Et maintenant, ils sont méchants et déterminés… » Agnete prit rudement le visage de Mikael entre ses mains et le releva. « Mais il luttera, sois tranquille. Ton Hubertus luttera, même s'il doit en mourir. Je suis désolée… mais maintenant tu ne comptes plus pour lui. Tu lui as été utile. Tu n'es pas un rat, tu es juste un enfant qui lui donnait à manger. La vie, c'est comme ça. Plus vite tu l'apprends, mieux ça vaut. »

Les yeux de Mikael se remplirent de larmes.

« Maintenant retourne là-dessous », lui dit Agnete en le poussant vers la trappe.

Mikael descendit lentement l'échelle, mais au dernier barreau ses jambes cédèrent et il tomba face contre terre. Il resta là, immobile.

Agnete le regardait. « Relève-toi, gamin », lui dit-elle.

Mikael se releva. Il sentait le sang sur sa lèvre et le goût de la terre dans sa bouche.

« Tiens bon encore quelques jours, dit alors Agnete. Ton heure aussi arrive, comme pour ton Hubertus. »

Mikael la regarda, l'air perdu.

Elle le fixait de son regard dur.

« Mère ! s'écria Eloisa depuis le pas de la porte. Regardez Oswald ! »

« Encore deux jours, gamin. Après, tu devras apprendre à lutter avec ceux qui sont là dehors », dit Agnete en refermant la trappe. Elle rejoignit sa fille et, telles des gamines euphoriques, elles regardèrent Oswald, le charpentier, qui réparait les toits et qui était considéré comme le plus grand bavard du village. Agnete lui avait révélé ce matin-là en grand secret son intention d'acheter un enfant pour l'aider aux travaux des champs.

Oswald, à l'abreuvoir, discutait avec un groupe de commères, en se retournant de temps à autre pour regarder la baraque d'Agnete.

« Je savais que je pouvais compter sur toi, Oswald, murmura Agnete en riant toute seule. Avant ce soir, tout le village saura que je veux acheter un enfant à Raphael. Comme ça, quand ils le verront, personne n'ira imaginer que c'est le prince héréditaire Marcus II de Saxe. N'oublie jamais, ajouta-t-elle pour sa fille. Si tu veux garder un secret, arrange-toi pour que les gens n'aient pas le temps de se poser de questions. Donne-leur toi-même une réponse. Et maintenant, allons travailler. »

Agnete et Eloisa se dirigèrent vers la sortie. Mais avant de fermer la porte, Eloisa revint en arrière, en courant.

« T'as entendu, gros bêta ? chuchota-t-elle tout excitée entre les planches du sol. T'es content ? »

Pas de réponse. Eloisa attendit quelques instants. Agacée, elle tapa la main sur le sol. « Crétin ! » s'exclama-t-elle en s'en allant.

Mikael respirait doucement, recroquevillé sur la paille et plus seul que jamais. Le mélange de terre et de sang avait caillé sur sa lèvre. Il ne pensait qu'à son petit Hubertus, blessé à mort par les rats qui vivaient dehors, dans le monde. Où seul survivait le plus fort, le plus méchant, le plus déterminé.

Dans deux jours, avait dit Agnete. Dans deux jours lui aussi devrait lutter pour sa vie.

Il pensait à Hubertus, et se voyait lui-même.

« Je voudrais que tu sois ici, père, pour m'apprendre comment on fait », chuchota-t-il.

12

Deux jours plus tard, avant l'aube, la main rude d'Agnete secoua l'épaule de Mikael.

« Lève-toi, dit-elle. Il faut y aller. C'est aujourd'hui que je t'achète au vieux Raphael. »

Le cœur de Mikael fit un bond. Après des mois passés sous la trappe, il n'y retournerait plus jamais. Eloisa aussi avait l'air tendue.

« Ça va être un voyage long et difficile, dit Agnete. Mange quelque chose. » Puis elle se dirigea vers la porte. « Je vais charger le mulet. »

Eloisa se leva et mit la marmite sur le feu, que sa mère avait ranimé. Elle remuait machinalement le bouillon, perdue dans ses pensées. Quand il fut chaud, elle versa deux bonnes louches dans l'écuelle de Mikael et la lui passa sans un mot. Elle prit un morceau de viande séchée de la veille qu'elle avait mis de côté, et le lui tendit en même temps que le pain dur.

Mikael prit tout cela la tête basse. Il se tourna vers la porte, qui était restée à demi fermée. On entendait les bruits qu'Agnete faisait dehors.

« J'ai peur de ta mère », finit-il par dire.

Eloisa se figea. « Ma mère est la personne *la plus bonne* au monde », dit-elle avec fougue. Puis elle s'approcha de lui, menaçante. « Si tu dis du mal d'elle, je te casse toutes les dents. »

Mikael continuait à garder la tête basse. « J'ai dit qu'elle me faisait peur... j'ai pas dit qu'elle était méchante.

— T'as peur de la femme qui t'a sauvé la vie, crétin ? »

Mikael leva la tête et regarda Eloisa dans les yeux. « C'est toi qui m'as sauvé la vie, dit-il, d'un ton soudain adulte.

— Alors, gamin, t'es prêt ? » demanda Agnete dehors.

Eloisa avait ôté ses gants et les donna à Mikael. « Sur le col, il fait encore froid, dit-elle.

— Quel col ? dit Mikael. Où on va ?

— Au marché du village minier de Dravocnik, répondit Eloisa. C'est là qu'on achète les enfants. »

Agnete rentra. Elle alla vers le feu et lui passa de la suie sur le visage, dans les plis des oreilles, sur le cou et sur la poitrine. « Voilà, maintenant t'as vraiment l'air d'un gamin de Dravocnik. »

Eloisa eut un petit rire. « On dirait un charbonnier », dit-elle. Mais il y avait une pointe de nervosité dans son rire.

« Allons-y », dit Agnete en prenant un grand sac de jute usé et sale.

Mikael ne bougea pas. Il regardait Eloisa.

Agnete s'en aperçut. « Pas la peine de la regarder, elle vient pas avec nous, dit-elle en l'attrapant par l'épaule et en le poussant vers la sortie. « Elle reste ici toute seule. Et elle aura pas peur. » Elle se tourna vers sa fille. « Hein ? »

Mikael aussi se tourna vers Eloisa.

« Non… », dit-elle d'une petite voix.

Agnete hocha la tête puis poussa Mikael dehors.

Dans les dernières ombres de l'aube, Mikael entrevit la silhouette du mulet, noir et maigre, chargé de deux grands paniers de jeunes rameaux de saule tressés.

Agnete ouvrit le sac de jute et le posa par terre devant Mikael. « Dedans. »

Mikael se tourna vers la porte de la baraque. Eloisa était sortie et les regardait.

« Qu'est-ce qu'il y a ? Il te faut sa permission ? dit brusquement Agnete. Me fais pas perdre mon temps. Je veux m'en aller avant que les gens du village sortent de chez eux. »

Mikael posa l'un après l'autre les pieds dans le sac.

Agnete remonta les pans de jute, qui arrivaient à la hauteur de la poitrine de Mikael. Puis, presque sans effort, elle le souleva et le mit dans l'un des paniers du mulet.

Mikael sentait l'odeur âcre de l'animal, qui bougea à peine.

Agnete baissa la tête de Mikael de force pour le faire rentrer dans le sac. Elle le rabattit sur lui, le noua d'une vieille corde, le recouvrit de navets et d'oignons, et donna une claque sur l'arrière-train du mulet, qui démarra doucement.

« Au revoir, mère », dit Eloisa.

Agnete ne répondit pas.

Enfermé dans le sac, Mikael prit les gants qu'Eloisa lui avait donnés et les enfila, même s'il ne faisait pas froid.

Quand ils furent sortis du village, Agnete lui demanda : « T'arrives à respirer, gamin ?

— Oui.

— Le voyage est long. Dors, toi qui peux dormir.

— Comment s'appelle le mulet ? demanda Mikael au bout d'un certain temps.

— Mulet.

— Il n'a pas de nom ? »

Agnete ne répondit pas.

Un peu de temps passa, puis Mikael murmura : « Bonjour, mulet, moi je m'appelle Mikael.

— Tais-toi, gamin », rétorqua Agnete.

Mikael sentit que la route commençait à monter. Il entendait Agnete et le mulet souffler de fatigue. Il entendait le bruit que faisaient les pierres du chemin sous les sabots de l'animal. Et il commença à sentir le froid. Puis, après une longue, dure et lente période d'ascension, Agnete s'arrêta. Elle respirait lourdement. Le mulet aussi était fatigué.

« À partir de ce moment, je ne dois même plus t'entendre respirer, gamin, dit Agnete. C'est notre vie qui est en jeu.

— Pourquoi ? » demanda Mikael.

Agnete glissa entre les larges mailles du panier le bâton dont elle s'aidait pour grimper, et l'enfonça avec force dans le sac de jute.

Mikael gémit.

« La prochaine fois que je t'entends, je te fais mal pour de bon, dit-elle. C'est clair ? »

Mikael ne répondit pas.

« Bon. T'es peut-être moins bête qu'il y paraît », dit-elle avec un sourire. Elle reprit sa marche.

Les narines de Mikael sentirent bientôt une odeur de soupe et de viande grillée.

« Bonne journée, soldats ! fit Agnete tout haut.

— Bonne journée à toi, femme », répondit la voix d'un homme.

Mikael entendit le bruit de ferraille d'une armure, de plus en plus proche. Agnete s'arrêta.

« Où tu vas, femme ? demanda l'homme.

— Au marché de Dravocnik.

— Quoi faire ?

— Sûrement pas chercher un fiancé, à mon âge. »

Le soldat rit. « Qu'est-ce que tu transportes ?

— Des oignons, des navets, deux sacs d'avoine et un sac d'orge…

— Et dans ce sac, là, qu'est-ce qu'il y a ?

— De la viande d'enfant », répondit Agnete.

Le soldat resta silencieux un instant. Puis il éclata de rire, faisant vibrer son armure légère. « T'es une vieille rigolote, dit-il. Ça veut dire que tout va bien pour toi.

— Non, ça veut dire que j'ai bon caractère et que le nouveau seigneur a pas encore commencé à nous pressurer. »

Le soldat ne dit rien. Puis donna une claque au mulet. « Va-t-en, femme. Tu es mauvaise langue. Tu parles comme les mineurs de Dravocnik.

— Pourquoi ? Qu'est-ce qu'ils disent ?

— Fais attention à qui tu fréquentes là-bas. Il y souffle un vent mauvais. Les mineurs se sont mis en tête de partir chercher ailleurs de quoi travailler et manger. Certains essaient même de s'échapper. D'autres ont levé la main sur les gardes… Ils disent des gros mots.

— Comment ça des gros mots ?

— Liberté, dit le soldat en baissant la voix.

— Ça, c'est vraiment un gros mot, dit Agnete.

— Fais pas la maline avec moi, l'avertit le soldat. Va-t-en, mauvaise langue.

— Au revoir, soldat », dit Agnete en reprenant sa route.

Mais elle avait à peine fait quelques pas que le soldat lui cria : « Eh, femme, attends ! »

Mikael perçut la tension d'Agnete tandis qu'elle arrêtait le mulet d'un cri qui s'étrangla un peu.

« Tu me fais pas goûter un peu de ta viande d'enfant ? » lui dit le soldat.

Agnete, d'une voix tendue, répondit : « Allons, il est trop petit, cet enfant. Si je t'en donne un morceau, qu'est-ce qui me restera à vendre au marché ? »

Le soldat éclata de rire et s'en alla.

« Le diable t'emporte », maugréa Agnete en repartant.

Ils descendirent du col pendant une demi-lieue, sur une route que Mikael sentait plus praticable. Mais ils s'arrêtèrent, et Agnete dit : « Allez, mon mignon, un dernier effort.

— C'est à moi que vous parlez ?

— Quel effort t'aurais fait jusque-là, gamin ? »

Mikael eut honte. « Excusez-moi… »

Agnete tapa doucement sur la croupe du mulet. « Allez, mon vieux, on est presque arrivés.

— Au marché ? demanda Mikael.

— On va pas au marché de Dravocnik.

— Mais vous avez dit à Eloisa…

— Cette gamine est bien brave, mais elle a pas sa langue dans sa poche et elle parle trop.

— Où on va, alors ?

— Dans la tanière du dragon.

— Comment ça ?

— Dans la cabane du vieux Raphael, en haut des montagnes, dit Agnete.

— Pourquoi vous l'appelez la tanière du dragon ? »

Le visage d'Agnete s'assombrit un instant. « C'est pas tes affaires, gamin. » Elle donna une autre claque au mulet. « Eh, Gangolf, montre-lui comment tu sais grimper.

— Gangolf ?

— T'es vraiment idiot, gamin. Tu croyais qu'une fille comme Eloisa lui donnerait pas un nom, à son mulet ? »

Le sentier grimpait raide. Le mulet avançait lentement, à grand-peine. Quand il refusait d'avancer, Agnete l'insultait, lui donnait un coup de bâton. Enfin le chemin s'aplanit.

« Bravo, vieille bourrique, tu y es arrivé », dit-elle avec une note d'orgueil et d'affection dans la voix.

Ils s'arrêtèrent.

« Te voilà, Agnete, fit la voix profonde de Raphael. Vous avez fait bon voyage ? Et le garçon ? »

Agnete ôta les navets et les oignons, dénoua la corde qui fermait le sac et dit : « Descends. » En voyant que Mikael hésitait, elle attrapa son bras et tira dessus.

Mikael tomba du panier sur l'herbe verte.

« T'as vu comme c'était facile ? dit Agnete. Relève-toi. »

Mikael obéit aussitôt.

« Il a vraiment l'air de venir du marché des mineurs. Beau travail, Agnete », dit Raphael avec satisfaction en s'approchant. Puis il cracha dans sa main et frotta le front de Mikael à l'endroit où il l'avait incisé. « Parfait ! » dit-il en examinant la cicatrice.

« Je vous ai apporté la marchandise que j'étais censée vendre au marché, Raphael, dit-elle. Regardez si ça vous intéresse. »

Pendant que Raphael examinait le contenu des paniers, Mikael regarda autour de lui. La cabane était faite d'une petite pièce unique, comme on pouvait le voir par la porte ouverte. Accrochée au-dessus de l'entrée, une magnifique ramure de cerf.

La montagne surplombant la clairière était droite comme une immense colonne qui montait jusqu'au ciel. Elle était en pierre grise, marquée et creusée par les intempéries, couverte de neige au sommet. Entre les fentes verticales semblables à des crevasses se nichaient de fines langues de glaciers, comme des larmes gelées que même le soleil d'été ne pouvait faire fondre. Seule, elle se découpait, isolée des autres cimes, affirmant sa différence.

Raphael avait inspecté le chargement d'Agnete. « L'avoine et l'orge vont me servir. Et aussi les oignons et les navets. Je te prends tout, dit-il en hochant la tête. Au marché, ça t'aurait rapporté douze sols, plus ou moins, ajouta-t-il en posant la main sur une petite bourse de cuir qu'il portait à la ceinture.

— Par les temps qui courent, j'aurais de la chance si j'en tirais dix sols », rétorqua Agnete.

Raphael sourit et dénoua le lacet de sa bourse.

« Mais comme j'ai pas été obligée d'aller jusqu'à cet endroit de merde, poursuivit Agnete, j'imagine que je devrais me contenter de huit sols. »

Raphael eut un léger signe de remerciement de la tête. « Comme tu veux…

— Mais je vous en dois au moins quatre, donc filez-moi quatre sols et ma marchandise est à vous », dit Agnete d'une voix revêche.

Raphael fronça les sourcils. « Pourquoi tu devrais me donner quatre sols ?

— De nos jours, pour une femme seule, c'est un trésor immense d'avoir une personne de confiance, répondit-elle en le regardant droit dans les yeux. Un trésor qui vaut bien plus que quatre sols. Mais c'est tout ce que je peux me permettre. »

Raphael la regarda d'un air mélancolique. « Ça me fait plaisir que tu aies confiance en moi, dit-il.

— J'ai personne d'autre, dit rudement Agnete. Mais vous mettez pas des idées en tête.

— Bien sûr que non, dit Raphael avec une drôle d'intonation dans la voix, et il continuait de la fixer.

— Vous allez rester planté là longtemps ? » dit Agnete d'un ton rude.

Raphael sourit. Mais son visage avait une expression triste et distante. Puis il tourna son regard intelligent sur Mikael : « Apprends tout ce que tu peux de cette femme, gamin », lui dit-il.

Agnete soupira. « Arrêtez avec ces idioties. On n'a plus l'âge. »

Mikael rentra la tête dans les épaules. Il y avait des mois qu'il ne voyait plus la lumière du soleil et il commençait à se sentir mal à l'aise dans cet endroit ouvert.

« Dis-moi plutôt, c'est vrai ce qu'on dit des mineurs ? Qu'ils parlent de liberté ? » demanda Agnete.

Raphael acquiesça. « Leur seigneur est comme un chancre. Il leur enlève tout et ne leur donne rien.

La mine s'épuise, mais il continue à traiter ses serfs comme des esclaves. Leurs enfants meurent à petit feu. Ils sont désespérés. Il y a un homme… un homme fier, qui a pris le maquis. On dit qu'il s'appelle Volod le Noir. Mais personne ne sait qui c'est. Il vit de braconnage, mais dès qu'il le peut, il détrousse Ojsternig et les marchands. Et il donne à manger aux enfants des mineurs. Mais surtout, il leur donne de l'espoir. Pour le moment, il n'a que quelques hommes avec lui, mais sa petite armée grandira. Le mot liberté s'enracine dans le cœur des hommes, surtout s'ils ne possèdent que leur vie.

— Et vous en pensez quoi ? »

Raphael serra les lèvres, avec une expression mélancolique. « Les hommes qui prononcent tout haut le mot liberté sont des cadavres avant même d'être tués, par les temps qui courent. Ces dernières semaines, Ojsternig en a pendu deux. Et dimanche, au nom de Dieu, il en pendra trois d'un coup.

— Qu'est-ce qu'ils ont fait ?

— L'un a essayé de s'échapper. L'autre a refusé de creuser parce que le filon est épuisé. Et une…

— Une femme ? »

Raphael acquiesça gravement. « C'est l'épouse d'un homme qui a parlé de Volod le Noir dans une taverne, avant de se faire tuer par un homme d'armes. De nos jours, avec ce chacal d'Ojsternig, ça suffit pour qu'elle soit condamnée pour rébellion. Il veut les terroriser. Et il y arrivera peut-être… »

Agnete se tourna vers le sud, où s'ouvrait la vallée de Dravocnik. « Pourtant, même les chiens enchaînés ont le droit de courir de temps en temps après les lapins dans les bois, dit-elle.

— Certains attendent ça toute leur vie, dit Raphael. Tu les reconnais aux plaies qu'ils ont au cou à force de tirer sur leur chaîne. La plupart finissent par renoncer.

— Et tu les reconnais parce qu'ils ont les yeux des morts.

— Toi, c'est sûr que tu n'as pas renoncé, t'es certainement un de ces fichus chiens qui ont des plaies au cou », dit Raphael en souriant. Il entra dans la baraque et ressortit avec un fin nerf de bœuf terminé par un nœud coulant, qu'il passa au cou de Mikael. Il tendit l'autre bout à Agnete. « Comme ça tout le monde saura que c'est moi qui te l'ai vendu. »

Agnete le remercia d'un signe de tête. « On doit y aller maintenant. Je parie que le garçon ne marchera pas vite, et Gangolf est trop fatigué pour le prendre en croupe.

— Viens là », dit Raphael à Mikael. Il lui montra la montagne derrière eux, haute jusqu'au ciel, droite et fine comme une colonne. « Nous, on l'appelle "Le Doigt de Moïse". Tu pourras la voir même de la Raühnvahl. Les gens disent que c'est le symbole de la colère de Moïse, quand il est redescendu avec les Tables de la Loi et qu'il a trouvé les Hébreux en train d'idolâtrer le Veau d'Or. Mais moi je crois que c'est un doigt qui bénit nos vies. Et au nom de ce doigt, je te donne une antique bénédiction. » Il attira Mikael à lui, et posa une main sur sa tête et l'autre sur son cœur. « Je te souhaite de te sentir près du ciel. Je te souhaite de te sentir ancré à la force de la terre. Et que la lumière baigne toujours tes branches et tes racines. » Il le fixa, immobile, de son regard intense. « Tu es seulement au début de ton chemin, gamin. » Il se tourna vers Agnete, compta quatre sous dans sa bourse, les lui donna et dit : « Partez. C'est l'heure. »

Agnete tira sur la laisse de Mikael et se mit en route sur le sentier.

13

Après deux heures pendant lesquelles Mikael, à bout de force, avait glissé dans les pentes et peiné dans les montées, ils passèrent de nouveau devant le poste de garde sur le col qui dominait la Raühnvahl.

Le soldat en armure s'approcha.

Mikael tressaillit. Il le reconnaissait. Il l'avait vu monter la garde à la porte du château de son père. C'était un de ceux qui le chassaient quand il voulait se cacher dans la caserne.

« Au départ, tu transportais de la viande d'enfant… et maintenant te voilà qui reviens avec une espèce de chien, dit le soldat en riant.

— Figure-toi que sur ce marché il arrive des miracles, répondit Agnete. C'était guère plus qu'un petit tas d'os, et un saint homme me l'a aspergé de vin de messe et lui a ordonné : “Lève-toi et marche, larron !” Et regarde comment il est devenu. J'ai bien essayé de le vendre au boucher mais il en a même pas voulu une cuisse. Il dit que ces derniers temps il fait pas beaucoup d'affaires avec la viande d'enfant. Alors je me suis dit que c'était mieux de le garder entier. Peut-être qu'il pourra servir à quelque chose.

— Et pourquoi tu le tiens en laisse ? » dit le garde en attrapant rudement le visage de Mikael.

Mikael gardait les yeux baissés.

« Il est encore sauvage, dit Agnete. Le miracle vient juste d'avoir lieu. Le saint homme a dit "Lève-toi et marche", mais il a oublié de lui dire "Gare à toi, bâtard, si t'essaies de t'échapper !". »

Le soldat éclata de rire. « Si t'étais plus jeune, femme, je te jure que je t'aurais fait sentir mon engin entre les jambes, tellement t'es rigolote.

— Oh, Dieu du Ciel, un autre miracle ! s'exclama Agnete.

— Lequel ? demanda le soldat.

— Qui m'aurait dit qu'un jour je remercierais le bon Dieu de m'avoir fait vieillir ? »

Le soldat ne savait pas s'il devait se vexer ou rire. Il posa un regard inquiet sur Mikael.

Celui-ci était terrorisé. Il gardait les yeux baissés pendant que le soldat cherchait à lui relever le visage. Il pâlit sous la couche noire de suie et sentit ses jambes trembler. Le soldat allait sûrement le reconnaître et les tuer séance tenante. Et ensuite lui couper la tête, comme à son père, pour la remettre à Agomar, le chef des bandits.

Mais le soldat se contenta de lui pincer méchamment la joue. Il avait décidé que la réponse d'Agnete était offensante, mais il ne voulait pas s'avouer vaincu.

Mikael gémit.

« C'est une avance pour ta prochaine bêtise, espèce de chien », dit le soldat.

Agnete feignit de rire et se remit en route vers la Raühnvahl.

Dès qu'ils furent derrière un pan rocheux, elle

s'arrêta. Elle grimpa jusqu'à une langue de neige qui s'accrochait dans une crevasse et en prit une poignée, avant de redescendre. « Garde ça sur ta joue, gamin, dit-elle.

— Je m'appelle Mikael, dit-il, les yeux pleins de larmes.

— Garde ça sur ta joue », répéta-t-elle. Puis elle lâcha le bout de la laisse et recommença à marcher. « L'enlève pas », ordonna-t-elle. Au bout de quelques pas, Mikael l'entendit marmonner : « Fumier de fils de pute de soldat. »

Mikael frotta la neige sur sa joue et la douleur diminua.

Ils marchèrent encore une lieue. La route serpentait à flanc de montagne et on apercevait par moments les ruines du château des princes de Saxe.

Mikael s'arrêta, un vide dans l'estomac, et regarda son foyer et sa vie d'autrefois.

Agnete se retourna. Elle comprit aussitôt. « Il est temps d'enterrer tes morts », lui dit-elle.

Mikael se tamponna les yeux avec la neige.

Au bout d'une autre lieue, ils arrivèrent au pont de bois sur l'Uque, le torrent qui traversait la Raühnvahl.

Agnete s'arrêta. « Nous y voilà », dit-elle.

Mikael ressentit une vague de terreur.

Agnete reprit le bout de la laisse et tira. « Rappelle-toi : plus rien ne t'est dû. Tu n'es plus le prince. À partir de maintenant, tu devras tout aller chercher avec tes dents, même la plus petite chose. »

Mikael était pétrifié. Il voyait les maisons et les baraques du village, la petite église de Notre-Dame des Neiges, la rue boueuse, les maigres champs d'avoine et d'orge, les villageois avec leurs faux et leurs râteaux, les chiens errant à la recherche d'un os.

« Mais tout ce que tu auras conquis avec tes propres forces, ajouta Agnete d'un ton plus doux, sera à toi. Uniquement à toi. » Elle tira de nouveau. « Maintenant, marchons. »

Quand ils eurent dépassé la première maison du village, ils virent les habitants rassemblés le long de la route.

Au début, Mikael avait survécu grâce à la graisse de son corps. Puis, quand tout le gras avait fondu, il avait survécu simplement par habitude.

Il traversa le village tenu en laisse, examiné avec curiosité par les gens de la vallée. Il était en tous points semblable à eux. Maigre, décharné, les côtes qui perçaient sous la peau. Sur les épaules une fatigue qu'aucun sommeil n'aurait pu adoucir et une faim que rien ne comblerait plus. Mais une petite, imperceptible lueur dans les yeux, parce qu'il avait tenu avec ses propres forces.

« Il est pas bien vaillant, dit une vieille femme à Agnete après l'avoir palpé comme du bétail. Je crois pas qu'il va t'aider. »

Agnete s'arrêta, pour que chacun entende. « À ton avis, je suis riche, Astrid ? » rétorqua-t-elle en écartant les bras dans un geste d'impuissance. « Les costauds, ils étaient trop chers. »

Mikael respirait à peine. Il avait jeté autour de lui un regard rapide, croisant les regards de certains garçons, et la terreur lui avait serré le ventre. Il repensait à Hubertus, peut-être massacré par « ceux qui sont là dehors ». Agnete le tirait trop fort. Il trébucha.

Les villageois se mirent à rire.

« Je parie qu'il va mourir, dit la vieille Astrid.

— Au pire, j'aurai perdu mes sous », répondit Agnete. Elle s'arrêta de nouveau, regarda la vieille. « Moi, je te dis qu'il va devenir fort, au contraire. » Elle appuya le doigt sur la poitrine de Mikael. « Alors tu devras bien reconnaître que j'ai fait une bonne affaire. »

Astrid haussa les épaules. « Il te fera pas une année.

— On verra », et Agnete cracha par terre vers la vieille, qui recula.

Mikael suivait docilement.

Eloisa arriva en courant. Elle souriait à Mikael.

« Comment il s'appelle ? demanda une petite fille.

— Le Crottin », dit un garçon.

Le petit groupe de garçons éclata de rire.

« Crottin Sec, tu veux dire », fit un garçon d'environ treize ans, fort comme un jeune taureau, aux joues rouges et aux cheveux crépus.

Ses amis n'en pouvaient plus de rire.

« Eberwolf, intervint alors Eloisa, un jour Crottin Sec te cassera la figure. Et là, tu arrêteras une fois pour toutes de jouer les tyrans. »

Le gros garçon rougit, regardant Eloisa sans savoir quoi répondre, pendant que ses amis attendaient la suite. Puis il posa les yeux sur Mikael. C'était un regard chargé de haine. Mais il ne dit rien.

« On dirait que ta fille le connaissait déjà, dit à Agnete Ljuba le brasseur, un homme dans la cinquantaine avec une épaisse barbe encore rousse.

— Qu'est-ce que tu dis, Ljuba ? demanda Agnete.

— Regarde toi-même. »

Agnete se retourna. « Alors c'est bon signe, finit-elle par répondre. Ça veut dire que c'était écrit d'avance. » Arrivée devant sa baraque, elle agita la main en l'air pour saluer tout le monde. « À demain, braves gens. » Et elle lâcha la laisse.

Mikael se précipita à l'intérieur. Une terreur aveugle le secouait. Il courut à la trappe, l'ouvrit et descendit aussitôt l'échelle. Recroquevillé sur la paille, il resta là, immobile et tremblant.

Quand Agnete revint, après avoir rentré le mulet avec Eloisa, elle regarda autour d'elle. « T'es où, gamin ? »

Pas de réponse.

Eloisa indiqua la trappe ouverte.

Agnete s'approcha. « Sors de là », ordonna-t-elle.

Mikael ne souffla mot.

« Si tu m'obliges à descendre, dit Agnete d'une voix basse et menaçante, tu t'en repentiras. »

Mikael ne bougea ni ne répondit.

« Allume la chandelle, ordonna Agnete à Eloisa.

— Mère...

— Tu ne vas pas t'y mettre, toi aussi. »

Eloisa alluma la chandelle, qu'elle tendit à sa mère.

Agnete descendit l'échelle, se courba pour ne pas se cogner la tête et se planta face à Mikael. Elle leva la main pour le frapper.

« J'ai peur de mourir ! hurla tout à coup Mikael, éclatant en sanglots irrépressibles.

— Tu as peur de vivre ! » cria Agnete plus fort que lui. Elle attendit qu'il soit un peu calmé puis répéta : « T'as peur de vivre, gamin.

— Je m'appelle Mikael... »

Agnete remonta. « Mets la table pour trois », dit-elle à sa fille.

Eloisa posa sur la table trois écuelles, trois chopes

et trois cuillères en bois. Puis elle remplit les écuelles de soupe et mit dans chacune un nerf de bœuf. Elle coupa trois tranches de pain frais et versa de la bière pour sa mère.

Agnete s'assit à sa place et adressa un geste à Eloisa pour qu'elle fasse de même. Elle lui fit signe de se taire. « Seigneur, nous vous remercions du pain que vous avez mis sur notre table et de m'avoir donné la force de monter jusqu'à la cabane de Raphael… »

Dans la pause qui suivit, elles entendirent Mikael se lever de sa couche et monter l'échelle. Ni Agnete ni Eloisa ne le regardèrent pendant qu'il s'asseyait pour la première fois à table avec elles.

« Fais ton signe de croix », dit Agnete d'un ton bourru.

Il se signa.

« Et merci, Seigneur, d'avoir agrandi notre famille. » Agnete trempa la cuillère dans sa soupe et aspira bruyamment. Elle se tourna sur sa droite et dit : « Mange… Mikael. »

14

« N'aie pas peur, gros bêta. »

Mikael était paralysé sur le seuil, alors que le soleil se montrait entre les cimes aiguës des montagnes qui entouraient la Raühnvahl. Il n'arrivait pas à franchir la porte et s'accrochait aux montants de sapin en regardant timidement le monde extérieur.

Agnete apparut derrière lui et le poussa dehors d'un grand coup.

« Arrête de le traiter de gros bêta. Appelle-le par son nom. T'as entendu les gamins, hier ? Il a déjà bien assez de surnoms.

— Toi non plus tu l'appelles pas par son nom, rétorqua Eloisa.

— Moi, je fais ce que je veux », répondit Agnete avec brusquerie. Elle regarda la rue du village, où se rassemblaient d'autres habitants de la vallée. Elle fit quelques pas dehors et se retourna vers Mikael. « Allez, gamin, qu'est-ce que t'attends ? On va travailler. Je t'ai pas acheté pour que tu regardes les papillons. » Et sur ces mots, elle se dirigea vers la petite troupe de paysans.

Eloisa poussa Mikael doucement. « Vas-y. »

Ils marchèrent sur le court sentier qui rejoignait la rue du village.

« C'est quoi, travailler ? demanda alors Mikael d'une petite voix.

— Hein ? dit Eloisa.

— Je… je sais pas comment on fait. »

Eloisa s'arrêta pour le regarder, avec une expression incrédule. « Ben, aujourd'hui c'est facile, répondit-elle. Tu regardes les autres et tu fais pareil. »

Mikael avait une lueur effrayée dans les yeux. « Et si j'y arrive pas ?

— Ils te tueront. »

Mikael resta bouche bée.

« Je plaisante, gros bêta ! dit Eloisa en riant.

— Marchez, vous deux ! cria Agnete devant. Ou est-ce qu'il faut que je vous fouette le cul comme à des veaux ?

— Marche, dit Eloisa. Aujourd'hui, on déplace des pierres. »

Mikael suivit, la tête basse. Plus il se rapprochait du groupe des villageois, plus sa respiration s'étranglait dans sa gorge et ses jambes tremblaient. Il devait se contrôler pour résister à la tentation de s'enfuir. « À quoi ça sert… de déplacer… des pierres ? demanda-t-il tout bas, le souffle court, pensant que parler le calmerait.

— Gregor et Emöke se marient, dit Eloisa. Quand deux personnes se marient, la montagne leur offre un bout de sa terre et nous demande de la rendre fertile. » Elle désigna le flanc de la montagne sur leur gauche. « Tu vois, là où il y a un feu allumé ? C'est le lopin de terre que la montagne a offert à Gregor et Emöke. Et tout le village enlèvera les pierres, les cailloux, les souches et les racines d'arbre, pour que leur champ soit cultivable. Gregor et Emöke ne bougeront pas le petit doigt. Ils auront bien le temps de se casser le dos quand leur terre sera prête.

— J'ai peur, dit Mikael quand ils furent près du groupe des villageois, qui le regardaient avec curiosité.

— N'y pense pas, répondit Eloisa.

— Tiens, voilà Crottin Sec », annonça Eberwolf à voix haute, en bombant le torse.

Ses amis éclatèrent de rire.

Mikael vit que d'autres adultes aussi souriaient. « J'ai peur », répéta-t-il, mais si bas qu'Eloisa n'entendit pas. Il resta à l'écart, les yeux baissés, espérant que personne ne s'occuperait de lui.

Puis, sur un signe du curé de Notre-Dame des Neiges, frère Timotej, les habitants de la vallée se mirent en route et formèrent une sorte de cortège. Mikael, en silence, marcha derrière. Le cortège s'arrêta au pied de la montagne qu'on appelait le Mezesnig. Frère Timotej leva les bras vers la cime et déclama : « Aujourd'hui, au nom de Dieu, la montagne se donne aux époux Gregor Bajonka et Emöke Albath, pour qu'ils n'oublient jamais que c'est d'elle que nos vies dépendent, de sa générosité et de sa fureur, de sa richesse et de sa férocité. »

Gregor et Emöke étaient au milieu de ce qui deviendrait leur champ. Ils étaient très jeunes. Lui, maigre, le visage creusé comme certains troncs exposés aux intempéries. Elle, florissante, les joues rouges, tel un fruit juteux. Tous deux portaient leurs habits du dimanche. Et tous deux avaient le regard qui brillait, d'une lumière à la fois légère et émue.

Frère Timotej alla jusqu'à un grand pieu planté dans

le sol, marquant l'un des coins du petit lopin de terre délimité par un muret de pierres sèches, et l'aspergea d'eau bénite. Puis il récita : « Au commencement, Dieu créa le ciel et la terre. Et Dieu dit : "Que la terre produise de la verdure, de l'herbe à graine, des arbres fruitiers qui donnent du fruit, selon leur espèce, et contiennent leur semence sur la terre !" Ainsi fut-il : la terre produisit de la verdure, de l'herbe à graine, et des arbres qui donnent du fruit selon leur espèce, et contiennent leur semence. Et Dieu vit que cela était bon. Et Dieu dit : "Voici, je vous donne toute herbe à graine sur toute la surface de la terre, ainsi que tout arbre portant des fruits avec pépins ou noyau : ce sera votre nourriture." Et ainsi fut-il. Dieu regarda tout ce qu'il avait fait, et vit que cela était bon. »

Pendant ce temps, des hommes avaient planté d'autres pieux et délimitaient par une corde le futur champ des époux.

« Voici le champ que la montagne, avec la bénédiction de Dieu, donne aujourd'hui à Gregor Bajonka et Emöke Albath », dit alors le frère Timotej.

Les villageois récitèrent en chœur : « Créateur de tout l'univers, qui visite la terre par ta bénédiction et au passage répands l'abondance, fais que nos champs produisent la nourriture nécessaire à nos familles. » Après un signe de croix, ils entrèrent dans le champ et vinrent embrasser Gregor et Emöke.

Un vieil homme à la longue barbe blanche incrustée de nourriture se mit au centre du carré de cinquante pas sur cinquante. De son bâton, il désigna des hommes adultes, qui se regroupèrent d'un côté. Il regarda un instant Eberwolf. Le garçon bomba le torse. Le vieux acquiesça et tendit vers lui son bâton.

Eberwolf, se pavanant sous les regards admiratifs de ses camarades, rejoignit le groupe des adultes. Puis le vieux sépara en deux groupes distincts les jeunes garçons et les jeunes filles. Ensuite les petits garçons et les petites filles. Arrivé à Mikael, il dit : « Pour aujourd'hui, tu iras avec les filles. »

Eberwolf, ses amis et quelques-unes des filles rirent.

« Non ! » s'exclama Agnete.

Le vieux la regarda avec étonnement, presque offensé. « Non ? dit-il doucement.

— Non, Zacharias, répéta Agnete en faisant un pas en avant. Je l'ai acheté pour travailler. Et il travaillera comme chacun d'entre nous.

— Il a des mains de fille et des muscles d'écureuil. À quoi ça te sert de tuer ta bête de somme, juste par orgueil ?

— Il y arrivera », dit Agnete sans baisser les yeux.

Le vieux la fixait en silence. Il acquiesça, désigna Mikael, et lui fit signe de rejoindre le groupe des petits garçons.

Eloisa sourit.

« Crottin Sec est une fille ! » cria Eberwolf. Et tous se mirent à rire.

Agnete lança un regard désapprobateur à Zacharias et cracha par terre.

« Allez, au travail ! » dit le vieux.

Les hommes se jetèrent sur les plus grosses pierres et commencèrent à les déplacer. Les jeunes garçons s'occupèrent des pierres moyennes. Les petites filles des pierres plus petites. Les jeunes filles devaient creuser la terre d'un pieu à l'autre, le long de la limite, sur une profondeur d'une paume et une largeur de deux, là où s'élèverait le mur de clôture. Au groupe des petits garçons, dont Mikael faisait partie, on distribua des pioches pour déterrer les souches des hêtres abattus. Deux habitants de la vallée, avec un attelage de bœufs puissants, attendaient que les racines soient à nu pour attacher la souche aux bêtes de somme et l'extirper du sol.

Mikael prit une pioche, regarda comment les autres faisaient et les imita. Il souleva l'outil au-dessus de sa tête et l'abaissa avec force. Mais sa prise était molle et il n'était pas préparé à l'impact avec le terrain dur. La pioche rebondit, lui échappa des mains et Mikael se retrouva par terre.

Les enfants autour de lui se mirent à rire.

Eloisa, qui passait en transportant des pierres, s'approcha de lui. « Serre-la fort », lui dit-elle.

Les petits garçons ricanèrent encore.

Mikael donna un coup. La lame ne pénétra pas tout entière. Mais il garda la pioche en main. Alors il la leva de nouveau et frappa avec plus de force. Une petite motte de terre bougea. Il se tourna vers Eloisa.

La petite fille le regardait et lui adressa un signe d'approbation imperceptible.

Mikael souleva la pioche et l'abaissa. Encore et encore. Mais il dut s'arrêter après une vingtaine de coups. Ses mains lui faisaient mal et les muscles de ses épaules brûlaient. Les autres enfants continuaient de piocher avec constance. Mikael serra les dents et recommença. Mais il était toujours en retard sur les autres.

Le vieux Zacharias le regardait, à côté d'Agnete, et dit : « J'aurais dû le mettre avec les filles. »

Agnete marcha vers Mikael et lui demanda, d'une

voix dure : « Tu veux qu'on te mette avec les filles ? C'est ça que tu veux ? »

Mikael la regarda, mortifié. Puis il regarda son trou. « J'y arrive pas, dit-il tout bas.

— Ne t'avise plus jamais de dire une chose pareille », lui souffla Agnete au visage. Et elle s'en alla sans lui laisser le temps de répondre.

Il retint ses larmes et regarda du coin de l'œil les garçons de son équipe. Ils creusaient sans se plaindre, bavardaient entre eux, et aucun ne faisait mine de lui adresser la parole. Il n'était pas l'un des leurs. Certains s'aperçurent que Mikael les regardait, et se poussèrent du coude en ricanant. Mikael saisit la pioche et l'enfonça dans la terre. Et il sentit combien la terre était forte, et combien il était faible. Il se tourna vers Agnete, mais elle ne le regardait pas. Il leva la pioche encore une fois et ferma les yeux. Et au même instant il repensa au chef des bandits qui abattait son épée sur la tête de son père et le décapitait. Il ouvrit les yeux et avec un gémissement laissa retomber la pioche.

Les enfants de son équipe se turent et le regardèrent.

Mikael fixait la terre, qui lui semblait rouge de sang. Il sentait son corps vibrer de peur. Soudain, il attrapa la pioche comme si c'était une épée, et la planta rageusement dans le sol. Il frappa un coup puis un autre, puis un autre encore, les dents serrées. Et il continua jusqu'à ce que quelqu'un le saisisse par l'épaule.

« Ça suffit, gamin », dit l'un des hommes qui conduisait un des bœufs.

Mikael le regarda, comme s'il revenait à la réalité. Tous les autres avaient déjà fini de creuser.

« Pousse-toi », dit l'homme. Il attacha la souche à l'encolure des bœufs et fit claquer son fouet. L'animal s'ébranla. Les racines grincèrent, gémirent, tentèrent de résister, mais la souche fut enfin arrachée, soulevant un nuage de terre noire. Le bœuf la tira jusqu'à la lisière du champ, où elle fut découpée à la hache.

« Continuez avec l'autre ! » cria le vieux Zacharias.

Les enfants se dirigèrent vers une autre souche.

Mikael les suivit. Au moment où il les rejoignait, toujours tête basse, un violent coup sur l'épaule le projeta au sol.

« Oh, pardon, Crottin Sec, je t'avais pas vu ! dit Eberwolf. Je t'ai confondu avec les autres merdes. »

Ses compagnons se mirent à rire.

Mikael était par terre et ne savait pas quoi faire.

« T'es un lâche, Eberwolf, dit Eloisa en se mettant entre lui et Mikael. T'es juste un fanfaron. »

Eberwolf rougit de colère. Il serra les poings et regarda Mikael avec haine. « Tu te laisses défendre par les filles, Crottin Sec ? » Il tourna le dos et partit.

Agnete saisit brusquement Eloisa par le bras. Tandis qu'elles s'éloignaient, elle tendit le doigt vers Mikael. « Travaille, gamin. »

Mikael prit la pioche et recommença à creuser.

« Comme ça tu l'as condamné, dit Agnete à Eloisa. Ce tyran d'Eberwolf a été humilié deux fois en deux jours devant ses amis. Et en plus par une gamine qui lui préfère "Crottin Sec". Avant, il l'aurait torturé un peu, histoire de montrer qui est le chef. Maintenant, il le déteste.

— Je voulais pas... », Eloisa regarda Mikael, qui creusait à grand-peine, plus lent que les autres, maniant la pioche avec maladresse. « Il y arrivera jamais », murmura-t-elle.

Agnete lui envoya une violente gifle.

Eloisa la regarda, stupéfaite.

« N'ose plus jamais dire une chose pareille, dit Agnete. Et maintenant, va travailler. » Puis, sans que sa fille le voie, elle lança un regard préoccupé en direction de Mikael.

Vers la fin de l'après-midi, le champ était débarrassé de toutes ses pierres, à présent entassées le long des bords délimités par la corde, et toutes les souches avaient été déracinées.

Mikael alla rendre la pioche et s'aperçut alors que le manche était plein de sang. Il regarda ses mains. Elles étaient couvertes d'ampoules.

De retour à la baraque, pendant qu'Eloisa allumait le feu et réchauffait la soupe, Agnete prépara un mélange de fibres d'écorces de saule et l'étala sur les mains de Mikael qu'elle banda d'un linge de lin.

« Demain, ça sera dur de piocher, lui dit-elle. Mais si tu tiens le coup, tu auras des cals comme nous tous, et tes mains ne saigneront plus. »

Une fois la soupe chaude, ils se mirent à table. Agnete récita un bref bénédicité et versa la soupe.

Mikael avait du mal à tenir sa cuillère.

Agnete posa un bout de viande devant lui. « Tu l'as mérité, Mikael », dit-elle sans le regarder.

15

Le lendemain matin, avant de sortir, Agnete le prit par le bras. « Tu sentiras un peu moins la douleur », dit-elle en lui tendant des gants en peau de lapin.

Tandis qu'ils se dirigeaient vers le champ du Mezesnig, Eloisa indiqua les gants et dit à Mikael : « Je pensais pas qu'un jour elle les donnerait à quelqu'un.

— Pourquoi ?

— Ils sont spéciaux », répondit Eloisa.

Mikael les regarda. C'était apparemment des gants en lapin ordinaires. Des gants de pauvre.

« Ils étaient à mon frère, dit-elle.

— Celui… qui est mort ? demanda Mikael tout bas.

— Oui. C'est lui qui les avait cousus, avec le premier lapin qu'il avait réussi à capturer. Il avait deux ans de moins que toi. »

Il y eut une longue pause. On n'entendait que leurs sabots résonner sur les pierres du sentier.

« Il s'appelait comment ?

— Niklas », répondit Eloisa.

Mikael regarda de nouveau les gants. Ils lui

paraissaient de moins en moins ordinaires. « Pourquoi il est mort ? demanda-t-il timidement.

— Parce qu'il était pas assez fort, répondit Eloisa.

— Alors moi aussi je mourrai, dit Mikael tout bas.

— Non », dit Eloisa, avec une pointe de frayeur dans la voix. Elle regarda Mikael. « Il était faible des poumons, et un hiver, après la famine, il s'est mis à tousser du sang. »

Mikael marcha encore un peu sans parler. « Et son père ? C'est qui ?

— Je sais pas, répondit Eloisa d'un air vague.

— C'est le même père que toi ?

— Je sais pas, je t'ai dit ! » répondit Eloisa, agacée. Mais elle avait le regard perdu.

« Alors qui c'est, ton père ?

— Tu me casses les pieds ! Tu sais pas te taire.

— Excuse-moi...

— T'es un crétin. »

Ils marchèrent en silence jusqu'au champ.

« Voilà ta pioche, dit Zacharias en tendant l'outil à Mikael. Ta maîtresse dit que tu y arriveras. Moi je dis que non. De toute façon, tu dois marcher derrière la charrue et casser les plus grosses mottes, comme les autres. »

Mikael prit la pioche. Le seul fait de l'empoigner lui donna de vives douleurs dans les mains. Il rejoignit le groupe d'enfants qui devaient casser les mottes ouvertes par la charrue.

Les garçons rirent en le voyant arriver.

Eloisa regarda Mikael, qui gardait les yeux obstinément à terre, les épaules courbées. « Défends-toi ! lui dit-elle intérieurement. Donne-leur des coups de poing ! »

Mais Mikael se plaça derrière la charrue qui ouvrait à grand-peine la terre avare de la montagne, et commença à casser les mottes noires pleines de cailloux. Eloisa voyait à son expression combien ses mains lui faisaient mal chaque fois qu'il donnait un coup.

Eberwolf vint donner une grande claque sur l'épaule de Mikael. « Faut la tenir comme ça », dit-il sur un ton agressif. Il plaqua ses mains énormes sur celles de Mikael et serra. « Avec force ! Tu dois serrer avec force ! »

Mikael gémit et tenta de se dégager, mais Eberwolf était trop fort.

Eloisa faillit intervenir. Elle se tourna vers Agnete. Sa mère la regardait fixement. Elle se retint.

Pendant ce temps, Eberwolf, les mains toujours serrées autour de celles de Mikael, leva la pioche et porta un coup terrible dans la terre. Tout le corps de Mikael vibra. La pioche se ficha profondément dans le sol. « T'as compris comment on fait, Crottin Sec ? » dit Eberwolf en le lâchant.

Mikael avait le visage contracté de douleur. La pioche lui tomba des mains.

« Prends-la », ordonna Eberwolf.

Tous les autres suivaient la scène.

« Prends-la et travaille », répéta Eberwolf.

Mikael ramassa lentement la pioche. Il la leva et donna un premier coup. Si faible qu'il griffa à peine la terre.

Eberwolf grinça des dents et serra encore une fois ses grosses mains sur les siennes. Levant la pioche si haut que Mikael décolla du sol, il frappa un coup violent. « Comme ça ! Faut faire comme ça ! » Il leva de nouveau la pioche, souleva encore Mikael, et abattit l'outil dans la terre. « Comme ça ! Espèce de femelle ! »

Mikael pleurait et gémissait de douleur.

« Ça suffit maintenant, dit l'homme qui menait la charrue. Il a compris. »

Eberwolf relâcha sa prise.

Mikael laissa échapper la pioche.

« Travaille, Crottin Sec », lui dit Eberwolf en s'éloignant, avec un regard de défi à Eloisa.

Mikael tomba à genoux, sur la terre remuée. Un rayon de soleil fit briller des larmes sur ses joues.

Eloisa se tourna vers sa mère. Agnete, croisant le regard de sa fille, articula : « Il est fort. » Mais ses yeux disaient le contraire.

Mikael, lentement, tendit la main vers la pioche. Il essaya de la prendre. Mais sa main ne pouvait pas serrer le manche, un de ses doigts lui faisait très mal. Quand Eberwolf l'avait soulevé de terre, il avait entendu un craquement puis senti une chaleur brûlante. Il savait que tous le regardaient. Et qu'Agnete et Eloisa s'attendaient à ce qu'il se relève et travaille comme les autres. « Mais moi je ne suis pas fort comme eux », pensa-t-il. Il resta là, à genoux. Puis baissa la tête.

Autour de lui, les paysans reprirent le travail.

Mikael les entendait mais ne bougeait pas. Il resta immobile, à genoux, la main sur le manche de la pioche. Il n'était plus qu'un ramassis inerte de douleur. Sans plus de larmes ni de pensées.

Eloisa, tout en travaillant, se retourna plusieurs fois dans la journée pour voir ce qu'il faisait. Elle espérait qu'il allait se relever. « Tu es fort », répétait-elle tout bas, comme pour s'en convaincre elle-même. Mais

Mikael ne bougeait pas. Bientôt, il lâcha même la pioche.

Il fixait les gants de lapin cousus par un enfant qui était mort à son âge. Il fixait encore ces gants, quand le vieux Zacharias annonça la fin de la journée.

Agnete et Eloisa s'approchèrent.

Mikael s'attendait à ce qu'Agnete le gronde.

Au lieu de cela, elle tendit la main et lui caressa la tête. Puis elle dit : « Il est temps de rentrer à la maison, Mikael. »

Il fut secoué d'un unique et profond sanglot.

Au retour, Agnete lui ôta les gants et déroula ses bandes. L'index de sa main gauche était violacé et gonflé. Agnete regarda Eloisa et lui dit : « Emmène-le au torrent. » Puis elle s'adressa à Mikael : « Garde la main dans l'eau. Au début, tu vas la trouver froide, après elle commencera à te faire mal parce qu'elle deviendra glacée. Mais résiste, ça durera pas longtemps. Une fois que ce sera passé, la douleur disparaîtra et tu ne sentiras plus rien. À partir de ce moment-là, tu compteras jusqu'à trois cents avant de retirer ta main. Tu sais compter ? »

Mikael hocha la tête.

« Jusqu'à combien ?

— Jusqu'à cinquante.

— Alors tu comptes six fois jusqu'à cinquante. T'entends ?

— Et après ?

— Après tu reviens tout de suite à la maison, sans traîner.

— Et après ?

— Après, je soignerai ton doigt. Il est cassé. »

Agnete se tourna vers ses flacons d'herbes. « Maintenant, vas-y. »

Mikael hésitait. Il fixait Agnete, occupée à mettre dans le pilon de longues fibres de saule. « Je suis désolé... », lui dit-il enfin.

Agnete se retourna. « De quoi ? »

Mikael baissa les yeux et ne dit pas un mot.

« Allons-y, gros bêta », dit Eloisa en lui tapotant l'épaule.

Dehors, Mikael regarda autour de lui comme s'il craignait un guet-apens. Il suivit Eloisa en retenant son souffle. En rasant les baraques, ils entendirent dans l'une d'elles des voix de garçons qui riaient et criaient. Mikael tressaillit et se rencogna dans une grange.

« Qu'est-ce qui te prend ? dit Eloisa. C'est encore des imbéciles qui boivent la bière de leurs parents.

— Eberwolf aussi ?

— Ce crétin-là aussi, bien sûr. »

Mikael se rencogna encore davantage.

« Sors de là, dit Eloisa.

— Non.

— Sors de là, gros bêta. Il faut aller au torrent.

— Non, je reste ici. »

À ce moment-là, la porte de la baraque s'ouvrit et trois grands gaillards, dont Eberwolf, sortirent dans un grand chahut. Ils chancelaient, riaient sans raison en se donnant de grandes claques sur l'épaule et jouant à qui roterait le plus fort.

« Cache-toi », chuchota Mikael à Eloisa.

Eloisa ne bougea pas. Dans l'herbe, près de la grange, la lune l'éclairait.

Eberwolf et les autres ne la virent pas. Tenant à

peine debout, ils pissèrent en riant encore et s'éloignèrent dans la rue du village.

« Allons-y », dit Eloisa quand ils furent loin.

Mikael sortit de sa cachette et la suivit en silence. Au torrent, il plongea la main dans l'eau. Comme l'avait dit Agnete, elle lui sembla d'abord froide, puis devint glacée et lui fit encore plus mal, mais enfin la douleur passa. Alors il compta.

Eloisa répétait les chiffres en même temps que lui.

« Tu sais pas compter ? lui demanda Mikael.

— Seulement jusqu'à quarante-neuf, répondit-elle.

— Alors, c'est facile. Il suffit que tu dises cinquante… » Mikael s'arrêta et la regarda.

La petite fille riait. « T'es vraiment un gros bêta. Si ma mère sait compter jusqu'à trois cents, moi aussi je sais compter jusqu'à trois cents.

— Mais alors, pourquoi elle ne t'a pas demandé à toi de compter ?

— Parce que c'est ta main, pas la mienne. »

Mikael recommença à compter, sans comprendre le sens de la réponse d'Eloisa. Mais avant de finir, il s'interrompit de nouveau : « Moi, je suis pas fort comme vous…

— C'est ce que je pense aussi », dit Eloisa.

Mikael courba les épaules.

« Mais tu y arriveras. C'est pour ça que ma mère t'a donné les gants de son Niklas. »

Mikael resta silencieux quelques instants. « C'est les gants d'un mort. Un qui n'y est pas arrivé.

— Eh bien toi, tu y arriveras, dit Eloisa, agacée. Et maintenant, sors ta main de l'eau, tu dois en être à cinq cents à force de dire des bêtises. » Elle se releva.

« Tâche de pas te cacher dans toutes les granges du village. Il faut vite rentrer à la maison.

— Pourquoi ?

— Parce que ton doigt doit être froid pour qu'on puisse le réparer.

— Et comment on le répare ?

— Marche. » Sur ces mots, elle partit vers la baraque d'un pas vif.

Aussitôt qu'ils furent rentrés, Agnete saisit le doigt de Mikael d'une main tout en lui bloquant le poignet de l'autre. Puis elle tira, avec violence, comme pour le lui arracher.

Mikael hurla. Et entendit un craquement. Puis il sentit une chaleur, mais différente de celle qu'il avait ressentie quand le doigt s'était cassé.

Sans prêter garde à ses gémissements, Agnete fixa deux petites attelles de pin noir de chaque côté du doigt, y étala un emplâtre de saule et le banda serré d'un tissu fin. Puis elle soigna ses plaies sur les mains. Pour finir, elle lui enfila de nouveau les gants de lapin, encore tachés de sang.

Ils se mirent à table, prièrent et dînèrent sans parler.

À la fin du repas, Mikael dit à Agnete : « Je suis désolé...

— De quoi ? lui dit-elle.

— Je vous ai fait honte... », répondit Mikael.

Agnete réfléchit quelques instants. Puis elle leva la tête et planta ses yeux dans ceux de Mikael. « Ne pense pas à moi. Pense à toi, gamin. C'est ça le secret. Tu te souviens de ton rat ? Tu continues à croire qu'il t'a abandonné. Mais lui, il suivait son chemin. Il n'avait rien contre toi. Change ta manière de penser, ou ta vie ne dépendra plus de toi. T'as compris ? »

Mikael avait les yeux dans le vide.

« Non, t'es pas intelligent, j'en ai bien peur », dit Agnete.

Eloisa eut un petit rire.

« Et l'âne de braire, tout content », dit Agnete.

Mikael sourit.

Eloisa, vexée, le foudroya du regard. « Crétin !

— Arrêtez de roucouler, tous les deux, c'est l'heure de dormir », dit Agnete. Elle souffla la chandelle et chacun rejoignit sa couche.

« Bonne nuit, crétin », dit Eloisa.

Mikael sourit. Mais aussitôt Eberwolf lui revint à l'esprit. Cette seule pensée lui serra l'estomac. Il plissa fort les yeux en essayant de chasser son image, mais il n'y arrivait pas. C'était comme s'il était aspiré dans un gouffre où il n'y avait qu'Eberwolf, rien d'autre. Il imaginait qu'avec sa force il lui cassait de nouveau le doigt.

Mikael finit par sentir la fatigue et pria pour s'endormir vite. Mais son doigt recommença à le faire souffrir, sous la bande. Une douleur sourde, violente, qui se répercutait dans tout son corps. Le souffle court et les yeux remplis de larmes, il repensa au moment où il s'était caché dans la grange, tandis qu'Eloisa impassible était restée bien en vue, éclairée par la lune. Une fille qui avait son âge.

« J'y arriverai jamais, se dit-il. Et Hubertus non plus. » Il fondit en larmes, avant que la fatigue ne l'endorme enfin.

Il rêva d'Hubertus qui se traînait, blessé, dans la cour du château en flammes, et tentait de se cacher sous les jupes de sa mère morte. Eberwolf, à cheval, avait flairé l'odeur d'Hubertus et se précipitait vers la mère de Mikael. Soulevant sa jupe, il glissait sa main aux doigts longs et coupants entre ses jambes. « Je t'ai attrapé, Crottin Sec ! » rugissait-il en sortant des jupes de sa mère Mikael qui avait un lacet rouge autour du cou comme Hubertus. Alors le rat Eberwolf ouvrait la gueule et s'apprêtait à lui couper la tête, comme l'épée du bandit Agomar avait coupé celle de son père.

Il se réveilla en hurlant.

Agnete, au-dessus de lui, tentait de l'immobiliser. « Regarde ce que t'as fait », lui dit-elle en hochant la tête. Les attelles s'étaient cassées. Elle lui ôta les gants et vit qu'une attelle s'était plantée dans sa paume. Quand elle l'eut extraite, elle refit son pansement.

« Aujourd'hui, tu distribueras à manger. T'es dispensé de travail », dit-elle.

Ils sortirent.

À peine avaient-ils fait quelques pas dans la rue principale que Mikael vit Eberwolf et ses amis. Ils l'attendaient, assis les jambes pendantes sur une clôture, et le montrèrent du doigt.

Mikael était pétrifié.

« Fais comme si de rien n'était », lui dit Eloisa, qui s'en était aperçue.

Mais il ne pouvait pas bouger. Il imaginait Eberwolf avec une énorme tête de rat et des dents ensanglantées.

Eberwolf descendit de la clôture et cria : « Je viens te chercher, Crottin Sec ! »

Alors, la vue de Mikael s'obscurcit et tout devint noir, rempli d'éclairs. Il eut peur de la douleur physique qu'il ressentirait à nouveau. Il savait qu'il ne tiendrait pas le coup, et se dit qu'il en mourrait.

Il se mit à courir, sans savoir où il allait. Tout

ce qu'il savait, c'était qu'il ne pouvait pas affronter encore une fois Eberwolf. Ses jambes maigres moulinaient sur l'herbe à une vitesse incroyable. Ses pieds s'enfonçaient dans la boue, ses chevilles se prenaient dans les ronces, ses genoux se blessaient sur les pierres chaque fois qu'il tombait. Mais Mikael ne s'arrêtait pas. Il courait vers la montagne. Il entendait qu'on l'appelait et crut reconnaître la voix d'Eloisa. Et celle d'Agnete. Mais il entendait surtout Eberwolf qui le poursuivait en soufflant et en maugréant.

Mikael se jeta dans la forêt. Les branches de hêtre lui griffaient le visage. Les aiguilles de sapin lui entraient dans les yeux. Mais il ne s'arrêta pas. Il savait qu'il ne pouvait ni s'arrêter ni se retourner. Et il continua à monter, pénétrant dans la forêt, qui devenait de plus en plus épaisse et sombre.

Au bout d'un moment qu'il n'aurait pas su mesurer, il tomba sans force au pied d'une grosse souche. Il regarda autour de lui en pleurant, le souffle coupé. Il ignorait où il était. Il resta là, la tête vide, écoutant le battement fou de son cœur qui cognait à ses oreilles.

Puis sa respiration se calma peu à peu, et il entendit alors une voix, plus bas. Une voix effrayante.

« T'es où, Crottin Sec ? hurlait la voix. Sors de là, je te ferai rien ! »

La voix d'Eberwolf.

Ils étaient seuls dans la forêt.

Mikael se releva et reprit sa course dans la montée. Il tombait, s'accrochait aux racines, pleurait, en suppliant qu'Eberwolf ne le rattrape pas.

Il monta, monta, monta.

Il se retrouva dans un couloir étroit et raide, au fond duquel l'eau gouttait. Les rochers étaient glissants et acérés. Mikael continua de grimper, jusqu'au moment où il n'eut plus une miette de force dans le corps. Sa vue se brouillait. Il allait mourir là.

En levant la tête vers le ciel, comme pour prier, il eut la sensation d'une lumière : le bois s'ouvrait. Il devina une forme effrayante et familière. À quatre pattes, il progressa jusqu'à une petite clairière. Alors apparut devant ses yeux l'immense et terrible colonne de roche qui montait jusqu'au ciel, qu'il reconnut aussitôt.

« Le doigt de Moïse… », dit-il avec les dernières forces qui lui restaient. Alors il s'abandonna à la fatigue.

16

« Je l'ai pas trouvé », haletait Eberwolf en sortant du bois, en bas de la montagne où les autres l'attendaient. Ce maudit gamin court comme un lièvre !

— Et toi, comme un cochon ! » dit Eloisa.

Eberwolf serra les poings. Il avait déjà subi l'humiliation d'être envoyé à la recherche de Mikael parce qu'Agnete avait discuté avec son père. Supporter les insultes d'Eloisa, c'était trop. « J'y peux rien si Crottin Sec fait dans son froc, dit-il.

— T'es qu'un imbécile. Un imbécile ! » cria Eloisa.

Agnete avait fait un pas en avant, pour arrêter sa fille, mais Eberwolf saisit Eloisa par le poignet. « Tais-toi !

— Tu me fais mal ! » gémit celle-ci. Pour se dégager, elle le frappa au visage.

Tout se passa en un instant. Avant que quiconque puisse intervenir, Eberwolf perdit la tête et, le regard noir, poussa Eloisa si fort qu'il la projeta presque dans les airs.

Elle retomba sur le dos, se fit mal et gémit. Mais elle se releva aussitôt, découvrant ses dents blanches et régulières. « À toi de faire dans ton froc, espèce de lâche ! cria-t-elle en brandissant les poings.

— Tire-toi de là, putain ! grogna Eberwolf.

— Je te déteste, Eberwolf ! cria Eloisa. Et je te détesterai toujours ! » Puis, voyant que tous étaient accourus, elle s'adressa aux amis d'Eberwolf. « Vous avez vu ? C'est un lâche ! »

L'autre, sous les regards désapprobateurs, baissa la tête en rougissant. Il se tourna vers ses amis, esquissant un sourire. Mais aucun ne souriait. Certains détournèrent le regard, d'autres s'en allèrent.

Agnete s'approcha de sa fille et la retint par le bras. « T'es vraiment allée trop loin », dit-elle tout bas.

Le père d'Eberwolf, le maréchal-ferrant Ahlwin, un homme gigantesque, avança alors vers son fils et lui mit une violente gifle. Il lui ordonna de rentrer à la maison et de ne plus se montrer de toute la journée.

Eberwolf s'éloigna, le visage sombre, courbé, les poings serrés.

Agnete éprouvait une désagréable sensation de peur. « T'es vraiment allée trop loin », répéta-t-elle.

« Allez, braves gens, au travail ! » annonça le vieux Zacharias.

L'un après l'autre, les villageois prirent leurs outils pour aplanir maintenant le champ de Gregor et Emöke. Mais ils étaient distraits, certains se retournaient vers la silhouette puissante d'Eberwolf, qui marchait lentement vers chez lui, tandis que d'autres regardaient les bois épais du Mezesnig où Mikael avait disparu.

« Mets-toi au travail, dit Agnete à sa fille.

— Et Mikael ? demanda Eloisa, préoccupée.

— Il reviendra.

— Quand ?

— Quand il aura vaincu sa peur.
— Et s'il se perd ?
— Il se perdra pas.
— Comment vous pouvez le savoir, mère ? »

Agnete ne répondit pas. Elle regarda la montagne, abrupte, dangereuse, peuplée d'animaux féroces. Sillonnée de dizaines et de dizaines de couloirs qui ouvraient sur des précipices rocheux.

« Mère… insista Eloisa.

— Il reviendra », coupa Agnete. Elle s'empara d'un grand râteau et s'éloigna, pour ne pas mentir encore. Elle ne savait pas si Mikael reviendrait. C'était facile de se perdre dans la forêt. Facile de tomber dans une crevasse. Et difficile d'y passer la nuit. Même pour eux, qui connaissaient la montagne.

« Non », dit Eloisa tout bas.

Agnete s'était approchée du curé. « Dites une prière pour le gamin », lui dit-elle.

Frère Timotej acquiesça et tourna lui aussi les yeux vers la montagne, impénétrable et sauvage.

« Non », répéta Eloisa d'une voix adulte. Et comme personne ne la regardait, elle se cacha derrière un buisson de mûres et alla discrètement jusqu'à la baraque d'Eberwolf. Elle le vit immobile, devant la porte, le regard fixé sur la montagne et la joue encore rouge de la gifle de son père.

« Qu'est-ce que tu veux ? demanda Eberwolf d'un ton agressif quand il la vit.

— Où t'as vu Mikael la dernière fois ?

— Dans le couloir des coulemelles, répondit le garçon, les yeux toujours tournés vers la forêt.

— Et après ?

— Et après quoi ? Après je l'ai perdu, espèce de gamine idiote.

— Il a pas laissé de traces ?

— Il est léger comme un lapin, il laisse pas beaucoup de traces. À un moment donné, il a dû tourner à gauche.

— Où ça ?

— Tu vois où il y a ce rocher coupé en deux, avec un pin noir qui pousse dedans ?

— Oui.

— Là, il a tourné à gauche. Après, j'ai plus trouvé de traces. »

Eloisa s'éloigna d'un pas décidé. Au pied de la montagne, la forêt était constituée de hêtres qui poussaient tordus, coupés régulièrement à la base par les habitants de la Raühnvahl pour se chauffer. C'était un bois ordonné, régulé par la main de l'homme. Par terre, un doux tapis de feuilles.

Eloisa commença à monter, pas trop vite, regardant sur le sol à la recherche de traces. Elle vit un petit buisson de houx dont quelques rameaux étaient cassés. Puis un groupe de fougères piétinées par une course fougueuse. Mikael était sûrement passé par-là. Elle atteignit rapidement le couloir où les coulemelles poussaient en abondance. Elle nota une vesse-de-loup, encore blanche, écrasée sous les pieds de Mikael. Elle vit une petite famille de coprins. Et un grand chapeau d'amanite.

Eloisa s'arrêta. « T'es où, gros bêta ? » dit-elle tout bas. Puis elle sentit une brûlure dans sa poitrine. Elle serra les poings et les lèvres, presque rageusement, pour résister à cette sensation angoissante.

Elle recommença à grimper. Les hêtres faisaient

place à une forêt touffue de mélèzes et de sapins. La montée était de plus en plus difficile et pentue à mesure que le couloir se resserrait. Eloisa peinait à avancer, glissant sur des racines couvertes de mousse cachées dans le sous-bois épineux d'aiguilles sèches et de fougères. Elle trébucha. Tomba en avant. Elle sentit des aiguilles de sapin lui entrer dans la paume. Elle avait le souffle coupé. En regardant vers le haut, elle vit qu'une centaine de verges la séparaient encore de la fin du couloir des coulemelles. Ce pénible sentiment de désespoir qui brûlait sa poitrine augmenta. Elle se releva, serra les poings et se frappa avec rage sur le sternum. Puis elle recommença l'escalade du couloir, qui mesurait maintenant à peine deux brasses de large. Elle progressait à grand-peine, attentive à ne pas glisser, s'agrippant aux racines, posant seulement la pointe du pied sur les pierres couvertes de mousse. Elle finit par atteindre la fin du couloir.

Le souffle court, elle se retourna. Puis regarda de nouveau au-dessus d'elle, dans l'enchevêtrement de sapins et de mélèzes luttant pour accéder à la lumière qui leur permettrait de survivre. Elle n'était jamais allée plus loin. Il était défendu à tous les enfants d'entrer dans la forêt proprement dite. Même les chasseurs ne s'aventuraient qu'en groupe au-delà de cette frontière sombre et sauvage. Et toujours armés.

« Mikael ! hurla-t-elle. Mikael ! »

Mais aucun son, aucune réponse ne viola le profond silence qui suivit l'écho de sa voix de petite fille qui criait, sans le savoir, sa propre peur.

Eloisa sentit les larmes monter. Ses lèvres trembler, tandis qu'elle s'empêchait de pleurer.

« Espèce d'idiote ! » s'écria-t-elle d'une voix

cassée par la colère et la peur. « Espèce d'idiote… », murmura-t-elle, la respiration coupée, en faisant un premier pas vers la roche fendue en deux, à l'intérieur de laquelle poussait, tout tordu, un pin noir.

Eberwolf avait dit qu'ensuite il avait perdu la trace de Mikael. Mais Eberwolf était un imbécile, se répétait Eloisa en montant et en se frayant un chemin dans l'entrelacs de branches épineuses au-delà duquel régnait la loi des bêtes féroces.

Au début, elle percevait encore la vibration sourde des cloches de Notre-Dame des Neiges qui scandaient les heures des travaux des champs et de la prière. Mais plus aucun son ne pénétrait maintenant cette pénombre épaisse où les animaux se déplaçaient en silence. Pour éviter d'être tués. Ou pour tuer. Elle monta.

Où fallait-il aller ? À droite ? À gauche ? Elle s'arrêta. Tendit l'oreille. Mais elle n'entendait que son cœur cogner. Rythmer la fatigue de l'ascension. Rythmer sa peur d'être seule dans la forêt. Et son angoisse pour Mikael.

« Mikael… murmura-t-elle, où tu es ? » Tout bas, frissonnante d'effroi.

Elle tourna à gauche, à l'endroit décrit par Eberwolf. Continua sa montée, à la recherche de traces. Elle marcha pendant un temps qui devait équivaloir à une heure, calcula-t-elle, sans rien trouver qui indiquait le passage de Mikael. Il était léger comme un lapin, se dit-elle, repensant à la phrase d'Eberwolf. Sauf que même les lapins laissent des traces. Mikael n'était pas passé par-là. Elle en était sûre. C'était obligé. Alors elle revint sur ses pas, glissant dans la descente. Et là où elle avait tourné à gauche, elle alla à droite et reprit son ascension.

Après cent verges à peine, elle trouva le grand chapeau d'un cèpe. L'intérieur charnu du champignon était devenu entièrement rouge. Ce qui voulait dire que beaucoup de temps s'était écoulé depuis qu'on l'avait piétiné, car Eloisa savait qu'au début il devenait bleu. Mais elle ressentit quand même de l'excitation. Elle le tourna entre ses mains. Ça ne pouvait pas être un chevreuil. Il aurait laissé l'empreinte de son sabot. Donc c'était Mikael.

Elle retrouva soudain de la force. L'espoir balaya ce sentiment d'oppression dans sa poitrine, sa peur. Elle courut presque, indifférente aux branches qui griffaient sa peau. Elle aperçut un rocher pointu. Avec du sang. Mikael avait dû tomber et se blesser. Elle était sur la bonne voie, pensa-t-elle, tout excitée. Elle s'agenouilla près de la pierre. Déplaça le mince manteau d'aiguilles sèches. Et découvrit dans le terrain l'empreinte, presque entière, de la main de Mikael. Elle n'était pas très précise, puisque Mikael portait des gants, mais c'était clairement une main.

« Mikael ! » cria-t-elle, en riant presque.

Tout à coup, elle sentit la terre trembler derrière elle. Puis un froissement de branches et un violent branle-bas. Tout près. Trop près. Elle se retourna, effrayée, le cœur au bord des lèvres.

Un animal énorme, très rapide et puissant, apparut entre les arbres à deux pas d'elle. Il venait droit sur elle.

Eloisa cria et tomba en arrière, couvrant son visage de ses mains.

Au dernier moment, l'animal fit un écart. Il souleva une motte de terre humide.

Elle leva les yeux. C'était un cerf. Elle comprit que

c'était une femelle puisqu'elle n'avait pas de bois. Pendant que l'animal s'enfuyait, Eloisa retrouva son calme. Sa frayeur n'était pas apaisée qu'une question terrible lui fit monter le sang à la tête. Qu'est-ce qui avait fait fuir la biche ? Quel animal était capable de terroriser une biche haute comme un cheval ?

Elle se recroquevilla, tendit l'oreille, regarda autour d'elle. Elle avait vraiment peur, maintenant. Apercevant un grand rocher où s'ouvrait une fente étroite, elle s'y dirigea sur la pointe des pieds et se rencogna à l'intérieur, les yeux écarquillés. Une longue branche sèche, cassée par la course de la biche, était tombée par terre, à quelques pas de la fente. L'extrémité cassée était pointue. Elle se glissa à l'extérieur, s'empara de la branche et se glissa de nouveau dans sa cachette.

Elle resta là, immobile. Plus une pensée ne traversait son esprit. Elle était pétrifiée, plaquée contre la roche.

Il commençait à faire sombre. L'obscurité descendait plus vite dans la forêt.

Eloisa sentit d'abord l'odeur, âcre, acide, insupportable. Puis des pas feutrés. Prudents. Ensuite, le souffle de l'animal. Elle serra furieusement les mains autour de son bâton pointu. L'écorce sèche s'émietta entre ses doigts. Elle ne bougea pas, ne pensa pas. N'eut envie ni de pleurer ni de crier.

Il devait être jeune, se dit-elle quand elle l'aperçut à quelques pas d'elle. Il avait de longues canines encore blanches.

Le loup gris, de grosses touffes de poil laineux encore accrochées à son pelage après la mue printanière, avançait prudemment. Il s'arrêtait par moment, le corps tendu, levait la tête et humait l'air. Il couchait ses oreilles en arrière et soudain les tournait, dressées en avant. Sa langue, épaisse et rouge, couverte d'une bave blanche écumeuse, pendait entre ses mâchoires. Il avait dû courir derrière la biche, et il était sûrement fatigué, assoiffé et frustré. Poussé par la faim aussi, pour attaquer seul une si grande biche.

Eloisa écarquillait les yeux, retenait sa respiration. Son cœur avait cessé de battre.

Le loup s'approcha furtivement de la pierre où Mikael s'était blessé. Il la renifla, lécha le sang séché. Il émit un râle étouffé, comme font les loups avant de hurler. Lécha encore le sang. Retroussant ses babines, il découvrit ses dents et rongea la pierre, avant de renifler autour. Il avait humé l'empreinte de la main de Mikael. Il leva le museau et remonta un instant vers la cime du Mezesnig, comme s'il suivait une trace, mais s'arrêta après quelques pas. Après un râle sourd, il fit demi-tour et revint à l'empreinte de Mikael. Et cette fois, à pas prudents, le nez à terre, arriva à la fente dans le rocher. Ses poils se dressèrent sur son dos, sa croupe s'arqua et il encastra entre les pierres sa tête effrayante, découvrant ses dents dans un grognement terrible.

Eloisa hurla.

Le loup enfila son museau dans la fente, avec férocité.

Eloisa projeta son bâton vers l'avant. Elle sentit le choc avec l'animal.

Le loup émit un glapissement de douleur et de surprise. Il recula d'un pas. Puis revint à l'attaque, la gueule ouverte.

Eloisa lui porta un nouveau coup, avec toute la force du désespoir.

Mais le loup ne recula pas, et mordit le bois.

Eloisa sentit combien il était fort. Elle tira le bâton vers elle, pendant que le bois craquait entre les dents de l'animal. Puis elle frappa encore. Et encore, et encore.

Le loup grognait et rugissait, bavant, résistant à la douleur des coups, mordant à l'aveuglette.

La branche se cassa.

Le loup recula et cracha le bout de bois qu'il avait mordu. Il perdait du sang par la bouche, les babines et le poil, entre les yeux.

Il lécha ses babines blessées, se plaqua au sol et se prépara à attaquer.

Alors Eloisa hurla, de toutes ses forces.

« Eloisa ! entendit-on plus bas dans la vallée. Eloisa ! »

Le loup se dressa sur ses pattes, surpris.

« Mère ! Mère ! cria Eloisa, cédant aux pleurs.

— Eloisa ! appela encore sa mère avec angoisse. T'es où ?

— Mère !

— Où tu es, Eloisa ? cria Agnete du plus fort qu'elle put.

— Mère ! » La voix de la petite fille s'étranglait, envahie par la terreur.

« J'arrive ! N'aie pas peur ! Continue de parler, comme ça je sais où tu es ! » cria Agnete d'un point indéfini de la forêt, en contre-bas.

Le loup attaqua. Mais faiblement.

Eloisa réussit à le faire reculer encore. « Mère !

— Me voilà ! Je t'entends ! Me voilà !

— Il y a… il y a un…

— Je sais, mon petit, dit Agnete, la gorge nouée. Il ne te fera rien, tu verras !

— J'ai peur !

— Non, il ne te fera rien, j'arrive !

— C'est un loup, mère !

— Je sais ! »

Soudain, un peu plus bas, Eloisa aperçut une lueur. Puis, distinctement, une torche. Elle vit sa mère qui faisait tournoyer la torche, illuminant les yeux rouges du loup.

L'animal recula et se réfugia dans la végétation.

Agnete atteignit l'entrée de la fente et se plaça devant, agitant la torche de façon menaçante en direction du loup. Elle ramassa une pierre, fit deux pas en avant comme pour bondir sur lui avec la torche, et lança la pierre de toutes ses forces.

Le loup poussa un cri effrayant quand la pierre le frappa dans les côtes puis, face à l'avancée du feu, il fit demi-tour et disparut dans les bois. Quand il fut loin, on l'entendit hurler à la mort.

« Partons vite, mon petit, dit Agnete. Il va revenir. »

Elles descendirent rapidement, sans parler, trébuchant et se relevant, jusqu'au moment où elles entendirent des voix.

« On est là ! cria Agnete. On est là ! »

Les hommes arrivèrent, les armes à la main.

Le loup, qui les avait suivies, hurla tout près.

« Vous êtes saines et sauves, grâce à Dieu, dit frère Timotej. Maintenant, il n'aura plus le courage d'attaquer. Nous sommes trop nombreux. »

Le silence descendit. Tous pensaient la même chose, mais personne n'osait parler.

« Et Mikael ? » demanda d'une petite voix Eloisa, qui y avait pensé aussi.

Agnete ne répondit pas.

« Il fait trop noir pour continuer à chercher », dit un des hommes.

Les autres hochèrent la tête.

Tandis qu'ils redescendaient dans la vallée, Eloisa pleurait sans bruit.

Agnete s'en aperçut. « C'est la troisième fois que tu risques la mort pour ce gamin. Tu l'as sauvé de l'incendie, tu es tombée malade parce que tu voulais te laver, et maintenant tu te fais dévorer par les loups… dit-elle, furieuse. Il t'a donc ensorcelée ? »

Eloisa renifla et marcha sans répondre jusqu'à ce qu'elles soient rentrées. « Il est pas comme les autres », dit-elle alors.

« Je sais bien, pensa Agnete en se retournant vers la cime à présent noire du Mezesnig. C'est un prince. »

17

« Oh, regarde un peu qui est là ! » s'exclama à l'aube le vieux Raphael, à la lisière de la clairière où se dressait sa petite cabane. « Je me serais contenté de quelques champignons mais voilà que j'ai trouvé un gamin », ajouta-t-il en riant.

Mikael ne pouvait plus bouger. Il était gelé.

« N'en fais pas toute une histoire, lui dit Raphael. On est au printemps. » Il lui donna un petit coup de bâton.

Mikael se leva. Il regarda la colonne de roche au-dessus de lui, le Doigt de Moïse. Et plus bas, la cabane du vieil homme. « La tanière du dragon », comme disait Agnete.

« T'as de la chance, continua Raphael. T'étais le repas rêvé pour les loups. » Il le prit par l'épaule et ils se dirigèrent vers la cabane. « Mais on dirait que tu es destiné à survivre. Tu as échappé à un massacre… tu as échappé à la trappe d'Agnete… et maintenant tu as échappé aux loups. » Ils arrivèrent à la cabane. Raphael ouvrit la porte. « Apprends à considérer la vie comme un don précieux et pas comme une chose de rien, comme font les imbéciles et les désespérés », dit-il en le poussant à l'intérieur.

Ils s'assirent à une petite table. Raphael coupa deux tranches de pain noir et étala sur chacune d'elles une abondante couche de lard.

Mikael mangea avec avidité. Quand il eut fini, le vieux sourit avec satisfaction et lui offrit aussi sa propre tranche. Mikael ne se fit pas prier. Raphael lui fit alors boire une tasse de bouillon de poule chaud, gras et parfumé.

« Et maintenant, dis-moi ce qui t'a fait t'enfuir de chez Agnete... parce que tu t'es enfui, pas vrai ? lui demanda-t-il.

— Oui, dit Mikael.

— Et qu'est-ce qui peut pousser un garçon à fuir une femme aussi bien qu'elle ? » continua Raphael.

Mikael était réconforté par la voix profonde de cet homme, qui ne lui inspirait aucune peur, et le mettait même à l'aise. « Je fuyais pas Agnete.

— Ah non ? Et qui, alors ?

— Eberwolf.

— Je devrais le connaître ? C'est un dragon ?

— C'est un garçon... dit Mikael tout bas. Un peu plus vieux que moi. »

Raphael acquiesça sérieusement. « Je comprends.

— Très fort », ajouta Mikael.

Raphael acquiesça encore et répéta : « Je comprends.

— Il en a après moi », dit Mikael. Il lui était facile de parler avec ce vieil homme. « Il m'a cassé le doigt, et si je ne m'étais pas sauvé...

— D'accord, d'accord, l'interrompit Raphael, tout est clair. » Il fixa intensément Mikael. « Ton dragon n'est qu'un garçon costaud et tyrannique plein de muscles.

— On dirait presque un homme.

— Un dragon qui a presque l'air d'un homme. » Raphael acquiesça et resta silencieux.

Mikael resta muet lui aussi, regardant l'écuelle vide. Pour finir, il dit : « J'ai peur de lui.

— C'est évident. Et tu dois avoir très peur pour risquer de te faire dévorer par les loups plutôt que de l'affronter.

— J'ai pas…

— Et tu en auras peur toute ta vie, pour toujours. Non ? »

Mikael resta la tête basse, à réfléchir. « Peut-être qu'il en aura assez de me tourmenter, dit-il enfin.

— Ah, voilà. Il faut espérer que ce… Elderstoff…

— Eberwolf.

— Il faut attendre qu'Elderstoff se lasse, je comprends.

— Eber…

— Gamin, j'ai pas envie de prononcer son nom. » Raphael se pencha vers Mikael. « Je voudrais pas qu'il commence à me faire peur à moi aussi. »

Mikael se sentit mortifié. « Qu'est-ce que je peux y faire ? Moi, il me fait très peur.

— Tu penses pas que tu pourrais réagir ?

— Et comment ?

— D'abord, en observant la nature, répondit Raphael. Regarde le chef de la meute des loups. Il est grand et fort, et dès que les louveteaux s'approchent de lui il les mord, parfois férocement. Dis-moi, pourquoi il fait ça ?

— Parce que c'est un lâche.

— Ne raisonne pas comme si c'était des êtres

humains. Les animaux sont ce qu'ils sont. Le bien et le mal n'existent pas pour eux », dit Raphael en ouvrant ses longues mains. « Le chef de meute qui veut rester chef doit convaincre tous les autres qu'il est le plus fort. Il laisse la marque de ses dents dans la chair des louveteaux pour qu'ils grandissent en ayant peur de lui. Et quand ils seront grands et forts à leur tour, et qu'ils l'attaqueront, ils se rappelleront ses morsures et redeviendront pour un instant des louveteaux faibles et sans défense. Ça lui donnera un avantage pour se battre. Tu comprends ? »

Mikael acquiesça, fasciné par ce récit.

« Ton Elderstoff ne sait pas pourquoi il se comporte comme ça. C'est sûrement un imbécile. Mais il a l'instinct animal. Toi, tu devras toujours avoir peur de lui. En tout cas, c'est ce qu'il essaie de te mettre dans la tête, sans le savoir. » Le vieil homme fit une pause et eut un sourire béat. « Comme Eloisa. Toute ta vie tu seras persuadé qu'elle est plus capable que toi. »

Mikael rougit violemment.

Raphael éclata de rire. « Oui, ça sera comme ça… mais c'est pas forcément un mal, puisque c'est une petite fille honnête et qu'elle a bon cœur. » Il sourit encore. « Mais c'est un peu tôt pour parler de femmes. » Il lui ôta ses gants. « Parlons plutôt de tes mains. Qu'est-ce que tu as fait ? »

Mikael gémit. « J'ai pioché la terre. »

Raphael hocha la tête, consterné. « Comment peux-tu être aussi incapable ? » Il se leva et lui fit signe de le suivre dehors.

Ils allèrent à l'arrière de la cabane, où Raphael ouvrit deux solides battants de bois. Dedans, il y avait des outils de paysan.

« Alors, dit le vieil homme, la pioche, la houe, la faux et la faucille, la fourche, le râteau et quelques autres outils sont pour un paysan ce que sont l'épée, la lance, le poignard, la hache et la masse d'armes pour un guerrier. » Il empoigna la faux. Se baissant sur ses jambes, il la fit tournoyer autour de lui et faucha une bande d'herbe à la perfection. « Il faut de la force et de la grâce à la fois, du cœur et de la technique. Et surtout, un bon paysan, comme un bon guerrier, est capable dès le lendemain de livrer une autre bataille. Que tu sois un paysan ou un guerrier, tu te coucheras épuisé, peut-être même blessé, mais la nuit doit te suffire pour qu'au chant du coq tu sois un nouveau paysan ou un nouveau guerrier. T'as compris ?

— Non », dit Mikael.

Raphael soupira et remit la faux à sa place. « Ils se demandent tous si t'es intelligent. Tu t'en es aperçu ?

— Oui, répondit Mikael la tête basse, humilié.

— Reconnaître qu'on n'a pas compris est plus intelligent que faire semblant d'avoir compris. C'est déjà quelque chose, mais ça ne suffit pas. Tu dois faire un peu plus.

— Quoi ?

— Couper les fils de la peur.

— Comment on fait ?

— Commence par ne pas distribuer autour de toi le peu de pouvoir que tu as. »

Mikael resta bouche ouverte et ne dit rien. « J'ai pas compris, dit-il enfin.

— Ne laisse pas à Elderstoff le pouvoir de commander ta vie. »

Mikael hocha la tête, désespéré. « Je comprends pas…

— La pioche, Mikael, c'est toi qui dois la tenir ! Voilà ce que ça veut dire. »

Mikael acquiesça.

Alors Raphael prit une pioche. « C'est par-là qu'on va commencer, demain : comment on se sert d'une pioche. » Il regarda Mikael. « Maintenant tu vas aller dormir, pendant que je descendrai dans la Raühnvahl avertir Agnete que tu es ici. Et si cette femme veut bien m'écouter, tu resteras quelque temps avec moi. Alors tes mains ne saigneront plus et tu seras devenu un paysan digne de ce nom.

— Et j'aurai plus peur de... Elderstoff ? demanda Mikael.

— Je ne peux pas t'apprendre ça », répondit Raphael. Il l'observa longuement et finit par dire : « Mais un cœur fort bat en toi. Je peux le voir. Ce sera à toi de décider de le nourrir ou de le laisser se dessécher. »

18

Agnete et Eloisa s'étaient couchées sans échanger un mot. Eloisa avait attendu que sa mère s'endorme puis, en proie à une angoisse grandissante, avait sorti de sa cachette la longue mèche de cheveux dorés de Mikael, qu'elle gardait depuis le jour où elle l'avait sauvé. Elle était retournée se coucher et l'avait enroulée avec nervosité autour de son doigt en répétant obstinément, d'une toute petite voix : « Seigneur Dieu, Divine Mère, Sainte Trinité, je vous invoque. Ne faites pas tomber Mikael dans la gueule des loups. Amen. » Elle s'était endormie peu avant l'aube, vaincue par la fatigue.

La mèche avait glissé doucement sur le sol.

En se réveillant, Agnete vit les cheveux et les reconnut. Agacée par la désobéissance de sa fille, elle ramassa la mèche et s'apprêtait à la jeter au feu quand elle entendit un chuchotement. Elle s'approcha des lèvres de sa fille.

« Seigneur Dieu… Divine Mère… Sainte Trinité… je vous invoque. Ne faites pas tomber Mikael… dans la gueule des loups… Amen », disait Eloisa dans son sommeil, le visage contracté par l'angoisse.

Alors Agnete enroula délicatement la mèche dans la main d'Eloisa. Ensuite elle sortit en faisant assez de bruit pour réveiller sa fille, et ne rentra pas avant d'être certaine qu'elle l'avait à nouveau cachée. Puis elles partirent aux champs.

Eloisa travaillait distraitement. Ses yeux ne cessaient de se tourner vers la forêt impénétrable du Mezesnig. Elle revoyait les dents du loup, sentait encore dans ses narines son odeur sauvage, entendait son grognement. Et continuait à chuchoter : « Seigneur Dieu, Divine Mère, Sainte Trinité, je vous invoque. Ne faites pas tomber Mikael dans la gueule des loups. Amen. »

Vers le milieu de la matinée arriva le vieux Raphael, monté sur son mulet. Il alla directement voir Agnete, lui fit signe qu'il voulait lui parler, et ils se mirent à l'écart.

Eloisa se fit gronder par Zacharias pour avoir arrêté de travailler. Mais elle ne l'écouta pas et se précipita vers eux.

Elle entendit Raphael dire : « Il est sain et sauf. »

« Mikael ? » demanda-t-elle, comme pour s'en assurer.

Raphael lui fit un sourire, découvrant ses dents blanches. « Ça lui ferait du bien de rester un peu chez moi, dit-il en s'adressant à Agnete.

— Il doit apprendre à affronter la vie », marmonna Agnete.

Raphael la regarda. « Le garçon s'est sauvé parce qu'il ne pouvait pas affronter en deux jours la vie que les autres ont eu dix ans pour apprendre.

— Qu'est-ce que vous proposez ? demanda Agnete.

— Qu'il reste quelque temps chez moi. Je lui apprendrai à travailler. Il aura des cals sur les mains, et un peu de muscles dans les bras et les jambes. Je le nourrirai avec de la viande et du miel. Je lui apprendrai que, quand deux coqs se battent, c'est toujours celui dont le cœur bat le plus lentement qui gagne. Je ne peux pas lui apprendre à refréner sa peur, mais je peux lui faire comprendre qu'il peut y arriver. Pour l'instant, il se sent comme une feuille sèche dans un torrent en crue. Il ne peut pas survivre. Il y a quelques mois, je t'ai dit que tu ferais aussi bien de lui donner tout de suite un grand coup sur la tête, plutôt que de le faire mourir lentement dans la trappe de ta maison, loin du feu. Et à présent je te dis que si tu le jettes dans l'arène comme tu fais, tu le tueras. Ou alors tu en feras quelqu'un de tellement tordu qu'il ne se redressera jamais et ne verra jamais la lumière du soleil. »

Agnete le regarda en silence. « D'accord, dit-elle enfin. Pour l'instant, le gamin s'est perdu dans la montagne. Après on verra.

— Ça me paraît une bonne idée, dit Raphael.

— Maudit animal, dit Agnete d'une voix sourde.

— J'imagine que tu veux parler du dragon du gamin.

— Quel dragon ?

— Un certain Elderstoff.

— Eberwolf », le corrigea Agnete.

Raphael se retourna et lui posa la main sur la tête. « Avec Mikael on a commencé à lui donner un autre nom. Bon, j'y vais. Mon mulet et moi, on est plutôt lents. » Il ajouta pour Agnete : « Comment tu vas expliquer ma visite aux autres ?

— Je dirai que vous m'avez demandée pour épouse

et que j'ai refusé, parce que vous êtes trop sage et trop ennuyeux pour moi », répondit Agnete.

Raphael éclata de rire et s'apprêta à partir.

« Attendez, dit Eloisa. Vous pouvez dire à Mikael… » Elle s'interrompit et rougit.

« Oui, quoi ? »

Eloisa restait à le fixer, en proie à une bataille intérieure. Elle haussa les épaules. « Rien. J'ai oublié. »

Raphael hocha la tête.

« De ma part, dites-lui que je suis contente qu'il ne se soit pas fait dévorer par les loups », intervint Agnete.

Eloisa plissa les yeux jusqu'à ce qu'ils ne soient plus que deux fentes. Elle se mordit les lèvres et s'enfuit.

« Je lui dirai », dit Raphael, en talonnant son mulet.

Il n'était pas arrivé au pont de bois sur le ruisseau qu'il s'aperçut qu'Eloisa le suivait. Il s'arrêta pour l'attendre.

Quand elle l'eut rejoint, elle resta les yeux à terre, donnant de petits coups de pied nerveux dans les pierres du sentier. « Dites-lui aussi de ma part, fit-elle enfin, parlant si vite qu'on comprenait à peine.

— Qu'est-ce que je devrai dire exactement et à qui ? » demanda Raphael, amusé.

Eloisa inspira et expira profondément. « À Mikael, répondit-elle, la tête toujours baissée. Dites-lui que moi aussi je suis contente qu'il ait pas été dévoré par les loups. » Elle resta silencieuse un instant. « Et aussi que c'est un gros bêta. Il serait trop déçu si vous lui disiez pas ça aussi de ma part. »

Raphael acquiesça lentement.

Eloisa fit un autre sourire puis repartit, marchant

sans hâte, avec sa robe rouge qui se balançait autour de ses jambes maigres.

Raphael fit tourner son mulet et commença à gravir la montagne.

Le lendemain matin, après une abondante collation à base de viande, d'avoine et de miel, Raphael emmena Mikael à l'arrière de la maison, ouvrit la remise à outils et prit une pioche.

« Aujourd'hui, on va apprendre à s'en servir », dit-il.

Mikael acquiesça, épouvanté. Les ampoules de ses mains n'étaient pas encore cicatrisées, et son doigt cassé n'avait pas dégonflé.

Le vieil homme empoigna la pioche. « Regarde, tu vois ? Une main plus haut et l'autre plus bas, mais pas trop écartées. Il y a deux mains et deux bras, mais ils doivent travailler comme un seul levier. »

Mikael acquiesça timidement.

Raphael souleva la pioche au-dessus de sa tête. « Ce geste, ça s'appelle la "charge". C'est comme ça qu'on prépare le coup, comme un archer qui tend sa corde. Il y a un moment où le temps a l'air de s'arrêter. » Et brusquement, avec vitesse et précision, il enfonça la pioche dans la terre. « Qu'est-ce que t'as vu, dis-moi ? »

Mikael rentra son cou. « Vous avez abaissé la pioche.

— C'est tout ? »

Mikael rentra de nouveau la tête dans ses épaules.

« D'après toi, dit Raphael patiemment, si piocher c'était lever la pioche et puis la frapper par terre, pourquoi je devrais perdre mon temps à t'apprendre comment on fait ? »

Mikael rougit. « Je sais pas... »

Raphael leva de nouveau la pioche. « Je vais le refaire, mais plus lentement. Et tu me diras ce que tu vois, d'accord ? »

Mikael hocha la tête.

Le vieil homme courba à peine le dos pendant que ses bras descendaient.

« Vous cambrez le dos, dit Mikael.

— Très bien. Continue à regarder. » Quand ses bras furent presque perpendiculaires au terrain, la partie basse de son dos, à la hauteur des lombaires, était droite comme un fuseau. Ses jambes, elles, commencèrent à fléchir.

« Maintenant vous avez le dos droit...

— Bien sûr, sinon à la fin de la journée il serait tout cassé.

— Et vous pliez les jambes...

— Pour trois raisons. La première est que ça diminue le temps que met la lame à s'enfoncer dans la terre, parce qu'en diminuant la distance ça utilise complètement la force du coup et ça lui donne plus de vitesse. C'est clair ? »

Mikael acquiesça.

« La deuxième raison, c'est que de cette façon j'abaisse mon centre de gravité. Ce qui me rend plus stable. » Il regarda Mikael. « Pourquoi je dois améliorer mon équilibre ?

— Pour pas tomber.

— Ça, ce serait le pire. Mais on ne tombe pas pour un coup de pioche. La raison, c'est que si je suis équilibré, je n'aurai pas besoin de bouger d'autres muscles pour compenser. Et donc je m'éviterai de la fatigue. Enfin, troisième raison, en pliant un peu les jambes, le contrecoup de la pioche sera amorti. Encore une fois, ce sera tout bénéfice pour mon dos. Parce que ce qu'on dit de la terre est vrai : “Elle te casse le dos”. »

Mikael était admiratif, incapable de répondre.

« Maintenant on recommence », dit Raphael. Il leva la pioche, chargea le coup et planta l'outil dans la terre, profondément. « Tu vois ? Ce coup-là n'était pas bon. Tu saurais me dire pourquoi ? »

Mikael fit signe que non.

Raphael montra la pioche. « Qu'est-ce que je dois faire maintenant pour donner le coup suivant ? » Il accentua le mouvement nécessaire pour extraire la lame et soulever la motte de terre. « Regarde comme c'est dur. Regarde mon pauvre dos. Regarde tous ces muscles que je dois bouger pour sortir ma pioche. C'est pas bon. Ça ne doit pas s'encastrer dans le sol. Le coup doit soulever la motte et par inertie libérer la pioche, pour que j'aie juste à soulever le poids du bois et du métal, sans que la terre résiste. Exact ? »

Mikael rougit, bien incapable de répondre.

Raphael rit, amusé. « Quelle est l'erreur ? Réfléchis. »

Mikael sentit qu'il n'allait pas savoir répondre et eut la tentation de détourner le regard. Mais il se contenta de baisser les yeux.

« Y a rien de mal à ne pas savoir, dit Raphael. D'ailleurs, pour parler franchement, je ne crois pas que ce soit ton destin d'être paysan. Donc, si tu ne le sais pas, c'est pas un échec, gamin. Mais tu pourrais essayer, ça oui. Et pas pour résoudre une énigme, juste pour accepter l'idée que tu peux essayer. »

Mikael, écarlate, regardait la pioche sans la voir.

« Je vais te montrer comment il faut porter le coup », dit alors Raphael. Il leva la pioche, frappa la terre, et la motte se détacha, libérant aussitôt la pioche. Puis il regarda Mikael. « Alors ?

— Vous êtes allé moins…

— Oui… »

Mikael sentait son cœur battre comme s'il devait répondre à une question dont sa vie dépendait.

« Tranche les fils de la peur, gamin. Si tu dis une bêtise, t'auras dit une bêtise. Ça ne va pas faire de toi un imbécile.

— Vous êtes allé moins… Mikael respira à fond. Moins… droit…

— Exact, mon garçon ! s'exclama Raphael, satisfait. Le coup ne doit pas pénétrer à la verticale, sinon il s'encastre dans la terre. La pioche doit s'enfiler "en traître", oblique, pour que la terre n'oppose pas de résistance. Bravo ! »

Mikael avait le cœur battant d'excitation.

« Maintenant que tu sais comment on fait, dit Raphael, je veux que tu pioches la clairière d'ici jusqu'à la limite du bois. »

Mikael pâlit. Il sentit revenir la douleur de ses ampoules et de son doigt cassé, et se dit qu'il ne serait jamais capable de donner ne serait-ce que dix coups de pioche.

Entre-temps, Raphael était retourné ranger la pioche dans la remise à outils et l'avait refermée.

Mikael le regarda sans comprendre.

« Allez, fais-moi voir si tu as appris, dit Raphael. Empoigne la pioche. » Et lui-même empoigna une pioche imaginaire.

Mikael resta immobile quelques instants. Puis il imita le vieil homme.

« Trop éloignées, les mains », le corrigea celui-ci.

Mikael les rapprocha.

« Maintenant tu charges ton coup. »

Mikael leva les mains au-dessus de sa tête.

« Courbe les épaules. »

Mikael courba les épaules.

« Et on frappe ! s'exclama Raphael, feignant de faire partir le coup. Dos droit, jambes fléchies, équilibre, force et grâce, inclinaison "en traître" ! »

Mikael fit partir le coup imaginaire.

Raphael le poussa et lui fit perdre l'équilibre.

« Plus bas les jambes et plus écartées, gamin ! » dit Raphael.

Mikael plia les jambes et les écarta.

Raphael le poussa et Mikael ne perdit pas l'équilibre.

« Ça, c'est bien ! » Le vieil homme se redressa. « Ni trop vite ni trop lentement. Tu vas piocher jusqu'au bois, toute cette partie, sur deux brasses de large. Ça va te prendre plusieurs heures, si tu le fais en faisant attention. Quand je reviendrai, je veux que tout soit fini. Et je vérifierai si le travail a été fait soigneusement. Je t'assure que je verrai si tu as fait du bon travail ou pas. » Il prit un sac et se dirigea vers le bois, sans plus se retourner pour vérifier.

Mikael resta immobile, la pioche imaginaire entre les mains. Il se sentait bête. Il s'assit par terre, en se disant que le vieux n'aurait aucun moyen de savoir, à son retour, s'il avait vraiment travaillé un champ imaginaire avec une pioche imaginaire. Au bout d'un certain temps à rester assis, il se sentit mal à l'aise.

Et il éprouva de la colère. Si le vieux voulait être sûr qu'il travaille, il n'avait qu'à rester là pour vérifier. Qui pouvait être assez stupide pour piocher sans pioche ?

Mais plus le temps passait, plus son malaise augmentait. Enfin, à sa propre surprise, il se leva, ramassa la pioche imaginaire et commença à travailler, avançant pas après pas vers le bois. Il levait la pioche au-dessus de sa tête, courbait puis redressait le dos, faisait partir le coup, fléchissait les jambes, observait l'inclinaison avec laquelle il parvenait à déchausser la motte. Et peu à peu il commença même à s'amuser. Il pensa qu'il avait raté certains coups, et s'appliqua à y remédier et à s'améliorer. Il se dit, en riant, qu'il espérait que le vieux ne verrait pas combien de mottes mal déchaussées il laissait derrière lui. À un moment, il revint même sur ses pas, feignant de corriger et d'arranger certains endroits du champ qui n'avaient pas été piochés comme Raphael l'aurait voulu.

À la moitié de l'après-midi, ses épaules lui faisaient mal. Ses jambes aussi. Et son dos se faisait sentir. Il était en nage. Mais il était arrivé jusqu'au bois. Alors il planta la pioche imaginaire dans la terre et se retourna pour voir le travail accompli.

« Tu es content de toi ? » dit la voix profonde du vieil homme derrière lui, le faisant sursauter.

Mikael rougit violemment.

« Prends la pioche, dit Raphael, on retourne à la cabane et je vérifierai ton travail. »

Mikael fit semblant de reprendre la pioche et le suivit tandis que Raphael examinait le champ. Parfois il acquiesçait, d'autres fois il hochait la tête. Et Mikael eut l'impression qu'il hochait la tête exactement là où il avait mal pioché.

Quand ils arrivèrent à la cabane, Raphael le regarda et sourit. « Tu as bien travaillé. Je suis fier de toi. Demain tu apprendras comment on fait pour bêcher. Puis à semer et à faucher, et à ramasser l'herbe au râteau pour qu'elle sèche vite, sans pourrir. Mais pour aujourd'hui, tu as fait ton devoir. Dans les bois, j'ai trouvé de magnifiques cèpes que nous mangerons avec de la viande et du miel, qu'est-ce que tu en dis ? »

Mikael ne savait que penser. Ce vieux se comportait comme un fou. Pourtant, il n'avait pas vraiment l'air fou.

Le dîner fut délicieux. Si bon que Mikael ne fut pas trop triste. Il lui rappelait ceux de son enfance, quand il vivait au château et qu'il était prince héréditaire de Saxe. Mais cela ne dura qu'un instant, car il n'arrivait plus à se souvenir vraiment de sa vie d'avant. Il se rappelait son père, sa mère, sa petite sœur, la gouvernante Eilika et chacun des habitants du château, mais il n'arrivait pas à se voir. Il était comme une silhouette floue.

« Nous sommes ce que nous sommes en ce moment, Mikael, dit le vieil homme comme s'il lisait dans ses pensées. Nous sommes ce que nous sommes au moment exact où nous le sommes. » Il se leva, alla jusqu'à une petite étagère en sapin et prit un livre. « Tu sais lire, gamin ?

— Oui », dit Mikael.

Raphael lui tendit le livre et s'assit dans une chaise à bascule. « Tu veux bien lire ce livre pour moi ? »

Mikael l'ouvrit à la première page. Il vit des

mots incompréhensibles. « C'est une langue que je connais pas…

— Moi non plus, dit Raphael. C'est du latin. »

Mikael le regarda sans comprendre.

« Si je comprenais ce qui est écrit, gamin, je n'aurais plus besoin de ce livre, puisque je l'aurais lu. Alors que si je comprends pas ce qu'il dit, je peux le lire toute ma vie, et imaginer chaque fois qu'il raconte une histoire différente. »

Mikael resta immobile, le livre ouvert à la première page.

« Lis, l'exhorta Raphael.

— *Vi... vi... virum bonum quo lau... laudabant, ita lau... dabant : bonum agricolam bonu... mque colonum ; amplis... sime laudari existima... batur qui ita lauda... lauda... batur. Mercatorem autem strenuum studiosum... que rei qua... erendae existimo, verum, ut supra dixi, pericu... losum et calamitosum…* »

Il continua ainsi, hésitant sur chacun de ces mots inconnus. Quand il eut lu une dizaine de pages à la faible lueur de la chandelle, Mikael sentit que ses yeux se fermaient.

Raphael s'en aperçut et lui fit signe de s'arrêter. « Merci, dit-il. Quelle histoire intéressante ! Et toi ?

— Moi… quoi ?

— Tu as réussi à imaginer une histoire intéressante ?

— Non…

— Tu verras, peu à peu tu y arriveras. » Raphael se tourna vers lui pour le regarder. « Mais tu as pioché un champ entier tout seul. Et ça, tu dois en être fier.

— Oui… dit Mikael gêné.

— Allons dormir. Demain tu feras connaissance

avec la bêche », dit le vieux en s'étendant sur sa couche et en s'enroulant dans une peau de loup.

Mikael s'étendit sur la paille qu'il lui avait préparée, et s'enveloppa lui aussi dans une peau de loup.

Tandis qu'il s'endormait, il se rendit compte qu'il avait l'impression d'avoir vraiment pioché tout seul un champ entier. Et il se sentait fier, intérieurement, exactement comme avait dit Raphael.

Alors, il pensa à Eloisa.

19

Le lendemain matin, Raphael prit une bêche et expliqua à Mikael pourquoi on s'en servait et comment. Puis il montra la clairière herbue.

« Hier tu as pioché ce champ. Aujourd'hui, tu te serviras de la bêche pour aller encore plus profond et retourner les mottes pour que la terre soit nourrie et renouvelée, prête à recevoir la semence. »

Mikael acquiesça.

« Mais tu ne pourras pas faire tout le champ seul en une journée. Donc je t'aiderai, continua Raphael. Moitié toi, moitié moi. D'accord ? »

Mikael acquiesça encore.

« Au travail », dit le vieil homme. Il alla jusqu'au milieu de la clairière et commença à faire semblant de bêcher.

Mikael le regarda et se sentit embarrassé.

« Allez, gamin, sinon tu n'auras jamais fini ce soir », dit Raphael sans même se retourner.

Mikael empoigna la bêche imaginaire comme venait de le lui montrer le vieux, la planta dans la terre, appuya son pied dessus et poussa vers le bas. Il se plia sur ses deux jambes et fit levier, feignant de retourner une grosse motte de terre compacte. Puis il changea sa prise sur la bêche, qu'il leva et abaissa plusieurs fois sur la motte, jusqu'au moment où il imagina qu'il l'avait morcelée.

Son doigt fracturé lui faisait encore mal. Et quand il refermait ses mains il sentait encore les ampoules le brûler. Mais il continua jusqu'au moment où Raphael décida que c'était l'heure de déjeuner. Puis il reprit le travail et finit de bêcher sa moitié de champ.

Pendant que Raphael faisait cuire une soupe d'orge et de lapin avec des navets, il envoya Mikael à la lisière du bois ramasser le plus de limaces noires possible. Quand il revint, le vieil homme racla délicatement la bave avec la lame d'un couteau, et l'étendit sur les paumes de Mikael. Puis il lança les limaces dans le pré.

En savourant la soupe, Mikael sentait la bave des limaces sécher sur sa peau. Il regarda ses blessures. La bave y avait formé une fine pellicule brillante.

Après le dîner, Raphael lui tendit le livre. « Reprends là où tu t'es arrêté hier. »

Mikael lut de nouveau ces mots incompréhensibles, jusqu'au moment où ses yeux se fermèrent.

Alors Raphael lui donna la permission d'aller dormir.

Quand la petite pièce fut dans le noir, le vieux lui demanda : « Tu as imaginé une bonne histoire ? »

Mikael resta silencieux quelques instants. « Non, finit-il par répondre, mortifié.

— Ça ne fait rien. Sois tranquille, tu y arriveras, dit la voix profonde et rassurante de Raphael. Mais tu peux être fier d'avoir bêché la moitié d'un grand champ. Tout le monde n'y arrive pas, à ton âge. »

Mikael se dit que le vieux était fou. Pourtant, tandis que le sommeil le gagnait, il sentait grandir en lui la fierté d'avoir réussi à terminer son travail.

Les jours suivants, Mikael apprit à fumer le sol, à semer, à débarrasser le champ des mauvaises herbes, à faucher, à retourner le foin au râteau, à le lier en grosses bottes.

Chaque soir, après le dîner, il lisait à voix haute une dizaine de pages du livre incompréhensible et, avant de dormir, Raphael lui demandait : « Tu as imaginé une bonne histoire ? »

Au bout d'une semaine, Mikael répondit, timidement : « Oui. »

Raphael resta silencieux. Puis, alors qu'ils étaient déjà couchés, il lui dit : « Tu sais quel est le plus grand danger des mensonges ? »

Mikael, étendu sur sa couche, rougit de honte.

« Le plus grand danger, c'est que celui qui les dit pourrait finir par y croire », continua le vieux, et dans sa bouche il n'y avait pas une once de reproche. « Parce qu'alors il n'a plus de vie. »

Mikael se dit qu'il n'aurait plus le courage, le lendemain, de regarder Raphael en face. Ses yeux s'emplirent de larmes.

« À l'intérieur de toi il y a plein d'histoires », dit alors le vieil homme. Et sa voix était pleine de chaleur et d'affection. « Plus que tu ne peux imaginer. Mais tu dois trancher les fils de la peur, je te l'ai déjà dit. Le chien qui a peur mordra la main qui le nourrit, sans être méchant pour autant. Le lapin dont la peur est plus grande que celle que la nature destine à son espèce se jettera dans la gueule du loup, même s'il est plus rapide. L'aigle qui a peur de ne pas trouver de proie ne la verrait même pas si elle se glissait dans son nid.

— Mais alors... qu'est-ce que je dois faire ? dit Mikael d'une toute petite voix.

— Rien.

Il y eut un long silence.

— Rien ?

— Dors, maintenant.

— Mais vous dites que je dois trancher...

— Dors, gamin. »

Mikael se tut.

« Elles te font encore mal, tes ampoules ? demanda le vieux au bout d'un moment.

— Non.

— Quand est-ce qu'elles ont arrêté de te faire mal ? »

Mikael ne savait que répondre.

« C'est arrivé aujourd'hui ?

— Je sais pas...

— Ce matin elles te faisaient mal et puis, tout à coup, elles ont arrêté de te faire mal ?

— Non...

— Alors c'est arrivé hier ?

— Je sais pas...

— Comment tu fais pour ne pas le savoir ?

— Je me suis pas aperçu quand c'est arrivé.

— Et tu sais pourquoi ? »

Il y avait quelque chose d'hypnotique dans la voix de Raphael et Mikael se sentait glisser dans le sommeil.

« Parce que ça s'est pas passé à un moment précis. »

Mikael serra doucement les mains. Là où il y avait

auparavant des ampoules, il sentait sa peau plus dure et plus épaisse.

« Qu'est-ce que tu as fait pour les guérir ?

— Vous y avez mis de la bave de limace...

— Non, ça c'est pour protéger de l'infection. Mais ça ne les guérit pas. » Raphael entendait la respiration de Mikael devenir plus lourde. « Maintenant, réponds, avec la première chose qui te vient à l'esprit, sans réfléchir. Qu'est-ce que tu as fait pour les guérir ?

— Rien... dit Mikael.

— Rien. Tu as seulement donné du temps au temps.

— Du temps... au temps...

— Et ce sera pareil pour trancher les fils de la peur.

— La... peur... » La respiration de Mikael devint profonde et régulière.

Enveloppé dans sa couverture, le vieil homme sourit. « Dors, gamin. »

Le lendemain, Raphael alla à la remise à outils, prit la pioche et la donna à Mikael. « Pioche », lui dit-il.

Mikael le regarda sans comprendre. Il posa la pioche par terre et fit semblant de piocher, comme il avait fait jusqu'à ce jour.

« Tu te moques de moi, gamin ? » dit Raphael.

Mikael rougit et s'arrêta.

« Qu'est-ce que tu es en train de faire ? lui demanda le vieux.

— Je pioche...

— Tu pioches ? » La voix du vieux était devenue acerbe. « Et comment on fait pour piocher sans pioche ? »

Mikael, comme toujours, ne savait que répondre.

« Prends la pioche », ordonna Raphael.

Mikael prit la pioche.

« Bien. Et maintenant, pioche. »

Mikael regarda la clairière, effrayé.

« À quoi tu penses, gamin ? Tu crois quand même pas que tu vas piocher toute la clairière tout seul, en une seule journée ? Moi-même j'y arriverais pas, alors un enfant de dix ans, tu penses. » Il prit un piquet de bois et le planta entre les pieds de Mikael. Puis il compta cinq pas et en planta un autre en terre. « D'ici à là. Sur une brasse de marge. Quand t'auras fini, tu pourras manger », dit-il en s'éloignant.

Mikael resta la pioche dans les mains, regardant le piquet de bois à cinq pas de lui. Puis il laissa aller son regard vers la lisière du bois. Il serra les doigts autour du manche de l'outil, avec force. Celui qui avait été fracturé lui faisait encore mal, mais c'était supportable. Il souleva la pioche. Elle lui sembla plus légère que la première fois qu'il l'avait empoignée dans la Raühnvahl. Il cambra légèrement le dos, amorça le mouvement pour faire tomber la pioche, fléchit ses jambes et redressa les reins, tandis que la lame se plantait dans la terre, avec l'inclinaison que lui avait enseignée Raphael. La motte se détacha du sol, sans résister. Et Mikael fut en mesure de soulever la pioche à nouveau, sans fatigue. Il frappa un deuxième coup. Et s'émerveilla que, là encore, ça marche. Il s'arrêta. Regarda la pioche. Regarda les deux mottes de terre. La paume de ses mains. Et enfin, sourit. Il souleva la pioche au-dessus de sa tête et recommença à travailler avec fougue. Il s'amusait presque.

« Doucement ! » lui cria Raphael en apparaissant derrière lui. Puis il s'éloigna avec un sourire de satisfaction.

Mikael mit largement deux heures à piocher les cinq

pas que lui avait indiqués Raphael. Quand il eut fini, ses épaules et son dos lui faisaient mal. Et quelques ampoules s'étaient rouvertes.

Raphael les vérifia. « Crache dessus », dit-il.

Mikael obéit.

« Bien. Pas besoin d'autre chose, dit le vieux. Mais si tu l'avais fait avant, elles se seraient moins rouvertes. Souviens-toi de ça demain. »

Mikael acquiesça. Il regarda la salive sur ses ampoules et se dit que c'était un geste de grand. « Et maintenant ? demanda-t-il.

— Maintenant quoi ?

— Qu'est-ce que je dois faire ?

— T'as travaillé. T'as fait ton devoir. Qu'est-ce que tu veux encore de moi ? dit le vieux. Pour qui tu me prends ? Pour ta nourrice ? Tu crois que je suis là pour jouer avec toi ? Fais ce que tu veux. »

Mikael le regarda d'un air perdu.

Raphael lui tourna le dos. « Si vraiment tu ne sais pas quoi faire, ramasse des petites branches sèches pour le feu. »

Mikael alla à la lisière du bois et passa une bonne partie de la journée à ramasser des branches sèches qu'il entassa derrière la maison. Puis il vadrouilla dans la clairière, observant les insectes. Enfin il revint au petit carré de champ qu'il avait pioché et resta là à le regarder. Avec fierté. Puis il fit semblant de piocher et se mit à rire.

« Depuis combien de temps tu n'avais pas ri ? » se disait Raphael qui le surveillait par la fenêtre de la cabane. Puis il cria : « T'es où gamin ? J'ai faim ! Je veux manger ! »

Le soir, Mikael lut le livre en latin, répondit à

Raphael qu'il n'avait imaginé aucune histoire, le vieux lui dit que ça n'avait aucune importance, et qu'un jour ou l'autre ça arriverait. Enfin, ils se couchèrent.

Dans le noir, avant de s'endormir, Mikael cracha de nouveau sur ses ampoules.

Le lendemain, il utilisa la bêche.

Le soir, au lit, dans l'obscurité, il sentit une drôle de douleur dans ses épaules et dans ses bras. Une douleur vague, qui lui donnait presque du plaisir. Il toucha ses épaules et fut surpris de ce qu'il sentit. Alors il toucha aussi ses bras. Et il eut la même surprise. « Monsieur, vous dormez… ? demanda-t-il doucement d'une voix inquiète.

— Dis-moi, gamin.

— Il m'est arrivé quelque chose aux épaules…

— Oui…

— Et aux bras…

— Qu'est-ce qui t'est arrivé, exactement ?

— Ils sont devenus… gonflés.

— Gonflés ?

— Plus gros, quoi. »

Raphael se mit à rire. « Ces gonflements, ça s'appelle des muscles, gamin. »

Un silence suivit. « Des muscles ? » dit enfin Mikael.

Raphael rit, puis se tourna sur le côté et s'endormit.

Mikael resta éveillé une grande partie de la nuit à tâter ses épaules et ses bras. De temps en temps il disait, à voix basse : « Des muscles ! »

Le jour suivant, il fuma la terre en répandant de la bouse de vache qu'il mêlait à de la tourbe avec sa pelle. Et le lendemain il arracha les mauvaises herbes du champ, puis faucha, retourna le foin au râteau, et quand il fut sec le rassembla à la fourche puis le lia en grosses et lourdes bottes à l'aide de petits rameaux souples de saule.

Et chaque fois, avant de travailler, il crachait dans ses mains et vérifiait ses muscles.

Puis, chaque soir, il lisait le livre, sans réussir à imaginer une histoire.

Vint un matin où Raphael lui dit : « Maintenant, tu es prêt. Demain tu retourneras au village. »

Les yeux de Mikael se remplirent d'effroi. Sa respiration devint difficile. Et il sentit une douleur dans sa poitrine. Il avait de la peine, profondément.

« Non... », dit-il tout bas.

Raphael fit semblant de n'avoir pas entendu.

Ce jour-là, Mikael n'eut aucune tâche à accomplir. La journée n'en finissait pas, et en même temps passait trop vite. Sa tête était pleine de pensées effrayantes, et terriblement vide. Le soir, il lut le livre en latin. Il ne voyait presque pas les mots tant ses yeux étaient voilés de larmes.

« Tu as imaginé une bonne histoire ?

— J'ai pensé à un enfant... répondit Mikael ce soir-là.

— Et ?...

— Non, peut-être que c'était pas un enfant.

— Et qui c'était ?

— Un rat...

— Et il faisait quoi, ce rat ?

— Il s'appelait Hubertus...

— Oui...

— Mais c'était pas lui qui avait choisi son nom... »

Raphael attendait en silence.

« Il était pas capable de se choisir un nom...

— Comment ça ?
— Parce que c'était un rat…
— Je comprends.
— Ou peut-être… parce qu'il avait trop peur… »
Raphael acquiesça. « Et puis ?
— Je sais pas…
— Elle s'arrête là, ton histoire ?
— Le rat… Hubertus… il savait pas… » Mikael s'interrompit.

Raphael resta silencieux.

« Ben… reprit tout bas Mikael, Hubertus…
— Dis-moi…
— Hubertus, il sait pas qui il est. »

Raphael éteignit la chandelle. La pièce fut plongée dans le noir. « C'est l'histoire la plus belle que j'aie jamais entendue », murmura-t-il, ému.

Aucun des deux ne parla plus.

À l'aube, Raphael monta sur son mulet. Mikael suivant à pied, ils redescendirent vers la Raühnvahl. Il s'aperçut qu'il fatiguait moins que lors de son retour avec Agnete. Ses jambes se déplaçaient avec vitesse et assurance.

Au pont de bois qui donnait dans la vallée, Raphael arrêta son mulet.

Mikael regardait fixement le village et sentait son cœur battre la chamade.

« Regarde tes mains », dit Raphael.

Mikael regarda ses mains.

« Est-ce que c'est les mêmes que quand tu t'es sauvé ?
— Non…
— Touche tes épaules, tes bras, tes jambes. C'est les mêmes que quand tu t'es sauvé ?

— Non.

— Non, répéta le vieux, solennellement. Et toi non plus tu n'es plus le même. Tu es devenu plus fort.

— Mais si Eberwolf…

— Qui ? le coupa Raphael.

— Elderstoff…

— Ah, ce couillon d'Elderstoff, oui. J'ai cru un instant que tu parlais d'un dragon. Continue. »

Mikael regarda de nouveau le village. « Rien, dit-il.

— Viens me voir quand tu veux, dit Raphael. Mais demande d'abord la permission à Agnete.

— Oui… » Mikael se tourna vers le vieux. « Maintenant je dois y aller, pas vrai ? »

Raphael le regarda en silence. « Moi, je peux voir combien ton cœur est grand, gamin. »

Mikael baissa les yeux.

« Tu sais qui c'est, Hubertus ? » dit Raphael.

Mikael leva les yeux vers lui.

« Il est comme nous, Hubertus… Il est tous les défis qu'il affronte. »

Mikael acquiesça, même s'il ne comprenait pas tout à fait ce que le vieux voulait dire. Il tourna de nouveau le regard vers la vallée. Et fit un premier pas sur le pont.

« Attends », lui dit Raphael.

Mikael se retourna.

Raphael sortit des sacoches du mulet le livre qu'ils avaient lu tous les soirs. « Tiens, dit-il en le lui donnant. Je veux que tu l'aies. »

Mikael tendit la main, timidement, et prit le livre.

« Il y a toutes les histoires là-dedans, dit Raphael. Mais rappelle-toi de ne jamais apprendre le latin si tu veux que la magie se répète à l'infini. Sinon, ça ne sera plus qu'un livre, et la magie s'évanouira. » Il éclata de rire, talonna son mulet et fit demi-tour, grimpant la montagne.

« Moi, je peux voir combien ton cœur est grand, gamin », se dit Mikael, tout doucement, effrayé. Alors il franchit le pont, arriva au village et frappa à la porte d'Agnete.

Eloisa ouvrit la porte. Elle écarquilla les yeux de joie et s'exclama : « Mère, Mikael est revenu ! » Et pour ne pas l'embrasser elle lui donna un coup de poing, et lui cria : « Crétin ! »

20

Ojsternig sourit. Il fit signe au bourreau d'exécuter la sentence. Le bourreau dénoua la corde du gibet, une trappe s'ouvrit dans l'estrade. Et Radim Cütting, condamné pour avoir dit du bien de Volod le Noir, le chef des rebelles, tomba dans le vide, un solide nœud coulant autour du cou.

Ojsternig regardait le condamné s'agiter. Sa bouche ouverte, ses yeux gonflés par la pression sanguine qui semblaient sortir de leurs orbites. Protégé par Agomar et cinq hommes d'armes aux épées dégainées, Ojsternig promena sur la foule un sourire de mépris.

Nul ne soufflait mot.

On entendait seulement les râles du condamné.

Ojsternig se dit avec regret que l'homme mourrait trop vite.

La cruauté le divertissait, le temps qu'elle durait, mais ne le rassasiait pas. Très vite la faim revenait. Mais si peu qu'elle dure, elle était toujours un soulagement. Une distraction.

Quand les râles du condamné cessèrent, il éperonna son cheval, agacé.

De retour au château, il épousseta ses vêtements, se

rinça le visage et les mains. Il lui semblait être encore recouvert par la poussière rouge d'hématite et la suie noire de la tourbe. C'était comme une obsession.

« Robert III a répondu ? demanda-t-il à Arialdo de Tarvis, son comptable, dès qu'il descendit dans la grande salle.

— Non, Votre Seigneurie… », répondit celui-ci en s'inclinant.

Le vieil Arialdo de Tarvis était le seul à connaître parfaitement l'état des comptes du royaume. Il avait été son précepteur autrefois, et faisait déjà office de comptable pour les Ojsternig du temps de son père. S'ils n'avaient pas été complètement ruinés, c'était grâce à lui.

« Pourquoi ne répond-il pas ? lui demanda Ojsternig.

— Votre Seigneurie… » Le comptable courba le dos, comme un vieux chien habitué aux coups de bâton.

Ojsternig leva la main, sans le frapper, comme il lui arrivait parfois de le faire. Il regarda cet homme sans défense qui baissait la tête. Si vieux qu'un coup de poing aurait suffi à le tuer. Il regarda son cou ridé, ses rares touffes de cheveux blancs, et se dit qu'Arialdo, peut-être, quand il était son précepteur, l'avait aimé. Il se rappelait qu'Arialdo l'avait surpris un jour à torturer une poule. Pourtant, au lieu de le gronder ou de le regarder comme un être méprisable comme l'auraient fait son père et sa mère, il s'était contenté de lui ôter des mains le rasoir de barbier couvert de sang. Il avait tordu le cou de la poule pour lui offrir une mort rapide et charitable. Puis il avait hoché la tête en regardant le petit Ojsternig, comme s'il comprenait, et lui avait caressé la tête.

Cette caresse n'avait cependant procuré aucune émotion à l'enfant. À l'époque déjà, il n'éprouvait aucun intérêt pour les belles choses. Il savait déjà que seule la cruauté l'intéressait, du moins autant qu'elle durait. Il avait commencé par torturer des animaux puis, en grandissant, les serfs de son père.

« Qu'est-ce que je dois faire avec les mineurs ? demanda-t-il au vieil homme. Comment osent-ils se rebeller ? Ce ne sont que des serfs, ils n'ont pas droit à la liberté. Ils m'appartiennent et selon la loi de l'empereur je peux en disposer comme je veux.

— Les serfs aussi doivent manger, répondit Arialdo de Tarvis. Ils n'ont pas été payés depuis deux mois. Les réserves de viande salée pour l'hiver sont épuisées. Les meuniers ne leur font plus crédit. Ils n'ont que des navets séchés et de la soupe d'herbes des champs. » Le vieil homme fit une pause. « Vous me demandez ce que vous devez faire ? Payez-les.

— Avec quel argent ?! » s'écria Ojsternig.

Les hommes d'armes qui paressaient dans un coin de la grande salle tournèrent la tête. Le molosse tigré grogna. Agomar regarda Ojsternig, puis les soldats.

« Avec quel argent je devrais les payer, Arialdo ? répéta Ojsternig, qui avait du mal à contenir sa rage.

— Vos soldats boivent à volonté du vin de Falerne et d'Alsace, chaud et épicé. On tue chaque jour un veau pour eux. Ils ont tellement de viande à leur disposition qu'ils ne rongent même plus les os. Commencez par-là. Faites en sorte que le veau dure trois jours. Et faites rôtir les deux autres veaux pour la mine, une fois par mois. Donnez de la bonne bière de chez nous à vos soldats, au lieu de ces vins coûteux que seuls les moines des monastères peuvent se permettre. Et une fois par semaine, donnez une demi-solde aux femmes des mineurs pour qu'elles puissent acheter une livre de farine noire pour leur famille. Cela dépassera à peine un vingtième de ce que vous aurez économisé, Dites aussi à ceux de vos hommes qui gardent les forêts que les enfants des mineurs peuvent ramasser cinq poignées de châtaignes par semaine pour épaissir la soupe. Donnez-leur ce qu'ils finiront par aller chercher chez Volod le Noir. Vous redeviendrez leur seigneur. »

Ojsternig le regarda en silence. « Tu sais qui je suis, vieil imbécile ? »

Arialdo de Tarvis acquiesça, humblement. « Vous êtes mon seigneur.

— Et toi, à ton seigneur, tu recommandes d'économiser comme une bonne femme ? Me mettre au niveau de ce rebelle abject ? grogna Ojsternig.

— Ce rebelle abject est en train de devenir un héros, Votre Seigneurie, dit Arialdo la tête basse. Avec seulement deux morceaux de viande salée. »

Ojsternig le toisa en silence. « Tu conseillais aussi mon père ? Tu lui conseillais de ne pas gaspiller ce qui me revenait ?

— C'était une autre époque... »

Ojsternig bondit sur ses pieds. Le molosse s'approcha, prêt à mordre, babines écumantes.

« Quoi qu'il en soit... oui, je le lui ai conseillé, reprit le comptable.

— Et tu lui as dit quoi ? s'exclama Ojsternig d'une voix dure.

— Qu'il avait un héritier. Et qu'il devait penser à lui. »

Ojsternig eut un ricanement féroce et dit, comme

si cela n'avait aucune importance pour lui : « Et il t'a répondu qu'il me méprisait, que je n'étais qu'un petit monstre cruel. Et après, il t'a fait fouetter.

— Non, répondit Arialdo de Tarvis. Il ne m'a pas fait fouetter. »

Ojsternig savait ce que son père pensait de lui. Et sa mère. Ils l'avaient toujours méprisé depuis que sa nature s'était manifestée. Très vite. Il se tourna vers Agomar. « Demain dès l'aube, tu enverras un homme dans la Raühnvahl ! Je veux qu'il rassemble tous les habitants pour qu'ils sachent qui est leur nouveau seigneur. Je veux qu'ils soient tous là, ces culs-terreux.

— Que voulez-vous dire, Votre Seigneurie ? demanda le comptable alarmé.

— La Raühnvahl est un royaume riche, non ?

— Oui, Votre Seigneurie, mais…

— Je m'en emparerai. Comme ça je n'aurai pas à économiser comme une bonne femme.

— Mais l'empereur…

— L'empereur n'a pas le temps de s'occuper de nous ! Tu l'as dit toi-même. Pour lui, nous sommes une puce sur la croupe d'un taureau. Eh bien, la puce prendra sa ration de sang, et le taureau ne s'en apercevra même pas. S'il n'a pas le temps de répondre à une missive, crois-tu qu'il aura le temps d'envoyer son armée ?

— Votre Seigneurie, réfléchissez bien, je vous en prie…

— Tais-toi, Arialdo, ou je te donnerai les coups de fouet que mon père ne t'a pas donnés. » Il bondit sur ses pieds. « Demain matin tu seras là-bas toi aussi, avec tes livres de comptes. » Il se tourna vers Agomar. « Prends cinq hommes et viens avec moi. Nous allons recruter une équipe de charpentiers dans la mine. J'ai une idée pour les faire travailler, puisqu'ils n'ont pas grand-chose à faire. »

Ojsternig sortit et monta sur son puissant cheval de guerre. Tandis qu'il galopait à toute vitesse dans les rues étroites de Dravocnik, le molosse courait à ses côtés tout en continuant de grogner. Les sabots du cheval soulevaient dans les flaques des gerbes d'eau sale où se mêlaient le rouge de l'hématite et le noir de la tourbe, leur donnant une couleur indéfinie de sang caillé.

Les gens, effrayés, se plaquaient contre les murs. Ils savaient que leur cruel seigneur ne ralentirait pas.

Quand Agomar eut recruté une équipe de charpentiers, Ojsternig désigna de vieilles maisons délabrées et leur ordonna de les abattre, puis de transporter à l'entrée de la mine le bois récupéré.

Les ordres furent exécutés avant midi.

Ojsternig descendit de cheval, enfonçant jusqu'aux mollets ses bottes de cuir noir dans la boue. Il se fit donner quatre piquets peints en rouge vif, qu'il planta dans la terre, formant un périmètre de sept pas sur quatre. Puis il désigna le bois sur les chariots.

« Dressez une estrade avec trois gibets », ordonna-t-il aux charpentiers.

Au soir, les trois gibets étaient prêts.

« Désormais les rebelles seront pendus ici, devant la mine, déclara solennellement Ojsternig. Et leurs corps seront laissés là jusqu'à ce que les corbeaux aient mangé leurs yeux et leurs lèvres jusqu'aux dents. » Il regarda la foule. « Bientôt, Volod le Noir se balancera lui aussi au bout d'une de ces cordes ! »

Les femmes attirèrent leurs enfants contre elles. Les

vieilles firent le signe de croix. Les hommes s'agrippèrent à leurs outils. Mitija, le directeur de la mine, toucha sa main bandée, accrochée à son épaule par un linge, et qui tardait à guérir.

Mais tous, sans distinction, regardèrent les trois gibets. Et leurs yeux brillaient, blancs dans leurs visages colorés de noir et de rouge.

Ojsternig, en pensant aux divertissements à venir, se dit qu'il dormirait heureux.

21

Le lendemain matin, au moment où Agnete, Eloisa et Mikael s'apprêtaient à partir travailler, la cloche de Notre-Dame des Neiges se mit à sonner avec frénésie. Elle appelait tout le monde au rassemblement.

« Qu'est-ce qui se passe ? demanda Agnete.

— Le prince ! s'exclama un grand garçon qui passait. Le prince arrive ! »

Mikael se figea, secoué par une émotion incontrôlable. « Le prince », pensa-t-il avec un coup au cœur, tandis qu'apparaissait devant ses yeux l'image de son père bien-aimé.

« Le nouveau prince ? demanda Agnete.

— Le nouveau prince », confirma le garçon en continuant de courir.

Eloisa avait été la seule à se tourner vers Mikael, lisant sur son visage un espoir absurde puis une déception cuisante. Elle sentit sa douleur et fit un pas vers lui. Mais Mikael la regarda avec une telle tristesse que la petite fille eut peur et se tourna vers sa mère. « Qu'est-ce qu'il nous veut, le nouveau prince ? » lui demanda-t-elle, surtout pour couvrir les battements de son cœur.

Agnete secoua la tête. « Je n'en sais rien, dit-elle d'une voix sourde.

— Il a envoyé un messager. On doit l'attendre devant Notre-Dame des Neiges », cria la voisine, qui se pressait, accompagnée de sa famille.

Agnete hocha la tête et sortit. « Allons-y, dit-elle. Les ordres d'un prince, ça se discute pas. »

Ils rejoignirent Notre-Dame des Neiges en silence. Sur les marches de la petite église, le frère Timotej avait les traits tirés et le visage pâle, comme tous ceux qui étaient rassemblés.

« Il nous veut quoi, le nouveau prince ? » dit l'un d'eux, parlant pour tous.

Personne n'eut le courage de répondre. Beaucoup cependant courbaient déjà l'échine.

Mikael s'était arrêté à une dizaine de pas des autres sans se joindre au groupe, et il observait. Dans tous les yeux il lisait la peur, masquée par la curiosité. Il s'étonna de se voir reflété en chacun d'eux, qui étaient si peu différents de lui. Instinctivement, il chercha parmi les gens le visage d'Eberwolf. Et quand il le trouva, il eut l'impression que la peur se lisait aussi sur son visage.

Mais cela ne dura qu'un instant.

Eberwolf croisa son regard. Il planta ses mains sur ses hanches et le fixa d'un air bravache. « Te revoilà, Crottin Sec ! » s'exclama-t-il.

Mikael sentit sa respiration s'arrêter. Il toucha le doigt qu'Eberwolf lui avait cassé, et qui lui faisait encore mal quand il le serrait.

« Elderstoff est un vaurien », dit Eloisa.

Mikael, surpris, se tourna vers elle.

« Elderstoff est un crétin », ajouta-t-elle.

Alors Mikael se sentit moins seul et s'aperçut qu'un sourire lui venait aux lèvres.

Eloisa sourit aussi.

« Le voilà ! Le voilà ! » cria soudain quelqu'un.

Au fond de la Raühnvahl, une vingtaine de cavaliers lancés au galop s'approchaient rapidement.

« Le nouveau prince ! Le nouveau prince ! » répétèrent les gens en écho.

Tous s'agenouillèrent, là où ils étaient, et penchèrent la tête. Même frère Timotej. Certains se signèrent.

Mikael regardait la troupe de cavaliers de plus en plus proche, et une étrange sensation d'irréalité lui serra l'estomac.

« Mets-toi à genoux », lui dit une voix sur sa droite.

Mikael n'y fit pas attention. Il entendit seulement la terre trembler, comme ce jour où, pour se cacher, il s'était glissé dans le petit passage, dans la caserne. C'était un grondement sourd, comme alors, quand il avait ôté ses gants de loutre pour poser la main sur la terre glacée. Il regardait les cavaliers arriver au galop, terribles et menaçants, sans pouvoir détourner les yeux. Ils s'arrêtèrent à un pas de la foule en faisant se cabrer leurs chevaux. Mikael vit d'abord un guerrier à la barbe et aux cheveux roux, avec de petits yeux noirs et cruels. La main droite qu'il leva pour arrêter ses hommes avait quatre doigts, il y manquait l'auriculaire. Et avant même de se souvenir, Mikael sentit dans ses narines l'odeur du sang, puis de la fumée. Le souffle court, il eut un instant l'impression de tomber. Écartant imperceptiblement les bras comme pour retrouver l'équilibre, il perçut dans sa bouche la saveur aigre du vomi. Il ouvrit grand ses yeux qui se voilèrent de larmes. Une douleur aiguë, comme mille aiguilles plantées dans sa peau, le parcourut. Mais il était incapable de bouger et se sentait pris au piège, comme le jour du massacre quand il était bloqué dans le tunnel. Ramené en arrière dans ce passé terrifiant teinté de rouge sang, aussi brillant et frais que dans son souvenir.

« À genoux », répéta la voix à sa droite.

Mikael, une nouvelle fois, n'entendit pas. Et même s'il avait entendu, il n'aurait pas pu obtempérer. Dans ses oreilles résonnaient de plus en plus forts les cris de ceux qui mouraient, le vacarme des animaux terrorisés, les pleurs des femmes violées, les voix des enfants qui appelaient leur mère étendue à leurs pieds, les yeux ouverts et vitreux, le crépitement effroyable des flammes qui ravageaient le château. Et soudain, il sentit un froid glacé, comme si on lui versait dessus un seau rempli d'eau du torrent.

Puis tout se tut.

Il se souvint que le guerrier au doigt amputé s'appelait Agomar. En regardant l'épée de l'homme, il fut certain qu'elle était encore tachée du sang de son père.

« Dieu tout-puissant bénisse le prince d'Ojsternig ! » dit à ce moment le frère Timotej d'une voix tremblante.

Mikael se tourna vers celui auquel s'adressait la bénédiction du curé. Il avait le visage maigre et osseux, et portait une pelisse d'ours brodée d'or et des bottes noires en cuir, fourrées de feutre et de poil de lapin. Mikael se souvint pour la première fois de ce qu'Agomar avait dit : « Le seigneur d'Ojsternig nous a ordonné de ne laisser personne en vie ! » Le seigneur d'Ojsternig. C'était cet homme qui avait donné l'ordre d'exterminer sa famille. De tuer son père. Sa mère. Sa petite sœur. Eilika et tous les autres.

« Mon Prince, à quoi devons-nous l'honneur de votre visite ? » demanda craintivement le frère Timotej.

Personne dans l'assistance n'osait relever la tête. Seul Mikael restait debout, fixant le prince d'Ojsternig. Sans trembler. Mais nul ne lui prêtait attention.

« À genoux », siffla pour la troisième fois Agnete.

Et pour la troisième fois, Mikael ne l'entendit pas. Il était seul, debout dans la cour du château. Autour de lui, muets, les acteurs de la tragédie : son père la tête tranchée, sa mère le couteau planté dans la poitrine, sa petite sœur morte dans ses bras qui semblait une poupée de chiffon. La fille violée puis tuée par Agomar. Le maréchal-ferrant sans son bras. Le prêtre avec sa soutane relevée. Puis, petit à petit, tous les autres. Et au milieu d'eux Ojsternig, avec un bec de vautour.

Pourtant, c'était comme s'il y avait une épaisse couche de glace entre cette scène et lui. Comme si les autres étaient au-dessus d'un lac gelé et que lui se trouvait, privé de souffle, emprisonné sous l'eau. Il n'y avait plus de sang, il n'y avait plus de vacarme non plus. Seulement cette immensité de glace. Une image immobile et sans aucun sens. Dépourvue d'émotions.

« J'ai appris qu'il y avait eu un mariage », commença Ojsternig.

Frère Timotej acquiesça, et désigna Gregor et Emöke, eux aussi tête baissée. « Baisez les mains de notre prince », leur dit-il.

Terrorisés, ils firent mine de se lever.

« Non, dit Ojsternig. La fille. »

Emöke ne bougeait pas.

« Vas-y », murmura son jeune mari, avec un sourire craintif.

Emöke se leva et marcha jusqu'au prince.

Ojsternig glissa sa main dans son décolleté et lui palpa le sein sans la regarder, les yeux dans ceux de son mari.

Gregor se figea. Puis, sous le regard pénétrant et cruel du prince, il baissa la tête.

Ojsternig fit signe à la fille de s'en aller.

Emöke revint s'agenouiller près de Gregor et se mit à pleurer en silence. Son mari n'avait pas le courage de la regarder, mais il prit sa main.

« Comment deux serfs qui m'appartiennent peuvent-ils se marier sans mon consentement ? demanda Ojsternig d'un ton menaçant.

— Prince... répondit frère Timotej, nous pensions... votre prédécesseur... le prince de Sa...

— Viens ici, curé ! » tonna Ojsternig.

Frère Timotej, d'un pas mal assuré, s'approcha. « Parlez, Votre Seigneurie.

— Tu penses que ce mariage est valable selon les lois féodales ? »

Frère Timotej écarquilla les yeux. Il ouvrit la bouche, mais n'émit que des sons gutturaux.

« Je suis le prince, et je décide ce que je veux, reprit Ojsternig. Mais puisque la loi est la loi, et que tu dois la connaître, je veux que ce soit toi qui me le dises. Sans mon consentement, ce mariage peut-il être considéré comme valable ? »

Frère Timotej n'osait pas le regarder.

« Réponds ! hurla Ojsternig.

— Non... chuchota le curé.

— Plus fort ! Que tous entendent ! Il est valable ou non ?

— Non.

— Non, dit Ojsternig. En effet, il n'est pas valable. »

Emöke se mit à sangloter.

« Prince, ayez pitié de ces jeunes gens… commença le frère Timotej.

— Ils ont déjà consommé ? demanda le prince.

— Oui, Votre Seigneurie ! dit frère Timotej d'une voix enthousiaste, pensant que cela pourrait plaider en leur faveur.

— Tant pis pour eux, le glaça Ojsternig. Ou plutôt, tant pis pour elle. Qui voudrait épouser une fille qui n'est pas pure ? » conclut-il avec mépris.

Gregor lâcha la main d'Emöke. Emöke sanglota plus fort.

« Le mariage n'est pas valable, tu l'as dit toi-même, curé », déclara Ojsternig, qui promenait son regard glacial sur la foule, sachant que personne ne lèverait la tête.

Alors il remarqua un enfant, debout, qui le fixait.

Il vit aussitôt une femme l'attraper par le bras, l'obliger à s'agenouiller et à baisser la tête.

Mais l'enfant releva aussitôt les yeux sur lui.

Ojsternig prit à sa ceinture un petit fouet de nerf de cheval dont la lame était d'acier. Il aimait frapper ses serfs au visage. Ce fouet laissait des marques profondes. Il coupait les lèvres, tranchait les oreilles, crevait les globes oculaires.

Au dernier moment, quelque chose vint le distraire. « C'est quoi, ça ? » demanda-t-il à frère Timotej en remarquant les champs délimités par des murets de pierre en bas de la montagne.

Mikael le fixait toujours, sans comprendre, sans ressentir aucune peur. Plutôt une émotion venue des profondeurs de son être qui cherchait à sortir. Une sensation inconnue, étrangère.

« Votre Seigneurie… la montagne… répondit en hésitant le frère Timotej en buttant sur les mots, la montagne, comme le veut la tradition… offre à vos… serfs… qui se marient… une petite portion de terre pour… disons… quand ils se marient… la montagne…

— Cette terre est à moi ! hurla Ojsternig.

— Votre Seigneurie, dit frère Timotej en désignant les champs dans la vallée aux cultures fertiles, toutes ces bonnes terres sont les vôtres… celle-ci en revanche ne vaut rien… L'usage est que la montagne offre…

— La montagne ? cria encore plus fort Ojsternig en frappant le curé en plein visage avec son petit fouet. C'est moi, votre montagne ! » Il promena ses yeux de braise sur l'assistance. « Il n'y aura jamais de montagne plus haute que moi, pour vous ! »

Frère Timotej essuya le sang sur sa lèvre coupée.

« J'ai décidé de quitter mon palais et de m'installer ici, dit Ojsternig, apparemment plus calme. Par conséquent, j'ai besoin de pierres pour reconstruire le château. » Il montra du doigt les murets du champ. « Ces pierres-là, pour commencer. »

Les gens s'agitèrent, mais personne n'osa lever la tête.

« Je veux que vous apportiez chacune de ces pierres au château. Toutes ! D'ici un mois ! ordonna Ojsternig. Et puisque vous vous êtes emparés illégalement de ce qui m'appartient, si vous ne voulez pas être pendus un par un, vous paierez le double de fermage, jusqu'à votre mort, et après vous vos fils et vos petits-fils continueront de me payer un double fermage. »

Personne ne bougea.

Seul Mikael gardait les yeux levés, à cause de cette émotion incompréhensible qui continuait de s'agiter en lui et qui voulait sortir.

Ojsternig s'approcha d'un des hommes agenouillés et lui frappa violemment la tête avec son fouet, pour montrer à ces culs-terreux qu'ils étaient sa propriété et qu'il pouvait faire d'eux ce que bon lui semblait.

L'homme s'écroula dans un gémissement. Sa femme, à côté de lui, porta la main à sa bouche pour retenir un sanglot.

Personne ne broncha.

Ojsternig et ses hommes s'apprêtaient à partir. Les chevaux soufflaient et leurs sabots nerveux frappaient le sol.

Mikael eut tout à coup l'impression d'entendre, comme en ce jour terrible, la terre trembler sous la charge des chevaux jaillis dans la cour du château. Le vent de la Raühnvahl fouetta ses joues. Sa respiration battait à ses oreilles, son cœur cognait à ses tempes. Il ouvrit la bouche, et la sentit exploser dans sa poitrine, cette émotion qui l'agitait. Alors il lança un cri, un seul, un long cri. Qui vida ses poumons, lava son âme. Il venait de découvrir ce sentiment que les adultes appellent la haine.

Tous se retournèrent. Agnete, Eloisa, les serfs, frère Timotej. Et aussi Agomar et ses sbires, sur le visage desquels se lisait une surprise qui ressemblait à de l'épouvante.

Pendant un instant, le silence fut encore plus total.

Ojsternig le fixait, retenant son cheval. Il sentit son corps vibrer sous l'effet du cri de cet enfant. Il fut tenté de dégainer son épée et de lui trancher la gorge. Sa main se dirigea vers la poignée de son arme, mais s'immobilisa. S'il le tuait, l'amusement ne durerait qu'un instant.

Il comprit en le regardant que cet insignifiant petit serf de la glèbe le haïssait. Mais n'avait pas peur. S'il tuait cet enfant, qui n'avait pas plus de valeur qu'un seul des animaux de sa basse-cour, il mourrait sans trembler.

Il lui sourit avec gratitude. Tourmenter ce gamin serait bien plus amusant que le tuer, et durerait plus longtemps.

Il tendit vers lui un doigt vibrant. « Toi, tu viendras avec moi, dit-il.

— Non », hurla Eloisa.

Ce fut le second cri, impérieux, de cette journée.

Deuxième partie

22

« Tu ramasseras le fumier, dit Ojsternig, savourant d'avance son plaisir. Tu ramasseras le fumier de la cour, tous les jours, du matin au soir, jusqu'à ce que ton corps tout entier soit fait de merde », lui avait dit Ojsternig.

Mikael était immobile au milieu de la grande salle, debout devant le trône élevé sur lequel Ojsternig était assis. Près de lui, son gigantesque molosse tigré grogna doucement.

« Va-t-en », dit Ojsternig.

Un serviteur poussa Mikael dans l'escalier de bois extérieur jusque dans la cour. Il appela un palefrenier qui tenait une pelle et la donna à Mikael. « Commence à pelleter la merde, ordonna-t-il.

— Où je la jette ? » demanda Mikael avec indifférence.

Le serviteur regarda autour de lui. La cour était pleine d'excréments. « Tu la jettes où, toi ? » demanda-t-il au palefrenier.

L'autre montra un endroit de la muraille, où s'ouvrait un trou par lequel on jetait les détritus.

« T'as qu'à la jeter là », dit le serviteur en s'en allant.

Mikael resta immobile, la pelle à la main.

La veille, quand Ojsternig avait décidé de l'emmener, Agnete l'avait saisi par le bras. « Surtout, gamin, garde tout à l'intérieur », lui avait-elle soufflé d'une voix effrayée, d'un ton pressant, au moment où Agomar descendait de cheval et venait vers eux. « S'ils découvrent qui tu es, ils te trancheront la gorge. » Mikael la regardait sans la voir. Son corps était habité par cette sensation nouvelle que les adultes appelaient la haine.

Les mains rêches d'Agnete s'étaient agrippées à son épaule et l'avaient violemment secoué. « Ils tueront aussi Eloisa ! » avait-elle ajouté entre ses dents après un regard à Agomar qui était à quelques pas.

Le regard de Mikael était devenu plus vif et Agnete s'en était aperçue. « Tu diras rien, hein ? »

Mikael avait hoché la tête. « Non. »

La main tendue comme pour le caresser, Agnete avait dit : « C'est bien, Mikael. » Mais sa main était restée en l'air.

Agomar avait soulevé Mikael et l'avait mis sous son aisselle comme un tapis roulé. Puis il l'avait jeté en travers de sa selle. Éperonnant son cheval, il s'était éloigné au pas vers les autres.

Mikael, la tête en bas, voyait de cette position les paysans se relever lentement. Certains tamponnaient la lèvre ouverte du curé, d'autres se portaient au secours de l'homme qu'Ojsternig avait frappé avec son fouet, d'autres encore hochaient tristement la tête. Puis il avait vu Agnete tenter de retenir une petite silhouette vêtue de rouge, qui se débattait avec force. Eloisa.

Elle avait couru vers lui en pleurant.

Un soldat, sous les rires de ses compagnons, avait ramassé une pierre et la lui avait lancée. Il l'avait manquée de peu.

Eloisa s'était immobilisée, avant de recommencer à courir, pleurant toujours.

Le soldat lui avait lancé une autre pierre.

Eloisa avait changé de direction. Elle était montée sur le flanc de la montagne et les avait suivis à distance, restant à l'écart. Au bout d'un moment, Mikael ne distingua plus que la tache rouge de sa robe.

Près du col situé entre la Raühnvahl et le royaume d'Ojsternig, il avait vu la petite silhouette rouge s'arrêter et se recroqueviller sur le sol.

« T'en fais pas, je dirai rien », avait-il murmuré.

Agomar l'avait violemment frappé.

Cette main avait tenu l'épée qui avait tué son père. La douleur du coup en avait été décuplée.

Il s'arracha à ses pensées. Le palefrenier, au milieu de la cour, le regardait d'un œil éteint, son vilain visage teinté de noir et de rouge. Comme tous les autres, ici. Mikael baissa les yeux. Ses sabots s'enfonçaient profondément dans la boue et le purin.

Il cracha dans la paume de ses mains, comme Raphael le lui avait appris, et glissa la pelle sous l'épaisse couche de merde. Il la souleva et se dirigea à pas lents vers le trou à détritus.

Il ne comprenait pas ce qu'il y avait dans son cœur.

Le palefrenier le suivait.

Mikael jeta la pelletée dans le trou.

Le palefrenier rit tout bas d'une voix gutturale.

Mikael le regarda. Il plongea de nouveau la pelle dans le purin, et de nouveau alla la décharger.

« Dieu te maudisse ! » cria une voix de l'autre côté de la muraille.

Mikael se pencha par l'ouverture et aperçut un vieux en train de fouiller les détritus à la recherche de quelque chose à manger.

« On m'a ordonné de jeter la merde par-là, monsieur », dit Mikael.

Le vieux lui adressa un regard laiteux, incapable de voir au-delà de son épaisse cataracte.

« Dieu te maudisse ! » répéta-t-il.

Le palefrenier riait.

Mikael renversa une autre pelletée dans l'ouverture et dit : « Désolé. » Il entendit le vieillard pleurer.

L'autre se mit à rire plus fort.

Mikael pelleta sans arrêter jusqu'au moment où le garçon, qui ne l'avait pas laissé seul un instant, le frappa sur l'épaule et lui fit signe que c'était l'heure de manger. Mikael planta la pelle dans le sol pour le suivre.

Le palefrenier la lui désigna. « Vo-ler, dit-il en articulant à grand-peine. Co-gner toi. »

Mikael reprit la pelle et le suivit vers un groupe de serfs rassemblés autour d'une marmite fumante, au-dessus d'un feu de tourbe. Il reçut une demi-écuelle de bouillie d'avoine trop cuite versée sur un morceau de pain moisi. Il mangea en silence en regardant autour de lui. Tous avaient le visage couvert d'un voile rouge et noir. Leurs dents et le blanc de leurs yeux ressortaient vivement, et les faisaient ressembler à d'étranges créatures.

Lorsqu'ils étaient arrivés la veille en vue du village minier de Dravocnik, Mikael, épuisé, avait les yeux injectés de sang à force d'être ballotté la tête en bas. Il avait d'abord perçu une odeur. Elle lui rappelait vaguement celle que dégageait la forge du maréchal-ferrant, au château. L'odeur de fer fondu, mais aussi une senteur amère, quelque chose d'humide qui brûlait. Comme une odeur de moisissure. Et il se souvint également que la tourbe mélangée au fumier par Raphael comme engrais avait cette même odeur.

Malgré sa fatigue, il avait été frappé par le village de Dravocnik. Les maisons, les rues et les gens semblaient peints de rouge et de noir. La pluie, tombée depuis peu, avait dessiné des traînées délavées sur les façades et les toits des habitations, fait déteindre les visages des gens, qui étaient comme sillonnés de larmes. Le village paraissait immense. Agomar et sa troupe avaient tourné à gauche sur un pont de pierre, et s'étaient dirigés vers une étrange colline à deux bosses. Sur la première s'élevait une construction trapue en pierre calcaire. Il avait aperçu des moines devant la porte d'entrée, en soutane de bure grossière, et colorés eux aussi de rouge et de noir. Sans doute le monastère dont dépendait la petite église de Notre-Dame des Neiges, avait pensé Mikael.

Sur la bosse la plus haute se découpait un château, énorme et puissant. Plus vaste que celui où il avait grandi. Il inspirait la crainte. Une armée considérable pouvait s'y abriter. Quand ils s'étaient approchés, Mikael avait vu des terre-pleins, à une hauteur équivalant à trois hommes montés l'un sur l'autre, entourés d'un fossé profond planté de pieux de hêtre, à la pointe durcie au feu. La poix qui les recouvrait avait presque disparu, et le bois pourrissait misérablement. Une des tours de l'entrée s'était écroulée. Les pierres s'étaient amoncelées au pied de la tour et d'autres avaient roulé dans la pente. Cela datait sûrement de plusieurs années car les pierres étaient couvertes de mousse et du chiendent poussait un peu partout. La grande porte, en mauvais état, était dégradée par les intempéries. Une portion du mur de l'enceinte de l'est s'était également éboulée, comme les créneaux et les postes des archers. À l'intérieur, Mikael avait remarqué que la cour elle aussi, pourtant grande comme un petit village, était sale et en désordre. Les écuries vétustes, les enclos réparés tant bien que mal. L'odeur de fumier insupportable. Les bêtes étaient maigres, et les serviteurs plus maigres encore. Seuls les soldats paraissaient bien nourris. Ce château avait dû être extraordinaire, mais il n'en restait plus que les vestiges d'un passé lointain.

Après avoir déjeuné, Mikael recommença à pelleter. Il ne cessait de penser à Ojsternig. Et chaque fois il ressentait un vide en lui, et une profonde nostalgie à l'égard de son père. Il n'aurait sûrement jamais laissé son château tomber en ruines.

Le palefrenier ne le quittait pas. Immobile et silencieux, avec ce regard idiot. Mikael ne lui avait pas adressé la parole une seule fois.

« T'as rien d'autre à faire ? finit-il par lui demander.

— Moi jus-te pelle-ter mer-de », répondit l'autre en souriant.

Quand le soleil commença à décliner, un serviteur, vêtu d'une tunique usée et déchirée qui lui arrivait aux genoux, vint dire à Mikael de s'arrêter. Puis il ajouta : « Mon seigneur veut te voir. »

Mikael le suivit dans les escaliers du palais.

Dans la grande salle, Ojsternig les attendait, une coupe en or pleine de vin chaud parfumé à la cannelle et aux clous de girofle à la main. À ses pieds, près du molosse tigré, un seau et un chiffon.

« Viens ici que je te renifle », dit le seigneur d'Ojsternig. Son visage s'assombrit ostensiblement. « Tu as sali tout mon palais, animal ! Nettoie tes traces maintenant, avant de partir. » Il se mit à rire.

Mikael vit un peu plus loin, assise près d'une fenêtre haute et étroite, une fille d'environ treize ans qui brodait avec indolence. Sa robe de soie était trop large et ses lèvres rouges, en forme de cœur. Il devina que c'était la fille d'Ojsternig.

Il se retourna brusquement vers le prince. Et se souvint tout à coup qu'il l'avait déjà rencontré, quelques mois avant le massacre. Ojsternig avait été reçu au château par son père. Il voulait marier sa fille au petit prince héréditaire. Son père lui avait répondu avec dédain qu'il n'avait aucune intention d'unir leurs familles. Ojsternig était parti en proférant des jurons et des menaces, et son père avait dit : « Cet homme, c'est le démon. Je ne serais pas étonné qu'il se nourrisse de cadavres comme les vautours. »

Mikael comprit alors pourquoi en se rappelant que, dans la scène de carnage qu'il avait imaginée la veille, il l'avait vu avec un bec de vautour.

Il posa un regard différent sur la fille, qui serait devenue sa fiancée si son père y avait consenti. Et son père serait toujours en vie.

Le regard tourné vers Ojsternig, Mikael sentit qu'il le haïssait.

Un frisson parcourut Ojsternig à l'idée du plaisir qu'il aurait à torturer ce gamin qui n'avait pas peur de lui. Il se félicitait de l'avoir arraché à sa famille et condamné au travail le plus modeste.

Mikael continua à le fixer puis regarda la princesse.

Elle leva un instant les yeux vers lui. Un regard distant, comme si elle était ailleurs.

Mikael vit son reflet en elle. Il était captivé par cette expression, comme un puits de boue d'où la vie s'était retirée. Il eut un nœud à l'estomac.

Le serviteur le poussa violemment dans le dos, et lui passa le seau et le torchon. « À genoux et nettoie », ordonna-t-il.

Mikael obéit.

Le molosse s'approcha.

« Harro n'a encore rien mangé aujourd'hui », ricana Ojsternig.

Le chien renifla Mikael en grognant tout bas. Sa tête était énorme.

Mikael ne bougea pas. Son père aussi avait des chiens de guerre.

L'animal ouvrit la gueule, qui puait la viande pourrie et les dents gâtées, et bâilla paresseusement. Ses canines étaient grandes, jaunes, longues d'un demi-doigt. Il agita vaguement un moignon de queue et donna un coup de langue sur l'oreille de Mikael.

Ojsternig bondit sur ses pieds et lança sa coupe de vin vers son chien. « Aux pieds, imbécile ! »

Le gigantesque molosse revint vers son maître la tête basse.

Ojsternig lui envoya un coup de pied. « Refais jamais ça ! » À Mikael il cria : « Nettoie ! »

Mikael, à reculons, nettoya les traces de merde qu'il avait laissées derrière lui. Avant de sortir de la salle, il lança un regard vers la princesse, mais elle ne leva pas les yeux de sa broderie.

À l'heure de se coucher, les serfs garnirent de

paille fraîche le sol de la grande salle. Mikael dut les aider, les pieds nus car ses sabots étaient couverts de fumier. Soldats et cavaliers ôtèrent leurs épées, qui sonnèrent sur le carrelage, puis ils s'étendirent sur le sol, enveloppés de lourds manteaux de fourrure. Peu après on fit venir les femmes. Elles avaient des robes sales ouvertes sur le devant qui révélaient des seins abîmés par les mains des hommes. Elles riaient sans sourire. Leurs yeux semblaient de verre. Leurs paupières étaient peinturlurées de bleu, leurs lèvres de vermillon et leurs visages couverts de blanc de céruse. Sous l'épaisse couche de maquillage, on devinait leur peau sale, rouge et noire. Certaines n'avaient que quelques dents. Elles se couchèrent près des hommes qui commencèrent à grogner, comme des porcs quand on remplit leur auge, pensa Mikael.

« Tu dors là, dit un serf à Mikael. Ordre du maître. Il veut voir ta sale gueule à son réveil. » Il lui jeta un manteau plein de puces et partit.

Mikael se coucha dans un coin et s'enveloppa dans le manteau. « Bonne nuit, Eloisa », dit-il. Il ferma les yeux et serra les poings.

Il avait de nouveau envie de crier.

Puis il revit le visage de la princesse.

23

« Tu ramasseras la merde tous les jours, du matin au soir, pour que ton corps tout entier ne soit plus que de la merde », avait dit Ojsternig.

Le lendemain, après une maigre collation de bière légère et de pain sec aux céréales, il descendit dans la cour où le palefrenier l'attendait, la pelle à la main.

Mikael leva les yeux vers la fenêtre où la princesse brodait la veille. Il tomba sur le regard glacial d'Ojsternig, cruel et inexpressif comme celui d'un rapace. Un vautour.

Mikael cracha dans ses mains, glissa la pelle sous les excréments, la vida dans le trou à détritus. Quand il releva les yeux vers la fenêtre, Ojsternig n'était plus là. Mikael souleva une pelletée malodorante qu'il déchargea dans le trou.

« Dieu te maudisse ! » entendit-il aussitôt.

Il aperçut le vieil aveugle par le trou : « Désolé. »

Le vieillard tourna vers lui ses yeux laiteux.

Le palefrenier ricana doucement.

À la troisième pelletée, le vieux se mit à pleurer et s'éloigna du tas de détritus.

L'autre rit plus fort.

« T'es idiot ou quoi ? » lui dit Mikael, agacé.

Le palefrenier cessa de rire et s'assombrit, sans répondre. Il regarda en direction des écuries, mais resta à côté de Mikael jusqu'à la cloche du déjeuner. Il se mit dans la file pour recevoir sa portion d'avoine trop cuite et disparut dans les écuries. Il en ressortit bientôt, suivi d'une femme laide et flétrie, au visage marqué de cicatrices de variole. Elle désigna la porte branlante d'une baraque et lui caressa tendrement la tête. Content, il sourit et se dirigea vers la baraque.

La cloche annonça la fin de la pause, et le travail reprit.

Mikael plongea la pelle à quelques pas du trou, où il jeta son fardeau à grand-peine. La moitié de son chargement s'était perdu en route. Au retour, il trouva le palefrenier qui l'attendait, et qui lui montra une brouette.

Mikael commença à remplir la brouette de fumier.

Dès qu'elle fut pleine, l'autre la poussa jusqu'au trou et la vida. Il lança un regard rapide à la femme, qui observait la scène sur le seuil de l'écurie, puis il se tourna vers Mikael et dit : « Moi pas i-diot. »

Mikael vit la femme rentrer dans l'écurie en se grattant une cicatrice de variole rougeâtre. « Non, t'es pas idiot », lui répondit-il.

Quand ce fut l'heure d'arrêter, Ojsternig le convoqua, renifla avec satisfaction la puanteur qui émanait de lui et lui ordonna de nettoyer ce qu'il avait sali.

Harro, le molosse, s'était tourné vers Mikael et remuait doucement la queue. Il posa son énorme tête entre ses pattes, avec un coup d'œil oblique à son maître. Aussitôt cependant, ses grands yeux dorés revinrent sur Mikael.

Mikael se mit à genoux et nettoya à reculons le carrelage de la salle. Avant de sortir, il leva les yeux sur la princesse, mais elle ne le regarda pas.

Toute la semaine, Mikael pelleta.

Un matin, juste avant qu'il ne descende dans la cour, un serf l'arrêta. « Aujourd'hui, tu dois accompagner le seigneur au village. »

Mikael attendit dans la salle.

Ojsternig finit par apparaître, suivi d'Agomar et d'une vingtaine de soldats armés de pied en cap. Il se planta devant Mikael et le fixa.

Mikael ne baissa pas les yeux. Depuis qu'il s'était souvenu de l'avoir vu au château de son père, il craignait d'être reconnu. Mais il n'arrivait pas à détacher ses yeux de cette figure odieuse.

« Je ne connais pas ton nom, et je ne veux pas le connaître, dit Ojsternig. Tu sais pourquoi ? »

Mikael le fixait, immobile.

« Parce que tu n'es rien. Tu ne comptes pas. Tu es comme un pou », dit-il. Il le dépassa et quitta la salle à grands pas.

« Bouge », dit Agomar à Mikael en le poussant.

Il suivit les soldats jusqu'aux écuries, où les chevaux de guerre étaient déjà sellés.

« Cours, chien, lui dit Ojsternig. Et si tu traînes, je te ferai arracher la peau du cul à coups de fouet. » Il éperonna violemment son cheval pour le faire se cabrer, et le lança vers la grande porte du château.

« Cours, chien », répétèrent les soldats en riant, talonnant eux aussi leur monture.

Mikael se mit à courir.

Le palefrenier était au milieu de la cour, la pelle à fumier dans la main, à le regarder de son expression éteinte. « Sou-le-ver sabots ! » cria-t-il quand Mikael passa près de lui.

Mikael courut péniblement jusqu'à la grande porte. Là, il s'arrêta, se tourna vers le palefrenier et se dit qu'il ne connaissait pas son nom. Il souleva ses sabots et recommença à courir.

Ojsternig et ses hommes étaient à la moitié de la première colline. Mikael courut comme il n'avait jamais couru. La terre était souple sous ses pieds, ses muscles entraînés par Raphael rendaient ses pas sûrs et puissants. Il sentait le vent dans ses cheveux courts. Et plus il courait, plus il éprouvait une sensation libératrice. Ce n'était pas de la joie mais plutôt l'impression d'être en vie. Haletant, il sentit resurgir cette émotion qu'il avait récemment découverte, et qui voulait s'exprimer. Il cria. Comme ce jour-là. Il cria même quand il n'eut plus de souffle. Encore et encore. Il courait de plus en plus vite, comme si la haine le rendait plus fort, insensible à la fatigue et à la douleur. Si vite qu'il ne s'aperçut pas qu'il avait dépassé les derniers cavaliers de l'escorte, qui avançaient au trot. Mikael courut et cria, cria encore. Il les dépassa tous, l'un après l'autre.

Jusqu'au moment où il rejoignit la tête de la procession. Ojsternig lui donna un coup de pied et le fit tomber.

Mikael se releva.

Ojsternig le fixait. « Tu cours comme un lièvre, pas comme un chien », dit-il avec un sourire. Puis il lança : « Au galop ! »

Mikael faillit les perdre dans les ruelles étroites et tortueuses du village minier. Quand il les rattrapa et les vit arrêtés, ses jambes l'abandonnèrent et il tomba en avant dans la boue.

Ojsternig le fixa de nouveau, avec une sorte de plaisir hautain dans le regard. Comme le maître qui évalue les qualités d'une de ses bêtes.

Mikael vit en face de lui l'énorme estrade à trois gibets. Et dessus, deux hommes et une femme. Les deux hommes étaient habillés, la femme était nue. À leur cou, un nœud coulant fait d'une corde épaisse d'un bon pouce.

Une foule muette, en haillons, se pressait autour d'eux.

« Annonce le nom des rebelles, ordonna Ojsternig au bourreau.

— Stanislas, fils d'Amos, dit celui-ci en désignant le premier homme. Cecco de Malborghetto, poursuivit-il en indiquant le second.

— En tant que rebelles, vous êtes condamnés à mourir par la corde jusqu'à étouffement », annonça Ojsternig. Puis, tourné vers le bourreau : « Dis le nom de la femme. »

Le bourreau s'approcha de la femme nue, qui tremblait et avait le corps rougi. « Alenka Aaltie, dit-il.

— Toi, tu mourras parce que tu as forniqué avec un rebelle », dit Ojsternig en tendant le doigt.

La femme, honteuse de sa nudité, se tenait courbée. Ses mains attachées dans le dos l'empêchaient de se couvrir. Mais elle triompha de la honte et se redressa, exhibant son visage pathétique. « C'est mon mari, bâtard ! cria-t-elle.

— Je te couperais volontiers la langue », dit Ojsternig en approchant son cheval du gibet. Il pencha la tête, sans la quitter des yeux, et sourit. « Sauf que je ne pourrais pas t'entendre hurler. » Regardant le bourreau, il lui dit : « Accroche-la la tête en bas et allume un feu dessous. »

Le bourreau resta pétrifié. Mais avant que son seigneur ne le condamne à subir la même fin, il ôta le nœud coulant de la gorge de la femme et le lui passa aux pieds. Il commença à la hisser. Puis, au bout d'un temps qui parut à tous infini, il prit des roseaux et des branchages et y mit le feu.

La femme essayait de ne pas hurler. Mais elle céda.

Ses cheveux furent tout de suite enveloppés par les flammes. Puis le reste de son corps.

Mikael vit que ses paupières aussi avaient brûlé.

Enfin le feu monta jusqu'à sa gorge et elle mourut.

« C'est pas juste », pensa Mikael, et il vomit, se rappelant la première fois où il avait senti cette odeur abominable.

Ojsternig le regarda. « C'est amusant, non ? » lui dit-il en éclatant de rire.

Le bourreau la toucha avec la pointe d'une pique de fer pour s'assurer qu'elle était morte, et ouvrit les trappes sous les deux autres gibets. Un des hommes mourut les joues couvertes de larmes qui délayaient la poussière rouge et noire.

La foule silencieuse pleurait avec lui.

Mikael avait la tête qui tournait.

« Je parie que tu n'arriveras pas à courir », lui dit Ojsternig.

Mikael lui lança un regard brûlant de haine.

Satisfait de ce regard qui augmentait son plaisir, Ojsternig déclara : « Rentrons au château. Au pas », ajouta-t-il à l'intention de Mikael.

Tandis qu'ils avançaient lentement dans les ruelles

du village, Agomar vint se placer à côté d'Ojsternig. Il désigna Mikael, qui les suivait comme un fantôme. « Pourquoi vous l'avez emmené, Seigneur ?

— Je me nourris », répondit Ojsternig avec un sourire énigmatique. Nul n'aurait pu en comprendre la raison, mais il savait qu'il devait cultiver cette haine précieuse qui montait dans le cœur de ce gamin et lui garantissait un divertissement durable. « C'est juste un enfant, pensa-t-il alors, qui pourrait un de ces jours oublier qu'il me hait. » Et il éclata d'un rire sonore.

Au château, il demanda qu'on prépare pour le lendemain des arcs pour tuer les cerfs, des lances pour les sangliers, des provisions et des tentes pour les hommes. « J'irai à la chasse, annonça-t-il.

— Combien de temps serez-vous absent, Seigneur ? demanda l'intendant.

— Quatre jours.

— Vous emmenez l'enfant ? » demanda Agomar.

Ojsternig regarda Mikael et haussa les épaules. « Non, il nous gênerait. » Et il pénétra dans son palais.

Mikael avait entendu la conversation. Le palefrenier le regardait, comme depuis quelques jours. Il se rappela les paroles d'Ojsternig le matin même : il ne connaissait pas son nom parce qu'il n'était rien. Il s'approcha de lui. « Comment tu t'appelles ? lui demanda-t-il.

— Moi Basss-siano, répondit l'autre.

— Je te salue, Bass-siano », dit Mikael. Puis il ajouta, avec un sourire épouvanté en pensant au plan qu'il avait échafaudé : « M'attends pas, demain. »

24

Excité, il n'avait pas fermé l'œil de la nuit.

Son plan n'était-il pas une folie ?

Il ne pensait qu'aux paroles d'Ojsternig. Qui ne voulait pas savoir son nom, puisqu'il n'était qu'un pou insignifiant. Les soldats et les serviteurs non plus ne connaissaient pas son nom. Personne ne le lui avait jamais demandé. Ils ne lui adressaient pas la parole. Pour l'appeler ils disaient : « Eh, toi. » Ils ne le regardaient pas quand ils lui servaient la soupe. Personne ne lui disait bonne nuit. Ils ne s'apercevaient peut-être même pas qu'il dormait à côté d'eux. Ni qu'il pelletait le fumier depuis une semaine à la place de Bassiano.

Son plan était-il une folie ?

« Dans la vie, tu dois choisir », lui avait dit Agnete. Et Raphael lui avait expliqué que c'était lui qui devait tenir la pioche.

Une folie ? Peut-être. Mais c'était ce qu'il avait dans le cœur.

Il avait de bonnes chances de réussir. Le seul à s'apercevoir de son existence, même sans vouloir connaître son nom, c'était Ojsternig. Et il quittait le château pour aller chasser.

Le petit cœur de Mikael battit fort toute la nuit. Il écouta la cloche du monastère sonner les matines, à minuit. Puis toutes les autres cloches, l'une après l'autre.

Il resta éveillé, frémissant d'excitation et de peur, jusqu'au moment où les fenêtres étroites de la grande salle s'éclaircirent, grises d'abord, puis répandant une douce chaleur sur les corps malodorants qui gisaient sur le sol.

Tandis que les serviteurs ranimaient le feu dans les gigantesques cheminées, il se leva. Encore enveloppé dans son manteau, il se mit en rang pour la collation de pain et de bière légère. Il mangea à l'écart, lançant des coups d'œil nerveux vers la porte des appartements d'Ojsternig, dans l'attente de le voir descendre.

Discrètement, il alla près de la table et glissa cinq grosses tranches de pain et une petite fiasque de bière dans une besace qu'il avait récupérée. Il réussit, par chance, à voler une tranche de jambon et cacha le tout sous son manteau.

Ojsternig apparut bientôt, vêtu d'une tunique courte en peau de cerf et d'une épaisse ceinture à laquelle étaient accrochés deux poignards à fourreau d'argent. Mikael savait que l'un, à lame fine et longue, servait à achever la proie d'un coup dans le cœur, et l'autre, courbe, avec une lame en dents de scie, à l'éviscérer.

Son père non plus ne laissait pas cette tâche aux serviteurs. Il lui disait toujours : « Un homme fait son devoir jusqu'au bout, et il sait tremper ses mains dans le sang et la merde. » Mikael, à l'époque, ne comprenait pas. Mais cette fois il sourit. Maintenant, il avait au moins trempé ses mains dans la merde. Il se dit que son père serait fier de lui, qui était capable de pelleter la merde comme un palefrenier.

Cette pensée lui donna de la force. Et son père aurait été aussi fier de son plan, se dit-il.

Sans se faire remarquer, il suivit Ojsternig, Agomar et une dizaine de cavaliers qui se dirigeaient vers les écuries. Les chevaux étaient prêts, avec cinq mulets chargés d'armes et de victuailles.

Quand la grande porte s'ouvrit, la petite troupe se lança au galop en criant. Mikael se décida. La besace de nourriture volée gonflait sa cape, et il était nerveux. Marchant comme au hasard, il s'approcha lentement de la porte, pas à pas, espérant que personne ne l'arrêterait.

Il était presque à la porte quand il sentit qu'on lui touchait l'épaule. Il tressaillit et se retourna. L'émotion enflammait son visage.

« Toi com-ment t'appel-les », lui demanda le palefrenier.

Mikael se sentit mal. Il avait envie de lui donner un coup de pelle sur la tête, parce qu'il lui avait fait peur. Mais il s'attendrit en voyant son expression ahurie. Et pensa que dans ce monde hostile, sa mère était peut-être la seule à connaître son nom. « Mikael », dit-il d'une voix encore étranglée par la peur.

« Mi-kkaa-el, articula difficilement Bassiano. Jeee te sa-lue Mikkaa-el. » Et il sourit.

« Dis à personne que je suis parti », risqua Mikael. Regardant ses yeux bêtes, il ajouta : « T'as compris ? »

Bassiano répondit, l'air offensé : « Mmm-oi pas iii-diot. »

Mikael acquiesça. « Ne le dis même pas à ta mère. »

Le palefrenier eut un instant d'hésitation. Puis il fit un signe de la tête. « Nnn-on. Moi rrr-ien dire.

— C'est un secret entre toi et moi, fit Mikael.

— Bass-siano et Mi-kkaa-el amis », dit l'autre, qui tourna la pelle entre ses mains, baissa la tête et rougit.

« Oui, Bass-siano », lui répondit Mikael. Il lui tourna le dos et passa la grande porte.

« Je te saa-lue amm-ii, hurla Bassiano derrière lui.

— Tais-toi, imbécile », grogna Mikael tout bas. Mais personne n'avait rien vu, et après quelques pas il sourit. « On est des poux insignifiants », pensa-t-il.

Il vit ce matin-là ce qu'il n'avait pas vu en traversant Dravocnik la veille. Bouche bée, il ralentit et se perdit dans les ruelles du village minier. Les maisons s'adossaient les unes aux autres sans plan précis, bâties là où il y avait la place. Quelques-unes étaient si petites qu'elles ressemblaient plutôt à des porcheries. Les toits étaient bas, pentus. Beaucoup s'étaient effondrées. Elles étaient séparées par des rigoles fétides de purin. Des chiens errants, des chats en quête de rats, des porcs, des chèvres encombraient le passage, où une masse de pouilleux émaciés, les yeux éteints par la faim, se déplaçait lentement. Les enfants, par terre, ne jouaient pas. Mikael n'avait jamais vu des enfants qui ne jouaient pas. C'était terrible. Inhumain. Anormal. Il se souvenait des enfants dans la cour du château. Il y avait toujours un gamin armé d'une épée de bois qui faisait semblant, un manche à balai entre les jambes, de chevaucher son destrier. Et une petite fille feignant d'allaiter une poupée de chiffon sans yeux. D'autres enfants se poursuivaient, jouaient à cache-cache ou se chamaillaient. Quand Mikael passait au milieu d'eux, vêtu de fourrure, tenant une portion de tourte à la viande, ils se taisaient. Cessant de jouer, ils baissaient leurs épées de bois et regardaient de tous leurs yeux le passage du prince héréditaire Marcus II de Saxe. Ils étaient pauvres, ils avaient faim. Et ils avaient peur de lui. Mais ils restaient des enfants, même quand ils se taisaient.

Ceux de Dravocnik, eux, ressemblaient à des nains. Des adultes qui seraient incapables de travailler parce qu'ils étaient trop petits et trop faibles. Il n'y avait pas de lumière dans leurs yeux blancs, qui ne ressortaient que parce que leurs visages étaient couverts de rouge et de noir.

Dans un coin, près d'un baril où les gens pissaient, une petite fille le regardait fixement. Les corbeaux n'auraient eu que ses yeux à manger sur son cadavre, tant son visage était maigre. Mikael passa près d'elle avec un sentiment de malaise. Puis il revint en arrière. Il avait cinq tranches de pain. Quatre pouvaient lui suffire. Il ouvrit sa besace et lui donna une tranche de pain sec. Mais la petite fille regarda le pain comme un gâteau au gingembre et au miel avec du caramel dessus. Elle n'avait pas toutes ses dents mais elle s'acharna, et mordit dedans avec voracité. Mikael eut l'impression qu'elle en aurait pleuré.

Il l'observa. Et vit que d'autres enfants étaient apparus autour de lui. Ils le regardaient, sans rien demander. Mikael prit une tranche de pain qu'il rompit en quatre et leur distribua. Puis, voyant que cela ne suffisait pas, il en prit une autre.

Les enfants mangeaient avec avidité et, dès qu'ils eurent fini, vinrent plus près de lui.

Mikael regarda à l'intérieur de sa besace. Il ne lui restait plus que deux tranches de pain, le bout de jambon et la bière. Et il avait un long voyage devant lui. Impossible de rester sans nourriture. « C'est tout. Allez-vous-en », leur dit-il gentiment.

Mais les enfants, de plus en plus pressants, commencèrent à le bousculer. Toujours muets.

« Allez-vous-en ! » cria Mikael.

Ils s'arrêtèrent un instant puis se collèrent de nouveau à lui.

Mikael se sentait étouffer. « Si vous ne partez pas, je le dirai au seigneur d'Ojsternig ! » s'écria-t-il, effrayé.

Une expression de terreur apparut sur leur visage. L'écho de la phrase vibrait encore que les enfants avaient tous disparu. Sauf la petite fille. Elle le regardait, les yeux dilatés par la peur. Elle était peut-être trop faible pour bouger, pensa Mikael. Il s'approcha d'elle.

La petite fille se rencogna contre le baril d'urine.

« Je veux pas te faire de mal », dit Mikael. Il prit dans sa besace la fiasque de bière et la lui tendit.

La petite fille s'en empara aussitôt et se mit à boire.

Si Mikael ne la lui avait pas arrachée des mains, elle l'aurait terminée. Mikael regarda à nouveau dans sa besace. Il n'avait pas prévu d'avoir aussi du jambon pour son voyage. Mais il avait maintenant trois tranches de pain en moins. Il divisa le jambon en deux, en donna une moitié à la petite fille et fit mine de s'en aller.

« T'es qui ? Un rebelle ? » dit la petite fille, oubliant sa peur, d'une voix faible, mais si mélodieuse qu'elle ferait une chanteuse magnifique, si elle survivait à la misère.

Mikael la regarda sans savoir quoi répondre. « Non, moi c'est Mikael », finit-il par dire. Et il s'éloigna.

Il dépassa les masures et pénétra dans un quartier plus aisé. Bouchers, armuriers, tanneurs. Les maisons étaient en pierre jusqu'à hauteur d'homme puis en bois. Mais c'était du vieux bois, des troncs carrés collés les uns aux autres, jointoyés à la poix. Et dans cette partie du village aussi les boutiques étaient vides.

Il quitta ce quartier et se dirigea vers la montagne. Il retrouverait bien le sentier, se disait-il pour se rassurer. Et à la sortie du village, tandis que le concasseur qui broyait l'hématite avant la fonte faisait un bruit assourdissant, il vit les trois gibets, avec les cadavres encore suspendus. Une vieille femme agitait un balai de genet pour éloigner les corbeaux. Dans le ciel tournoyaient des vautours. Ils avaient senti l'odeur de la mort.

Mikael accéléra l'allure en frissonnant, la tête baissée sur les cailloux du sentier qui grimpait au flanc de la montagne, cachée par d'épais nuages noirs.

Il oublia de se demander si son plan n'était pas une folie.

La nuit commençait à tomber quand il atteignit le col au-delà duquel s'étendait la Raühnvahl. Le soleil avait disparu derrière les sommets, mais sa lumière permettait encore d'entrevoir le chemin. Il restait cependant beaucoup de temps avant qu'il n'arrive dans la vallée. Il devrait marcher pendant toute la nuit, au risque de se perdre et de rencontrer des loups affamés. Il regarda vers sa droite : un sentier grimpait vers un lieu familier.

« La tanière du dragon », se dit-il en reprenant sa marche.

Quand le vieux Raphael ouvrit la porte de sa cabane et le vit, il sourit. Puis il renifla l'air et sentit l'odeur de fumier que Mikael dégageait. Mais il ne fit pas de commentaire.

« Agnete s'inquiète pour toi, dit-il. Elle m'a tout raconté. »

Il le fit entrer. Dans l'air flottait une délicieuse odeur de soupe aux céréales et un lapin rôtissait sur la broche, enveloppé dans de grosses tranches de lard de porc.

Ils mangèrent en silence, sans que Raphael lui demande d'explication.

Après le dîner, ils se couchèrent et Raphael éteignit la chandelle.

Alors Mikael commença à parler. Il lui raconta tout. Du début à la fin. Il lui parla des pendus et de la femme aux paupières brûlées. Enfin, il lui demanda : « C'est de la haine, ce que je ressens ?

— Oui, gamin », répondit doucement Raphael.

Mikael se tut longuement. Puis il dit : « La haine me fait me sentir plus fort. »

Raphael soupira. « Mais elle ne dure pas longtemps et elle laisse un goût amer dans la bouche, non ? » dit-il, sans le moindre signe de réprobation dans sa voix chaude. « Il y a un fruit plus doux qui peut te rendre tout aussi fort », ajouta-t-il alors.

Mikael finit par demander : « Lequel ?

— Tu devras le découvrir tout seul. »

Comme toujours quand il était avec ce vieux fou, qui lui avait appris à piocher un champ imaginaire avec une pioche imaginaire, Mikael sentait que le sommeil l'emportait.

« Mais tu t'en approches », ajouta Raphael.

Peinant à garder les yeux ouverts, Mikael demanda : « Comment vous faites pour le savoir ?

— Parce qu'on sent l'amertume dans ta bouche », répondit Raphael.

Il ne comprenait presque jamais ce que le vieil homme disait. Pourtant ses mots lui allaient droit au cœur. Il se recroquevilla sur le côté.

« Tu échappes à la mort avec une facilité étonnante, poursuivit Raphael, une pointe d'amusement dans la voix. Il existe un destin écrit pour toi, quelque part.

— Peut-être dans le livre que vous m'avez donné ? » demanda Mikael, qui cédait au sommeil.

Raphael sentit une larme sillonner les rides de son vieux visage.

25

Le lendemain, à l'aube, Mikael sortit de la « tanière du dragon » avec Raphael.

Les nuages de la veille avaient été balayés par un vent frais qui soufflait du nord-est. Une mince couche de brume, semblable à un tapis laiteux, s'attardait sur le pré en attendant que la tiédeur du jour la dissipe. Mikael regarda le sentier qui montait jusqu'au col où se trouvait l'avant-poste en pierre des soldats à l'entrée de la Raühnvahl. Puis il se tourna vers la forêt.

« Je vais descendre par-là, dit-il.

— Il y a des loups dans les bois, répondit Raphael.

— J'ai pas peur des loups.

— Imbécile. » Raphael lui donna une tape sur la tête. « Les loups font peur à tout le monde. À moi aussi.

— À moi non », s'obstina Mikael.

Raphael le regarda. « C'est par ici que tu vas descendre, lui dit-il. Viens. » Il se dirigea vers la partie occidentale de la forêt. Quand ils arrivèrent à la limite des arbres, il posa la main sur sa nuque. C'était une prise forte mais pleine d'amour. « Tu descendras par-là », répéta-t-il, en désignant une pente de pierres et de cailloux qui bordait la forêt sans y pénétrer. « Les loups ne sortent pas à découvert en ce moment. Ils ont suffisamment à manger. »

Mikael voulut se libérer de la prise, mais Raphael serra plus fort. Mikael se rappela que les chiens du château faisaient comme ça avec les chiots, pour les obliger à obéir. Ils grognaient, mais ne les mordaient jamais profondément. Et il éprouvait une étrange sensation de plaisir.

« De quoi as-tu peur au point de préférer affronter les loups ?

— Il y a un garde, au col, qui servait mon père, et il me connaît, répondit Mikael avec réticence.

— Tu ne sais même pas qui était ton père, le gronda Raphael. Tu l'as oublié. »

Mikael ne répondit pas.

« Descends par cette pente. C'est raide, mais tu as de bonnes jambes. Comme ça tu contourneras le poste de garde et personne ne te verra, continua Raphael. Au bout d'à peine une lieue, tu retomberas sur la route de la Raühnvahl. » Il serra plus fort sa nuque. « Mais n'entre pas dans la forêt. »

Mikael resta silencieux.

Raphael prit un paquet dans sa poche. « À mi-chemin, arrête-toi et mange. Pour boire, il y a le torrent. »

Mikael vit qu'il y avait trois épaisses tranches de lard grillé dans le paquet. Il sentit la main du vieil homme relâcher sa prise. Il le regretta. La main de Raphael était chaude. Puis il commença à descendre la pente.

« Ton cœur est grand », pensa Raphael en le regardant sauter d'une pierre à l'autre comme un bouquetin.

Ce gamin était un cadeau inattendu pour un vieux solitaire comme lui. Le Bon Dieu lui donnait là une seconde chance.

Après une lieue, Mikael rejoignit la route qui descendait dans la Raühnvahl, comme le lui avait dit Raphael. Ses jambes brûlaient à cause de l'effort, mais il était excité. C'était les grands qui faisaient ça, pas les enfants. Il sourit en se disant que son père aurait été fier de lui. Son père aimait que les enfants se comportent comme des grands.

Il descendit la route le cœur léger. Quand la vue était dégagée, il s'arrêtait regarder les ruines du château où il avait grandi. À un tournant qui offrait un panorama sur la Raühnvahl, il s'assit sur un tronc d'arbre couché à terre, et chercha la bicoque d'Agnete et Eloisa. Pour la première fois, il sentit que c'était sa maison. Il ouvrit le paquet que Raphael lui avait donné et huma le parfum alléchant du lard grillé, dont il goûta un morceau. La viande grasse craquait sous les dents. C'était délicieux.

« Crottin Sec ! cria une voix dans son dos. Qu'est-ce que tu fais là ? »

Mikael n'eut pas besoin de se retourner pour reconnaître cette voix.

Eberwolf s'approcha. Il portait sur le dos une lourde corbeille remplie de pousses de saule. Elles seraient plantées dans les terre-pleins au bord des champs pour éviter les éboulements.

Mikael se releva, sur la défensive.

« C'est quoi, ça ? » demanda Eberwolf en voyant les tranches de lard.

Mikael fut tenté de les cacher, mais c'était trop tard.

Sa gorge se noua, la peur lui serra l'estomac. « T'en veux ? » dit-il d'une voix qui tremblait.

Eberwolf le regarda et ricana. Il lui arracha le paquet des mains. « Non, je veux tout », dit-il en riant.

Mikael n'opposa pas de résistance.

Eberwolf mangea une tranche de lard, avec avidité, grognant de plaisir.

Mikael devinait qu'une grande partie de ce plaisir venait du fait de la lui avoir volée. Il voulut s'en aller.

Mais Eberwolf, de sa main graisseuse, le rattrapa par l'épaule. « Où tu vas, Crottin Sec ? dit-il avec un sourire méchant. T'aimes pas ma compagnie ? »

Mikael baissa la tête.

Eberwolf descendit la corbeille de ses épaules, fourra la deuxième tranche dans sa bouche, et avant même de l'avaler lui envoya un coup de poing dans l'estomac.

Mikael se plia en deux, le souffle coupé.

« C'est dur la vie, quand il y a pas de fille pour te défendre, hein, Crottin Sec ? » dit Eberwolf en riant. Et il le frappa dans le dos.

Mikael tomba à terre. Sans force. Le coup de poing l'avait atteint à la colonne vertébrale. Il posa les mains sur les pierres du sentier.

Eberwolf appuya dessus avec ses sabots.

Mikael sentit les pierres lui lacérer la peau.

Eberwolf continuait de rire. Il lui donna un coup de pied dans les côtes.

Mikael ressentit une douleur aiguë.

Eberwolf s'assit à côté de lui et le força à baisser la tête jusqu'au sol.

Mikael se cogna la pommette.

Eberwolf, qui le maintenait fermement avec la main, lui envoya deux coups de poing rapides au côté.

Mikael gémit.

« Eh oui, c'est terrible quand y a pas de fille pour te défendre, rit Eberwolf. Là on est tout seuls, toi et moi. Personne nous voit. » Il prit la serpe qui lui servait à couper les tiges de saule. La tapota sur sa paume. « Qui pourrait m'accuser si je te tuais ? Tu sais ce que je ferais ? »

Mikael tremblait.

« Réponds, Crottin Sec ! cria Eberwolf. Tu sais ce que je ferais ?

— Non… dit Mikael, la voix brisée.

— Je courrais au village et je crierais, désespéré, que je t'ai trouvé mort, tué par un brigand. Et tout le monde me croirait. »

Mikael se mit à pleurer. C'était sûr, il allait lui trancher la gorge.

Mais Eberwolf rit et mordit dans la dernière tranche de lard. Il lui donna un autre coup de poing. « Si tu tiens à ta peau, débrouille-toi pour que cette petite pute d'Eloisa arrête de me traiter comme un moins que rien. Que ça ne se reproduise plus jamais. » Il le souleva par sa veste. « Sinon, la prochaine fois je te tue. Je le jure sur tous les saints. »

Mikael hocha faiblement la tête.

Eberwolf sourit. Il se leva, chargea sans effort la corbeille sur ses épaules et partit.

Mikael restait immobile. Il se mit lentement debout et alla se recroqueviller dans la forêt, sous les fougères, en pleurant.

C'était presque le crépuscule quand il frappa à la porte d'Agnete et Eloisa.

Elles ne l'attendaient pas. Les yeux d'Eloisa s'illuminèrent de joie. Et l'expression inquiète qu'elle avait depuis son départ disparut du visage d'Agnete.

« Tu pues la merde », dit Eloisa.

Mikael acquiesça.

« Comment ça se fait que tu sois là ? demanda Agnete sans le faire entrer.

— Ojsternig est à la chasse. Je me suis sauvé, dit Mikael.

— Tu dois retourner là-bas, dit Agnete.

— Non ! » s'écria Eloisa.

Mikael la regardait en silence. Puis il dit : « Je peux rester deux jours. » Il avait un ton si décidé qu'Agnete ne répliqua pas.

« Viens manger », lui dit-elle, simplement.

Mikael s'assit à table et mangea sans rien dire.

Eloisa ne le quittait pas des yeux.

« Qu'est-ce qu'il te veut, Ojsternig ? » demanda Agnete à la fin du repas.

Mikael haussa les épaules et ne répondit pas.

Peu de temps après, Agnete éteignit la chandelle et dit que c'était l'heure de dormir.

Alors seulement, dans l'obscurité, Mikael dit : « Bonne nuit, Eloisa.

— Bonne nuit, gros bêta », répondit-elle.

Mikael fut réconforté par sa voix. Mais il n'arrivait pas à s'endormir. Les coups d'Eberwolf commençaient à le faire souffrir.

À un moment, il se leva. Il resta dans le noir, debout, immobile au milieu de la pièce, écoutant la respiration régulière d'Agnete et Eloisa.

Il marcha doucement vers la porte et sortit.

C'était une nuit étoilée. La pleine lune diffusait une

lumière si intense que les arbres et les masures projetaient distinctement leurs longues ombres sur l'herbe.

Mikael entendit alors un léger bruit sur sa droite, du côté de l'abri à bois. Il se retourna et vit passer rapidement deux petits rats, qui se cachèrent aussitôt dans la pile de bois. L'instant d'après, l'un des deux revint mettre le museau dehors et renifla dans la direction de Mikael. Il portait autour du cou un petit lacet de cuir rouge, abîmé et délavé.

« Hubertus ! » s'exclama Mikael, la respiration coupée.

Le petit rat s'approcha prudemment.

Une émotion profonde s'empara de Mikael. Il s'agenouilla et se pencha vers Hubertus.

Le petit rat vint jusqu'à lui, renifla ses doigts et grimpa sur sa paume.

« Hubertus ! répéta Mikael. Tu es vivant… » Il eut un sourire de bonheur. L'autre rat avait passé la tête entre deux bûches et poussait des petits cris nerveux, comme s'il appelait Hubertus.

Hubertus descendit de la main de Mikael et s'apprêta à retourner dans la pile de bois.

« Non ! dit celui-ci, qui l'attrapa et le retint. Reste encore un peu avec moi. »

Hubertus n'eut pas peur.

Mais l'autre rat se dressa sur ses pattes arrière et cria plus fort.

Hubertus voulait se dégager.

Mikael resserra sa main. « Non, reste avec moi », répéta-t-il, une note autoritaire dans la voix. Mais aussitôt après, les larmes aux yeux, il ouvrit les doigts et dit : « T'as raison, excuse-moi. » Il posa Hubertus à terre. « Attends, je dois faire une dernière chose. »

Il attrapa le lacet de cuir et le cassa. « Maintenant, tu es un rat comme les autres. Tu es libre », dit-il, la gorge nouée.

Hubertus courut vers l'abri à bois, mais dès qu'il l'eut atteint, au lieu de disparaître avec l'autre rat, il s'assit, d'une manière soudaine et maladroite. Puis de sa patte arrière il se gratta furieusement le cou, avec une telle fougue que Mikael, malgré ses larmes, se mit à rire.

« Gros bêta », dit-il.

Hubertus le regarda une dernière fois, remua vivement le museau et disparut.

« Qu'est-ce que tu fais là, dehors ? » La voix d'Agnete le fit sursauter.

Mikael se releva et haussa les épaules. Il s'essuya discrètement les yeux.

Agnete, enveloppée dans une couverture, s'assit sur le tronc de sapin brut qui formait le seuil de la bicoque. Elle tapota le tronc pour que Mikael vienne s'asseoir.

Il fit quelques pas mais resta debout, se balançant sur ses jambes. Puis il s'assit, gêné.

« Plus près », dit Agnete.

Mikael s'approcha un petit peu.

Agnete fit comme si de rien n'était. Elle montra la lune. « On dirait un soleil pâle, non ?

— Ma gouvernante disait que le soleil était… était d'or et la lune d'argent… dit Mikael, et que… que…

— Et que le soleil, c'était le rire et la lune les pleurs, conclut Agnete. Elle avait raison, la pauvre Eilika.

— Tu la connaissais ? demanda Mikael, étonné.

— Bien sûr. Quand je t'ai fait naître, Eilika était

là. Elle a brûlé le placenta de ta mère dans la cheminée. Puis elle t'a pris de mes mains, elle t'a lavé et séché. Et depuis ce jour-là, elle s'est toujours occupée de toi. »

Mikael resta silencieux quelques instants. « Elle n'est plus là, Eilika, dit-il.

— Non. Elle n'est plus là. »

Le silence descendit à nouveau.

Enfin Mikael dit : « Cet homme-là, il a tué mon père.

— T'as pas de père. »

Mikael se tourna pour la regarder. Raphael lui avait dit la même chose.

« Tu ne te souviens pas de ta vie d'avant, continua Agnete. Raphael t'a trouvé sur la Selle de Lom. Tu étais perdu et tu avais une vilaine blessure au front. Et moi, je t'ai acheté au marché de Dravocnik. Maintenant, tu es Mikael Veedon. »

Le silence retomba. Encore plus long que le précédent. Et plus lourd.

« Je le tuerai », dit alors Mikael.

Agnete s'écarta. « Tu ne tueras personne, dit-elle de sa voix rude. Parce que si tu ratais ton coup, ils nous tueraient nous aussi, Eloisa et moi. Je te l'ai déjà dit. »

Mikael se tut, la tête basse.

« Jure-le-moi, dit Agnete. J'ai pas peur de mourir, même si j'aime la vie. Mais si ma fille était tuée par ta faute, je ne te le pardonnerai jamais. »

Mikael se souvint qu'elle avait failli mourir à cause de lui, quand elle s'était lavée.

« Jure ! souffla Agnete d'un ton impérieux.

— Je le jure, dit Mikael.

— Viens là, prends pas froid », dit Agnete en ouvrant la couverture.

Mikael s'approcha, timidement.

Agnete l'enveloppa dans la couverture. « Pose ta tête », dit-elle.

Il resta raide, embarrassé. « Ojsternig peut me reconnaître, dit-il doucement. Il m'a vu au château. Il voulait que j'épouse sa fille. »

La main d'Agnete lui serra l'épaule. « Personne te reconnaîtra, sois tranquille. Ils regardent comment t'es habillé et ils te jugent sur ça. L'empereur en personne pourrait venir ici habillé en paysan qu'ils ne le reconnaîtraient pas, même si sa tête est sur toutes les pièces de monnaie qui nous passent entre les mains.

— C'est vrai ? demanda Mikael, tandis que sa fatigue prenait déjà le pas sur la tension.

— Bien sûr, dit Agnete en baissant la voix. Et je suis convaincue que, s'il s'habillait comme un serf, même à la cour on le reconnaîtrait pas. Les gens, surtout les riches, c'est des habits qu'ils invitent à dîner, rappelle-toi ça.

— Qu'est-ce que ça veut dire ?

— Ça veut dire que l'apparence compte plus que l'intérieur. »

Mikael posa la tête contre l'épaule d'Agnete. « Pourquoi vous savez toutes ces choses, Raphael et vous ? demanda-t-il.

— Parce qu'on a vécu beaucoup d'années, et des années intenses.

— Et vous avez jamais peur ?

— Plus souvent que tu crois.

— Maintenant aussi ?

— Oui.

— Et de quoi ?

— J'ai peur qu'il t'arrive quelque chose. »

Mikael sentit son cœur fondre de plaisir. « Vous vous inquiétez pour moi ?

— Ferme les yeux, Mikael », dit Agnete.

Mikael ferma les yeux et s'abandonna contre elle.

Agnete lui caressa la tête et le visage, avec douceur, et passa le doigt sur la cicatrice de son front, pendant que Mikael s'endormait, rêvant qu'il était un enfant heureux.

La lune éclaira Agnete qui soulevait Mikael et le portait à l'intérieur en grimaçant. « Tu pues vraiment la merde, mon petit », chuchota-t-elle.

26

Le lendemain, Agnete recommanda à Mikael de ne pas se montrer dans le village. Elle ne faisait pas confiance aux habitants de la vallée. Ils risquaient de bavarder avec les soldats, qui descendaient souvent se ravitailler en victuailles et en bière.

« Je vous ai entendus hier soir », dit tout bas Eloisa à Mikael pendant qu'ils s'attardaient à déjeuner. Agnete rangeait la baraque et balayait le plancher.

Mikael la regarda.

« Tu devais te marier avec la princesse d'Ojsternig », murmura Eloisa.

Mikael baissa les yeux sur sa soupe d'orge.

Eloisa jouait avec sa cuillère. « Elle est comment, la princesse ? Elle est jolic ? » finit-cllc par dcmander.

Mikael fut surpris. Il réfléchit un instant, revit son expression distante, pensa à ses lèvres en forme de cœur, puis acquiesça mollement.

Cela suffit cependant pour qu'Eloisa sente un coup au cœur. Elle se leva d'un bond, renversant son écuelle. Puis se précipita dehors.

« Eloisa ! lui cria sa mère. Ramasse-moi cette écuelle ! »

Mikael se pencha pour la ramasser lui-même. Puis il voulut suivre Eloisa.

Mais Agnete l'attrapa par le bras. « Je t'ai dit de ne pas mettre le nez dehors ! » Elle sortit. « Eloisa, range le bois. Je reviens tout de suite », lui dit-elle, avant de s'en aller.

Mikael entendait Eloisa ranger le bois à peine coupé. À en juger par le bruit, elle était furieuse. Troublé, il se demanda pourquoi. Il n'aimait pas qu'elle soit fâchée après lui, il ne comprenait pas ce qu'il avait fait de mal. Il était sûr en tout cas que c'était sa faute. Comme lorsqu'il lui avait dit qu'elle était sale, et qu'Eloisa s'était lavée et avait failli mourir. Cette pensée le troubla encore plus. Traversé par une inquiétude, il commença à avoir peur.

Ses yeux se tournèrent vers la porte de la baraque. L'instant d'après il était dehors, malgré l'interdiction d'Agnete.

Il rejoignit Eloisa près de l'abri à bois.

La petite fille se retourna.

Mikael la regardait sans dire un mot.

« Qu'est-ce que tu veux ? » dit Eloisa, sur un ton agressif.

Maintenant qu'il était face à elle, Mikael n'arrivait pas à parler. « Si tu vois un rat, même sans collier, c'est Hubertus, dit-il enfin. Ou bien sa femme.

— Qu'est-ce que j'en ai à fiche ? » répondit Eloisa en recommençant à ranger les bûches.

Mikael baissa la tête. Pourquoi ne pouvait-il pas dire ce qu'il avait dans le cœur ? Il prit une inspiration profonde et, mort de honte, se résolut à prononcer, la voix cassée par l'émotion : « Excuse-moi. »

Eloisa le regarda, surprise.

Il leva les yeux sur elle, sachant qu'il devait parler maintenant. « Je sais pas ce que je t'ai fait mais... excuse-moi... je voulais pas... », balbutia-t-il, tout rouge.

« Retourne d'où tu viens, Crottin Sec ! cria alors Eberwolf, qui passait pour aller aux champs.

— Laisse-le tranquille, idiot ! Tu me dégoûtes ! » cria Eloisa, déchargeant sur lui l'émotion causée par les paroles de Mikael. Elle fit un pas vers Eberwolf.

Mikael la retint, une expression de terreur dans les yeux. « Non ! »

Elle s'arrêta, perplexe.

Eberwolf, les poings serrés, regardait Mikael. « Faut te l'expliquer autrement, Crottin Sec ? » menaça-t-il.

Mikael fit signe que non, et baissa les yeux.

Eberwolf, immobile, le fixa d'un œil agressif. Puis il s'en alla.

« Il t'a dit quoi ? » demanda alors Eloisa.

Mikael haussa les épaules. « Rien. »

« Qu'est-ce que tu fais dehors, malheureux ? » s'écria soudain Agnete, de retour avec un paquet sous le bras. Elle le saisit par le coude et le secoua. « Tu dois faire ce que je te dis, gamin ! Toujours ! » Elle se tourna vers Eloisa : « Vous avez quoi dans la tête, tous les deux ? De la sciure ? »

Mikael voulut rentrer.

« Où tu vas ? l'arrêta Agnete.

— Dedans... dit tout doucement Mikael.

— À quoi ça sert maintenant ? Tout le monde t'a vu. » Agnete était furieuse. « Il va falloir que je leur dise de rien raconter aux gardes. On n'aura plus qu'à espérer qu'ils se taisent, imbécile que tu es », dit-elle, d'une voix dure masquant son inquiétude. Elle hocha la tête. Puis jura entre ses dents, énervée. « Déshabille-toi », dit-elle enfin.

Eloisa ricana.

Mikael regarda autour de lui. Les paysans étaient déjà dans la rue. « Moi ? Pourquoi ?

— Tu pues la merde », répondit Agnete. Elle lui montra le paquet qu'elle avait apporté. C'étaient des habits propres. « Je les ai pris chez Margit. Ils sont trop petits pour son fils. Tant que t'es ici, tu les mettras. »

Mikael regarda de nouveau autour de lui. « Je peux me changer à l'intérieur ?

— Non. Tu m'empuantis la maison. T'as honte ? T'auras pas besoin d'enlever ton caleçon. »

Mikael, à contrecœur, commença de se déshabiller.

Eloisa riait. Mais quand il fut dévêtu, elle redevint tout à coup sérieuse et le regarda en entier.

« T'es devenu fort, dit Agnete, une note d'étonnement et de fierté dans la voix. Ils disaient que t'avais des muscles d'écureuil, mais maintenant t'as l'air d'un louveteau. »

Mikael rougit et évita de regarder Eloisa.

« Qu'est-ce qui t'est arrivé ici ? demanda Agnete en montrant les bleus qu'il avait sur le ventre et dans le dos.

— Je suis tombé, dit Mikael.

— Ojsternig ? »

Mikael fit signe que non.

« Alors c'est pas difficile de deviner sur *qui* tu es tombé. Ça ne peut être que lui, dit Agnete.

— Elderstoff ? » demanda Eloisa, qui sentait la colère monter.

Mikael ne répondit pas et enfila rapidement les habits propres.

« Je le déteste ! s'exclama Eloisa. La prochaine fois…

— Non ! » la coupa Mikael, avec des yeux effrayés. Il la regarda en silence quelques instants, puis il dit : « Me défends plus jamais.

— C'est pour ça qu'il t'a frappé ? » demanda Agnete. Elle se tourna vers sa fille avec un regard sévère. « Qu'est-ce que je t'avais dit ? »

Eloisa baissa les yeux, mortifiée.

Agnete lui lança la brosse en chiendent : « Enlève cette merde sur ses habits », lui ordonna-t-elle.

Eloisa rougit de colère, tandis que Mikael ramassait les vêtements sur le sol. « Donne », dit-elle en les lui arrachant des mains. Et elle se dirigea d'un pas furieux vers l'arrière de la maison.

Quand sa rage fut calmée et qu'elle eut brossé les vêtements, elle revint, s'approcha de Mikael et, à mi-voix pour qu'Agnete n'entende pas, promit : « Je lui dirai plus rien. »

Mikael se balança d'un pied sur l'autre, embarrassé, ne sachant que répondre. Il aurait voulu dire : « Maintenant, c'est toi qui pues la merde. » Et ils auraient peut-être ri tous les deux. Mais il était incapable de dire des choses pour plaisanter, et il en fut gêné. Il se tourna vers les champs que les villageois avaient délimités. Ceux que la montagne leur avait offerts. Les murets de pierres sèches disparaissaient peu à peu, comme effacés par l'injustice d'Ojsternig. Les chars à bœufs faisaient la navette, chargés de pierres, vers les ruines du château.

Alors il aperçut une jeune fille là-bas, tout

échevelée, qui semblait mesurer à grands pas les limites d'un champ.

« Elle est devenue folle, dit Eloisa derrière lui.

— Qui c'est ? demanda Mikael en se retournant.

— Emöke. »

Mikael regarda à nouveau. Une autre injustice d'Ojsternig, qui avait annulé son mariage.

« Elle fait ça toute la journée, continua Eloisa. Dans un sens puis dans l'autre, autour du champ qu'on avait préparé pour Gregor et elle.

— Et lui ?

— Les hommes sont des trouillards, répondit Eloisa, pleine de mépris. Depuis qu'Ojsternig l'a menacé, il ne la regarde même plus. » Elle hocha la tête. « Le soir, elle vient devant chez lui, là où elle aurait dû habiter, et elle l'appelle, désespérée. Mais il ne répond pas. Au bout d'un moment c'est sa mère qui sort et qui la chasse. »

Mikael sentit la honte lui serrer l'estomac, comme si une main le lui tordait. Comme s'il se rebellait à l'idée d'être un homme, lui aussi.

Il accompagna Agnete et Eloisa dans les champs, et aida les paysans à charger les pierres sur les chars à bœufs. Il sentait tous les regards sur lui. Mais personne ne lui adressa la parole.

Seul Eberwolf s'approcha et l'insulta, avant de se tourner vers Eloisa. Voyant qu'elle n'intervenait pas, il sourit. « T'es moins con que t'en as l'air, Crottin Sec », ricana-t-il en partant.

Pendant le reste de la journée il ne se passa rien, à part l'arrivée d'un soldat de la garnison, qui chargea un tonneau de bière sur son mulet en bavardant avec le frère Timotej.

À la fin de la journée, après l'office du soir, les gens s'attardèrent devant Notre-Dame des Neiges. Il y avait de l'agitation dans l'air. Apparemment, le soldat avait apporté des nouvelles inquiétantes. Personne ne se décidait à parler.

« Alors c'est vrai ? demanda Agnete au curé. Les rebelles ont essayé de faire s'écrouler la branche nord de la mine de Dravocnik ?

— Il paraît, acquiesça de la tête le frère Timotej.

— Et le prince d'Ojsternig a fait construire trois gibets, murmura Luitberg, le meunier.

— Et il a commencé à faire pendre des innocents, ajouta son épouse. Même une femme.

— Vaut peut-être mieux mourir pendu que mourir de faim, dit Agnete.

— Chacun doit pouvoir choisir sa mort et son destin », répliqua Ljuba, le brasseur, en lissant sa longue barbe rousse.

Agnete mit les mains sur ses hanches. « Tu dis des âneries. Si chacun pouvait choisir son destin, y aurait pas de rebelles, parce qu'on serait tous libres.

— Surveille tes paroles, l'avertit frère Timotej, effrayé.

— Ce que je voulais dire… protesta Ljuba.

— Je sais ce que tu veux dire, l'interrompit Agnete. Que certains chiens préfèrent la chaîne. »

Ljuba n'était pas courageux. Il baissa les yeux, humilié. Beaucoup en firent autant.

« Ce qu'il voulait dire, intervint la vieille Aline en levant ses doigts tordus à force de manier le fuseau, c'est qu'il y a des chiens tellement fiers qu'ils se prennent pour des loups. Un chien, ça sera jamais un loup. Les loups sont nés libres, on ne peut pas les domestiquer. Les chiens sont nés pour servir les hommes. Chacun doit rester à sa place.

— Donc les seuls à être des loups, c'est les princes, et nous on est que des chiens ? rétorqua Agnete. C'est ça que tu dis, Aline ?

— On est pas tous des chiens. Certains sont des vaches… »

Les gens se mirent à rire. Mais l'atmosphère restait tendue.

« Arrêtons avec ces bavardages, s'interposa frère Timotej. C'est dangereux. Et il ne faut pas parler des rebelles. Sauf pour dire que c'est des criminels. »

Agnete regarda le curé d'un air féroce, mais se retint. Elle donna une bourrade à Mikael et Eloisa, et dit : « Allez, on rentre. »

Elle marcha avec fureur jusqu'à la baraque, suivie en silence par les deux enfants.

Devant la porte, Mikael lui demanda : « C'est qui, les rebelles ?

— T'es sourd ? T'as entendu ce qu'ils ont dit ? Faut pas parler des rebelles, lui répondit Agnete d'une voix désobligeante en entrant dans la maison. Sciez le bois au lieu de bayer aux corneilles, vous deux ! » cria-t-elle de l'intérieur.

Mikael et Eloisa allèrent à l'arrière de la maison, posèrent un long morceau de hêtre sur le tréteau et, chacun d'un côté, empoignèrent la scie à bois.

« Un jour, ma mère et le vieux Raphael parlaient des rebelles, fit Eloisa, et ils ont dit que c'était des hommes… des hommes… qui trouvaient le soleil la nuit. »

Mikael fronça les sourcils. « Qu'est-ce que ça veut dire ?

— J’en sais rien… », répondit Eloisa en haussant les épaules.

Ils scièrent le premier tronc, en soufflant de fatigue.

« Et c’est une bonne chose ? demanda Mikael quand le morceau de bois tomba à terre.

— Quoi ?

— Trouver le soleil la nuit.

— Qu’est-ce que j’en sais, moi ? »

Ils scièrent deux autres bûches.

« Mais je crois que si quelqu’un était capable de trouver le soleil la nuit… dit Eloisa, alors il ne ferait plus jamais nuit. »

Mikael la regarda sans rien dire.

« Il ne ferait plus jamais noir, ajouta-t-elle.

— Donc, ça serait une bonne chose, non ?

— Faut qu’on travaille, sinon ma mère va nous sonner les cloches. »

Ils ne prononcèrent plus un mot jusqu’à ce que le tronc soit réduit en bûches d’une longueur de trois empans. Ils les ramassèrent et les rangèrent sur la pile sous l’avancée du toit.

Enfin, Eloisa dit à Mikael : « Attends. » Avec une branche de sapin en guise de brosse, elle ôta la sciure de ses vêtements. Avant d’entrer dans la maison, elle ajouta : « Oui, je crois que c’est une bonne chose. Mais j’ai compris qu’il ne faut pas en parler. »

Quand ce fut l’heure du coucher, alors qu’Eloisa et Agnete dormaient déjà, Mikael resta à regarder le feu qui réchauffait la pièce et faisait reculer les ténèbres. Il pensa que, s’il y avait eu du soleil, on n’aurait pas eu besoin de faire du feu. Il décida que, quand il serait grand, il essaierait de trouver le soleil la nuit. Parce que c'était une bonne chose. Même s'il ne fallait pas en parler.

Le lendemain, de bonne heure, il se mit en route vers le château d'Ojsternig, se souvenant de la petite fille de Dravocnik qui lui avait dit de sa voix mélodieuse : « T'es qui, toi ? Un rebelle ? »

27

Avant de quitter la baraque, Mikael avait avalé son déjeuner, sans envie. Agnete lui avait dit : « Maintenant tu dois y aller. » Il était sorti, à contrecœur.

Après quelques pas, il s'était retourné. Agnete n'était plus là. Mais Eloisa le regardait, immobile sur le seuil, avec une expression indéchiffrable. Il avait eu l'impression qu'une corde les reliait. Et il espérait qu'elle serait assez longue pour ne pas se rompre. Il lui avait souri.

Eloisa le fixait, pensant en même temps à la peau de la princesse, qui devait être blanche et parfumée. Elle sentait en elle une douleur la ronger.

Mikael était revenu en courant.

« Qu'est-ce qu'il y a ? »

Il avait secoué la tête, puis rougi, et avait dit : « Rien. » La tête basse, il était reparti mais s'était retourné en arrivant sur la route. Un poids sur le cœur, il lui avait fait un timide signe de la main.

Elle n'avait pas répondu. « Peut-être qu'elle est pas si jolie que ça, la princesse… » Et sans que Mikael puisse la voir, elle avait souri.

Mikael était monté pendant une bonne lieue. Ses

sabots ne lui faisaient plus mal comme autrefois, quand il avait toujours des plaies aux pieds. Maintenant il avait des cals. Il se sentit fort.

« Attends-moi, Crottin Sec », dit Eberwolf derrière lui, à la hauteur des derniers lacets de la première montée du Mezesnig, avant de le rejoindre. « Je vais au château avec toi. »

Mikael espéra qu'il ne lui volerait pas les tranches de pain qu'Agnete lui avait données pour le voyage.

« Quoi ? T'es pas d'accord ? »

Mais Mikael remarqua qu'il ne parlait plus avec son ton agressif habituel. Il hocha vaguement la tête.

« Allez, marche », dit Eberwolf en le poussant.

Mikael reprit sa montée.

Eberwolf se tenait à côté de lui. « Je vais pas pourrir dans ce village de merde avec mon père », dit-il au bout d'un moment.

Mikael continuait à marcher sans parler.

« Je trouverai un travail qui me libérera de la terre », poursuivit Eberwolf.

Mikael le regarda.

« Qu'est-ce que t'as à me regarder, Crottin Sec ? »

Mikael baissa la tête et recommença à marcher.

« Si un serf réussit à vivre dans une ville pendant un an, dit Eberwolf, le souffle coupé par l'effort, il devient libre. Tu le savais pas ? »

Mikael fit signe que non.

« Tu sais rien, ricana Eberwolf. À quoi tu peux bien servir, Crottin Sec ? »

Quand ils arrivèrent en bas du passage couvert de pierres, Mikael s'arrêta.

« Moi, je monte par-là », dit-il en montrant la pente rocheuse.

Eberwolf leva les yeux vers la pente raide. « Tu vas où je te dis d'aller », fit-il, agressif.

Mikael regarda la route qui continuait à flanc de montagne, déroulant doucement ses lacets vers le col. « Il y a les gardes. »

Eberwolf, évidemment, n'y avait pas pensé et fut déconcerté.

« Si on passe par-là, on les contourne et ils nous voient pas, dit Mikael.

— Tu crois que je le sais pas, Crottin Sec ? » mentit Eberwolf.

Mikael était immobile.

« Tu te crois meilleur que moi ? fit l'autre.

— Non…

— Tu as raison, tu vaux rien, maugréa Eberwolf. Je te casse en deux d'une seule main, tu le sais ça, hein ? »

Mikael ne répondit pas. Il se contenta de regarder la pente couverte de pierres.

« Marche, couillon », dit Eberwolf en le poussant.

Mikael commença à grimper.

Eberwolf avait du mal à le suivre. « Ralentis, Crottin Sec », dit-il, la respiration coupée.

Mikael ne ralentit pas. Il se rendit compte qu'il était bien plus rapide qu'Eberwolf. Il aurait pu le distancer facilement.

Eberwolf l'attrapa par la veste. Il haletait, la bouche ouverte et grimaçante, et un filet de salive luisait à son large et gros menton où commençaient à pousser quelques poils. Il attendit que sa respiration se calme. Puis il ramassa une pierre blanche, pointue, de la bonne taille pour tenir entre le pouce, l'index et le majeur. « Regarde », dit-il. Il montra un petit hêtre à près de vingt pas de distance et lança la pierre, violemment. Elle toucha le tronc de l'arbre avec un bruit sourd, entaillant l'écorce. Eberwolf se tourna vers Mikael. « T'as pas intérêt à courir. Si je te touche à la tête, t'es mort. » Il le fixa avec un ricanement satisfait. « Les lapins, c'est comme ça que je les attrape. »

Mikael regarda l'écorce entaillée du hêtre.

« Maintenant, marche. Tranquillement. »

À la mi-journée, ils étaient en vue de Dravocnik.

À la manière dont Eberwolf regardait le bourg, les yeux écarquillés et l'air ahuri, Mikael comprit qu'il n'était jamais allé à Dravocnik. Cela lui semblait certainement énorme, comparé au petit village de la Raühnvahl dont il n'avait jamais bougé.

Tandis qu'ils passaient entre les pauvres maisons, les hommes et les femmes qui n'étaient pas au travail sortirent sur le pas de leurs portes bancales. Leurs yeux étaient éteints par la souffrance et la faiblesse.

Eberwolf les regardait d'un air de défi, comme un chien qui cherche querelle. Bombant le torse, il marchait à longues enjambées, pour paraître plus fort.

Mais Mikael remarqua, quand ils entrèrent dans la cour du château, qu'il faisait moins le bravache. Courbé, toute arrogance disparue, il marchait en évitant les regards des soldats.

« Il a peur », s'étonna Mikael.

« Bon, et maintenant ? » dit Eberwolf.

Mikael haussa les épaules. Il ne comprenait pas la question.

« Quel travail tu fais ? » demanda-t-il.

Mikael regarda autour de lui et vit Bassiano, la pelle à la main, dont le visage s'illumina d'un sourire bête.

« Saa-lut Mi-kkaael ! » cria le palefrenier tout excité, courant à sa rencontre.

Eberwolf le regarda. Puis regarda Mikael. « C'est qui, cet idiot ? »

Bassiano les avait rejoints et tendait la pelle à Mikael.

Mikael lui sourit avec embarras. Il prit la pelle. Se tourna vers Eberwolf. « Moi, je ramasse la merde, lui dit-il.

— Crottin Sec ramasse le crottin frais ! se mit à rire bêtement Eberwolf. Et il lui donna une claque.

— No-oon !! fit Bassiano. Basss-iano et Mi-kkkaael ammm-mis. »

Eberwolf le regarda d'un air agressif.

« Toi coom-ment t'ap-peee-lles ? lui demanda Bassiano.

— C'est pas tes affaires, idiot, répondit Eberwolf.

— Moi paas iddd-iot, dit Bassiano.

— Tire-toi de là, fit Eberwolf avec mépris.

— Moi paas iddd-iot », répéta Bassiano.

Eberwolf le repoussa, et Bassiano tomba par terre. Les mains enfoncées dans le fumier de la cour, il regarda timidement Mikael, comme s'il attendait qu'il prenne sa défense.

« L'idiot, c'est toi », dit alors Mikael d'une voix qui tremblait.

Eberwolf se retourna, surpris. Puis le sang lui monta à la tête et il frappa Mikael d'un coup de poing à l'estomac.

Mikael se plia en deux.

Bassiano se mit à pleurer.

Les serfs qui avaient vu la scène interrompirent leurs activités. Des artisans posèrent leurs outils et sortirent sur le seuil des boutiques. La femme au visage marqué de variole se précipita pour aider son fils Bassiano. Elle lança un regard mauvais à Eberwolf mais ne dit rien.

Une petite troupe de cavaliers fit alors son entrée dans la cour. À leur tête chevauchait Ojsternig, couvert de terre et de sang, tenant par la bride un mulet. Sur le dos de l'animal se balançaient, inertes, les carcasses sanguinolentes d'un cerf, d'un chevreuil et de deux sangliers.

« Qu'y a-t-il ? » demanda-t-il en voyant les gens attroupés autour de Mikael, toujours courbé en deux.

Les serfs et les artisans baissèrent les yeux sans répondre.

Ojsternig descendit de cheval et s'approcha de Mikael. « Qu'y a-t-il ? »

Mikael regarda Eberwolf. Puis répondit : « Rien. »

Ojsternig fixa à son tour Eberwolf. Il tâta les muscles puissants de ses bras, comme ceux d'un cheval.

Eberwolf tremblait.

« Je sais qui tu es », dit Ojsternig.

Eberwolf se jeta à genoux. « Pitié, Votre Seigneurie, pleurnicha-t-il.

— Lève-toi », ordonna Ojsternig. Quand Eberwolf se fut relevé, il l'examina, s'approchant comme s'il allait le mordre. « Je sais qui tu es, répéta-t-il. Un fanfaron. Un lâche. » Il lui montra Mikael du doigt. « C'est toi qui l'as frappé ? »

Eberwolf regarda autour de lui, les yeux remplis de terreur.

Ojsternig le gifla. « Regarde-moi ! Réponds !

— Oui... Votre Seigneurie...

— Qu'est-ce qu'il t'avait fait ? Réponds tout de suite ou je te fais couper la langue. Je ne suis pas patient.

— Il se collait à moi... et il m'avait offensé... », balbutia Eberwolf.

Ojsternig acquiesça, pensif. « Donc il a sali ton honneur de gueux. »

Les soldats qui assistaient à la scène ricanèrent.

Ojsternig se tourna vers eux. « Une puce qui se permet d'offenser un gros porc. Inadmissible ! s'exclama-t-il avec une emphase théâtrale. Il faudrait lui permettre de laver cette terrible honte, ne croyez-vous pas ? »

Les soldats ignoraient ce qu'il avait en tête mais répondirent en chœur : « Oui !

— Alors, venge ton honneur, espèce de porc ! » dit Ojsternig à Eberwolf. Il fit signe à ses hommes de se disposer en cercle et pointa le doigt vers Mikael. « Entre chevaliers, ça s'appelle "le jugement de Dieu". Peu importe qui est le plus fort. Si la justice est de ton côté, ramasse-merde, tu gagneras. Et maintenant, bats-toi. David contre Goliath ! La puce contre le porc ! » Il regarda Eberwolf. « Bats-toi ! » Puis il s'écarta. Ses yeux, éclairés d'une lumière sinistre, ne quittaient pas Mikael.

Eberwolf ne bougeait pas.

« Si tu ne te bats pas pour ton honneur de porc, grimaça Ojsternig, je te ferai fouetter à mort. Choisis ! »

Eberwolf fit un pas timide vers Mikael. Il leva son poing et le frappa au visage.

Les soldats se mirent à crier, comme dans les combats de chiens.

Mikael tomba au sol.

« Lève-toi et bats-toi ! » lui cria Ojsternig.

Mikael se mit à genoux. Il vit Agomar, à quelques pas de lui. Alors il pensa à son père, juste avant sa décapitation. Il regarda de nouveau Agomar, qui riait. Puis se tourna vers Ojsternig. Celui-là ne riait pas, mais ses yeux étaient pleins de cruauté. Mikael revit sa mère se poignarder le cœur. Et sa petite sœur couverte de sang. Et la tête de son père qui roulait sur la neige rouge de la cour. Il sentit la haine grandir en lui. Il se remit debout et courut tête baissée sur Eberwolf.

Les soldats applaudirent.

Eberwolf s'écarta et lui fit un croc-en-jambe.

Mikael roula sur le sol. Quand il se releva, il avait le visage couvert de purin. Alors il lança un cri et se jeta à nouveau sur Eberwolf.

Les soldats l'encourageaient à grands cris, même s'il n'avait aucune chance de gagner.

Eberwolf le frappa d'un direct du poing en pleine poitrine.

Mikael s'arrêta net, le souffle coupé. Il vacilla. Regarda Ojsternig et sentit que sa haine grandissait encore et encore.

Ojsternig le fixait, captivé.

Eberwolf lui envoya un coup de poing à la tempe.

Mikael tomba et se releva aussitôt. Comme si la terre le brûlait. Il ne ressentait aucune douleur. Il serra les dents. Cria le plus fort qu'il put et s'élança de nouveau sur son adversaire.

Eberwolf le frappa dans le dos.

Mais Mikael ne lâcha pas prise, tandis que ses jambes pliaient. Il enfonça ses dents dans la cuisse d'Eberwolf. Avec toute sa rage. Il sentit le tissu de ses braies se déchirer et les dents mordre dans la chair.

Eberwolf cria. Le frappa sauvagement à la tête.

Mais Mikael ne cédait pas, il continuait de serrer les dents.

Eberwolf finit par réussir à se libérer de Mikael. Il le souleva et le lança au sol avec violence. Puis il leva le pied et s'apprêtait à lui écraser la poitrine.

« Ça suffit ! » ordonna Ojsternig.

Eberwolf s'arrêta, en grognant. Sa cuisse saignait.

Mikael était par terre, immobile.

« Tu as perdu, lui dit Ojsternig en fixant avec un sourire satisfait son visage tuméfié. Le jugement de Dieu a établi que tu avais tort. » Il se tourna vers Eberwolf et son expression devint plus dure.

Eberwolf trembla de peur.

« Retourne à ton travail, lui dit Ojsternig. Qu'est-ce que tu fais ?

— Je suis… le valet du maréchal-ferrant, improvisa Eberwolf.

— C'est pas vrai ! » s'exclama le maréchal-ferrant en s'avançant.

Ojsternig examina Eberwolf, le regard plein de mépris. « Ton âme ne vaut rien. Tu es visqueux et vil. Dans la vie, tu ne seras jamais qu'un serf ou un traître. » Il regarda le boucher. « Voilà un nouveau valet pour toi. Fais-le vivre dans le sang, à surveiller les bêtes qui viennent d'être tuées. » Il montra Mikael, en continuant à s'adresser à Eberwolf. « Si tu le touches encore, même du bout du doigt, je te ferai pendre. Ce serf m'appartient. Sa vie est à moi. » Puis il s'approcha de Mikael d'un pas lent. Il s'assit à côté de lui, sans se soucier de la fange fétide. Et le fixa.

Mikael avait le regard plein de haine. Une haine plus forte que la douleur.

Ojsternig lui sourit, presque avec gratitude. « Recommence à ramasser la merde », lui dit-il, effleurant sa blessure à la pommette.

En se dirigeant vers le palais, il dit à Agomar : « Il faut organiser plus souvent des combats entre ces chiens. C'est plus amusant que les combats de coqs. »

28

Ce soir-là, Ojsternig, rassasié par la haine dont il s'était abreuvé dans les yeux du garçon, ne sentit pas le besoin de faire venir sa fille. Il resta dans son lit à repasser dans sa mémoire les phases de ce combat inégal. Le gamin l'étonnait. Certes, il avait perdu. Mais la rage et la détermination qu'il avait montrées pour résister aux coups de son adversaire, allant jusqu'à lui enfoncer les dents dans la chair, faisaient de lui le vrai vainqueur.

Ojsternig empoigna son couteau sous l'oreiller de plumes, releva sa tunique et appuya la pointe de la lame sur sa cuisse. Il poussa progressivement, comme l'avaient fait les dents du garçon. La peau céda, la lame s'enfonça. Il gémit. Puis il regarda, fasciné, le sang qui coulait et tachait la couverture de fourrure.

« Je te comprends si bien, ramasse-merde », murmura-t-il.

Il y avait quelque chose de spécial dans la haine de ce petit serf de la glèbe. Et une force étonnante en lui.

Il tritura sa blessure à la cuisse de la pointe de son couteau.

Ce gamin avait la capacité de lui faire éprouver quelque chose.

« Je te comprends, ramasse-merde », répéta-t-il en souriant.

S'il n'avait pas été serf de la glèbe, il aurait fait un fier combattant. Loyal et fiable. Un commandant pour ses hommes.

La chandelle de la lanterne allait s'éteindre et sa blessure pulsait. Il se concentra sur le regard du garçon à la fin du combat. Cette fierté, aucun paysan ne l'avait jamais manifestée face à lui. Les rebelles avaient toujours une ombre de sujétion dans les yeux. Ce voile de peur toujours visible chez ceux qui, nés dans le servage, se savaient inférieurs, même quand ils le menaçaient et lui criaient leur haine. Pas chez lui.

Ojsternig sourit et ferma les yeux.

Alors il pensa à sa femme morte, seule personne avant ce garçon à lui avoir fait ressentir ce chatouillement dans l'âme.

Lukrécia avait des lèvres sensuelles, en forme de cœur, rouges comme des cerises. Comme sa fille, mais elle était bien plus belle. Il avait eu un frisson à l'aine quand il l'avait vue pour la première fois, à la cour du *Rex Romanorum* Vaclav le Paresseux, où il s'était rendu pour se faire reconnaître héritier légitime.

Elle n'était pas de haut lignage. Son père, un simple chevalier, l'avait laissée ruinée, sans dot, et donc dans l'incapacité de subvenir à ses besoins. Quant à sa mère, elle s'était enfuie avec un marchand et l'avait abandonnée à la cour. La femme d'un baron l'avait prise avec elle, par pitié. Malgré sa beauté, aucun noble ne l'aurait épousée. Et, n'importe qui aurait pu profiter d'elle si elle était restée à la cour sans protecteur.

Lukrécia était ainsi devenue sa chambrière. Elle la lavait et l'habillait, comme une de ses domestiques.

Ojsternig, que les femmes n'avaient jamais intéressé, l'avait remarquée et désirée en la croisant dans les couloirs de la cour impériale. Lukrécia avait treize ans. Il avait posé la main sur sa bouche et l'avait poussée dans une niche du couloir dont il avait tiré la lourde tenture. Il l'avait étourdie d'un coup de poing, sorti de son décolleté ses seins déjà ronds et relevé ses jupes. Et il l'avait prise, là, contre la pierre froide du palais impérial. Avec un frisson de plaisir, il avait senti l'hymen résister puis céder. Elle était vierge. Quand il eut fini de la violer, il la voulait encore. En attendant que le désir revienne, il l'avait tenue en respect, la pointe de son couteau sur la gorge, et prise une nouvelle fois. Après cette union animale, il avait compris que ce deuxième viol ne lui suffirait pas, qu'il la voulait toute à lui, pour son plaisir.

Quand fut ratifiée la décision de Vaclav le Paresseux qui le déclarait prince légitime d'Ojsternig, il avait demandé sa main à la baronne. Ojsternig aimait ce jour où il s'était rendu dans les appartements de la baronne. Lukrécia était assise à l'écart, la pommette encore gonflée et bleue du coup de poing qu'il lui avait donné. Elle le regardait avec frayeur. La baronne avait traité Ojsternig avec mépris. Ce n'était qu'un prince de la montagne, un prince minier. Sachant cependant qu'aucun autre n'aurait demandé la main de Lukrécia, elle avait accepté sa demande.

Le lendemain, Lukrécia était assise dans la voiture qui les emmenait au royaume rouge et noir. Et il l'avait prise là, sous les yeux d'Arialdo de Tarvis, son comptable.

Il ne l'avait jamais aimée, il n'en était pas capable. Mais elle allumait son désir. Pendant les quelques instants où il s'unissait à elle, il sentait qu'il éprouvait quelque chose, et profitait d'elle chaque fois qu'il en éprouvait le désir.

Au fil du temps, cependant, Lukrécia s'était flétrie. Elle s'éteignait peu à peu. Trois ans plus tard, elle avait donné naissance à une fille. L'accouchement l'avait achevée et elle était morte.

Depuis, aucune femme n'avait jamais excité ses sens. Il avait fini par renoncer peu à peu au sexe.

Le nouveau-né avait été nommé Lukrécia. Ojsternig ne s'était pas soucié d'elle avant de s'apercevoir qu'elle avait les lèvres sensuelles de sa mère, et le même âge. Mais on ne remplace pas facilement un bon chien, un bon cheval ou une bonne épée, se disait Ojsternig, déçu. La fille n'était pas la mère, elle n'en était que l'ombre, le fantôme.

Dans la nuit, Ojsternig rêva de sa femme Lukrécia.

Sa pommette était bleue comme le jour où il avait demandé sa main. Mais c'était le jour de l'accouchement. Il était penché sur elle, armé de son couteau à éventrer les cerfs. Un couteau couvert de sang. Et le lit n'était pas un lit mais un étang de sang profond et impénétrable, dans lequel s'enfonçait un petit corps. Ojsternig le rattrapait et sortait de cet étang un nouveau-né, un garçon, qui ne pleurait pas, malgré la blessure à sa pommette. Il le soulevait et le nouveau-né lui lançait un regard d'adulte, sans baisser les yeux. Des yeux injectés de haine à l'état pur. « Ramasse-merde… », balbutia Ojsternig avec effroi dans son rêve.

Il se réveilla en nage.

Encore étourdi, il se mit à la fenêtre et regarda

dehors. Il y vit Mikael, le visage tuméfié, cracher dans ses mains, prendre la pelle que lui tendait un palefrenier et la glisser sous la merde comme n'importe quel serf de la glèbe. Mais il y avait pourtant quelque chose de spécial.

Ojsternig comprit soudain qu'il avait peur de ce garçon. Peur qu'il réveille en lui ses sentiments. Certes, il sentait dans son âme un léger chatouillement quand il le tourmentait. Mais il était terrorisé à l'idée d'aimer, de ressentir de la pitié. Les sentiments rendent les hommes faibles.

Avec fureur, il tapa du poing sur sa cuisse blessée, et cria jusqu'à ce que ses poumons le brûlent, avant de tout détruire dans la pièce. Épuisé, il revint à la fenêtre, et passa la matinée à observer Mikael, qui travaillait sans relâche.

Quand la cloche du monastère sonna midi, il s'habilla, descendit dans la grande salle et demanda à Agomar : « T'as dit qu'une des putains est morte hier soir ? »

Agomar acquiesça.

« Rassemble les hommes, lui ordonna-t-il. Prépare dix chevaux en plus du mien. On va dans la Raühnvahl. »

Une heure plus tard, en passant près de Mikael, il le saisit au col et le mit sur la croupe de son puissant destrier. Il fatigua l'animal au galop sur plus de deux lieues, et renversa un habitant de Dravocnik qui ne s'était pas écarté à temps. Harro, qui le suivait, excité par l'odeur du sang, se jeta sur l'homme et le mordit.

Ils atteignirent la Raühnvahl alors que les serfs étaient encore au travail.

Agomar ordonna qu'on sonne les cloches de

Notre-Dame des Neiges. À la population rassemblée il annonça : « Faites silence et écoutez votre seigneur ! »

Ojsternig jeta Mikael par terre.

Eloisa retint un gémissement en voyant son visage tuméfié.

Mikael voulut lui sourire, mais il était trop endolori. Il réussit seulement à faire une grimace.

Ojsternig se dressa sur ses étriers. « Vous aviez un mois pour transporter les pierres de ces champs au château, dit-il d'une voix sourde. Et vous n'avez pas obéi. »

Le frère Timotej s'avança timidement. « Vos fidèles sujets travaillent dur, Votre Seigneurie. Mais ils doivent aussi s'occuper des cultures. Comment feront-ils pour vous payer le loyer si l'orge et l'avoine ne poussent pas, et s'ils n'arrachent pas le chiendent qui infeste les champs ? »

Ojsternig le fixa silencieusement puis parcourut des yeux le groupe des habitants. « Je pourrais décider que c'est vous, le chiendent qui infeste mon royaume.

— Votre Seigneurie, continua frère Timotej la tête baissée, ils travaillent du matin au soir, chaque jour. »

Ojsternig sourit méchamment. « N'ont-ils pas de lanterne ? »

Frère Timotej hésita. Il ouvrit les bras. « Si, Votre Seigneurie…

— Qu'ils s'en servent, dit Ojsternig. Ils travailleront une heure de plus après le crépuscule, jusqu'à ce que toutes les pierres soient transportées au château. »

Frère Timotej regarda la foule, puis Ojsternig, et encore la foule.

« Tu as quelque chose à dire, curé ? Tu veux

peut-être pousser mes serfs à la révolte ? Tu veux qu'ils refusent mes ordres ? »

Frère Timotej se voûta et baissa la tête sans répondre.

Ojsternig promena son regard sur les paysans et remarqua une fille aux cheveux ébouriffés qui marchait de long en large dans un des champs démantelés. C'était pour elle qu'il était venu, bien qu'elle ne soit qu'un pion dans son plan. « Va la chercher », ordonna-t-il à Mikael.

Agomar fit mine de bouger.

« Non. C'est à lui que je l'ai dit. »

Mikael le regardait comme aucun des autres. Il avait encore du sang séché sur la pommette.

Ojsternig eut un frisson le long de l'échine. Il appuya sur la blessure de sa cuisse. Et donna un coup de pied à Mikael. « Va la chercher », répéta-t-il.

Mikael marcha jusqu'au champ et approcha de la fille. « Viens, Emöke », lui dit-il.

Emöke s'arrêta un instant. Mais son regard ne le voyait pas. Elle reprit sa déambulation le long du champ qui avait été le sien et celui de Gregor.

Mikael la prit délicatement par la main et dit : « Viens, s'il te plaît. »

Emöke le suivit docilement jusqu'à Ojsternig.

« C'est toi qui me l'as amenée, dit Ojsternig à Mikael. Souviens-t-en. Le destin de cette femme est maintenant entre tes mains. Ce qui lui arrivera sera ta faute. »

Mikael ne comprit pas le sens de ces mots.

« Elle vient avec nous, dit Ojsternig en désignant Emöke.

— Pourquoi, Seigneur ? » demanda frère Timotej, se faisant l'interprète de tous.

Ojsternig ne répondit pas. Il fit signe à Agomar, qui saisit Emöke par les bras et la hissa sur son cheval. Elle n'opposa pas de résistance. Gregor fit un pas en avant.

Un soldat dégaina son épée et le fixa d'un œil torve.

Mikael vit les yeux de Gregor s'emplir de peur, de douleur et d'humiliation. Jamais il n'aurait le courage de se rebeller. Mikael comprit pourquoi Eloisa disait que tous les hommes étaient des lâches, et il eut honte pour lui.

« Une de nos putains est morte hier, annonça Ojsternig en fixant le prêtre. Si tu veux la bénir, viens au château. »

Frère Timotej baissa la tête. « Je ne peux pas, Votre Seigneurie. Vous le savez, l'Église condamne…

— La piété de l'Église n'en finira jamais de m'émouvoir, le coupa Ojsternig d'un ton méprisant. Curé, dans ce cas, la putain sera jetée dans la fosse commune. » Il fit signe à ses soldats de faire demi-tour. « Cette dévergondée la remplacera, ajouta-t-il en désignant Emöke.

— Elle n'a pas commis de faute, dit frère Timotej dans une dernière tentative désespérée, en s'approchant d'Ojsternig.

— Cette fille m'appartient et a enfreint la loi.

— Je suis le seul fautif ! s'exclama le frère Timotej avec une emphase de martyr, en s'approchant tout près de lui. Punissez-moi plutôt ! »

Ojsternig l'éloigna d'un coup de pied. « C'est toi qui devrais payer, en effet. Mais tu ne conviens pas vraiment pour faire une putain. » Il se mit à rire, éperonna son cheval et lui fit faire demi-tour. « Et toi, le lapin, cours ! » ordonna-t-il à Mikael.

Mikael regarda Eloisa puis ôta ses sabots et commença à courir derrière les chevaux.

Quelques lieues après le pont sur l'Uque, non loin d'un grand sapin solitaire, les cavaliers s'arrêtèrent.

« Viens ici », dit Ojsternig à Mikael.

Mikael s'approcha.

Le cheval paniqua et fit un écart, mais Ojsternig le maintint fermement.

Agomar et ses hommes étaient descendus de cheval et Agomar avait ramassé des brins d'herbe, dix, dont deux plus courts. Chacun des hommes en prit un. Les deux plus courts échurent à Agomar et à un soldat à l'œil aveugle barré d'une cicatrice. Deux autres soldats s'emparèrent d'Emöke, la jetèrent au sol et la dépoitraillèrent avant de relever ses jupes.

La primauté revint à Agomar. Couché sur Emöke, le cul nu, il la pénétra comme si elle était un trou.

Le sang de Mikael se glaça. Il revoyait la fille violée et tuée par Agomar le jour du massacre.

« La tue pas, je t'en supplie ! » cria-t-il.

Agomar se retourna, étonné. « Pourquoi je devrais la tuer ? Cette fille sera nourrie avec la meilleure viande de porc, et boira du vin au miel et aux clous de girofle.

— Si elle dure », lâcha Ojsternig en riant, pendant que le soldat à l'horrible cicatrice, tout excité, se jetait sur Emöke.

Elle avait le regard dans le vide, sans paraître se rendre compte de ce qui se passait.

Le soldat soufflait sur elle, de plus en plus proche de l'orgasme.

Mikael se tourna et voulut partir.

« Continue à regarder, ordonna Ojsternig. Regarde à quoi tu l'as condamnée. »

Les larmes montèrent aux yeux de Mikael, qui secouait la tête pour dire non.

Les soldats riaient.

Agomar attacha alors Emöke au tronc d'un sapin et sortit la nourriture des besaces.

Ojsternig s'assit à part, sans manger. Il continuait à fixer Mikael. « Le spectacle t'a plu ? » lui demanda-t-il.

Mikael avait le regard flou et une profonde sensation de nausée lui retournait l'estomac. Il ne répondit pas.

Agomar s'approcha. Il tira son épée et en posa la pointe sur la poitrine de Mikael. « Réponds à Sa Seigneurie. »

Mikael baissa les yeux sur l'arme. Cette lame avait tranché la tête de son père. Il tendit la main droite et la saisit, perdu dans ses pensées.

« Lâche ça », lui intima Agomar.

Mikael ne l'entendit pas. Il serrait la main sur la lame, de plus en plus fort, revivant la scène de la mort de son père.

« Je t'ai dit de lâcher ça », répéta Agomar.

Mikael ne lâcha pas prise.

Alors Agomar, d'un coup brusque, leva son épée.

Mikael regarda sa main. L'épée effilée avait tracé deux minces sillons dans sa paume, qui commençait à saigner.

« Tant pis pour toi, je t'avais averti », dit Agomar.

Mais Mikael ne sentait pas la douleur. Il regarda

l'épée et se dit que son sang était maintenant sur la lame avec celui de son père.

« Réponds à Sa Seigneurie », répéta Agomar.

Mikael regarda Ojsternig. Et de la tête fit signe que non. Non, le spectacle ne lui avait pas plu. Il avait été écœurant.

« Partons, dit Ojsternig en se levant.

— Elles durent longtemps ? demanda alors Mikael.

— Qui ? » dit Agomar.

Mikael regarda Emöke.

« Les putains ? rit Agomar. Quand elles sont solides, elles durent quelquefois trois ans. »

Mikael vit les yeux d'Emöke s'emplir de larmes. Peut-être parce qu'elle ne voulait pas durer aussi longtemps. Il se tourna vers Ojsternig et le fixa d'un regard de haine.

Ojsternig sourit, satisfait. Mais se sentit bientôt mal à l'aise. Il aurait dû écraser ce gamin sous son pied comme un cafard. Et s'il ne le faisait pas, ce n'était pas seulement pour se nourrir de sa haine, qui éloignait le froid en lui et le divertissait. S'il ne l'écrasait pas, c'était parce qu'une partie de lui éprouvait quelque chose de plus pour ce stupide serf de la glèbe. Et c'était dangereux, parce que cela le rendrait faible.

Il frappa violemment Mikael sur sa pommette blessée.

« Va-t'en ! lui dit-il avec colère. Je veux pas de toi dans mes pattes. »

Mikael ne savait que faire. Sa blessure à la pommette s'était rouverte, le sang tiédissait sa joue.

« Va-t'en, retourne dans ton village de merde ! » se mit-il à crier. Et Ojsternig, avec fureur, remonta sur son cheval et partit au galop.

Mikael resta immobile jusqu'au moment où les sabots des bêtes cessèrent de faire trembler la terre. Il était au bord des larmes, mais il n'arrivait pas à pleurer.

Il fit demi-tour.

La nuit commençait à tomber quand il arriva aux premières maisons du village.

Il entendit alors une femme crier.

La mère de Gregor jaillit de chez elle et tomba à genoux devant le seuil.

Mikael s'approcha d'elle.

Elle avait la bouche grand ouverte, mais n'arrivait plus à crier.

Mikael entra. Dans la pénombre, il entrevit un homme pendu à une poutre. Sa langue était violette et gonflée. Ses yeux écarquillés lui sortaient des orbites. Comme ceux des rebelles sur le gibet de Dravocnik.

« Gregor… », murmura Mikael.

Alors toutes les larmes si longtemps retenues coulèrent comme une rivière en crue.

Il courut se cacher dans une grange, en lisière du village.

29

L'aube allait se lever quand Mikael sortit de la grange. Son corps était endolori à cause des coups donnés par Eberwolf et d'une nuit passée dans le froid, sans dormir, car une pensée terrible l'avait torturé.

Une fine bruine le fit frissonner. Le village somnolait encore. Personne dans les ruelles boueuses.

Toujours agité par cette pensée terrible, il marcha vers la porte de la maison de Gregor.

De l'intérieur arrivaient des sanglots. Puis un « Non ! » prononcé sans force.

Le frère Timotej apparut sur le seuil et dit, tourné vers l'intérieur : « Tu sais bien que je ne peux pas le bénir ni l'ensevelir en terre consacrée. » Il semblait le regretter sincèrement. « Gregor a péché contre Dieu. L'Église ne peut pas l'absoudre. Mais le Tout-Puissant est miséricordieux, et il rendra les flammes de l'enfer plus douces pour ton Gregor, j'en suis certain. »

La mère de Gregor arriva telle une furie et le poussa rageusement. « Sois maudit ! hurla-t-elle d'une voix cassée. Je ne veux plus te voir. Ni toi ni ton Dieu !

— Ne parle pas ainsi…

— Sois maudit ! hurla-t-elle encore, les veines du cou gonflées. T'as qu'à m'excommunier ! Brûle-moi comme sorcière ! Coupe-moi en morceaux à la hache ! Rien ne pourra être plus douloureux ! » Elle tomba à terre à l'endroit même où Mikael l'avait vue la veille. Et là encore le tourment et le chagrin remplacèrent la colère. « Sois maudit… », disait-elle, épuisée, affaissée sur elle-même, branlant la tête, quand elle aperçut Mikael. Elle lui prit les mains comme font les mendiants, et chuchota : « Tu l'as vu, toi… »

Mikael voulut détourner les yeux et s'enfuir. Mais ces mains tendues et tremblantes l'en empêchaient.

« Tu l'as vu… », répéta la pauvre femme, les joues baignées de larmes, avant de se laisser aller sur le sol.

Mikael acquiesça mais ne put parler. Il s'éloigna et se dirigea lentement vers la baraque qui était désormais sa maison.

Eloisa fut la première à l'apercevoir. Elle se précipita à sa rencontre et revint avec lui, marchant en silence à ses côtés.

« Tu t'es encore sauvé ? » demanda Agnete avec une pointe d'angoisse quand Mikael entra.

Il secoua la tête. Il voulait s'expliquer, mais sa voix ne sortait pas. Il se souvint qu'un jour Agnete avait dit que, s'il ne parlait pas, c'était pour ne pas se casser. Il comprenait maintenant.

Agnete examina les blessures de son visage à la lumière. Elle hocha la tête avec tendresse. « Tu finiras vraiment par ressembler à l'un des nôtres. Mais si tu continues comme ça, tu ressembleras à un de ces chiens qui se battent dans les ordures. » Elle lui sourit et l'attira contre elle.

Mikael la repoussa. À être pris dans les bras, on pouvait se casser aussi.

Agnete fit comme si de rien n'était, prit ses flacons et un linge mouillé. Elle nettoya ses blessures puis y posa un emplâtre.

Mikael poussa le coffre et ouvrit la trappe qui menait au trou noir où avait commencé sa nouvelle vie.

« Où tu vas ? » demanda Eloisa en le voyant disparaître par l'échelle branlante.

Agnete la saisit par le bras.

Mikael referma la trappe.

« Qu'est-ce qu'il a ? demanda Eloisa à sa mère.

— Allons travailler, dit Agnete, ignorant la question.

— Mais qu'est-ce qu'il a, mère ? insista Eloisa.

— Quoi *qu'est-ce qu'il a*, crétine ? lâcha Agnete à voix basse. Tu saurais résister à tout ça, toi ? Et pour lui c'est pire, dix fois pire, parce qu'il est né dans un lit de plumes. Allons travailler. »

Sur le seuil, Eloisa lui dit : « Tu l'aimes bien.

— Que veux-tu, dit Agnete d'une voix résignée.

— Il ne mourra pas, répliqua Eloisa. Il ne mourra pas. Il est meilleur que nous tous, mère. »

Les yeux d'Agnete se remplirent de larmes. Elle serra convulsivement les dents et les poings. Puis, d'un ton rude mais plein d'amour, dit à sa fille : « Marche, crétine. »

Eloisa revint au pas de course dans la baraque et s'agenouilla au-dessus de la trappe. « On se verra ce soir, gros bêta », murmura-t-elle entre les planches.

Quand elles revinrent, au crépuscule, la trappe était toujours fermée. Agnete se contenta de l'ouvrir. Elle mit sur le feu une soupe de lentilles où elle jeta deux couennes de porc pour elles et une épaisse tranche de jambon pour Mikael.

Eloisa regardait nerveusement vers la trappe.

« C'est prêt, dit Agnete une heure plus tard d'un ton indifférent. Viens manger, gamin. »

La main de Mikael saisit la trappe et la referma.

Eloisa resta assise sur le coffre, à fixer la trappe fermée.

Agnete déjeuna seule, en buvant une chope de bière forte. Puis elle s'étendit sur sa paillasse.

Eloisa finit par la rejoindre.

« Pas un mot », dit Agnete.

Eloisa se tourna sur le côté.

Mais elles ne dormirent pas.

Le lendemain matin, Agnete mit le bout de jambon cuit et les lentilles dans une écuelle près de la trappe. Elle l'ouvrit et dit, dans le noir : « J'ai posé ton déjeuner là, gamin. » Elle poussa Eloisa dehors pour partir travailler.

Le soir, à leur retour, la trappe était toujours fermée. Mikael n'avait pas touché à l'écuelle. Deux petits rats grignotaient le morceau de jambon. Agnete attrapa le balai pour les tuer, mais Eloisa s'interposa, les bras écartés, laissant aux deux petites bêtes le temps de s'échapper.

« Qu'est-ce qui te prend ? dit Agnete.

— C'est Hubertus.

— Moi j'ai vu deux rats, maugréa Agnete.

— L'autre, c'est sa femme, répondit Eloisa. J'ai promis à Mikael que je ne les tuerais pas. »

Agnete eut du mal à se contenir. Elle hocha la tête, les lèvres serrées. « J'en étais sûre ! s'exclama-t-elle en jetant le balai dans un coin. Je savais qu'on finirait par faire un élevage de rats. »

Eloisa sourit et ramassa l'écuelle.

« Ne mange pas ça, tu vas t'empoisonner », lui dit sa mère.

Eloisa sortit. Elle alla jusqu'à la pile de bois à l'arrière de la maison et vida le contenu de l'écuelle au pied des bûches. « Hubertus, va voir Mikael », murmura-t-elle.

Quand elle revint, sa mère avait posé une chope d'eau fraîche près de la trappe et l'avait ouverte.

« Si tu bois pas, tu vas mourir », dit-elle avant de préparer le repas.

Eloisa, assise sur le coffre, fixait le trou noir où Mikael s'était réfugié.

« Viens manger », lui dit Agnete quand le repas fut prêt.

Elle fit non de la tête.

Agnete la prit par l'oreille et la traîna jusqu'à la table. « Mange ! »

Eloisa obéit, en restant tournée vers la trappe. À un moment, elle vit la main de Mikael s'emparer de la chope et refermer la trappe. « Il boit ! » chuchota-t-elle, toute contente, à sa mère.

Agnete lui donna un coup de cuillère sur la tête. « Mange. »

Ce fut de nouveau l'heure de se coucher. Agnete et Eloisa s'étendirent sur la paillasse. Et surent à nouveau qu'elles ne dormiraient pas.

À minuit, la trappe s'ouvrit en grinçant. Elles virent à la lumière tremblotante du foyer Mikael sortir de sa cachette et aller se coucher près de la cheminée.

« Viens là, gamin », dit Agnete.

Mikael ne bougea pas.

« Viens là », dit-elle plus doucement.

Mikael s'approcha.

« Couche-toi à côté de moi », dit-elle, en poussant Eloisa.

Mikael, tout tremblant, s'étendit sur la paillasse, tournant le dos à Agnete.

Elle l'enveloppa dans le manteau et le serra contre elle.

Il sentit sa chaleur et eut peur de ne pas pouvoir garder pour lui la terrible pensée qui l'angoissait. Il avait envie de pleurer. Il voulut s'écarter, mais Agnete le serra plus fort et lui caressa la tête.

Eloisa s'assit et se pencha par-dessus le corps de sa mère pour voir ce que Mikael faisait.

Agnete lui donna un coup de coude.

Ils restèrent immobiles. On n'entendait que le craquement des braises dans la cheminée.

« Tout ça, c'est ma faute, hein ? dit Mikael après un certain temps, exprimant enfin cette pensée terrible.

— Quoi ? dit Agnete.

— C'est moi qui ai amené Emöke à Ojsternig et ils lui ont fait ces choses horribles et ils m'ont obligé à regarder et ils riaient et… »

Agnete comprit qu'il avait assisté au viol d'Emöke. Elle se mordit la lèvre.

« Tout est ma faute…

— Mais qu'est-ce que tu racontes ?

— Si j'avais pas amené Emöke à Ojsternig…

— Quelqu'un d'autre l'aurait fait.

— … il l'a dit…

— Qu'est-ce qu'il a dit ?

— … “Regarde à quoi tu l’as condamnée en me l’amenant”…

— C’est pas ta faute. »

Mikael se dégagea de son étreinte. Il s’assit brusquement et des sanglots irrépressibles montèrent dans sa gorge, comme un cri de colère. « Si, tout est ma faute », criait-il entre deux hoquets, les larmes se mêlaient sur sa pommette au sang et à la morve. « C’est ma faute ! C’est lui qui l’a dit ! » Il se leva et lança des coups de pied dans un tabouret. « Gregor aussi ! Je l’ai vu ! Il était pendu à une poutre… et j’avais peur… Tout est ma faute… c’est ma faute aussi ce qui est arrivé à Gregor ! »

Agnete se leva. « Calme-toi, gamin…

— Je m’appelle Mikael, lui cria-t-il, en brandissant les poings, les bras tremblants. Je m’appelle Mikael ! Et j’espère que je mourrai, comme ton fils ! »

Agnete sentit son cœur se déchirer comme un cœur de chiffon. Elle se précipita sur lui et le serra contre sa poitrine, avec force, avec fureur, à l’étouffer, à lui briser les côtes. « Non. Tu ne mourras pas, lui dit-elle en retenant ses larmes. Je suis là… » Avec la même fureur, elle lui prit la tête entre ses mains. « Regarde-moi », dit-elle entre deux sanglots, parce qu’elle non plus n’arrivait pas à les retenir. Elle cria : « Regarde-moi, Mikael ! Je suis là, je suis là… »

Mikael se serra contre elle, comme contre sa mère. Et soudain se sentit redevenir un enfant.

« Viens au lit », dit Agnete quand elle se fut calmée à son tour.

Eloisa se poussa en silence et souleva le manteau pour leur faire de la place.

Agnete et Mikael s’étendirent sur la paillasse.

Elle attira Mikael contre elle et le serra fort entre ses bras. « C'est pas ta faute, lui chuchota-t-elle à l'oreille. C'est lui qui est un homme mauvais. »

Elle lui essuya les larmes et la morve avec la manche du manteau. « Dors, mon petit… »

Eloisa, à côté d'elle, ricana.

« Arrête, crétine », lui dit Agnete.

Eloisa ricana encore. Puis elle écouta la respiration de Mikael devenir lourde et régulière. Et aussitôt après celle de sa mère. Alors, délicatement, elle passa son bras au-dessus de sa mère, toucha Mikael, lui fit une caresse puis, vaincue à son tour par le sommeil, elle serra la manche de Mikael dans son poing.

30

Il plut toute la semaine. Une pluie constante, insistante, plus automnale qu'estivale. Les paysans regardaient avec inquiétude les champs qui n'étaient pas encore moissonnés. C'était un moment délicat. Les cultures devaient mûrir au soleil. Toute cette eau risquait de compromettre la récolte.

Les anciens hochaient la tête et gardaient leurs vieux os à l'abri de l'humidité. Ils se réunissaient chez l'un ou l'autre devant le foyer, hochant la tête et buvant de la bière. Les jeunes sortaient chaque jour faire le tour des champs. De temps en temps, ils arrachaient un plant et émiettaient les grains du bout des doigts. Ils commençaient à être trop mouillés. Beaucoup de tiges, sous le poids de l'eau, pliaient la tête vers la terre détrempée et les épis pourrissaient. La moitié de la récolte allait être perdue, disaient-ils. « Prions Dieu pour que ce soit seulement la moitié », maugréaient les vieux le soir en écoutant leur compte rendu.

Les bêtes, dans leurs enclos, étaient inquiètes. Les villageois qui le pouvaient préféraient les garder chez eux, et de nombreuses habitations se transformèrent en étables. Des poules moururent, et la plupart cessèrent de pondre. Deux bœufs tombèrent malades. Une jument échappée de l'écurie s'estropia dans la boue. Malgré les pleurs des enfants, elle fut abattue et sa viande mise au sel.

Mikael, pendant toute cette semaine, resta à la maison. Il pensait à Emöke. Et à Ojsternig. Il avait peur qu'il vienne le chercher. Mais il ne redescendit plus dans la trappe. Il regardait Agnete et Eloisa coudre comme toujours des bonnets, des chemises et des ceintures, découpés dans la peau de la jument, qu'elles iraient vendre au marché de Dravocnik. Le troisième jour, il se mit à les aider. Il voulut coudre une paire de gants de lapin, comme le fils d'Agnete. Mais elle lui arracha la peau des mains et dit : « Non, ça porte malheur. » Mikael prit alors une épaisse bande de peau de jument et fit une ceinture, en essayant maladroitement d'imiter les mains habiles d'Eloisa, qui le regardait en riant. Quand il l'eut terminée, il alla acheter une boucle de fer polie chez le maréchal-ferrant, avec le sol qu'Agnete lui avait donné.

Agnete considéra son travail avec fierté.

Ce jour-là, Eloisa vint lui avouer, d'un air coupable : « Je regrette d'avoir dit des méchancetés sur Gregor, maintenant qu'il est mort. »

Mikael, comme toujours, ne savait que répondre. Mais il se rappelait le visage de Gregor quand on lui avait pris Emöke, sa femme, et se dit au contraire qu'Eloisa avait raison. C'était un lâche. Et il s'assombrit de nouveau en pensant que lui aussi en était un. Il fit claquer sa langue.

« Pourquoi tu fais ça ? lui demanda Eloisa.

— La haine laisse un goût amer dans la bouche, tu le savais ? C'est Raphael qui me l'a dit. »

Eloisa haussa les épaules.

« Mais la haine fait que les gens se sentent forts.

— Ah oui ? » commenta Eloisa, peu intéressée.

Mikael acquiesça. « Oui. Moi je hais Ojsternig. Mais je n'ai pas peur de lui.

— Eh bien, tu ferais mieux d'avoir peur.

— Eberwolf, lui, il me fait peur.

— Elderstoff, le corrigea Eloisa.

— Elderstoff, répéta Mikael machinalement. Je devrais le haïr. Il me ferait moins peur.

— Comment tu fais pour ne pas le haïr ? » Mikael haussa les épaules. « Je ne sais pas. Il me fait peur.

— T'es vraiment bête. »

Mikael ne sembla pas l'entendre. Il fit de nouveau claquer sa langue. « Raphael dit qu'il y a autre chose qui fait que tu te sens plus fort.

— C'est quoi ?

— Raphael m'a pas dit quoi, mais il dit que c'est quelque chose de doux au lieu d'être amer. » Il regarda Eloisa d'un air pensif. « C'est quoi, qui fait se sentir fort et qui est doux ? »

Eloisa se mit à rire, l'œil pétillant. « L'amour ! C'est évident, s'exclama-t-elle. T'es vraiment bête.

— L'amour… ?

— Bien sûr. C'est facile comme devinette. L'amour, c'est doux.

— Qu'est-ce que tu en sais ?

— C'est les grandes qui le disent. »

Mikael réfléchit longuement. « Alors Gregor n'aimait pas Emöke. Ou bien Raphael se trompe. »

Eloisa resta silencieuse. Cette allusion à l'amour lui avait mis une rougeur embarrassante aux joues.

Elle prit la ceinture de Mikael. « Elle est tellement moche, personne n'en voudra. »

Mikael se tourna vers elle. « Je te remercie. »

Elle se leva et alla aider sa mère à couper une étoffe brute non foulée, en lui tournant le dos. Ses joues brûlaient.

À la fin de la semaine, la pluie s'arrêta. Un vent sec et tiède se leva, venu du sud, où il y avait, disait-on, un lac immense dont on ne voyait pas la fin et qu'on appelait la mer. Le vent chassa tous les nuages et lava le ciel qui devint d'un bleu intense. Le soleil reparut sur la Raühnvahl.

Les vieux, sortis des baraques, firent eux aussi le tour des champs et déclarèrent que, si le soleil continuait de chauffer, plus de la moitié de la récolte serait sauvée. On libéra les bêtes qui paraissaient heureuses, elles aussi.

Ce soir-là, à l'office des vêpres, Notre-Dame des Neiges était pleine. Tous remerciaient le Bon Dieu qui leur avait ramené le soleil. Ils répondaient avec enthousiasme aux formules du rite, dans la langue mystérieuse des prêtres dont ils ne comprenaient pas un mot.

Mikael écoutait le latin. Pendant toute la semaine de pluie, le soir, couché sur la paille, il avait pris le livre de Raphael sans qu'Eloisa et Agnete le voient, et il avait tenté d'imaginer une histoire qui lui dirait qui il était et ce qu'il ressentait. Mais il n'avait pas pu aller au-delà des mots latins indéchiffrables, écrits à l'encre dans une belle calligraphie sur les pages de parchemin jauni. En entendant le rituel scandé dans cette langue par le frère Timotej, il se disait que les habitants du village se racontaient peut-être une histoire qui les unissait, qui les gardait soudés. Qui faisait d'eux une seule et même communauté.

Mais cette histoire, il ne la comprenait pas. Il n'était pas l'un des leurs.

Et à les voir si heureux d'un simple rayon de soleil, il se dit que c'était lui qui se trompait.

Il sortit de l'église sans que personne s'en aperçoive et erra dans les rues désertes. La seule personne à ne pas être à la messe était la mère de Gregor. Assise sur le banc devant sa maison, les yeux rougis, elle pleurait doucement.

Mikael revit les yeux de Gregor exorbités et injectés de sang. Les yeux des rebelles sur les gibets et les yeux brûlés de la femme. Il repensa aux yeux de verre des prostituées et se demanda si ceux d'Emöke deviendraient pareils. Il revit le gouffre dans les yeux de la princesse d'Ojsternig. Le monde était plein de douleur.

Il sentit de nouveau qu'il se trompait complètement.

De retour à la baraque, il s'empara rageusement du livre de Raphael et le jeta dans le feu. Mais il regretta aussitôt son acte et le récupéra, en se brûlant les doigts. La couverture avait noirci et s'était consumée sur les bords. Il serra le livre contre lui, comme s'il était une partie de lui. Et le remit dans sa cachette.

Au retour d'Agnete et Eloisa, la table était mise et la soupe déjà chaude dans les écuelles.

Le lendemain, avant l'aube, Eloisa le réveilla. Elle lui fit signe de se taire et de la suivre. Agnete ronflait. Ils sortirent.

« On va battre tout le monde », chuchota alors Eloisa. Elle prit deux hottes d'osier et dans l'obscurité se dirigea vers les bois. « Qui on va battre ? » demanda Mikael, encore endormi, qui peinait à la suivre.

En longeant les maisons, Eloisa lui fit signe de se taire. Une fois dans les champs, elle dit avec un sourire malin : « Idiot, aujourd'hui il y a des champignons. » Comme Mikael ne comprenait toujours pas, elle expliqua : « Après la pluie, quand le soleil brille, les champignons sortent. Aujourd'hui, tout le monde ira en chercher. Mais quand ils arriveront, on y sera depuis longtemps et on en ramassera bien plus qu'eux.

— Et on les battra, dit Mikael.

— Oui, gros bêta, dit Eloisa. Toi et moi. » Elle lui donna une hotte et chargea l'autre sur ses épaules. « Ma mère va nous sonner les cloches parce qu'on est sortis la nuit sans l'avertir.

— Pourquoi ?

— Parce que les enfants ne doivent pas aller tout seuls dans les bois quand il fait nuit. »

Mikael eut un frisson de peur. « Elle va nous sonner les cloches ?

— À moi sûrement, mais toi t'es tranquille.

— Pourquoi ?

— Parce que t'es son petit chéri », dit Eloisa en riant, sans la moindre jalousie.

Ils grimpèrent dans le noir. Eloisa connaissait le chemin par cœur et avançait sans hésitation. Mikael la suivait aisément. Ses muscles étaient devenus forts. Mais il n'était pas aussi habile qu'Eloisa pour mesurer l'encombrement de la hotte qui dépassait sa tête d'un bon empan, et il restait souvent coincé dans les branches basses des arbres ou perdait l'équilibre. Chaque fois qu'elle le voyait en difficulté, Eloisa riait et se moquait de lui.

Au bout d'une heure, ils arrivèrent dans une clairière herbue. Le ciel commençait à s'éclaircir.

« D'abord les cèpes, dit Eloisa. Tu sais les reconnaître ? »

Mikael en avait mangé autrefois au château. C'était délicieux. Mais il n'avait jamais vu de cèpes entiers. Il fit non de la tête.

« Suis-moi, je vais te montrer », dit Eloisa en levant les yeux au ciel.

Non loin d'eux, il y eut un froissement de branches.

Mikael sursauta, craignant que ce ne soit un loup.

Mais Eloisa s'était vite élancée vers l'endroit d'où provenait le bruit, en criant et en faisant de grands gestes.

Un chevreuil s'enfuit.

Là où ils avaient vu le chevreuil, Eloisa poussa un petit cri de triomphe. « J'en étais sûre ! Les chevreuils adorent les cèpes », dit-elle en se penchant pour cueillir un gros champignon au pied râblé et au chapeau brun clair. Elle le tendit à Mikael. « Les plus clairs et les plus gros poussent dans l'herbe, sous les branches des arbres. Enlève les limaces, sinon elles vont le manger. »

Mikael prit le champignon et ôta deux petites limaces pâles. Le chapeau était encore couvert de rosée et gluant au toucher.

Eloisa avait ramassé un bâton pour écarter les branches des sapins et fouillait dans l'herbe. Chaque fois qu'elle trouvait un cèpe, elle poussait une exclamation et le tendait à Mikael, qui le nettoyait et le mettait dans la hotte.

En une heure, ils avaient rempli une hotte entière de cèpes des prés et de cèpes des bois, plus petits, au chapeau noir et dur comme un caillou. Il leur arrivait d'en trouver trois ou quatre à la fois.

« Ramasse pas les champignons si tu les connais pas. Et de toute façon, les mets pas dans la hotte sans me les avoir montrés, sinon ils empoisonneraient aussi les bons, dit-elle.

— Les empoisonner ?

— Bien sûr. Les champignons, ça peut être mortel. Tu le savais pas ? »

Mikael ne toucha plus un seul champignon, hormis ceux qu'elle lui donnait.

Au bout d'une demi-heure, Eloisa déclara qu'il était temps d'aller ailleurs. « Les sauterelles arrivent.

— Quelles sauterelles ?

— Les autres, fit Eloisa agacée. Tu les entends pas ? »

Mikael tendit l'oreille. Il entendit des chants et des voix dans les bois.

« Mais ils resteront le bec dans l'eau, dit Eloisa en riant.

— On les a tous pris, commenta Mikael en riant lui aussi.

— Non, gros bêta. Je leur en ai laissé assez. Sinon ils iraient dire à ma mère qu'on ne s'est pas bien comportés et ils réclameraient leur part. Les bois sont à nous tous, pas seulement à toi et moi.

— Pourquoi ta mère leur en donnerait ? s'étonna Mikael.

— Parce que c'est quelqu'un de bien.

— Ça veut dire qu'on fait quelque chose de mal ?

— Juste un peu, répondit Eloisa en haussant les épaules. Allons dans le couloir des girolles. Quand ils nous rattraperont, on dira que les cèpes, on les a trouvés dans le couloir des lépiotes.

— Mais c'est un mensonge !

— Évidemment que c'est un mensonge, dit Eloisa, exaspérée. Mais si tu mouchardes pas, ils le sauront jamais. »

Mikael acquiesça, pensif. Dire des mensonges, c'était un péché. Il suivit Eloisa. Mais il repensait à la phrase qu'elle avait dite à propos des bois. La seule qui l'avait profondément touché. « Parce que les bois sont à nous tous, pas seulement à toi et moi. » Elle n'avait pas dit que le bois était à elle. Mais à Mikael et elle. « À toi et moi, répéta-t-il tout haut.

— Hein ?

— Rien », dit Mikael en souriant.

Quand ils arrivèrent dans le couloir, Eloisa avança doucement en fouillant entre les feuilles de hêtres du sous-bois. « Les voilà ! » s'exclama-t-elle tout à coup. Elle se pencha et balaya d'une main légère les feuilles mortes.

Mikael vit une myriade de champignons jaunes. Certains étaient grands comme l'ongle du petit doigt, leur chapeau fermé comme la tête ronde d'un clou, et d'autres plus hauts, grands ouverts, ressemblaient à de petites oreilles.

« Fais attention à pas les piétiner, dit Eloisa. Bouge pas. » Elle remonta de quelques pas et écarta les feuilles. Il n'y avait que de la terre noire. Alors elle redescendit plus bas que Mikael, et retourna les feuilles, découvrant d'autres champignons jaunes. Elle tendit le doigt vers l'endroit où ils avaient trouvé les premières girolles. « De là… jusqu'où, on sait pas. » Elle se tourna vers le fond du couloir, en aval. « C'est les fées qui les répandent la nuit. » Elle regarda Mikael. « Ramasse-les tout seul. Tu peux pas te tromper. Laisse les plus petits.

— Petits comment ? » demanda Mikael.

Eloisa le rejoignit et s'accroupit.

Mikael se baissa près d'elle.

Eloisa prit une girolle, grande comme une pièce de monnaie. « Pas plus petits que ça. »

Mikael tendit la main vers un autre champignon. « Et celui-là ?

— Non. » Eloisa appuya sa main sur le sol et prit un champignon à côté de celui que Mikael avait montré. « Celui-là oui, par contre », dit-elle en le lui tendant.

Mikael le prit mais il lui échappa des mains. Il tendit la main pour le récupérer et toucha involontairement celle d'Eloisa. Il laissa le champignon tomber.

Eloisa le prit et le lui posa dans la paume. Ses doigts effleurèrent la peau de Mikael.

Il se sentit rougir et referma brusquement la main. Puis il le regretta et la rouvrit. Le champignon était écrasé.

« Crétin », dit Eloisa.

Ils ramassèrent d'autres champignons en silence. On aurait dit une cascade de pierres précieuses cachées dans la pourriture des feuilles de hêtre. Mais Mikael ne pensait plus qu'à cette sensation bizarre qu'il avait éprouvée quand les doigts d'Eloisa avaient effleuré sa main. Les mots « toi et moi » continuaient de résonner dans sa tête. Eloisa et lui unis par les bois. Puis ses doigts sur sa peau.

Il fut soulagé quand ils rentrèrent.

Agnete, comme prévu, donna une gifle à Eloisa. Puis elle regarda dans les hottes et acquiesça. « Ils sont magnifiques », dit-elle. Elle prit deux couteaux, un pour elle et un pour Eloisa. À Mikael elle donna une longue et fine ficelle en lui montrant comment enfiler les cèpes qu'Eloisa et elle coupaient en tranches. Quand le fil atteignait la longueur de deux brasses, Mikael l'accrochait entre deux poutres de l'avant-toit, au soleil, pour qu'ils sèchent avant l'hiver. Puis il reprenait l'enfilage avec une nouvelle longueur de ficelle.

Un paysan, passant devant la baraque en revenant des bois, regarda avec envie l'énorme quantité de champignons qu'ils avaient ramassés.

« Je vous ai pas vus monter avec nous, dit-il, d'un ton soupçonneux.

— On les a pris dans le couloir des lépiotes », dit Mikael en devançant Eloisa.

Le paysan s'en alla.

« Pourquoi t'as fait ça ? demanda Eloisa quand il fut parti.

— C'était un mensonge, répondit-il.

— Et alors ? »

Mikael haussa les épaules. Mentir était un péché. Il ne voulait pas que ce péché retombe sur l'âme d'Eloisa.

« Moi, je sais pourquoi tu as fait ça », dit Eloisa.

Mikael la regarda, heureux qu'elle ait compris.

« Tu voulais te vanter », lâcha Eloisa avant de s'en aller.

Mikael la regarda s'éloigner. Il s'aperçut seulement alors qu'il n'avait pas cessé de toucher la paume de sa main du bout du doigt, là où Eloisa l'avait effleurée, dans les bois.

Il sentit une saveur très douce dans sa bouche.

31

« Est-ce que c'est l'amour, la chose douce qui nous fait nous sentir aussi courageux que la haine ? » demanda Mikael à Raphael en arrivant tout essoufflé dans la « tanière du dragon », au milieu de la clairière dominée par le Doigt de Moïse.

Le lendemain matin, après la cueillette des champignons, il avait demandé à Agnete la permission d'aller voir Raphael. Il avait fait la route qui menait au col en courant et avait grimpé l'escarpement rocheux bordé par la forêt.

Il regardait le vieil homme avec impatience, et son doigt revenait sans cesser toucher la paume de sa main.

« Viens, tu as soif », dit Raphael en entrant dans la cabane. Il versa dans une chope du sirop de sureau qu'il dilua avec de l'eau froide du torrent.

Mikael but tout d'un trait, reposa la chope sur la table et regarda Raphael. « Est-ce que c'est l'amour, la chose douce qui nous fait nous sentir aussi courageux que la haine ? » répéta-t-il. En continuant de passer le bout de son doigt sur sa paume.

« Comment tu l'as découvert ? » demanda Raphael.

Comme pris en flagrant délit, Mikael cessa de caresser la paume de sa main et rougit. « C'est… c'est les filles qui le disent. Les grandes… », balbutia-t-il, confus, se souvenant de la réponse d'Eloisa.

Raphael prit un air sceptique. « Et tu as confiance dans ce que les autres te disent ? »

Mikael s'agita avec nervosité sur le tabouret. Pourquoi le vieil homme ne pouvait-il pas simplement lui répondre ? « Je crois à ce que vous me dites », répliqua-t-il avec une pointe d'agacement dans la voix.

« La vérité n'est pas dans ce qu'une personne te dit.

— C'est pas vrai non plus ce que vous me dites ? demanda Mikael d'un ton mal assuré, comme s'il venait de découvrir qu'il se trouvait au bord d'un précipice.

— Ce qu'une personne te dit, y compris moi, n'est la vérité que si ça trouve un écho en toi. » Raphael se pencha et lui posa l'index sur la poitrine, à hauteur du cœur. « La seule vérité qui compte, c'est celle qui… *résonne* en toi. »

Mikael baissa les yeux, confus. Il ne savait plus que penser. Ce que le vieux disait était si difficile à comprendre, parfois.

Raphael devina sa confusion intérieure. « Est-ce que tu sens, toi, que l'amour pourrait être doux ? »

Mikael rougit de honte. Il aurait voulu se lever de son tabouret et redescendre en courant dans la Raühnvahl. Mais il resta assis, toucha doucement sa paume et la caressa du bout du doigt.

Raphael le vit. « Il s'est passé quelque chose qui te fait penser que l'amour pourrait être doux ? »

Mikael devint encore plus rouge. Puis il se leva et se sauva. Raphael ne chercha pas à le rattraper.

Mais il y eut sur son vieux visage ridé un sourire lumineux. Il se rappela la première fois où il avait entendu rire Mikael, heureux d'avoir réussi à piocher une bande de terre. « Depuis combien de temps t'avais pas ri, gamin ? » s'était-il alors demandé en le regardant par la fenêtre. Il se leva et sortit dans la clairière, à temps pour voir Mikael se précipiter à corps perdu dans l'escarpement rocheux. « Et toi, vieux râleur, se dit-il à voix haute. Depuis combien de temps t'avais pas souri ? »

Quand Mikael revint chez Agnete, c'était presque le soir. Mais il n'y avait personne. Perdu, il tourna dans la pièce. Puis, triomphant de sa timidité naturelle, alla frapper à la porte des voisins.

« Agnete est chez Lizenka », dit la femme qui lui ouvrit.

Mikael lui lança un regard inexpressif.

« Elle fait naître son bébé », expliqua-t-elle.

Mikael acquiesça.

La femme referma la porte et retourna à ses occupations.

Mikael resta là immobile, et se tourna pour regarder vers le village. Il frappa de nouveau. « Elle habite où, Lizenka ? » demanda-t-il d'une petite voix, tout rouge, quand la porte s'ouvrit de nouveau.

« Tu pouvais pas le demander avant, fiston ? C'est donc bien vrai que t'es un peu benêt », soupira-t-elle. Elle tendit le bras vers une petite baraque à l'autre bout du village, presque au pont de bois sur l'Uque. « C'est là-bas. » Puis elle dit en riant : « T'y arriveras tout seul ou faut que je te prenne par la main ? »

Mikael, rouge de honte, répondit : « J'y arriverai. »

La femme rit plus fort et referma la porte.

Tête basse, Mikael se dirigea vers la petite baraque et s'arrêta devant la porte. Il n'eut pas le courage de frapper et resta dans les environs. Soudain, il entendit un vagissement. Puis Agnete et Eloisa sortirent, saluées par les bénédictions du tout nouveau père.

« Qu'est-ce que tu fais là, gros bêta ? » demanda Eloisa en le voyant.

Mikael haussa les épaules. « Je vous attendais.

— T'avais peur de rester tout seul ? le taquina-t-elle.

— Non.

— Je te crois pas, répondit Eloisa en riant.

— Avancez donc, j'aimerais me laver et manger », coupa Agnete.

Mikael regarda les mains d'Agnete. Elles étaient couvertes de sang. Celles d'Eloisa aussi. « Pourquoi vous avez du sang sur les mains ? demanda-t-il tout bas à Eloisa pendant qu'ils marchaient.

— C'est comme ça que les enfants naissent, répondit-elle avec hauteur, comme si elle était une sage-femme aguerrie. Dans le sang.

— Ah…

— En plus, ma mère devait faire naître une fille, ajouta Eloisa, l'air de s'amuser. Donc elle a dû lui couper le petit oiseau. »

Mikael ouvrit de grands yeux.

« Pourquoi, tu le savais pas ? s'exclama-t-elle. Tu savais pas que les filles ont pas de petit oiseau ? »

Mikael fit timidement signe que non.

« T'es un vrai désastre, gros bêta, soupira Eloisa. Donc tu sais même pas que les filles naissent par-devant et les garçons par-derrière ?

— Vraiment ? dit Mikael, de plus en plus étonné.

— Bien sûr. »

Ils marchèrent quelque temps en silence. Mikael était distrait et plongé dans ses réflexions. Eloisa le regardait à la dérobée, amusée.

« Et par où c'est mieux de naître ? finit-il par dire. Par-devant ou par-derrière ?

— À ton avis ? Comment ça pourrait être mieux de naître par-derrière ?

— Ah…

— C'est pour ça que les garçons sont si bêtes », conclut Eloisa, triomphante.

Mikael baissa la tête et ne dit plus un mot.

Il resta silencieux pendant tout le dîner, pensant aux enfants qui naissent dans le sang. Et il se dit que le jour du massacre, quand Eloisa l'avait sauvé, c'était comme s'il était né une seconde fois, à cause de tout ce sang. Cette nuit-là, il rêva qu'il tenait une fougasse chaude et que, au moment de mordre dans la pâte moelleuse, du sang lui éclaboussait le visage. Au matin, il se réveilla persuadé qu'Agnete faisait vraiment un travail terrible, et que c'était pour ça qu'elle avait mauvais caractère.

Le lendemain, il aida les habitants de la vallée à arracher le chien-dent dans les champs. Il savait comment faire parce que Raphael le lui avait appris. En voyant Agnete approuver son travail de la tête, il se dit : « Ça, c'est une vérité. »

Quand ils rentrèrent, sa tête était encore pleine d'images impressionnantes et de questionnements sur la façon dont naissent les enfants.

« Je vais chez Lizenka, dit Agnete. Je dois aller voir comment va le nouveau-né. »

Mikael acquiesça, absorbé. Quand il se fut changé,

il alla pisser à l'arrière de la maison. Il releva sa tunique et baissa son caleçon. Il prit en main son petit oiseau. Le regarda longtemps. Une nouvelle question se présenta à son esprit.

« Mais les filles, si elles naissent par-devant, elles naissent *par où* ? demanda-t-il à Eloisa en revenant à la baraque.

— Par ici, dit Eloisa en montrant son aine.

— Ah…

— Tu veux voir ? » Eloisa le regardait malicieusement.

Mikael sentit sa respiration s'arrêter et fit un pas en arrière. « Oui », dit-il d'une voix étranglée.

Eloisa souleva la jupe de sa petite robe rouge, la maintint sous son menton puis baissa sa culotte.

Mikael vit un triangle de chair blanche et lisse.

« Approche-toi, si tu veux. »

Mikael s'approcha lentement. « T'as rien, là… murmura-t-il.

— Comme ça, on voit pas bien, pouffa Eloisa en s'asseyant par terre et en écartant les jambes. Tu vois ? J'ai un petit trou. »

Mikael éprouva une sensation bizarre qui lui noua l'estomac. Mais ce n'était pas déplaisant.

« Baisse-toi, là tu vois rien. »

Mikael s'agenouilla et s'approcha des jambes écartées de la petite fille.

À ce moment-là, Agnete entra.

Eloisa baissa sa jupe d'un coup, et la tête de Mikael, un instant, resta dessous.

« Qu'est-ce que vous êtes en train de faire ? s'écria Agnete.

— Rien… », répondit Eloisa.

Mais Agnete était déjà sur elle. Elle l'attrapa par le bras et la frappa au visage d'une terrible rafale de gifles. « Qu'est-ce que tu faisais, malheureuse ? » criait-elle, le visage écarlate de colère, en frappant de plus en plus fort.

Eloisa gémissait sous les coups terribles de sa mère.

Agnete la lâcha et se tourna vers Mikael.

Il se rencogna dans un coin, les bras sur la tête.

Agnete bondit pour lui écarter les bras et le souleva d'un bloc pour le traîner devant Eloisa. « T'es venu apporter le malheur dans ma maison ? T'as déjà essayé de la faire mourir en l'envoyant se laver en plein hiver, et maintenant tu veux qu'elle devienne une putain ? »

Mikael regarda Eloisa. Du sang coulait de ses lèvres et elle saignait du nez.

« T'as vu comment Emöke a fini ? cria Agnete en le secouant. Tu veux qu'il lui arrive la même chose ? Tu veux qu'elle se fasse baiser par tous les soldats d'Ojsternig ?

— Je savais pas que c'était pas bien... pleurnicha Mikael. Je voulais juste savoir... »

Agnete lui envoya une claque sur la bouche. Mikael sentit le goût du sang.

« Qui es-tu donc ? lui dit Agnete d'une voix profonde. Un démon ? » Elle regarda Eloisa. « Remonte ta culotte, malheureuse. Va te coucher. Ce soir, t'as pas besoin de manger. » Elle repoussa Mikael. « Toi aussi, au lit. »

Les deux enfants s'étendirent sur leurs couches respectives sans souffler mot.

Agnete réchauffa un bol de soupe, qu'elle avala rageusement. Elle se versa une chope de bière et la but d'un trait. Puis une deuxième, et une troisième. Elle se mit à pleurer silencieusement, les épaules secouées par des sanglots muets. Elle finit par aller se coucher et s'endormit aussitôt en ronflant bruyamment.

« Bonne nuit, gros bêta, dit Eloisa tout bas.

— Bonne nuit, Eloisa », répondit Mikael. Il prit le livre de Raphael et l'ouvrit, à la faible lueur de la chandelle.

« Qu'est-ce que tu fais ? chuchota Eloisa.

— Je lis une histoire. »

Eloisa se releva et vint se coucher à ses côtés.

« Et si ta mère se réveille ? demanda Mikael, inquiet.

— Elle est saoule. Elle se réveillera pas.

— Ça te fait mal ? demanda Mikael.

— Quoi ?

— Les gifles.

— Non. Et toi ?

— Un peu…

— T'es vraiment qu'une fille, dit Eloisa en riant doucement. Lis donc. »

Mikael ouvrit le livre. « *Virum bonum quo lau… lauda… bant*, commença-t-il d'une voix hésitante.

— Qu'est-ce que ça veut dire ? » l'interrompit Eloisa.

Mikael resta quelques instants silencieux et dit : « C'est l'histoire d'un petit garçon… qui ne savait rien faire… qui n'avait même pas été capable de choisir son nouveau nom. Et il ne savait pas travailler non plus, ni compter jusqu'à trois cents pour garder le doigt dans l'eau du torrent… Et il ne savait même pas comment les enfants naissent et comment les filles sont faites… Il ne savait vraiment rien. Et il faisait toujours des choses pas bien. Parce que c'était vraiment un imbécile. »

Eloisa, sans égards, lui arracha le livre des mains et fit semblant de lire. « Mais c'était le seul dans tout le village qui était devenu ami avec un rat, et ça c'était une chose vraiment spéciale que personne ne savait faire parce que tous les autres paysans, les rats, ils les écrabouillaient. Et puis c'était pas vrai que le garçon était méchant. C'était juste un gros bêta. »

Une larme coula le long de la joue de Mikael.

Eloisa posa la tête sur son épaule et se serra contre lui.

À ce contact, Mikael éprouva une sorte de frisson.

« De toute façon, les garçons naissent par-devant et pas par-derrière », ricana Eloisa en lui passant le bras autour de la taille.

Mikael toucha son palais avec sa langue. Mais sans la faire claquer, pour qu'Eloisa n'entende pas.

Il sentit une saveur douce dans sa bouche.

32

« Ojsternig veut te voir, Crottin Sec, dit Eberwolf le lendemain en s'encadrant dans la porte de la baraque. Je dois t'emmener au château.

— Pourquoi ? demanda Agnete.

— Qu'est-ce que j'en sais ? » répondit rudement Eberwolf en regardant Eloisa. Ses habits étaient salis par le sang des bêtes et dégageaient une odeur nauséabonde.

Mikael vint se placer à côté d'Agnete.

« Grouille, Crottin Sec, dit Eberwolf.

— Vas-y », dit Agnete à Mikael en posant la main sur son épaule.

Mikael fit un pas vers la porte puis se retourna. « Pour Gregor, je dois le dire à Emöke ? »

Agnete hocha la tête, pensive. « Je ne sais pas...

— Faut y aller », dit Eberwolf.

Mikael le suivit tête baissée, comme une bête de somme. Mais après quelques pas, il se retourna vers la baraque.

Eloisa lui souriait.

Mikael et Eberwolf marchèrent en silence.

« Qu'est-ce que tu devais dire à Emöke ? demanda Eberwolf quand ils eurent dépassé le col.

— Rien… murmura Mikael.

— Emöke, c'est la pute des soldats. Ils la baisent toutes les nuits. » Eberwolf fit une pause. « Et quand je serai soldat, je la baiserai aussi », ajouta-t-il en riant.

Ils marchèrent encore une bonne lieue, et quand ils aperçurent Dravocnik au fond de la vallée, enveloppée dans ses couleurs sombres, Mikael prit son courage à deux mains et demanda à Eberwolf : « Pourquoi ils font ça aux femmes ?

— Parce que c'est bon, espèce d'idiot », répondit Eberwolf.

Une lieue plus tard, ils atteignaient le château.

Eberwolf retourna à la boucherie où les mouches l'accueillirent en bourdonnant autour de lui, comme au retour d'un vieil ami.

Mikael se dirigea vers le palais. Mais avant de monter, il s'arrêta dans la salle où on regroupait les femmes destinées au plaisir des soldats. Il attira l'attention d'Emöke et lui fit signe de venir.

Elle s'approcha, tel un fantôme. Elle avait maintenant des yeux de verre.

« Emöke, commença timidement à dire Mikael, qui avait décidé de tout lui raconter. Tu dois savoir que… que Gregor… »

Le visage d'Emöke se ranima tout à coup, d'une manière anormale. « Qu'est-ce qu'il t'envoie me dire ?

— Gregor…

— Il m'aime ? C'est ça qu'il t'a dit ? Qu'il m'aime et qu'il m'attend ? »

Mikael sentit son cœur se glacer. Mais il acquiesça, doucement. « Oui, c'est ça… »

Le visage d'Emöke rayonna un instant d'un sourire heureux qui s'éteignit vite, puis ses yeux redevinrent de verre.

Elle rejoignit les autres, en attendant la nuit. Mikael monta l'escalier, oppressé par la tristesse.

Dans la grande salle, Ojsternig, assis sur son trône, consultait un livre que le comptable Arialdo de Tarvis tenait devant lui.

Harro, le gigantesque molosse tigré, jappa gaiement en voyant Mikael et agita son moignon de queue.

Ojsternig lui lança un coup de pied. Il reprit l'examen du livre et dit au comptable : « Donc les loyers majorés de ces champs pouilleux que j'ai réquisitionnés me permettront d'encaisser presque autant qu'un bon terrain ? »

Mikael lança un regard rapide à la princesse, assise comme toujours à la fenêtre. Mais elle resta penchée sur sa broderie.

« Oui, Monseigneur, répondit le vieil Arialdo. Mais comme les champs ne donneront pas assez de seigle, nous devrons obliger ces gens à payer en monnaie sonnante et trébuchante… et, vous le savez bien…

— Je réglerai ce problème quand il se présentera, le coupa Ojsternig. Occupe-toi des comptes. Pour le recouvrement, j'ai mes soldats. Et maintenant, disparais. »

Arialdo de Tarvis s'inclina et sortit à reculons, en prenant garde de ne pas tourner le dos à son seigneur.

Ojsternig fit signe à Mikael d'approcher. Il avait à la main des documents de la paroisse de Notre-Dame des Neiges. Il pointa le doigt sur le parchemin. « Tu n'es pas inscrit dans la liste de mes serfs. Je me suis informé et j'ai découvert que tu n'es pas le fils de la sage-femme. Elle t'a acheté ici, à Dravocnik. Tu es encore moins qu'un bâtard. » Il éclata de rire. « T'as pas de père ni de mère ? »

Mikael fit signe que non.

« Tu ne sais même pas qui c'était ? »

Mikael ne baissa pas les yeux. Il fixait les lèvres d'Ojsternig et pensait au moment où elles avaient prononcé la condamnation à mort de son père.

Ojsternig vit les yeux de Mikael briller de haine. « Aujourd'hui, tu ramasseras la merde à la main. Tu t'arrêteras deux heures avant le coucher du soleil et tu t'en iras. Je ne veux pas de toi ici. »

Mikael s'apprêtait à sortir quand Arialdo de Tarvis, tout essoufflé, entra dans la grande salle en agitant une lettre fermée par un grand cachet de cire. « La dépêche de l'empereur, Votre Seigneurie ! La réponse ! »

Ojsternig brisa le cachet et ouvrit la dépêche.

À mesure qu'il lisait, les traits de son visage se firent plus durs.

Une vague de colère traversa Ojsternig. Il jeta la dépêche au visage d'Arialdo. « Qu'est-ce que ça veut dire ? » hurla-t-il.

Celui-ci parcourut rapidement la lettre et pâlit. « Votre Seigneurie… commença-t-il prudemment.

— Alors, qu'est-ce que ça veut dire ? répéta Ojsternig d'un ton glacial.

— Votre Seigneurie, vous l'avez lu vous-même… répondit le comptable.

— Qu'est-ce que ça veut dire ? cria Ojsternig. Robert III ne me reconnaît pas comme prince du royaume de Saxe ? »

Arialdo se jeta à genoux. « Votre Seigneurie… balbutia-t-il, ce ne sont pas mes mots, mais ceux de

Robert III… et… il estime que Votre Seigneurie ne présente pas le lignage requis… bref, vous êtes un de ses vassaux, mais…

— Et que peut-il me faire ? tonna Ojsternig.

— Mais, Votre Seigneurie… ! » Le visage d'Arialdo devint tout blanc. « C'est l'empereur ! »

Ojsternig bondit sur ses pieds et le gifla, tandis qu'Harro grognait, prêt à attaquer.

Le comptable gémit et resta immobile, tête baissée, sans parler.

« L'empereur va nommer un nouveau prince de Saxe parmi ses dignitaires ? s'exclama Ojsternig d'un ton méprisant. Je les égorgerai comme des porcs. Personne ne m'enlèvera ce que j'ai conquis. Pas même l'empereur, aussi vrai que Dieu existe !

— Votre Seigneurie… reprit tout bas Arialdo, réfléchissant d'autant plus vite qu'il avait peur, il y aurait peut-être une solution… »

Ojsternig devint attentif. « Parle.

— Robert III dit qu'il ne nommera un nouveau prince que lorsqu'il sera assuré qu'il n'existe plus d'héritiers légitimes de la maison de Saxe… »

Mikael sentit un frisson courir le long de son échine.

Ojsternig saisit Arialdo par sa casaque, comme un sac vide. « Viens-en au fait ! Parle ! »

Arialdo de Tarvis tourna son regard vers Mikael. « Il y a ce garçon, Votre Seigneurie… l'argument est délicat… »

Ojsternig se tourna vers Mikael et vit seulement alors qu'il était toujours là. Lâchant le comptable, il prit Mikael par un bras et le tira avec fureur vers la porte, le traînant sur le sol après l'avoir fait tomber.

Harro hurla, de sa voix profonde, comme navré.

Sur le pas de la porte, Ojsternig souleva Mikael et le jeta violemment dehors.

Pendant qu'il dégringolait dans l'escalier, Mikael entendit Ojsternig dire : « Voilà, le ramasse-merde est parti. Parle maintenant ! »

Tandis que la tête de Mikael heurtait violemment le mur, la porte en vieux chêne se referma avec fracas.

Mikael sentit quelque chose de chaud couler dans ses cheveux. Il porta la main à l'endroit où sa tête avait cogné, et regarda ses doigts. Ils étaient rouges de sang. Il se releva. Sa tête tournait, ses jambes étaient molles. Il commença à descendre la seconde rampe d'escalier.

À la hauteur de la chambre des prostituées, il eut un malaise et tomba. Il se releva aussitôt en vacillant et s'appuya contre le mur.

« T'es blessé ! » s'écria une des prostituées, une gamine qui n'avait pas quatorze ans. Elle se précipita à son secours. « Tu saignes, dit-elle.

— Non… ça va… », murmura Mikael avant de s'évanouir.

Quand il rouvrit les yeux, il était étendu sur deux chaises qu'on avait accolées et les jeunes prostituées l'entouraient en souriant, comme ranimées par cet événement imprévu. L'une lava sa blessure, l'autre l'essuya, une autre la banda, et toutes sans distinction le traitaient comme un poupon.

« Donne un baiser de ma part à Gregor », lui dit Emöke quand Mikael se releva.

Il sentit ses yeux s'emplir de larmes.

« Allons, allons, pleure pas, lui dit une des prostituées en le serrant contre sa poitrine. C'est rien, juste une vilaine bosse. Cette nuit, t'auras mal à la tête et demain tu t'en rappelleras plus. »

Puis, l'une après l'autre, elles le serrèrent contre elles, savourant la propreté d'une chaleur comme elles n'en avaient plus connu depuis longtemps. Elles le couvraient de baisers, y compris sur les lèvres.

Pendant ce temps, Ojsternig descendait l'escalier tout excité, suivi par le comptable hors d'haleine. « On a besoin d'argent ! s'exclama Ojsternig. Nous allons pressurer ces vilains. Et s'ils ne paient pas, je leur ôterai la vie ! » Il se mit à rire. « Agomar ! Agomar ! cria-t-il en sortant dans la cour. Rassemble les hommes ! Demain je vous veux au grand complet pour aller dans la Raühnvahl sonner les cloches à ces têtes de mule ! » Il brailla de rire.

Dans la salle des prostituées, le silence retomba.

« Cette nuit, ils vont se saouler et nous faire du mal, dit la plus ancienne. Préparez-vous, les filles. » Elle caressa la tête de Mikael et lui dit, d'une voix d'où toute chaleur avait disparu : « Rentre chez toi, petit. »

Mikael sortit du palais d'un pas incertain. Il tomba de nouveau. Le chef des serviteurs, un homme grand et maigre, remarqua le bandage ensanglanté. « Rentre chez toi. J'ai entendu le seigneur dire qu'il ne voulait pas t'avoir dans les pattes. Il ne s'apercevra de rien si tu ne ramasses pas la merde aujourd'hui. »

Mikael se releva en vacillant.

Le chef des serviteurs fit signe à Eberwolf qui travaillait dans la boucherie. « Ramène-le chez lui, lui ordonna-t-il. Il y arrivera pas tout seul. »

Dès qu'ils eurent dépassé Dravocnik, Eberwolf le frappa du poing à l'endroit où il portait son bandage, se mit à rire et dit : « Va falloir me le présenter, celui qui t'a fait ça. Je veux lui serrer la pince ! » Il le poussa pour le faire avancer plus vite. « Allez, bouge-toi, Crottin Sec ! »

Mikael avait du mal à marcher. Par moments, sa vue se brouillait, ses jambes flageolaient. Il avait une vague sensation de nausée. Sa blessure commençait à battre douloureusement.

Le col franchi, Eberwolf se tourna vers lui. « Je te laisse, Crottin Sec. Tu marches pas assez vite. J'ai pas envie d'arriver à la nuit, j'aime pas trop la compagnie des loups. Tâche de pas te perdre. » Et il commença à redescendre.

Mikael était trop assommé pour avoir peur. Impossible de garder les yeux ouverts, tout son corps paraissait vouloir s'endormir. À grand-peine, il atteignit un torrent minuscule, presque à sec. Il marcha d'un pas incertain sur les grosses pierres et s'agenouilla au-dessus d'un creux rempli d'eau limpide et glacée. Il s'y rinça plusieurs fois le visage. Comme la douleur augmentait, il se coucha sur le dos et plongea sa tête dans l'eau. Il compta six fois jusqu'à cinquante, comme Agnete le lui avait appris, et dit tout haut : « Trois cents. » Alors il se releva et reprit sa marche, en frissonnant.

La douleur s'était atténuée, mais il faisait noir maintenant. Il avançait de plus en plus lentement, butait sur les cailloux. Le silence de la nuit n'était interrompu que par le bruit de ses pas sur le tapis de feuilles sèches et les cris des premiers rapaces nocturnes. Malgré l'étourdissement, il commença à avoir peur. Il retenait son souffle, l'oreille tendue vers chaque petit bruit, chaque froissement de branches qui indiquerait la présence d'un loup. Il atteignit enfin le petit pont sur l'Uque. Il n'était plus très loin. Il marcha le plus vite qu'il put. Moins d'une demi-heure plus tard, il ouvrait la porte de la baraque.

Il ne fit que quelques pas tandis qu'Agnete et Eloisa se levaient de leur paillasse, le visage marqué par l'inquiétude, et tomba sur le plancher.

« Gamin, qu'est-ce que t'as fait ? s'exclama Agnete en venant à son secours.

— Qu'est-ce qu'il lui est arrivé, mère ? dit Eloisa d'une voix angoissée.

— C'est justement ce que je lui demande, crétine. Gamin… gamin… tu m'entends ?

— Appelez-le par son nom, mère », dit Eloisa, les yeux voilés de larmes.

Mikael sourit faiblement.

Elles l'étendirent sur la paillasse. Agnete dénoua le bandage qui lui entourait la tête et examina la blessure. « C'est rien, dit-elle.

— Mais alors, pourquoi il est comme ça ?

— On voit que ça lui a remué les humeurs internes…

— Alors, qu'est-ce qu'il faut faire ?

— Il ne faut pas qu'il s'endorme profondément, parce que parfois on ne se réveille plus », dit Agnete.

Eloisa fondit en larmes.

« Au lieu de pleurer, tâche plutôt de le garder éveillé pendant que je prépare un emplâtre pour absorber les humeurs », maugréa sa mère. Elle ouvrit la cassette où elle rangeait ses herbes.

« Mikael », murmura Eloisa d'une toute petite voix.

Il ouvrit les yeux et la regarda. « Tu t'es lavée ? » demanda-t-il.

Eloisa ne comprit pas.

« Te lave pas… dit Mikael, suspendu entre rêve et réalité. Je veux pas que tu meures…

— Non, je me lave pas », répondit Eloisa en pleurant.

Agnete la poussa rudement. « Si je t'entends pleurer encore une seule fois, je te jure que tu t'en prendras une dont tu te souviendras, comme ça t'auras une raison de chigner. » Elle souleva la tête de Mikael, y étala un emplâtre qui sentait la résine et la menthe puis refit le bandage. « Force-le à parler, dit-elle à sa fille en s'asseyant à table, préoccupée.

— Mikael, dit Eloisa, qu'est-ce qu'il t'est arrivé ? »

Il lui sourit d'un air hébété.

« Raconte-moi qui t'a fait du mal, dit-elle.

— Ojsternig… fit Mikael. Ojsternig…

— Pourquoi ?

— Il a tué mon père, tu sais ?

— T'as pas de père ! » s'exclama Agnete. Elle se leva, prit la cruche d'eau et lui en aspergea un peu le visage.

« Ojsternig… reprit Mikael avant de s'arrêter et de fermer les yeux.

— T'endors pas, gros bêta. Ojsternig…

— Ojsternig…

— Oui, Ojsternig… ?

— Il va venir demain… », murmura Mikael. Soudain il s'agita. « Vous devez vous sauver… vous sauver… Il vient avec Agomar… C'est Agomar qui les a tous tués… même Eilika… et le maréchal-ferrant aussi, il lui a coupé le bras… et puis la fille… elle pleurait et il lui a dit…

— Qu'est-ce qu'il va venir faire ici, Ojsternig ?

intervint Agnete en aspergeant de nouveau son visage avec de l'eau.

— Agomar… “allons sonner les cloches à ces têtes de mule”, dit Mikael.

— Qu'est-ce qu'il dit, mère ?

— Va savoir. » Agnete le gifla doucement. « Écoute-moi, gamin. Il vient pour faire quoi, Ojsternig ?

— “On a besoin d'argent ! s'exclama Mikael en imitant Ojsternig. Il a dit ça. On va pressurer ces vilains. Et s'ils ne paient pas, je leur ôterai la vie ! Agomar ! Agomar ! Rassemble les hommes ! Demain, je vous veux au grand complet pour aller dans la Raühnvahl faire sonner ces têtes de mule !”

— C'est ça qu'il a dit ? Et après il t'a fait ça ?

— “On a besoin d'argent ! On va pressurer ces vilains ! Et s'ils ne paient pas, je vais leur pressurer aussi la vie !” » Puis il parut redevenir lucide. Il regarda Agnete et Eloisa, et s'écria : « Sauvez-vous ! Vous devez vous sauver !

— Oh, Dieu tout-puissant ! dit Agnete. Ce bâtard va venir demain et il va nous fouiller jusque dans la culotte. » Elle se leva et se gratta la tête pour réfléchir. « Je dois tous les avertir. » Elle regarda sa fille et Mikael. « Dieu te bénisse, gamin, murmura-t-elle en sortant. Le laisse pas s'endormir. »

Agnete courut jusqu'à Notre-Dame des Neiges et frappa au petit presbytère. « Curé ! Curé ! Réveille-toi, curé ! »

Un instant plus tard, une bougie tremblante à la main, frère Timotej apparut en chemise, son bonnet de nuit sur la tête. « Grand Dieu, Agnete, qu'est-ce qui se passe ? Quelqu'un est donc en train de mourir, pour que tu cherches Dieu ?

— Mais quel Dieu ? J'ai besoin de tes cloches, curé.

— Pourquoi ?

— Sonne les cloches si tu veux pas m'entendre jurer, dit Agnete avec fougue. Et habille-toi ! »

Peu de temps après, les cloches de la petite église faisaient entendre leur voix plaintive. Les habitants de la vallée accoururent, somnolents, inquiets.

« Écoutez-moi, leur dit Agnete quand ils furent tous rassemblés. Demain, Ojsternig va venir avec ses sbires pour nous dépouiller. Je sais pas ce qu'il trame, mais croyez-moi, vous étiez habitués au prince de Saxe, qui était bien différent de ce fichu bâtard. J'en ai connu, des princes comme Ojsternig. Il mettra nos maisons sens dessus dessous, il détruira nos meubles pour trouver ce qu'il cherche.

— Et alors ? dit une voix anxieuse au nom de tous.

— Et alors, faut qu'il trouve rien, répondit Agnete.

— Comment on fait ? demandèrent plusieurs voix en chœur.

— Si on cache tout ce qu'on possède et que le grand bâtard trouve rien, plusieurs y laisseront la vie. Mais si on en cache seulement une partie, et qu'on les laisse trouver le reste, ils croiront que c'est tout ce qu'on a.

— C'est juste, ajouta le frère Timotej.

— Ce qu'on ne veut pas qu'ils trouvent, poursuivit Agnete, on va le cacher en lieu sûr, en faisant un grand trou au pied du pont de bois. Une seule cachette pour tout le monde. Trop de cachettes, ça augmente la possibilité qu'ils les découvrent. Chacun de nous saura ce qu'il a mis dans le trou. Et personne profitera de la situation pour embrouiller les autres et les voler, j'ai pas raison ?

— Bien sûr. » De nouveau en chœur.

« Soyez pas radins, ne cachez pas tout. Seulement la moitié de ce que vous avez, continua-t-elle. Dans cette guerre, de toute façon, on y perdra. C'est eux les puissants, nous, on est les serfs. On n'a aucune chance de gagner. Ce que vous ne cacherez pas, séparez-le encore en deux moitiés. Une moitié que vous leur donnerez quand ils nous demanderont nos sous. Une autre moitié que vous cacherez, mais pas trop bien. Ils nous prennent pour des paysans stupides, donc ils ne s'étonneront pas d'être plus malins que nous quand ils trouveront votre cachette, et ils nous riront à la figure. Comme ça, ils seront sûrs qu'on n'a rien d'autre. Mais c'est eux qui l'auront dans le cul !

— Agnete ! protesta frère Timotej.

— Pardonne-moi, curé, mais c'est la réalité. »

Le frère Timotej hocha la tête mais sourit intérieurement.

« Rappelez-vous, c'est impossible de rien perdre. Il faut juste qu'on perde moins que si Ojsternig avait débarqué ici demain matin par surprise.

— Ouais, dit une femme. Mais comment tu sais ça ? »

Agnete sourit, toute fière. « C'est mon garçon. Celui dont vous disiez tous qu'il survivrait pas ou qu'il avait des muscles d'écureuil et qu'il savait pas piocher. » Elle regarda les gens, comme si c'était une revanche personnelle. « Il est blessé, et il passera peut-être pas la nuit, exagéra-t-elle un peu. Mais il s'est traîné jusqu'ici pour nous avertir. »

Il y eut un murmure d'étonnement.

« Allons, faut pas perdre de temps », dit Agnete.

Elle désigna Eberwolf. « Tu prends une pelle et tu viens creuser.

— Grouille-toi », ordonna le père d'Eberwolf à son fils.

Alors Astrid, la vieille femme qui avait douté la première de la capacité de Mikael à survivre, s'approcha d'Agnete et dit à voix haute, pour que tous entendent : « J'ai été bête, j'aurais pas dû juger sans savoir. Je reconnais maintenant que non seulement t'as fait une affaire en achetant ce garçon... mais tu nous as fait faire une affaire à tous. »

Nombre des villageois présents acquiescèrent. « C'est vrai, dirent-ils.

— Je prierai pour ton garçon, dit une femme à Agnete, avant de courir chez elle.

— Dieu le bénisse », dit un homme.

Tous manifestèrent leur admiration et leur gratitude pour Mikael.

Agnete sourit. Puis elle fit signe à Eberwolf de la suivre.

Elle l'emmena jusqu'à un endroit près du pont de bois puis lui fit signe.

« Creuse profond. Mais avant, tu mets les mottes d'herbe sur le côté. Après tu les remettras, pour qu'on voie pas que la terre a été remuée. »

Eberwolf commença à creuser.

Agnete s'approcha de lui. « Tu sais pourquoi c'est toi que j'ai choisi pour creuser le trou ?

— Non, répondit Eberwolf avec son air bête.

— Parce que je voulais te dire quelque chose sans que les autres entendent. Sans te faire honte devant tout le monde. »

Eberwolf cessa de creuser et la regarda.

« T'arrête pas », dit Agnete.

Il recommença à creuser.

« Je t'ai vu arriver un peu avant Mikael. Je parie que vous avez fait un bout de route ensemble.

— Et alors ? répondit Eberwolf avec son arrogance habituelle.

— Crottin Sec est en train de sauver ton cul, à toi et à ton père, dit-elle en lui tapant l'épaule du bout du doigt. Et tu l'as laissé tout seul, tu l'as abandonné. S'il n'avait pas réussi à revenir, on aurait tous été foutus. Penses-y demain, quand ta famille et toi, comme nous tous, vous aurez sauvé une bonne partie de vos biens... Elderstoff. »

Et sur ce, elle rentra chez elle.

En ouvrant la porte, elle vit Eloisa qui, à la lumière d'une chandelle, tenait un livre ouvert devant elle. Mikael la regardait et souriait.

« Ainsi le garçon qui se croyait stupide et méchant se comporta en héros. Et après avoir sauvé le rat Hubertus, il sauva le village tout entier...

— Te lave pas... murmura Mikael. Je veux pas que tu meures...

— Non, je mourrai pas, lui répondit Eloisa. Mais toi, deviens pas idiot, s'il te plaît. C'est la quatrième fois que tu me le dis. »

33

Le lendemain matin, tout le village se réunit autour de Notre-Dame des Neiges. « Restez pas plantés là ! Comportez-vous comme tous les autres jours, dit Agnete. Ils doivent pas soupçonner qu'on est au courant. » De retour chez elle, elle marmonna : « Qu'ils sont bêtes. »

Mikael était couché sur la paillasse. « Lève-toi, gamin. »

Il la regarda d'un œil vague.

« Je t'ai dit de te lever ! ordonna-t-elle.

— Pourquoi ? s'interposa Eloisa.

— Je t'ai parlé, à toi ?

— Il va pas bien.

— Tu prends sa défense maintenant ?

— Mère…

— Lève-toi et fais pas ton malin, dit Agnete en secouant Mikael par le bras. Tu dois pas t'affaiblir. »

Mikael se leva. Ses jambes étaient encore molles et la tête lui tournait.

Eloisa fit un pas pour le soutenir.

« Toi, je vais te couper les mains », menaça Agnete. Eloisa s'immobilisa. « Mais je pensais…

— Quand l'homme se met à penser, Dieu commence à rire. Et quand c'est une crétine comme toi, il s'en tape sur les cuisses. » Elle versa du bouillon dans une écuelle : « Mange et ça te passera, gamin. »

Eberwolf apparut à ce moment sur le seuil. « Vous m'avez demandé ?

— Oui, Elderstoff, répondit Agnete.

— Pourquoi vous m'appelez toujours Elderstoff ? demanda le grand gaillard. Je m'appelle Eberwolf.

— Ah oui ? fit Agnete.

— Oui.

— Attends-moi dehors », dit Agnete, qui sortit le rejoindre. Elle lui parla à voix basse. « Écoute-moi bien. Si j'apprends que tu as fait la moindre égratignure à mon Mikael, je te tranche la gorge. » Elle le regarda droit dans les yeux. « C'est clair ? »

Eberwolf acquiesça à peine, avec un frisson.

« C'est bien, Elderstoff.

— Je vous ai dit que je m'app…

— On s'en fout, le coupa Agnete. Mets-toi bien ça dans la tête : ce garçon est respecté de tous maintenant, dit-elle d'une voix pleine de force. Et si je racontais que tu l'as abandonné en chemin alors qu'il apportait une nouvelle vitale pour tout le village, t'as beau être grand et costaud, ils te prendraient tous à coups de pied dans le cul. Compris ? »

Eberwolf la regarda, écarlate.

« Maintenant, c'est moi qui tiens le manche. Débarrasse le plancher », conclut Agnete. Revenue à l'intérieur, elle cria : « Gamin, grouille ! Faut aller aux champs. »

Mikael avait fini de déjeuner et se leva, en trébuchant.

« Mère… murmura Eloisa, angoissée.

— T'es la gamine la plus pénible et la plus insolente que je connaisse », siffla Agnete. Le cœur lourd, elle s'approcha de Mikael : « Dieu, se dit-elle, garde ta main sur la tête de ce gamin. Fais en sorte qu'il ne lui arrive rien. » Et pour un instant, elle se sentit faible, comme cela ne lui était pas arrivé depuis des années.

Moins d'une heure plus tard, les paysans aperçurent au loin une troupe d'hommes approcher au petit galop. Ils reconnurent Ojsternig et Agomar, flanqués de leurs sbires. Harro, le molosse de guerre, courait aux côtés de son maître.

Le comptable trottait derrière eux sur un cheval plus petit, suivi de deux serfs qui tiraient au pas de course deux mulets par la bride. L'un était chargé d'une écritoire de bois noir, l'autre d'un fauteuil en cuir rouge et d'une chaise à haut dossier. L'écritoire fut installée devant les marches de Notre-Dame des Neiges.

Le comptable s'assit sur la haute chaise et posa sur la table un grand registre, un encrier, une plume, un tampon, un cachet et un petit réchaud à cire.

Ojsternig prit place à côté, dans le fauteuil rouge, les jambes croisées. Harro se coucha près de lui, le regard vigilant et les babines écumantes d'avoir tant couru. Ojsternig jouait avec son petit fouet et regardait les paysans accourir des champs.

Ils furent rangés en une longue file devant l'écritoire. La peur se lisait sur leur visage, et tous courbaient le dos, même ceux qui avaient osé lever les yeux vers Ojsternig.

Mikael, Agnete et Eloisa étaient dans le milieu de la file.

Eloisa vit dans les yeux de Mikael un regard adulte qu'elle ne lui connaissait pas. Elle ressentit de l'admiration.

Ojsternig examina les paysans. « Aujourd'hui, je récupère les loyers en retard de mes champs, que vous vous êtes appropriés. Le comptable fera le calcul. Et s'il le faut, mes soldats iront chez vous les récupérer eux-mêmes. » Il désigna le premier de la file : « Avance. »

L'homme s'avança, et Harro grogna.

« Ton nom, fit Arialdo de Tarvis sans lever les yeux.

— Fabian Preschern », répondit l'homme d'une petite voix, faisant tourner dans ses mains son chapeau en queue d'écureuil.

Arialdo fit courir son doigt le long des pages. « Ah ! Te voilà ! s'exclama-t-il en tapant de l'ongle sur une ligne. Fabian Preschern. Une femme et deux enfants.

— Oui, messire…

— Donc… tu dois à Son Excellence… exactement… huit gros d'argent. »

Preschern écarta les bras. « Huit gros ? Où je vais les trouver, messire ?

— Je te conseille de les trouver, manant », dit Ojsternig d'une voix glaciale.

L'homme tendit un sac de toile au comptable. « C'est tout ce que j'ai… »

Arialdo l'ouvrit et le vida sur l'écritoire. Il compta les pièces, faisant des piles de la valeur d'un gros. « Quatre gros et trois sols, dit-il enfin.

— C'est tout ce que j'ai… », répéta Preschern.

Ojsternig se tourna vers Agomar. « Envoie tes hommes fouiller chez ce menteur. »

Agomar attrapa Preschern par la peau du cou et lui fit indiquer sa baraque. Les soldats fouillèrent partout, cassèrent et renversèrent ses pauvres affaires. Ils trouvèrent un sac de toile dans une niche et le montrèrent à Agomar, qui le remit au comptable.

Arialdo de Tarvis compta les pièces et dit à Ojsternig : « Il manque cinq sols, Votre Seigneurie. »

Ojsternig marcha sur Preschern. Il enfila un gant de maille de fer aux jointures renforcées et lui donna cinq claques, l'une après l'autre. « Comme ça tu n'oublieras pas ta dette envers moi. Et considère-toi comme chanceux », dit-il en fixant le visage griffé et sanglant de l'homme.

Preschern recula, tête basse.

Ojsternig promena son regard dur sur les paysans. Il rencontra les yeux de Mikael, comme toujours le seul à le fixer. Il eut une moue d'agacement. « La sage-femme, dit-il avec colère, vas à la fin de la file. J'ai un double compte à régler avec toi. »

Agnete prit Mikael et Eloisa par la main, et alla se mettre à la dernière place.

Ojsternig remonta la file. Harro, près de lui, grognait d'une façon menaçante. « Qu'est-ce que vous préférez ? Cesser de faire perdre du temps à mes hommes en allant chercher vous-mêmes l'argent que vous avez si bêtement caché ? Ou que je mette le feu à vos bicoques ? » Il fit une pause. « À vous de choisir. » Et il revint s'asseoir.

Les villageois, hésitants, ne bougeaient pas.

Agnete fut la première à quitter le groupe. Elle

revint quelques instants après, avec un morceau de toile de jute nouée.

Alors, un à un, les autres partirent en courant chez eux et rapportèrent l'argent qu'ils avaient caché.

« Bien, dit Ojsternig quand tout l'argent eut été rassemblé. Voilà une bonne chose de faite. » Il tendit le doigt vers Agnete. « À toi, la sage-femme. Avance. »

Agnete s'approcha, suivie de Mikael et Eloisa.

Harro jappa doucement en voyant Mikael. Mais se tut aussitôt, de peur de prendre un coup.

« Tu n'as pas déclaré ce garçon, commença Ojsternig, qui s'était levé et désignait le grand registre. Tu voulais peut-être ne pas l'attacher à ma terre, le rendre libre ?

— Non, Votre Seigneurie… je…

— Tais-toi ! » explosa Ojsternig, en fixant Mikael d'un regard empli d'une satisfaction méchante. Il pensait à ce moment depuis la veille. Il pointa le doigt sur elle et déclara d'une voix sourde : « Tu as trompé ton seigneur. Qu'on l'attache à cette clôture, et qu'on la fouette. »

Les paysans murmurèrent, effrayés.

« Votre Seigneurie, croyez-moi… », tenta de dire Agnete.

D'une gifle, Ojsternig la fit taire.

Agomar la saisit par le bras pour la traîner vers la barrière, derrière laquelle deux vaches squelettiques contemplaient la scène d'un œil stupide.

Eloisa et Mikael suivirent Agnete.

Avant qu'on ne l'attache, Agnete lança un regard dur à sa fille. « Pleure pas et te mêle pas de ça. C'est un ordre. » Puis elle lança à Mikael. « Ça vaut aussi pour toi. »

Agomar lia les poignets d'Agnete à la clôture. Il déchira ensuite sa robe et mit son dos à nu.

La foule, encore plus effrayée, murmura de nouveau.

Les yeux d'Eloisa se brouillaient. Elle se mordit les lèvres pour ne pas pleurer.

Mikael, instinctivement, mit sa main dans la sienne, mais elle se dégagea avec rudesse. Ce seul contact lui avait fait monter les larmes aux yeux.

Ojsternig fixait Mikael d'un regard satisfait. Mikael soutint son regard.

Les dents serrées, Ojsternig ordonna : « Vas-y. »

Agomar leva son fouet et l'abattit.

Agnete gémit quand le fouet lacéra sa peau.

Ojsternig continuait de fixer Mikael.

Et Mikael ne regardait que lui, comme s'ils étaient seuls à relever un défi auquel il ne pouvait se soustraire.

Les coups de fouet sifflaient dans l'air. Agnete gémissait chaque fois plus fort.

Les habitants du village se taisaient, horrifiés, pendant que le dos d'Agnete se couvrait de sang.

Agnete poussa un cri plus fort que les autres, et Mikael abandonna le défi et baissa les yeux, en signe d'humilité.

Ojsternig sourit mais ordonna : « Encore. »

Le fouet lacéra une nouvelle fois le dos d'Agnete. Alors Mikael s'agenouilla, tourné vers Ojsternig, la tête basse.

Ojsternig s'approcha de lui. « Baise mes bottes », lui dit-il.

Mikael baisa les bottes couvertes de boue.

« Assez ! » dit Ojsternig à Agomar. « J'ai trouvé ton point faible, murmura-t-il à l'oreille de Mikael.

Cette femme t'a acheté au marché comme un chien, et pourtant elle t'importe. » Il sourit. « Te voilà dompté maintenant. » Il tournait en silence autour de lui.

Mikael ne bougea pas, ne leva pas les yeux, resta à genoux tête baissée.

« Détache-la », ordonna Ojsternig.

Mikael ne leva pas les yeux, même quand il entendit Agnete s'affaisser sur le sol et Eloisa, retenant un sanglot, l'aider à se relever.

Ojsternig eut un rire mauvais. « Maintenant tu es comme tous les autres. Tu es à moi, dit-il en posant sa main sur la tête de Mikael. Maintenant tu m'appartiens tout entier. »

Mikael resta immobile mais pensa une fois de plus, avec une froideur et une colère qui l'étonnèrent : « Je te tuerai. »

Ojsternig le poussa du pied et le fit tomber dans la boue. « Tu ne me sers plus à rien au palais, pour le moment, dit-il en le maintenant à terre, la botte sur sa poitrine. Tu aideras à déplacer les pierres. Mais tu ne les chargeras pas sur les charrettes. Tu les porteras l'une après l'autre, à pied. Tu feras ça du matin jusqu'au soir, sans aller aux champs. Et chaque fois que tu ne respecteras pas cet ordre, la sage-femme recevra dix coups de fouet. » Il se tourna vers Agomar. « Où est la mère du serf qui s'est pendu ? »

Agomar la lui amena.

« Ton fils était l'un de mes serfs, il avait l'obligation de travailler mes terres et au lieu de ça il s'est tué. Pour me dédommager, tu logeras chez toi cinq de mes hommes qui surveilleront l'avancée des travaux. Tu leur feras à manger et tu laveras leur linge. »

La mère de Gregor fit un signe de tête, l'air absent.

Ojsternig se tourna vers ses hommes. « Partons, nous n'avons plus rien à faire ici. » Il monta sur son cheval, l'éperonna et partit au galop.

Pendant que Mikael aidait Eloisa à ramener Agnete à la maison, de nombreux paysans, en passant près d'eux, lui murmuraient : « Que Dieu te bénisse, mon garçon. Aujourd'hui, tu nous as sauvés. »

Eberwolf, en revanche, lui lança un regard chargé de haine. Mikael et Eloisa étendirent Agnete sur la paillasse. En fixant son dos ensanglanté, Mikael demanda : « Pourquoi ?

— Parce qu'on est la propriété du prince », répondit Agnete.

Mikael secoua vivement la tête.

Agnete vit qu'autre chose le tracassait. « Eh oui, gamin, on était aussi la propriété de ton père. Et on serait devenus la tienne, si les choses s'étaient passées autrement. »

Mikael rougit. « Mon père vous traitait comme ça ?

— Les princes doivent faire leur travail.

— Mon père vous traitait comme ça ? insista Mikael.

— Non. Mais on était quand même sa propriété.

— Moi, je vous aurais libérés », dit Mikael avec fougue.

Agnete le fixa d'un regard triste. « Libérer son bétail, c'est un luxe qu'aucun prince ni aucun paysan ne peut se permettre.

— C'est ce qu'ils font, les rebelles ? Ils libèrent les gens ? demanda alors Mikael.

— Si tu parles encore des rebelles, je te chasse de chez moi à coups de pierres », le menaça Agnete avec férocité.

« C’est pourtant ce qu’ils font, non ? » dit Mikael, avant de sortir sans rien ajouter.

Il ne revint qu’au soir, portant un linge rempli de limaces noires. Assis sur le seuil, il les racla l’une après l’autre, délicatement, en déposant la bave écumeuse dans un bol. Puis il alla à la lisière du bois les remettre en liberté, comme il avait vu faire le vieux Raphael. À son retour, il commença à étaler la bave de limace sur les plaies d’Agnete, avec sérieux et concentration. « De toute façon, c’est pas juste, dit-il en fronçant les sourcils.

— Non, c’est pas juste, dit Agnete. Mais c’est comme ça. Il faut t’y habituer.

— Si je pouvais, je changerais le monde.

— Tous ceux qui subissent des injustices voudraient le faire.

— Pourquoi ils le font pas, alors ?

— Parce que c’est très difficile.

— Comme piocher ?

— Plus que piocher. »

Mikael resta silencieux, perdu dans ses pensées, finissant d’étaler la bave de limace. Puis, d’un ton adulte, il dit : « Même si c’est difficile, je veux y arriver. »

Quand il fit nuit, Agnete, le visage tourné contre la paillasse pour qu’on ne l’entende pas, pleura doucement en pensant aux mains de Mikael sur ses blessures. « Cher fils… », murmura-t-elle.

34

Le jour suivant, les soldats d'Ojsternig arrivèrent dans les champs à démanteler. Agressifs et hostiles, ils insultèrent quelques paysans et lancèrent des insanités aux femmes. Ils repérèrent Mikael, qui transportait une pierre et s'apprêtait à partir sur le chemin.

« Eh, toi ! Où tu crois aller ? »

Mikael se retourna.

Un des soldats prit une hotte à foin sur une charrette. « Viens là », dit-il.

Mikael s'approcha.

Le soldat, d'un geste brutal, lui tendit la hotte. « Mets ça sur tes épaules. » Il le tira par le bras vers l'un des murets de pierres et ordonna : « Tourne-toi. » Puis il prit une grosse pierre qu'il laissa retomber dans la hotte. « Tu croyais t'en sortir avec une pierre à la fois, gros malin ? »

Mikael vacilla.

Tous les paysans s'étaient arrêtés pour regarder.

Le soldat prit une autre pierre et la laissa tomber dans la hotte.

Mikael serrait ses mains sur les sangles.

Le soldat mit une troisième pierre, puis une quatrième et une cinquième.

Les jambes de Mikael tremblaient sous le poids.

« Allez, avance », dit le soldat en le poussant.

Mikael perdit l'équilibre, ses pieds s'emmêlèrent, ses genoux plièrent et il tomba, les bras en avant. Le choc avec le sol fut violent. Une des pierres, projetée hors de la hotte, heurta sa tête.

Les soldats ricanèrent. L'un d'eux, de mauvaise grâce, le souleva et remit la pierre dans la hotte. « Tâche de rester debout, si tu veux pas que je te fasse courir jusqu'au château à coups de pied dans le cul. »

Mikael fit quelques pas, jambes écartées.

« Il n'y arrivera jamais, dit le frère Timotej aux soldats.

— Alors tu l'enterreras dans ton cimetière. »

Eloisa cueillit une renoncule qui venait de fleurir, jaune comme un bouton d'or. Elle se dirigea vers Mikael et mit la fleur dans la hotte. « Vas-y, gros bêta, tu peux y arriver », lui dit-elle.

Trois paysans, qui venaient de charger des pierres sur une charrette traînée par deux bœufs, se moquèrent de lui : « T'es qu'une fille, t'iras même pas jusqu'aux bois. » Ils se tournèrent vers les soldats pour rire avec eux.

Agnete les foudroya du regard. « Comment vous pouvez faire ça ? leur cria-t-elle.

— Tais-toi », lança un des soldats.

Agnete continuait de fixer les paysans, qui commençaient à faire rouler la charrette sur le chemin, en riant encore. « Bâtards ! » leur cria-t-elle.

D'autres hommes ricanaient en voyant Mikael

s'échiner. Leurs femmes les regardèrent avec mépris. Mais ils haussèrent les épaules et continuèrent de plaisanter.

« Au travail ! » ordonnèrent les soldats, avant de se diriger vers la baraque de la mère de Gregor.

Elle les attendait avec des chopes de bière forte. Ils s'assirent au soleil pour jouer aux dés.

Agnete s'approcha de la femme d'un des paysans qui venaient de partir avec la charrette. « Comment il peut faire ça ? dit-elle avec mépris. Il sait pas ce que c'est, la reconnaissance, ton homme. Je voudrais que Dieu lui prenne tout l'argent qu'il a sauvé grâce à mon garçon. Sauf que t'y perdrais toi aussi, et que c'est pas ta faute. »

La femme devint toute rouge. « Agnete, j'ai honte pour lui. »

Elles regardèrent Mikael, qui peinait sur le chemin.

« Il y arrivera, dit la femme.

— Et comment il pourrait y arriver ? lâcha Agnete, exaspérée. C'est un gamin, et il porte la charge d'un homme. »

Pendant quelques instants, elles restèrent à l'observer et le virent trébucher. Mais il ne tomba pas.

« Il y arrivera », répéta la femme.

Agnete ne répondit rien. Elle s'éloigna, le regard sombre. À sa fille qui la regardait passer, elle dit : « Travaille, imbécile. Il y arrivera, ce maudit gamin. »

Mikael avait toujours mal à la tête. Il sentait les veines battre à son cou, et les muscles de ses jambes le brûlaient. Chaque pas déséquilibrait le poids des pierres. Le bois était très loin et semblait ne jamais se rapprocher. Les ruines du château là-haut, au sommet de la colline, étaient hors d'atteinte pour lui. Mais il serrait les dents. Ojsternig avait dit que, s'il n'y arrivait pas, Agnete serait fouettée.

Au fur et à mesure, le sol devenait irrégulier et l'avancée encore plus difficile.

Ses yeux se mouillèrent de larmes amères. La veille, les paysans l'avaient remercié de les avoir sauvés, mais dès le matin suivant, ils recommençaient à le mépriser. Quoi qu'il fasse, il ne serait jamais l'un d'eux.

La colère lui donna la force de ne pas lâcher. Il y arriverait. Pourtant, aux abords du bois, elle fit place au désespoir. Il commençait à voir flou, ses jambes faiblissaient. Il eut la nausée et s'arrêta, le souffle court. En tournant la tête, il vit les soldats le regarder et lui faire signe d'avancer.

Les bois n'étaient plus qu'à quelques pas, mais les ruines du château se trouvaient encore loin. Il se mit à pleurer, ses genoux cédèrent. À terre, les joues sillonnées de larmes, il murmura : « J'y arrive pas… »

Les sanglots qui le secouaient tout entier se calmèrent peu à peu, et il entendit une voix.

« Relève-toi, gamin. »

Étonné, Mikael regarda autour de lui, sans voir personne.

« Fais comme si de rien n'était. Relève-toi et viens dans le bois. »

Il resta quelques instants immobile. Puis, au prix d'un énorme effort, il se releva en chancelant.

« Avance, gamin, dit la voix.

— Il te reste juste quelques pas à faire, dit une autre voix.

— Courage, leur donne pas satisfaction », reprit une troisième voix.

Les voix provenaient des bois. Mikael, davantage porté par la curiosité que par ses jambes, atteignit le premier hêtre, auquel il s'appuya.

« Encore quelques pas », dit l'une des voix.

Mikael reprit courage et fit appel à ses dernières forces pour entrer dans le bois. Au moment où il s'écroulait, deux mains fortes le saisirent avec fermeté.

Il ouvrit de grands yeux et plissa les paupières pour mieux voir.

C'étaient les trois paysans qui s'étaient moqués de lui et qui l'avaient insulté.

« Tu nous prends pour qui ? dit l'un d'eux en riant, avec affection.

— On voulait pas attirer l'attention de ces charognes, ajouta un autre. Là, ils peuvent plus nous voir. » Le troisième le souleva et le coucha au fond de la charrette, à côté de la hotte et du chargement de pierres, avec un grand sourire.

La charrette transporta Mikael, à moitié endormi, jusqu'à l'orée du bois.

« Attends-nous ici, gamin. On va jusqu'aux ruines, on décharge et on revient. À ce moment-là tu sortiras du bois et tu iras décharger ta hotte.

— Ta hotte avec seulement trois pierres dedans, dit le plus jeune en en sortant deux. Là-haut, il y en a un grand tas. Tu vas déposer ton chargement derrière et les soldats verront pas ce que tu fais. D'accord ? »

Mikael acquiesça. Une émotion violente emplissait sa poitrine. Mais comme d'habitude, il ne savait pas quoi dire.

Il n'était plus seul, maintenant.

« Repose-toi, dit un des paysans. À notre retour, tu repartiras. Quand tu seras à découvert, fais semblant de tomber une ou deux fois. Mais surtout avance doucement. Faut qu'ils continuent de penser que tu vas pas y arriver. » Il remonta sur la charrette et les bœufs repartirent, lents et puissants.

« Merci… », murmura Mikael.

Mais ils étaient déjà trop loin pour entendre.

Il les regarda s'en aller. Puis regarda la hotte qu'ils avaient transportée pour lui et allégée de deux grosses pierres. On voyait encore au fond la renoncule d'Eloisa. De nouveau sa vie changeait. Son regard se posa sur les ruines du château, qui étaient à moins d'une demi-lieue, mais dont deux années le séparaient. Sa vie changeait, mais une fois encore trop brusquement. La peur l'envahit, au point qu'il aurait presque souhaité qu'Eberwolf apparaisse pour le maltraiter.

Près d'une heure plus tard, il atteignait le tas de pierres. Il le contourna et déchargea son fardeau hors de la vue des soldats, avant de revenir jusqu'aux champs, la hotte vide.

« Demain, tu en porteras six », dit un soldat.

L'un des trois paysans qui l'avaient aidé, continuant de jouer son rôle, déclara : « Et moi, je te jure que je détacherai mes bœufs et que tu tireras la charrette. »

Les soldats s'esclaffèrent.

Agnctc, comme les autres femmes, foudroya le paysan du regard.

Mais le soir, quand les hommes leur dirent la vérité, les femmes leur lancèrent un regard plein de respect et d'admiration.

Le lendemain, Mikael porta six pierres jusqu'aux bois.

Et sept le jour d'après.

Mais quand les soldats en chargèrent huit dans la

hotte, il tomba sans plus pouvoir se relever, à la grande joie des soldats. Au lieu de fouetter tout de suite Agnete, ils firent transporter à Mikael son chargement initial de cinq pierres, pendant bien deux semaines. Jour après jour, ses jambes devenaient plus fortes et tremblaient de moins en moins. Ses épaules et son dos se renforcèrent.

À la fin de ces deux semaines, Mikael leva pour la seconde fois les yeux vers les ruines du château. Protégé par le tas de pierres derrière lequel il avait déchargé sa hotte, il monta lentement, comme en rêve ou comme attiré par le chant d'une sirène, vers le lieu où il avait grandi jusqu'au jour du massacre. De la tour de guet trapue ne restait qu'un amoncellement de pierres noircies. Dans la partie opposée, une porte du château, à demi consumée et branlante mais toujours fixée à une colonne, surplombait le vide. Rouillées, les lourdes lames de fer qui la renforçaient autrefois s'étaient tordues sous la chaleur comme des copeaux.

Mikael s'arrêta, le cœur serré. Il entra dans le château.

À droite, les décombres de la caserne, où il serait mort si Eloisa ne l'avait sauvé. Il pensa aux corps des soldats sous les pierres, avec celui de la fille violée et tuée par Agomar. Son regard embrassa les ruines du château. De ses murailles qui s'étaient élevées jusqu'à trois perches, on ne voyait plus que vaguement le périmètre. Les écuries, les enclos, les logements des serviteurs et les chemins de ronde en bois avaient disparu. Çà et là, une poutre noircie, des solives mordues par les flammes et décharnées comme un os pointaient entre les pierres. Le château s'était écroulé sur lui-même. Les greniers et les plafonds avaient cédé, la structure n'était plus qu'un amas énorme de pierres équarries. Seule la chapelle avait en partie échappé à la destruction. Elle se tenait debout, le toit effondré, comme une coquille vide.

Mais c'était autre chose que cherchait Mikael. Lentement, il se rendit au milieu de la cour, où ses pas l'emmenaient inexorablement. Là, il se laissa tomber à genoux. À l'endroit même où son père, sa mère et sa petite sœur étaient morts. Il regarda la terre, cendre et sang mêlés, en se disant qu'il aurait dû pleurer.

Derrière lui, il y eut un bruit. Il se retourna mais ne vit personne.

Ses yeux revinrent se poser sur la terre de la cour, qui racontait une histoire terrible. Il posa ses mains sur le sol. Les vit fortes, rougies, calleuses, couvertes de coupures, les ongles noirs. Ce n'étaient plus les mains du prince héréditaire Marcus II de Saxe, mort lui aussi, dans cette cour. Ces mains étaient celles de Mikael Veedon, serf de la glèbe.

Il se mit à creuser, à fouiller avec fougue, à la recherche de son père, de sa mère, de sa sœur. Ses larmes ne coulaient toujours pas.

Soudain il sentit sous ses doigts un objet froid, coupant, et sursauta. Il prit l'objet, cracha dessus et le frotta pour le nettoyer de la terre noire qui le recouvrait. Bientôt, il vit que c'étaient les restes d'un anneau d'or déformé par le feu. Dans le métal, il y avait une pierre encastrée et fendue. Une cornaline. Il la polit soigneusement, et les armes de la maison de Saxe apparurent. La bague de son père. Celle qu'il lui aurait transmise à sa mort. Comme lui-même l'aurait laissée à son fils aîné, en une chaîne que les princes de Saxe croyaient éternelle.

Une nouvelle fois, il entendit un bruit derrière lui et se retourna brusquement. Il lui sembla voir une ombre de l'autre côté de la grande entrée.

« Qui est là ? » demanda-t-il avec un tremblement dans la voix.

Pas de réponse, le bruit avait cessé.

Mikael examina de nouveau la bague de son père, et se dit encore qu'il aurait dû pleurer. Il la cacha dans ses habits et se releva pour revenir au village, à sa nouvelle vie. Mais il se remit à genoux, plongea les mains dans la terre remuée et en prit une poignée, dont il remplit la poche de sa tunique. Un peu plus loin, il en ramassa une autre. Puis il sortit par la grande entrée noircie par le feu pour rentrer au village. Dans les bois, il éprouva à nouveau la sensation d'être suivi. Comme s'il entendait des pas. Mais dès qu'il s'arrêtait, le bruit cessait.

À Notre-Dame des Neiges, il entra dans le petit cimetière derrière l'église. Il lia deux bouts de bois avec de minces bandes d'écorce de saule pour former une croix sommaire, qu'il planta dans la terre dans un coin discret du cimetière. Devant la croix, il creusa un trou.

« Attends », dit une voix derrière lui.

Mikael se retourna.

Eloisa tenait dans ses mains un morceau d'écorce creux. « Attends », répéta-t-elle en disparaissant dans la petite église. Elle reparut quelques instants après, portant précautionneusement le morceau d'écorce. « De l'eau bénite, dit-elle à Mikael quand elle le rejoignit. Je sais ce que tu veux faire. Je t'ai vu au château. Mais on peut pas faire un enterrement sans eau bénite. »

Les yeux de Mikael s'emplirent des larmes qu'il n'avait pas versées jusque-là.

« Vas-y », dit Eloisa. Mikael prit la terre qu'il avait mise dans sa poche et la déposa dans le trou qu'il venait de creuser.

« Dis une prière. »

Mikael se courba et serra les lèvres. « Je ne sais pas quoi dire. »

Eloisa s'agenouilla, attentive à ne pas renverser l'eau bénite.

Mikael s'agenouilla à côté d'elle.

« Dieu, commença Eloisa, même si nous sommes des enfants qui ne savent pas réciter les prières de frère Timotej, tu sais ce que nous voulons. Alors, si tu es aussi bon qu'on le dit, protège l'âme du père de Mikael, de sa mère et de sa sœur, et emmène-les au paradis. » Elle s'apprêtait à verser l'eau bénite.

« Attends », dit Mikael. Il prit l'autre poignée de terre qu'il avait ramassée et la versa dans le trou. « Et emmène aussi Eilika au paradis.

— Amen », dit Eloisa.

Mikael ne put retenir un sanglot.

« Tu dois dire amen.

— A… men… »

Eloisa versa l'eau bénite. « Ferme le trou. »

Mikael recouvrit la terre qu'il avait versée avec celle du cimetière.

Ils prirent le chemin du retour.

« Ça vaut ? demanda Mikael avant d'entrer dans la baraque.

— Bien sûr que ça vaut, répondit Eloisa.

— Alors pourquoi la mère de Gregor a pas fait pareil ? demanda Mikael.

— Je sais pas. Tu m'embêtes. Ça vaut », coupa Eloisa d'un ton brusque.

Cette nuit-là, Mikael fit tourner entre ses doigts la bague de son père. Il se sentait un poids sur la poitrine. Fermant les yeux, il vit sa mère tomber, le poignard dans le cœur, serrant le cadavre martyrisé de son bébé. Il vit la douleur dans le regard fier de son père, qui fixait les yeux de sa femme s'éteignant peu à peu. Puis Agomar lever son épée au-dessus de son père, agenouillé mais pas vaincu. Et il crut entendre la voix cruelle d'Ojsternig ordonner l'extermination de tous les princes de Saxe.

Il serra la bague de toutes ses forces, jusqu'à ce que les bords tordus lui déchirent la peau. Alors il porta la main à ses lèvres et goûta son propre sang.

35

« Dis-moi, tu l'as baisée la nouvelle ? demanda un des cavaliers de l'escorte à un autre, qui venait d'entrer dans l'écurie.

— Qui ? Emöke ? répondit l'autre. Une fois seulement. Celle-là, elle me colle des frissons.

— Elle est folle, dit le premier. Elle dit des choses bizarres quand on la monte… Massimiano m'a raconté qu'une nuit il a cru entendre une voix qui lui répondait…

— Massimiano est un con, répondit l'autre.

— Il m'a raconté que…

— Je m'en fous de ce qu'il t'a dit, Massimiano ! fit rageusement le premier, la voix faussée par la frayeur.

Il dit qu'il a vu une lumière bleue, et que c'était pas une chandelle…

— T'es sourd ou quoi ? Je t'ai dit que ça m'intéresse pas, ces conneries ! » lâcha le premier cavalier. Il bouscula le palefrenier qui sellait son cheval. « Grouille-toi, le seigneur est presque prêt.

— En tout cas moi, cette Emöke, je la baise plus », dit l'autre cavalier d'une voix sourde.

Entre-temps, la voiture d'Ojsternig avait été amenée

au milieu de la cour. Les deux cavaliers, armés d'épées et d'arbalètes, montèrent en selle et se joignirent aux petites troupes de gardes placées devant et derrière. En tête de la première, un jeune écuyer portait l'étendard du seigneur d'Ojsternig. Agomar retenait son destrier.

« Tu sais où on va ? demanda un des cavaliers à un valet grassouillet, qui se tenait, sur le marchepied arrière, à une poignée de cuivre étincelante.

— Klognfuat », répondit-il.

Le cavalier le regarda sans comprendre.

« Klognfuat, répéta le valet. C'est comme ça qu'on appelle Klagenfurt am Wörthersee.

— Pour faire quoi ? »

Le valet haussa les épaules. « Tu crois peut-être que le seigneur me l'a dit ? »

Ojsternig sortit alors du palais, vêtu d'une tunique de brocart italien tissé de fils d'or, en souliers de cuir noir lacés jusqu'au mollet. À ses doigts, les bagues de sa lignée. Un long poignard au manche incrusté de pierres précieuses était fixé à sa ceinture par une chaîne d'or. Sur sa poitrine, un collier d'or à larges mailles se terminait par un pendentif rond, incrusté d'une émeraude grosse comme une noix.

Arialdo de Tarvis marchait péniblement derrière, suivi d'un valet portant une caisse de fer fermée par un lourd cadenas.

Ojsternig monta en voiture, suivi d'Arialdo.

La caisse une fois chargée, le valet rejoignit l'autre à l'arrière, sur le marchepied.

Agomar donna le signal du départ.

Les cavaliers de la première troupe éperonnèrent leurs montures. L'étendard se déploya sous le ciel sombre. Le cocher fit claquer son fouet, et l'attelage de quatre hongres se cabra et partit. La seconde troupe s'ébranla derrière. La petite foule de serviteurs qui se pressait dans la cour dut se jeter contre les murs des fortifications pour éviter d'être renversée.

Ojsternig ferma les lourdes tentures de velours et frappa de sa main la caisse de fer posée près d'Arialdo : « Quand la Raühnvahl sera à moi, nous raserons la forêt et nous gagnerons autant d'argent qu'à la belle époque de la mine. Tu as vu comme ils sont riches, ces vilains, à eux tous ? »

Arialdo acquiesça mollement.

« Qu'est-ce qu'il y a ? demanda Ojsternig.

— La Raühnvahl est riche parce qu'elle a été bien administrée, répondit le comptable. Et pas pressurée.

— Eh bien, nous la pressurerons », dit Ojsternig en riant. Il allongea les jambes sur la banquette. « Maintenant arrête de pleurnicher et laisse-moi tranquille », dit-il en prenant une gourde en argent pour boire une longue rasade du meilleur vin de Rhénanie. Il contempla la caisse cadenassée. Elle était pleine de pièces d'or. Au retour de Klagenfurt, elle serait presque vide. Mais cela en valait la peine. Le plan qu'ils allaient mettre en œuvre, imaginé par Arialdo de Tarvis, était ingénieux. L'empereur ne pourrait que donner son accord. Ojsternig ferma à demi les yeux. Quand il serait officiellement en possession de la Raühnvahl, il en remplirait des dizaines, des caisses comme celle-là.

Le voyage se poursuivit à allure constante jusqu'au pied du col du Nord. Dans la montée, il fallut ralentir. Le bruit assourdissant des sabots et des roues de fer sur les cailloux s'atténua.

Le col franchi, la procession descendit par une route

blanche et large où roulaient de longs convois de charrettes, pleines de marchandises.

Ils firent halte dans une auberge. Le patron laissa sa chambre à Ojsternig. Les cavaliers dormirent dans la salle à manger et dans l'écurie.

Le lendemain soir, ils aperçurent des lumières au loin, dans la plaine.

« Voilà Klognfuat, Votre Seigneurie ! » hurla le cocher en se penchant vers l'intérieur de la voiture.

À l'entrée de Klagenfurt, Ojsternig ouvrit les tentures pour admirer cette petite ville opulente.

Beaucoup de riches maisons, à trois, voire quatre étages, étaient aussi grandes que son château. La moitié inférieure était en maçonnerie et la moitié supérieure en bois sombre, avec des toits pentus couverts d'ardoises ou de plaques de métal étincelant. Au premier étage, des balcons à balustrade de bois historié débordaient de fleurs qui tombaient en cascade rouge, jaune et lilas. Les boutiques du rez-de-chaussée s'abritaient sous de larges auvents rayés, qui ondoyaient dans la brise, comme autant de grands papillons multicolores aux ailes éclatantes. Partout, des odeurs de pain à peine sorti du four, de confiserie, d'épices, de viande rôtie. Les rues, pavées de larges dalles sombres qui reflétaient la lumière des lanternes accrochées aux murs des maisons, étaient peuplées d'une foule incroyable de gens qui couraient de-ci de-là, et de marchands vantant leur marchandise.

Ojsternig sentit une pointe d'envie en pensant à son minuscule village de Dravocnik.

« J'étais déjà venu ici avec votre père, dit Arialdo de Tarvis, qui avait remarqué les regards d'Ojsternig. C'est magnifique, non ?

— Ferme-la », dit brutalement Ojsternig. Mais il continuait de regarder. Il fut intrigué par un homme à la peau brune, couleur de noisette grillée, avec d'étranges pantalons bouffants serrés aux chevilles, qui semblaient tissés d'or fin. Il était suivi de deux serviteurs à la peau également sombre, qui portaient de longues moustaches noires et, en guise de couvre-chef, des écharpes de tissu enroulées, fixées par des épingles en or. Leur seigneur avançait fièrement sous un baldaquin tenu par quatre serviteurs. Tout autour de lui, des soldats aux épées à lame large et à pointe courbe.

« C'est un vizir turc, dit Arialdo.

— Je t'ai dit de te taire », répondit Ojsternig.

Bien qu'il fasse presque nuit, il y avait foule dans les rues. Ojsternig fut attiré par un roulement de tambour. En se retournant, il vit des jongleurs lancer des torches allumées qui dessinaient dans l'air des trajectoires de feu, comme des étoiles filantes. Ils étaient précédés d'un jeune tambour et suivis d'un dompteur habillé de rouge, qui tenait en chaîne un ours brun aux mâchoires serrées par un épais lien de cuir. « Courageux citoyens de Klognfuat, pour un petit denier seulement venez combattre l'ours de la forêt de Joff, annonçait le tambour entre deux salves de roulement. Un denier seulement ! Et celui qui triomphe en gagnera vingt ! » L'ours, habitué au vacarme citadin, caracolait docilement derrière.

« Je veux organiser des combats de chiens et d'ours », dit Ojsternig au bout d'un moment.

Leur convoi s'arrêta enfin devant une luxueuse auberge.

Le patron se montra empressé, s'abîmant en

révérences et salamalecs. Il ordonna à ses serviteurs de décharger les bagages et de s'occuper des chevaux.

« Attends », dit Ojsternig en descendant de voiture. Il tenait à la main le pot de chambre dont il usait en voyage.

L'homme s'immobilisa, tête baissée en signe d'onctueux respect.

Ojsternig s'approcha et lui mit le pot de chambre sur la tête, comme si c'était un chapeau. « Qu'on voie bien que tu n'es pas un serviteur quelconque, dit-il en riant. Tout le monde doit savoir que tu es le prêtre de ma merde. »

Agomar et ses hommes éclatèrent de rire.

Le patron sourit, penaud. Il continua de donner ses ordres, coiffé du pot de chambre, sous les braillements de rire des soldats.

Ojsternig dîna à l'écart de ses hommes. Seuls Agomar et Arialdo de Tarvis furent admis à sa table. Il se retira aussitôt après le dîner.

Le lendemain matin, les soldats eurent congé. Ils restèrent à l'auberge, à boire, et importuner les servantes et la femme du patron.

Ojsternig, Arialdo de Tarvis et Agomar se rendirent secrètement dans un sombre édifice ecclésiastique à l'extérieur de Klagenfurt, sur la rive orientale du Wörthersee. Arialdo portait une grosse besace de cuir en bandoulière. Agomar était à ses côtés, la main sur le pommeau de son épée.

Ojsternig fut reçu par le directeur du seul orphelinat de toute la Kärnten.

« Comme je vous l'avais annoncé, Sa Seigneurie souhaite prendre un garçon, commença Arialdo de Tarvis.

— Puis-je vous demander la grâce de connaître le nom de Sa Seigneurie ? demanda le directeur.

— Non », répondit Agomar, les yeux plantés dans les siens.

Arialdo sortit de la besace une bourse pleine de pièces de monnaie, qu'il posa bruyamment sur l'écritoire.

Le directeur considéra les vêtements élégants d'Ojsternig et l'aspect brutal d'Agomar, avant de plonger le nez à l'intérieur de la bourse. « Votre Seigneurie est très généreuse, dit-il avec un sourire mielleux. Je respecterai votre réserve, croyez-le.

— Vous avez tout préparé selon les ordres ? demanda Arialdo, pendant qu'Ojsternig, sans dire un mot, posait sur le directeur un regard distant.

— J'ai fait installer trois sièges dans le réfectoire, derrière un paravent, s'empressa-t-il de répondre. Nous y avons pratiqué des ouvertures discrètes, afin que Vos Seigneuries puissent examiner les candidats sans être vues. Les garçons attendent dans une pièce voisine, et dès que Vos Seigneuries seront installées…

— Pressons », l'interrompit Ojsternig en se levant.

Le directeur bondit sur ses pieds, fit une preste révérence et les mena jusqu'au réfectoire, une grande pièce dépouillée et froide, qui sentait le chou et l'oignon.

Ojsternig, Arialdo et Agomar s'assirent, et les garçons, un à un, commencèrent à défiler. Face au paravent, ils s'arrêtaient et disaient comment ils s'appelaient.

« Non », disait sèchement Ojsternig pour écarter ceux qui ne convenaient pas. Quand il en voyait un qui était susceptible de correspondre à ses visées, il disait : « Attends à l'écart. »

Après ce premier tri, les garçons refusés furent renvoyés dans leur dortoir. Les onze sélectionnés défilèrent à nouveau devant le paravent, mais plus lentement, et nus.

Quand ce fut le tour d'un garçon maigre et blond, efféminé, Ojsternig nota qu'il avait une large cicatrice qui partait de l'épaule droite. « Tourne-toi », ordonna-t-il.

Le garçon resta immobile, fixant le paravent d'un regard de défi.

Le directeur intervint pour le faire se retourner.

Ojsternig vit que la cicatrice continuait au-delà de son épaule et descendait jusqu'à la moitié du dos, irrégulière, épaisse comme une coulée de miel.

« Une brûlure, Seigneur, expliqua le directeur. Une querelle. Ce pauvre garçon a été maintenu sur la braise d'une cheminée… Je comprends que ce soit un défaut mais… c'est un des plus intelligents, et…

— Je le prends, l'interrompit Ojsternig. Laissez-nous seuls. »

Tandis que le directeur faisait débarrasser le réfectoire, le garçon ramassa ses vêtements.

« Reste nu », lui dit Ojsternig.

Le garçon le regarda avec malice, et un sourire ambigu se dessina sur son visage.

Le directeur, une fois la porte refermée, resta là.

« Allez-vous-en, dit Ojsternig.

— Attendez-nous dans votre bureau avec les documents », ajouta Arialdo.

Dès que le directeur eut quitté la salle, Ojsternig se leva et s'approcha du garçon, qui avait la main posée sur son mamelon. « Le directeur dit que tu es intelligent. Nous verrons. Tu dois apprendre une histoire et être capable de la raconter. » Il le fixa un instant. « Quel âge tu as ? demanda-t-il.

— Douze ans.

— À partir d'aujourd'hui, tu en as dix. » Ojsternig montra la besace de cuir qu'Arialdo venait d'ouvrir et qui contenait des vêtements luxueux. « Enfile ces habits.

— Tu ne me préfères pas nu ? » répondit le garçon.

Ojsternig bondit tel un serpent. Il lui serra la gorge, sans la moindre émotion dans le regard.

Le garçon devint écarlate, les yeux écarquillés, s'agitant sans parvenir à se dégager. Puis ses paupières commencèrent à se fermer et son corps s'alourdit.

Ojsternig le lâcha et le garçon s'affaissa au sol comme un sac vide.

« Relève-le », ordonna Ojsternig à Agomar.

Celui-ci attrapa le garçon sous les aisselles et le remit debout.

Ojsternig le gifla, jusqu'à ce qu'il reprenne ses esprits. Il le fixa dans les yeux et chuchota : « On va le voir tout de suite, si tu es stupide ou pas. » À Agomar, il ordonna : « Lâche-le. »

Le garçon se toucha la gorge. Puis il baissa les yeux sur les vêtements qui se trouvaient dans le sac de cuir et commença à s'habiller. Il tremblait.

Quand le garçon eut terminé, Ojsternig sourit, à sa manière cruelle. « Tu t'imagines peut-être que j'ai besoin d'une petite putain dans ton genre ? »

Agomar et le garçon sortirent attendre dans le couloir, tandis qu'Ojsternig et Arialdo entraient dans le bureau du directeur.

« Ce garçon n'est jamais passé par cet institut », dit Arialdo.

Le directeur lui tendit deux feuilles de parchemin. « Voici les seuls documents qui attestent de son identité. »

Arialdo prit les feuilles et les jeta dans la cheminée. Puis il se tourna vers le directeur. « N'y a-t-il pas un registre qui signale son entrée ?

— Effectivement... », répondit le directeur en ouvrant un grand livre. Il trouva la page, plongea sa plume dans l'encrier et traça un long trait noir sur la ligne qui enregistrait son arrivée.

Arialdo prit le livre et arracha la page, la jetant à son tour dans le feu.

« Mais, Votre Seigneurie... », balbutia le directeur.

Ils quittèrent l'orphelinat et revinrent en ville. Agomar et le garçon attendirent dans une taverne. Ojsternig et Arialdo traversèrent la rue pour entrer dans l'étude d'un notaire spécialiste en héraldique, et accrédité auprès de la cour de l'empereur Robert III.

Le notaire les reçut aussitôt. « Il n'y a personne, comme vous me l'avez demandé.

— Tout est prêt ? » demanda Arialdo sans préambule.

Ojsternig se contentait d'observer.

« Certainement. Les sceaux impériaux sont conformes, et la certification ne peut en aucune manière être contestée.

— Bien, dit Arialdo en prenant les documents. Dès maintenant, vous oubliez tout.

— Votre Seigneurie, dit le notaire en s'inclinant vers Ojsternig, soyez tout à fait tranquille. Vous avez été très généreux, et votre argent me fera de l'usage pour longtemps. »

Ojsternig le fixa en silence. Puis il parla, pour la

première fois. « Tu te trompes, notaire. “Pour longtemps”, ça ne suffit pas. Tu aurais dû dire “pour toujours”.

— Qu’entendez-vous par-là ? » demanda le notaire en soulevant un sourcil.

Ojsternig sortit sans répondre.

Dans la taverne, il croisa le regard d’Agomar et lui fit un signe de tête.

Agomar répondit de même et resta assis, fixant la porte du notaire. Ojsternig et Arialdo rentrèrent à l’auberge avec le garçon qu’ils avaient acheté.

Avant midi, la caravane se remit en mouvement.

Mais Agomar n’était pas à la tête de ses hommes.

Ce soir-là, à Klagenfurt am Wörthersee, il y eut un accident. Une charrette, conduite par un ivrogne à la capuche rabattue, renversa un homme qui rentrait chez lui. Le choc ne lui laissa aucune chance : les chevaux piétinèrent son corps et les roues terminèrent le travail. L’ivrogne ne s’arrêta pas. Le cadavre fut identifié comme celui d’un des citoyens les plus influents de la ville. Un notaire spécialisé en héraldique, accrédité auprès de la cour de Robert III.

Agomar rejoignit son seigneur non loin du col du Nord. Il baissa sa lourde capuche et fit quelques pas près de la fenêtre de la voiture, sans dire un mot. Puis il prit la tête de la troupe, droit, la nuque raide, écoutant l’étendard du prince d’Ojsternig claquer au vent des montagnes.

Le lendemain, Ojsternig et sa suite faisaient leur entrée dans la Raühnvahl. Le cortège s’arrêta près de Notre-Dame des Neiges et les soldats appelèrent les serfs de la glèbe au rassemblement.

Quand ils furent tous là, Ojsternig descendit de

voiture. « J'ai une bonne nouvelle à vous annoncer, dit-il d'une voix suave. Une nouvelle qui vous réjouira tous. »

Les gens ne firent aucun commentaire. Le silence était total.

Mikael fixait Ojsternig. Mais Ojsternig, ce jour-là, ne le regarda pas.

Il fit descendre après lui un garçon blond, vêtu avec élégance. « Vous le reconnaissez ? » demanda-t-il. Il regarda les serfs en souriant. Puis, lentement, presque religieusement, il déboutonna la casaque du garçon. Il la lui ôta, le fit se tourner et le montra aux gens, en désignant sa brûlure. « Vous ne le reconnaissez pas ? répéta-t-il. Le prince est de nouveau parmi vous ! Il a miraculeusement échappé à l'incendie ! Et moi, tout aussi miraculeusement, j'ai réussi à le retrouver. Son identité est attestée par la brûlure qui le marque et par les documents officiels rédigés par un notaire. » Puis il déclara d'une voix forte : « Je vous ramène le prince Marcus II de Saxe ! »

Mikael sentit son sang se glacer.

Agnete prit sa main et la serra dans la sienne. Son regard sévère lui imposait le silence.

Eloisa ouvrait de grands yeux.

« Et pour honorer le contrat que j'avais scellé avec son père, mon ami et allié Marcus Ier de Saxe, quelques jours avant sa fin malheureuse, causée par des rebelles que j'ai moi-même exterminés, poursuivit Ojsternig, le jeune Marcus II épousera ma fille, et nos nobles lignées n'en feront plus qu'une aux yeux de Dieu et de l'empereur Robert III, que le Ciel l'assiste à jamais ! »

Le silence se prolongeait. Personne ne croyait à cette farce.

« Réjouissez-vous donc, racailles ! » ordonna Agomar en dégainant son épée, aussitôt imité par ses hommes.

Pendant que les gens criaient de faibles hourrah, Ojsternig cracha par terre et remonta en voiture. « Je te l'ai mise au cul, Robert III », s'esclaffa-t-il en regardant Arialdo de Tarvis, l'inventeur de cette forfaiture. Puis il donna l'ordre du départ et la caravane se dirigea vers le palais.

« Je te tuerai, Ojsternig », se répéta Mikael ce soir-là, rongé par la haine. Étendu sur sa couche, il serrait dans sa main la bague de son père.

Plus tard, tandis qu'Agnete ronflait, il entendit Eloisa chuchoter : « Bonne nuit, gros bêta. »

Alors Mikael sourit, son cœur s'allégea un peu et il pensa : « Et après, je me marierai avec toi. »

Troisième partie

36

Six ans plus tard, Harro, le molosse d'Ojsternig, avait vieilli. Il se déplaçait difficilement, ses pattes arrière le soutenaient mal, son poil avait blanchi, ses dents autrefois acérées étaient devenues noires et usées. Des taches de gale rougeâtres s'étalaient sur son dos, et ses paupières inférieures tombantes donnaient à son regard féroce une profonde tristesse. Ojsternig l'avait abandonné à son triste sort. Le chien n'avait plus accès au palais. Il s'était trouvé un recoin sale dans la cour, où il passait son temps à somnoler. Fatigué de la vie, épuisé par la faim, il se nourrissait de déchets, comme les chiens errants, qui étaient maintenant plus forts que lui. La gueule grande ouverte, il cherchait son souffle, des coulures de bave blanchâtre irritaient les plaies de ses babines. Les serfs et les artisans lui prêtaient cependant une attention spéciale, prenant un malin plaisir à le maltraiter, comme une revanche tardive. Même les gamins, dont il avait hanté les cauchemars, le frappaient à coups de bâton. Harro ne grognait plus, pour ne pas exciter l'acharnement de ses bourreaux. C'était la seule fierté qu'il puisse à présent se permettre.

L'hiver semblait déjà planter ici et là ses griffes de glace, la neige fondue descendait lourdement du ciel gris sur le château de Dravocnik, où se bousculaient les gens et les charrettes.

Ce jour-là, deux jeunes palefreniers l'avaient aculé dans un coin et le frappaient avec un bouclier où ils avaient fixé un clou à ferrer les chevaux. Harro, par un réflexe instinctif, releva les babines sur ses canines épointées. Les valets se mirent à rire et le frappèrent plus fort.

« Laissez-le tranquille », dit une voix derrière eux.

Riant encore, ils se retournèrent. « Qu'est-ce que tu veux, paysan ? Tu cherches des ennuis, toi aussi ? »

Le garçon qui leur faisait face avait seize ans. Il mesurait au moins un empan de plus qu'eux. Les épaules larges, les mains fortes. Et le regard calme, rendu plus dur par une cicatrice qui barrait son front de la racine des cheveux jusqu'au sourcil gauche.

« Tu veux t'amuser toi aussi ? » ricana l'un des valets, qui avait évalué la taille du garçon et perdu toute son assurance.

Le garçon ne répondit pas. Il le fixait du regard.

Tous deux continuèrent à l'observer un moment pour se donner une contenance. Puis ils s'écartèrent et partirent vers les écuries.

Alors le garçon se pencha et tendit les bras vers le chien. « Viens », dit-il.

Harro agita son moignon de queue. Puis, vacillant sur ses pattes arrière, il s'approcha et lui lécha le visage.

Mikael le prit contre lui, et l'émotion lui serra la gorge quand Harro, en proie à un bonheur inattendu, se mit à japper comme un chiot.

Mikael regarda autour de lui. La cour grouillait de gens affairés qui ne lui prêtaient pas attention.

C'était le grand jour. La longue reconstruction du château de la Raühnvahl, détruit par l'incendie sept ans plus tôt, était achevée. Ojsternig allait s'y installer le matin même, abandonnant l'odieux château de Dravocnik. Il avait ordonné aux habitants de la Raühnvahl de s'y présenter avec tous les moyens de transport dont ils disposaient, charrettes, mulets, bœufs et brouettes. Tous ses biens étaient entassés dans la cour pour le déménagement, des tapisseries précieuses aux lits sculptés, des vivres à la vaisselle. Les paysans allaient devoir les transporter sur la montagne, passer le col, descendre dans la vallée et remonter la colline jusqu'au nouveau château, escortés par Ojsternig et ses soldats. Seules Agnete et Eloisa en avaient été dispensées. Elles avaient un bébé à faire naître ce jour-là.

Le royaume d'Ojsternig et celui de la Raühnvahl n'en formaient plus qu'un, depuis le mariage de la princesse et du garçon qu'on avait fait passer pour Marcus II de Saxe. Le plan élaboré par Arialdo de Tarvis avait fonctionné à merveille. L'empereur Robert III avait nommé Ojsternig régent *pro tempore* jusqu'à la majorité du jeune prince de Saxe. À sa mort en 1410, son successeur Sigismond de Luxembourg, nouveau *Rex Romanorum*, avait ratifié cette décision.

Ojsternig, pensa Mikael avec un mouvement de colère, avait planté encore plus profondément ses griffes dans le royaume qu'il avait usurpé en exterminant sa famille. Comme tout ce qui ne lui servait plus, il allait abandonner Dravocnik à son misérable destin.

Mikael serra avec force Harro, qui continuait de

japper et de remuer la queue, au comble du bonheur, et lui léchait le visage. Le grand chien de guerre serait abandonné à son sort, lui aussi. Il mourrait de faim ou tué par quelque lâche.

« Moi, je ne t'abandonne pas », lui dit Mikael. Il se baissa et passa la tête sous le corps du chien, ses pattes avant dans une main et ses pattes arrière dans l'autre. Il se releva sans effort et le mit en travers de ses épaules, comme les paysans faisaient avec les agneaux, bien qu'Harro soit plus lourd qu'une brebis. Le chien avait pesé autrefois jusqu'à deux cents livres, mais en pesait aujourd'hui à peine cent cinquante. « Je t'emmène », lui dit-il.

Quelques serfs de Dravocnik le regardèrent, mais aucun ne reconnut le gamin gracile qui pelletait autrefois le fumier dans la cour. Personne ne l'arrêta ni ne lui adressa la parole. Seule une femme au visage marqué de cicatrices de variole lui fit un signe amical de la tête. Elle avait les yeux rougis, ce qui la rendait encore plus laide. Son fils Bassiano, le palefrenier attardé, était mort un mois plus tôt du poumon. Mikael ne l'avait appris que ce matin-là, en venant la saluer.

Il franchit la grande entrée du château et marcha dans les rues de Dravocnik, Harro sur ses épaules, puis dépassa le sinistre village pour attaquer le flanc de la montagne.

Il sourit en pensant à la réaction d'Agnete quand elle le verrait avec le chien. Elle ronchonnerait, crierait sans doute mais elle céderait, il en était sûr, comme elle avait cédé quand il lui avait imposé, enfant, la présence d'Hubertus.

« Évidemment, dit-il à Harro, tu prends un peu plus

de place qu'un rat. » Il eut un petit rire. « Mais c'est plus difficile de t'écraser avec un balai. »

Aussitôt après, il redevint sérieux, pensant à Eloisa. Il était sûr qu'Harro lui plairait. Mais il se sentit rougir de honte et d'embarras, comme souvent quand il devait se confronter à elle. Eloisa était devenue pour lui comme une épine dans le pied.

Trois ans plus tôt, un été, tous les deux s'étaient aventurés dans les bois. Seuls. Dans une clairière, Eloisa, qui avait alors treize ans et devenait une femme, s'était penchée pour cueillir un cèpe. Son corsage était délacé à cause de la chaleur et Mikael avait entrevu un sein, avec un mamelon rose aussi attirant qu'une fleur. Il était resté à la regarder du coin de l'œil, en découvrant pour la première fois qu'il était devenu un homme. Une turgescence tendait l'étoffe de ses braies à la hauteur de l'aine. Eloisa, consciente de son regard, avait fixé son entrejambe en éclatant de rire, avec une malice que Mikael avait prise pour une moquerie : « T'as un bâton dans les braies. » Mikael s'était senti rougir. Il avait le souffle court, le cœur battant, le ventre noué. Saisi d'une panique incontrôlable, il s'était sauvé, poursuivi par le rire d'Eloisa. Il avait couru à perdre haleine, avant de s'arrêter net : il ne pouvait pas laisser Eloisa seule dans la forêt, c'était trop dangereux. Revenu sur ses pas, il s'était caché pour la suivre alors qu'elle redescendait dans la vallée. Elle pleurait, il ne savait pas pourquoi. Le soir, rouge de colère, Eloisa s'était exclamée : « Qu'est-ce que tu crois ? Qu'un gamin comme toi pourrait me plaire ? » Il s'était senti mourir de honte et d'humiliation. Le désir de regarder dans son corsage ne l'avait pas quitté, mais depuis ce jour-là, il était mal à l'aise avec elle, craignant qu'elle ne se moque encore de lui.

Il s'arrêta à mi-chemin dans la montée pour reprendre son souffle. Après avoir déposé Harro sur le sol, il prit dans la besace qu'il portait en bandoulière une miche de seigle, dont il lui donna la moitié. Harro se jeta dessus. Malgré ses dents gâtées, il la dévora en un instant.

« Pour le moment, tu devras te contenter de ça, lui dit Mikael. Tu aimeras bien Eloisa, soupira-t-il, en caressant l'énorme tête. Elle est spéciale. Dommage que je ne lui plaise pas… en tout cas, ça n'a pas l'air. » Il sentit l'angoisse et la honte lui serrer la gorge, et secoua la tête comme pour chasser ces pensées.

Il regarda Dravocnik, en bas, enveloppé dans sa poussière rouge et noire que voilaient la distance et la neige fondue qui tombait. Ces six dernières années, on avait pendu au moins un homme par semaine au gibet de la mine. Pourtant, les rangs des rebelles avaient grossi. Des mineurs et des familles entières mouraient de faim chaque hiver. Beaucoup, désespérés, s'enfuyaient dans les bois ou tentaient d'atteindre les villes voisines, dans l'espoir d'y rester plus d'un an pour gagner le droit d'être libres. Ces dernières années, Volod le Noir, le chef des rebelles, avait fait de nombreuses incursions. Il attaquait aussi bien les convois des marchands que ceux d'Ojsternig. Ce que voulaient les rebelles, c'était s'affranchir de cette loi qui faisait d'eux du bétail appartenant à leur maître.

La population de Dravocnik cherchait à survivre. Le mot si souvent prononcé de « liberté » voulait simplement dire « du pain ». Mais Ojsternig restait sourd à toutes les requêtes.

Au fil du temps, la situation s'était encore tendue. D'autres bandes s'étaient formées, échappant au contrôle de Volod le Noir, qui tentait, lui, d'imposer des règles et le respect des autres serfs, mineurs ou paysans. Aveuglés par la faim, nombre de ces égarés étaient devenus de vulgaires brigands, des criminels agressant ceux qui avaient partagé leurs peines, avec lesquels ils avaient bu dans les tavernes le soir. Ils tuaient parfois pour un poulet, un peu de fromage, un sac de farine, un tonneau de bière.

Les habitants de la Raühnvahl ne se déplaçaient plus seuls, surtout dans les bois. La cueillette des champignons dans la forêt du Mezesnig se faisait rare, une rencontre avec des brigands pouvait être fatale. Mais les paysans de la Raühnvahl pouvaient s'estimer plus chanceux que la population de Dravocnik. Les taxes étaient de plus en plus lourdes, mais Agnete continuait de les inciter à enterrer ce qu'ils parvenaient à mettre de côté. Malgré les privations, personne n'était mort de faim pendant les hivers les plus rigoureux. Quand ils déterraient une pièce de monnaie qui leur permettrait de survivre, les paysans repensaient au jour où le petit Mikael les avait sauvés. Ils bénissaient chaque morceau de viande salée qu'ils mangeaient grâce à lui.

« Partons », dit Mikael à Harro en le chargeant à nouveau sur ses épaules.

Ojsternig, pendant ces années-là, l'avait laissé tranquille. Mikael pensait parfois qu'il l'avait oublié, trop occupé par la reconstruction du château, par ses intrigues à la cour de l'empereur pour renforcer sa position de seigneur des deux royaumes. Sans compter les représailles contre les rebelles et les brigands, les nouvelles taxes à imposer à ses serfs, ou l'impitoyable et lucratif abattage de la forêt du Mezesnig. Ojsternig, pourtant, n'avait rien oublié. Chaque fois qu'il venait contrôler l'avancement des travaux du château de la Raühnvahl, il convoquait Mikael et le fixait de son regard de rapace. Mikael ne baissait pas les yeux.

À trois cents verges environ du col que surveillaient les gardes d'Ojsternig, Mikael coupa par la montagne. Le temps avait passé, mais il préférait les éviter. À plus forte raison avec Harro sur les épaules. Il grimpa à travers les rochers éclatés par le gel, franchit la crête et commença à descendre vers la Raühnvahl. La forêt reculait de plus en plus, massacrée par les bûcherons d'Ojsternig, qui avaient mis en place un énorme commerce de bois, vers le sud avec la Sérénissime et vers le nord-est avec le chapitre de Bamberg. Des dizaines d'arbres centenaires gisaient à terre, dépouillés de leur écorce. De gigantesques ramures coupées s'amassaient n'importe où, lançant leurs feuilles desséchées vers le ciel. Il ne put s'empêcher de penser au jour du massacre, à tous ces cadavres entassés dans la cour du château comme des pantins désarticulés. Il s'immobilisa, ferma à demi les paupières. Secouant la tête pour chasser cette image, il serra plus fort les pattes de Harro et reprit sa descente.

À cause de ce déboisement sauvage, les loups sortaient plus souvent à découvert. Mikael se déplaçait avec prudence, attentif au moindre bruit, surveillant les alentours. Il connaissait la montagne comme sa poche, maintenant. Du temps où ce royaume lui appartenait, il ne savait même pas à quoi il ressemblait ni jusqu'où il s'étendait. Il ignorait tout de la façon d'y survivre, d'y poser le pied pour ne pas tomber. La montagne ne lui appartenait plus par droit féodal, elle était devenue sienne parce qu'il l'avait conquise, se dit-il en souriant. Personne ne la lui enlèverait jamais.

Le vieux Raphael lui avait appris à grimper dans les rochers. D'abord de petites escalades de dix verges, attaché à une corde. Il était tombé, s'était relevé, était tombé à nouveau. Et puis un jour, à mains nues et seul, il avait atteint le sommet du Doigt de Moïse. Là-haut, sur la roche nue et gelée, il s'était assis pour manger une tranche de jambon et du pain rassis. Pour la première fois, il s'était senti libre. Il avait sorti le livre de Raphael et avait lu à voix haute. Un aigle, dans le ciel, exerçait ses petits à plonger en piqué, pour qu'ils puissent ensuite attraper les marmottes et les lapins. Pour la énième fois, Mikael avait lu dans ces mots latins l'histoire du garçon qui tuerait un jour le prince d'Ojsternig. Il était incapable d'en inventer une autre. Mais Raphael lui avait assuré qu'il trouverait d'autres histoires. Toutes celles qui font d'une vie quelconque une vie complète, disait-il.

Sur la route qui descendait à la vallée, plongé dans ses réflexions, Mikael n'eut pas conscience à temps d'un bruit suspect.

Soudain, il trouva le chemin barré par deux hommes armés de couteaux et de bâtons. Il se retourna. Deux autres bloquaient sa fuite.

« Donne-nous tout ce que t'as, comme ça on sera pas obligés de te tuer », dit l'un des hommes devant lui, le visage marqué par la faim et le désespoir, le regard mauvais.

« J'ai rien », répondit Mikael pendant qu'Harro, sur ses épaules, sentant le danger, grognait tout bas.

L'homme les regarda. Et sourit méchamment.

Les brigands, avant d'infester les forêts, qu'ils disputaient aux loups, avaient été des hommes comme les autres. Mais n'avoir plus rien à perdre avait fait resurgir chez certains leur part la plus sombre.

Mikael comprit que cet homme le tuerait, juste pour le plaisir.

« On a toujours quelque chose, dit l'homme, qui fit un pas en avant, son coutelas à la main.

— Moi, non », répéta Mikael en essayant de garder une voix assurée.

— Alors donne ton chien, dit l'homme en avançant plus près. On le mangera. »

Mikael sentit les deux autres se rapprocher derrière lui.

Harro grogna.

« Calme », lui dit Mikael. Lentement il commença à se baisser. Impossible de se défendre avec Harro sur les épaules. Sauf que quatre hommes armés de couteaux et de bâtons n'auraient aucun mal à avoir le dessus. « Laissez-moi passer, dit-il, sentant la peur le tenailler. Je vous dis que j'ai rien. »

L'homme se mit à rire. « Donne ton chien.

— Je peux pas vous le donner, dit Mikael en posant la main sur la croupe pleine de plaies de Harro, qui continuait à grogner.

— Alors on va te le prendre », dit l'homme, qui bondit vers lui.

Au même instant, il y eut un long sifflement. Mikael vit les yeux de l'homme s'écarquiller, et la pointe d'une flèche sortir par sa poitrine. La course du brigand s'arrêta. Ses genoux plièrent, il porta la main à son thorax. Deux pas encore, et il tomba, les bras tendus vers Mikael. Harro s'élança, autant que ses forces le lui permettaient, et le saisit à la gorge pour l'achever de ses dents épointées.

Les trois autres, indécis, regardaient autour d'eux.

Un cavalier jaillit de la forêt. « Bougez plus ! » ordonna-t-il.

Il n'avait pas d'arme à la main mais un long poignard à la ceinture, un arc à l'épaule et des flèches dans un carquois fixé à sa selle.

Mikael remarqua la marque d'Ojsternig sur le flanc arrière du cheval. C'était un palefroi de chasse à la robe tachetée, agile et vif, mais cet homme n'était pas un soldat d'Ojsternig. Le cheval était sans doute volé.

« Je vous avais avertis, dit l'homme aux trois brigands.

— Volod… écoute… », dit l'un d'eux.

L'homme leva la main pour le faire taire.

Mikael sut ainsi qu'il était face à Volod le Noir, le chef des rebelles, dont la tête était mise à prix et qui échappait depuis des années à la capture. Il ne ressemblait pas au héros qu'il s'était imaginé. Il était petit, avec d'épais cheveux noirs emmêlés et sales, et les yeux clairs de certains chiens de montagne croisés avec des loups. Il portait une tunique usée en peau de cerf, des bottes de fourrure d'ours brun qui montaient jusqu'à ses genoux, et une cape de feutre déchirée et rapiécée. Sa barbe cachait mal la maigreur de son visage, aux pommettes hautes et marquées.

« Cachez-le dans les fourrés, on doit pas le voir du sentier », dit Volod le Noir aux brigands, en désignant la dépouille de leur chef.

Mikael se dit qu'il avait un ton autoritaire sans être méprisant. Volod ne lui avait pas jeté un seul regard.

Puis il tourna vers lui un regard pénétrant. « C'est le chien d'Ojsternig, dit-il.

— Non. Maintenant c'est le mien. »

Volod mit pied à terre pendant que les brigands soulevaient le cadavre. Il arracha sans peine la flèche du corps de l'homme.

Volod, malgré sa petite taille, semblait avoir beaucoup de force.

Il nettoya la flèche sur la tunique du mort avant de faire signe aux autres de l'emporter dans les bois, puis la remit dans son carquois. « Je vous donne une autre chance. La dernière, dit-il aux brigands. Vous pouvez vous joindre à nous. Mais selon mes règles. Interdit de tuer les innocents, interdit de voler les pauvres. »

Les trois brigands hésitaient.

« Partez. Vous avez réfléchi trop longtemps, dit Volod. J'ai pas besoin de gens qui me poignardent dans le dos pour un morceau de pain. Mais vous avez intérêt à changer de forêt, parce que si je vous revois, il y a trois flèches marquées à votre nom. »

Les trois brigands se sauvèrent à toutes jambes.

Volod s'approcha de Mikael.

Harro grogna.

« Tiens-le en respect, sinon je le tue », dit-il d'une voix dure. Il fixa un instant Mikael en silence puis lui demanda : « Qui tu es ?

— Je m'appelle... commença Mikael, effrayé par le regard incisif de l'homme.

— Je t'ai pas demandé comment tu t'appelles mais qui tu es.

— Je suis... Mikael Veedon...

— Es-tu donc stupide ? fit Volod en serrant le poing. Qui tu es ? Un homme d'Ojsternig ?

— Non ! Je suis… un serf de la glèbe… de la Raühnvahl… »

Volod le fixait toujours. « Tire-toi de là, dit-il enfin. Bientôt, beaucoup de sang sera versé. » Il fit un pas vers lui, sans se soucier de Harro qui avait recommencé à grogner. « Si je te vois faire demi-tour pour avertir Ojsternig, je te plante une flèche là, entre les deux yeux, dit-il d'un ton déterminé en posant le doigt entre ses sourcils. T'as compris, paysan ? »

Mikael acquiesça légèrement, sans bouger, pétrifié par cette antique peur infantile qui ne l'avait jamais quitté.

Un grand nombre d'hommes, armés de poignards et d'arcs, jaillit alors des fourrés où ils s'étaient cachés.

« Tire-toi ! » répéta Volod.

Mikael reprit Harro sur ses épaules. Après une vingtaine de pas, quand il se retourna, il n'y avait plus aucune trace de Volod ni de ses hommes. La forêt était redevenue silencieuse et semblait à nouveau déserte.

Il marcha en pensant à cet homme. Peu de gens l'avaient rencontré, mais il était entouré d'un halo de légende, et l'on en parlait dans les villages comme d'un homme extraordinaire. Raphael et Agnete disaient que les rebelles étaient des gens qui trouvaient le soleil la nuit. Mikael avait rêvé de ces hommes exceptionnels, ces chevaliers sans peur et sans reproche. Mais Volod ne ressemblait pas au héros qu'il s'était imaginé. C'était un homme trapu, petit, au regard féroce, guère différent des brigands qui l'avaient attaqué.

Il passa le pont sur l'Uque et entra dans le village, encore sous le coup de la déception.

À son arrivée, Agnete et Eloisa se lavaient les mains dans une bassine. L'eau était rouge de sang.

« Ojsternig déménage aussi ses chiens décrépits ? demanda Agnete d'un ton soupçonneux.

— Non. Lui, il est avec moi », répondit Mikael en se dirigeant vers la porte.

Agnete lui barra le chemin. « Je veux pas de chien chez moi, dit-elle.

— Alors j'entrerai pas non plus. Cette nuit, on dormira dans la grange. Et après, je me construirai une cabane », répliqua Mikael en posant Harro par terre. Il sentait la colère monter. À cause de la peur qu'il avait eue, et peut-être aussi de sa déception après la rencontre avec Volod.

Agnete rentra et claqua la porte.

Eloisa regarda le molosse. Puis Mikael.

Comme tous les jours, il répondit timidement à son regard, oubliant tout, et toujours étonné de la trouver aussi belle. Elle avait maintenant seize ans. Ses cheveux tombaient droit autour de son visage, coupés net à la hauteur de la mâchoire. Ses yeux brillaient, bleus et profonds comme les lacs des Alpes. Ses lèvres évoquaient des abricots mûrs, veloutés. Son corps était mince et souple.

Bientôt la porte se rouvrit. Agnete agitait l'index, le visage rouge. « Je ne sais pas comment tu fais pour être aussi obstiné ! » cria-t-elle. Puis elle tendit à Mikael une écuelle de bois contenant un emplâtre verdâtre et malodorant. « Mets ça sur ses plaies. Ça guérira plus vite.

— Vous êtes en train de me dire qu'il peut dormir dans la maison ? demanda Mikael avec un sourire dans les yeux.

— Espérons qu'au moins il prendra nos puces et qu'on en aura moins », bougonna Agnete, avant de tendre un doigt menaçant vers Mikael. « Et qu'est-ce qu'il va manger ? Tu y as pensé ?

— La moitié de ma part », répondit Mikael, sérieux.

Agnete le regarda. Mikael était devenu le garçon le plus grand et le plus fort de toute la vallée, après Eberwolf. Il avait de larges épaules, des cuisses et des bras robustes comme le chêne, des mains capables de serrer comme un étau et un dos suffisamment fort pour avoir porté cent cinquante livres à travers la montagne, sans même paraître fatigué. Sa peau, autrefois pâle, avait bruni, et le soleil avait encore éclairci ses cheveux. Il les portait longs à présent, attachés sur la nuque par un lacet de cuir rouge pris sur la vieille robe d'enfant d'Eloisa. Ses traits étaient réguliers, et sa beauté rendue plus virile par la cicatrice à son front, son nez cassé et toutes les blessures qui avaient marqué sa vie jusque-là, telles des entailles sur le bâton d'un berger. Chacune de ces cicatrices, Agnete pouvait les rapporter à une saison. Elle ne put s'empêcher de penser qu'il ressemblait plus à un guerrier qu'à un paysan. Il était tout le portrait de son père, le dernier prince de Saxe. Elle s'étonnait parfois de l'aveuglement et de la bêtise des gens. La ressemblance était pourtant frappante. Elle ramassa une bûche, qu'elle lui lança dessus. « Il mangera la moitié de ta part, gamin ? » cria-t-elle. Elle n'avait jamais cessé de l'appeler ainsi.

Harro grogna.

Agnete prit une autre bûche. « Il y en a aussi une pour toi, vieux couillon », menaça-t-elle.

Harro se serra contre Mikael, sur la défensive, continuant de grogner tout bas.

« Tu tiens même pas sur tes pattes », lui dit Agnete

en hochant la tête. Elle jeta la bûche par terre. « Et cet âne qui veut te donner la moitié de sa part ! s'exclama-t-elle. Tu veux le faire crever ? dit-elle d'un ton agressif. Tu sais ce qu'il va en faire, de la moitié de ce que tu manges ? Il va juste nettoyer ses dents pourries avec. Une bête comme ça, ça doit manger de la viande ! » Elle tendit de nouveau le doigt vers lui. « T'as intérêt à améliorer ton tir à l'arc et à lui attraper des écureuils, des oiseaux et des rats, si tu veux pas qu'il crève. »

Mikael ouvrit la bouche pour parler.

« D'accord, pas de rats, pour l'amour de Dieu, s'exclama Agnete en levant les yeux au ciel. Au cas où ça serait des arrière-petits-enfants de…

— Hubertus », dit Eloisa en riant.

Agnete regarda Mikael et Harro. « Vous faites un beau couple, bougonna-t-elle en rentrant dans la baraque. Vraiment, un beau couple !

— Tu lui as plu, je te l'avais dit, expliqua Mikael à Harro, avec un sourire. Elle a juste mauvais caractère. » Puis il étala l'emplâtre sur ses plaies.

Eloisa se mit à rire. « J'espère que tu vas pas l'appeler Hubertus lui aussi.

— Non, lui c'est Harro. »

Eloisa tendit la main et caressa timidement l'énorme croupe du molosse.

Harro beugla.

« Quelle voix profonde, dit-elle.

— N'aie pas peur », lui répondit Mikael.

Elle s'assit sur le tronc de sapin équarri qui formait le seuil de la baraque, découvrant un peu ses belles jambes, solides et fuselées. Puis elle lança un regard à Mikael.

Mikael se sentit rougir quand il s'assit près d'elle, sans s'approcher assez pour que leurs jambes se touchent. Sa respiration s'accéléra.

Pendant ces six années où ils avaient grandi ensemble, il avait été traversé par un torrent d'émotions. Dès qu'il le pouvait, il se mettait à côté d'elle pour travailler aux champs, l'écouter souffler sous l'effort, regarder les gouttes de sueur sur son front l'été, ses joues rougies par le froid l'hiver. Le soir, à table, il imaginait que leurs pieds se cherchaient. Il l'aidait à coudre les bonnets en queue d'écureuil, repensant à ce jour de leur enfance où le bout du doigt d'Eloisa avait touché sa paume. Quand leurs doigts se frôlaient en prenant les aiguilles d'os, Mikael était le premier à s'écarter, craignant qu'elle n'ait un mouvement de recul. Elle avait dit, trois ans plus tôt, qu'il ne lui plairait jamais. Chaque nuit, recroquevillé en silence sur sa couche de paille, il se languissait, tourmenté par cette timidité invincible, et cette peur qu'Eloisa se moque encore de lui. Et plus le temps passait, plus il lui était difficile de l'approcher, comme si la somme des jours depuis ce jour avait bâti entre eux un mur impénétrable.

Assis sur le seuil à côté d'elle, trop loin pour la toucher, il se dit qu'il pourrait peut-être se rapprocher. Il posa ses mains tremblantes sur le tronc équarri pour se soulever et glisser un peu vers elle, quand Harro se faufila entre eux, se serra contre Eloisa et posa la tête sur ses genoux.

« Qu'il a la tête lourde ! » s'exclama Eloisa.

Harro poussa un long soupir et ferma les yeux, détendu.

« Tu lui plais », dit Mikael.

Eloisa sourit et caressa Harro.

Mikael se dit que, s'il caressait lui aussi Harro, leurs mains se toucheraient. Mais il était paralysé par la timidité. Les joues en feu, il se tourna vers elle, ouvrit la bouche, puis finit par dire, au prix d'un grand effort : « Si tu veux, c'est… notre chien. »

Les yeux d'Eloisa se voilèrent de larmes. « J'ai toujours rêvé d'avoir un chien… », dit-elle.

Mikael rit bêtement, pour cacher son embarras.

« Crétin ! » dit Eloisa en lui envoyant une tape sur le bras.

Harro, les yeux fermés, émit un bruit profond qui ressemblait à un grognement.

Eloisa écarta sa main, effrayée. « Pourquoi il fait ça ?

— Il te dit que tu ne dois pas avoir honte », répondit Mikael avec un sourire.

Eloisa laissa les larmes couler sur ses joues et recommença à caresser Harro. « Alors, ce sera notre chien, dit-elle. Et elle ajouta : T'es quand même un grand crétin. »

Mikael se reprochait intérieurement de n'être même pas capable de prendre la main de la fille qu'il aimait pour la caresser. « Oui. Je sais. Je suis le roi des crétins. »

37

Ojsternig éperonnait son cheval avec fureur, tenant les brides d'une seule main. Son bras gauche pendait le long de son corps et il sentait à chaque bond de l'animal une pointe de douleur aiguë, là où la flèche s'était plantée. Derrière lui, Agomar et trois cavaliers, seuls survivants du guet-apens des rebelles, protégeaient sa retraite.

Il se souvenait à peine de ce qui s'était passé. Pendant la descente du convoi vers la Raühnvahl, il avait soudain entendu claquer des dizaines d'arcs et siffler une volée de flèches. Le soldat à ses côtés avait porté la main à sa gorge et s'était écroulé sur lui, éclaboussant sa tunique de sang. D'autres étaient tombés au sol avec un gémissement. Son cheval, pris de panique, l'avait presque désarçonné. C'est à ce moment qu'une flèche l'avait atteint au bras. Sans l'écart qu'avait fait sa monture effrayée, la flèche l'aurait frappé en plein cœur. Pas le temps d'organiser une contre-attaque. Les rebelles étaient cachés dans les buissons, perchés dans les arbres. Une vraie boucherie. Agomar l'avait rejoint en lui criant de s'échapper. Ojsternig avait fait volte-face et était remonté au grand galop vers la montagne, entendant toujours à ses oreilles le sifflement des flèches et les hurlements des rebelles. Aucun des paysans qui formaient le convoi n'avait été visé. Aucune de leurs bêtes.

Ojsternig ralentit bientôt l'allure, les rebelles étaient loin. Il saisit la flèche plantée dans son bras, voulut l'arracher et sentit une grande douleur.

« Non, Seigneur ! intervint Agomar. Il vaut mieux la laisser là jusqu'à ce qu'on puisse vous soigner. »

Ojsternig le regarda, furieux. « Comment ça a pu arriver ? »

Agomar repensa au guet-apens qu'il avait lui-même tendu à ses hommes, des années plus tôt. Il n'y avait qu'une seule explication. « Un traître, dit-il.

— Un traître ? Qui ?

— On ne le saura jamais, Seigneur, dit Agomar en hochant la tête, ça peut être n'importe qui. Tout le monde savait que votre installation au nouveau château était pour aujourd'hui.

— Qui ? hurla cette fois Ojsternig.

— Un serviteur du palais, répondit Agomar en haussant les épaules. Ou un paysan de la Raühnvahl. N'importe qui aurait pu avertir les rebelles. »

Agomar avait raison, ils ne sauraient jamais qui avait fourni l'information. Ce pouvait même être un mineur de Dravocnik, qui aurait parlé avec un serf. « Nous avons trois gibets, dit-il d'une voix sourde. Dimanche prochain, je veux qu'un serviteur du palais, un paysan de la Raühnvahl et un mineur pendent au bout d'une corde. Occupe-t-en.

— Je les choisis comment ? demanda Agomar.

— Tu n'as qu'à tirer aux dés, répondit Ojsternig avec mépris.

— Ce sera fait. »

Ojsternig éperonna son cheval, et rebroussa chemin vers Dravocnik. « Combien d'hommes as-tu perdu ?

— Quatorze.

— Dis au bourreau d'aiguiser ses couteaux », dit Ojsternig. Il sentait encore vibrer en lui la peur de mourir, presque excitante. « Et je veux que dimanche on écorche vif quatorze de ces manants. Assure-toi que tous y assistent, y compris les serfs de la Raühnvahl. Et qu'on écrive sur chacune de leurs peaux le nom d'un des soldats qui sont morts aujourd'hui. Les rebelles doivent savoir que tuer l'un des nôtres, c'est comme tuer l'un de ceux qu'ils veulent protéger. Mes sujets aussi doivent le savoir. Ils haïront les rebelles autant qu'ils nous haïssent. » En traversant Dravocnik, escorté de ses soldats à l'épée dégainée, il murmura d'une voix sourde : « C'est la guerre. » Mais la peur de la mort ne le quittait pas, perchée sur son épaule tel un corbeau.

Il se rendit à l'hospice des frères, où on le fit étendre sur une couche placée près de l'autel où l'on célébrait la messe pour les malades. Il se signa, par pure superstition. Le frère médecin surgit aussitôt, et déchira la manche de la tunique. Il coupa le bout de la flèche avec une cisaille, et d'un geste sec retira la pointe.

Ojsternig hurla de douleur.

Puis le frère lava la blessure en y versant du vin tiède cuit avec des clous de girofle. Sur les trous par où la flèche était entrée et sortie, il étala un emplâtre fait de crottin de chèvre, de graisse de porc et de blanc de plomb. Il banda ensuite son bras serré. « Vous devez vous reposer maintenant, Votre Seigneurie », dit le frère.

Ojsternig se leva sans répondre et quitta le monastère pour rentrer dans son château presque vide. Il ordonna qu'on allume un grand feu dans la cheminée et qu'on dispose de la paille fraîche devant. Il s'y coucha et but l'une après l'autre deux coupes de vin de poire, dont il sentit à peine le goût. Il fit signe à Agomar. « Fais venir le gros mollasson. Tout de suite ! »

Un garçon arriva. Il se plaça à côté d'Ojsternig avec nonchalance, glissant sa longue chemise dans ses chausses bicolores, une jambe verte et une jambe noire, aux couleurs de la maison de Saxe.

Ojsternig le regarda en silence. Officiellement, il avait seize ans, mais en réalité il en avait dix-huit. Quand il l'avait acheté à l'orphelinat dans le but de le faire passer pour Marcus II de Saxe, dernier héritier de la lignée, il avait compté sur le fait qu'il grandirait. Mais en six ans le garçon n'avait pas pris plus d'un empan. Il était d'une beauté ambiguë, sensuelle. Son corps s'était arrondi, avec des hanches et un thorax moelleux. Tout en lui était mou, et Ojsternig avait remarqué les regards des soldats quand il passait en se déhanchant dans la grande salle. Il avait toujours l'air de sortir du lit d'un amant, les cheveux dépeignés, comme ébouriffés par une main qui les aurait caressés. Tout en lui évoquait l'indolence du sexe, du plaisir, de l'abandon. Les cernes qui contrastaient avec la peau glabre et lisse de son visage semblaient la marque de ses vices.

« Demain, tu seras avec moi devant le gibet, gros mollasson.

— J'aime bien les pendaisons », répondit Marcus. Sa voix était chaude, douce.

Ojsternig le fixa avec mépris. Faible, vicieux, peu fiable. « Quatorze manants seront écorchés vifs. Tu monteras sur le gibet, tu prendras le couteau du bourreau et tu inciseras le premier condamné. »

Marcus pâlit.

Ojsternig ricana. « Il faut se salir les mains pour être un bon prince. » Il but une autre coupe de vin de poire, puis s'assombrit. « Tu dors depuis deux ans dans le lit de ma fille. Mais il n'y a toujours pas d'héritier », dit-il d'une voix sourde. La princesse avait maintenant dix-neuf ans. Elle n'avait plus aucun intérêt. Petite, sa ressemblance avec sa mère l'avait attiré. Mais, en grandissant, elle avait perdu ce charme sensuel et s'était fanée. Ojsternig ne la faisait plus venir dans son lit.

« Votre fille est peut-être stérile », dit le garçon avec un air de défi.

Ojsternig resta impassible. « Approche. »

Marcus fit un pas vers lui.

« Plus près. Agenouille-toi près de moi. » Le garçon s'agenouilla et se pencha vers lui avec sa nonchalance habituelle, comme pour accueillir un secret murmuré.

Ojsternig le frappa alors d'une violente gifle en pleine figure. « Ou peut-être que tu gâches ta semence avec les putains du palais, siffla-t-il. Et quand tu viens dans le lit de ma fille, tes couilles sont vides. »

Il prit sa joue entre le pouce et l'index, et la tordit.

Marcus gémit.

« Mes hommes disent que tu préfères la folle. » Il parlait d'Emöke.

« Elle est toujours libre », dit le garçon, la voix

faussée par la douleur qu'Ojsternig lui infligeait. Il avait des lèvres charnues, anormalement rouges, comme mordues par un amant passionné.

Ojsternig le lâcha et le repoussa.

Marcus tomba sur les fesses. « Je n'aime pas me mettre en rang pour une putain », dit-il d'un ton venimeux. Mais sa voix était seulement capricieuse, sans force. « Les autres ont peur d'elle, ils disent qu'elle parle avec les morts et les fées…

— Non, le coupa Ojsternig. Elle te plaît parce qu'elle est folle et qu'elle ne peut pas voir qui tu es. » Il rit amèrement. « Parce que si tu fréquentes les putains, c'est uniquement pour être avec les soldats, non ? » Il vit qu'un peu de sang coulait de son nez à cause de la gifle. Il tendit le pouce, qu'il trempa dans le sang. Puis le passa sur les lèvres du garçon. « Voilà. Maintenant tu es parfait, dit-il. Va-t-en. »

Marcus ne bougea pas. Il fixa son regard vicieux sur Ojsternig.

« Va-t-en ! » hurla celui-ci.

Marcus se leva et recula, comme un chien qui craint les coups de pied. Il disparut.

Resté seul, Ojsternig contempla le feu dans la cheminée. Sigismond de Luxembourg avait ratifié la décision de Robert III et l'avait nommé régent jusqu'à la majorité de Marcus II de Saxe. Il régnerait donc encore cinq ans sans partage sur les deux royaumes réunis. Mais il n'avait aucune confiance en ce garçon. Fuyant, dépravé, capable un jour de l'empoisonner, avec l'aide de quelque ambitieux. Aussi le destin du faux prince de Saxe était-il scellé depuis longtemps. Il lui avait servi à unir les deux terres sous un même commandement. Maintenant, il devait lui assurer une descendance. Dès qu'Ojsternig aurait un héritier, Marcus serait assassiné. Après sa mort, sa fille, selon la coutume, gouvernerait le royaume de Saxe. Cela n'inquiétait pas Ojsternig : il continuerait de régner pour elle. « J'en ai le droit, se disait-il en riant tout bas. Au fond, j'ai été son premier mari. » Mais toujours pas d'héritier. Ojsternig se mit à penser que sa fille était peut-être stérile, puisqu'il ne lui avait jamais fait d'enfant.

Il continua de boire en fixant le feu et finit par s'endormir.

Plus tard, dans la nuit, sa blessure commença à battre douloureusement. Et le lendemain encore plus. Il tremblait de froid et sentait de nouveau la peur de la mort lui tenailler la gorge. On convoqua le frère médecin.

« C'est normal, dit-il. Le cataplasme fait monter le pus qui vous libérera des humeurs mauvaises. »

Deux jours plus tard, la fièvre était élevée.

« Faites venir le barbier, Votre Seigneurie », conseilla Agomar.

Le barbier du village avait fait la guerre et soigné les blessures sur le champ de bataille. C'était un homme fort, au ventre proéminent. Il défit le bandage et hocha la tête avec consternation. « Crotte de chèvre », marmonna-t-il, accablé.

« C'est la prescription du médecin, dit Ojsternig.

— Le médecin ? Vous voulez dire le frère, répliqua le barbier. Votre Seigneurie, avec tout votre respect, si ça faisait du bien, on prendrait chaque soir des bains de merde et on se réveillerait tout rajeuni.

— Parle clairement, sans faire de longs discours.

— Il faut laisser la blessure guérir seule, expliqua

le barbier. Pour arrêter les saignements, on peut mettre un emplâtre d'une herbe qu'on appelle "bourse du pasteur". Mais il est tard maintenant.

— Fais ce que tu dois », ordonna Ojsternig.

Le barbier enleva le cataplasme du frère avec un linge de lin. Il se fit apporter une cruche de vin chaud, avec lequel il rinça en surface les blessures laissées par le passage de la flèche. Puis il remplit une petite fiasque presque transparente faite d'une vessie de porc, avec un petit bec d'étain mince et allongé. « Je vais vous faire mal, Votre Seigneurie », dit-il en introduisant le bec dans la blessure et en comprimant la vessie. Un flux de vin chaud, mêlé de sang et de pus, s'écoula par le trou opposé.

Ojsternig gémit, serrant les dents.

« Voilà, la plaie est lavée », dit le barbier. Il banda de nouveau le bras en concluant : « Vous n'avez besoin de rien d'autre.

— Si je perds mon bras, dit Ojsternig, tu perdras le tien. »

Le barbier pâlit. « Vous ne perdrez pas votre bras, Votre Seigneurie.

— Ça vaut mieux pour toi », fit Ojsternig.

À l'aube du jour suivant, le pus ne battait plus dans la blessure et la fièvre avait baissé.

Trois jours plus tard, le dimanche, Ojsternig, bien que pâle et affaibli, fut en mesure de présider aux exécutions. Il regardait avec nervosité autour de lui, craignant quelque flèche. Sous sa somptueuse tunique, il avait passé une cotte de mailles.

L'esplanade de la mine grouillait de gens.

Ojsternig chercha Mikael du regard, et lui fit signe d'approcher. Un de ses soldats reçut l'ordre de descendre de cheval, et Ojsternig dit à Mikael : « Monte. »

Mikael se mit en selle.

Ojsternig lui posa la main sur l'épaule, comme pour démontrer publiquement qu'il lui appartenait. « Bien. Je te veux à côté de moi », dit-il.

La charrette transportant les trois condamnés à la pendaison s'avança. La foule retenait son souffle. Bientôt, ils se balanceraient tous les trois dans le vide, s'agiteraient en tous sens, les yeux exorbités, la bouche ouverte sur un cri muet. Et plus leurs jambes s'agiteraient, plus le nœud coulant se serrerait. Le premier à mourir fut un vieux serviteur du palais. Son cou se rompit dans un craquement qui donna la chair de poule à ceux qui étaient tout près. Le deuxième fut un mineur de cinquante ans. Il devint écarlate et sa langue, livide, se gonfla dans sa bouche. Dans le silence effaré de la foule, on entendit sa femme lancer un cri de désespoir. Près d'elle, un petit enfant aux joues trempées de larmes s'écria : « Père ! » Il s'élança vers le cadavre qui pendait, comme pour le descendre du gibet, sans même arriver à toucher les pieds raidis de son père. Un soldat frappa l'enfant au visage, et la gifle le projeta à terre. Le dernier à mourir fut Cvetko Radu, un serf de la glèbe de la Raühnvahl fort comme un ours, qui n'avait jamais fait de mal à une mouche. Mikael vit les braies du paysan se mouiller d'urine. Elle coula le long de ses jambes et goutta de ses pieds nus, secoués par un tremblement. La fille de Cvetko s'évanouit avant que le corps de son père ne devienne raide au bout de la corde.

Quand tous les trois furent morts, Ojsternig serra l'épaule de Mikael et le regarda attentivement.

Mikael ne tourna pas la tête. Il avait les yeux pleins de larmes pour Cvetko. Pendant toutes ces années, il avait parfois pioché à côté de lui dans les champs. Mais Cvetko n'avait jamais éveillé son intérêt. Et à présent qu'il se balançait dans le vide comme un épouvantail bourré de paille, il regrettait de ne jamais lui avoir adressé la parole. De n'avoir pas d'autre souvenir, d'autre pensée qui se rattache à cet homme, un brave homme, tué par caprice.

Ojsternig fit signe à l'orphelin usurpateur de monter sur le gibet à côté du bourreau.

Marcus, pomponné comme pour un bal à la cour, portait une casaque dorée serrée à la taille qui faisait ressortir ses hanches rondes. Ses cheveux ébouriffés étaient noués d'un ruban jaune et violet descendant avec sensualité sur sa poitrine molle, comme une tresse.

« Quatorze valeureux soldats sont morts dans le lâche attentat perpétré par une bande de brigands », annonça Ojsternig à la foule, sa main serrant toujours l'épaule de Mikael comme s'il était son ordonnance.

Aucun des paysans de la Raühnvahl n'avait été blessé ce jour-là. Quand Ojsternig avait détalé avec les survivants, les rebelles étaient sortis de la forêt pour trancher la gorge des soldats blessés. Ils avaient pillé les charrettes et chargé les chevaux d'Ojsternig de victuailles, d'objets précieux d'or et d'argent, avant de disparaître dans la forêt du Mezesnig.

« Aujourd'hui, par la faute de ce lâche de Volod le Noir, quatorze d'entre vous mourront à sa place, continua Ojsternig. Et il en sera de même chaque fois. » Il regarda la foule. « Le prince Marcus de Saxe commencera symboliquement le dépeçage, pour que vous sachiez que nous ne sommes qu'un seul et même royaume, fort et uni. » Il fit signe à l'orphelin, pâle comme un linge.

Le bourreau tendit le couteau au faux prince. Devant eux se tenait le premier des condamnés, un vieil homme qui tremblait, les bras tenus par des soldats. À l'aide d'un morceau de charbon de bois, le bourreau traça une ligne de la nuque du condamné jusqu'au début de ses fesses. Puis deux autres lignes, une de chaque côté, de la nuque aux omoplates.

Marcus tenait le couteau, aussi tremblant que le vieillard.

Les treize autres condamnés étaient rangés en file derrière lui, nus, les mains et les pieds étroitement attachés. Neuf hommes et quatre femmes. Parmi les hommes, trois n'étaient guère plus que des enfants. Beaucoup des condamnés pleuraient. Une des femmes s'affaissa sur les planches.

Voyant que Marcus ne bougeait pas, le bourreau, sur un signe d'Ojsternig, posa ses deux mains sur la sienne. Il plaça la lame sur la nuque du vieillard et appuya sur la main de Marcus pour faire pénétrer le couteau et le faire descendre le long du dos, pratiquant ainsi une incision profonde dans la peau du condamné, qui hurlait et se débattait. Les deux soldats avaient du mal à le maintenir.

Le bourreau lâcha alors la main de Marcus, qui fit un bond en arrière et se courba en deux pour vomir.

Ojsternig rit, mais d'un rire de mépris. « Tu n'es pas comme lui, hein ? murmura-t-il à Mikael. Lui, ça le dégoûte. Toi, par contre… tu souffres pour eux. » Il sourit. « C'est ça, ta faiblesse. »

Mikael ne répondit pas. Il repensait à la première

pendaison à laquelle Ojsternig l'avait fait assister, où il avait vomi lui aussi. Il détourna la tête.

Ojsternig rit et l'attrapa violemment aux cheveux pour lui maintenir la tête tournée vers le gibet.

Le bourreau pratiqua les incisions de la nuque aux épaules. Du bout du couteau, il souleva deux morceaux de peau à la base du cou, là où les incisions se croisaient.

Le vieil homme pleurait comme un enfant.

À l'aide de longues pinces plates en bec de canard, le bourreau saisit les deux lambeaux de peau et tira, des deux côtés en même temps. Comme pour dépecer un cerf ou un lapin.

Les hurlements du vieil homme ne purent couvrir le bruit effroyable de la peau se détachant de la chair.

Ojsternig gémit de plaisir et serra plus fort les cheveux de Mikael.

Mikael ouvrit la bouche, sans pouvoir crier. Il chercha Eloisa du regard.

Mais Eloisa ne le regardait pas. Elle fixait la scène en sanglotant, les joues trempées de larmes. La foule entière pleurait.

Alors Mikael ferma les yeux et les garda fermés pendant l'interminable série d'exécutions, les oreilles remplies des cris des condamnés et du bruit terrible que produisait l'arrachement de la peau.

Les peaux furent ensuite montrées à la foule comme des trophées, et Agomar en cloua sept à la grande poutre qui surmontait l'entrée de la mine. Sur chacune il écrivit le nom d'un soldat mort, qu'il énonçait d'une voix forte. Les sept autres seraient clouées au parapet du pont sur l'Uque, à l'entrée de la Raühnvahl.

« Dégage », ordonna Ojsternig à Mikael, quand tout fut terminé.

Mikael descendit du cheval, les jambes tremblantes, et retrouva Eloisa et Agnete. Eloisa pleurait sans discontinuer, le regard empli de terreur. Mais Mikael fut incapable de la prendre dans ses bras.

« Rentrez chez vous ! cria Ojsternig. Et rappelez-vous que votre véritable ennemi maintenant, c'est Volod le Noir ! »

Tous se dispersèrent en silence, assommés d'effroi. Les familles des victimes restèrent au pied du gibet pour y attendre dans le désespoir, et sans pouvoir les regarder, que leurs proches meurent d'avoir perdu tout leur sang.

Ojsternig, en regardant les serfs repartir, dit à Agomar : « Il faut trouver de nouveaux soldats.

— Pas parmi ces vilains, répondit Agomar. Ils n'ont pas la moindre idée du combat.

— Nous pouvons l'enseigner aux plus jeunes, rétorqua Ojsternig. Il y en a peut-être de féroces parmi eux.

— Comment les choisir ?

— J'ai une idée, dit Ojsternig, une lueur mauvaise dans les yeux. Il faut les dresser. Comme on dresse de bonnes bêtes pour la lutte à mort. »

38

Pendant des jours entiers, Mikael refusa de se joindre aux autres pour travailler. Il ne dormait pas, ou au prix de cauchemars dont il se réveillait en hurlant. À l'aube, il prenait son arc et ses flèches, chargeait Harro sur ses épaules et pénétrait dans la forêt. Il allait jusqu'au couloir où il avait cueilli des coulemelles avec Eloisa, le jour où elle avait effleuré sa main. Il s'asseyait sur une souche où s'accrochaient des champignons coriaces. Harro se promenait avec bonheur dans les bois, glissant sa truffe dans les terriers de mulots, d'hermines et de belettes, flairant les traces de chevreuil ou de cerf, l'échine hérissée quand il tombait sur une trace de loup. Mikael le suivait un peu des yeux, mais son esprit revenait toujours aux horreurs du dimanche précédent. Aux cris désespérés des condamnés écorchés vifs. À ceux de leurs proches. Il sentait surtout la main d'Ojsternig sur son épaule, et se répétait qu'il aurait dû la repousser, descendre de cheval, lui crier tout son mépris. Même s'il devait être pendu. Mais il n'avait rien fait, il était juste resté là. C'était ce qui le torturait. Il avait eu peur, il avait été lâche. Comme Gregor quand on lui avait pris Emöke. Comme tous les serfs qui étaient là dimanche.

Six ans s'étaient écoulés depuis qu'il s'était promis de tuer Ojsternig et d'épouser Eloisa. Et il n'avait réalisé aucun de ces deux souhaits.

« Tu n'es rien », se dit-il, avec la sensation d'un vide dans le cœur.

Tous les matins, à l'aube, il travaillait dans les champs appartenant au seigneur. Cueillait les fruits du seigneur, labourait une terre qui ne lui appartiendrait jamais et vivait jusqu'au crépuscule une vie qui ne serait jamais la sienne. Pour s'étendre après le dîner sur sa pauvre couche, sans rien dans les mains, avant de plonger dans un sommeil sombre et vide. Comme une bête de somme.

« Tu n'es rien », se répéta-t-il. Et il ajouta : « Tu n'es qu'un serf de la glèbe. Du bétail. » De nouveau il sentit ce grand vide dans son cœur.

C'était parce qu'il n'était rien qu'Ojsternig lui avait posé la main sur l'épaule. Et s'il avait tué ces innocents, c'était parce qu'eux non plus n'étaient rien. Ni des hommes, ni des femmes, ni des enfants, mais des chiens, des vaches, des moutons, des ânes. Des bêtes de somme, de la viande à boucherie. Des serfs de la glèbe.

La forêt s'assombrissait. Il chargea Harro sur ses épaules et rentra.

« Je veux que tu ailles voir Raphael demain, lui dit Agnete pendant le dîner.

— Pourquoi ?

— Parce qu'à cause de toi je commence à être gênée vis-à-vis des autres, répondit Agnete d'une voix dure. Ici, on se casse tous le dos au travail. »

Mikael était certain qu'il y avait autre chose, qu'Agnete ne dirait pas.

« Je m'occuperai de Harro, dit Eloisa.

— Non, Harro vient avec moi », répondit sèchement Mikael, avant de se lever pour aller se coucher. Il n'avait pas décroché un mot depuis dimanche, même pour s'adresser à Eloisa, et ne répondait plus quand elle lui souhaitait bonne nuit. Sûr qu'elle le méprisait, elle aussi, de ne pas s'être dégagé de la prise d'Ojsternig.

Le lendemain, il prit Harro sur ses épaules et grimpa à travers le Mezesnig sans passer par le sentier. Il n'avait plus peur des loups et connaissait la forêt comme personne.

À la « tanière du dragon », le vieux Raphael l'accueillit avec un sourire. « Qu'est-ce que tu fais là, mon garçon ?

— Agnete m'a dit de venir vous voir, répondit Mikael.

— Et tu es un garçon obéissant », dit Raphael en riant. Il regarda Harro, qui s'était mis sur la défensive. « J'avais entendu dire que tu avais un chien. » Il s'approcha de Harro, sans crainte. À deux pas du chien, il plia les jambes et lui tourna le dos en tendant la main.

Harro vint la renifler et remua la queue.

Raphael se retourna et lui donna une tape sur la tête. Alors il se releva. « Magnifique bête », dit-il. Il s'assit à côté de Mikael. « Si tu lui tournes le dos, il comprend que tu n'as aucune intention agressive.

— Vous savez tout, hein ? » dit Mikael.

Raphael resta silencieux quelques instants, regardant les montagnes qui les entouraient. C'était une journée limpide, et la neige blanchissait les plus hauts sommets. « Tu es d'excellente humeur, je vois », lui dit-il, un sourire sur ses lèvres flétries.

Mikael haussa les épaules. « Alors, Je peux rester ?

— Oui, mais tu dois couper du bois. »

Mikael regarda la forêt. « Ojsternig est en train de la détruire.

— Il détruit tout. »

Mikael alla prendre une hache dans la remise à outils. Il eut un petit coup au cœur en voyant la pioche, le premier outil qu'il avait appris à manier. Dans les bois, il travailla jusqu'au soir. Il tira derrière lui les troncs qu'il avait abattus puis les scia en bûches et fendit les plus grosses à la hache sur la souche.

« T'es devenu fort », dit Raphael pendant qu'ils mangeaient.

Mikael ne répondit pas.

« T'as toujours le livre que je t'ai donné ? » demanda le vieil homme. Mikael acquiesça et plongea le nez dans sa soupe, relevée avec de la viande. Ils finirent de dîner en silence. Raphael ouvrit une bouteille en terre cuite. « Bois doucement, c'est fort », dit-il, en versant deux petites rasades de boisson.

Mikael but. Sa gorge se contracta, et une chaleur intense se diffusa dans son estomac.

« C'est un alcool distillé par les frères de Dravocnik. Ça fait digérer. »

Mikael sentait l'alcool défaire des nœuds en lui. « Vous avez appris ce qui s'est passé dimanche ?

— Oui, répondit Raphael avec gravité.

— De la viande de boucherie, dit Mikael d'une voix sourde. Comment Dieu peut permettre des choses pareilles ? ajouta-t-il, contenant sa colère.

— Tu me prends pour un curé, à me demander ce que Dieu pense ? »

Mikael, silencieux, gardait la tête basse.

« De toute façon, qu'est-ce qu'il pourrait faire, Dieu ? reprit Raphael. Même s'il décidait d'intervenir, comment il ferait pour mettre fin à toutes les injustices ? » Il se pencha vers lui. « Une fois qu'il aurait éliminé Ojsternig et tous les méchants de la terre, il y aura toujours un enfant qui survit à l'hiver et un autre non, une femme fertile et une autre qui est stérile. Et à la fin, quand il aurait éliminé tous les malheurs possibles et toutes les injustices, il y aura toujours un champ qui donne plus d'avoine qu'un autre. Ça ne serait pas une injustice, ça aussi ?

— Alors, à quoi il sert, Dieu ?

— Tu me prends décidément pour un curé ?

— Non. » Mikael était de plus en plus sombre.

Le silence retomba.

Raphael se leva pour aller dormir.

« La vie me dégoûte, dit Mikael.

— La vie, en elle-même, n'est ni moche ni belle.

— Arrêtez de faire des belles phrases ! dit Mikael rageusement. Vous êtes là sur votre montagne et rien ne vous touche. Vous ne connaissez rien à la vie. »

Le vieux se coucha sous sa peau de loup. « Oui, tu as peut-être raison. »

Mikael dormit peu. Il se réveilla au matin fatigué et de mauvaise humeur. « Vous vous êtes trompé, dit-il à Raphael d'un ton agressif pendant que le vieil homme faisait chauffer la soupe de la veille.

— Sur quoi ? dit-il sans se retourner.

— Quand j'étais petit, vous m'avez dit que la

haine, c'est une satisfaction qui dure pas. Ça n'est pas vrai.

— Ah non ? » dit Raphael d'un ton distrait.

Mikael sentit le sang lui monter aux tempes. « Non !

— Mais la bouche amère, ça reste », répondit Raphael.

Mikael haussa les épaules. « On s'y habitue. On finit par ne plus la sentir. »

Raphael se retourna et le regarda droit dans les yeux. « Tu mens, dit-il, avec un air sérieux.

— Qu'est-ce que tu en sais, toi, le vieux ? »

Raphael continua à le fixer et ne répondit pas. Ses yeux étaient empreints d'une mélancolie profonde, comme ceux de quelqu'un qui ne veut pas regarder en arrière mais sent pourtant le souffle du passé dans son dos.

Mikael fut ému par ce regard. Il sentit quelque chose se briser en lui. Tournant le dos, il sortit de la cabane avant que Raphael ne puisse lire dans ses yeux.

« Mikael, dit Raphael en le rejoignant.

— Cet homme a tué mon père, et moi… moi… ! explosa Mikael en se retournant, le visage contracté de colère et de douleur.

— T'as pas de père… commença à dire Raphael.

— Si ! J'ai eu un père ! C'était le prince Marcus Ier de Saxe ! hurla Mikael. C'est pas la peine que vous me répétiez toujours la même chose ! Et je l'ai vu se faire décapiter ! Et je sais qui a donné l'ordre de le tuer ! » Il chercha fougueusement dans sa poche, saisit la bague en or tordue par les flammes qu'il avait trouvée six ans plus tôt dans les cendres du château. « Regardez ! cria-t-il, les larmes aux yeux. C'est la bague de mon père ! » Il tomba à genoux sur le sol.

Harro vint près de lui et lécha ses larmes. « Et je ne suis même pas capable de le venger… murmura-t-il. C'est ça l'histoire qu'il raconte, votre livre stupide. »

Raphael amena un petit tabouret à trois pieds près de lui.

« Peut-être que mon père aussi pensait que ses serfs n'étaient rien. Qu'ils n'étaient pas des hommes mais des bêtes.

— Ton père a été un prince juste…

— Qu'est-ce que vous en savez ?

— Demande à ses sujets…

— À ses serfs ! » Mikael serra nerveusement les poings. « À son bétail !

— C'est la loi de notre monde…

— C'est une loi injuste !

— Elle est injuste quand le prince est injuste.

— Alors, qu'est-ce que je dois faire ? » demanda Mikael, exaspéré, levant vers le vieil homme ses yeux et son visage mouillé de larmes.

Raphael le fixa d'un regard soudain sévère. « Arrête de pleurer sur ton sort, par Dieu ! s'exclama-t-il d'une voix dure. T'es plus un gamin. Deviens un homme. »

Mikael fut blessé par ces paroles.

« Le but de la vie d'un homme, c'est de devenir ce qu'il devient, rien de plus, rien de moins, répondit Raphael d'un ton toujours aussi dur. Commence donc par savoir qui tu veux devenir et cesse de pleurnicher. »

Mikael resta figé à le regarder.

« Tu as un grand cœur, murmura Raphael. Écoute-le.

— Assez avec ces idioties ! C'est pas vrai ! cria Mikael en réponse. Je suis un lâche, et vous ne faites que bavarder, comme les vieux ! » Il se leva, prit Harro sur ses épaules et disparut dans la forêt.

Il arriva dans la Raühnvahl à la tombée de la nuit et se rendit dans le petit cimetière derrière Notre-Dame des Neiges. Il regarda la croix de bois qui indiquait l'endroit où il avait enseveli les cendres de son père, sa mère, sa petite sœur et Eilika. Debout, il ne trouva pas les mots pour une prière. Il éprouvait un profond mépris pour lui-même, comme si la main d'Ojsternig était encore sur son épaule.

« Je t'ai vu revenir », dit Eloisa derrière lui.

Mikael ne se retourna pas, mais son cœur fit un bond, comme si Eloisa était désormais en lui. Il entendit Harro japper joyeusement, et se rendit compte alors que, le dimanche précédent, Eloisa aurait pu être sur le gibet. Il aurait voulu se tourner vers elle, la prendre dans ses bras, la serrer fort. Mais il dit seulement, d'une voix distante : « Est-ce que ça finira un jour, cette horreur, si on n'y met pas fin nous-mêmes ?

— Qu'est-ce que tu veux dire ?

— On compte pour rien, répondit Mikael d'une voix sourde. Moi, je veux pas vivre comme ça.

— Comment tu voudrais vivre ?

— Et toi, comment tu voudrais vivre ? répliqua Mikael. Tu trouves ça bien, de penser qu'un jour on pourrait te pendre par caprice ?

— On n'y peut rien.

— Si, on y peut quelque chose ! s'exclama Mikael. J'ai rencontré Volod le Noir. » Il ne l'avait encore avoué à personne.

« Chut ! Faut pas qu'on t'entende ! dit Eloisa, alarmée.

— C'est ça, continuons à nous taire ! Comme des

moutons qui attendent qu'on les égorge ! » La colère montait de nouveau en lui. Il se sentait impuissant. Et lâche. « Quand j'était petit, je ne voyais rien, dit-il d'une voix que la rage et le mépris faisaient trembler. Et pourtant vous étiez déjà des esclaves, toi et les autres. La seule différence, c'était que vous apparteniez à mon père. Mais peut-être que pour lui aussi vous n'étiez rien. Comme pour Ojsternig ! »

Le son d'un cor résonna dans la vallée.

« C'est quoi ? » demanda Eloisa.

Distrait par les sentiments qui l'agitaient, Mikael n'entendait pas. Il cria presque : « Mon père, il était comme Ojsternig ! » Puis il lança un coup de pied rageur dans la petite croix de bois.

Eloisa lui donna une gifle.

Mikael la regarda. Il ramassa la croix et la lui tendit. « Allez, frappe-moi avec ça ! Et si tu veux me faire mal, frappe plus fort, dit-il d'une voix amère. Je suis plus un gamin maintenant ! »

Elle redressa la croix et la remit en place. « Peut-être, mais t'es pas encore un homme », dit-elle avant de s'en aller.

Mikael rougit d'humiliation et de colère. C'était la seconde fois en un jour qu'on lui disait qu'il n'était pas un homme. Il cria : « Eloisa ! »

Elle s'arrêta à la hauteur de la grille du cimetière et le regarda. « Quoi ? » demanda-t-elle.

Mikael resta silencieux, serrant les poings.

Elle le regarda encore un instant, puis partit.

Mikael serra les poings encore plus fort. Il aurait dû lui courir après, lui dire ce qu'il ressentait pour elle. Mais il ne pouvait pas. « T'es qu'un gamin, se dit-il avec hargne. Un gamin pleurnichard et lâche ! »

Les yeux pleins de larmes, il se tourna vers Harro. « Rentre à la maison. »

Le grand chien regarda vers la baraque d'Agnete.

« Rentre à la maison, Harro ! » cria Mikael.

Harro se mit en route d'un pas incertain.

Mikael sortit du cimetière en courant. « Eloisa ! » Mais quand il vit une caravane de charrettes et de cavaliers arrêtée sur l'esplanade devant Notre-Dame des Neiges, sa voix se brisa. Tous les habitants de la vallée étaient accourus, entourant la caravane.

Ojsternig, à cheval, bombait le torse avec un regard de défi. Deux enfants, misérablement vêtus, étaient attachés à lui, l'un sur sa poitrine, l'autre dans son dos, et formaient comme une cuirasse de chair humaine contre les flèches des rebelles. L'enfant sur son dos pleurait.

Mikael se déplaça dans la foule, cherchant Eloisa qu'il ne voyait pas.

« À partir de ce jour, le prince s'installe dans son château, annonça Agomar d'une voix forte. Vous construirez de nouvelles habitations pour les bûcherons de Sa Seigneurie. Et des abris et des écuries. La semaine prochaine arrivera un troupeau de trois cents moutons, un autre de cinquante veaux, et deux taureaux de monte. Chaque fois qu'un animal sera tué par les rebelles, l'un de vous aura le doigt coupé. Vous êtes tous avertis. »

Mikael écartait les gens, à la recherche d'Eloisa.

« Sa Seigneurie cherche de nouveaux écuyers et des soldats ! poursuivit Agomar. Tous les jeunes du village sont tenus de se présenter au château dimanche prochain pour disputer des épreuves. Quiconque ne se présentera pas sera considéré comme un rebelle et un traître, hurla-t-il d'un ton menaçant. Des combats seront organisés. Vous lutterez pour gagner.

— Ou mourir ! » ajouta Ojsternig en riant. Sa voix couvrit les pleurs de l'enfant attaché dans son dos. Il éperonna son cheval et se dirigea vers le château.

La procession de charrettes et d'hommes d'armes s'ébranla pour le suivre.

« Comme des chiens », pensa Mikael. Et soudain il eut un frisson de peur à la pensée qu'il pourrait mourir en combattant, pour le seul divertissement d'Ojsternig. « Des chiens de combat », se répéta-t-il.

Ce fut alors qu'il aperçut Eloisa. Elle marchait d'un pas rapide. Il la vit aller vers le pont sur l'Uque. À l'endroit où les peaux des innocents écorchés vifs étaient clouées, elle s'arrêta et les toucha, une à une.

Mikael dut attendre que la caravane passe avant de pouvoir traverser la route. La peur grandissait en lui. Il comprit que sa vie valait bien peu, aussi peu que celle des autres.

« Eloisa ! » s'écria-t-il dès qu'il put traverser, s'élançant à corps perdu vers le pont.

Mais elle n'entendait pas. Il franchit le pont au pas de course, ses pas résonnèrent sur les planches, puis il descendit sur la grève de l'Uque. Du coin de l'œil, il regarda les peaux clouées au parapet. « On compte pour rien », pensa-t-il encore. Il comprit tout à coup que ce qui l'habitait n'était pas la peur de mourir, mais le désir de vivre. Comme cette nuit où, caché dans la trappe d'Agnete, quand tous pensaient qu'il ne survivrait pas, il avait dit à Hubertus : « Moi, je vivrai ! »

Il descendit sur la rive escarpée du torrent. « Eloisa ! » s'écria-t-il. Il s'arrêta, espérant entendre une réponse. Rien d'autre que le silence. Continuant de descendre, il dépassa un gros enchevêtrement de branches charriées par les eaux du torrent. Il appela encore.

Elle sortit d'un buisson. « Quoi ? » demanda-t-elle avec la même intonation provocatrice.

Mikael s'élança vers elle. Il ne réfléchissait plus, ne raisonnait plus. Il prit sa main et la serra, plantant dans ses yeux un regard plein de passion.

Eloisa voulut retirer sa main.

Mikael la retint plus fort. « Non… dit-il d'une voix rauque. Je sais que je suis un crétin pour toi et que je ne te plairai jamais, mais toi… au contraire… » Il s'emmêla dans ce qu'il voulait dire, et se tut.

Les lèvres d'Eloisa s'entrouvrirent, sans qu'elle s'en rende compte.

Celles de Mikael s'entrouvrirent à leur tour, comme par un effet de miroir.

Eloisa prit sa main et la porta à sa bouche. « Ne t'arrête pas maintenant, Mikael Veedon », dit-elle dans un murmure.

Mikael caressa ses lèvres, doucement, timidement. Il les trouva plus douces que de la mousse, mais ses jambes tremblaient et il sentait s'évanouir tout le courage qui l'avait poussé dans ses bras.

Les yeux d'Eloisa s'emplirent de larmes.

« Pourquoi tu pleures ? lui demanda Mikael, déconcerté.

— Il t'a fallu tellement de temps…

— Mais tu avais dit… balbutia Mikael.

— Je sais ce que j'ai dit, reprit Eloisa. Mais toi, pourquoi tu l'as cru ? »

Mikael rougit. « Parce que je suis un crétin… »

Eloisa embrassa le bout des doigts de Mikael, puis les lécha de la pointe de sa langue. Elle les mordit, d'abord doucement, ensuite plus fort.

Le visage de Mikael devint rouge d'embarras.

Leur respiration à tous deux se faisait fébrile.

« Qu'est-ce que je dois… faire ? » demanda Mikael.

La main d'Eloisa se glissa dans les cheveux blonds de Mikael. Elle les serra dans son poing et l'attira à elle, presque avec violence.

Mikael se pencha. Il ouvrit la bouche.

Alors Eloisa mit ses doigts entre les lèvres de Mikael et commença, à son tour, à les y promener. Leurs yeux ne se quittaient pas. Elle le poussa doucement, jusqu'au moment où il se retrouva étendu dans l'herbe. Alors elle se pencha sur lui et approcha sa bouche de la sienne.

Ils ne s'embrassèrent pas tout de suite. Chacun respirait le souffle de l'autre, lèvres entrouvertes. « Tu m'as fait attendre si longtemps… murmura Eloisa. Si longtemps…

— Si longtemps… », reprit Mikael en écho.

Alors ils s'embrassèrent, avec une fougue incontrôlable et maladroite, leurs langues se mêlaient, leurs dents se heurtaient, mordillaient les lèvres de l'autre, les touchaient du bout de leurs doigts, comme pour apprendre ce premier baiser par cœur.

La main d'Eloisa glissa sur la poitrine de Mikael, qui frissonna. Elle descendit jusqu'à l'aine et toucha à travers l'étoffe son membre durci. « C'est comme ça qu'un homme doit être quand il désire une femme », dit-elle d'une voix entrecoupée, plus assurée qu'elle ne l'était vraiment. « C'est les grandes qui me l'ont dit. » Elle se hissa sur lui à califourchon et prit sa main, qu'elle glissa sous sa jupe pour lui faire découvrir son sexe humide. « Et c'est comme ça qu'une femme doit être quand elle désire un homme », gémit-elle, le dos arqué, les yeux à demi fermés de plaisir.

Mikael explora en frémissant, avec gaucherie au début, cette viscosité excitante qui dilatait son sexe.

Eloisa ouvrit ses braies, et le regarda entre les jambes.

Il aurait voulu d'instinct cacher son membre nu mais se retint.

Eloisa le caressa. Lui aussi était mouillé. Elle fixa Mikael dans les yeux, avec une sorte de peur voilée de désir. Serrant son sexe, elle le guida en elle. « C'est ce que font un homme et une femme quand ils se désirent… dit-elle d'une voix entrecoupée. Enfin… je crois… » Puis elle se poussa sur lui avec violence.

Mikael sentit une pression, une résistance puis un déchirement, et un flux chaud l'envelopper.

Eloisa gémit de douleur. « Ne… t'arrête pas… », murmura-t-elle, tandis qu'à la douleur se substituait un plaisir intense, suivi d'un coup au cœur. Elle commença d'aller et venir avec une ardeur grandissante, l'accueillant en elle, frottant son propre sexe contre le pubis de Mikael, ses mains agrippées à ses cheveux.

Soudain, sans qu'aucun des deux n'y soit préparé, leurs corps, presque à l'unisson, se mirent à vibrer jusque dans les profondeurs. Et si le corps de l'un approchait du plaisir final, l'autre le rejoignait et le dépassait, avant d'être à son tour poursuivi et rattrapé.

Aucun des deux ne cria quand ils atteignirent le plaisir. Ils restèrent figés, tremblants, effrayés et surpris, les yeux grands ouverts, la bouche muette, devinant dans le regard de l'autre la même stupeur, la même peur, le même plaisir.

Eloisa, à mesure que les spasmes n'étaient plus qu'un écho dans son ventre, s'abandonna lentement sur le corps de Mikael. Ils restèrent là, immobiles, unis comme un seul corps, jusqu'à ce que l'obscurité descende.

« Tu savais qu'un homme et une femme pouvaient être aussi heureux ? lui demanda Eloisa.

— Alors je suis devenu un homme ? dit Mikael avec un sourire rayonnant.

— Tu le savais ou pas ? répéta Eloisa en posant la tête sur sa poitrine.

— Comment j'aurais pu le savoir ? dit Mikael qui caressait ses cheveux lisses. Je croyais que les garçons naissaient par-derrière. »

Ils éclatèrent de rire.

39

Les jours qui suivirent, Mikael et Eloisa semblaient ne plus voir le monde qui les entourait. Ils n'avaient d'yeux que l'un pour l'autre.

Tout ce qui avait jusque là paru hors d'atteinte était maintenant pour Mikael naturel, vital. Il se répétait : « Je suis sorti de la trappe. » Avant, il était incapable d'approcher Eloisa. À présent, tous les prétextes étaient bons pour la frôler. Dès qu'il le pouvait, il touchait sa main, caressait sa poitrine, respirait ses cheveux ou sa nuque. Eloisa le cherchait avec la même ferveur. Ils se touchaient sans savoir lequel des deux avait commencé. Cette syntonie, ce désir qui palpitait à l'unisson les étourdissaient. Aussitôt Agnete endormie, Eloisa le rejoignait sur la paille près du foyer et se serrait contre lui. Ils s'exploraient, se donnaient du plaisir, se fondaient l'un dans l'autre. De moins en moins maladroitement. Dès qu'Agnete leur confiait un travail, ils se précipitaient pour le faire ensemble. Aveugles au monde, et même certains que personne ne s'en doutait.

Un soir, au dîner, Mikael allongea le pied sous la table à la recherche du pied d'Eloisa. Quand il l'eut trouvé, il commença à le toucher et remonta jusqu'à sa cheville. Soudain, il reçut un coup de pied au mollet.

« Imbécile, c'est mon pied ! » avait explosé Agnete.

Mikael avait rougi. Eloisa se retenait de rire.

« J'en peux plus de vous deux ! » s'était exclamée Agnete en tapant du poing sur la table. Puis, le regard sérieux, elle avait pris la main de Mikael et celle d'Eloisa. « Qu'est-ce que vous croyez donc ? » L'inquiétude était visible dans ses yeux. « Tu te souviens de Gregor ? dit-elle à Mikael. Puis, à Eloisa : Et toi ? Tu te souviens d'Emöke ? » Elle serrait leurs deux mains plus fort, dans un mélange de colère et de chagrin. « J'ignore ce que vous ressentez. Ça ne m'est jamais arrivé. » Il y avait dans sa voix une mélancolie profonde. « Mais vous êtes sûrs que c'est une chance ? Vous appartenez à un homme cruel qui se nourrit du malheur d'autrui. C'est lui, votre maître. Lui qui décide de vos vies. » Lâchant leurs mains, elle leur fit pour la première fois une caresse sur la joue. « Vous êtes mes enfants... et je ne veux pas qu'il vous arrive quelque chose. » Ses yeux s'étaient voilés de larmes.

Eloisa, cette nuit-là, ne rejoignit pas Mikael sur la paille. Et Mikael ne réussit pas à dormir. Il sentait encore plus violemment sa condition de serf, depuis qu'il avait quelque chose à perdre. Rien ne lui appartenait, ni sa vie ni son amour pour Eloisa. Ils n'étaient que les bestiaux d'Ojsternig.

Le lendemain matin, dès qu'ils furent seuls, Mikael dit à Eloisa : « On doit s'échapper.

— Où ? demanda-t-elle, effrayée.

— Je ne sais pas. Mais si on arrive à vivre une année dans une ville, la loi dit qu'on est libre. »

Eloisa hocha doucement la tête. « On peut pas

laisser ma mère toute seule, répondit-elle d'une voix grave. Elle en mourrait…

— Et nous alors ? » Mikael la prit par les épaules. « On n'en mourra pas ? »

Le visage crispé, Eloisa secoua lentement la tête. « Moi… », dit-elle enfin. Mais elle s'arrêta.

« Toi quoi ? » demanda Mikael, d'une voix soudain dure.

« Elle t'a élevé. Elle t'a donné la vie que tu as maintenant… dit Eloisa.

— Non ! C'est toi qui me l'as donnée ! »

Eloisa tendit la main et lui caressa les lèvres. « Tu sais que j'ai raison, hein ? » lui dit-elle avec une douceur et une maturité de femme.

Mikael arrêta sa main. Il lui lança un regard plein de feu, les narines dilatées, puis serra les dents. « C'est le maître qui décide comment ses bêtes doivent s'accoupler. Et elles ne protestent pas, elles ne se rebellent pas ! Bien sûr ! C'est toi qui as raison ! » dit-il avec rage.

Eloisa devint froide comme la glace. « Tu n'es qu'un gamin capricieux, égoïste et tyrannique, lui souffla-t-elle au visage. Tu aurais été un prince parfait. » Elle lui tourna le dos et rejoignit Agnete qui partait aux champs ramasser les derniers légumes tardifs.

Toute la journée, Mikael travailla en silence, sombre, plongé dans ses pensées.

Le soir, il murmura à Eloisa : « Je dois te parler. »

Elle le rejoignit dès qu'Agnete se fut endormie et se glissa avec lui sous la couverture.

« Faire l'amour avec la plus jolie fille du monde,

ça ne suffit pas pour être un homme, hein ? lui dit Mikael.

— Non.

— Moi, je veux devenir un homme. »

Il y eut un long silence.

Eloisa l'attira à elle et l'embrassa. « On y arrivera, chuchota-t-elle.

— On y arrivera, répéta Mikael.

— J'ai peur…

— De quoi ?

— Demain, c'est dimanche. Tu vas devoir combattre.

— Non. Je ne suis pas son chien. »

Eloisa resta silencieuse. Puis elle commença à le caresser, et leurs respirations entrecoupées firent bientôt taire toutes leurs pensées. Après l'amour, pourtant, elle répéta : « J'ai peur… »

Le dimanche matin, quand Mikael arriva au château avec Agnete et Eloisa, la cour était déjà pleine de gens.

Malgré le froid et la mauvaise saison qu'annonçait chaque matin un ciel gris perle, bas et oppressant, les bûcherons avaient abattu pendant toute la semaine une grande quantité d'arbres, surtout des hêtres. La population les avait transportés jusqu'au village pour construire les futurs logements des familles des bûcherons, et les abris pour les moutons et les vaches. La montagne était comme blessée. Parfois, à l'aube, on apercevait des chevreuils qui regardaient autour d'eux, désorientés.

Toute la semaine, tandis que villageois et nouveaux arrivants commençaient à échanger quelques phrases prudentes pour tester leur cohabitation future, les garçons n'avaient parlé que de la sélection du dimanche. Beaucoup étaient excités. L'espoir de devenir écuyer ou soldat emplissait leurs nuits de rêves de gloire, leur faisait imaginer une vie affranchie de la terre. Ce matin-là, Eberwolf était arrivé le premier dans la cour du château.

En entrant, Mikael vit une estrade où se tenaient Ojsternig, Agomar, la princesse Lukrécia et le prince Marcus, flanqués d'Arialdo de Tarvis et du curé du palais. Tous, serviteurs, hommes d'armes, villageois, jeunes gens attendant la sélection et putains de la soldatesque, s'étaient massés au pied de l'estrade. Emöke aussi était là.

Devant l'estrade, deux rangées de cordes solidement attachées à quatre poteaux fichés dans le sol délimitaient un rectangle de vingt verges sur dix. On aurait dit un enclos pour le bétail. Mikael leva les yeux vers le château, reconstruit presque à l'identique, et regarda la fenêtre de ce qui avait été sa chambre. Il crut sentir à nouveau l'odeur du bois qui fumait dans la cheminée, la douceur du matelas en laine de mouton sur lequel il dormait, bien au chaud sous des couvertures en peau de loup doublées de lin fin. Ses pensées allèrent à Eilika, la fidèle gouvernante qui dormait au pied de son lit sur une pauvre paillasse. À l'époque, tout cela lui semblait normal. Il ne s'était jamais demandé s'il était juste qu'Eilika, qu'il aimait pourtant, dorme comme un chien à ses pieds.

« Pour moi aussi, elle était du bétail, murmura-t-il.

— Qu'est-ce que tu dis ? » demanda Eloisa.

Mikael la regarda, se rappelant le jour où il lui avait donné sa part de tourte à la viande de cerf. Maintenant il connaissait la faim, comme tous les serfs de la glèbe, et il savait ce qu'elle avait dû éprouver en la mangeant. Mais pour lui, en ce temps-là, cette nourriture si raffinée, si spéciale, n'était rien. « Tu m'as sauvé la vie pour une tranche de tourte à la viande », lui dit-il.

Eloisa le fixa droit dans les yeux puis laissa errer son regard sur cette cour, qu'elle revoyait, comme lui, rouge de sang, dévastée par les flammes. « C'est la meilleure chose que j'aie jamais mangée », répondit-elle.

Mikael eut honte. Il lui avait donnée seulement pour se débarrasser d'elle et jouer tranquillement à cache-cache avec Eilika. Eilika, son chien fidèle, qui dormait chaque nuit au pied de son lit. « Rien n'est comme ça devrait être… », dit-il dans un murmure.

Agomar se leva. « Défilez un par un devant votre prince », annonça-t-il aux jeunes gens, dont beaucoup piaffaient comme de petits taureaux.

Eberwolf poussa de l'épaule le garçon qui était devant lui et s'avança le premier. Malgré le froid piquant, il portait une casaque sans manches qui laissait voir les muscles puissants de ses bras. Sûr d'être plus fort que les autres, il ne doutait pas d'être choisi, convaincu que sa vie allait changer.

Du haut de l'estrade, Ojsternig lui jeta un regard distrait. « Je me souviens de toi, dit-il. Tu es le lâche. »

Le thorax d'Eberwolf se dégonfla aussitôt, comme s'il avait reçu un coup de poing à l'estomac.

« Nous verrons ce que tu sais faire, dit Ojsternig en se débarrassant de lui d'un revers de la main. Va dans l'enclos et mets-toi à droite. »

Mikael remarqua que le prince Marcus, l'usurpateur, regardait Eberwolf avec intérêt. Eberwolf aussi s'aperçut du regard de Marcus, et lui fit une révérence maladroite.

Le deuxième garçon qui se présenta avait de grandes mains mais des épaules étroites, et il était un peu bossu.

Ojsternig se mit à rire. « À gauche. » Il se tourna vers Lukrécia.

Elle avait le regard absent, plein d'ennui.

Le deuxième garçon franchit les cordes et se plaça de l'autre côté de l'enclos.

« Le berger choisit les bêtes pour l'abattoir, murmura Mikael d'une voix sourde.

— Tais-toi, pour l'amour de Dieu », le supplia Agnete.

Tous les jeunes gens du village se présentèrent l'un après l'autre à l'examen. Ojsternig les répartit en deux groupes, à droite ou à gauche.

Mikael observait les autres. Ceux qui auraient aimé devenir soldats et quitter la terre se comportaient comme les chiens mâles qui en rencontrent un autre. Ils voulaient paraître à leur avantage. Ceux qui avaient peur se comportaient en revanche comme des proies, les yeux baissés, les épaules affaissées.

« Allez, ramasse-merde, c'est ton tour », ordonna Ojsternig.

Eloisa serra fort sa main. « Vas-y et ne fais pas l'idiot, s'il te plaît, lui recommanda-t-elle.

— Ramasse-merde, viens ici ! cria Ojsternig.

— Vas-y, gamin, n'aie pas peur, dit Agnete.

— C'est plus un gamin », lâcha Eloisa.

Une émotion profonde envahit Mikael, mais il n'avait pas peur. Il avança d'un pas sûr jusqu'à l'estrade.

Ojsternig, sans le regarder, fixait un point derrière lui.

Mikael se retourna, une inquiétude au cœur. Il comprit que les yeux d'Ojsternig s'étaient posés sur Eloisa, qui soutenait fièrement son regard. « S'il te plaît, ne le regarde pas », lui dit intérieurement Mikael, alarmé.

Ojsternig s'adressa à lui. « À gauche », dit-il.

Passant par-dessus les cordes, il rejoignit les autres.

Les serfs de la glèbe retenaient leur souffle.

Agomar se leva. « Vous formez deux équipes », annonça-t-il avant de faire un signe à des serviteurs, qui apportaient sur un plateau de minces bandes de lin noires et vertes. « Que l'équipe de droite noue à son cou les bandes noires, et l'équipe de gauche les vertes. Les couleurs de la maison de vos seigneurs, le prince d'Ojsternig et le prince Marcus II de Saxe. »

Mikael serra les poings.

Les serviteurs distribuèrent les rubans de couleur, que les garçons attachèrent à leur cou.

Ceux de droite, les Noirs, étaient vingt, et ceux de gauche, les Verts, dix-neuf.

« Vous êtes ennemis, leur dit Agomar. Au signal de votre prince, vous commencerez à vous battre. Équipe contre équipe. Les Noirs contre les Verts. Pas de règles, tous les coups sont permis. » Il se rassit.

« Un combat de chiens », pensa Mikael plein de rage. Il se tourna vers Eloisa et vit qu'elle avait l'air effrayée. Puis Agnete l'attira contre elle et passa le bras autour de ses épaules.

Ojsternig leva un mouchoir brodé. « Dès que ce mouchoir touchera le sol, la bataille commencera. »

Les proches des jeunes gens se serraient les uns les autres, angoissés, perdus.

Les pieds des combattants foulaient la terre même

où son père s'était battu jusqu'à la mort contre Agomar et ses hommes. Une fureur terrible enflamma Mikael, mais ses ennemis n'étaient pas l'équipe des Noirs. « Un combat de chiens », se répéta-t-il sourdement.

Ojsternig lâcha le mouchoir, qui plana dans l'air avant de toucher les planches de l'estrade.

« Guerre ! cria Agomar.

— Ne vous battez pas, dit alors Mikael aux garçons de son équipe. Montrez-leur qu'on n'est pas des chiens. »

Ils le regardèrent sans comprendre. Certains firent quelques pas vers leurs adversaires. D'autres avaient un petit sourire nerveux.

« Guerre, par Dieu ! » hurla Agomar.

Eberwolf, après un regard vers Ojsternig puis vers le prince Marcus, s'avança et bouscula violemment un garçon des Verts qui faisait la moitié de sa taille.

Ojsternig rit et l'encouragea : « Vas-y, le lâche ! Achève-le ! »

Eberwolf ferma son poing et frappa le menton du garçon qui s'abattit sur le sol.

Cependant, dans un camp comme dans l'autre, les autres ne bougeaient pas.

« On n'est pas ses chiens, répétait Mikael. On n'est pas ses chiens. »

Ojsternig se leva, agacé. Il s'adressa à l'un des garçons de l'équipe des Verts. « Où est ta mère ? » lui demanda-t-il.

Le garçon courba les épaules et la chercha parmi les spectateurs. À contrecœur, il la désigna.

« Coupez-lui une oreille ! » ordonna Ojsternig à un homme d'armes, qui dégaina aussitôt son poignard et se dirigea vers la femme, qui s'était réfugiée dans les bras de son mari.

« Non... murmura le garçon.

— Alors bats-toi ! » cria Agomar.

Le garçon ne bougeait toujours pas. L'homme d'armes avait pris sa mère par le bras.

« Bats-toi, mon fils ! cria son père en tentant d'arracher sa femme à la prise du soldat. Bats-toi, pour ta mère ! » répéta-t-il, les larmes aux yeux.

Le garçon serra convulsivement les poings et se jeta en hurlant sur l'un des Noirs, qu'il frappa à l'aveugle.

L'adversaire, surpris, encaissa son coup de poing dans l'estomac. Mais comme le garçon se retournait pour voir si le soldat avait lâché sa mère, l'autre s'était relevé et l'avait frappé en pleine nuque.

En un instant, ce fut la bagarre générale.

Ils s'élancèrent les uns sur les autres. Certains avaient l'habitude de se battre et d'autres moins, mais dans la confusion chacun moulinait des poings et des pieds. Les uns tombaient tout de suite, d'autres reculaient devant une attaque, d'autres encore se laissaient emporter par le combat, oubliant toute limite.

Le sang coula bientôt sur tous les visages.

Au début, Mikael était resté immobile. Mais quand il vit que les Verts avaient le dessous, il se jeta dans la mêlée, parant les coups sans les rendre, essayant de protéger les plus faibles et répétant : « On n'est pas comme ça ! On n'est pas ses chiens ! »

Ojsternig l'observait, fasciné. « Ce ramasse-merde, j'aimerais l'avoir à mes côtés dans la bataille. Pas le genre à tourner le dos pour se sauver à toutes jambes », dit-il à Agomar.

Celui-ci lui désigna Eberwolf, qui s'ouvrait sans

pitié un chemin parmi les combattants. Il frappait par-derrière, cognait sur les plus faibles, envoyait des coups de pied dans les testicules, mordait pendant les corps-à-corps, donnait d'épouvantables coups de tête à ceux qui s'approchaient trop.

« À la fin, c'est celui-là qui restera debout », dit Agomar.

Ojsternig regarda de nouveau sa fille, et vit Lukrécia fixer Mikael. Il avait éveillé son attention.

Bientôt, le visage de Mikael fut le plus couvert de sang. Quand il le pouvait, il ne rendait pas les coups. Il se plaça plus d'une fois devant Eberwolf qui s'acharnait sur un adversaire à terre. Il vit un garçon aux cheveux roux bourrer de coups un enfant plus petit et plus maigre, roux lui aussi. « Richard, c'est ton frère ! » lui cria-t-il, en l'obligeant à reculer.

Richard avait un regard de possédé. Le cri de Mikael sembla un instant le ramener à la réalité. Il s'arrêta et fixa son frère, qui avait le nez cassé. Mais, excité par la bagarre comme un animal, il se jeta aussitôt sur un autre, envoyant partout des coups de pied et des coups de poing.

« Reste par terre, rends-toi ! dit Mikael au gamin roux dont il avait pris la défense.

— Non ! » cria le gamin, qui se jeta à son tour sur son frère.

À la fin, dix Noirs et deux Verts restaient debout. L'un des Verts était Mikael, l'autre Fabio, le fils du paysan qui conduisait la charrue. À l'inverse de son père, il n'était ni fort ni robuste, mais il était nerveux, agile, doué pour la bagarre. Parmi les Noirs, il y avait Eberwolf. Les jeunes gens se regardaient en haletant. Il était clair que les Noirs avaient gagné.

« Jusqu'au bout ! » hurla Ojsternig.

Mikael cracha par terre. Un crachat rouge de sang.

« On va les coincer », dit Eberwolf au reste de son équipe.

Les dix Noirs encerclèrent Mikael et Fabio, et s'en approchèrent en même temps. Tous les deux, dos à dos, levaient les poings.

Juste avant l'attaque finale, Mikael leur lança : « On n'est pas comme ça ! On n'est pas ce qu'il veut qu'on soit ! Montrez-leur qu'on n'est pas comme ça ! »

Mais les Noirs, comme une meute de loups, attaquèrent tous au même moment. À force de cogner sur les deux Verts, ils les eurent bientôt mis à terre.

Ojsternig riait.

Mikael était à genoux. Comme son père. À l'endroit même où Agomar l'avait tué. Et, comme son père, il leva un regard fier vers Eberwolf qui s'apprêtait à l'achever.

L'autre, joignant ses deux poings, le frappa violemment dans le dos.

La douleur fut terrible, et Mikael tomba, le nez dans la poussière.

Ojsternig proclama les Noirs vainqueurs et annonça que le dimanche suivant auraient lieu les combats singuliers.

Eberwolf, bouffi d'orgueil, s'était tourné vers lui.

Mais sans lui accorder un seul regard, Ojsternig se leva et partit.

Le prince Marcus s'avança de son allure indolente jusqu'à Eberwolf. « Tu es un champion, dit-il de sa voix mélodieuse. Si tu continues à gagner, un jour, en récompense, je te ferai baiser ma putain. »

Eberwolf s'inclina presque jusqu'à terre. « Merci, Monseigneur. »

Personne ne s'inclinait jamais devant Marcus, pas plus qu'on ne l'appelait « Monseigneur ». Il lui caressa la joue et dit : « Nous ferons de grandes choses ensemble. » Au moment de s'éloigner, il se retourna et lui fit un sourire charmeur.

Eloisa se pencha sur Mikael : « Tu peux te lever ? »

Il la regardait, sentait ses mains sur son visage mais son cœur était plein de désespoir. « On n'est pas comme ça… On n'est pas des chiens féroces… dit-il d'une voix pleine de douleur. On n'est pas comme ça… hein ? »

Eloisa ne répondit pas.

40

« Occupe-toi d'Harro, dit Mikael deux jours plus tard à Eloisa.

— Où tu vas ? »

Ils se regardèrent en silence. Une inquiétude se lisait dans les yeux d'Eloisa.

« Occupe-toi d'Harro », répéta-t-il. Et il partit.

Il avait des bleus sur tout le corps, mais ne se souciait plus de la douleur physique. Il était devenu fort. Comme une bête de somme.

D'un pas rapide, il traversa le village où s'élevaient peu à peu les nouvelles habitations des bûcherons et de leurs familles.

Il s'arrêta devant les peaux clouées au parapet du pont sur l'Uque. Les rats avaient déjà rongé leurs pieds. Il les toucha toutes les sept. Chaque fois, il prononça à voix haute le nom de la victime et se signa, même s'il ne comprenait plus grand-chose à la religion ni à Dieu. « Tu vivras dans le sang, comme moi et comme tous nos ancêtres. C'est notre destin, notre fatalité », dit-il tout bas, répétant les dernières paroles qu'il avait entendues de son père, le jour où il avait été tué. Puis il ajouta, comme pour conclure une prière : « Amen. »

Il pénétra dans la forêt d'un pas décidé, continuant à penser aux deux frères roux qui s'étaient massacrés pendant le combat d'Ojsternig, revoyant la fureur aveugle, sauvage, avec laquelle les dix Noirs les avaient agressés, lui et l'autre Vert resté debout. Il avait demandé à Eloisa : « On n'est pas comme ça, hein ? » Mais Eloisa n'avait pas répondu.

Mikael voulait une réponse. Ça ne pouvait pas venir de Raphael, ce n'était pas de son calme qu'il avait besoin. Un seul homme aurait pu lui répondre, mais il ne savait pas où le trouver. Personne ne le savait.

Il grimpa à travers la forêt du Mezesnig jusqu'au couloir des lépiotes, puis jusqu'à la roche fendue où poussait le vieux pin noir. S'aventurer au-delà de cette limite était dangereux. Autrefois, quand il était petit, la vue de cet arbre l'émerveillait. Mais ce jour-là, elle l'attrista. Eux non plus n'avaient pas le choix, ils devaient prendre racine dans des terrains arides, apprendre à survivre sans nourriture. Il regarda une dernière fois le pin noir, qui aurait pu avoir toute la forêt pour grandir. Mais ce n'était pas sa forêt, il n'était pas digne de pousser dans la terre grasse et humide. Il avait dû se contenter des rochers.

Agnete la lui avait décrite, leur vie, quand il n'était qu'un petit garçon. Il lui avait demandé pourquoi les vaches du village étaient si maigres. « Elles sont comme nous, elles mangent les restes », avait dit Agnete. Dans sa naïveté d'enfant, il avait demandé pourquoi elles ne partaient pas chercher un meilleur endroit. Et Agnete avait répondu : « Nous non plus, on ne part pas. »

Le cœur lourd, Mikael reprit sa marche à la recherche de Volod le Noir.

Lui seul pourrait répondre à ses interrogations.

Il se souvenait vaguement d'un endroit qui aurait pu faire une bonne cachette. On grimpait jusqu'à mi-hauteur avant de se glisser dans un ravin rocheux presque invisible, qui commençait par un passage étroit entre deux masses calcaires apparemment infranchissables. Il l'avait découvert en flânant dans la montagne, mais il n'était pas certain de le retrouver. Après une heure de marche, il devint plus optimiste car il lui sembla reconnaître un gros hêtre au tronc fendu par la foudre, une pierre en forme de grenouille, une racine tordue, comme un serpent prêt à attaquer. Il examina le terrain. Il y avait des traces, des ronces brisées, des fougères piétinées. C'était peut-être simplement la piste d'un cerf, mais il la suivit quand même.

Il était si attentif à étudier le terrain qu'il ne prêta pas attention au cri d'un coq de bruyère perché au sommet d'un arbre, bien trop haut pour ce genre d'oiseau. Un autre coq de bruyère, à quelque distance, lui répondit. Mikael s'aperçut qu'il avait perdu la piste. Plus aucune trace dans le sous-bois, et aucun signe du moindre passage. Étrange. L'atmosphère était trop calme.

À l'instant où il passait sous un grand mélèze, un homme dégringola sur ses épaules et l'immobilisa, lui mettant un couteau sur la gorge. Il lui demanda d'une voix agressive : « Qu'est-ce que tu cherches ? »

Mikael sentait la lame affilée contre sa peau. Sans opposer de résistance, il répondit : « Je veux voir Volod le Noir.

— Je connais pas de Volod le Noir », dit l'homme en appuyant la lame encore plus fort.

Mikael déglutit, sentant le couteau sur sa pomme d'Adam, mais ne parla pas.

« Qui tu es ?

— Je m'appelle Mikael Veedon. Je suis… je suis un paysan.

— Qu'est-ce que tu veux ?

— Je veux parler avec Volod le Noir.

— Je t'ai dit que je connais pas de Volod le Noir.

— Alors laisse-moi partir, dit Mikael. Je ne veux pas d'ennuis. »

Le cri d'un coq de bruyère résonna à nouveau dans la forêt.

L'homme répondit à l'appel.

Deux autres cris, venus de deux endroits différents de la forêt, lui firent écho. L'instant d'après apparaissaient trois hommes armés d'arcs et de flèches.

« C'est qui ? dit l'un des trois, un grand gaillard à la tunique déchirée.

— C'est un paysan, Grippetout, répondit l'homme qui maintenait son couteau sur la gorge de Mikael.

— C'est un espion, dit un jeune boutonneux à la peau jaune, signe de malnutrition. Faut le tuer.

— Je suis un ami, dit Mikael.

— Faut le tuer, répéta le boutonneux.

— Ta gueule, Vaillant ! répondit rudement le dénommé Grippetout. Lâche-le. »

Mikael sentit la pression de la lame diminuer. L'homme le repoussa.

Grippetout encocha une flèche, tendit son arc et visa Mikael. « Si tu bouges, je te la plante dans l'œil.

— Tue-le, Grippetout, dit le petit jeune.

— Ferme ta gueule, j'ai dit ! » tonna Grippetout, la corde toujours tendue. « Tu cherches quoi ? demanda-t-il à Mikael.

— Je veux voir Volod le Noir. »

Grippetout l'observa quelques instants. Lui aussi semblait mal nourri. Le bras qui tendait l'arc vibrait déjà de fatigue.

Mikael mit la main à sa besace.

« Bouge pas ! » lui cria l'autre.

Mikael écarta les bras, en signe de reddition. « J'ai du pain, dit-il en indiquant son sac d'un signe de tête. Prenez-le. »

Les hommes hésitèrent. Puis Grippetout dit au jeune homme : « Va voir. »

Le garçon s'approcha prudemment de la besace et posa la pointe de son couteau sur le ventre de Mikael. « Si tu bouges, t'es mort. » Il prit la miche de pain de seigle et fit un bond en arrière. Il regardait le pain comme s'il n'avait pas mangé depuis une semaine, et ne put s'empêcher de mordre dedans. Dans sa hâte, il s'étrangla presque.

« Vaillant ! » s'écria Grippetout.

Le garçon courba les épaules et toussa. Il passa la miche de pain à un autre, qui la regarda avec envie mais la glissa dans sa casaque.

« Si on t'amène à lui et qu'il est pas d'accord… dit Grippetout en baissant son arc, y aura pas de retour pour toi. On t'enterrera ici. »

Mikael sentit un frisson courir le long de son échine.

« Je prends le risque, dit-il.

— Bandez-lui les yeux. »

L'un des hommes défit le bout de tissu qu'il portait autour du cou et le noua sur les yeux de Mikael. Ils le firent tourner sur lui-même à toute vitesse jusqu'à le faire tomber. Deux hommes le prirent sous les bras. Ils puaient. Plus tard ils tournèrent à droite, puis à gauche, puis de nouveau à droite, et Mikael perdit tout sens de l'orientation.

Il sentit des branches remuer, fut poussé sur un terrain rocailleux. Au loin, un bruit d'eau jaillissante. Ils devaient être dans un couloir entre des rochers, car les deux hommes qui le tenaient se serraient contre lui.

Après un court trajet, Mikael sentit de l'herbe sous ses pieds. Ils s'arrêtèrent. Les voix d'hommes qu'on entendait se turent brusquement.

« Volod ! » cria Grippetout.

Des pas approchaient.

« Il dit qu'il veut te parler. »

Mikael sentit qu'on défaisait son bandeau. Face à lui, Volod le Noir, avec ses yeux clairs et intenses de loup.

« Ah, c'est le paysan, dit Volod, d'une voix blasée. Comment va ton chien ?

— Il est vieux, répondit Mikael. Mais il est fort. »

Volod sourit à peine, distant, sans gaieté. Lui aussi portait sur le visage les signes de la faim.

L'homme qui avait glissé la miche de pain dans sa casaque la tendit à Volod, qui la regarda en murmurant : « Du pain… Grippetout, partage-le avec les autres.

— Dieu te bénisse, Volod », dit Grippetout.

C'était une petite clairière cernée de murailles rocheuses, une forteresse naturelle cachée aux yeux du monde. Le fond en était plat, avec un mélèze énorme juste au milieu, et une petite cascade coulant d'une paroi qui s'élargissait ensuite pour former un puits d'eau limpide. Il y avait là une vingtaine d'hommes, fatigués, l'air souffreteux.

Grippetout se dirigea vers eux et partagea la miche entre ceux qui l'entouraient. À la fin, un garçon qui boitait fortement s'approcha. Grippetout avait à la main le dernier morceau restant, qu'il lui donna sans hésiter. Un autre coupa le sien en deux et le partagea avec Grippetout. Et ceux qui n'avaient pas encore mangé leur part en firent autant.

« Tu veux quoi ? demanda rudement Volod à Mikael.

— Une réponse, dit Mikael, touché par la scène qu'il venait de voir. Mais je l'ai déjà trouvée. »

Volod partit, se dirigeant vers une caverne que Mikael n'avait pas remarquée. « Alors, adieu », dit-il.

Mikael le suivit.

Dans la caverne, l'air était plus chaud. Trois feux brûlaient dans des foyers de pierres.

« De l'écureuil, dit Volod en montrant de la viande en train de griller sur une petite broche. On doit s'en contenter. Il n'y a pas beaucoup de cerfs, et les loups sont meilleurs que nous pour les chasser. » Il sourit, distant. « Au fond, les écureuils, c'est pas si mal… quand on n'a rien d'autre à se mettre sous la dent. »

Mikael s'assit à l'endroit que Volod lui indiqua. « Vous avez appris pour les exécutions, messire ? » demanda-t-il.

Le regard de Volod se teinta de colère puis de douleur. « C'est à cause de ces exécutions que nous souffrons de la faim. Nous n'attaquons plus les convois d'Ojsternig. On ne peut pas permettre à ce bâtard de vous tuer comme des rats. » Son visage s'assombrit.

« Ça n'est pas votre faute, messire, dit Mikael.

— Si, au contraire. J'ai échoué, répliqua Volod d'une voix pleine de regret. J'ai raté ma cible. J'aurais dû le tuer quand j'en avais l'occasion. Tous ces morts pèsent sur ma conscience. » Il regarda Mikael. « Et arrête de m'appeler messire et de me dire vous.

— Excusez... excuse-moi.

— Dis-moi pourquoi tu es là. Me fais pas perdre de temps en bavardages. »

Mikael lui raconta le combat du dimanche précédent. Il dit ce qu'il avait vu dans les yeux des jeunes gens qui se battaient. « On n'est pas comme ça, hein ? » demanda-t-il pour finir.

Volod le fixa de son regard de loup. « Si, on est comme ça, mon garçon », dit-il enfin, avec dureté.

« C'est pas vrai ! Je viens de voir tes hommes partager le pain...

— On est exactement comme ça », le coupa Volod d'une voix impitoyable. Il fit une longue pause. « Nous, on a tranché la gorge à des soldats qui étaient blessés, à terre, désarmés. Sans hésiter. Comme des chiens féroces.

— Et c'est pas juste ? demanda Mikael.

— J'en sais rien, paysan. Tu poses des questions trop compliquécs pour un homme comme moi. » Volod montra la clairière de la main. « Je me demande combien de temps il faudra encore avant qu'on devienne de simples brigands. On a faim. On ne tient plus sur nos pattes. La faim, ça empêche de dormir, tu sais ça ?

— Non...

— Ça empêche de dormir », répéta Volod. Sa voix était fatiguée. « La vie devient trop longue. Les nuits trop noires. Et tu ne sais plus ce qui est juste ou pas. » Il soupira et hocha la tête. « Il faudrait qu'on parte.

— Où ? demanda Mikael.

— N'importe où, là où il y a quelque chose à manger, sourit Volod avec amertume.

— Vous pouvez pas nous abandonner ! » s'écria Mikael.

Volod le fixa longuement. « T'es qui pour me dire ça ?

— C'est quoi, la liberté ? » demanda alors Mikael.

Volod hocha la tête. « J'en sais rien, paysan. Pas un de nous n'est né libre, donc on n'en sait rien. C'est juste une idée qu'on se fait. Et notre idée de la liberté, pour le moment, elle est empoisonnée par la faim.

— Qu'est-ce qu'on va faire, nous, si vous partez ?

— Vous ? s'exclama Volod rageusement. Vous cherchez seulement quelqu'un qui vous torche le cul, parce que vous savez pas le faire tout seuls ! » Il saisit la main de Mikael et la serra fort. « Tu m'as demandé si on était des bêtes féroces, comme ces garçons qui se battent entre eux comme des chiens. Oui. La réponse est oui. La seule différence, c'est que nous on se bat pour quelque chose, pendant que vous, vous restez à regarder.

— Et vous irez où ?

— C'est pas ton affaire.

— Mais nous, qu'est-ce qu'on va faire ?

— Vous choisirez d'être des hommes ou du bétail, comme tu dis, fit gravement Volod. Nous, on lutte pour notre dignité. Et quand t'en auras assez de toute cette merde, si à l'intérieur de toi tu es un homme, tu découvriras que toi aussi tu es un chien féroce.

— T'en va pas, s'il te plaît, dit Mikael. Sans toi, on n'aura plus d'espoir.

— Tant pis pour vous. Ça veut dire que votre espoir valait pas grand-chose. » Les yeux de Volod n'étaient plus qu'une fente. « Moi, je dois m'occuper de moi et de ceux qui m'entourent. Je ne laisserai jamais ces hommes courageux devenir des brigands. Ou perdre leur dignité. Parce que c'est tout ce que nous avons. C'est notre seule conquête. »

Mikael, tête baissée, restait silencieux.

« Faut t'en aller maintenant, dit brusquement Volod. Oublie comment t'es arrivé ici.

— Je veux me joindre à vous, dit Mikael dans un élan.

— Non, répondit sèchement Volod.

— Pourquoi ?

— Tu prendrais le pain de mes hommes, dit Volod. J'ai pas besoin d'un paysan qui ne sait pas combattre et qui se remplit la bouche de belles paroles. »

Mikael rougit.

« Va-t'en, maintenant », dit Volod.

Mikael se leva. « J'espère que tu trouveras le soleil la nuit. »

Volod fronça les sourcils. « Ça veut dire quoi ?

— Il y a bien longtemps, j'ai entendu deux vieux dire que vous, les rebelles, vous êtes ceux qui trouvent le soleil la nuit. »

Le visage de Volod se durcit. « Bavardages. Va-t'en. »

On lui banda à nouveau les yeux puis on lui fit faire de nombreux détours pour qu'il ne puisse pas se repérer. Enfin, on détacha son bandeau. Les hommes restèrent immobiles tant qu'il n'eut pas disparu.

Au village, Mikael vit Eberwolf au milieu d'un groupe d'amis. Tous portaient le bout de tissu des Noirs à leur cou. Il faillit faire un crochet pour rentrer chez lui mais, sans savoir pourquoi, il décida de continuer droit devant lui.

« On se retrouve dimanche au château, Crottin Sec ! » dit Eberwolf à son passage.

Par un vieux réflexe, Mikael marcha les yeux baissés et le dos courbé, sous les rires d'Eberwolf et des autres. Soudain il s'arrêta, et revint en arrière.

Eberwolf, toujours bravache, s'écarta de la barrière à laquelle il s'appuyait.

Mikael le fixa sans rien dire. Il éprouvait une sensation agréable. « Tu sais quoi ? finit-il par dire, savourant cette émotion nouvelle.

— Qu'est qu'y a, Crottin Sec ?

— Tu me fais pas peur… Elderstoff, dit Mikael d'une voix calme, avant de s'en aller.

— Je m'appelle Eberwolf ! » cria l'autre.

Mikael ne se retourna pas.

41

Le dimanche, les Noirs et les Verts étaient regroupés de chaque côté de l'enclos. Sur l'estrade siégeaient Ojsternig, Agomar, Arialdo de Tarvis, la princesse Lukrécia, le prince Marcus et le curé du palais. Les familles de ceux qui devaient se battre s'étaient massées avec angoisse au fond de la cour. Plus près de l'enclos, les serviteurs et les soldats, une chope de bière à la main. Les prostituées formaient un groupe à part.

La journée était froide mais le ciel limpide, de ce bleu immaculé qui ne se voit qu'en montagne. Le soleil dessinait des ombres parfaites sur le sol de la cour.

Forts de leur écrasante victoire du dimanche précédent, les Noirs piaffaient comme les chevaux dont le marchand qui veut les vendre a saupoudré le cul de poivre. Les Verts se dandinaient sur place, effrayés par ce qui les attendait.

« Aujourd'hui auront lieu les combats individuels, annonça Agomar. Chacun de vous devra faire la preuve de ses capacités. »

Eberwolf, surexcité, serra les poings. Il lança un rapide regard vers le prince, s'inclina, et Marcus répondit d'un signe de tête satisfait.

Mikael, au milieu de son groupe, semblait pensif. Sa rencontre avec Volod l'avait profondément troublé. Il ne savait plus s'il l'admirait. Son cynisme l'avait désorienté. La réponse qu'il était venu chercher avait fait naître de nouvelles questions. Eloisa et lui en avaient beaucoup parlé.

« C'est pas du tout un héros ! avait conclu Mikael avec agacement. Tu t'aveugles à cause de ce qu'on raconte de lui. Mais en fait, tu n'en sais rien.

— À ce que tu m'as raconté, en tout cas, c'est pas quelqu'un qui se remplit la bouche de belles paroles », avait répondu Eloisa, agacée.

Mikael lui en avait voulu. Il s'était renfermé sur lui-même et avait mis fin à la conversation.

Ceux de son équipe se serraient maintenant autour de lui. Il se souvint de s'être battu pour les défendre, un à un, dans la bataille du dimanche précédent. Ils avaient besoin qu'on leur torche le cul, parce qu'ils ne savaient pas le faire tout seuls. Volod avait raison.

Mikael se tourna vers les familles des paysans, à la recherche d'Eloisa, et croisa son regard. Il posa la main sur son cœur.

« Notre Seigneur bien-aimé, maître de vos vies, va maintenant choisir les deux premiers combattants », annonça Agomar.

Ojsternig se leva et regarda vers les Noirs.

Eberwolf fit un pas en avant.

Ojsternig l'ignora et tendit le doigt vers un garçon petit et trapu, au visage large et à l'expression stupide. « Toi », dit-il, avant de se tourner vers les Verts.

Tous, à l'exception de Mikael, baissèrent les yeux.

« Regardez-moi ! » cria Ojsternig d'une voix impérieuse.

Les Verts levèrent alors des regards effrayés, chacun priant pour ne pas être choisi.

Ojsternig tendit le doigt vers un gamin de treize ans à peine, long et fin, grandi trop vite sans avoir le temps de forcir, malgré les durs travaux des champs. Son thorax était caréné comme celui de certains oiseaux, et ses épaules voûtées.

« Que les deux combattants pénètrent dans l'enclos », dit Agomar.

Ojsternig remarqua que Mikael avait pris par le bras le gamin des Verts pour lui chuchoter quelque chose à l'oreille. Puis il l'avait répété aux autres. « Qu'est-ce qu'il a dit ? » demanda Ojsternig à Agomar.

Agomar n'en savait rien.

« Dignité », dit la princesse.

Ojsternig se retourna avec étonnement vers sa fille, qui parlait rarement. « Dignité ? » demanda-t-il en fronçant les sourcils.

Lukrécia n'ajouta rien. Elle regardait Mikael.

Irrité, Ojsternig sortit un mouchoir blanc brodé de la manche de sa houppelande italienne tissée de fil d'or. Il vit sa fille continuer de regarder Mikael. « Tu n'aimes pas ce spectacle, ma fille ?

— Si, beaucoup.

— Pourtant tu n'as d'yeux que pour le ramasse-merde.

— Comme vous, père.

— Le spectacle est ailleurs, dit Ojsternig avec irritation.

— Vous croyez ?

— Tu devrais regarder ton époux.

— Je le regarde aussi souvent que vous le regardez, père. »

Ojsternig la fixa un instant avant de se tourner vers l'enclos, et leva le mouchoir qui donnerait le signal du combat.

Mais Emöke s'était détachée du groupe des prostituées et s'avançait vers Mikael. Elle lui prit le bras et dit : « Tu sais que Gregor ne vit plus chez sa mère, hein ? »

Mikael étreignit sa main, les yeux pleins de compassion. Il aurait voulu être le premier à lui annoncer la mort de Gregor, mais il n'avait pas eu ce courage. « Tu l'as appris… dit-il.

— Bien sûr.

— Je suis désolé, je…

— Il est avec moi, maintenant, le coupa Emöke, un sourire angélique dans le regard. Il est avec moi au château. »

Mikael fut encore plus triste.

Ojsternig, le mouchoir à la main, suivait la scène.

« J'ai un message pour toi de la part de Gregor, continua Emöke du même ton absent.

— Dis-moi, répondit Mikael pour ne pas contrarier sa folie.

— Il veut que tu saches que tu n'es pas un lâche comme lui », dit Emöke.

Mikael sentit un frisson le long de son échine. Comment pouvait-elle connaître ses pensées ? Il recula d'un pas.

Mais Emöke le retint. « N'aie pas peur, le rassura-t-elle, le regard flou posé sur un monde qu'elle était seule à voir. Il m'a dit que, s'il peut, il t'aidera. »

Les yeux de Mikael se mouillèrent de larmes.

« Alors, la Folle, tu prophétises ? » dit Ojsternig en riant.

Emöke se tourna vers lui. Elle pencha la tête pour le regarder, comme un animal qui entend un son inhabituel.

« Allez, partage tes prophéties avec nous, se gaussa-t-il. Fais le bouffon de cour, et parle-nous du combat.

— Qu'est-ce que tu veux savoir, Seigneur ? »

Mikael retint Emöke par le bras. « Emöke, non…

— Lâche-la », ordonna sèchement Ojsternig.

Mikael lâcha Emöke et se tourna vers Eloisa, inquiète elle aussi.

Emöke s'avança vers l'estrade. « Qu'est-ce que tu veux savoir ? »

Une crainte superstitieuse agita les soldats.

Ojsternig promena son regard sur ceux qui siégeaient sur l'estrade et désigna Arialdo de Tarvis. « Dis-moi, ce que tu vois ? M'est-il fidèle ? »

Emöke fixa le vieux comptable. « Tu es un homme bon, lui dit-elle. Mais tu es obligé d'avoir des idées méchantes. Et comme un fleuve qui court vers la vallée, tu n'arriveras jamais, pas un seul instant de ta vie, à changer de route. »

Ojsternig sourit. « L'oracle dit que tu me seras fidèle, Arialdo. Grand bien te fasse. »

Sur le visage du vieil homme, la tristesse était apparue, et ses épaules s'étaient abaissées imperceptiblement.

« Qu'est-ce que tu as dit au garçon ? demanda Ojsternig à Emöke.

— Je lui ai transmis un message de la part de mon mari, Seigneur.

— Ton mari est mort, folle. Il s'est pendu », dit Ojsternig avec cruauté.

Emöke fit mine de ne pas avoir entendu et continua, imperturbable, à le regarder.

« Et tu saurais prédire l'avenir de ce garçon ? demanda Ojsternig.

— Bien sûr, Seigneur. » Emöke se tourna vers Mikael. « Il réalisera son destin par l'épée, qui transformera tous en un seul. Mais avant, il devra commettre un crime qui n'est pas un crime.

— Que veux-tu dire ?

— Toute chose dit ce qu'elle veut dire, Seigneur. »

Ojsternig tendit le doigt vers Agomar.

Emöke le regarda. Puis elle franchit la clôture de l'enclos dans lequel devaient combattre les jeunes gens et regarda par terre, comme si elle cherchait quelque chose. Pendant qu'elle tournaillait en silence, les serfs, qui n'avaient pas peur d'elle, ricanaient. À un moment, semblant avoir trouvé ce qu'elle cherchait, elle s'arrêta. Elle posa la main sur le sol et se tourna vers Agomar. « Ici, dit-elle en le regardant.

— Quoi, ici ? demanda Agomar d'une voix arrogante qui cachait mal sa tension.

— Ici, répéta Emöke. Ça se passera ici. De la même façon dont ça s'est déjà passé.

— Quoi ? ricana nerveusement Agomar.

— Et c'est lui qui décidera de te rendre la pareille ou pas. »

Mikael eut un nœud à l'estomac. L'endroit où son père avait été tué. Tué par Agomar.

Eloisa ouvrait de grands yeux.

Agomar cracha en direction d'Emöke. « T'es qu'une pauvre folle. »

Ojsternig remarqua sa nervosité. Amusé, il se tourna

cette fois vers le prince. « Et que peux-tu me dire de cette chiffe molle ? »

Emöke revint devant l'estrade et regarda brièvement l'usurpateur. « Tu n'auras rien, sinon le costume d'un autre, lui dit-elle simplement.

— Mais je t'aurai chaque fois que je voudrai, putain », répliqua Marcus avec rancœur.

La plupart des soldats se mirent à rire.

« Et ma fille ? demanda Ojsternig.

— Chère dame, dit Emöke à la princesse avec une note de tristesse dans la voix, je suis désolée. Tu auras un homme petit, mais il ne sera pas à toi.

— Pas mal, brave femme, répondit Lukrécia d'une voix lointaine. J'en connais déjà beaucoup, des hommes qui sont petits.

— Pour finir, dit Ojsternig, de plus en plus amusé par ce changement de programme, parle-moi de ces jeunes gens. Choisis celui qui sera le vainqueur du tournoi. »

Emöke se tourna vers l'équipe des Noirs, sans hésiter. Mais tandis qu'elle s'en approchait, son pas devint hésitant. Arrivée devant Eberwolf, elle le regarda longuement puis se cacha les yeux de ses mains. Quand elle les enleva, son visage était sillonné de larmes. Elle fixa Eberwolf en hochant la tête, incapable de parler. « Tu feras pleurer les anges, lui dit-elle enfin, avec une voix pleine de douleur. Et tu finiras dans ta propre fange. » Le visage mouillé de larmes, elle revint face à Ojsternig.

« Bien, c'était très amusant, dit Ojsternig avec un rire forcé, partageant le léger malaise de l'assistance. Je t'élèverai peut-être au rang de bouffon. Mais tu me parais mélancolique tout à coup. »

Emöke essuya ses larmes. « Et toi, Seigneur, tu ne veux pas savoir ce que le destin te réserve ? »

Ojsternig la fixa.

Emöke tendit le doigt vers lui en serrant les lèvres. Son doigt vibrait comme pour le maudire. « Toi… tu aimeras », dit-elle.

Ojsternig éclata de rire. « Ça ne risque pas d'arriver ! dit-il en riant. Tu ne vaux pas grand-chose comme devineresse. Mais tu m'as bien amusé, la Folle. » Puis, à ses soldats : « Emmenez-la. »

Ils la prirent sous les aisselles et l'entraînèrent à l'intérieur.

Ojsternig restait silencieux, tous les regards tournés vers lui. Il se leva. « Assez. Partez. Cela commence à m'ennuyer. » Il descendit de l'estrade et remonta dans sa chambre.

Il ne savait pas pourquoi, mais la Folle l'avait troublé. Ça n'avait aucun sens. Par nature, il était froid comme de la glace. Comment aurait-il pu ressentir de l'amour ? C'était ridicule. Pourtant, avec une insistance absurde, il voyait apparaître une fêlure en lui.

« Non ! » cria-t-il avec rage.

Il ne trouva pas Emöke dans la pièce où logeaient les prostituées. Elle était avec le prince, lui dit-on. Dans la chambre du prince, la porte était entrouverte. Il vit Emöke de dos, la jupe relevée. Eberwolf la prenait fougueusement par-derrière. Et Marcus l'encourageait, les yeux brillants de désir, serrant les mains autour de ses fesses et les poussant au rythme de ses reins.

Ojsternig resta là, à regarder.

À ce moment-là, Emöke se tourna vers lui. Ses lèvres remuèrent doucement, murmurant quelque chose.

42

Ils étaient face à face, la Folle et lui. Elle le regardait avec une expression sérieuse, pénétrante. Quand la respiration de la Folle s'arrêtait, la sienne s'arrêtait aussi. Il avait l'impression de se noyer. Et un instant avant la mort, la Folle souriait et recommençait à respirer. Il recommençait à respirer aussi, comme au sortir d'une longue apnée.

Ojsternig se réveilla dans un cri, trempé de sueur.

Son serviteur, inquiet, apparut aussitôt.

« Va-t'en, imbécile ! » cria Ojsternig, hors d'haleine.

Le serviteur s'inclina et referma la porte.

Sous sa couverture de loup, il était hors d'haleine. En nage, tout en ayant froid. Un froid qui ne venait pas de la pierre grise des murs, du foyer à demi éteint, de l'automne qui dessinait sur les vitres épaisses un étincelant réseau de givre. Ce froid, c'était son cœur de glace qui attendait d'être réchauffé.

« Qu'est-ce qu'il m'arrive ? » se demanda Ojsternig avec angoisse.

Il passa sa main dans ses cheveux, mouillés et collés à ses tempes. Elle tremblait.

« Toi… tu aimeras », avait dit la folle. Sa voix était

entrée en lui comme la malédiction d'une sorcière. Il savait que les plus puissantes sont les malédictions de ceux qui ont subi une injustice. La Folle lui avait jeté un sort. Le Démon lui avait donné la clé pour entrer dans son corps, et elle y avait brisé quelque chose, ouvert une crevasse. Par cette crevasse, une chaleur le pénétrait. La chaleur des sentiments ? Était-ce pour cette raison qu'il avait froid ? Cette maudite sorcière lui avait-elle inoculé la maladie des sentiments ?

« Non ! » s'écria-t-il.

Jamais il ne deviendrait faible.

Mais il resta au lit jusqu'au soir, recroquevillé sous la peau de loup.

« Tu aimeras. » Ojsternig avait maintenant l'impression de prononcer lui-même cette malédiction. C'était sa propre voix. Comme s'il admettait la possibilité d'aimer.

« Père… », dit-il tout bas, cherchant à écouter son cœur. « Père », répéta-t-il, d'une voix presque enfantine. Puis : « Mère… » Il resta immobile, à attendre. Il lui sembla ressentir une sorte de petit chatouillis dans la poitrine, à la hauteur du cœur.

« Non ! » cria-t-il encore. Et il se leva d'un bond.

Il s'habilla et descendit à l'écurie, où il s'empara d'une torche.

Averti par les écuyers, Agomar vint se placer devant lui et demanda, d'une voix altérée : « Où allez-vous, Seigneur ?

— Ôte-toi de là. »

Agomar s'écarta.

Ojsternig éperonna son cheval. Il traversa le village au galop, fit résonner les planches du pont sur l'Uque et remonta à travers bois la route vers le col. Dès que la bête ralentissait, il l'éperonnait sauvagement. Au col, l'animal écumait, les flancs blessés. Il le lança dans la descente, traversa Dravocnik sans même s'en apercevoir et pénétra dans le château, à présent désert, où il avait grandi. Il laissa son cheval dans la cour, sans même l'attacher. Une autre torche à la main, il monta au premier étage.

Il s'arrêta devant une porte en chêne. Le sang battait dans sa gorge.

Il entra avec prudence, sachant pourtant qu'il n'y avait personne.

La torche éclairait une chambre aux murs de pierre, froide, dépouillée de tout ornement.

Là où s'était trouvé son lit, il ferma les yeux et se tint à l'écoute. Ce chatouillis dans son cœur semblait avoir cessé. Un miroir de cuivre brillant était resté posé sur le sol. Il le prit, anxieux de ce qu'il allait y voir, et l'éleva à hauteur de son visage. Il examina l'expression de ses yeux, cherchant la trace d'un sentiment.

« Père, pourquoi vous ne m'aimez pas ? » dit-il.

Il se regarda. Rien. Aucun sentiment dans son cœur.

Alors il éclata de rire. « *Tu n'aimeras pas !* » Et il brisa le miroir.

Sans plus forcer sa bête, il repartit vers son château de la Raühnvahl. À chaque pas du cheval, il sentait sa férocité revenir. Les fissures se refermaient. La peur avait été chassée, séparée de lui, comme si elle ne l'avait jamais touché. Il fut de nouveau enveloppé par sa misère morale comme par un manteau noir et fangeux. Il pensa aux morts qui parsemaient sa route, aux écorchés vifs et aux pendus, aux soldats d'Agomar assassinés, à son vieux capitaine qu'il avait trahi sans un regret, à l'ordre qu'il avait donné d'exterminer la maison de Saxe. Il pensa au sang, qui apaisait sa soif. À l'injustice qui gouvernait son royaume. À l'excitation de la violence. À sa femme Lukrécia, frappée et prise de force. À sa fille, dont il avait volé la virginité et la joie. À tous ces hurlements terribles dont il s'était empli les oreilles.

« *Tu n'aimeras pas !* » s'écria-t-il encore, heureux.

Pourtant, quand il arriva au château de la Raühnvahl, la malédiction de la Folle résonna de nouveau dans sa tête.

Ojsternig ne connaissait qu'une seule façon de la faire taire.

Au matin, un héraut précédé de roulements de tambour, accompagné du curé du palais qui avait rédigé l'acte d'accusation et prononcé la sentence, annonça dans toute la vallée : « Au nom de Dieu tout-puissant et de Sa justice terrestre, Emöke Albath, plus connue sous le nom de la Folle, a été accusée de sorcellerie ! »

Les paysans lâchèrent leurs outils, les mères reposèrent leur nouveau-né qui tétait, les bûcherons ôtèrent leur chapeau de marmotte. Tous, abasourdis, se rangèrent en procession derrière le messager, le tambour et le curé du palais. Le héraut répétait partout, criant de toutes ses forces : « Au nom de Dieu tout-puissant et de Sa justice terrestre, Emöke Albath, plus connue sous le nom de la Folle, a été accusée de sorcellerie ! Elle est reconnue coupable d'avoir signé un pacte immonde avec Satan en personne. Après examen du père Nicolas de Worms, serviteur de Dieu sur cette terre, et au nom de Son régent le prince d'Ojsternig, elle est condamnée à être brûlée vive dans la cour du château, dans trois jours, vendredi de Pénitence, pour que son âme maudite soit purifiée ! »

Mikael serra la main d'Eloisa dans la sienne.

« On ne peut pas laisser faire ça », dit-il seulement. D'une voix si dure et si résolue qu'Eloisa sentit un frisson le long de son dos.

43

« On n'est rien, tu comprends ? Par caprice, il a le droit de la brûler vive ! » Dans la grange où ils s'étaient réfugiés, Mikael, la voix rauque, fixait Eloisa avec colère. « Il décide de nos vies, comme nous on tordrait le cou à un poulet ! Voilà ce qu'on est ! Des poulets, des chiens, des vaches ! »

Eloisa hochait doucement la tête. Une inquiétude immense se lisait dans ses yeux. « Tu ne peux pas faire ça, Mikael, murmura-t-elle.

— Si, je peux ! Et je vais le faire ! cria-t-il presque. Je vais le faire parce que je ne veux pas être un des chiens d'Ojsternig.

— Mais tu mourras !

— Non. » Puis il la regarda. « Au moins je ne mourrai pas comme le bétail d'Ojsternig. »

Le regard d'Eloisa se durcit. Envahie d'une colère aveugle, elle frappa de ses deux poings la poitrine de Mikael en criant : « Mais tu te prends pour qui ? »

Mikael la serra fort dans ses bras. Il la sentait trembler de tout son corps, comme prise de fièvre. « Je ne mourrai pas », répéta-t-il.

Eloisa, les yeux pleins de larmes, le gifla. « Si tu meurs, j'irai cracher sur ta tombe tous les dimanches !

— Je ne mourrai pas, dit encore Mikael en la reprenant dans ses bras jusqu'à ce qu'elle se calme. Mais je vais devoir partir. »

Eloisa secoua la tête, passa les bras autour de sa taille. « Non… murmura-t-elle faiblement.

— Je ne peux pas rester…

— Non. » Elle s'écarta et le fixa. Elle caressa son visage, passa le doigt sur la cicatrice de son front. Toucha ses sourcils. Puis ferma les yeux. « Ne bouge pas », chuchota-t-elle. Elle toucha de nouveau la cicatrice. Les sourcils, les paupières, le profil du nez, les lèvres, la ligne de la mâchoire, les oreilles. « Je dois apprendre par cœur chaque partie de toi, dit-elle, les yeux toujours fermés, pour pouvoir te caresser même quand tu ne seras pas là. » Elle soupira, saisie d'un chagrin qui l'empêchait de trouver les mots. « Dieu seul sait combien je vais prier pour que tu sois déjà parti demain. » Elle ouvrit les yeux et le fixa intensément. « Parce que si tu es encore ici… ce sera parce que tu es mort. »

L'air était froid, le ciel sombre parcouru de nuages noirs. Dans la grange flottait la bonne odeur du foin.

Mikael étendit son vieux manteau sur le sol. Puis se coucha sur Eloisa. Ils se regardèrent longtemps, sans un mot.

« Alors, gros bêta, dit-elle en essayant de sourire, tu te décides à m'embrasser ou pas ? »

Mikael approcha ses lèvres des siennes. Eloisa les ouvrit sous sa langue. Ce fut un baiser interminable, le seul baiser mélancolique qu'ils se soient jamais donné. Elle glissa les mains sous sa tunique et planta ses ongles dans son dos jusqu'à le griffer. Il gémit et ses yeux s'emplirent de larmes. C'était peut-être leur dernière fois. Il la saisit par les cheveux. Eloisa le mordit à la lèvre, et sentit le sang couler.

« Toi aussi, mords-moi », dit-elle.

Mikael lui mordit la lèvre.

« Plus fort… »

Il serra les dents jusqu'à sentir le sang sur sa lèvre se mêler au sien.

« Maintenant je suis à toi, chuchota Eloisa. Et tu es à moi. »

Alors Mikael entra en elle. Elle l'accueillit dans un gémissement. Ils firent l'amour avec rage, se griffèrent, se mordirent, se serrèrent jusqu'à étouffer. Et quand ils atteignirent le plaisir, ce fut comme une douleur.

Ils n'échangèrent pas un seul mot avant d'être en vue de la baraque.

« Il faut le dire à ma mère, dit Eloisa.

— Non. Elle serait bien capable de me couper la jambe pour me faire passer l'envie de partir.

— Et moi, je l'aiderai, répondit Eloisa d'une voix sourde.

— C'est pas vrai. Tu sais bien que c'est juste et que je dois le faire.

— Non, je ne sais pas si c'est juste. Ma tête et mon cœur me disent des choses complètement contradictoires.

— Tu prendras soin d'Harro ? demanda Mikael.

— Je le ferais même si je le détestais. Il est tout ce qui va me rester de toi. »

Quand ils arrivèrent à la baraque, Mikael se pencha pour embrasser le vieux molosse et le serra avec une telle fougue qu'il lui fit perdre l'équilibre. Dans la réserve d'hiver, il vola un gros bout de poisson séché qu'il lui donna par petits bouts, pour qu'il le mâche avec les quelques dents qui lui restaient. Il se demandait s'il le reverrait.

Le soir, à la fin du dîner, avant de quitter la table, Mikael prit la main d'Agnete dans la sienne.

« Qu'est-ce que tu fais, gamin ? » dit-elle en cherchant à la retirer, surprise et embarrassée.

Mais Mikael ne lâchait pas sa main. Il aurait voulu lui dire quelque chose de spécial. Au lieu de cela, il ne dit rien et resta à la regarder en étreignant sa main.

« Tu deviens gâteux, gamin ? marmonna Agnete d'un ton revêche. Si tu me rends pas tout de suite ma main, je vais te filer des coups de trique. »

Mikael rit et lâcha sa main. Mais c'était un rire sans gaieté.

Agnete le fixa un moment puis hocha la tête. « Il est temps d'aller dormir, demain il va falloir se casser le dos dans le champ des choux. » Elle s'étendit sur la paillasse.

Deux heures avant l'aube, Mikael se leva. Il fit une dernière caresse à Harro, qui gémit tout bas, encore endormi.

Eloisa l'attendait sur le pas de la porte avec un sac de lin où elle avait fourré quatre miches de pain, trois grosses tranches de jambon, un paquet de cinq poissons séchés au sel, une bouteille de bière forte et deux couvertures. Elle le suivit dehors et tira la porte derrière eux.

« Tiens, dit-elle en lui tendant un long coutelas. J'espère que tu n'auras pas besoin de t'en servir. »

Mikael mit le coutelas à sa ceinture. Puis son arc et ses flèches dans le sac.

« T'as compris où est le passage secret ? lui demanda Eloisa.

— Oui, tu me l'as répété cent fois, répondit-il en souriant.

— Le pin a dû pousser, et tu dois…

— Ça aussi tu me l'as dit.

— Je sais. »

Il n'y avait pas de lune ni d'étoiles. La nuit était si sombre qu'ils distinguaient à peine le visage l'un de l'autre.

« Tu as les chandelles et le briquet ?

— Oui. »

Ils restèrent en silence. Immobiles, face à face.

« C'est la meilleure chose à faire. Tu le sais, dit Mikael tout bas en lui prenant la main. Parce que si personne n'agit, tout restera toujours pareil. Et il faut que ça change.

— Mais pourquoi toi ? dit Eloisa d'une voix cassée.

— Parce que je ne veux pas finir pendu comme Gregor. »

Eloisa ne dit rien.

« Tu m'attendras ? » lui demanda Mikael.

Eloisa caressa son visage, sentant son cœur se briser. « Je t'attendrai jusqu'à la fin du monde. »

Mikael la serra contre lui. « Notre monde ne finira jamais », murmura-t-il à son oreille.

Eloisa sentit qu'elle ne pourrait pas retenir ses larmes plus longtemps. Elle s'éloigna de lui, presque avec brusquerie. « T'es un imbécile de gros bêta, tu le sais, hein ?

— Oui… je le sais…

— Alors vas-y, qu'est-ce que t'attends ? »

Mikael se tourna vers la nuit. Et lentement il fit le premier pas qui allait le séparer d'Eloisa. Puis le deuxième, difficilement, comme si ses pieds s'enfonçaient dans les sables mouvants. Loin d'Eloisa, loin d'Agnete, loin de toute sa vie.

« Que Dieu te bénisse, Mikael Veedon, dit Eloisa dans son dos. Je t'attendrai... » Quand elle n'entendit plus les pas de Mikael dans la nuit, elle rentra, les yeux gonflés de larmes, contemplant avec horreur l'avenir qui l'attendait, semblable à un terrible gouffre qui s'ouvrait devant elle et qui allait l'engloutir.

Mikael franchit le pont sur l'Uque et cacha son gros sac dans les buissons. Il glissa une miche et une tranche de jambon dans sa besace.

Puis il monta vers le château.

Son plan était simple. Mais il se demandait s'il marcherait.

En marchant sur le chemin gelé qui menait au château, il s'aperçut qu'il avait peur. Plus d'une fois il dut s'arrêter pour reprendre son souffle. Plus d'une fois il se demanda s'il ne valait pas mieux faire demi-tour. Mais il finit par se retrouver au pied des murailles. À les voir se dresser là, sa peur se transforma en panique. Il n'arrivait plus à respirer, ses jambes se dérobaient sous lui. Il crut devenir fou, mais cette panique, aussi vite qu'elle était venue, s'évanouit. Les battements de son cœur ralentirent, l'air emplit à nouveau ses poumons. Il écouta le silence de la nuit qui cédait le pas à l'aube. Il sut qu'il aurait la force de ne pas renoncer. Qu'il irait jusqu'au bout.

Attentif à ne pas être vu, il contourna par l'est la colline sur laquelle se dressait le château, grimpa doucement la pente et se posta à l'angle nord des remparts. À partir de là, il compta cinquante pas.

« Cinquante petits pas », avait précisé Eloisa, qui les avait mesurés petite fille.

Il regarda alors à la base de la muraille et vit l'amas rocheux où s'agrippait le vieux pin des montagnes tout tordu qu'elle lui avait décrit. Il écarta les branches, se piqua aux aiguilles épaisses qui sentaient la résine, et trouva sans peine l'entrée du passage secret. Il y avait plus de sept ans, une petite fille au visage sale et aux cheveux clairs coupés court l'avait tiré par les pieds de ce trou noir étroit, pendant que le château brûlait, et l'avait sauvé.

« Pour une tranche de tourte à la viande de cerf », murmura-t-il.

Il était ému. C'était par-là qu'il était né à sa nouvelle vie. Là où tout avait commencé. Il allait faire le chemin dans l'autre sens et, si la chance était avec lui, offrir une nouvelle vie à quelqu'un, à Emöke.

Il se glissa dans le passage. Aussitôt l'obscurité l'enveloppa. Il battit le briquet et alluma une chandelle. La lumière révéla un boyau étroit creusé dans la roche qui constituait les fondations du château. Il parcourut une dizaine de verges à quatre pattes, et le tunnel s'élargit. Les parois devenaient assez hautes pour qu'on puisse y marcher courbé. La chandelle montrait dans la roche les traces des pics et des ciseaux des tailleurs de pierre. Le fond, humide, était plat. Cinquante verges encore, et il arriva dans un espace plus vaste, où des porte-torches mangés de rouille étaient fixés aux parois. Elles avaient pourri et s'étaient désagrégées. La poix avait coulé sur le sol, où elle formait des taches de sang noir.

Mikael vit l'escalier qu'Eloisa lui avait décrit, étroit et raide, lui aussi creusé dans la roche.

« Comment tu as fait pour découvrir ce passage ? avait demandé Mikael à Eloisa la veille, pendant qu'ils échafaudaient leur plan.

— Parce que je suis une fouineuse, avait-elle répondu en riant. C'est bien ce que tu m'avais dit, après m'avoir traitée de sotte et de mal élevée ? »

Il se souvenait de ce jour où il lui avait donné sa part de tourte. Il lui avait fait jurer de ne pas révéler sa cachette à Eilika. « Je le jure… Pour ce que j'en ai à faire », avait-elle lancé, les yeux fixés sur la tourte. Et il lui avait dit : « Justement, tu m'as tout l'air d'une fouineuse. »

Mikael sourit et se demanda avec admiration comment une petite fille d'à peine neuf ans avait réussi à le sortir de ce passage.

Tandis qu'il entamait la montée, le sang battait à ses oreilles, ses jambes étaient moins assurées. Il s'accrocha à la paroi. Le sommet semblait muré. Mais il savait la pierre du milieu amovible. Il poussa un peu, faisant tomber sur lui du terreau accumulé. Elle était légère, en bois peint pour imiter la pierre. N'importe qui pouvait la soulever, même une petite fille.

Il préféra éteindre la chandelle. Eloisa lui avait dit qu'il déboucherait sous la cuisine, dans une cave où personne n'allait jamais. Mais les habitudes du château n'étaient peut-être plus les mêmes. Il écouta, n'entendit rien et monta les dernières marches, pour se retrouver dans une pièce aux murs bas, froide et humide, creusée à même la roche. L'incendie n'avait pas pu arriver jusque-là. C'est pourquoi Eloisa était si sûre que le passage était resté praticable. Dans la pièce, tout un bric-à-brac : une table boiteuse, deux tonneaux crevés, des chaises sans rembourrage, des caisses rongées par les rats.

Dans la paroi de droite, il vit une petite porte, neuve. L'ancienne avait dû brûler dans l'incendie. Il espéra qu'elle n'était pas fermée, mais elle s'ouvrit sans effort, dans un grincement à peine audible.

Les premières lueurs du matin lui montrèrent un espace sous la cuisine, laquelle était au niveau de la cour. Il prit une profonde inspiration, serra fort les poings pour décharger la tension, rabattit sa capuche et monta les sept marches menant à l'arrière-cuisine.

Chefs, sauciers et marmitons s'affairaient. On enfournait le pain, les jambons grésillaient déjà sur les broches. Il baissa la tête pour passer devant la porte, restée ouverte, et arriva dans la cour. Personne. On y avait construit la baraque où logeaient les prostituées. Il espérait qu'Emöke serait là, et non en prison, d'où il n'aurait jamais pu la faire sortir. Mais Emöke n'avait sans doute pas été jugée capable de s'enfuir. Sans compter qu'elle n'aurait pas pu échapper aux cinq sentinelles qui montaient la garde devant la grande porte.

Les épaules voûtées, Mikael inspecta l'intérieur du bâtiment des prostituées.

Elle était bien là, assise, tranquille, occupée à converser avec quelqu'un qu'elle était seule à voir. Mais il y avait les autres. L'une des prostituées, prise de peur, pourrait donner l'alarme. Comment attirer l'attention d'Emöke ?

Soudain, elle fronça les sourcils, comme si quelqu'un lui disait une chose bizarre. Elle regarda vers l'ouverture au-dessus de la porte et croisa le regard de Mikael. Alors, sans qu'aucune des filles n'y prête attention, elle se dirigea vers lui.

Une fois dehors, sans avoir l'air étonnée, elle le regarda, silencieuse.

« Allons-y », dit Mikael, la voix étranglée de peur. Elle ne bougeait pas. Il la prit par la main et se souvint du jour où Ojsternig l'avait envoyé la chercher, quand elle errait dans ce champ, en proie à une douleur qui l'avait rendue folle. Il lui avait dit : « Viens, s'il te plaît. » Et il l'avait amenée à Ojsternig. C'était peut-être ce qui lui dictait ce devoir de la libérer. Il se sentait responsable.

Emöke sourit et se laissa guider dans la cour. Ils passèrent par les arrière-cuisines, descendirent les sept marches vers la cave et se glissèrent dans la trappe du passage secret. Mikael replaça la fausse pierre. Une fois arrivé au bas des escaliers, il s'aperçut qu'il avait retenu sa respiration jusque-là. Il souffla comme s'il remontait du fond des eaux, le temps de se calmer.

Emöke était sereine. Elle ne posait pas de questions.

« Viens, lui dit Mikael en lâchant sa main et en s'acheminant dans le boyau.

— Viens, Gregor », dit Emöke derrière elle.

Là où le boyau se resserrait avant de sortir à l'air libre, Mikael s'arrêta. « Il faut attendre la nuit », dit-il. Il étendit son manteau. « Assieds-toi, Emöke. »

Elle s'assit, regardant devant elle en silence.

Une heure plus tard, Mikael s'approcha de l'entrée, que masquaient les branches de pin. Des cavaliers s'étaient lancés à bride abattue dans les champs, d'autres exploraient les fourrés. Impossible de tenter une sortie. Ils devaient rester cachés là, dans la gueule du loup, malgré la peur. Les recherches cesseraient avec l'obscurité, puis reprendraient le lendemain à l'aube. S'ils s'éloignaient suffisamment du château cette nuit, leurs chances augmenteraient.

À la mi-journée, ils se partagèrent la tranche de jambon. Mais aucun des deux ne toucha au pain.

Mikael pensait sans cesse à Eloisa.

« Tu comprends, Emöke, que tu ne reviendras plus jamais ici ? lui dit-il, le cœur lourd.

— Moi, non. Mais toi, oui. » Emöke le fixa de son regard vide.

« Et c'est ici, ajouta-t-elle, que ton destin s'accomplira. »

Mikael baissa les yeux et resta immobile jusqu'à la tombée du soir. Il était temps de partir. Si on les découvrait, on les tuerait. Et Mikael n'était pas aussi sûr d'être prêt à mourir qu'il l'avait dit à Eloisa. La peur le retenait, assis là dans ce boyau comme dans la trappe d'Agnete quand il était enfant. Il allait se lever, quand il entendit un froissement de branches près de l'entrée : « On est découverts ! »

Une voix murmura : « Sortez ! »

Mikael, bouche bée, entendit la voix dire encore, avec une pointe d'angoisse : « Mikael, t'es là ? Dis-moi que tu es là ! »

Une joie immense l'envahit et il se précipita vers l'entrée. Ses mains, ses genoux s'écorchaient sur la pierre dure et froide. Dès qu'il fut sorti, il s'agrippa aux épaules d'Eloisa. « Pourquoi ? Pourquoi ? C'est de la folie ! » dit-il d'une voix rauque. Puis il la prit dans ses bras, traversé par une émotion irrésistible.

Eloisa se serrait désespérément contre lui. « Je voulais tellement te voir, même si c'était la dernière fois, lâcha-t-elle entre deux sanglots. Il fallait que je sache si tu étais vivant…

— C'est de la folie…

— Et puis je voulais te dire… » Elle fit une pause, comme si parler lui coûtait un effort immense. « Te dire… que ce que tu fais… c'est juste. Et que je suis fière de toi. »

Les larmes aux yeux, Mikael la serra encore plus fort.

« Emöke… ? demanda Eloisa.

— Elle est là. » Mikael se tourna vers l'entrée du boyau. « Viens, Emöke. »

Emöke apparut. Eloisa la prit dans ses bras, mais Emöke resta inerte, comme si elle n'avait conscience de rien. Inquiète, Eloisa leva les yeux vers Mikael.

« On y arrivera », lui dit celui-ci. Il caressa son visage, passa les doigts sur ses lèvres. « Mais je veux que tu t'en ailles, maintenant, Eloisa.

— Non ! »

Mikael posa les mains sur ses épaules. « Le jour où je t'ai dit que nous devions partir, tu m'as répondu que tu ne pourrais jamais laisser ta mère seule.

— Je vous accompagne jusqu'au pont.

— Non. S'ils nous trouvent, ils… »

Eloisa lui posa le doigt sur la bouche. « Ne le dis pas ! N'essaie même pas de le dire !

— Alors va-t'en », dit Mikael.

Eloisa se serra de nouveau contre sa poitrine, comme pour le retenir.

Mikael l'écarta, le regard résolu. « Va-t'en, répéta-t-il.

— Ne t'inquiète pas, Eloisa », dit Emöke.

Eloisa la regarda. Et soudain elle se sentit

étrangement rassurée, à voir son reflet dans ses yeux fous.

« Je reviendrai, je te le jure, lui dit Mikael d'une voix cassée.

— Oui, tu reviendras », acquiesça Eloisa. Elle se redressa et disparut dans la nuit, tel un chat.

Mikael dit alors à Emöke : « Allons-y. »

Ojsternig avait placé deux soldats devant le pont sur l'Uque. Ils étaient assis par terre autour d'un feu, une bonne dizaine de verges avant le pont, auquel ils tournaient le dos. Bavardant et riant, ils se passaient une fiasque de vin. Leurs épées plantées dans le sol ressemblaient à des croix dans la lumière tremblotante des flammes.

« Une pour moi, une pour Emöke », se dit Mikael, qui frissonna.

À cette époque de l'année, le seul moyen d'accéder à la forêt était le pont. Les eaux de l'Uque étaient si hautes et si froides que même s'ils parvenaient à les traverser, ni l'un ni l'autre ne survivraient à la nuit. Mikael sentait l'espoir l'abandonner.

« J'ai été stupide », se dit-il.

Pourtant, rester là diminuerait encore leurs chances.

Il observa les deux soldats. S'ils tournaient le dos au pont, c'était parce qu'ils étaient chargés d'arrêter toute personne cherchant à sortir de la Raühnvahl, pas d'y entrer. Ils continuaient à boire et à rire.

« Viens », chuchota Mikael à Emöke. Il la prit par la main et ils firent un long détour pour atteindre la rive rocheuse de l'Uque et passer derrière les deux hommes. Mikael avançait prudemment, en longeant le cours du torrent. Une vingtaine de verges avant le pont, il dit à Emöke : « Enlève tes chaussures et ne fais pas de bruit. » Il espérait qu'aucun des soldats ne les entendrait.

« On n'y arrivera jamais. » Son cœur battait la chamade.

Serrant la main d'Emöke dans la sienne, il murmura : « Allons-y. »

Ils avancèrent doucement. Mikael n'aurait pu dire combien de temps il leur fallut pour atteindre le pont. Si l'un des soldats se retournait, c'était la fin. Il prit le coutelas pour se donner du courage, sachant qu'il ne ferait guère le poids contre les épées des soldats, qui étaient habitués à tuer.

Il posa le pied sur la première planche du pont. Emöke le suivait docilement, sans inquiétude. Il avança, tenté de courir mais progressant avec une lenteur extrême, pas après pas. L'extrémité du pont semblait loin.

« On n'y arrivera jamais », se dit-il encore une fois.

À mi-chemin, une planche pourrie s'inclina un peu sous son poids et produisit un craquement effroyable. Sa respiration se bloqua, ses muscles se paralysèrent. Il se tourna vers les soldats, les yeux agrandis par la terreur. Impossible qu'ils n'aient pas entendu ce bruit, dans le silence de la nuit.

« N'aie pas peur, dit Emöke, avec son regard fou et un sourire tranquille sur les lèvres.

— Tais-toi, par la grâce de Dieu, chuchota Mikael.

— Ils ne peuvent pas nous entendre », dit Emöke. Elle montra les gardes, qui continuaient à rire et à boire. « Gregor leur bouche les oreilles, tu vois bien ? » Puis elle avança d'un pas décidé sans la moindre prudence, menant Mikael en sécurité de l'autre côté du pont.

44

Ils marchaient depuis deux heures.

Mikael avait récupéré le gros sac de provisions, les couvertures et son arc, et ils étaient entrés dans la forêt. La progression était difficile, l'obscurité impénétrable. Même si Mikael avait un grand sens de l'orientation, ils ne cessaient de trébucher, ne voyant pas où ils posaient les pieds. Le froid était de plus en plus mordant. Il avait sorti les couvertures pour en envelopper Emöke, dont les mains ne cessaient de trembler. Lui-même avait les jambes raides, les muscles contractés. Ils devaient absolument trouver un abri. S'ils s'arrêtaient, ils risquaient de mourir de froid.

« Emöke, ça va ?

— Oui », répondit-elle.

Mais ses dents claquaient.

« On arrive bientôt », mentit Mikael. Le seul endroit où ils pourraient s'abriter était encore à une heure de marche. Il noua son manteau sur les épaules d'Emöke par-dessus les couvertures. Ils reprirent leur ascension.

Quand ils sortirent de la forêt, à découvert, l'air était encore plus froid. Emöke, épuisée, traînait des pieds.

Mais au moins ils étaient arrivés. La « tanière du dragon » n'était plus très loin.

Mikael, en frappant à la porte, s'aperçut qu'il ne sentait plus ses mains.

Il y eut du remue-ménage à l'intérieur, et une lanterne s'alluma. Raphael ouvrit enfin, un long couteau à la main.

« Mon garçon », dit-il. Comme s'il l'attendait. Après un coup d'œil à Emöke, il s'écarta pour les laisser passer. « Entrez.

— Je ne veux pas vous causer d'ennuis, dit Mikael une fois à l'intérieur. Nous partirons à l'aube. »

Raphael ne répondit pas et attisa le feu dans la cheminée, en ajoutant une grande quantité de bois. Il déboucha sa bouteille d'eau de vie des moines de Dravocnik, dont il leur versa deux doses généreuses. Il débarrassa Emöke des couvertures et du manteau trempés d'humidité, avant de la faire s'étendre près du feu. Il la recouvrit de deux peaux de loup, lui enleva ses chaussures légères puis s'agenouilla pour masser avec vigueur ses pieds gelés.

Mikael regardait, immobile, frissonnant.

« Bois, mon garçon, dit Raphael. Tu es plus fort qu'elle, mais tu n'es pas immortel, il serait temps que tu t'en rendes compte. Chauffe-toi les pieds. Si tu perdais même un seul doigt, tu ne pourrais plus marcher pendant des jours. Et je sens qu'une longue route vous attend. »

Mikael s'assit à côté d'Emöke, ôta ses bottes de feutre, trempées elles aussi, et se massa les pieds.

« Bois, nom de Dieu ! » répéta Raphael en haussant le ton. Il porta le verre aux lèvres d'Emöke. « Toi aussi, femme.

— Elle s'appelle Emöke, dit Mikael.
— Je sais, répondit Raphael d'une voix sourde en continuant de frotter les pieds d'Emöke. Ils vous ont cherchés toute la journée, tu te doutes bien qu'ils sont montés jusqu'ici. »

Emöke s'était recroquevillée sous les peaux de loup comme une petite fille. Elle s'endormit en un instant. Raphael mesura ses pieds, avant de les envelopper d'une couverture de laine. Il se releva et alla ouvrir une caisse. À la lueur tremblante de sa lanterne, il prit un épais morceau de feutre, deux peaux de loup, une peau de lapin, une de cerf, un grand morceau de cuir brut, un couteau court, une aiguille de métal, du fil de lin ciré et une petite pince. Il s'assit devant la table et commença en silence à découper le cuir, puis le feutre. Il enfila le bout du fil dans le chas de l'aiguille et se mit à coudre le cuir sur le feutre, en s'aidant de la pince.

Mikael s'assit près de lui.

Raphael interrompit son travail pour lui servir un autre verre.

Il but. Sa tête commençait à bourdonner. Mais ses frissons cessaient peu à peu.

Raphael reprit son travail de couture. Soudain il s'arrêta et regarda Mikael. « C'est quoi cette folie ? » lui demanda-t-il.

Mikael ne répondit pas.

Raphael hocha la tête et continua de coudre.

Mikael sentait la fatigue prendre le dessus. Il posa la tête sur la table. Ferma les yeux. « J'ai oublié de… prendre… votre… livre… », marmonna-t-il avant de céder enfin au sommeil.

« Tu n'en as plus besoin », murmura Raphael, et ses lèvres ridées esquissèrent un sourire.

Quand Mikael se réveilla, le vieil homme n'était plus dans la cabane. L'aube s'apprêtait à poindre. Sur la table, il y avait deux paires de bottes de feutre, fourrées de peau de lapin et recouvertes de peau de loup, avec une épaisse semelle de cuir, une tunique en peau de cerf à col en lapin et une en peau de loup, deux paires de braies en laine bouillie. Raphael avait travaillé toute la nuit.

Mikael se leva et sortit.

« Reste à l'intérieur ! T'es idiot ou quoi ? » dit la voix de Raphael derrière lui.

Mikael se retourna. Raphael remplissait une grosse besace en cuir, mais il ne voyait pas de quoi. Un fourreau en feutre, étroit et long, était attaché sur le côté de la besace. « C'est quoi ? demanda-t-il.

— Rentre, misère de misère », dit Raphael.

Mikael obéit. Emöke s'était réveillée et le regardait en souriant.

« Comment tu te sens ? » lui demanda Mikael.

Elle continua de sourire, sans répondre.

Raphael rentra et désigna les vêtements sur la table. « Déshabillez-vous et enfilez ça. »

Emöke se leva et laissa tomber au sol la tunique légère de prostituée qu'elle portait au château. Mikael se retourna brusquement, rougissant de la voir nue.

Raphael se mit à rire. Il tendit à Emöke des braies de laine et une cotte de tissu épais. Quand elle l'eut enfilée, il raccourcit les manches au couteau. Il l'aida à passer la tunique de cerf à col en peau de lapin. « Tu auras bien chaud », dit-il en lui caressant la tête comme si elle était sa fille. Tourné vers Mikael, il dit : « Alors, il faut que je t'aide ? »

Mikael, gêné, s'habilla le dos tourné. Les bottes

étaient chaudes et confortables, comme les braies de laine et la tunique de loup.

« Nous attendrons le coucher du soleil », dit Raphael. Il prépara une collation substantielle à base de viande de lapin, d'avoine trop cuite, de miel et de bière forte.

« Et s'ils viennent ? demanda Mikael en engloutissant la nourriture.

— Nous vendrons cher notre peau », rétorqua Raphael avec gravité. Voyant Mikael pâlir, il éclata d'un grand rire et hocha la tête, amusé. « Vous irez vous cacher là. » Il indiqua une trappe à Mikael puis lui fit un clin d'œil. « Tu as l'habitude, non ? »

Mikael eut honte d'avoir montré sa frayeur à Raphael.

« C'est bien de sentir la peur. Et tu as déjà suffisamment fait preuve de courage et d'inconscience comme ça, ajouta le vieil homme avec une pointe de fierté. Reposez-vous maintenant. Vous aurez besoin de toutes vos forces dans les jours à venir. »

Emöke s'étendit sur la paillasse.

Raphael la regarda.

Emöke parut sentir son regard et le fixa. Ils restèrent longtemps à se regarder. Puis Emöke sourit et ferma les yeux.

« Qu'est-ce qu'on fera au coucher du soleil ? demanda Mikael.

— C'était quoi ton plan ? »

Mikael rougit de nouveau. « Je n'avais pas de plan…

— Bon, dit Raphael en haussant les épaules. Au moins tu avais un bon plan pour la sauver. Et tu savais que tu devais venir ici. C'est déjà beaucoup pour un gamin.

— Je suis pas un… », commença à protester Mikael, mais en voyant le beau visage ridé de Raphael qui lui souriait, il éclata de rire. « Qu'est-ce qu'on fera au coucher du soleil ? répéta-t-il.

— On attendra la visite d'un ami.

— Qui ?

— Quelqu'un que tu connais.

— Eloisa ? » s'exclama Mikael, le visage illuminé de joie.

Raphael eut une expression mélancolique. Il fronça les sourcils. « Non, mon garçon… je suis désolé…

— Vous veillerez sur elle ? » demanda Mikael, inquiet.

Raphael acquiesça gravement. Il se leva. « Si vous entendez quelqu'un approcher, cachez-vous dans la trappe. Moi j'ai des choses à faire, dit-il en sortant.

— Vous allez où ? » demanda Mikael.

La porte se referma sans que Raphael réponde.

Dans la cabane, le temps passait lentement. Mikael ne pensait qu'à Eloisa. Son cœur brûlait comme s'il avait une infection, son corps frémissait au souvenir du plaisir auquel il faudrait renoncer. Sa tête produisait des images, tantôt langoureuses, tantôt effrayantes.

Raphael revint une heure avant le coucher du soleil, suivi par quatre moutons qu'il laissa brouter dans le pré. Aussitôt à l'intérieur, il prit un petit baril de viande de chevreuil séchée, qu'il emporta dehors. À son retour, il portait la besace de cuir que Mikael l'avait vu remplir le matin.

« Assieds-toi », dit Raphael.

Mikael s'assit face à lui.

Raphael ouvrit le fourreau de feutre. Il en sortit une

épée à la poignée historiée et à la garde sertie de trois grosses émeraudes, qu'il posa entre eux, sur la table.

Mikael, fasciné, regardait l'arme. Elle était magnifique. Sa lame d'acier trempé brillait. Elle ressemblait à celle de son père. L'épée d'un prince.

« L'épée, pour un guerrier, est bien plus qu'une arme », dit Raphael de sa voix profonde. Il ne regardait pas Mikael. Il regardait l'épée. « Elle est son âme. Elle est lui-même. Elle est son destin. »

Mikael n'avait jamais vu le vieil homme ainsi. Dans ses yeux, il y avait de la fierté, mais aussi une profonde douleur. Et peut-être aussi de la honte, se dit Mikael.

« L'homme qui possédait cette épée, reprit Raphael, n'a pas su lui faire honneur. » Il fit une longue pause, plongé dans ses pensées. « Tu as maintenant l'occasion de réhabiliter cette arme noble. De la laver du déshonneur dont son propriétaire précédent l'a souillée. » Il poussa l'épée vers Mikael.

Celui-ci recula, presque effrayé.

« Touche-la », dit Raphael.

Mikael tendit timidement une main vers la lame.

« Non. Empoigne-la. » La voix de Raphael avait la force d'un ordre.

Mikael prit une profonde inspiration. Puis il referma sa main autour de la poignée.

« Plus fort ! Comme un homme ! »

Mikael serra plus fort.

« Maintenant lève-la. »

Mikael la brandit.

« Voilà. Elle est à toi, désormais. Et tu es à elle. »

Mikael restait l'épée en l'air, ne sachant que faire. « Vous étiez un chevalier ? » finit-il par demander.

Raphael ne répondit pas.

« Cette épée, c'était la vôtre ?

— L'homme auquel elle appartenait est mort il y a bien longtemps. Il ne valait pas grand-chose, inutile d'en parler.

— Je ne vous crois pas. »

Raphael le regarda en silence. « Crois ce que tu veux... Mikael. »

À ce moment-là, ils s'aperçurent qu'Emöke n'était plus dans la cabane.

Ils se levèrent, alarmés. Raphael sortit. Mikael reposa l'épée et le suivit.

Dehors, il vit Raphael pointer le bras vers le pré.

Emöke était assise dans l'herbe. Mais une sorte de brouillard qui semblait tourner autour d'elle cachait ses traits.

« Ramène-la à l'intérieur, mon garçon », dit Raphael en se signant.

Mikael s'approcha d'Emöke et, à quelques pas d'elle, comprit ce qu'était ce brouillard.

Emöke était assise les jambes croisées, les mains posées sur les genoux et le dos droit. Autour d'elle voletaient des centaines de papillons de toutes les couleurs. Blancs, jaunes, bleus, tachetés.

Il s'arrêta, effrayé. « Emöke... dit-il d'une voix tremblante. Rentre dans la cabane... »

Elle se leva et les papillons se dispersèrent à l'instant.

« Comment tu as fait ? lui demanda-t-il, encore secoué par ce qu'il avait vu.

— Pour faire quoi ? » dit Emöke.

Mikael n'ajouta rien. À leur retour dans la cabane, il vit que Raphael était tout pâle.

On entendit alors le hennissement d'un cheval.

Raphael fit signe à Mikael de ne pas s'inquiéter. « Venez, leur dit-il. C'est le moment de partir. »

Dehors, sur le palefroi volé à Ojsternig, Volod le Noir les attendait. Il regarda Emöke, puis Mikael. Enfin, il inclina respectueusement la tête en direction de Raphael.

« Ils t'accompagneront, dit le vieil homme.

— Je lui ai déjà dit. J'ai pas besoin d'un paysan qui vole la nourriture de mes hommes.

— Il ne volera rien », répondit Raphael. Il désigna les quatre moutons et le baril de viande séchée. « Sa dot est suffisante pour vous nourrir aussi, pendant que vous serez en chemin.

— Alors Volod, tu t'en vas ? intervint Mikael, déçu. Tu les abandonnes à leur destin ?

— Ton exploit a fait un sacré branle-bas, paysan, répondit celui-ci. La forêt est pleine de soldats. Même si je voulais rester, ce serait impossible. Tôt ou tard, ils nous trouveraient.

— Je suis désolé... dit Mikael.

— Et moi désolé de devoir emmener avec moi une femme et un paysan incapable de combattre », répliqua Volod à l'adresse de Raphael.

Raphael soutint son regard en silence. « Rassemble tes affaires, Mikael », dit-il enfin.

Mikael prit la besace de cuir avec son fourreau de feutre et l'épée.

Volod posa les yeux sur cette arme magnifique. « Il sait s'en servir ?

— Il apprend vite.

— Donc il va falloir que je lui serve de nourrice ?

— Non, dit Raphael. De maître.

— Pourquoi tu ne lui as pas appris ?

— Parce que j'espérais qu'il n'aurait pas à s'en servir, répondit Raphael. Mais il est clair que c'est son destin. » Il posa la main sur l'épaule de Mikael, avec la solennité d'une investiture. « J'ai toujours su qu'il ne ferait jamais un bon paysan. »

Les regards des deux hommes se croisèrent, en silence.

Puis Volod céda et baissa les yeux. « Comme vous voulez, baron », dit-il avec un profond respect.

Mikael, ébahi, se tourna vers Raphael.

« Je te remercie, Volod », dit Raphael sans regarder Mikael. Mais il serra son épaule de la main, avec force, comme pour un adieu.

« Il faut partir. Mes hommes attendent », dit Volod. Il chargea sur sa selle le baril de viande séchée, fit virer son cheval et le poussa au pas vers la forêt. « Tu sais au moins mener un troupeau, paysan ? dit-il en riant tandis qu'il s'éloignait.

— Mets ton épée au fourreau », dit Raphael à Mikael. Il rassembla les moutons, les attacha entre eux par une corde, dont il tendit le bout à Mikael. « Ne les détache pas la nuit. Le jour, ils te suivront tout seuls. » Il lui donna une longue accolade, et quand il s'écarta de lui, Mikael vit ses yeux briller. « Dieu te bénisse…

— Allons-y, Emöke », dit Mikael en se dirigeant vers la forêt, à la lisère de laquelle Volod les attendait, son cheval piaffant avec nervosité.

« Pourquoi tu l'as appelé baron ? demanda Mikael dès qu'ils l'eurent rejoint.

— Il ne t'a pas raconté son histoire ?

— Non…

— Alors c'est qu'il ne voulait pas que tu la connaisses, dit Volod. Marchez, maintenant. On ne vous attendra pas, que ce soit clair. On ne peut pas se permettre de ralentir notre marche. »

Mikael tenait la main d'Emöke. De l'autre main, il tenait la corde attachant les moutons, qui suivaient docilement.

« Le vieux ne le sait pas, mais tout le monde lui a pardonné. Il a payé sa dette, dit Emöke après quelques pas. Un jour, tu devras lui dire.

— Pardonné quoi ? »

Emöke ne répondit pas.

L'instant d'après, c'était la nuit.

45

Ils avançaient tous trois dans une obscurité profonde, et pourtant Volod n'hésitait jamais. Mikael et Emöke suivaient en silence. Ils descendirent par un couloir que Mikael ne connaissait pas, menant dans une vallée qui n'était ni la Raühnvahl ni celle de Dravocnik.

Quand la forêt commença à s'éclaircir, ils retrouvèrent les rebelles, qui avaient installé un bivouac et allumé un grand feu.

Mikael se rendit compte que tous le regardaient avec respect.

« On attendra l'aube ici », dit Volod à Mikael. Il montra une direction dans le noir. « La dernière partie de la descente vers la Val Canal est presque entièrement rocheuse. La nuit, on risquerait de se tuer. Attache tes trois moutons.

— Il y en a quatre.

— Non, il y en a trois, dit Volod. Ce soir, mes hommes vont manger. »

Enveloppés dans des couvertures autour du grand feu, les hommes dormirent peu. Ils chuchotaient entre eux et rongeaient les os de mouton comme des chiens affamés.

Mikael resta toute la nuit enfermé en lui-même, comme s'il comprenait ses actes seulement maintenant. « Tu as quitté Eloisa », se répétait-il, et sa vie lui semblait encore plus noire que l'obscurité autour d'eux. Il frissonnait malgré le feu, comme saisi d'un froid intérieur. La peur de l'inconnu qui l'attendait.

Levé avant l'aube, il s'éloigna du bivouac comme si l'air lui manquait. Il arriva près d'un grand hêtre et passa les bras autour de son tronc lisse.

« Je ne sais pas comment tu t'es débrouillé, mon garçon, dit la voix de Volod derrière lui. Mais tu as fait preuve de courage. »

Mikael se retourna.

Volod le fixait. « La peur vient toujours après. C'est normal. »

Mikael ne répondit pas.

« Tu ne te rendras pas compte tout de suite de ce que tu as fait. Mais dans le cœur des gens, ton geste vaudra bien plus que cent de nos attaques de convoi. » Il le regarda, sérieux. « À partir de maintenant, tu n'es plus un paysan.

— Et je suis quoi ?

— Je peux t'apprendre à te servir d'une épée, mais pas à comprendre qui tu es, répondit sèchement Volod. Je l'ai dit à Raphael et je te le redis : pas question que je te serve de nourrice. » Il lui tapa sur l'épaule. « Maintenant, viens nous aider. On va partir. »

Mikael le suivit.

Les hommes éteignaient le feu et roulaient leurs couvertures.

Emöke les regardait sans les voir.

« Comment ça va ? » lui demanda Mikael.

Emöke lui sourit, sans parler. Puis elle recommença à regarder dans le vide.

Mikael se demandait ce qu'il ressentait pour d'Emöke. C'était à cause d'elle qu'il avait décidé de changer de vie, de quitter Eloisa. Il sentit une vague de colère monter en lui, avant de se souvenir qu'Emöke ne lui avait rien demandé. Ce qu'il avait fait, il l'avait décidé seul. Sans vraiment réfléchir, peut-être. Et il ne le referait peut-être pas. Mais il l'avait décidé seul. Il se souvint d'une des premières choses qu'Agnete lui avait dites : « Dans la vie, il faut choisir. » Il avait choisi. Parce qu'une voix intérieure lui disait que le monde devait changer.

Un des hommes de Volod s'était approché d'Emöke et la fixait avec un regard de convoitise. « T'es une putain du château, pas vrai ? » dit-il en portant la main à son entrejambe.

Mikael s'interposa, planta ses yeux dans les yeux noirs de l'homme. « Laisse-la tranquille », dit-il d'une voix forte qui l'étonna lui-même.

« On n'a qu'à l'emmener comme putain, dit l'homme, en déplaçant sa main de son entrejambe à son couteau.

— Laisse-la tranquille », répéta Mikael, à nouveau surpris de la fermeté de sa propre voix.

Volod avait observé la scène de loin. « Personne ne touchera à cette femme ! s'écria-t-il. Ou il aura affaire à moi ! »

L'homme en face de Mikael baissa la main qu'il avait posée sur le manche de son couteau.

« Pourquoi on l'emmène avec nous alors ? demanda-t-il à Volod avec colère. Elle va nous ralentir, c'est tout. Qu'est-ce qu'on va bien pouvoir faire d'une femme ?

— Paolo, cette nuit, tu as mangé. Et si t'as le ventre plein, c'est grâce à elle. Ça me semble une bonne raison, lui répondit Volod. Si jamais elle n'arrive pas à suivre, on la laissera derrière nous. J'ai averti le garçon. »

Paolo haussa les épaules. Après un dernier coup d'œil lascif à Emöke, il alla aider ses compagnons.

Mikael se tourna vers Emöke. Elle semblait ne s'être aperçue de rien. Il s'accroupit près d'elle. « On doit se préparer, Emöke », lui dit-il avec tendresse. Puis, en regardant ces yeux limpides et vides, sans défense, il comprit que, si c'était à refaire, il le referait. Il n'accepterait jamais qu'on la fasse griller comme un mouton. Si cela ne tenait qu'à lui, l'odeur de la chair humaine brûlée ne se répandrait plus jamais. Il n'était plus un enfant, comme le jour du massacre au château. « Aujourd'hui, je mourrais aux côtés de mon père », pensa-t-il.

Ses réflexions furent soudain interrompues par un cri. Il se retourna et vit un des hommes dont les mains s'accrochaient à une flèche, une flèche qui lui transperçait la gorge.

À l'instant même, une patrouille de soldats fondit sur eux.

Ils étaient une dizaine, trois fois moins nombreux que les hommes de Volod. Mais ils étaient à cheval et avaient l'avantage de la surprise.

Volod fut le premier à réagir. Il bondit sur son palefroi, qu'il éperonna comme s'il voulait s'échapper. Mais s'écarta seulement de quelques verges, le temps de tirer son épée, puis revint au grand galop et se lança sur les soldats dans un puissant hurlement.

Ses hommes furent plus lents. Deux d'entre eux moururent, encore désarmés, sous les coups des agresseurs.

« La Folle ! » s'écria l'un des soldats en voyant Emöke, restée assise, imperturbable, au milieu de toute cette confusion.

Mikael s'élança vers sa besace et tenta de dénouer le lacet du fourreau. Mais ses mains tremblaient, et le soldat approchait d'Emöke, en faisant tournoyer son épée.

Volod lui coupa la route et le frappa sous l'aisselle, d'une fente précise, à l'endroit où s'arrêtait sa cotte de maille. La lame pénétra entre les côtes jusqu'au cœur du soldat, le tuant sur le coup.

Le combat faisait rage. Les hommes de Volod s'étaient repris et dispersés en toute hâte dans la forêt, selon une tactique qui paraissait éprouvée, obligeant les assaillants à se désunir. À l'abri des arbres, les arcs firent pleuvoir sur eux une terrible volée de flèches.

Un autre soldat se précipita sur Emöke et l'attrapa par les cheveux, la soulevant presque de terre.

« Non ! » s'écria Mikael, resté jusque-là pétrifié. Il s'élança sur le cavalier, qu'il fit tomber de sa selle. Le soldat en perdit son casque.

Ils se retrouvèrent emmêlés, luttant au corps à corps. Le soldat se battait avec furie, pour survivre, pour tuer. Mikael, qui se contentait de se défendre, eut rapidement le dessous. Le soldat voulut lui enfoncer dans la gorge un poignard long et affilé. Mikael retenait sa main, mais le soldat était plus déterminé, et en position de force.

Mikael ferma les yeux, résolu à la défaite. Puis il y eut un choc sourd, et le corps du soldat s'écroula sur lui. Rouvrant les yeux, il vit Emöke, une grosse pierre entre les mains.

Il se dégagea du corps inerte du soldat et se releva. Emöke tenait encore la pierre, et déjà son regard redevenait flou.

Mikael la lui prit délicatement et la jeta par terre.

« Le laissez pas s'échapper ! hurla alors Volod. Malédiction ! »

Mikael vit en se retournant un cavalier qui prenait la fuite, une flèche plantée dans le flanc.

« Allons-nous-en, vite ! ordonna Volod. Prenez leurs chevaux ! »

Mikael compta neuf soldats à terre. Et cinq rebelles. L'un d'eux était Grippetout, l'homme qui avait partagé son morceau de pain avec ses compagnons, dans la cachette des rebelles. Il avait une entaille profonde de la poitrine à l'abdomen, qui laissait voir ses côtes et ses boyaux.

Les hommes de Volod attrapèrent les chevaux. Il y en avait sept. L'un avait disparu avec le cavalier en fuite, l'autre avait été tué par une flèche et le dernier était parti dans la forêt.

Le soldat qui s'était battu avec Mikael gémit. La pierre d'Emöke l'avait seulement assommé.

Volod ramassa le poignard du soldat. Il le tendit à Mikael. « Achève-le », dit-il.

Mikael, effrayé, fit un pas en arrière.

« Prends le poignard ! » s'écria Volod.

Il le prit. Sa main tremblait. Il regardait le soldat, qui reprenait connaissance.

Volod posa fermement le pied sur le dos de

l'homme, l'immobilisant au sol. « Achève-le », répéta-t-il en fixant Mikael de ses yeux glacés.

Mikael secoua la tête.

Alors Volod prit la tête du soldat par les cheveux et la souleva. Puis il tint la main de Mikael et la guida vers la gorge découverte de l'homme. D'un geste sec, il la trancha.

Mikael lâcha le poignard et fit deux pas en arrière, incapable de détacher son regard de l'homme à l'agonie, dont le corps se contractait pendant que la vie le quittait.

« C'est ça, la vie que tu as choisie, mon garçon », dit Volod. Il prit les brides du cheval du soldat et les tendit à Mikael. « Il est à toi, maintenant. Tu l'as gagné. »

Mikael avait du mal à respirer.

Ils reprirent leur marche.

Personne ne parlait.

Mikael avait fait monter Emöke sur le cheval. Il marchait en tenant les brides dans une main, et dans l'autre la corde avec les moutons.

En moins d'une heure, ils atteignirent la Val Canale, une vallée rude enserrée de hautes montagnes. Un torrent, le Fella, coulait au milieu. Le soleil commençait à se cacher derrière le Jôf de Montasio. Ils suivirent le cours du torrent et pénétrèrent deux lieues plus loin dans le Couloir de Fer.

« Ici, on est sur les terres de la Sérénissime », dit Volod à Mikael.

Mikael n'entendit pas. Pendant toutes ces années, il avait vu des dizaines d'hommes mourir, souvent de manière atroce, terrifiante. Mais jamais personne n'était mort de sa main. Il comprenait maintenant que la mort, en un certain sens, lui était restée jusque-là extérieure.

En longeant les rives caillouteuses du Fella, il s'aperçut qu'il n'avait pas pleuré. Le monde de l'enfance avait pris fin, ce monde où les douleurs et les fautes se lavent par les larmes. Non, il ne pleurerait pas.

Ils parcoururent moins de quinze lieues avant d'arriver, presque au coucher de soleil, à la petite ville de Pontêbe, comme on l'appelait dans la langue locale.

« On va dormir ici, dit Volod en montrant une grange. On demandera l'hospitalité. » Il détacha un des moutons et le traîna derrière lui jusqu'à la ferme des paysans.

Ce soir-là, dans la grange, ils mangèrent un mouton mais aussi du pain à peine sorti du four, et ils burent du vin rouge.

Au moment de dormir, Mikael vit que Paolo regardait encore Emöke.

« Reste près de moi », lui chuchota-t-il.

Puis il s'endormit, serrant le poignard du soldat tué. Ça aussi, c'était à lui.

Le matin, dès son réveil, la pensée lui vint que, si Eloisa savait qu'il était devenu un assassin, elle aurait honte de lui.

Il sortit et vit Volod discuter avec un vieux paysan aux longues moustaches incrustées de miettes. Tous deux regardaient vers le nord.

Le vieux désignait la montagne. « Vous devez monter en suivant le grand couloir entre les roches. D'abord au nord, ensuite vous obliquez légèrement vers l'ouest, puis de nouveau vers le nord. Faut compter six ou sept lieues avant d'arriver à la crête, et là vous serez à quatre mille pieds. À ce moment-là, vous descendez vers la vallée, vous pouvez pas vous tromper. Dans la plaine, vous suivrez un torrent… je sais plus comment il s'appelle… vers l'ouest. Il vous mènera à Kirchbach. Mais impossible d'y arriver en une seule journée, c'est au moins à vingt lieues, dont dix de montagne.

— On y arrivera, dit Volod.

— Non, impossible, dit le vieux en hochant la tête.

— On y arrivera, je te dis.

— T'es têtu comme une mule. Le vieux cracha par terre.

— Aussi têtu que toi, vieil homme. »

Le vieux rit. « Vous y arriverez pas, répéta-t-il en s'en allant. Vous dormirez sous la pluie, à l'embouchure de la vallée qui vous mènera demain à Kirchbach. Aussi vrai que Dieu existe ! »

Volod aussi se mit à rire. Mais il reprit rapidement son sérieux. Il vit Mikael et s'approcha. « Reste pas accroché à ce poignard, mon garçon. »

Mikael s'aperçut qu'il avait toujours la main serrée sur le poignard du soldat.

« Range-le. Aujourd'hui est un autre jour. Reste pas accroché au passé. »

À leur retour dans la grange, Paolo était couché sur Emöke et s'apprêtait à la violer.

Avant même que Volod puisse intervenir, Mikael était sur lui. Il lui mit la lame du poignard sur la gorge.

« Arrête, mon gars », ordonna Volod en retenant son bras.

Mikael frémissait en voyant l'innocence des yeux d'Emöke.

« Laisse-le-moi », dit Volod en l'écartant. Il saisit

Paolo à l'entrejambe, par-derrière, et lui empoigna les testicules.

Paolo hurla de douleur.

« Je te castre comme un chapon, grogna Volod sans lâcher prise. Y aura pas d'autre avertissement. Où qu'on soit, je te laisserai là, à perdre ton sang. T'as compris ? »

Paolo acquiesça en gémissant.

Volod le tira en arrière, toujours par les couilles, et le souleva de force tandis que l'autre hurlait de douleur.

« Ça va ? » demanda Mikael à Emöke.

Elle regarda son agresseur. Sans haine. Et comme toujours ne répondit pas.

« Préparez-vous ! ordonna Volod à ses hommes. On a une sacrée journée devant nous ! »

Au coucher du soleil, les hommes comme les chevaux étaient épuisés. Ils s'arrêtèrent sur la rive d'un torrent, à l'embouchure de la vallée qui les mènerait à Kirchbach le lendemain, comme l'avait prédit le vieux. Et comme il l'avait également annoncé, ils dormirent sous une pluie glacée.

La nuit, Mikael rêva d'Eloisa. Elle était seule dans le village de la Raühnvahl. Il faisait sombre. Le village était désert. Eloisa étendait le manteau de Mikael dans la boue et se couchait dessus. Elle pleurait. Puis un homme, que Mikael voyait de dos, la maintenait à terre avec son pied. L'homme dénouait ses braies. Il se retournait, et c'était le visage de Paolo. Arrachant sa jupe avec violence, il lui écartait les cuisses, découvrant la fourrure blonde de son entrejambe. Il se jetait sur elle en bavant, la frappait d'un coup de poignard puis la violait avec férocité, comme pour l'anéantir.

Dans le rêve, Mikael se précipitait sur lui, l'attrapait par les cheveux, lui soulevait la tête et l'égorgeait. Le sang coulait sur le visage d'Eloisa. Alors Mikael se penchait sur elle et l'embrassait, trempant ses lèvres dans le sang de l'autre.

Au réveil, Mikael découvrit qu'il s'était blessé avec le poignard. Une blessure profonde, au creux de la main, qui allait presque jusqu'aux tendons.

Les autres le regardaient en silence.

« Va te laver, mon gars », lui dit Volod.

Mikael s'agenouilla sur la rive caillouteuse du torrent.

Le soleil naissant éclairait comme un miroir la surface de l'eau, et Mikael y vit son visage rouge de sang. Comme le masque de la mort.

« Tu vivras dans le sang, comme moi et tous nos ancêtres, lui avait dit son père le jour du massacre. C'est notre destin, notre fatalité. »

46

Tous les matins, Eloisa regardait avec appréhension passer les patrouilles qui battaient la forêt pour retrouver Emöke. Chaque soir quand, à leur retour, les sabots faisaient résonner les planches du pont sur l'Uque, elle retenait son souffle. Le matin, elle allait prier dans la petite église de Notre-Dame des Neiges. À genoux, elle suppliait la Mère de Dieu, l'Enfant Jésus et les Saints protecteurs peints grossièrement au-dessus de l'autel de pierre et à demi effacés, pour qu'on ne retrouve pas Mikael. Elle y retournait le soir pour les remercier, quand elle voyait les soldats rentrer bredouilles. Le reste du temps, elle respirait à peine. Son sommeil, agité, était peuplé des mêmes peurs. Son oreiller trempé de larmes.

Elle avait dit à sa mère pourquoi Mikael avait disparu. Agnete l'avait rudement sermonnée : « Comment tu as pu le laisser faire une chose pareille ? » Les gifles étaient tombées, avec fureur. Puis la colère d'Agnete avait cédé à la douleur et à l'inquiétude. Elle avait éclaté en sanglots, attirant sa fille contre elle. Assommée de chagrin, elle murmurait : « Non,

non… mon pauvre garçon… non… » Elle aussi s'était mise à guetter le départ et le retour des patrouilles.

Un jour, en milieu de matinée, un soldat était arrivé blessé dans la Raühnvahl et s'était écroulé dans la rue principale du village, une flèche plantée dans le flanc. Il avait perdu beaucoup de sang. Aucun des paysans n'alla le secourir, espérant sans doute qu'il mourrait là, sous leurs yeux.

Agnete le fit emmener dans la maison la plus proche. Elle le coucha sur une table, retira la flèche de son corps et le soigna.

« Pourquoi tu fais ça ? lui demanda Eloisa à mi-voix.

— Parce que cet homme a peut-être rencontré Mikael, répondit Agnete tout bas. Et s'il ne meurt pas, on saura s'il est vivant ou pas. »

Les yeux d'Eloisa se remplirent de larmes. « S'il l'a tué, dit-elle d'une voix dure et résolue, je le tuerai moi-même, quand tu l'auras sauvé.

— Non, c'est moi qui le tuerai », dit Agnete.

La nouvelle du retour du cavalier blessé se répandit rapidement jusqu'au château. Dès le début de l'après-midi, Ojsternig, suivi d'Agomar et escorté par dix cavaliers armés, ouvrit la porte d'un coup de pied et pénétra dans la baraque du bûcheron.

Le soldat reprenait connaissance.

Ojsternig le secoua et lui ordonna de parler.

« J'ai vu… la Folle… Votre Seigneurie… balbutia le soldat. Elle est avec… les rebelles…

— Vous l'avez tuée ? » demanda Ojsternig. Depuis qu'Emöke s'était enfuie, il n'avait pas eu de répit. Une des prostituées était morte des tortures qu'il lui avait infligées. Les autres en gardaient les marques sur le corps. Mais aucune ne savait comment Emöke s'était échappée. Ojsternig avait fait fouetter aussi les sentinelles de la grande porte du château, et les gardes avaient juré qu'elle ne pouvait pas être sortie sans qu'ils la voient. Sa fuite demeurait une énigme. La garnison était terrorisée : ce mystère ne faisait que confirmer leurs croyances superstitieuses.

« Non… Votre Seigneurie… on a pas réussi à la tuer… répondit le soldat.

— Maudits incapables ! » s'écria Ojsternig en le giflant. Il se tourna vers Agomar et les autres cavaliers. « Vous avez entendu ? dit-il en levant le poing. Ce sont les rebelles qui l'ont libérée ! Aucune magie là-dedans ! »

Les cavaliers baissèrent les yeux. Personne n'osait parler mais tous pensaient : « Si c'est pas de la magie, c'est quoi ? Comment une femme peut disparaître dans le néant si le démon l'a pas aidée ? »

« Où sont-ils, les rebelles et cette maudite putain ? demanda Ojsternig au soldat blessé. Ils sont combien ?

— Ils étaient une trentaine… Votre Seigneurie… souffla le soldat. On en a tué… beaucoup… avant qu'ils nous… » Il ferma les yeux, s'abandonna à la douleur. « Ils sont en fuite… reprit-il. Ils étaient… Ils se préparaient à descendre dans la Val Canale… Je crois qu'ils veulent se… réfugier en terre… vénitienne…

— Agomar, organise une patrouille de cinquante hommes ! ordonna Ojsternig. Tout de suite ! Il faut leur donner la chasse ! Je veux retrouver cette putain, morte ou vive !

— Ils sont sûrement loin maintenant, dit Agomar.

Et on ne peut pas pénétrer sur les terres de la Sérénissime.

— Maintenant ! Tout de suite ! » hurla Ojsternig. Il saisit à la gorge le soldat blessé, pendant qu'Agomar sortait de la baraque. « Où vous les avez rencontrés ?

— Sur le flanc... sud du Mezesnig... Là où la forêt s'arrête... où commencent les rochers et les cailloux... »

Ojsternig se tourna vers les cavaliers de son escorte. « Vous savez où c'est ? »

Les cavaliers firent signe que non.

« Moi je sais ! » dit alors Eberwolf, qui écoutait à l'entrée.

Un sourd murmure se répandit parmi les paysans. Ahlwin, le père d'Eberwolf, rougit de honte et s'éloigna, tête basse.

« Toi, ordonna Ojsternig à l'un des cavaliers, tu resteras ici pour attendre Agomar. Dis-lui qu'on laissera des signes pour lui indiquer le chemin. Ton cheval, c'est lui qui va le monter », ajouta-t-il en désignant Eberwolf. Aussitôt sorti, il sauta en selle et partit au galop vers la forêt de Mezesnig, suivi par ses hommes et par Eberwolf.

Agnete s'aperçut qu'Eloisa aussi avait disparu, et comprit aussitôt, avec un coup au cœur, où elle était partie.

Eloisa connaissait la montagne aussi bien que Mikael. Malgré les interdictions, ils l'avaient parcourue de long en large, des années durant. Elle savait qu'Eberwolf suivrait la route presque jusqu'au sommet, pour redescendre ensuite par le versant sud. Mais elle prendrait un autre chemin, plus court, impraticable pour les chevaux.

Elles étaient les seules à savoir, sa mère et elle, que, si Emöke était avec les rebelles, Mikael s'y trouvait aussi.

Les branches basses lui griffaient le visage, les ronces déchiraient sa robe, elle trébuchait sur les pierres et les racines, s'égratignait mains et genoux. Son cœur battait la chamade, les larmes lui montaient aux yeux. Elle courut, insensible à la fatigue, poussée par la frayeur. « On en a tué beaucoup », avait dit le soldat blessé. Est-ce que Mikael était parmi eux ? Est-ce qu'il était mort ? Allait-elle le retrouver là-bas, tombé à terre, livré aux bêtes sauvages ?

En proie à une irrépressible angoisse, elle longea la lisière de la forêt, là où elle laissait place à une pente rocheuse dénudée qui descendait vers la Val Canale. Elle commençait à craindre de ne pas trouver le lieu de l'affrontement, quand elle sentit une odeur âcre. Une odeur qui n'appartenait pas à la forêt. Elle s'arrêta, incapable de poursuivre. Au-delà de l'épaisse végétation, elle savait que la mort l'attendait. Elle se fraya rapidement un chemin entre les repousses de pin des montagnes et les rhododendrons, retenant son souffle.

Elle finit par déboucher dans une clairière où l'odeur était plus intense. Au sol, une quinzaine d'hommes morts. Elle ferma les yeux, porta les mains à sa bouche, incapable de bouger, envahie par cette violente odeur.

Ce fut alors qu'elle entendit le vacarme des chevaux.

Ojsternig arrivait.

Sans plus réfléchir elle se jeta sur les cadavres et les retourna, résistant à l'envie de vomir et murmurant, comme une prière : « C'est pas lui. » Et chaque fois, malgré l'horreur de la mort, elle remerciait Dieu.

Avant l'arrivée des cavaliers guidés par Eberwolf, elle s'était assurée que Mikael avait échappé à la mort. Cachée dans les broussailles, elle regarda vers la vallée où le royaume finissait, et où commençait peut-être le salut de Mikael.

Elle redescendit dans la Raühnvahl sans se faire repérer.

Elle annonça à Agnete : « Il est vivant. »

Sa mère la serra fort contre elle, puis elles se rendirent main dans la main à Notre-Dame des Neiges. Agenouillées côte à côte sur un prie-Dieu grinçant, elles qui n'étaient pourtant pas habituées à prier remercièrent la Mère de Dieu et lui demandèrent de continuer à veiller sur Mikael.

Deux jours plus tard, Ojsternig renonça à poursuivre les rebelles, pour éviter de pénétrer sur les terres de la Sérénissime. Il revint par les champs glacés et désigna Agnete aux soldats, qui s'emparèrent d'elle.

Effrayée, Eloisa accourut, suivie de tous les paysans.

« On me dit que ton fils a disparu ! » s'exclama Ojsternig avec colère, en fixant Agnete.

Eberwolf, à côté de lui, arborait un air satisfait.

« C'est pas mon fils ! explosa Agnete de manière inattendue, plus furieuse encore qu'Ojsternig. C'est juste un bâtard ingrat que j'ai acheté au marché de Dravocnik, le diable l'emporte ! »

Eloisa fut surprise.

Ojsternig aussi, qui s'attendait à des pleurnicheries effrayées et à des supplications.

« Si Votre Seigneurie me le retrouvait et me le ramenait, et si vous étiez assez généreux pour le laisser entre mes mains avant votre juste punition… » Agnete tendit le poing. « Ah, pardonnez-moi, mais je suis pas sûre que je vous le laisserais vivant, aussi vrai que Dieu existe ! Qu'il soit maudit ! »

Ojsternig, perplexe, fronça les sourcils.

Eloisa vit sa mère mettre la main dans son dos et croiser les doigts pour enrayer la malédiction.

« Il s'est enfui, Votre Seigneurie ! continua Agnete avec emphase. Deux jours avant que cette fichue Emöke disparaisse ! »

La déception se lisait sur le visage d'Eberwolf.

Ojsternig se tourna vers lui et dit : « Imbécile ! » avant de le fouetter au visage. Il regarda Agnete. « Cet imbécile raconte que c'est le garçon qui a libéré la sorcière. »

Agnete eut un regard de dégoût pour Eberwolf et secoua la tête. « Votre Seigneurie, vous l'avez dit vous-même, c'est un imbécile. Avec tout votre respect, comment croire à ce que racontent les imbéciles ? Ce maudit gamin a pris la poudre d'escampette deux jours avant. » Elle cracha par terre. « Dieu le sait, et tout le monde ici m'en est témoin, je l'aimais bien. Mais il a trahi ma confiance… Je lui souhaite seulement de s'être fait dévorer par les loups. » Elle croisa de nouveau les doigts dans le dos.

Eloisa était admirative. Sa mère semblait peu à peu convaincre Ojsternig.

Il continuait de dévisager Agnete. « Tu as fait un bon travail avec le soldat blessé, dit-il enfin. Quand la fièvre sera tombée, il nous dira peut-être si ton fils est avec les rebelles.

— Je vous le souhaite, Votre Seigneurie, répondit Agnete. Mais je vous le répète : je ne le considère plus comme mon fils. »

Ojsternig fit virer son cheval et s'en alla.

La vieille Astrid s'approcha d'Agnete. « Il est pas parti deux jours avant la fuite d'Emöke », lui dit-elle.

Agnete eut un coup au cœur.

« C'est lui qui l'a fait évader, continua Astrid.

— Dis pas de bêtises, vieille idiote ! » lâcha Agnete avec dureté. Mais avec un regard effrayé.

« On le sait tous ! » dit Astrid.

Agnete se tourna vers les gens du village.

Tous la regardaient avec respect.

« Le garçon, il est spécial », ajouta la vieille.

Agnete la fixa, une prière muette dans le regard.

« T'en fais pas, dit Astrid. Personne dira rien. Par contre, le soldat blessé… »

Ce soir-là, Eloisa vit sa mère préparer un emplâtre pour la blessure du soldat. Puis elle la vit prendre une petite bouteille de terre cuite scellée de cire laquée.

Comme les autres soirs, Agnete sortit pour le soigner.

En rentrant, elle dit à Eloisa : « Faut que j'aille à l'église. »

Eloisa l'accompagna et s'agenouilla près d'elle.

Agnete priait à voix basse, mais Eloisa l'entendit demander pardon à la Mère de Dieu.

Le soldat mourut dans la nuit.

47

Quand ils entrèrent à Kirchbach, dans le territoire d'Hermagor, Volod et les siens étaient trempés jusqu'aux os. Pendant les dix lieues entre l'embouchure de la vallée où ils avaient bivouaqué et la petite ville, la pluie n'avait pas cessé de tomber.

En voyant arriver des cavaliers habillés comme des gueux mais armés d'arcs et d'épées, les gens de Kirchbach se mirent à leurs fenêtres et sortirent sur le seuil des boutiques.

Volod s'arrêta sur la place principale et attendit, sous la pluie.

Une escouade de soldats, menée par un vieux capitaine en casaque bleu clair, vint bientôt se poster devant lui.

Le vieux capitaine arrêta son cheval à une distance de quatre verges. « Qui êtes-vous ? » demanda-t-il d'une voix ferme.

Volod s'avança et répondit : « Personne. »

Le vieil homme, silencieux, le regardait avec l'assurance d'un homme fort. À son attitude fière, on devinait qu'il avait livré de nombreuses batailles.

« Nous sommes de passage, ajouta Volod. Nous

cherchons seulement un endroit où dormir et sécher nos vêtements.

— Vous êtes en fuite ?

— Nous cherchons un endroit où dormir et sécher nos vêtements, répéta Volod. Demain, nous partirons.

— On vous poursuit ? » insista le vieil homme.

Volod le regarda en silence, puis secoua la tête. « Non, dit-il.

— Vous êtes des brigands ?

— Non », répondit Volod en se redressant.

Le vieil homme parut satisfait. Il acquiesça, puis fit avancer son cheval, aussi vieux que lui, près de celui de Volod. Il posa la main sur la marque d'Ojsternig. « Ce cheval n'est pas à toi.

— Non », dit Volod.

Le vieil homme le regarda. L'âge n'avait pas éteint ses yeux, noirs comme la nuit, chose rare dans ces régions. Ils brillaient comme des charbons ardents. « Il n'y a que deux endroits où vous pouvez dormir, dit-il enfin. La prison, ou le couvent. » Il sourit. « Chez les frères, on mange mieux. »

Volod sourit aussi. « Alors nous dormirons chez les frères, si vous voulez bien nous introduire auprès d'eux.

— Vous partez demain matin ?

— Nous partons demain matin.

— Venez », dit le vieux en faisant virer son cheval. Il traversa la place, contourna l'église et s'arrêta devant une imposante construction de pierre et de bois. Il n'eut pas besoin de frapper à l'entrée car le frère portier était déjà là. « Appelle le prieur », lui dit-il d'un ton péremptoire.

Le frère portier repartit à l'intérieur. Bientôt le

prieur du couvent apparut, escorté de trois moines. C'était un bonhomme grassouillet au visage sympathique et aux joues rubicondes.

« Frère Stanislao, auriez-vous de la place pour une nuit dans votre hospice ? » demanda le vieux capitaine.

Le frère Stanislao regarda les hommes trempés. Il fit la moue. « La femme aussi ? dit-il en pointant son menton rond en direction d'Emöke.

— Vous voulez la faire dormir sous la pluie simplement parce que c'est une femme ? dit le vieil homme.

— Elle vit dans la crainte de Dieu, ou c'est... ? Le prieur laissa sa question en suspens.

— C'est ma sœur », intervint Mikael, qui avait fait toute la route à pied en tenant par la bride le cheval sur lequel il avait installé Emöke.

Volod se tourna vers Mikael. Le capitaine vit ce regard mais ne dit rien.

Emöke avait un regard flou, absent.

« Qu'est-ce qu'elle a ? demanda le frère Stanislao à Mikael d'un ton suspicieux.

— Elle n'aime pas parler, frère, dit Volod. Elle se mettra dans un coin et vous ne vous apercevrez même pas qu'elle est là. Et le garçon... son frère... restera pour veiller sur elle. »

Le prieur, immobile, réfléchissait.

« Frère Stanislao, dit le capitaine, nous sommes en train de nous mouiller.

— Entrez, soupira le prieur. Mais je ne veux aucune arme dans mon couvent.

— Bien sûr, prieur, dit le vieil homme. S'ils veulent rester, ils me remettront leurs armes et je les leur rendrai demain matin, à la sortie de la ville. » Il se tourna vers Volod. « Nous sommes d'accord ? »

Volod échangea un regard avec lui puis enleva son arc et son épée. « Je me fie à vous.

— Comme moi-même je me fie à vous », répondit le vieux capitaine avec un sourire malin.

Les hommes remirent leurs armes. Quand ce fut son tour, Mikael délaça le fourreau de sa besace et découvrit la garde de l'épée de Raphael.

Le capitaine la vit, et se figea un court instant sur son canasson, les yeux écarquillés. Il saisit rapidement l'épée, sans faire de commentaire.

L'hospice était une salle de soixante pieds sur trente chauffée par deux cheminées, une à chaque bout. Les moines y avaient disposé de la paille. Mikael venait de s'y installer quand un soldat du vieil homme s'approcha de lui. « Le capitaine veut te parler en privé. Suis-moi. »

Mikael se tourna vers Emöke. Il croisa le regard de Volod.

« Vas-y », dit Volod, qui alla s'asseoir à côté d'Emöke. « Je veillerai moi-même sur... ta sœur », ajouta-t-il avec un sourire.

Mikael suivit le soldat. Ils sortirent du couvent. La pluie avait cessé, mais Mikael était encore trempé. L'homme le conduisit jusqu'à une construction basse et trapue, pourvue de deux grandes portes. Celle de gauche menait aux prisons, celle de droite aux quartiers du capitaine.

Celui-ci l'accueillit d'un air soucieux. Il fit signe qu'on les laisse seuls. Il tenait l'épée de Raphael sur ses paumes.

« Tu es un voleur, mon garçon ?

— Non, messire », répondit Mikael, offensé.

Le vieil homme désigna l'épée du menton. « Où l'as-tu prise ?

— Je ne l'ai pas… prise. Elle m'a été offerte.

— Par qui ? »

Mikael eut l'impression que sa voix tremblait. « Par son propriétaire légitime », répondit-il alors.

Le capitaine le regardait en silence. Son regard exprimait une profonde émotion.

« Dis-moi son nom.

— Le vieux Raphael.

— Le vieux Raphael, répéta le capitaine. C'est comme ça que tu l'appelles ?

— Oui, messire.

— Il est donc encore en vie », murmura le capitaine comme pour lui-même. Il contemplait l'épée, plongé dans ses pensées. Puis il la prit des deux mains par la lame et la mit sous le nez de Mikael. « Pourquoi te l'aurait-il donnée ?

— Il m'a dit… » Mikael, gêné, s'interrompit.

« Il t'a dit quoi, mon garçon ? demanda le vieux capitaine, dont la voix redevenait autoritaire.

— Il m'a dit… » Mikael se rappelait parfaitement les mots de Raphael. Mais il avait du mal à les prononcer. « Il m'a dit… : "L'homme qui possédait cette épée n'a pas su lui faire honneur. Tu as maintenant l'occasion de réhabiliter cette arme noble. De la laver du déshonneur dont son précédent propriétaire l'a souillée." »

Les yeux du vieux capitaine s'emplirent de larmes. Un sourire mélancolique se dessina sur son visage ridé. « Oui, c'est lui, murmura-t-il. C'est bien lui. » Immobile, il tenait toujours l'épée par la lame, perdu dans ses pensées. Tout à coup, il se secoua.

« Annabel ! cria-t-il. Annabel, misère de misère ! Où êtes-vous donc tous passés ? »

Une femme ronde, plus jeune que lui d'au moins vingt ans, apparut.

Le capitaine désigna Mikael. « Trouve-lui des vêtements ! ordonna-t-il. Ce garçon va prendre le mal du poumon si on le laisse trempé comme une soupe. Et fais sécher les siens. Il restera dîner avec nous. Nous ne pourrions pas avoir de meilleur hôte, alors tords le cou à une oie bien grasse ! »

La femme s'apprêta à repartir.

« Ah, Annabel… fais vite ! »

La femme sourit et disparut dans la maison.

Le vieil homme s'assit près de la cheminée, l'épée posée sur les genoux. « Il est encore en vie… » répétait-il, heureux.

Une servante conduisit Mikael dans la chambre du capitaine, où il trouva des vêtements secs. La servante prit les siens en échange, et les étendit sur une corde au-dessus de la cheminée de la cuisine.

Au coucher du soleil, tout était prêt et la table dressée.

En s'asseyant, le vieil homme regarda Annabel, sa femme, et lui dit : « Tu sais comment il l'appelle ? » Il tapa la main sur la tablc ct sc mit à rirc. « Lc vieux Raphael ! » Riant encore plus fort, il répétait : « Le vieux Raphael ! » Et il hochait la tête, réjoui. Pourtant, il ne répondit à aucune des questions de Mikael. À la fin de la soirée, au moment de prendre congé, il lui dit : « D'ici jusqu'à Lienz, si tu montres cette épée, tu peux être certain qu'elle t'ouvrira toutes les portes, des plus humbles aux plus prestigieuses. Tu seras accueilli comme un seigneur. » Puis il le regarda avec sérieux. « Mais ne pose aucune question sur… le vieux Raphael.

— Pourquoi ?

— Il a voulu cacher son histoire, et nous avons le devoir de respecter cela, dit gravement le capitaine. Si tu poses des questions, tôt ou tard il y aura un imbécile pour te raconter qui il était. Et puisqu'il t'a accordé l'immense privilège de porter ce à quoi il tenait le plus au monde dans sa vie passée, honore-le en respectant sa volonté. » Il regarda Mikael. « Jure-le, mon garçon.

— Je le jure », dit Mikael avec émotion.

Le vieil homme le fixait toujours. « Il doit y avoir quelque chose d'extraordinaire en toi pour qu'il t'ait donné son épée, dit-il enfin. Si tu le revois, je te demande de le saluer pour moi.

— Je ne sais même pas votre nom, messire… »

Le capitaine sourit. « Laisse tomber les noms. Ils ne veulent rien dire. » Il ouvrit sa casaque au niveau de la poitrine et découvrit deux effroyables cicatrices – l'une du nombril au sternum, l'autre traversant le thorax – qui dessinaient une croix charnue et violacée. « Parle-lui de ça. Il saura qui je suis. »

À son retour à l'hospice, tous les hommes dormaient, sauf Volod.

« Qu'est-ce qu'il voulait ?

— C'est un ami de… du baron.

— Et il t'a raconté son histoire ?

— Non. »

Volod sourit et acquiesça. « Ça devait être un brave. Dors, maintenant. Demain on se lève tôt. »

Mikael se coucha près d'Emöke. Mais il n'arrivait pas à fermer l'œil. Plus tard dans la nuit, il lui caressa les cheveux, en prenant garde de ne pas la réveiller. Il pensait à Eloisa et sentit son cœur défaillir.

Le lendemain, pendant que tous se préparaient, cinq des hommes de la bande, la tête basse et l'air coupable, vinrent trouver Volod.

L'un d'eux, embarrassé, commença : « Volod, les frères nous ont dit qu'il y a des mines de cuivre et de zinc par ici. »

Volod le regarda. Cet homme avait été mineur, à Dravocnik, comme son père et son grand-père. « On part dans une heure, leur répondit-il. Si je ne vous vois pas revenir, je saurai que vous avez trouvé du travail.

— Volod, nous on... », intervint l'un des autres.

Volod le coupa d'un geste de la main. « Vos chevaux, on les garde. Vos épées aussi. Un mineur n'a pas besoin d'épée. Mais vous pouvez garder vos arcs. »

Les cinq hommes avaient honte, comme s'ils étaient des traîtres.

Volod leur donna l'accolade, chaleureusement. « Vous avez été de très bons compagnons, dit-il. Dieu vous bénisse. J'espère que dans une heure je reverrai pas vos sales gueules. »

Incapables de vaincre leur embarras, mais visiblement heureux, les cinq hommes quittèrent l'hospice.

« Tu les laisses partir ? dit Mikael, étonné.

— Bien sûr, répondit d'emblée Volod. Et avec joie.

— Pourquoi ?

— Tu as vu leurs yeux ? Je ne sais pas s'ils ont trouvé la liberté. Mais un homme doit pouvoir chercher du travail. Il doit pouvoir nourrir ses enfants et sa femme. Sans être enchaîné à un seigneur qui l'entraîne à la ruine juste par orgueil, et qui ne s'aperçoit même pas de sa misérable et insignifiante existence. »

Il lui posa la main sur l'épaule. « Impossible de dire si ces hommes, mes hommes, ont trouvé la liberté. Mais regarde leurs yeux. Ils ont trouvé une raison de vivre. Peut-être qu'au fond c'est ça la liberté. Avoir une raison de vivre. Qui je suis pour leur refuser ça ? Tu comprends ?

— Mais notre bataille ? » s'exclama Mikael.

Volod hocha la tête. « Tu te remplis toujours la bouche de grands mots, paysan. »

Mikael rougit.

« Ces hommes ne sont pas à moi. Si je pensais ça, même un seul instant, c'est moi qui ne serais plus libre. »

Une heure passa. Les hommes ne revinrent pas.

C'était une journée de soleil. Le ciel semblait lavé par la pluie des jours précédents. Les pierres des maisons brillaient.

Le vieux capitaine vint leur rendre leurs armes. Il rendit son épée à Mikael en dernier, la tenant sur ses paumes avec respect.

« Où allez-vous ? demanda-t-il à Volod.

— À Constance », répondit celui-ci.

Mikael se retourna, ébahi, se rendant compte qu'il n'avait jamais demandé où ils allaient.

Le visage du vieil homme devint grave. « C'est presque à trois cents lieues ! s'exclama-t-il. Un voyage long et pénible. »

Volod acquiesça.

Le vieil homme aussi, hochant la tête. « Allez jusqu'au fond de la vallée, dit-il, la main tendue vers l'ouest. Puis vous montez au nord par les montagnes. La crête est à trois mille pieds à peine. Vous descendez dans l'autre vallée et vous remontez le cours de la Drava jusqu'à Lienz. Là, il faudra vous arrêter jusqu'au printemps. Les montagnes seront déjà couvertes de neige.

— Nous irons aussi loin que nous pourrons », répondit Volod.

Une fois encore, le capitaine acquiesça. « Je sais », dit-il en souriant. Il lui tendit un rouleau de parchemin. « Jusqu'à Lienz, ce sauf-conduit vous évitera des ennuis et vous assurera l'hospitalité. Après, il faudra vous débrouiller par vous-même.

— Merci, dit Volod.

— Une dernière chose. Il vaudrait mieux que tu dises que tu voyages avec ta femme. » Il fit un clin d'œil. « On respecte plus la femme d'un guerrier que la sœur d'un jeune homme. »

Volod sourit. « Vous êtes sage.

— C'est le seul privilège de l'âge. »

La bande se remit en route. Mikael avait maintenant un cheval. Les frères avaient chargé les quatre autres de miches de pain, fromage et bouteilles de vin.

« Cadeau de la ville », dit le prieur avec un regard vers le vieux capitaine, qui lui avait manifestement parlé de l'épée de Mikael.

Au bout d'une dizaine de lieues, ils s'arrêtèrent à Köttschach pour la nuit. Comme l'avait dit le vieil homme, le sauf-conduit leur assura l'hospitalité. Et dès que Mikael eut sorti son épée, on fit rôtir un cochon de lait en leur honneur.

Le matin, sept hommes de Volod avaient trouvé du travail dans les mines d'or, d'argent, de fer et de plomb des alentours.

Ce furent donc quinze hommes et une femme qui

s'aventurèrent dans les montagnes, et remontèrent ensuite le cours de la Drava.

En deux jours, ils étaient à Lienz. Le sauf-conduit leur permit là encore de recevoir l'hospitalité, et là aussi Mikael montra son épée.

Bien qu'on leur ait vivement déconseillé de reprendre la route, ils repartirent le lendemain. Après une vallée étroite, ils remontèrent le cours de l'Isel vers le nord-est, avant d'obliquer au sud-ouest le long d'un torrent rocheux que les gens du coin appelaient Schwarzach.

Mais la marche devenait de plus en plus difficile. Ils enfonçaient dans la neige jusqu'aux mollets. Après quelques lieues, ils étaient déjà à quatre mille pieds. La première nuit les surprit en chemin. Ils allumèrent un feu et se réchauffèrent avec du vin. L'un des chevaux mourut. Au matin, les hommes avaient des engelures aux pieds et aux mains.

Ils continuèrent, malgré la neige de plus en plus profonde, commençant pourtant à se demander s'il ne valait pas mieux revenir en arrière. Peu avant le coucher du soleil, ils aperçurent soudain un hameau, constitué de quelques maisons.

« Vous êtes à Sankt Jakob in Defereggen, dit le chef du village en les examinant d'un regard effrayé, craignant des brigands. Nous sommes de pauvres gens. Ne nous volez pas.

— Nous te demandons seulement l'hospitalité, brave homme, répondit Volod. Nous sommes en route pour Constance. »

Le chef du village fronça les sourcils. Ni lui ni les autres habitants ne s'étaient jamais aventurés hors de leur village. Quant à savoir où était Constance, ils n'en avaient aucune idée.

« On nous a dit d'aller jusqu'au lac d'Anterselva puis de longer les montagnes jusqu'à Brunico, précisa Volod.

— Personne ne peut monter jusqu'au lac en cette saison, dit le chef de village en hochant la tête. Il y a bien sept pieds de neige là-haut. Il faut attendre le printemps. Vous avez déjà de la chance d'être arrivés vivants jusqu'ici.

— Vous pouvez nous offrir l'hospitalité ? »

Le chef du village baissa la tête. « On est des pauvres gens, Seigneur...

— Nous pouvons vous donner trois chevaux », dit Volod.

Les yeux du chef de village s'écarquillèrent de surprise. « Trois chevaux ? » s'exclama-t-il. Il se tourna vers les autres habitants du village, qui écoutaient la conversation tout en restant à l'écart. « Trois chevaux, c'est trop... dit-il ingénument à Volod.

— Non, intervint une femme. Trois chevaux c'est un bon prix. Mais il va falloir cuisiner pour eux et partager notre nourriture. Et où ils dormiront ? Dans la grange ? Ils mourraient gelés. Il faudra leur construire une cheminée là-bas et leur donner de notre bois. Trois chevaux, c'est même pas beaucoup. »

Volod regarda la femme, campée face à lui les mains sur les hanches. « D'accord, madame. On vous donnera aussi trois selles. Mais c'est impossible de vous payer plus.

— Trois chevaux et trois selles. D'accord, alors », dit la femme. Ses yeux brillaient de joie. « Mais vous fendrez le bois et vous donnerez un coup de main au besoin.

— Pardonnez à ma femme, Seigneur… dit le chef du village.

— Ta femme n'a rien fait qu'il faille lui pardonner », répondit Volod. Il la regarda. « Mais tu nous donneras à manger en abondance, et vous vous mettrez au travail dès demain pour construire une cheminée. Tu nous donneras aussi des couvertures chaudes. »

La femme, plus que satisfaite de ce marché, fit un signe d'acquiescement. Personne dans les villages alentour ne possédait trois chevaux. « On vous mettra aussi des vaches dans la grange. Leurs pets vous tiendront chaud ! » s'exclama-t-elle en riant.

Les hommes de Volod se mirent à rire, et les paysans avec eux.

La femme du chef de village le menaça du doigt : « Et vous respecterez les femmes ?

— Si elles nous respectent, rétorqua Volod, ironique.

— Celles qui sont mariées vous respecteront, comme tu dis », répondit-elle. Mais elle n'en semblait pas si sûre, car une moue malicieuse se dessina sur son visage.

Dans la grange, les paysans avaient déjà entassé des ballots de paille d'un côté, et installé cinq vaches de l'autre. Les hommes étendirent la paille sur le sol.

« Demain matin tu sortiras ton épée du fourreau, dit Volod à Mikael, après le dîner. Il est temps de faire de toi un guerrier. »

Mikael eut un frisson d'excitation.

« Dors, maintenant », dit Volod.

Cette nuit-là, Emöke chanta.

Personne ne l'avait jamais entendue chanter.

Sa voix était si pleine de douleur et de passion, et la berceuse qu'elle chantait si déchirante, qu'elle fit fondre le cœur des hommes.

Et chacun pensa à sa femme, qui était au loin.

48

« Pourquoi tu m'as obligé à tuer ce soldat ? » demanda Mikael à Volod.

Debout dans la neige, ils se faisaient face, l'épée à la main, dans une clairière à moins d'une demi-lieue de Sankt Jakob. Le ciel était limpide. La croûte de neige qui avait gelé pendant la nuit étincelait sous le soleil.

« C'est moi qui l'ai tué, répondit Volod.

— C'était ma main qui tenait le poignard.

— Non, c'était ma main qui tenait la tienne. Toi, tout seul, tu l'aurais lâché, le poignard. C'est mon bras qui a guidé le tien.

— Pourquoi il devait mourir ? » demanda Mikael, les yeux voilés de larmes. La nuit, il entendait encore le bruit de la lame sur la trachée. Il sentait la chaleur du sang sur ses mains.

« Si tu as peur que le péché retombe sur ton âme, sois tranquille. C'est uniquement le mien. Je le prends volontiers sur moi.

— Pourquoi cet homme devait mourir ? » répéta Mikael.

Volod leva son épée et l'attaqua.

Mikael lui opposa la sienne, instinctivement, par le travers. Mais sa prise était molle et l'arme lui tomba des mains.

Volod frappa un coup de fendant latéral et le tranchant siffla dans l'air. Il arrêta sa lame à deux doigts du cou de Mikael. « T'es mort », dit-il. Puis il fit un pas en arrière, baissa son épée et l'enfonça dans la neige pour la planter dans le sol. Il fit deux pas de côté. Désignant l'épée de Mikael sur le sol, il ordonna d'une voix dure : « Ramasse-la et attaque-moi. »

Mikael regardait son épée, sans bouger.

Volod prit une poignée de neige qu'il lui jeta en pleine figure et cria : « Ramasse-la, paysan ! »

Humilié, Mikael reprit son épée, la leva au-dessus de sa tête et l'abattit sur Volod, qui évita aisément le coup. Il se moqua : « C'est pas une pioche, paysan ! » Sans arme, il se lança alors contre Mikael, qui chargeait son bras pour un second coup de fendant, et lui envoya un grand coup de tête à l'estomac.

Mikael lâcha une nouvelle fois son épée et roula dans la neige, le souffle coupé.

Volod s'empara de l'épée, posa le pied sur la poitrine de Mikael et l'immobilisa. Il empoigna l'arme à deux mains, l'abaissa violemment et l'arrêta net à deux doigts de la gorge de Mikael. « T'es mort », dit-il encore. Il le fixait de ses yeux de loup, sans émotion apparente. Ni haine, ni colère, ni pitié, ni mépris. Il le regardait, rien d'autre. Puis il le libéra et s'éloigna de deux pas, lui tournant le dos. « Prends ton épée. »

Mikael empoigna son arme et voulut se relever.

Mais Volod bondit et lui envoya un coup de pied dans la main. L'épée vola dans les airs. Volod sortit alors un poignard de sa manche, se jeta sur Mikael tombé à genoux et frappa un coup rapide et précis, qu'il arrêta à un pouce de son œil droit.

Mikael, enseveli sous la neige, tentait de retrouver son souffle.

« T'es mort », dit Volod pour la troisième fois. Il se leva et récupéra son épée. « Fin de la première leçon ! » cria-t-il, quand il fut au milieu de la clairière. Il rentra à Sankt Jakob, sans l'attendre.

Mikael resta couché par terre, dans la neige qui mouillait ses joues. Quand il eut trop froid, il rentra à son tour.

Jusqu'au soir, Volod l'évita.

Après le dîner, il vint s'asseoir près de Mikael avec deux chopes de bière. Il lui en tendit une.

Ils burent en silence.

« T'as appris quoi aujourd'hui ? demanda Volod en reposant sa chope.

— Que tu es meilleur que moi à l'épée ? » répondit Mikael. Il n'alla pas plus loin.

Volod lui envoya une gifle en pleine bouche, du dos de la main, sans même le regarder.

Les hommes, soudain muets, se tournèrent vers eux.

« Ne t'y risque plus jamais, paysan, siffla Volod. Me fais pas perdre mon temps, sinon je me sentirai libre de ne pas tenir la promesse que j'ai faite à Raphael. »

Mikael baissa les yeux. Sa lèvre brûlait. Il se sentait bête.

Volod lui saisit le poignet droit, avec force. « L'épée fait partie de toi, dit-il. Elle n'est pas un objet étranger à ton corps. Elle est ton bras même. » Il serra encore plus fort. « Est-ce que tu perds ton bras facilement ? Est-ce que c'est facile de le détacher de ton épaule ? »

Il s'écarta de lui, pesa de tout son poids sur le poignet de Mikael et tira dessus avec une force incroyable.

Mikael tomba de son tabouret.

« Ton bras est encore attaché à ton poignet, tu vois ? dit Volod en l'aidant à se relever. Si tu perds ton épée, c'est comme si tu perdais ton bras. » Il se leva, prit l'épée de Mikael et la lança d'un coup terriblement puissant contre les planches de la grange. La lame trempée se planta profondément dans le bois. « Viens ici », dit-il à Mikael.

Mikael s'approcha. Il sentait tous les yeux des hommes sur lui.

« Empoigne-la », ordonna Volod.

Mikael l'empoigna et serra fort.

« Ton épée est ton bras, dit Volod en lui prenant le poignet. Tes doigts, ta main, la poignée… c'est une seule et même chose. On ne peut pas les séparer, exactement comme la main est attachée à l'avant-bras par le poignet, l'avant-bras au bras par le coude et le bras au reste du corps par l'épaule. » Sa main libre vint toucher sa poitrine. « Et au centre de ton corps, il y a ton cœur. Écoute-le. Qu'est-ce qu'il dit ? »

Mikael ne savait que répondre.

« Écoute-le, tu l'entends ? »

Mikael, gêné, acquiesça.

« Mets la main gauche sur ton cœur, dit Volod. Et dis-moi ce que tu entends. »

Mikael posa la main sur son cœur. « Poum… poum… poum…

— Ça, c'est le cœur d'un paysan, dit Volod avec une pointe de mépris. Le cœur d'un guerrier dit : "Serré… vivant… serré… vivant… serré…" T'as compris ?

— Oui », répondit Mikael.

Volod tira sur son poignet droit, à l'improviste.

La main de Mikael lâcha la poignée de l'épée.

« T'es mort », lui souffla Volod au visage. Il se tourna vers ses hommes. « Venez, ordonna-t-il. Tirez une fois seulement et d'une seule main, en le tenant par le poignet, dit-il en montrant la main de Mikael qui avait à nouveau empoigné l'épée. Celui qui lui fait lâcher prise aura la moitié de son dîner, demain. »

Mikael résista aux quatre premiers. Au cinquième, il céda.

Le lendemain, il n'y eut pas de leçon dans la clairière. L'épée de Mikael resta enfoncée toute la journée dans les planches de la grange. Le soir, Mikael dut laisser la moitié de son dîner et la moitié de sa bière à l'homme qui l'avait battu.

« On recommence », dit Volod quand ils eurent mangé.

Pendant que Mikael serrait la main sur la poignée de l'épée, Volod tapota sur sa poitrine du bout du doigt. « Serré… vivant… serré… vivant… serré… », dit-il en rythme, pour imiter les battements du cœur.

Ce soir-là, Mikael résista à neuf hommes. Mais le dixième lui fit lâcher prise.

Le troisième soir il résista à sept tentatives.

Volod lui tâta le bras. « Ici, tu es fort, paysan », dit-il. Puis il lui toucha la poitrine à la hauteur du cœur. « Mais là, tu es faible. »

Mikael se coucha sur la paille à l'écart, enveloppé dans sa couverture. Humilié, il se sentait seul. Il aurait voulu revenir en arrière, à sa vie d'avant. Se recroqueviller dans les bras d'Eloisa. Que faisait-il là, au milieu de rien ?

Il entendit un froissement près de lui. Puis un corps se colla à son dos et l'enlaça. C'était Emöke, venue se coucher contre lui. Il resta immobile, figé.

Emöke resta silencieuse quelques instants. Puis elle commença à chanter.

Elle n'avait plus chanté depuis le premier soir.

Mais cette fois, ce n'était qu'une mélodie, sans paroles. Déchirante puis gaie, et à nouveau déchirante.

Emöke s'interrompit. « Mets toi-même les paroles, chuchota-t-elle à son oreille. Dis-lui tout ce que tu veux.

— À qui ? » demanda Mikael.

Emöke ne répondit pas.

« À Eloisa ? » demanda encore Mikael.

Emöke lui mit la main sur le cœur.

« Oui, pensa Mikael. À Eloisa. »

« Elle te donnera de la force », murmura Emöke. Sa mélodie reprit. C'était un chant d'amour. Joyeux, triste, passionné, mélancolique, sensuel, désespéré.

Il s'abandonna. À certains moments, il lui semblait qu'Eloisa était là. Il sentit son odeur, sa respiration. Il pouvait caresser ses cheveux, ses lèvres, ses seins. Embrasser son cou, ses mains. Fouiller entre ses jambes, où la chair était mouillée. Sentir sa peau sous ses dents tandis qu'il la mordait. Parfois, il croyait mourir de douleur. Parfois, il se surprenait à rire.

De toute la nuit il ne souffrit pas du froid.

Le soir suivant, quand Mikael empoigna l'épée plantée dans le bois, Emöke, assise au fond de la grange, recommença à chanter sa mélodie.

La main de Mikael se serra sur l'épée.

Aucun des hommes ne put lui faire lâcher prise.

« T’as trouvé ton cœur, paysan ? » finit par dire Volod, amusé, fermant à demi ses yeux de loup.

Mikael lui sourit, pendant que le chant d’Emöke s’éteignait.

Alors, brusquement, Volod attrapa son poignet et tira.

Mikael, pris à l’improviste, perdit la prise. « Tu as triché ! protesta-t-il, offensé.

— C’est vrai », admit Volod. Il lui prit la tête entre les mains, l’obligeant à le regarder dans les yeux. « C’est pour ça que j’ai tué ce soldat, dit-il avec sérieux. Lui aussi, il aurait pu… tricher. Il aurait pu ramasser son poignard et le planter dans le dos d’un de mes hommes. »

Mikael serra la main sur son épée et fixa Volod d’un regard de défi. « Essaie encore, dit-il.

— Non, répliqua Volod en souriant. Je n’arriverais pas à te faire lâcher prise. Je le sais. » Il lui tapa sur l’épaule en hochant la tête. Puis il se tourna vers ses hommes. « Demain, chacun de vous donnera une cuillerée de sa soupe au garçon. Il vous a battus. » Il sourit de nouveau à Mikael. « Sors ton épée du mur. Demain on verra la deuxième leçon. »

Mikael regarda Emöke. « Merci », souffla-il, ne sachant même pas si elle l’entendrait. Puis il essaya de retirer l’épée. Il s’escrima pendant une demi-heure, sans y parvenir.

Et pendant une demi-heure, Volod et ses hommes rirent de bon cœur.

Mais quand Mikael se coucha pour dormir, peu lui importait. Il avait dans les oreilles la mélodie d’Emöke, qui l’emmenait auprès d’Eloisa.

49

« La deuxième leçon est aussi la dernière », dit Volod. Mikael le regardait en serrant la main autour de son épée, au milieu de la clairière enneigée.

« C'est la dernière, mais elle n'a pas de fin, ajouta Volod. Elle dure toute la vie.

— Qu'est-ce que je dois faire ? demanda Mikael.

— Survivre à mes attaques, répondit Volod en plissant ses yeux de loup. Jusqu'au jour où tu seras capable de m'attaquer et de m'obliger à survivre aux tiennes. » Il posa la lame de son épée sur l'épaule droite de Mikael. « Mais rappelle-toi, tu rencontreras toujours quelqu'un de plus fort que toi. Apprends de ton ennemi, et si tu échappes à la mort tu t'empareras de sa force. » Puis Volod posa sa lame sur l'épaule gauche de Mikael. C'était comme un adoubement. « Un guerrier est fait de tous les guerriers qu'il a battus. »

Mikael sentait son cœur cogner dans sa poitrine.

« Déshabille-toi », dit Volod.

Mikael le regarda avec perplexité.

« Enlève tes vêtements, paysan. »

Mikael, lentement, ôta sa casaque de loup et sa lourde cotte.

« Tout », dit Volod.

Il enleva ses braies de peau et resta en caleçon avec les bottes que Raphael lui avait cousues.

« Tout ! ordonna Volod. Tu dois être nu ! »

Mikael se débarrassa aussi des bottes et du caleçon. Il frissonna quand ses pieds entrèrent en contact avec la neige, et il eut honte. Il se sentait ridicule.

Volod planta alors son épée dans la neige et commença de se déshabiller.

Quand il fut nu à son tour, Mikael vit des cicatrices monstrueuses sur chaque partie de son corps. Le thorax, les bras, les jambes. Volod se retourna. Son dos aussi était sillonné d'épaisses cicatrices.

« Chacune de ces cicatrices, dit Volod en les suivant des doigts, est la meilleure leçon que j'aie jamais reçue. Chaque blessure est un coup que j'ai fait mien, une parade que j'ai apprise. Et toutes ces cicatrices, ensemble, racontent mon histoire et font de moi ce que je suis aujourd'hui. »

Mikael commençait à claquer des dents de froid.

« Arrête de trembler ! » ordonna Volod.

Mikael tenta de maîtriser ses frissons. Ses pieds étaient gelés, il ne les sentait plus.

« Je ne suis pas un maître d'armes », dit Volod. Il prit deux bâtons écorcés de la veille, longs comme leurs épées, qu'il avait apportés avec lui. Il en lança un à Mikael.

Mikael l'attrapa à la volée, les mains engourdies par le froid.

« Raphael aurait pu t'apprendre l'art de l'épée, continua Volod. Je ne suis pas aussi raffiné que lui. »

Il bondit sur Mikael, feignit de l'attaquer de front, puis le frappa aux côtes. « T'es mort », dit-il.

Mikael accusa le coup avec une grimace de douleur.

Volod recula et revint à sa position initiale. « J'ai grandi dans les rues. Mes maîtres d'armes sont ceux qui m'ont défié. » Il bondit de nouveau, répétant la première attaque et la même feinte.

Mikael para le coup violent.

Volod acquiesça. Puis il répéta son attaque mais varia la feinte, et Mikael, qui s'était préparé au prochain coup latéral, fut atteint en plein front par le coup de bâton.

« T'es mort », dit Volod.

Mikael sentit le sang couler sur son front. Il baissa son bâton.

À ce moment-là, Volod plongea et l'atteignit en plein estomac, le projetant sur le dos dans la neige.

« Je suis mort ! » cria Mikael, maussade.

Volod le fixa. « C'est pas un jeu, gamin, dit-il sévèrement. Debout. »

Mikael se releva. Il tremblait.

« La seule chose qui compte, c'est de survivre, rappelle-toi ça, dit Volod. Tu n'as pas froid. Tu ne ressens pas la faim, la douleur, la colère, la nostalgie. Tu n'es ni triste ni gai. Tu n'es pas amoureux. Tu n'as pas sommeil. Tu n'es pas saoul. Tu n'es pas blessé. » Il l'attaqua d'un puissant coup de fendant transversal.

Mikael para. Il sentit le bois vibrer contre le bois, mais ne lâcha pas prise et porta un coup.

Volod esquiva. « Demain n'existe pas. Il n'y a qu'aujourd'hui. Maintenant. Ici. »

Mikael se lança dans une attaque frontale puis dévia

son coup et le transforma en fendant latéral, comme celui qu'il avait subi.

Volod para sans difficulté mais acquiesça, satisfait. « Voilà, un peu de moi est entré en toi. » Il engagea Mikael dans une succession de coups légers, pour ouvrir sa garde. « Pour quoi tu te bats, mon gars ? demanda-t-il.

— Pour la liberté », répondit Mikael avec enthousiasme.

Volod l'atteignit à la jambe. « Dis pas de bêtises ! » cria-t-il. Et il le frappa encore, sur le flanc et à l'aine.

Mikael se recroquevilla sur lui-même, le souffle coupé.

Volod lui planta le bâton entre les omoplates. « Tu te bats pour ta vie. » Il poussa violemment et Mikael tomba face la première dans la neige. Volod posa fermement le pied sur sa tête et l'immobilisa.

Mikael se débattait. Il suffoquait.

« Tu peux vivre pour la liberté, dit Volod sans le lâcher. Mais tu dois combattre pour ta vie. »

Quand Volod le libéra, Mikael ouvrit la bouche, presque asphyxié, pour reprendre son souffle.

« Rhabille-toi », dit alors Volod. Il se rhabilla aussi.

En revenant vers la grange, Mikael lui demanda : « Pourquoi tu es devenu un rebelle ?

— Parce que je ne pouvais pas faire autrement.

— C'est quoi, la liberté ?

— Je te l'ai déjà dit. La liberté, c'est juste un mot. Ça ne veut rien dire pour quelqu'un comme moi, répondit Volod.

— Mais alors, pourquoi tu te bats ? » insista Mikael.

Ils étaient en vue de la grange, maintenant. Volod

l'entraîna dans une porcherie. « Les porcs mangent des déchets dans leur auge, et ils se roulent dans la merde. Mais les sangliers, qui sont des porcs, mangent dans les forêts. Et ils ne se roulent pas dans leur propre merde. » Il l'attrapa au collet et l'emmena dans la grange, où les vaches, attachées à une corde et résignées, mâchaient du foin sec. « Regarde-les. Les grands cerfs, eux, qui sont des vaches, creusent la neige avec leurs sabots pour trouver l'herbe verte et parfumée qui a survécu au gel. » Il prit deux chopes de bière et s'assit près de la cheminée que les habitants de Sankt Jakob avaient terminée. Il but silencieusement, pensif.

Mikael s'assit à côté de lui.

Volod lui demanda : « Pourquoi t'as sauvé la Folle ?

— L'appelle pas comme ça.

— Elle a une voix d'ange mais elle est folle, insista Volod. Qu'est-ce que t'as à faire d'une pauvre folle ? Pourquoi tu l'as sauvée, au risque de ta propre vie ? »

Mikael gardait les yeux baissés. « Parce que… c'était juste. »

Volod le regarda avec respect. « Oui, dit-il gravement. C'est ça la seule raison. Parce que c'est juste. » Tout à coup, ses yeux se voilèrent. Il resta longtemps silencieux. Puis il regarda de nouveau Mikael. « T'as quelqu'un à qui tu tiens ? Une femme ?

— Oui, dit Mikael, qui sentit une flamme dans son cœur.

— Et tu l'as quittée pour la Folle ? » demanda Volod.

Mikael rougit. « Oui », murmura-t-il. Il se sentit coupable.

Volod eut un sourire distant. Une douleur profonde

semblait emplir ses yeux. « J'avais une femme et trois fils, dit-il enfin, d'une voix rauque. Ils sont morts un hiver il y a bien longtemps. » Volod lança un bout de bois dans le feu, avec un peu de colère, comme s'il était soudain fatigué et faible. « Ils sont morts par ma faute. Parce que j'ai été incapable de leur donner à manger par mon travail… » Sa voix devint un murmure triste. « Le premier à mourir fut le plus jeune. Il avait moins d'un an. On savait qu'il ne tiendrait pas. Même si on lui avait donné le peu à manger qu'on ramassait dans les ordures. Alors, j'ai décidé de ne plus rien lui donner. Les deux autres avaient plus de chances de survivre… j'ai cessé de partager les déchets entre les trois. Je les ai donnés seulement aux deux autres. Il est mort en quelques jours. J'ai encore ses cris dans les oreilles. Après, c'est le grand qui est tombé malade. Il a mis trois longues semaines à partir. Et puis ce fut le tour de ma femme. Elle se privait de nourriture pour faire manger le dernier de ses fils… mais moi, je crois qu'elle est morte de douleur, pas de faim. Le troisième est mort au printemps, alors que je croyais qu'il allait s'en sortir. » Volod hocha la tête. « Tu sais comment il est mort ? » Des larmes à présent sillonnaient ses joues. « Je lui avais trouvé une croûte de tourte à la viande… pas plus large qu'un doigt. Il ne l'a pas mangée tout de suite, il voulait la faire durer. C'était l'enfant le plus heureux du monde à ce moment-là. Il avait perdu sa mère et ses deux frères, il était si maigre qu'il tenait à peine debout, et pourtant, avec un morceau de croûte plein de terre, il était l'enfant le plus heureux du monde… » Il sourit un court moment à ce souvenir. Puis son visage se durcit. « Là, un vieux l'a vu… et l'a poignardé pour le lui prendre. » Il se tut, perdu dans sa douleur. Les yeux tournés vers Mikael, il dit d'une voix rageuse : « Aujourd'hui encore je regrette d'avoir tué ce vieux. »

Mikael ne supporta pas son regard. « Pourquoi… ?

— Parce que ça n'était pas ce vieux qui avait tué mon fils, dit Volod avec gravité. C'était moi. Lui, ma femme et mes autres enfants.

— Non, chuchota Mikael.

— Si, mon gars, dit Volod avec fermeté. Tu me demandes ce que c'est, la liberté, et tu te remplis la bouche avec ce mot, un mot creux, poursuivit-il. Comment un homme comme moi peut te répondre ? J'étais comme un de ces porcs qui se roulent dans leur merde en attendant que le maître remplisse leur auge. J'étais comme une de ces vaches résignées, la corde au cou, qui meurent si le paysan qui leur donne du foin meurt. Ces porcs et ces vaches, comment pourraient-ils savoir ce que c'est, la liberté ? » Il se prit la tête dans les mains. « J'étais mineur. La mine ne donnait plus rien et le maître ne payait plus. Il ne me laissait pas aller ailleurs chercher une autre mine. Parce que j'étais son porc, sa vache. » Il s'empara d'une bûche, remplit de nouveau sa chope et la tint devant ses yeux. « C'est ça, la liberté, pour quelqu'un comme moi, répéta-t-il en buvant. Être ici. Volontairement. » Il posa la main sur l'épaule de Mikael. « Donc, tu vois, la liberté, pour un serf comme moi, ça se résume à ça : survivre, sauver sa femme et ses enfants de la mort. C'est seulement pour ça que je me bats. Pour avoir ce simple, ce misérable droit. Quand les hommes l'auront conquis, peut-être qu'on pourra se permettre le luxe de se demander ce que ça veut dire, la liberté. Mais pas moi… dit-il. Moi, je vis de haine, de regrets… de honte. »

Mikael ne dit rien. « Mon garçon, tu as fait quelque chose que je ne suis jamais arrivé à faire. Tu as risqué ta vie et sauvé la Folle… simplement parce que c'était juste. » Il lui sourit, l'air ailleurs. « Un jour, c'est peut-être toi qui m'apprendras ce que c'est, la liberté.

— Non… Moi…

— Ta femme est fière de toi, mon garçon, le coupa Volod. Ma femme n'a pas pu l'être. Ni mes fils. » Il resta silencieux quelques instants, puis se leva d'un bond. Son visage était redevenu celui de toujours. Dur, impénétrable. « Ce soir, je vais me baiser une femme du village, qui n'attend que ça, se rouler avec un homme qu'elle prend pour un héros, mais qui n'est en fait qu'un pauvre type qui murmurera le nom de son épouse au moment du plaisir. » Il éclata d'un rire amer et sortit.

Mikael resta immobile. Les paroles de Volod pesaient comme des blocs de pierre sur ses épaules.

Ce soir-là, il dîna à part, loin du feu, dans un coin sombre de la grange. Il repensait à la vie qu'il aurait eue si son père et sa famille n'avaient pas été exterminés, s'il était devenu le prince Marcus II de Saxe. Il ressentait de la honte, parce qu'il était incapable de dire s'il aurait su être un prince juste. En massant les bleus douloureux infligés le matin même, dans la clairière, par le bâton de Volod, il comprit que cette nouvelle vie était un cadeau. Une occasion offerte par le destin. Après tant d'années, il comprit ce que Raphael lui avait dit, la première fois qu'il l'avait rencontré, dans la baraque d'Agnete. « À partir de ce moment tu as deux routes devant toi. Tu peux maudire le mauvais sort qui t'a enlevé tes parents, ton royaume, ta richesse, tout ce que tu avais… ou tu peux remercier la chance parce que tu es vivant. Et selon le point de vue que tu adopteras, tu deviendras un homme ou un autre, complètement différents, avec deux vies différentes. »

Au moment de dormir, il rejoignit Emöke et posa la tête dans son giron.

« Chante, Emöke. »

Et la voix de la Folle l'emporta près d'Eloisa.

50

Quand Eloisa rejoignit les habitants de la vallée près du pont sur l'Uque, même le soleil semblait avoir honte. Il se cachait derrière les nuages noirs, poussés par un vent frais et vif.

Le silence était total. On n'entendait que le bruit des bêches dans la terre gelée.

« Comment ils ont fait pour savoir ? » demanda tout bas Eloisa à la vieille Astrid, à côté d'elle.

Astrid ne répondit pas. Mais son regard, comme celui des autres, allait d'Eberwolf au trou que les soldats creusaient.

Ojsternig, Agomar et le prince Marcus étaient plantés droits sur leur selle. Autour d'eux, dix hommes d'armes, l'épée dégainée, formaient un cercle de protection. Eberwolf se tenait à côté du prince.

Eloisa se tourna vers le forgeron Ahlwin, qui avait le visage baissé, rouge de honte. Il serrait contre lui sa femme, qui sanglotait bruyamment.

Une bêche heurta quelque chose de dur.

« Une caisse ! » s'exclama l'un des soldats.

Le prince Marcus sourit à Eberwolf.

« Sortez-la ! » ordonna Ojsternig.

Tous les villageois frémirent.

Eloisa se rapprocha d'Agnete. « Mère...

— Espèce de porc », siffla tout bas Agnete en fixant Eberwolf.

La caisse fut tirée hors du trou.

« Ouvrez-la », dit Ojsternig.

Un soldat souleva le couvercle. Tous les biens que les habitants de la Raühnvahl avaient réussi à soustraire à Ojsternig se trouvaient à l'intérieur.

« Je devrais tous vous faire pendre ! » cria Ojsternig, à la fois satisfait et furieux. Il descendit de cheval pour inspecter le contenu, et promena sur les serfs un regard de défi.

La peur se lisait dans les yeux de tous, hommes et femmes. Peur de la punition d'Ojsternig. Peur de la pauvreté.

« Ces biens sont confisqués ! annonça Ojsternig en remontant en selle.

— Votre Seigneurie... », dit timidement le frère Timotej, en s'avançant d'un pas. Ojsternig le regarda avec mépris. « Qu'y a-t-il, curé ? »

Le prêtre de Notre-Dame des Neiges courba la tête. « Votre seigneurie... c'est tout ce que ces gens possèdent...

— Et alors ? sourit méchamment Ojsternig.

— Votre Seigneurie... ce sont de pauvres choses... quelques pièces que chacun... »

Ojsternig le coupa d'un geste impérieux de la main. « Ces pauvres choses et ces quelques pièces, mises ensemble, font un trésor, curé.

— Votre Seigneurie... essayez de comprendre... c'est bien plus que ce que vos serfs vous doivent... Si vous vouliez être assez miséricordieux pour...

— Je suis plus que miséricordieux ! s'exclama Ojsternig, furieux. Je devrais les faire fouetter jusqu'au sang et les pendre ! Ils ont escroqué leur maître ! » Il toisa le groupe. « C'est plus que ce qu'ils me devaient ? Eh bien, comme prix de ma juste et légitime punition, je prendrai tout, et je leur laisserai la vie. Alors, ne suis-je pas miséricordieux ? »

Frère Timotej baissa les yeux et recula pour revenir parmi ses ouailles.

« Cette modeste obole financera mon séjour à Constance, annonça Ojsternig. Notre empereur bien-aimé a convoqué toute la noblesse pour le Concile des Trois Papes. Je partirai à la fonte des neiges. Et vous serez heureux d'apprendre que ces avoirs rendront mon séjour dans la ville de Constance plus agréable. » Il regarda le frère Timotej. « N'est-ce pas, vous serez contents ? Réponds !

— Oui… Votre Seigneurie… répondit le prêtre d'une petite voix.

— Bien », dit Ojsternig en riant. Il s'apprêta à faire virer son cheval.

« Seigneur, intervint soudain le prince Marcus en dégainant son épée qu'il posa sur l'épaule d'Eberwolf. C'est grâce au mérite de notre fidèle serf que nous avons découvert la tromperie de cette populace. »

Ojsternig le fixa, un sourcil levé.

« C'est moi qui lui ai conseillé de vous prouver sa totale loyauté, continua le prince Marcus en plissant ses yeux vicieux. Comme récompense, je crois qu'il mérite de devenir un soldat de votre armée. Et j'en ferai mon écuyer, avec votre bénédiction. Il deviendra peut-être un jour un des chevaliers de votre suite. »

Ojsternig arrêta son cheval devant Eberwolf. « Tu voudrais devenir un de mes soldats ? lui demanda-t-il.

— Oui, Votre Seigneurie ! » s'exclama Eberwolf en se jetant à genoux.

« Espèce de porc », répéta Agnete.

Ojsternig le toisa. « Je t'ai dit un jour que ton âme ne valait rien, dit-il à voix basse. Que tu étais visqueux et vil, et que tu ne serais jamais dans ta vie qu'un serf ou un traître. »

Eberwolf, déçu, se tourna vers le prince Marcus.

« Regarde-moi ! » ordonna Ojsternig.

Eberwolf courba les épaules.

« Je me trompais », dit alors Ojsternig.

Eberwolf esquissa un sourire.

« Je me trompais, répéta Ojsternig. Tu es les deux. Un serf, et un traître. »

Eberwolf fut tenté de se tourner vers le prince Marcus mais se retint. Son sourire avait disparu.

« Tu ne seras jamais un de mes soldats.

— Seigneur, protesta Marcus, il vous a servi... il mérite...

— Je sais très bien ce qu'il mérite, le coupa rudement Ojsternig. Un serf et un traître. Serf pour moi, et traître pour sa race. » Il approcha son cheval et tira son épée. D'un coup dédaigneux, il ôta l'épée de Marcus de l'épaule d'Eberwolf pour y poser la sienne. « À partir de ce moment, tu es mon vigile dans la vallée. Tu auras le devoir de veiller à ce que mes gens respectent ma loi. Et tu auras la faculté de dénoncer ceux qui la transgressent et de les faire arrêter. » Il se tourna vers les habitants de la vallée. « Quiconque le touchera me touchera moi. Et sera puni de mort. » Puis il tendit le doigt vers Eberwolf. « Et toi, tu feras bien ton métier de serf et de traître. Parce que si je découvrais que tu as favorisé quelqu'un ou fait semblant de ne rien voir, je te ferais lapider par ces gens. » Un sourire railleur étira sa bouche de serpent, et il rengaina son épée. « Pour ta tâche de vigile, tu seras payé un sol de moins qu'un soldat, parce que tu vaux moins qu'eux. Mais tu pourras avoir une épée et foutre les putains du château. Ainsi en ai-je décidé », conclut-il. Il porta son regard méprisant sur Marcus. « Et toi… la chiffe molle… à l'avenir, ne promets pas ce que tu n'es pas en mesure de tenir. » Il ordonna à ses soldats : « Chargez la caisse. » Puis il éperonna son cheval.

Eberwolf s'apprêtait à le suivre, mais Ojsternig s'en aperçut et s'arrêta. « Non. Toi, le vigile, tu restes ici. Surveille-les, qu'ils ne prononcent aucune offense envers ton seigneur et maître. » Il éclata de rire. « Et fête bien ta promotion avec eux ! »

Dès qu'Ojsternig et ses hommes furent loin, Ahlwin s'avança vers Eberwolf, tenant sa femme par la main. « Tu as jeté le déshonneur sur notre famille, dit-il d'une voix forte, pour que tous l'entendent. À partir de ce jour, tu n'es plus notre fils ! » Il lui cracha à la figure, et sa femme éclata en sanglots.

Eberwolf se nettoya le visage avant de poser sur son père des yeux injectés de haine. « Je ne suis plus ton fils, ni l'un d'entre vous », dit-il, voyant les paysans le regarder en silence. Il fixa de nouveau son père et le repoussa. « Si tu me manques encore une fois de respect… je te ferai pendre. »

Frère Timotej se plaça entre Ahlwin et Eberwolf. « Mon garçon, pour l'amour de Dieu…

— À partir d'aujourd'hui mon seul Dieu est le seigneur d'Ojsternig, curé, le coupa Eberwolf.

— Dieu ait pitié de ton âme, mon garçon, dit le frère Timotej.

— Dieu ait pitié de la tienne, curé, rétorqua Eberwolf avec hargne. Parce que, si je m'aperçois que tu enfreins les lois de ton seigneur sur cette terre, tu seras traité comme n'importe lequel d'entre eux, malgré l'habit que tu portes. » Et comme personne ne bougeait et que tous continuaient à le fixer d'un regard plein de mépris, il cria : « Au travail, serfs ! »

Lentement, dans un profond silence, les habitants de la vallée se dispersèrent. Tous pensaient : « C'est fini, on n'a plus rien. »

« Espèce de porc, murmura Agnete entre ses dents, en marchant vers sa baraque. Cet hiver, beaucoup mourront de faim à cause de ce sale porc. Et si c'est pas cet hiver, ça sera à la première disette. »

Eloisa la suivait sans rien dire et ne dit rien non plus quand elles furent de retour à la baraque. Assise sur le seuil, elle câlinait et caressait Harro comme si elle caressait Mikael. Elle resta là jusqu'à ce qu'il fasse noir. Avec une seule pensée en tête.

Ce soir-là, elle mangea peu et n'adressa pas la parole à sa mère, sinon par monosyllabes.

« Qu'est-ce que t'as ? » lui demanda Agnete en se couchant.

Eloisa ne répondit pas et s'étendit à côté d'Harro, près de la cheminée.

Au réveil, à l'aube, elle était tout engourdie, ses os lui faisaient mal. Et dès qu'elle ouvrit les yeux, la même pensée revint la tourmenter.

« C'est à cause de Mikael que t'es comme ça ?

demanda Agnete en réchauffant la soupe. Personne n'a dit à ce gros porc d'Eberwolf que c'est Mikael qui a sauvé Emöke. Tout le monde sait qu'on ne peut pas lui faire confiance. Ils évitent même d'en parler entre eux, par prudence. » Ses yeux s'emplirent de fierté. « Mais chacun pense, dans son cœur, à ce que le gamin a fait. » Elle regarda sa fille. « C'est pour ça que tu t'inquiètes ? »

Eloisa fit signe que non.

« On s'en sortira, t'en fais pas, marmonna Agnete. On est des gens durs à mourir. »

Eloisa acquiesça à peine.

« Mais enfin, qu'est-ce que t'as ? » lâcha Agnete.

Eloisa haussa les épaules. « Rien…

— Rien, répéta Agnete. T'as rien. Qu'est-ce que ça serait si t'avais quelque chose. » Elle versa la soupe dans les écuelles. « Viens manger », lui dit-elle.

Eloisa, sans bouger, se serra contre Harro.

« Laisse ce chien pouilleux et viens manger », reprit Agnete d'un ton sec.

Eloisa se leva et s'assit à table.

« Mange, ou ça va refroidir ! » s'impatienta Agnete, voyant sa fille fixer son écuelle d'un air ahuri.

Eloisa prit sa cuillère, la plongea dans la soupe et la porta à sa bouche. À peine avait-elle avalé qu'elle se leva d'un bond et se précipita dehors.

« Eloisa ! » appela Agnete. Elle se leva à son tour et la rejoignit.

Sa fille était pliée en deux. Elle se retenait à la pile de bois et vomissait.

« Tu te sens mal ? demanda Agnete, inquiète, en posant la main sur son front. Qu'est-ce que t'as, mon petit ? »

Les yeux d'Eloisa se voilèrent de larmes. Elle se tourna vers sa mère avec une expression effrayée.

« Quoi… ? » la pressa Agnete.

Eloisa ferma les yeux. « Je crois que je suis enceinte… »

Agnete pâlit. Tout ce qu'elle réussit à dire fut : « Tu crois ? »

Eloisa se mit à pleurer et se jeta dans ses bras, comme quand elle était petite fille. « Je vais avoir… un… enfant… mère… », balbutia-t-elle entre deux sanglots.

Agnete garda le silence, le corps raidi. Puis, lentement, elle répondit à l'étreinte de sa fille et la serra contre elle en lui caressant le dos. « Et tu es heureuse ou tu es triste ? demanda-t-elle d'une petite voix.

— Je sais pas… » répondit Eloisa, plus bas encore.

51

Au bout de vingt jours, la neige montait jusqu'aux fenêtres des maisons de bois dans le village de Sankt Jakob. Aidés par les hommes de Volod, les habitants avaient ouvert à la pelle des passages dans la rue principale et entre les maisons. Accumulée sur les bas-côtés, la neige atteignait la hauteur d'un homme.

Malgré cela, Mikael avait continué son entraînement.

De la neige presque jusqu'à la taille, Volod et lui étaient allés jusqu'à la clairière. Les deux premiers jours, Volod lui tendit une pelle et lui fit dégager un grand carré de trente pas sur trente. Les deux jours suivants, il lui ordonna de marcher de long en large, deux solides bandes d'écorce liées à la semelle de ses bottes, pour aplanir le terrain d'entraînement et tasser la neige qui restait. Il versa alors de l'eau ici et là. Le lendemain, le carré présentait des zones de neige compacte sur lesquelles on se déplaçait facilement et d'autres, durcies par le gel de la nuit, qui formaient des plaques glissantes où se reflétait la lumière du soleil, quand il y en avait.

Chaque jour, entièrement nus, insensibles au froid, ils se livraient bataille, armés de bâtons. De semaine en semaine, Volod utilisait des bâtons plus gros et plus lourds. Au bout d'un mois et demi, ils s'affrontèrent avec de petits troncs, difficiles à manier et à soulever. Ils devaient les tenir à deux mains en veillant à ne pas poser le pied sur les plaques de glace, où l'on perdait l'équilibre.

Une des rares choses que Volod dit à Mikael fut : « Plus tard, ton épée sera un roseau. » Et l'autre : « Pisse-toi sur les pieds quand on a fini. Ça protège des engelures. »

Pour le reste, il se contentait de l'attaquer, déployant tout son répertoire d'estoc, de taille et de feintes.

Ils se battirent une semaine avec les troncs, puis revinrent aux bâtons du début. Mais cette fois Volod planta dans le sol deux pieux solides. Il y attacha deux cordes dont il noua les extrémités aux chevilles de Mikael, pour limiter ses déplacements à trois pas en avant, en arrière et sur le côté. Volod l'attaquait ensuite furieusement jusqu'au moment où les cordes, tendues au maximum, empêchaient Mikael de reculer. Il tomba souvent. Mais il n'était plus distrait par le froid et avait appris à parer les coups et à les esquiver.

Deux semaines plus tard, Volod amena un âne dans la clairière. Il attacha Mikael à l'animal par une corde à la taille. Pendant le combat, il poussait de grands cris pour effrayer l'âne qui, en se déplaçant brusquement, faisait perdre l'équilibre à Mikael et rendait ses coups moins précis, en attaque comme en défense.

Enfin, vers la fin janvier, Volod dit à Mikael que le temps était venu de combattre à l'épée.

Ce matin-là, l'épée de Raphael à la main, Mikael fut envahi d'une émotion violente qui fit s'emballer son cœur. Sa respiration se condensait dans l'air.

Son corps était devenu plus fort. Ses bras robustes et rapides. Les doigts de ses mains étaient comme soudés à la poignée de l'arme. Ses jambes solides et agiles. Sa tête capable à présent de se concentrer sur ce qu'il faisait sans se laisser distraire, uniquement absorbée par le combat. Il devinait les coups de son adversaire, les anticipait par des parades suivies d'attaques soudaines.

« Je ne vais pas retenir mes coups, dit Volod. Si je trompe ta garde, ma lame te coupera la peau, les muscles, la chair. »

Mikael le regarda sans bouger.

« Je ne vais pas te traiter comme un paysan ou comme un gamin. »

La fierté dilata les poumons de Mikael, qui plia les jambes, prêt à bondir.

Pendant tout le mois de février, ils combattirent. La lame de Volod le blessa à l'épaule gauche, à la cuisse droite, sur le flanc, à côté du foie, à la tempe, à la main gauche, aux deux genoux et sur les jarrets. Chacune de ces blessures devint une cicatrice.

« Je n'arriverai jamais à te battre, dit Mikael un après-midi de la fin février, épuisé et démoralisé.

— Habille-toi », ordonna Volod. Puis il s'assit par terre.

Mikael s'habilla et s'assit près de lui.

Ils restèrent silencieux à regarder le soleil qui s'apprêtait à disparaître derrière la cime des montagnes.

« C'est parce que tu ne sais pas encore quel animal tu es », dit alors Volod sans détacher ses yeux du ciel qui s'enflammait peu à peu.

Mikael regardait dans la même direction. Ce ciel lui faisait penser à du sang.

« Quel animal tu es ? » demanda Volod.

Mikael repensa aux paroles de son père à propos de la dynastie des princes de Saxe. Il répondit : « Un loup. »

Volod éclata de rire. « Un loup ? Toi ? » Et il rit de nouveau.

Mikael, vexé, se mura dans le silence.

« N'essaie pas d'être ce que tu attends, fit encore Volod, redevenu sérieux.

— Je suis un loup, répéta Mikael avec obstination.

— Non, dit Volod en contemplant le coucher du soleil. Il te manque la férocité du loup. Et tu ne combats pas comme un loup. Tes attaques en fente sont presque toujours frontales. Le loup attaque de côté ou par-derrière. Il cherche le point faible. Il est déloyal, sans pitié. »

Le soleil disparut et le gel descendit, tandis que le ciel couleur de perle glissait vers la frontière de la nuit.

Volod se leva et prit le chemin du retour.

« Comment je fais pour savoir quel animal je suis ? » lui demanda Mikael, qui marchait à ses côtés.

Volod haussa les épaules. « Un jour, tu le sais, c'est tout. Mais pour que ça arrive, tu dois te le demander. Et ouvrir ton cœur à la réponse. Tu dois rester à l'écoute.

— Je voudrais être un ours.

— Moi aussi je voudrais être grand et fort, comme toi, dit Volod en souriant. Mais c'est pas le cas. » Ils marchèrent encore, silencieux, peinant dans la neige. « Et pourquoi tu voudrais être un ours ?

— Parce que c'est la créature la plus forte des forêts. Personne n'est plus fort qu'un ours, à part un autre ours.

— Quelle idiotie ! s'exclama Volod. L'ours le plus fort du monde peut être tué par le venin d'une minuscule vipère, si elle le mord près du cœur. Ou par une flèche, si fragile que même un enfant pourrait la casser. »

Quand ils furent en vue de la grange, Volod s'arrêta et regarda Mikael dans les yeux. « Tu es ce que tu es, et tu ne seras jamais ce que tu n'es pas, ni ce que tu voudrais être. » Avant d'entrer dans la grange, il ajouta : « Plus de combat tant que tu n'auras pas compris quel animal tu es. »

Pendant des jours et des jours Mikael s'imagina en loup, en ours, en aigle royal, en renard, en faucon. Il passa en revue tous les prédateurs. Il se voyait enfonçant ses dents aiguës ou son bec effilé dans la chair de ses proies. Mais chaque fois qu'il voulait aller trouver Volod pour lui dire quel animal il était, quelque chose le retenait.

Un matin, il vit Emöke assise devant la grange avec un groupe d'hommes et de femmes.

L'air de mars s'annonçait par une tiédeur qui amollissait la neige et faisait goutter les longs glaçons restés accrochés tout l'hiver aux toits des maisons.

Mikael s'approcha. « Emöke, lui dit-il, tu saurais me dire quel animal je suis ? »

Volod l'entendit. « Ce n'est pas à elle qu'il faut le demander. C'est toi qui dois le trouver, dans ton cœur. Sinon tu ne seras jamais cet animal, même si elle te disait qui tu es. »

Emöke se leva et partit.

Mikael erra dans les bois toute la journée. Quand il rentra, le soir, il dîna sans envie. Il s'étendit sur la paille, dans un coin.

Alors Emöke vint s'asseoir près de lui, et posa la

tête de Mikael contre elle. « Dors, murmura-t-elle en caressant ses longs cheveux.

— J'ai pas sommeil », répondit Mikael en voulant s'écarter.

Emöke le retint. « Dors, répéta-t-elle. Gregor t'aidera. » Puis elle se mit à chanter. Une complainte monotone, répétitive.

Mikael se sentait bizarre. Comme s'il avait trop bu. Il sombra lentement dans un sommeil lourd, écoutant les notes blanches d'Emöke et les battements de son cœur. Puis la voix d'Emöke disparut et il ne resta plus que son cœur, qui battait en rythme. Tout à coup, il se retrouva dans une clairière. Il la reconnut. C'était celle où Eloisa et lui, enfants, avaient cueilli des champignons. La clairière était déserte, mais les battements de son cœur plus présents encore, plus rapides. Ils semblaient faire vibrer la terre. « Regarde », dit une voix d'homme. Et Mikael, dans son rêve, savait que c'était la voix de Gregor. Alors il leva les yeux et vit un grand cerf aux bois majestueux le fixer, tête haute, de l'autre côté de la clairière. Son souffle sortait puissamment de ses narines et se condensait dans l'air comme des bouffées de fumée. Il lança un brame menaçant qui mit en valeur son cou musculeux, frappa le sol de ses sabots antérieurs et s'élança tête baissée, chargeant Mikael. La terre résonnait sous le poids de l'énorme animal. Mikael avait peur. « Ne bouge pas », dit derrière lui la voix de Gregor. La course du cerf était impressionnante, puissante et rapide. À moins d'un pas de lui, l'animal s'arrêta et laboura la neige avec ses sabots. Il lui souffla au visage. « Respire avec lui », dit la voix de Gregor. Mikael sentit l'haleine chaude de l'animal entrer dans ses poumons. Tout à coup, le cerf disparut. Mais Mikael voyait son propre souffle lui sortir par les narines, puissant. « Cours », dit alors la voix de Gregor. Mikael courut, rapide comme jamais, sautant d'un seul bond par-dessus le lit d'un torrent, jusqu'au moment où il rencontra une biche. Elle n'eut pas peur de lui, l'accueillit même le cou baissé, les oreilles couchées en arrière, frottant la tête contre son thorax. Puis il entendit une sorte de plainte dans l'épaisseur de la forêt. Il sut alors qu'il y avait un petit, qui bramait doucement, quelque part.

Le lendemain, il se réveilla trempé de sueur.

Emöke dormait, le dos encore appuyé contre le mur de la grange, la main dans ses cheveux. Elle était pâle, le visage marqué de fatigue. Quand Mikael bougea, elle ouvrit les yeux. « Il t'a aidé ? » demanda-t-elle d'une voix faible.

Mikael, effrayé, fit signe que oui.

Emöke sourit. « Je le savais », dit-elle avant de sombrer dans un sommeil profond.

Le soir, au repas, Mikael s'approcha de Volod. « Maintenant je sais qui je suis.

— Qui tu es ?

— Un cerf », répondit Mikael.

Volod le regarda en plissant les yeux. Enfin, il acquiesça. « Demain on reprend l'entraînement à l'épée », dit-il.

Cinq jours plus tard, Mikael, d'une attaque frontale, tête baissée, après une série de coups d'une incroyable violence, fit plier les bras de Volod et le désarma. Il pointa la lame de son épée sur sa gorge.

« T'es mort », dit-il.

52

Ce soir-là, Mikael se coucha, la tête sur les genoux d'Emöke, en pensant au grand cerf qui était entré en lui. Il comprit que la biche était Eloisa. Puis il pensa au petit, caché on ne savait où dans la forêt.

« Mais Eloisa n'a pas d'enfant », dit-il tout haut.

Emöke ne répondit pas. Elle commença à chanter une berceuse.

Le lendemain, Volod annonça qu'ils reprendraient bientôt le voyage vers Constance.

Une semaine plus tard, quand ils se mirent en route, quatre hommes de la bande manquaient à l'appel.

Trois avaient décidé de rester avec leur nouvelle femme, et les habitants de Sankt Jakob avaient fait une grande fête pour célébrer les mariages.

Le quatrième, Lucio, un ancien mineur, n'avait jamais cessé un instant, durant ce long hiver dans la grange de Sankt Jakob, de souffrir de l'absence de sa femme et de ses deux enfants, qu'il avait laissés à Dravocnik quand il s'était joint aux rebelles. Tant qu'ils étaient cachés dans la forêt du Mezesnig, il s'arrangeait pour descendre dans la vallée avec de la nourriture pour sa famille, même si sa femme, servante au château, arrivait à élever seule les enfants. Mais Lucio avait compris, dans les nuits solitaires de la grange, que, s'il reprenait la route, il ne les reverrait peut-être plus. Le jour du mariage de ses compagnons, il avait décidé de faire demi-tour. Il ne pouvait pas vivre sans sa famille.

« S'ils t'attrapent, tu seras pendu, lui avait dit Volod.

— Si je ne les revois plus, je mourrai aussi. »

Il était si pâle, comme consumé par une maladie, que Volod avait compris qu'il se mourait de mélancolie. Il avait posé la main sur son épaule : « Sois prudent, et que Dieu te bénisse. »

Apprenant que Lucio allait rentrer, Mikael l'avait pris à part et lui avait demandé, avec un espoir qui lui coupait la respiration : « Tu peux faire parvenir un message à Eloisa Veedon, la fille de la sage-femme de la Raühnvahl ? »

Lucio avait assuré qu'il ferait tout son possible. « Qu'est-ce que je dois lui dire ?

— Que je suis vivant », avait répondu Mikael. Puis il avait rougi violemment, incapable d'ajouter autre chose.

« Mon garçon, je pars mourir par amour, avait dit Lucio en souriant. T'as pas de honte à avoir avec moi. »

Les yeux de Mikael s'étaient voilés de larmes. Il avait fini par dire : « Dis-lui… que je suis à elle. »

Lucio avait acquiescé, sérieux. La maladie qui l'avait consumé jusqu'à ce jour semblait avoir disparu. « Et je lui dirai que tu reviendras », avait-il ajouté. Puis, faisant virer son cheval pie blanc et rouge, reconnaissable entre tous, il avait commencé son voyage vers la Raühnvahl sans plus se retourner, sans regrets, sans peur.

Le lendemain matin, bénis par un soleil tiède, Mikael, Emöke, Volod et les neuf hommes restants se mirent en route. La femme du chef du village leur avait donné de la viande et du poisson séchés et cinq grosses outres pleines de vin. La caravane suivit le cours du Schwarzbach, un torrent qui les mena jusqu'à la limite des champs cultivés, encore couverts d'une mince couche de neige boueuse. Ils obliquèrent ensuite au sud-ouest, comme l'avaient recommandé les anciens de Sankt Jakob. Ils pénétrèrent dans une épaisse forêt de sapins et commencèrent à grimper.

Près d'un petit lac appelé Obersee où ils firent boire les chevaux, Mikael demanda à Volod : « Pourquoi on va à Constance ?

— Parce qu'à Constance il y aura le monde entier », répondit Volod.

À plus de cinq mille pieds, ils retrouvèrent la neige haute, et ils descendirent de cheval pour attacher sous la semelle de leurs bottes des objets bizarres que les habitants de Sankt Jakob leur avaient donnés. C'étaient des cercles de vieux bois au centre desquels étaient tressées des lanières de cuir tanné, qui formaient une sorte de filet. « Avec ça, vous vous enfoncerez moins », avait dit le chef du village, fier de ce don. Ils enveloppèrent aussi les sabots des chevaux avec des peaux d'écureuil pour qu'ils n'aient pas trop froid, car ils allaient monter jusqu'à six mille pieds. Quand tout fut prêt, ils reprirent leur marche.

Ils avançaient lentement, avec peine, menant les chevaux par la bride.

La nuit, ils dormirent sous les arbres, autour d'un

feu de camp. Ils plantèrent un cercle de torches autour d'eux et organisèrent des tours de garde. La forêt retentissait des hurlements des loups affamés par l'hiver.

Le lendemain, la descente commença. Dans la soirée, ils atteignirent le lac d'Anterselva, dont la surface était encore gelée par endroits. Ils installèrent leur bivouac sur le rivage caillouteux et mangèrent de la viande salée en buvant du vin.

« Chante, Emöke », dit l'un des hommes assis autour du feu.

Emöke entonna un chant triste et tous levèrent les yeux vers le ciel étoilé, où la lune ronde jetait une lumière spectrale sur les eaux plates du lac.

Mikael pensait à Lucio. Il était peut-être à mi-chemin sur la voie du retour, maintenant. Il envia son courage et son amour, si forts et si profonds qu'ils lui faisaient défier une mort quasi certaine pour revoir sa femme. Son amour pour Eloisa était-il aussi fort ? Il espérait que Lucio réussirait à lui apporter son message, priant pour qu'il ne soit pas capturé par Ojsternig et ses hommes. Ce n'était qu'un fil, fin et fragile comme un fil d'araignée, mais il les réunirait tous les deux un instant. Et quand la tristesse serra son cœur dans un étau, Emöke, sans cesser de chanter, lui prit la main, qu'elle étreignit avec force.

Le lendemain matin, Mikael, en selle, car la couche de neige avait diminué, vint se placer aux côtés de Volod, qui chevauchait comme toujours en tête du groupe.

« Alors ? lui demanda-t-il.

— Alors quoi ? dit Volod.

— Tu disais qu'à Constance il y aurait le monde entier. Et alors ? »

Volod se tourna vers lui. Son expression était sérieuse et solennelle. « Alors, mon garçon, on y sera nous aussi. »

Deux jours plus tard, ils atteignaient Brunico, dominé par son antique château. La ville grouillait de gens, de marchands, de voituriers. C'était un important carrefour commercial entre Augsbourg et Venise.

Volod emmena ses hommes dans une auberge, où il négocia un prix pour la nuit et un bon dîner.

« Comment on va payer ? » demanda Mikael.

Volod ne répondit pas. Mais quand il revint, tard dans la nuit, il avait une bourse de cuir pleine de pièces de monnaie.

Mikael les entendit tinter et demanda : « Comment tu t'es procuré ça ?

— Dors », répondit Volod en s'enveloppant dans sa couverture.

Cette nuit-là, Mikael pensa à Ojsternig. Il se rappela la promesse qu'il s'était faite de venger sa famille. Pourtant, après tous ces mois passés avec les rebelles, après avoir abandonné Eloisa pour sauver Emöke parce que c'était juste, il se rendait compte que la vengeance était peu de chose. Un sentiment plus vaste avait grandi dans son cœur. Il pensa à Eloisa, à Agnete, aux habitants de la Raühnvahl avec qui il avait grandi. Il se mit à genoux et posa la main sur son cœur. « Je jure de ramener la justice dans ces vallées et ces montagnes, murmura-t-il avec solennité. Et de ne pas trouver la paix tant que je n'aurai pas accompli ce serment, parce que mes paroles sont faites de la fibre même de mon cœur et qu'entre chacune des lettres qui les composent court mon propre sang. »

Ils repartirent le lendemain. Aux portes de la ville, ils furent arrêtés par une escouade de gardes. Volod montra le sauf-conduit du capitaine de Kirchbach.

« C'est pas valable ici, répondit le chef des gardes.

— Vous cherchez quoi ? Un criminel ? fit Volod.

— Comment tu saurais ça, toi ?

— Me racontez pas que vous êtes là tous les jours pour arrêter les gens qui sortent par cette porte, répondit Volod en haussant les épaules. Je vous croirais pas. C'est donc qu'il y a eu un crime.

— Et alors ? Quel rapport avec ton sauf-conduit ? Je t'ai dit qu'ici il était pas valable.

— En tout cas, il prouve qu'on est pas des brigands », dit Volod sans hésiter, le fixant droit dans les yeux.

Le chef des gardes soupira, puis fit signe à ses hommes de s'écarter.

Volod s'attarda et demanda : « Qu'est-ce qui s'est passé ?

— Un marchand a été dévalisé dans un bordel, répondit le chef des gardes.

— Ça lui aura coûté cher de tirer sa crampe ! » commenta Volod en riant.

Le chef des gardes rit à son tour. « Partez, vous me faites perdre mon temps », lui dit-il, en riant encore. Puis il fit signe à d'autres voyageurs de s'arrêter.

Une lieue plus loin, Mikael vint à côté de Volod. « C'est pas juste, dit-il. On ne devrait pas voler.

— Me casse pas les pieds avec tes bavardages de gamin », rétorqua Volod en éperonnant son cheval pour se mettre à distance. Ils longèrent les rives du

Rienza jusqu'à la nuit, où ils atteignirent une large vallée entourée de quatre montagnes. Ils y installèrent leur camp.

« On est ce qu'on peut être. Rappelle-toi ça », dit Volod à Mikael avant de dormir.

Le lendemain, ils suivirent l'Isarco puis remontèrent vers le nord-ouest par une vallée étroite et froide. Deux jours après, ils étaient à Vitipeno.

Volod négocia encore une fois la chambre et le dîner avec un aubergiste. Ils dormiraient dans la même pièce, pour se tenir chaud.

La nuit, Mikael l'entendit sortir.

Volod ne revint qu'à l'aube. Il dit à l'aubergiste qu'ils allaient rester une nuit de plus et paya d'avance. Mikael vit que le contenu de la bourse avait diminué de moitié.

La nuit suivante, Volod vint près de Mikael et chuchota à son oreille : « J'ai besoin d'aide. T'es avec moi ? »

Mikael acquiesça et le suivit à l'extérieur.

Sans un mot, Volod l'entraîna jusqu'à une maison de pierre qui semblait fortifiée. Les fenêtres basses étaient protégées par de solides barreaux. Il montra à Mikael une fenêtre au premier étage. « Je dois monter là-haut, dit-il. Pour ça, j'ai besoin de grimper sur les épaules de quelqu'un de plus grand que moi.

— Il y a quoi, là-dedans ?

— De l'argent, répondit Volod. C'est le centre de triage des mines de la Val Ridanna et du Val de Fleres.

— Comment tu le sais ?

— Suffit d'ouvrir ses oreilles.

— Tu veux faire quoi ?

— T'es un couillon, gamin ?

— Je suis pas un gamin ! s'enflamma Mikael en se rappelant combien de fois on l'avait traité ainsi.

— Baisse le ton, chuchota Volod. Si t'es pas un couillon, pose pas des questions de couillon. » Il le regarda. « T'es avec moi ? » Puis il ajouta : « C'est dangereux. Si on nous attrape, on sera pendus. »

Mikael sentit la peur lui tenailler l'estomac.

« Si tu t'en sens pas le courage, retourne te coucher, dit Volod.

— Monte », répondit Mikael. Il s'adossa au mur de la maison, joignit les paumes et plia les genoux. Son cœur battait la chamade.

Volod grimpa sur ses épaules.

Mikael se plaqua contre le mur.

« Malédiction, je suis encore trop bas », maugréa Volod.

Alors Mikael lui prit les pieds et le souleva, sans trop d'effort. Pendant qu'il serrait les dents pour tenir, il entendit le couteau de Volod forcer la fenêtre. L'instant d'après, Volod était à l'intérieur.

Effrayé, Mikael ne bougeait plus.

« Qu'est-ce que tu fais là ? » demanda une voix derrière lui.

Il se retourna, terrorisé. Un veilleur de nuit approchait, prêt à donner l'alarme. Il se jeta sur lui, moins par courage que par peur, et le saisit à la gorge pour l'empêcher de crier.

Le veilleur de nuit se débattit et lui donna un coup de poing dans le nez.

Mikael serra plus fort, les yeux exorbités.

L'autre cherchait à se libérer de la prise. La bouche ouverte, il suffoquait, cherchant désespérément de l'air.

Mikael entendit un bruit sourd derrière lui, et le veilleur de nuit s'évanouit, frappé à la tête.

« Lâche-le, mon gars, dit la voix de Volod. Lâche-le ! » Il tira sur le bras de Mikael, qui ne lâchait pas prise. Alors il le gifla.

Ramené à la réalité, Mikael ouvrit ses mains, qui continuaient de serrer le cou de l'homme.

Volod traîna le corps et le cacha dans une ruelle sombre, sous un tas d'ordures. « Partons, vite », dit-il.

De retour à l'auberge, ils réveillèrent les hommes et avant l'aube quittèrent Vitipeno, en grand secret.

« Tu voulais quoi ? Le tuer ? » lui dit Volod, furieux, alors qu'ils grimpaient la pente raide d'un couloir étroit qui montait vers le Brenner.

« Je… balbutia Mikael.

— Tu m'as toisé de haut en bas en m'accusant d'être un voleur, continua Volod. Et tu veux tuer un innocent ?

— J'ai eu peur…

— À quoi ça sert de t'avoir fait combattre nu dans la neige pendant tous ces mois, pour t'apprendre à garder de la distance face à tes émotions, si tu perds la tête à la première occasion ? dit Volod avec dureté. Je dois pouvoir avoir confiance en toi, mon gars.

— Je suis désolé…

— Je m'en fiche que tu sois désolé ! » cria Volod, et sa voix retentit dans la forêt déserte.

Pendant trois jours, il ne lui adressa plus la parole, jusqu'au moment où ils arrivèrent en vue d'Innsbruck, de l'autre côté des hautes et impraticables montagnes qu'ils avaient franchies malgré tout.

« Viens avec moi. Prends ton épée », dit-il à Mikael

après avoir discuté avec le patron de l'auberge de l'Ours Brun.

Mikael le suivit sur le pont qui traversait l'Inn. Volod lui avait donné une lourde besace en cuir. Dans les faubourgs, Volod entra dans la boutique d'un forgeron.

« On vient de la part du patron de l'Ours Brun, dit Volod au forgeron. On a quelque chose pour un certain orfèvre que tu connais. »

Le forgeron les emmena dans une petite pièce au fond de la forge. « Faites voir », dit-il.

Volod fit signe à Mikael de donner la besace au forgeron.

« Quatre livres », dit Volod.

Le forgeron sortit de la besace huit lingots d'argent grossièrement fondus. Il les pesa et confirma : « Quatre livres. Laissez ça ici et revenez ce soir. Vous aurez votre dû.

— Tu me prends pour un idiot ? » dit Volod. Il ajouta, en désignant Mikael : « Il restera ici pour surveiller les lingots, jusqu'à ce que tu reviennes avec ton gredin d'ami, à qui tu auras bien expliqué que je connais le prix de l'argent de contrebande. » Il posa le bout du doigt sur la poitrine du forgeron, marquée de minuscules cicatrices causées par les étincelles du métal en fusion. « Et méfie-toi. Il est jeune, mais il manie l'épée mieux que moi. Si tu essaies de l'embrouiller, il te coupera la tête en un clin d'œil, sans hésiter. Si tu veux le dénoncer aux gardes ou à une bande de gredins, il vendra sa peau très cher. Et si jamais tu survivais, je viendrais te chercher et je rendrais justice à l'âme de ce garçon. Compris ? »

Le forgeron avala sa salive. Il fit oui de la tête.

Mikael sentit ses jambes trembler.

« T'es nu au milieu de la neige mais tu sens pas le froid », lui glissa Volod à l'oreille avant de s'en aller.

Une fois seul, Mikael s'assit dans un coin à côté des lingots d'argent. Il resta là jusqu'au soir, sans manger ni boire, la main serrée sur la poignée de son épée.

Le forgeron réapparut à la nuit tombée, accompagné de l'orfèvre, un homme chenu et maigre, avec de petits yeux vifs malgré son âge. Il pesa les lingots puis, sans adresser la parole à Mikael, lui remit une bourse de pièces sonnantes et trébuchantes.

Mikael l'empocha nerveusement.

« Tu ne les comptes pas ? » demanda l'orfèvre.

Mikael sentit sa gorge se serrer de panique. Il avait commis une erreur. Il se revit nu dans la neige, insensible au froid. Seul comptait le combat. « Si le compte n'y est pas… dit-il en s'efforçant de parler d'une voix ferme, je reviendrai te chercher.

— Le compte y est, dit aussitôt l'orfèvre, transi de peur.

— Alors pas besoin que je vérifie », dit Mikael.

L'orfèvre courba les épaules. D'une voix tremblante, il dit à l'adresse du forgeron : « Tu l'as vu toi aussi, que le compte y est ?

— Oui, je l'ai vu, confirma celui-ci, également impressionné par l'épée sertie de trois grosses émeraudes.

— Vous me faites perdre mon temps », dit Mikael, pressé de rentrer à l'auberge.

Les deux hommes s'écartèrent pour lui céder le passage.

Mikael sortit le plus lentement possible. Mais dès

qu'il eut passé le coin, il se lança dans une course effrénée.

Aussitôt à l'auberge, il alla trouver Volod et lui remit la bourse.

Celui-ci l'ouvrit et compta dix grosses pièces d'or. Il leva les yeux vers Mikael.

« Qu'est-ce qu'il y a ? demanda rudement Volod. Tu attends que je te dise "c'est bien", comme les enfants ? »

Pendant que Mikael rejoignait sa couche le rouge aux joues, Volod, discrètement, lui murmura : « C'est bien, mon gars. »

Mikael s'étendit près d'Emöke, dont le visage ne montrait aucun signe de fatigue. Il admirait sa résistance. Si son esprit semblait ne pas être là, c'était aussi le cas de son corps, qui ne souffrait ni du froid ni de la faim ni de la fatigue. Le seul moment où elle avait paru fatiguée, c'était après la nuit où il avait rêvé du grand cerf.

« Emöke, tu n'as jamais peur ? » lui demanda-t-il. Mikael l'avait sauvée au nom d'une idée. Mais après tous ces mois passés ensemble, il l'aimait comme une sœur. Il la prit dans ses bras.

« Non, répondit Emöke.

— Comment tu fais ? »

Emöke lui caressa la joue. « Parce que je sais que tu es là pour me protéger. »

Cette nuit-là, avant de s'endormir, Mikael repensa au jour où Raphael lui avait appris à piocher. Il lui avait dit : « Tu as pioché un champ entier, tout seul. Et tu dois en être fier. » Même si la pioche qu'il avait tenue était une pioche imaginaire, tout comme les mottes de terre qu'il avait soulevées. Il se souvenait combien il s'était senti fier.

« Dis-moi encore pourquoi tu n'as pas peur, Emöke, lui demanda-t-il tandis qu'il sentait ses yeux se fermer.

— Parce que tu es là pour me protéger », répéta Emöke, avec douceur.

Et Mikael s'endormit, tout fier.

53

Eloisa savait bien que c'était un péché de souhaiter la mort de quelqu'un. Pourtant, certains jours, elle espérait celle de l'enfant qui grandissait dans son ventre, depuis près de cinq mois. Elle se précipitait à l'église et s'agenouillait devant la statue de Notre-Dame des Neiges. La Madone portait sur sa robe rouge un manteau bleu doublé de vert, qui couvrait aussi sa tête. Elle tenait l'Enfant Jésus dans ses bras. Eloisa la regardait longuement, en silence, jusqu'à ce que cette pensée horrible disparaisse de son esprit. Alors, elle lui parlait. Elle ne priait pas, mais lui demandait de lui faire accepter comme une bénédiction ce poids qu'elle portait en elle, et de lui apprendre à être une bonne mère. À elle, qui était Mère avant tout. Pour que personne n'entende, elle murmurait.

Eloisa avait demandé à Agnete de respecter sa décision de garder sa grossesse secrète.

En n'en parlant pas, elle avait l'impression de ne pas être vraiment enceinte, malgré les coups d'œil insistants que sa mère lançait le soir vers son ventre. Elle essayait de maîtriser sa peur.

Elle en venait parfois, dans cette lutte acharnée, à

détester Mikael. Il était parti, il avait fait passer son idéal avant leur avenir. Il l'avait laissée seule.

Mais le doute ne durait pas. Elle sentait toujours ses mains sur son corps, ses caresses, ses baisers. Il était en elle, sa respiration haletante accordée à la sienne. Des sensations si intenses, si réelles, que la tête quelquefois lui tournait. Elle se retenait à une barrière, un mur, un arbre pour ne pas tomber.

« Je suis à lui », avait dit un jour Eloisa à sa mère.

Les yeux d'Agnete s'étaient voilés de larmes.

Un matin particulièrement tiède, vers les premiers jours de mars, Eloisa demanda à sa mère la permission de ne pas aller aux champs. Elle passa le pont sur l'Uque et descendit jusqu'à la grève du torrent, où ils avaient fait l'amour pour la première fois. Elle s'étendit dans l'herbe où ils s'étaient couchés, ôta ses bottes et s'abandonna au soleil les yeux clos, comme elle s'était abandonnée à Mikael.

Tandis qu'elle revenait en pensée à ces moments heureux, elle sentit quelque chose dans son ventre. Pas un mouvement proprement dit, mais comme un papillonnement, le froissement d'ailes d'un oiseau emprisonné dans son corps.

« Non ! » s'écria-t-elle, effrayée, en écarquillant les yeux.

Elle écarta les bras. Elle avait peur de poser les mains sur son ventre. Sur l'enfant.

« Non… », redit-elle tout bas.

Elle était en nage. Regardant ses pieds nus, elle vit ses chevilles gonflées. Elle releva ses jupes pour aller les plonger dans l'eau du torrent. Le soulagement fut immédiat. Puis, de nouveau, ce papillonnement dans son ventre.

« Non… non… »

Elle avança jusqu'aux genoux. L'eau froide lui faisait du bien.

Le papillonnement revint encore.

Elle sortit de l'eau et se déshabilla furieusement, comme si ses vêtements la brûlaient. Une fois nue, elle retourna dans le torrent, mouilla ses jambes, ses bras, son ventre, pour qu'il devienne insensible. Au contact de l'eau glacée qui coupait la respiration, elle le sentait se durcir, la peau tendue comme celle d'un tambour. Mais elle resta dans l'eau, secouant la tête dans un « non » muet.

« Chut… tais-toi… Ne bouge pas… », murmurait-elle, effrayée.

« À qui tu parles ? » dit une voix en face.

Levant les yeux, elle vit Eberwolf la fixer d'un air amusé sur l'autre rive. Elle porta aussitôt la main à son pubis et cacha sa poitrine avec son bras. Mais elle était incapable de s'enfuir.

Il pointa le doigt sur son ventre. « Je parie que c'est le bâtard de Crottin Sec ! » s'exclama-t-il, avant d'éclater en un rire sonore.

Eloisa rougit de honte, et sentit cette fois un coup douloureux dans son ventre. Pour la première fois, elle y porta la main, comme pour le protéger. Une haine profonde la secoua jusque dans ses entrailles. Deux personnes étaient mortes de privations l'hiver précédent, parce qu'on leur avait enlevé le peu qu'ils possédaient. Par la faute d'Eberwolf, le traître, qui les avait vendus à Ojsternig.

« Le bâtard de Crottin Sec ! » répéta stupidement Eberwolf, comme si c'était une remarque très spirituelle. Il remua le bassin d'avant en arrière, mimant le coït avec obscénité.

Eloisa le fixait en plissant les yeux. Sa haine grandissait de plus en plus. « C'est sûr que toi, tu auras du mal à faire un bâtard au prince Marcus », lança-t-elle avec mépris.

Eberwolf ouvrit de grands yeux et serra les poings. Il devint rouge de honte. Elle avait frappé juste. « Tout le monde le sait maintenant, que t'aimes pas les femmes », ne put-elle s'empêcher d'ajouter d'un ton moqueur.

Un enfant du village, quelques jours plus tôt, avait vu Eberwolf penché au-dessus de Marcus, dans une clairière. Ils avaient les chausses baissées et Eberwolf était en train de sodomiser le prince.

« Je vais te faire payer ça, putain ! » hurla Eberwolf en entrant dans l'eau.

Eloisa comprit qu'elle avait été stupide. Elle était nue, seule avec Eberwolf. Elle avait eu tort de le provoquer. Elle bondit vers ses vêtements, mais elle n'avait plus le temps de les mettre. Alors elle les ramassa et courut vers les bois, malgré le sol qui lui écorchait les pieds.

« Où tu crois aller, putain ? » hurlait Eberwolf derrière elle, comme devenu fou.

Eloisa comprit que si elle s'enfonçait dans la forêt, il la rattraperait tôt ou tard. Elle obliqua et redescendit vers le torrent. Dans sa course, elle perdit sa jupe, restée prise dans les ronces. Arrivée sur la grève, elle monta vers le pont.

Les pas d'Eberwolf résonnaient déjà sur les planches.

« Au secours ! » cria Eloisa avec angoisse. Elle tomba

dans une flaque de boue, se releva et continua à courir, nue, désespérée, vers les champs où travaillaient les villageois. « Au secours ! Aidez-moi ! »

Les hommes lâchèrent immédiatement leurs outils et se précipitèrent vers elle, au moment où Eberwolf l'attrapait par les cheveux et la jetait à terre.

« Arrête ! lui ordonna Ahlwin, son père, en s'interposant entre Eloisa et lui.

— Tire-toi ! » cria Eberwolf, le visage déformé par la rage.

Ahlwin ne bougea pas. Deux autres paysans se placèrent à ses côtés.

Eloisa, au sol, recroquevillée sur elle-même, tentait de cacher sa nudité.

D'autres paysans s'avancèrent, fermant presque le cercle.

« Si vous me touchez, le prince vous pendra ! » cria Eberwolf, une pointe d'inquiétude dans la voix.

Les hommes, sans répondre, firent un pas de plus.

Eberwolf recula.

« Touche pas à nos femmes, dit Ahlwin. Sinon, je me laisserai pendre volontiers, aussi vrai que Dieu existe. »

Eberwolf fit un autre pas en arrière.

Alertée par les cris, Agnete arriva. Elle aida Eloisa à se relever et la recouvrit de son manteau. Serrant sa fille contre elle, elle fixa Eberwolf et lui dit : « Dieu te maudisse !

— Je te ferai fouetter, t'es qu'une putain, comme ta fille, menaça Eberwolf en faisant encore un pas en arrière, pendant que tous le dévisageaient avec mépris.

— Dieu te maudisse, répéta Agnete.

— Dieu te maudisse, dit une autre femme.

— Je vous ferai tous pendre ! menaça Eberwolf d'une voix hystérique, sans force.

— Ça sera moins douloureux que de vivre avec la honte de t'avoir mis au monde... » dit la mère d'Eberwolf, qui avait pleuré ces derniers mois toutes les larmes de son corps. Elle se serra contre son mari. « Dieu te maudisse...

— Dieu te maudisse », murmurèrent tour à tour les autres femmes.

Eberwolf se sentit en danger. Depuis qu'il avait été nommé vigile, il avait supporté aisément la haine de ces gens dont il avait fait partie. Il sentait leur peur. Mais on aurait dit que cette peur avait disparu. Ils le méprisaient d'être devenu l'amant de ce perverti de Marcus. À nouveau rouge de honte, il fixa Eloisa et sa poitrine se gonfla de fureur. Il la haïssait. Elle le ridiculisait aux yeux de tous depuis qu'ils étaient petits, et aujourd'hui encore. Il pointa le doigt vers elle, ivre de colère. « Cette putain n'est plus vierge. Elle porte le bâtard de Mikael Veedon, déclaré rebelle par le seigneur d'Ojsternig ! » Ses yeux injectés de sang se plantèrent dans ceux d'Eloisa. « Le prince te traitera comme Emöke. Tu seras la nouvelle putain des soldats ! » Il eut un rire forcé avant de se retourner et de partir, les muscles contractés, tremblant à l'idée de recevoir un coup de couteau dans le dos.

Quand il fut suffisamment loin, Agnete regarda sa fille. « Qu'est-ce qu'il t'a fait ? » demanda-t-elle d'une voix pleine d'angoisse. Elle posa instinctivement la main sur le ventre d'Eloisa.

Eloisa s'écarta agacée. « Rien, dit-elle.

— Pourquoi t'es toute nue ? » insista Agnete.

Eloisa regarda les hommes et les femmes du village.

Tous la regardaient. Et tous savaient qu'elle était enceinte. « Laissez-moi tranquille, mère ! » cria-t-elle, en s'échappant pour rentrer.

Quand elle arriva à la baraque, elle ne prêta pas attention à la fête qu'Harro lui fit en remuant vivement la queue. En larmes, elle chercha où se réfugier et vit la trappe où Mikael s'était caché enfant. Elle s'y recroquevilla sur la paille pourrie, dans l'odeur d'excréments de rats.

« Sors de là, mon petit, lui dit Agnete à son retour.

— Non ! répondit Eloisa, qui pleurait à chaudes larmes. Non !

— Je t'en supplie, ma petite fille...

— Je veux pas ! J'ai peur ! Laissez-moi tranquille ! » cria Eloisa. Elle eut un premier sanglot puis un deuxième, sans pouvoir les retenir. Toute l'émotion et la peur accumulées en elle explosèrent avec violence. Elle hurla de toutes ses forces : « J'en veux pas, de ce bébé ! »

Un long silence suivit, avant qu'Agnete ne dise : « C'est l'enfant de Mikael...

— Lui aussi je le déteste, cria Eloisa, la voix cassée. Il m'a laissée toute seule... je... je...

— Sors de là, mon ange...

— Non...

— Viens... »

De nouveau, un silence.

Eloisa cessa peu à peu de sangloter. Puis elle dit, d'une voix larmoyante de petite fille : « Maintenant tout le monde le sait, mère...

— Viens... », dit Agnete.

Lentement, Eloisa remonta l'échelle. En voyant

l'inquiétude sur le visage de sa mère, elle fondit une nouvelle fois en larmes, en s'accrochant à ses épaules.

Agnete lui caressa les cheveux.

« J'étais... jamais allée... en bas... », balbutia-t-elle entre deux sanglots. Elle se serra encore plus fort contre sa mère. « Il me manque... »

Agnete ne savait que répondre. Elle n'avait aucune idée de ce qu'était l'amour, elle ne l'avait jamais connu. Elle continua de lui caresser les cheveux sans rien dire.

« J'ai peur... dit Eloisa.

— Viens, on va se mettre au lit », dit Agnete en l'accompagnant jusqu'à la paillasse.

Eloisa la suivit docilement, à bout de forces. Elle se coucha et se laissa envelopper dans une couverture.

Agnete s'étendit près d'elle et la berça tendrement.

« Mère, vous vous souvenez quand je me suis lavée parce que Mikael avait dit... que j'étais sale... ?

— Oui, mon ange. »

Eloisa sentit une douleur soudaine dans son ventre. Elle gémit.

« Qu'est-ce que tu as, mon petit ? s'alarma Agnete.

— J'allais mourir, vous vous souvenez ? »

La voix d'Eloisa n'était plus qu'un souffle.

« Qu'est-ce que tu as, ma petite fille ?

— Et Mikael m'avait rendu mes gants... hein ?

— Oui, ma chérie. » Agnete l'écarta d'elle, pour regarder son visage. « Tu te sens mal ?

— Et vous... vous aviez peur... dit Eloisa avec une grimace de souffrance, peur que je meure...

— Oui, mon ange... tellement peur... » Agnete se leva pour aller jusqu'à ses flacons de remèdes. « Continue de parler », lui dit-elle d'une voix altérée d'angoisse, en mélangeant nerveusement quelques ingrédients qu'elle versait dans une chope avec un peu de bière légère.

« Et vous étiez inquiète… parce que les mères… », dit doucement Eloisa.

Agnete revint près d'elle. « Bois, tu te sentiras mieux.

— Parce que les mères… » Les yeux d'Eloisa étaient pleins de larmes. « Une bonne mère, elle ne veut pas que son enfant meure, hein ?

— Bien sûr que non… Bois, mon amour…

— Alors pourquoi, moi, j'en veux pas de cet enfant ? » La voix d'Eloisa n'était plus qu'un souffle. « Je suis pas… je suis pas une bonne mère…

— Bois, je t'en supplie… »

Eloisa la fixait sans la voir. Puis elle ferma les yeux, tandis qu'une vive douleur la faisait à nouveau gémir.

Agnete la veilla toute la nuit, essuyant la sueur sur son visage avec un linge froid.

Dans le sommeil tourmenté où elle avait sombré, Eloisa répétait : « Mikael… pourquoi tu m'as laissée toute seule… ? »

À l'aube, on entendit frapper doucement à la porte.

Agnete alla ouvrir.

Face à elle se trouvait un homme décharné au visage émacié. « C'est toi la sage-femme ? demanda-t-il.

— J'ai pas le temps pour le moment. Je suis vraiment désolée pour ta femme, mon brave homme, mais ma fille… » Agnete s'apprêta à lui refermer la porte au nez.

L'homme appuya la main sur la porte. « C'est pas pour ma femme, dit-il. C'est pour ta fille.

— Qu'est-ce qu'elle vient faire là, ma fille ?

— C'est qui, mère ? demanda Eloisa d'une toute petite voix.

— Personne, répondit Agnete.

— Tu t'appelles Eloisa Veedon ? » dit l'homme en passant la tête derrière Agnete.

Eloisa, encore faible, tourna la tête vers cette voix.

« J'ai un message pour toi, dit l'homme.

— Va-t'en, fit Agnete en le repoussant.

— De la part de Mikael », dit l'homme.

Agnete s'immobilisa.

« Mikael… ? demanda Eloisa.

— Oui », répondit l'homme.

Agnete s'écarta. « Entre », dit-elle, fermant aussitôt la porte derrière lui.

Eloisa, toute pâle, parvint à s'asseoir. Une lueur se mit soudain à briller dans ses yeux. « Mikael ? » répéta-t-elle, comme pour se convaincre.

L'homme s'approcha. « Il m'envoie te dire qu'il est vivant et qu'il va bien », chuchota-t-il.

Les yeux d'Eloisa s'emplirent de larmes, elle ouvrit et referma les lèvres, comme pour parler. De sa bouche ne sortirent que des sons inarticulés. Mais elle souriait.

L'homme lui prit la main. « Il dit que tu dois pas désespérer, continua-t-il du ton chaud de celui qui connaît l'amour et ses chagrins. Il dit qu'il reviendra dès qu'il pourra. »

Eloisa commença à pleurer silencieusement, sans cesser de sourire.

Agnete se balançait d'un pied sur l'autre pour lutter contre son émotion.

« Et il dit… ajouta l'homme en serrant plus fort sa main, il dit…

— Allons, brave homme, il dit quoi ? lâcha Agnete, la voix brisée par l'émotion.

— Il dit… qu'il… qu'il est à toi. »

Eloisa éclata d'un sanglot terrible qui sonna bizarrement, parce que c'était un rire de joie.

« Qu'il est à toi… entièrement », conclut l'homme.

Eloisa, dans un élan, le prit dans ses bras.

L'homme était embarrassé. Il se dégagea de son étreinte. « Je dois y aller, dit-il, gêné. Si on m'attrape, je suis fichu…

— Non, attends ! s'écria Eloisa en le saisissant par la manche. Dis-lui que je…

— Non, ma petite, l'interrompit l'homme. Je ne crois pas que je le reverrai. » Il se leva et alla vers la porte.

« Comment tu t'appelles ? lui demanda Agnete.

— Lucio.

— Tu as ramené la joie dans cette maison, Lucio, dit Agnete en ouvrant la porte. Que Dieu te bénisse. »

Lucio hocha la tête et sortit. « Dis à Dieu de me donner encore un jour. Ça devrait suffire. Ma vie est redevenue belle comme autrefois », murmura-t-il en s'en allant, les yeux pleins d'émotion.

Agnete se retourna, et vit qu'Eloisa s'était levée. « Qu'est-ce que tu fais debout, malheureuse ?

— Où est cette mixture que vous vouliez me donner hier soir, mère ? dit Eloisa avec un sourire radieux. Nous devons garder votre petit-fils en bonne santé. » Elle prit les mains d'Agnete et esquissa une danse vacillante, pendant qu'Harro aboyait de joie et d'excitation sans comprendre pourquoi.

Épuisée, le souffle court, elle s'assit sur la paillasse. Et pour la première fois depuis qu'elle était enceinte, elle caressa tendrement son ventre gonflé. « Mikael reviendra, dit-elle, le regard rêveur. Il reviendra et je lui montrerai son fils. » Elle se tourna vers sa mère, heureuse.

À ce moment-là, la porte fut ouverte d'un violent coup de pied.

Eberwolf apparut sur le seuil. Une expression mauvaise se lisait sur son visage.

« Suis-moi au château, putain, dit-il. Le prince veut te voir. »

54

Si Ojsternig avait été furieux de la fuite d'Emöke, la disparition de Mikael l'avait rendu fou. Une folie sourde, qui battait sous son crâne comme une infection.

Il s'était senti trahi. Il se répétait que cela n'avait aucun sens. Pourtant, le ramasse-merde lui manquait, et ce manque le mettait mal à l'aise.

Il l'avait déclaré rebelle et avait mis sa tête à prix, donnant l'ordre de le ramener vivant. Tous pensaient que c'était pour le tuer de ses propres mains.

Lui aussi l'avait cru.

Mais une nuit, il avait compris qu'il ne lui en voulait pas.

Ce lien qui le reliait avec ce garçon, il ne se l'expliquait pas. De sombres pressentiments l'assaillaient, pesant sur lui comme une seconde malédiction. Il avait presque le sentiment qu'elle était semblable à celle de la Folle. À présent, la tête basse et plongé dans ses pensées, il serrait nerveusement les accoudoirs de son haut trône de chêne que surmontaient des figures de monstres ailés. Une émotion nouvelle l'agitait. Quelque chose avait changé depuis la veille, depuis qu'il attendait cette fille qu'on allait lui amener.

La veille, la chiffe molle était venue pérorer en faveur de l'ignoble vigile de la Raühnvahl, racontant qu'une fille du village attendait un enfant conçu hors mariage, sans la permission de son seigneur. La fille avait offensé le vigile et poussé les serfs à la révolte, disait Marcus. Elle méritait une punition exemplaire. Le vigile suggérait qu'elle devienne la putain des soldats, comme le méritaient les fornicatrices dévergondées.

Ojsternig avait écouté distraitement, décidé de toute façon à ne rien lui accorder, ne serait-ce que pour le contrarier, jusqu'au moment où le mollasson avait ajouté un détail surprenant.

La dévergondée en question était la fille de la sage-femme.

Ojsternig se souvenait très bien d'elle. Elle tenait la main de Mikael le jour des combats qu'il avait organisés entre les jeunes du village. La femme de Mikael.

« Et de qui serait ce fils ? » Marcus avait haussé les épaules. Il l'ignorait.

Le vigile, aussitôt convoqué, confirma son soupçon.

« C'est sûrement le bâtard du ramasse-merde », avait dit Eberwolf.

Ojsternig savait parfaitement la haine qui opposait cet Eberwolf et Marcus, et cela lui était complètement indifférent. Les yeux sur le vigile puis sur Marcus, il avait ordonné : « Qu'on m'amène cette fille. »

Il n'avait pas fermé l'œil de la nuit.

« Le fils de Mikael ! »

Il attendait impatiemment l'arrivée de la fille. Il savait déjà ce qu'il ferait d'elle.

Un serviteur toussota discrètement.

Ojsternig leva la tête.

« La fille est là. »

Ojsternig le fixa en silence. Son sang courut plus vite dans ses veines. « Fais-la venir », dit-il enfin.

La double porte de la grande salle s'ouvrit pour la faire entrer. Elle avançait d'un pas mal assuré, aidée par la sage-femme, dont le regard disait toute l'angoisse. Derrière elles, le vigile et le prince Marcus, toujours aussi onctueux et affecté.

Ojsternig n'avait d'yeux que pour la fille.

Pâle et fatiguée, elle soutint son regard.

Il se souvenait qu'elle avait été la seule pendant les combats à le fixer sans peur.

« Débarrassez-moi de votre présence, tous les deux, dit-il à l'adresse de Marcus et d'Eberwolf.

— Vous ne voulez pas que le vigile reçoive sa juste récompense devant cette putain dévergondée ? s'étonna Marcus.

— Va-t'en », dit froidement Ojsternig.

Muet, Marcus s'inclina et quitta la grande salle de son pas indolent, suivi par Eberwolf.

Ojsternig ordonna qu'on ferme la porte. « Laissez-nous seuls. »

Un des serviteurs saisit Agnete par le bras.

Elle se rebella.

« La sage-femme peut rester », dit Ojsternig.

Dès que les battants de la porte furent refermés, il pointa du doigt le ventre d'Eloisa.

« Tu sais que l'enfant que tu portes m'appartient, n'est-ce pas ? »

Eloisa posa la main sur son ventre, sans répondre.

Ojsternig la fixait en silence.

« Votre Seigneurie… intervint Agnete.

— Tais-toi ! » Il reporta son regard sur Eloisa. « En vertu du droit féodal, ton enfant, comme tous les enfants de mes serfs, est ma propriété. De même que toi. Et que ta mère. »

Eloisa ne disait rien. Mais elle ne baissait pas les yeux, bien qu'elle se sente encore faible.

« Sais-tu ce que m'a rapporté mon vigile ? continua Ojsternig. Il m'a dit que tu as incité mes serfs à la révolte.

— Votre Seigneurie ! C'est pas vrai ! intervint Agnete. Il avait arraché ses vêtements et il voulait la…

— Je t'ai dit de te taire ! » siffla Ojsternig.

Agnete baissa la tête.

Eloisa continuait de planter son regard fier dans celui d'Ojsternig.

« Qui est le père ? demanda Ojsternig, attendant une confirmation.

— Je ne sais pas », répondit Eloisa d'une voix lasse.

Ojsternig sourit.

« Tu le sais très bien, au contraire. »

Eloisa ne dit rien.

« Si tu ne parles pas immédiatement, je te ferai ouvrir le ventre et je lui couperai moi-même la gorge. »

Eloisa continuait de le regarder et de se taire.

« Par la grâce de Dieu, ma petite, dis-lui ! supplia Agnete.

— Écoute ta mère, avant que je perde patience.

— Le père de mon enfant est Mikael Veedon, finit par dire Eloisa d'un air de défi, en s'efforçant de se tenir droite.

— Le fils du rebelle ! » Le visage d'Ojsternig s'illumina. C'était le moment de dire à cette fille quel destin l'attendait. « Je devrais te faire pendre, dit-il, envahi d'une sensation qu'il ne croyait pas pouvoir éprouver. Au lieu de cela, je me contenterai de prendre l'enfant qui va naître. »

La surprise se peignit d'abord sur le visage d'Eloisa, aussitôt suivie par la peur puis par la fierté. Elle recula d'un pas. « Je ne vous permettrai pas de lui faire du mal ! » dit-elle, les mains sur son ventre.

Ojsternig éclata d'un grand rire. « Lui faire du mal ? Je ferai beaucoup plus de bien à cet enfant que tu ne pourras jamais lui en faire. » Il la fixa en silence, un sourire sur sa bouche de serpent, amusé de son effarement. L'idée avait surgi dans son esprit à l'aube, après cette nuit d'insomnie. « Tous les enfants qui naissent dans mon royaume m'appartiennent, dit-il d'un ton suave, savourant ses propres mots. Mais cet enfant m'appartiendra plus que n'importe quel autre… » Il laissa sa phrase en suspens.

Eloisa s'agita, prise d'anxiété. Elle ne comprenait pas. Son cœur pressentait pourtant que le prince allait lui dire quelque chose de monstrueux.

Ojsternig se leva de son trône et s'approcha. Il posa la main sur son ventre. Eloisa voulut reculer, mais il la saisit par le cou. Sa prise était forte et décidée. Ojsternig souriait. Il lui caressa le ventre.

« Ma fille ne veut toujours pas me donner d'héritier… », susurra Ojsternig.

Eloisa écarquilla les yeux et commença à secouer la tête en signe de refus silencieux.

«… et cette chiffe molle qu'est son mari n'est qu'un dégoûtant sodomite. C'est pourquoi j'ai décidé…

— Non… non… murmura Eloisa.

— … de prendre cet enfant… »

Les yeux d'Eloisa s'emplirent de larmes.

«… et de feindre qu'il a été mis au monde par la princesse Lukrécia…

— Non ! » s'écria Eloisa en tentant de se libérer.

Ojsternig la lâcha en riant. « Si ! » lui cria-t-il au visage.

Eloisa fit un bond en arrière et courut tant bien que mal vers la grande porte, essayant en vain de l'ouvrir. Elle s'effondra sur le sol, le souffle coupé.

« Votre Seigneurie… », dit Agnete.

Ojsternig la gifla violemment. « Je dois te le dire comment, de te taire ? » Il se rassit tranquillement sur son trône. Quand il parla, ce fut d'une voix ferme et décidée. « À partir de maintenant, tu vivras au château. Tu auras une chambre chauffée, tu dormiras sous des couvertures de loup et tu mangeras la meilleure nourriture de ma table… parce que je veux que mon petit-fils soit fort et en bonne santé. » Il eut un sourire satisfait. « J'annoncerai aujourd'hui même que ma fille Lukrécia est enceinte. » Il fit une autre pause. « De mon héritier », dit-il solennellement.

« Vous ne pouvez pas ! Tout le monde sait que j'attends un enfant ! » cria faiblement Eloisa, toujours prostrée près de la porte. Elle sentit alors une troisième douleur à l'abdomen, plus forte encore.

« Ton fils sera mort à la naissance, dit Ojsternig avec un sourire. C'est ce que nous raconterons. Et si vous ne gardez pas le secret, ta mère et toi, je dirai que vous êtes des menteuses et je vous ferai couper les pieds avant de vous suspendre au plafond de ma chambre, pour voir votre sang couler goutte à goutte jusqu'à votre mort.

— Non… », s'écria Eloisa, qui se tordit de douleur.

Elle se recroquevilla sur elle-même en gémissant. La douleur revint, plus forte encore.

« Ma fille ! s'écria Agnete en s'agenouillant près d'elle.

— Que se passe-t-il ? demanda Ojsternig, qui bondit sur ses pieds, soudain alarmé.

— Votre maudit vigile ! cria Agnete, emportée par la rage. Il l'a poursuivie, nue, dans les bois, et il l'a jetée à terre ! Il voulait la tuer ! Voilà le résultat ! » Elle montra sa fille, qui se tordait de douleur. « Ce qui se passe, c'est que vous ne l'aurez pas, votre héritier ! »

Ojsternig se précipita sur Agnete et la saisit à la gorge, les yeux exorbités. « Sauve l'enfant, lui souffla-t-il. Ou tu t'en repentiras. » Il prit Eloisa dans ses bras et ouvrit la porte d'un coup de pied.

Il ordonna qu'on chauffe la chambre à côté de la sienne, et qu'on emmène de toute urgence la sage-femme chez elle en charrette prendre tous les remèdes dont elle aurait besoin. « Vous lui donnerez tout ce qu'elle demande ! Et s'il lui manque quelque chose, vous irez au couvent et vous obligerez le frère herboriste à vous fournir ce qu'il lui faut ! » hurla-t-il. Puis il monta les escaliers du château, portant toujours Eloisa, et la déposa avec délicatesse sur le lit de la chambre. « Me fais pas ça, ma fille », murmura-t-il.

Le lendemain, face à tout le village, en proie à une fureur aveugle, Ojsternig dessaisit Eberwolf de son épée. Il annonça qu'il n'était plus son vigile et ne jouissait donc plus de sa protection. De retour au château, il prit Marcus à part et lui dit : « Si je découvre d'une façon ou d'une autre que tu as aidé ton amant, je te castrerai de mes propres mains. »

Le prince Marcus ne cilla pas. « Vous aurez donc

besoin d'un autre vigile », répliqua-t-il froidement. Et il ajouta, un sourire mielleux aux lèvres : « Puis-je avoir l'honneur de le choisir moi-même ? »

L'après-midi, Ojsternig s'informa de l'état d'Eloisa. « Comment va-t-elle ? demanda-t-il à Agnete, pour qui une couche avait été préparée au chevet de sa fille.

— C'est trop tôt pour le dire, répondit Agnete, qui avait passé toute la journée à faire prendre des remèdes à Eloisa. Mais je crois que la crise est conjurée. »

Ojsternig la regarda avec une sorte de reconnaissance dans les yeux.

« C'est pas pour vous que je le fais.

— Peu importe pour qui tu le fais, la vieille. »

Il fit appeler sa fille Lukrécia dans la chambre d'Eloisa. « Cette femme porte ton fils, lui dit-il. Traite-la comme tu voudrais être traitée.

— Je n'ai jamais été traitée comme je l'aurais voulu, père, lui répondit Lukrécia en le défiant du regard. J'espère que cette inconnue aura plus de chance que moi.

— Le père de cet enfant est le ramasse-merde, ajouta Ojsternig. Si je me souviens bien, tu avais une certaine préférence pour lui. » Voyant alors sa fille regarder avec plus d'intérêt Eloisa étendue sur le lit, pâle et défaite, il eut un sourire satisfait. « Bien, ma chère. Fais ce que tu dois », dit-il en s'en allant. Et il rejoignit Agomar au sommet de l'une des tours qui dominaient la vallée.

À son arrivée, le capitaine s'inclina.

« Je vais partir pour Constance, dit Ojsternig. Je dois obéir à l'empereur. Il m'est impossible de tarder plus longtemps.

— Vous devez être fier que l'empereur vous veuille

à ses côtés, Votre Seigneurie, dit Agomar. C'est un grand honneur. »

Ojsternig sourit, méprisant.

« Sigismond de Luxembourg a été élu *Rex Romanorum*, mais il n'a pas encore été couronné empereur, dit-il. Il veut seulement montrer sa force au monde. Il a convoqué tous les nobles, sans distinction. Pas de quoi être fier. La différence, c'est que les princes importants et puissants pourront trouver une excuse et éviter cette mascarade. Moi, je n'ai pas ce privilège.

— Je suis prêt à partir quand vous voulez.

— Non. Tu ne viendras pas. Je prendrai cinquante hommes pour le voyage. Les autres resteront ici sous ton commandement. Et tu exerceras mon pouvoir. Punis, tue, viole, je m'en moque. Mais je veux que la fille soit toujours protégée. S'il lui arrive quelque chose, je t'en tiendrai pour responsable.

— Il ne lui arrivera rien. »

Ils se tournèrent vers la Raühnvahl. Le soir tombait.

Agomar montra Eberwolf qui courait, poursuivi par une dizaine d'hommes. Ils le virent frapper à la porte d'une baraque, terrorisé.

« C'est chez ses parents », dit Agomar.

Ils restèrent en silence à regarder la porte qui ne s'ouvrait pas. À cette distance, on n'entendait pas le bruit que faisait Eberwolf, désespéré et frappant jusqu'au sang contre le battant.

Les paysans rattrapèrent Eberwolf et se jetèrent sur lui, armés de leurs serpes à élaguer les arbres fruitiers.

Ojsternig et Agomar n'entendirent pas non plus les gémissements d'Eberwolf, mourant de la main même de ceux avec qui il avait grandi.

La porte ne s'ouvrit que lorsqu'il fut mort, quand les

hommes du village furent repartis. Le père d'Eberwolf resta sur le seuil, les mains dans les cheveux. Sa mère s'effondra sur le corps de son fils massacré, étendu dans une mare de boue et de sang.

Ojsternig et Agomar crurent un instant entendre les gémissements de la femme, portés jusqu'à eux par un souffle de vent. L'unique son de cette tragédie muette.

Ojsternig haussa les épaules, comme si tout cela était sans importance. Puis il alla donner ses instructions pour la préparation de son voyage à Constance.

55

« Il nous reste cent cinquante lieues », avait annoncé Volod à ses hommes deux semaines plus tôt, quand ils avaient repris la route. « Mais grâce au garçon, nous avons assez d'argent pour manger, dormir et trouver un hébergement décent à Constance. »

Depuis, les hommes avaient regardé Mikael d'un autre œil. Chaque fois qu'ils portaient la nourriture à leur bouche, ils lui lançaient un coup d'œil reconnaissant. Chaque fois qu'ils dormaient sous un toit, ils lui adressaient un signe de gratitude.

Quelques jours plus tard, Mikael était venu trouver Volod : « C'est faux, ce que tu dis.

— T'es plus agaçant qu'une mouche, mon gars. Quand est-ce que tu apprendras à ne plus te remplir la bouche de grandes phrases ?

— Dis-moi au moins pourquoi.

— La Folle m'a dit qu'un destin incroyable t'attendait. Et je veux que mes hommes sachent que, si tu as besoin d'eux, ils peuvent aussi compter sur toi.

— Les hommes, c'est sur toi qu'ils comptent. »

Volod, pensif, était resté silencieux. La Folle lui

avait aussi prédit que Constance serait sa tombe. Il en avait été profondément troublé.

Au bout de deux semaines et trois jours de marche forcée, l'immense lac de Constance, avec ses profondes eaux bleues, était apparu au fond de la plaine.

Un des hommes était mort pendant le trajet. On ne savait pas de quoi. Un matin qu'ils étaient sur le flanc enneigé des dernières montagnes escarpées à franchir, il ne s'était pas réveillé. Ils avaient creusé à l'épée un trou dans la terre dure et gelée. Volod avait récité une prière. Mais ils ne s'étaient pas arrêtés pour le pleurer, aucun d'eux n'avait le cœur faible. Ils étaient repartis.

Et le lac se profilait enfin à l'horizon.

« Tu vois, mon gars, le monde entier est réuni dans cette ville, dit Volod. Et on y sera, nous aussi. »

Il leur fallut toute la journée pour atteindre la rive sud-est. Dans un petit village de pêcheurs, ils apprirent que Constance était encore à vingt lieues. Ils dormirent dans une énorme remise à bateaux, avec d'autres voyageurs qui s'y rendaient aussi. Il y avait trois marchands avec une dizaine de commis, deux comédiens, un groupe de sept femmes se prétendant servantes, brodeuses et lavandières mais qui avaient plutôt l'air de prostituées, ainsi que deux prêtres, l'un italien, l'autre français, chacun accompagné de jeunes novices qui se regardaient en chiens de faïence.

Le lendemain, ils voyagèrent ensemble.

Les marchands sur des charrettes attelées à quatre chevaux, bâchées de lourdes toiles cirées et chargées à ras bord de marchandises. Des commis armés de poignards les surveillaient. Les femmes étaient dans une charrette à deux roues, tirée par deux maigres canassons. Les comédiens, à pied, avaient les chaussures trouées. Ils se relayaient pour traîner une sorte de carriole transportant leurs costumes de scène, leurs instruments de musique et les décors des histoires qu'ils chanteraient sur les places. Les deux ecclésiastiques montaient des chevaux richement parés. L'Italien, que ses novices appelaient *Monsignore*, venu de la cour de Rome, était un chanoine régulier de la congrégation de Saint-Sauveur du Latran. Le Français, l'abbé d'un couvent bénédictin d'Avignon. Tous les novices les suivaient à pied, tirant des mulets chargés des ornements de cérémonie de leur supérieur et de denrées de première nécessité.

Sur la route qui longeait le lac, leur groupe rencontra d'autres voyageurs et grossit démesurément. Ils allaient tous à Constance. Au bout d'une dizaine de lieues, ils étaient plus d'une centaine. Aussi loin que le regard portait, on voyait encore des gens à perte de vue.

Les voyageurs qui se joignaient à eux s'approchaient des religieux et les interrogeaient sur leur position quant à la question du Schisme, et au Concile qu'avait convoqué l'empereur Sigismond de Luxembourg.

Mikael apprit ainsi que le prêtre italien était partisan de son pape Grégoire XII, et le Français du sien, Benoît XIII.

« Deux papes ? demanda-t-il étonné à l'un des novices qui suivaient le *Monsignore* italien.

— Deux ? répondit l'autre. Trois !

— Mais un seul est le vrai pape ! précisa l'un des novices français. Vive Benoît XIII, Oint du Seigneur ! »

Le novice italien cracha par terre. « Comment le

successeur de Clément VII pourrait-il être l'Oint du Seigneur ? »

Les autres novices italiens crachèrent vers les Français.

Ces derniers ramassèrent des pierres, et en un instant ce fut la bagarre générale.

Certains cherchaient à les séparer, mais ils avaient du mal à les contenir.

Le chanoine italien et l'abbé français se lancèrent un regard de défi.

« Schismatique ! dit l'Italien.

— Usurpateur ! répondit le Français. Même le peuple romain n'accepte pas son faux pape ! »

L'Italien haussa les épaules. « Le peuple *n'est pas* Dieu ! s'exclama-t-il avec une moue méprisante. Le peuple est *de* Dieu ! Il doit se plier à la volonté de Dieu ! Et Dieu veut que son Royaume soit gouverné par Grégoire XII ! »

Un frère prêcheur qui voyageait à pied, sa robe de bure usée couverte de poussière, leva alors une simple croix de bois vers le ciel et cria d'une voix de stentor : « Repentez-vous, antéchrists ! » Il se tourna vers la foule, qui le regardait avec curiosité. « Que peuvent-ils savoir de Dieu, ces hommes de Satan qui se goinfrent de viande à la cour sans respecter le jeûne, qui boivent jusqu'à s'enivrer, qui portent des bijoux comme des princes, qui fréquentent des femmes lascives, et peuplent Avignon et Rome de leurs bâtards ? » Il regardait à l'entour, hochant gravement la tête, conscient d'avoir capté l'attention des plus humbles. « Le Concile de Pise, au nom de Dieu et du Christ, son très-saint Fils, a reconnu et élu un seul pape ! Jean XXIII ! Gloire à Dieu au plus haut des Cieux !

— Antipape ! cria le chanoine romain.

— Antipape ! dit en écho l'abbé français.

— Hérétiques ! répliqua le frère prêcheur avec plus de fougue encore. Vous êtes les héritiers de Sodome et Gomorrhe ! De Babel et de sa tour emplie des péchés capitaux ! » Il s'adressa aux autres. « Regardez leurs chevaux ! Leurs habits ! Regardez leurs mulets, chargés de biens terrestres ! »

La foule commença à gronder.

« Antéchrists ! hurla le frère, les veines du cou gonflées. Regardez-les, et dites-moi si vous voyez dans leurs yeux la moindre lueur de Dieu ! »

Un petit garçon ramassa une poignée de boue qu'il lança en direction de l'abbé français, crottant sa soutane. Ce fut comme un signal. Tous ramassèrent de la boue et des pierres, visant les deux religieux qui, à la vue du danger, éperonnèrent leurs chevaux et s'enfuirent.

La voix tonnante du frère les poursuivit : « Vous n'échapperez pas à la colère et à la justice de l'empereur ! Il vous mettra sur le billot et vous punira pour vos offenses à l'égard de Dieu ! »

Les gens acclamèrent le frère comme un héros. Et, sans rien savoir du schisme ni des trois papes ni des motifs du concile, décidèrent que le vrai pape était celui du frère.

« Ça va être comme ça jusqu'au moment où un nouveau prédicateur aura le dessus et leur dira ce qu'au contraire il faut penser », murmura Volod avec consternation, en regardant la foule. Il hocha la tête puis descendit de cheval et s'approcha du frère.

« Qu'est-ce que vous savez d'un religieux nommé

Jan Hus ? lui demanda-t-il. Mikael s'était placé à ses côtés. On raconte que c'est un saint homme, qu'il se bat pour la justice et la liberté… »

Le frère le foudroya du regard. « Un saint homme ? » s'exclama-t-il. Il pointa vers Volod un doigt jaunâtre aux ongles longs et noircis. « Il a été excommunié ! Comment pourrait-il être saint ?

— Qui l'a excommunié ? demanda Volod, surpris.

— L'Église !

— Quelle Église ? demanda Mikael.

— Comment ça "quelle Église", jeune homme ? dit le frère, les yeux roulant dans leurs orbites. Il n'y a qu'une seule Église !

— Mais trois papes, répondit Mikael. Lequel des trois l'a excommunié ? »

Le frère devint écarlate. « Dieu lui-même l'a excommunié ! répondit-il.

— Personnellement ? insista Mikael.

— Ne blasphème pas.

— Je ne veux pas blasphémer, lui répliqua Mikael. Mais de la façon dont vous le dites, il semblerait que Dieu en personne a parlé pour excommunier Jan Hus.

— Fais attention, le chemin de l'hérésie est au bout de ta langue. » Le frère n'était pas à l'aise dans cette conversation.

Les gens commençaient à ricaner en le voyant en difficulté face à ce jeune garçon.

« Je ne veux rien dire de mal, mon père, continua Mikael. Je veux seulement comprendre. Et je vous le demande à vous, qui en savez certainement plus long que moi. »

Le frère devint encore plus rouge. « Dieu a parlé

par l'intermédiaire de ses ministres, paysan ignorant que tu es ! s'exclama-t-il, considérant l'affaire close.

— Le pape ? insista Mikael. Dieu parle à travers le pape, c'est ce qu'on nous a enseigné.

— Évidemment que Dieu parle à travers le pape, imbécile !

— Mais lequel des trois ? » demanda Mikael, un sourire aux lèvres.

Les gens ricanèrent.

Le frère, frémissant de rage, leva son crucifix devant le visage de Mikael.

« Frère, demanda une femme, vous voulez dire que les trois papes sont d'accord pour excommunier cet homme-là ?

— Qu'est-ce qu'il a fait, ce Jan Hus ? demanda quelqu'un d'autre.

— Moi, je viens d'Allemagne, dit un troisième. Jan Hus prêchait la pauvreté de l'Église, il est contre le commerce des indulgences, la simonie, la corruption…

— Tais-toi, hérétique ! cria le frère.

— Vous allez voir, si on essaie de leur enlever la moindre pièce de monnaie de la poche, les trois papes seront tout de suite d'accord ! » dit encore un autre, en riant.

La foule commençait à grommeler.

« Que Dieu ait pitié de vos âmes ! hurla le frère.

— Et que les papes aient pitié de nos poches ! » répondit une femme en écho.

Il y eut un éclat de rire général, suivi d'autres plaisanteries contre les prêtres. Le frère marchait plus vite et leur tournait maintenant le dos. Le petit garçon qui avait lancé une poignée de boue à l'abbé français ramassa du crottin de cheval et atteignit le religieux en pleine tête, exactement sur sa tonsure.

« Voilà un chapeau digne de toi, frère ! » s'écria quelqu'un, et la foule éclata de rire à nouveau.

Le frère pressa le pas, courant presque, la croix levée au-dessus de sa tête.

« Rejoins tes compères, lui cria-t-on. Vous êtes tous de la même race ! »

Volod, un sourire amusé sur les lèvres, regarda Mikael.

« Tu vois combien de temps il a duré, ce Jean XXIII, comme seul vrai pape ? Il a suffi d'un simple paysan comme toi pour le renverser de son trône », ajouta-t-il avec une note de mélancolie dans la voix.

Beaucoup de ceux qui avaient suivi la discussion s'approchèrent de Mikael et lui tapèrent sur l'épaule en lui faisant des compliments.

« Ils te feraient pape à l'instant, s'ils pouvaient », dit Volod avec un rire, en remontant en selle. Quand Mikael fut lui aussi à cheval, il lui dit : « Un jour, tu m'as demandé comment feraient les gens de la Raühnvahl si je m'en allais. Et je t'ai répondu qu'ils chercheraient seulement un autre prince qui déciderait à leur place. Tu te souviens ?

— Non. Tu m'as dit : “Quelqu'un qui leur torcherait le cul parce qu'ils ne savent pas le faire tout seuls”, répondit Mikael, riant à son tour.

— Tu comprends maintenant ? Ce sont des moutons qui suivent le troupeau.

— Peut-être parce que ceux qui les manœuvrent sont malhonnêtes et qu'ils sentent bien qu'ils ne peuvent pas leur faire confiance, répliqua Mikael. S'ils trouvaient un chef sincère, ils le suivraient sans avoir de doutes. »

Volod le regarda, sérieux. « Tu deviendras un chef honnête. Et peut-être qu'ils te suivront. Mais pour le moment tu es juste un paysan qui fait des beaux discours. »

Mikael garda le silence. Tout lui paraissait soudain compliqué. « Mais alors, demanda-t-il une demi-lieue plus loin, c'est quoi le chemin qui mène vers la liberté ? »

Volod lui montra la ville de Constance, toute proche à présent. « Ce chemin-là est le seul que j'arrive à imaginer, avec mon esprit limité. S'il y a une réponse à nos questions, j'espère qu'on la trouvera ici. »

Mikael sentit un frisson lui parcourir l'échine. Il ne savait pas si c'était de l'excitation ou de la peur.

Volod se tourna vers Emöke. « Chante pour ces pauvres imbéciles, Folle », lui dit-il avec gentillesse.

À leur entrée dans Constance, Emöke chantait encore, le regard perdu, et la foule se pressait derrière elle, comme une procession suivant la Madone.

Quatrième partie

56

La première sensation que Mikael ressentit fut de l'effarement. Constance semblait en état de siège. Tout autour de la cité avait surgi une ville entière de campements, cinq fois plus grande. Certains pavillons ressemblaient à des palais, avec leurs étoffes précieuses aux couleurs éclatantes soutenues de hautes piques dorées. Surmontés de flèches en bois peint, ils avaient l'apparence de petites cathédrales. Au sommet flottaient des bannières impériales, nobiliaires, militaires ou ecclésiastiques. Chaque campement avait des rues surveillées par des soldats à pied ou à cheval, des boutiques, des forges, des armureries et des ateliers de tailleur, des écuries et des latrines. De robustes constructions de bois formaient des sortes de fortifications avec des chemins de ronde, des portes massives et des tourelles. Des sentinelles armées contrôlaient les allées et venues. La nuit, sur les remparts de la cité comme entre les pavillons, des milliers de torches s'allumaient. C'était comme si la ville tout entière prenait feu. La lumière obscurcissait le ciel et les étoiles.

Il y avait plus de gens que Mikael n'en avait jamais

vu de toute sa vie. Les campements de toute taille se comptaient par dizaines et dizaines.

Plus de cinquante mille personnes devaient être là, autour d'une cité qui n'abritait en temps normal que six mille habitants.

Les plus grands et les plus luxueux palais de Constance étaient réquisitionnés.

Le bruit courait que la cour impériale accueillait plus de dix mille personnes, nobles, dames d'honneur et dames d'atours, sans compter les domestiques. À tous ceux-là s'ajoutaient des copistes, chapelains et confesseurs, et une myriade de docteurs et d'apothicaires. Et l'armée de Sigismond de Luxembourg.

Dans les rues de la ville, encombrées du matin au soir, on se frayait un chemin à coup d'épaule. Un flux de gens qui prenait une direction entraînait les autres, comme un fleuve en crue. Un vieillard ou un enfant tombait, et la foule les piétinait sans s'en apercevoir.

Mikael était impressionné par la quantité de chariots de ravitaillement qui arrivaient chaque jour en ville, pour alimenter les banquets des nobles. Les déchets étaient aussi abondants que la nourriture et s'entassaient hors les murs en quatre énormes décharges, d'où montait une puanteur écœurante. Une armée d'indigents et de mendiants s'y disputait souvent au couteau les restes des festins. Les morts, dépouillés de leurs haillons, étaient livrés aux rats, aux corbeaux et aux chiens.

Les rues étaient pleines de coquins de toute espèce, Des prostituées y traînaient, vieilles, jeunes ou petites filles. À la base des remparts s'entassaient les campements des plus pauvres, qui dormaient à la belle étoile, souvent à même le sol, et serraient contre eux le peu de biens qu'ils avaient.

Comédiens et ménestrels faisaient concurrence aux lanceurs de couteau et avaleurs d'épées. Sur toutes les places on lisait l'avenir, dans les lignes de la main, les cartes, l'iris de l'œil. Les arracheurs de dents travaillaient à la tenaille la bouche de clients assis sur des chaises. Les barbiers, dans des niches, coupaient les cheveux et pratiquaient les saignées avec le même rasoir. Les nains peuplant la ville auraient pu former une armée.

Et partout des milliers de prêtres, en habit noir déchiré ou somptueuse soutane pourpre. Des moines en robe de bure, extatiques ou se fouettant jusqu'au sang, prêchaient la fin du monde et la résurrection, le crucifix à la main comme les marchands qui vantent leur pain et leurs saucisses.

Au milieu des ours savants, éléphants, girafes et léopards, on exhibait des nègres d'Afrique au corps peint, qui portaient des anneaux dans le nez et des os aux oreilles ; enchaînées les unes aux autres, des négresses aux seins nus avec des muselières étaient vendues à l'encan.

Hors d'atteinte, tels les dieux de l'Olympe, circulaient d'arrogants cavaliers et des dames mystérieuses, cachées derrière les rideaux de soie précieuse de leur litière, tous précédés d'une escorte armée qui leur ouvrait un passage à coups de piques.

Dans cette Babel en folie, Mikael, Emöke, Volod et ses huit hommes ne trouvèrent pas d'auberge. Ils durent acheter une grande tente, qui se révéla pleine de trous et qu'ils plantèrent, contre une taxe, à l'endroit que leur attribuèrent les sergents de la ville. Une zone boueuse sans égouts, où les latrines, derrière un paravent de roseaux, étaient des trous creusés dans la terre et deux planches pour s'y accroupir. Des latrines pour « cent culs ». Vidée toutes les deux semaines, avait dit le sergent.

« C'est là qu'on est venus chercher la liberté ? dit Mikael, en montrant la foule qui s'entassait dans leur campement. Eux aussi ils la cherchent ? »

Volod ne répondit pas.

« Comme des parasites sur une charogne », continua Mikael.

Volod acquiesça gravement. Un même effarement se lisait dans ses yeux. « Et la charogne, c'est le monde », soupira-t-il.

Toute la journée du lendemain, Mikael erra avec Volod à travers la cité et les campements bondés.

Le lac lui-même pullulait de centaines d'embarcations. Les pêcheurs sur leur petites barques vendaient leur poisson, et leurs femmes proposaient des corbeilles d'osier dont les fleurs, vaguement parfumées, pourrissaient vite. La puanteur générale était plus forte que les arômes de fours à pain et de viande rôtie. Les nobles, sur de grands vaisseaux à trente ou quarante rames, sillonnaient les eaux du lac pour aller visiter les îles de Reichenau et de Mainau, ou naviguer sur le Rhin jusqu'aux cascades de Schaffhausen.

Le soir, Mikael s'assit à l'entrée de leur tente branlante. À l'ahurissement avait succédé une sensation de malaise.

« Qu'est-ce que je fous là ? » dit-il à voix haute, comme pour lui-même. Personne ne releva.

Même le chant d'Emöke, ce soir-là, était triste.

Quelques personnes logeant dans une tente voisine s'approchèrent pour l'écouter.

« C'est qui ? » demanda une fille aux longs cheveux et aux yeux noirs outrageusement maquillés.

Un homme haussa les épaules. « Quelle importance ?

— Il paraît qu'on l'appelle la Folle », dit un autre.

Les jours suivants, la nouvelle courut que Jean XXIII, le pape élu par le concile de Pise, s'était enfui de Constance.

« Il n'en reste plus que deux », dirent les gens, qui se déclaraient tantôt pour l'un, tantôt pour l'autre, selon le dernier prédicateur qui avait parlé.

Début mai, Mikael et Volod se rendirent compte que l'argent des lingots volés, qui leur avait semblé si abondant quand ils n'avaient que de petits villages à traverser, diminuait. Constance était un monstre à la gueule toujours ouverte, vorace et insatiable.

« Une miche de pain coûte le prix d'une tranche de bœuf, dit Volod un soir.

— Et une tranche de bœuf le prix d'un quart d'agneau, ajouta l'un des hommes.

— Et un quart d'agneau le prix d'un agneau entier, dit un autre.

— Tout coûte quatre fois plus ! s'exclama Mikael. Des vautours qui spéculent sur des parasites ! »

Le silence retomba. En même temps que les prix, la délinquance augmentait sans cesse. De nouvelles prisons où s'entassaient hommes et femmes avaient été construites. Les gibets se multipliaient. On coupait la main aux voleurs, la langue aux menteurs, on émasculait les violeurs. Les prostituées se vendaient pour deux verres de mauvais vin. Les prêtres passaient sans prêter attention à ceux qui copulaient dans la rue, contre un mur, à la va-vite, comme des animaux.

Les conditions d'hygiène, la concentration des corps et la malnutrition avaient engendré des épidémies, que propageaient les armées de punaises, de morpions et de puces, et les essaims de mouches. Il y eut tout d'abord la gale. Les gens se grattaient furieusement, à s'écorcher la peau, et les plaies s'infectaient, transmettant la gale à ceux qu'ils touchaient. Quand arrivèrent la fièvre typhoïde et ses diarrhées dévastatrices, la queue devant les latrines devint interminable. Beaucoup en moururent. Des chiens et des chats, mordus par les renards que l'abondance de détritus attirait, furent contaminés par la rage. La gueule écumante, ils mordaient les gens et leur transmettaient la maladie. Certains se mirent à cracher du sang à cause de la phtisie, tandis que la malnutrition affligeait les vieillards et les enfants de cécité nocturne, et ils finissaient souvent par mourir de consomption.

Les hospices des frères étaient pleins. Ils ne soignaient plus qu'en échange d'une donation en espèces sonnantes et trébuchantes à leur monastère. Dans une église, un prélat défendait le « vrai pape », et ses adversaires couvraient sa voix pour appeler les fidèles dans l'église voisine, où l'on chantait les louanges de l'autre pape.

« On dirait un marché, dit un jour Mikael.

— C'est un marché », répliqua Volod.

Chaque soir, Emöke chantait près du feu. Des mélodies déchirantes, dont les notes longues et douloureuses se répandaient dans l'air nauséabond. De plus en plus de gens, intrigués, se rassemblaient autour de la tente.

« Qui c'est ? On sait qui c'est ? demanda un soir la fille aux cheveux noirs et aux yeux maquillés.

— On dirait que les anges lui soufflent les notes », commenta une vieille femme.

Mikael vit des spectateurs acquiescer, touchés par la mélodie.

Deux soirs plus tard, il y avait le double de gens autour d'eux, certains venus d'autres campements.

« Qui c'est ? demandait-on.

— Une qui parle avec les anges », répondit quelqu'un.

Ainsi grandissait, soir après soir, le nombre de ceux qui venaient écouter Emöke.

Elle ne semblait pas s'en apercevoir. Assise devant la tente, elle chantait. Et les gens, désespérés et en quête de réconfort, reconnaissaient leurs sentiments dans ses mélodies, leur tristesse, leurs espoirs et leurs peurs. Quand elle cessait de chanter, beaucoup disaient se sentir mieux.

Un soir qu'elle chantait devant une foule encore plus nombreuse, un petit enfant dénutri qui tenait à peine sur ses jambes et présentait tous les symptômes de la cécité nocturne avait lâché la main de sa mère. Il errait au hasard en pleurant, et tomba presque dans les bras d'Emöke.

Elle cessa de chanter et le prit dans ses bras. Puis elle le serra contre elle pour le bercer et entonna une nouvelle mélodie, douce, rassurante. Épuisé, le petit se calma. Sans cesser de chanter, Emöke prit un bout de viande salée, qu'elle lui donna. L'enfant le dévora. Elle fit signe à Mikael de lui passer un bout de pain, que l'enfant dévora aussi. Puis il s'endormit.

Le lendemain, comme la foule se pressait de

nouveau autour d'eux, une femme sale, à la robe déchirée, se fraya un passage et s'agenouilla devant Emöke. Elle tenait le petit enfant par la main, et ses joues étaient sillonnées de larmes. Elle regarda Emöke, puis le petit garçon. Incapable de dire un mot, elle se prosterna et baisa les pieds d'Emöke. Alors, tournée vers la foule, d'une voix brisée d'émotion, elle cria : « Il voit ! Mon fils voit à nouveau ! »

Un murmure de stupéfaction parcourut l'assistance.

« Miracle ! hurla une vieille femme qui tomba à genoux et se signa.

— Miracle ! » répondirent d'autres en écho.

La femme poussa son fils dans les bras d'Emöke. « Bénis-le, sainte femme », dit-elle.

Tous avaient entendu.

Mikael vit qu'Emöke avait toujours le regard absent, comme si elle n'était pas là. Mais elle caressa la tête de l'enfant et lui donna un morceau de pain.

« Qu'est-ce qui se passe ? » demanda Mikael à Volod.

Volod, pensif, ne répondit pas.

« Bénis nos âmes ! » s'exclama une voix.

Un homme bien vêtu, peut-être un marchand, se détacha des autres et ôta de son cou une mince chaîne en or. Il la déposa aux pieds d'Emöke, lui prit la main et la baisa. « C'est une sainte ! » dit-il en se retournant vers la foule.

« Sainte, chante pour nous ! cria une femme.

— Sainte, chante pour nous ! » répétèrent plusieurs voix.

Emöke recommença à chanter, tandis que, les uns après les autres, les gens fendaient la foule pour arriver jusqu'à elle, lui toucher la main, ou le pied, ou les cheveux, et déposer une obole. De petites pièces de monnaie, des bracelets, de la nourriture, le peu qu'ils avaient.

« Mais enfin, qu'est-ce qui se passe ? répéta Mikael.

— Il se passe que nous aussi maintenant on fait partie du grand marché de Constance, tu vois bien », répondit Volod.

57

Après deux semaines passées sans sortir de son lit, Eloisa fut jugée hors de danger.

Agomar dépêcha un messager à Constance pour apporter la bonne nouvelle à Ojsternig, puis monta dans la chambre d'Eloisa. « En tout cas, tu n'as pas le droit de sortir de cette chambre. Tu prendras tes repas ici et…

— Pas du tout, intervint aussitôt Agnete. Elle doit prendre l'air !

— Tais-toi, vieille femme. Le prince m'a bien recommandé qu'il ne lui arrive rien. Ici, dans cette chambre, elle sera en sécurité.

— Et l'enfant naîtra faible, difforme, pâle comme les monstres des abysses ! s'échauffa aussitôt Agnete. Tu diras quoi, à ton maître, ce jour-là ?

— De quoi tu parles ? dit Agomar, perplexe.

— Tu t'y connais en bébés ? Tu t'y connais en femmes enceintes ? Moi, si. C'est mon métier. La femme doit pouvoir respirer l'air pur, prendre le soleil, marcher, faire courir le sang dans ses veines. Sinon le bébé dépérira dans son ventre et…

— Ça va, coupa Agomar. Elle sortira aux heures chaudes, elle marchera dans la cour…

— Dans les bois !

— Pas question, trancha Agomar d'un ton décidé. Le soleil brille aussi dans la cour. Ta fille ne quittera le château sous aucun prétexte. Elle sera toujours escortée par deux soldats. Et personne ne pourra l'approcher ni lui parler, sauf la princesse Lukrécia.

— Comme une prisonnière ! »

Agomar marcha vers Agnete, menaçant. « Vieille femme, ta fille est prisonnière, au cas où tu t'en serais pas aperçue. » Il quitta la pièce et dit aux deux soldats qui montaient la garde devant la porte : « Personne n'entre ici, à part moi, la princesse, et la servante chargée du ménage et des repas. Si vous désobéissez à ces ordres, je vous fais bouffer les couilles par les chiens. »

La porte refermée, le silence retomba.

Eloisa porta les mains à son ventre, qui grossissait. Depuis qu'elle avait failli le perdre, un amour qu'elle n'avait pas soupçonné l'attachait à cet enfant. Mais de toute façon on le lui enlèverait. C'était un tourment quotidien. Elle le perdrait. Assise devant l'étroite fenêtre qui s'ouvrait sur la vallée, elle laissa errer son regard brouillé par les larmes. « Mère, est-ce que l'enfant peut sentir la douleur de mon cœur ?

— Comme il sent ton amour.

— En ce moment, c'est la douleur qui est la plus forte », murmura Eloisa.

Agnete ne répondit rien.

Eloisa montra un point de l'autre côté du pont sur l'Uque. « C'est là-bas que nous avons fait l'amour pour la première fois. »

Agnete dut feindre de remettre la chambre en ordre pour maîtriser son émotion.

« Quand il reviendra… je ne pourrai pas lui donner son enfant.

— Vous en aurez d'autres…

— Mais pas celui-ci ! dit Eloisa en se retournant d'un bloc, pleine de colère et de désespoir. Il faut faire quelque chose, mère.

— Ma petite fille…

— Non ! Écoutez. Nous devons nous enfuir.

— C'est impossible…

— Non, ça ne peut pas être impossible ! insista Eloisa, qui s'accrochait de toutes ses forces à cet espoir ténu. Ça ne peut pas… répéta-t-elle d'une voix plus faible.

— Bien sûr que si, ma petite fille… », dit Agnete.

Eloisa se tourna de nouveau vers la vallée. Elle savait que sa mère avait raison. Que pouvaient-elles faire, seules, contre un prince ? Elle aperçut Harro devant leur baraque. « Vous donnez à manger au chien de Mikael ? » demanda-t-elle.

Agnete fit oui de la tête. « Sois tranquille, je m'occupe aussi de ce tas de puces. »

À l'heure du déjeuner, la princesse Lukrécia arriva, suivie de la servante qui apportait la nourriture.

« Il y a du bouillon de viande, annonça Lukrécia, et du cochon de lait aux pruneaux et aux châtaignes.

— Les pruneaux donnent la diarrhée aux femmes enceintes, répondit Agnete d'un ton hostile.

— Désolée, je l'ignorais », dit Lukrécia avec douceur.

Agnete haussa les épaules et bougonna : « On les enlèvera. »

Eloisa regardait toujours par la fenêtre. Quand elle se tourna, son regard tomba sur la robe de soie de la princesse. Un léger gonflement se voyait au niveau du ventre. Elle sentit une vague de haine pour cette femme qui lui volerait son enfant. D'une voix tranchante, elle lui demanda : « Comment se déroule votre grossesse, princesse ? »

Lukrécia rougit violemment.

Eloisa lui adressa un sourire de mépris.

« Laisse-nous seules », dit Lukrécia à la servante.

Celle-ci posa le repas sur la table près du lit et sortit.

La porte refermée, Lukrécia, gênée, toucha son ventre proéminent. « C'est du rembourrage... murmura-t-elle.

— Vous m'en direz tant ! » s'exclama Eloisa avec férocité.

Lukrécia recula, comme si on l'avait giflée. Elle rougit de nouveau. « Je sais que vous me haïssez... », dit-elle dans un murmure.

Eloisa la regardait sans parler, avec dureté.

« Je suis désolée », dit Lukrécia en baissant la tête, avant de se diriger vers la porte. « Bon appétit.

— Qu'est-ce ça fait de voler l'enfant d'une autre ? » dit Eloisa en serrant les poings, le regard débordant de haine.

Lukrécia resta immobile, la main sur la poignée. Elle ferma les yeux et pencha la tête, comme si la haine d'Eloisa était un poids physique. Puis, sans rien dire ni se retourner, elle ouvrit la porte et disparut.

Agnete cracha par terre. Elle tendit à sa fille le cochon de lait. « Mange. »

Eloisa commença par écarter les pruneaux.

« Mange-les, ça te fera du bien, idiote, dit Agnete.

— Mais vous…

— Les femmes enceintes ont tendance à être constipées. Les pruneaux font beaucoup de bien, ronchonna Agnete. J'aurais dit n'importe quoi pour être désagréable et la faire culpabiliser.

— Je la hais.

— Tu as été claire. Elle a compris, dit sa mère avec un soupçon de fierté dans les yeux. Mais n'exagère pas.

— Qu'est-ce qu'elle peut me faire ?

— Pour le moment, rien. Mais à l'avenir, qui sait. C'est une noble, et tu redeviendras une serve de la glèbe.

— Peu importe.

— Eh bien moi, ça m'importe, fit Agnete pour clore la discussion. Maintenant mange et tais-toi. »

Quand le soir tomba, Eloisa se glissa sous les couvertures de loup doublées de laine fine et Agnete, la chandelle éteinte, s'étendit sur la paillasse au pied du lit.

« Mère, dit Eloisa au bout d'un moment, vous vous souvenez de la première chose que Mikael a dite, quand il est descendu dans la trappe ? “Madame, il n'y a pas de lit” ?

— Oui…

— Et quand vous lui avez répondu que non, il a dit : “Mais moi… je suis habitué à dormir dans un lit”. »

Agnete sourit. « Oui, je me souviens très bien.

— Sur le moment j'ai trouvé que c'était bête, continua Eloisa tandis qu'un sourire fleurissait sur ses lèvres. Mais maintenant que je dors dans un lit… un vrai lit, je veux dire, comme celui dans lequel

Mikael dormait avant… maintenant je comprends ce qu'il voulait dire. Vous savez quoi ? Jamais je n'avais imaginé ce que ça pouvait être de dormir, avant ces dernières semaines. Et malgré toute la douleur… » Elle fit une pause. «… malgré l'angoisse… certaines nuits, c'est magnifique de dormir. Je me sens coupable, je sens que ça n'est pas bien. Mais c'est comme si la fatigue de toutes ces années me tombait dessus tout d'un coup ». Elle pensa de nouveau à Mikael, un voile de mélancolie dans les yeux. « Il était si petit, si effrayé… Ça a dû être très dur pour lui de descendre dans cette trappe toute noire…

— Mikael était déjà plus fort que nous tous, dit Agnete. Mais un lion ne connaît pas sa force tant que personne ne l'a défié.

— Vous croyez que Mikael a compris qu'il était un lion ?

— J'en sais rien. Par bien des côtés, ce garçon est un mystère. » Son regard s'emplit d'orgueil. « Si tu entendais comment ils parlent de notre Mikael, au village… » Elle sourit et hocha la tête. « Dire qu'on n'aurait pas parié un sou sur lui quand il est arrivé… et maintenant…

— Maintenant ? répéta Eloisa d'une voix qui glissait vers le sommeil.

— Tu te souviens quand nos hommes l'ont aidé à porter les pierres au château ? Ce qu'ils ont fait pour lui, ils ne l'auraient jamais fait avant. » Agnete sourit à ce souvenir. « Déjà, ils le respectaient parce qu'il avait sauvé nos économies des griffes d'Ojsternig. Pourtant c'était un gamin, il n'avait que la peau sur les os. Mais après, le dimanche des combats… Les gens ne pourront jamais oublier comment il a fait face à Ojsternig, comment il a incité les autres jeunes gens à se rebeller… Personne ne croyait que c'était possible. Et après ça, il a sauvé Emöke. » Agnete, pleine d'orgueil, gonfla la poitrine. « Ils en parlent comme d'un héros. Et tu sais pourquoi ? Il ne nous a pas seulement sauvés, nous tous et Emöke… Il a montré qu'on peut essayer de briser nos chaînes… qu'on peut soutenir le regard des puissants… qu'on n'a pas toujours besoin de courber l'échine… Je crois qu'il a planté une graine qui germera, tôt ou tard. L'espoir.

— La dignité, ajouta Eloisa, les larmes aux yeux. Il parlait toujours de dignité, vous vous souvenez, mère ? » Elle regarda encore par la fenêtre, en contrebas, dans la vallée. « Il est spécial.

— Oui, répondit Agnete. Ce gamin est spécial. » Elle soupira. « Qui sait ? C'est peut-être vrai que les princes n'ont pas le même sang que nous. » Elle sourit dans le noir. « Maintenant, dors. T'as besoin de te reposer. »

Mais dans le silence Eloisa reprit bientôt la parole.

« Mère…

— Quoi encore ?

— Vous ne voudriez pas dormir, vous aussi ?

— C'est bien ce que j'essaie de faire, grommela Agnete.

— Non, je voulais dire dormir… pour de vrai, dit Eloisa. Vous ne voulez pas vous coucher avec moi ? Le lit est assez grand pour deux.

— La musique de mon cul te manque ? » dit Agnete en riant. Eloisa rit aussi. « Venez, je veux que vous me preniez dans vos bras. »

Agnete se leva et se glissa sous les couvertures.

Aussitôt qu'elle fut étendue, elle poussa un petit cri de plaisir. « Oh ! Mais quelle merveille ! » s'exclama-t-elle. Elle se tourna sur le côté. « Le Paradis terrestre ! » Elle se tourna de l'autre côté. « Quel délice ! » Elle se mit sur le dos. « Ah là là, quel prodige ! Quel...

— Mère !

— Tu sais quoi... C'est un vrai remède pour mes pauvres os ! Un vrai baume !

— Mère, si vous ne vous taisez pas, je vous renvoie sur votre couche. »

Agnete se tut, mais ne tint pas longtemps. « Ah ! Ça console de tout ! »

Eloisa s'endormit le sourire aux lèvres, les soupirs heureux de sa mère dans les oreilles. Elle gardait la main sur son ventre, où grandissait cet enfant qu'elle aimait déjà désespérément. Cette nuit-là, elle oublia la tristesse, la peur et l'angoisse.

Bientôt, Eloisa, qui se rétablissait et reprenait des forces, commença à se promener dans la cour aux heures chaudes, toujours escortée par deux gardes qui ne laissaient personne l'approcher.

« Je peux marcher avec toi ? » lui demanda Lukrécia un après-midi.

Eloisa haussa les épaules. « Est-ce que je peux vous en empêcher ? » répondit-elle agressivement.

Lukrécia marcha à côté d'elle, sans parler.

L'après-midi suivant, elle l'accompagna de nouveau dans sa promenade. Le lendemain aussi. Sans jamais lui adresser la parole.

Le quatrième jour, Eloisa lui demanda : « Qu'est-ce que vous me voulez ? » Elle inclina la tête vers elle, un sourire sarcastique aux lèvres. « À part mon enfant, bien sûr.

— Je ne sais pas, répondit simplement Lukrécia. Je suis toujours seule…

— Prenez un chien », dit âprement Eloisa.

Lukrécia eut un sourire triste. « Tu as raison. » Elle s'apprêtait à s'en aller.

« Attendez. Vous allez prendre mon fils, mais vous voulez aussi mon homme, c'est bien ça ? J'ai entendu votre père vous dire… »

Lukrécia lui fit signe de se taire. « Pas ici, chuchota-t-elle en tournant discrètement les yeux vers les gardes. Tu veux dîner avec moi ce soir ? Je répondrai à ta question. »

Ce soir-là, dans la chambre de la princesse, les deux jeunes filles étaient assises devant une table richement dressée, et mangeaient avec des couteaux d'argent dans des assiettes finement ciselées.

« Tu m'as demandé si je voulais ton homme », dit Lukrécia en grignotant sans envie une caille farcie de mie de pain, raisins secs et noix, accompagnée d'une sauce aigre-douce de pommes.

Eloisa, tendue, la regardait.

Lukrécia eut un sourire mélancolique. « J'ai eu deux hommes dans ma vie. » Elle se tut, fixant Eloisa sans baisser les yeux.

Eloisa lut dans ses yeux une profonde tristesse.

Les joues de Lukrécia s'empourprèrent, tandis qu'elle jouait nerveusement avec ce qu'il restait dans son assiette. Elle poussa un profond soupir. « Le premier a été mon père, quand j'étais un peu plus qu'une petite fille », dit-elle enfin.

Eloisa eut un coup au cœur.

« Le second est mon mari, continua Lukrécia, comme s'il lui était moins difficile de parler maintenant. Un sodomite qui me méprise et ne me prend que par-derrière, comme une chienne. » Elle eut un sourire crâne.

Mais Eloisa put soudain voir combien elle était écrasée de douleur.

« Je hais les hommes, reprit Lukrécia. Ou plutôt non, j'en ai peur… » Elle posa la main sur le poignet d'Eloisa.

La peau de Lukrécia était douce et délicate.

« Tu peux être tranquille, conclut-elle. Je ne chercherai jamais à t'enlever ton homme.

— Mais alors, pourquoi votre père… ? demanda Eloisa, étonnée.

— C'est vrai que j'ai regardé Mikael avec intérêt, répondit Lukrécia. Mais mon père ne connaît que les sentiments répugnants… il croit que tout le monde est comme lui. » Elle serra plus fort le poignet d'Eloisa. « J'ai regardé ton Mikael parce qu'il soutenait le regard de mon père. Parce qu'il était prêt à le défier. » Ses yeux se remplirent de larmes. « J'ai éprouvé de l'envie, pas du désir. Parce qu'il est fort et que moi… » Sa voix se cassa. « … et que moi… je suis faible ».

Eloisa la regarda en silence, avec un profond chagrin. Mais son regard tomba sur le rembourrage de la robe de la princesse, et cette soudaine solidarité la révolta. La princesse allait lui voler son enfant. Elle posa les mains sur son propre ventre, sur l'enfant de Mikael. « Je dois y aller, dit-elle brusquement en se levant. Merci pour ce dîner. »

À partir de ce soir-là cependant, ses relations avec

la princesse changèrent. Elle éprouvait toujours une bouffée de colère à la pensée que Lukrécia aurait son enfant. Mais elle n'arrivait plus à la voir uniquement comme une ennemie. La douleur et la tristesse qu'elle avait lues dans ses yeux, quand elle lui avait fait ces terribles confidences, avaient fissuré quelque chose, ouvert une brèche dans son âme. Lukrécia était une victime d'Ojsternig, elle aussi. De jour en jour, les deux jeunes filles commencèrent à se fréquenter de plus en plus souvent.

Au début, elles parlaient de tout et de rien, mais même dans leurs propos les plus sots et les plus superficiels, des liens se tissaient peu à peu. Eloisa voyait les yeux de la princesse éteints par le malheur. Et Lukrécia sentait tout le poids que supportait cette jeune mère à qui on allait prendre son enfant.

La grossesse d'Eloisa se déroulait sans difficulté sous le regard attentif d'Agnete. Grâce aux repas nourrissants et réguliers, elle semblait refleurir, malgré l'angoisse de sa situation. Ses seins avaient grossi. La peau de son visage était tendue et lumineuse. Son ventre commençait à devenir encombrant.

« J'ai calculé que ton fils devrait naître sous le signe des Gémeaux, lui dit un matin Lukrécia, comme elles étaient assises sur un banc de pierre dans la cour, sous le beau soleil tiède d'avril.

— Vous vous y connaissez en astres ? lui demanda Eloisa, admirative.

— Je ne m'y connais en rien du tout, répondit Lukrécia en haussant les épaules. Mais je n'ai rien d'intéressant à faire, sinon broder et lire.

— Moi, je ne sais pas lire, dit Eloisa en rougissant de honte.

— Veux-tu que je t'apprenne ? demanda spontanément Lukrécia.

— Vraiment, vous le feriez ? s'exclama Eloisa, les yeux écarquillés.

— Nous pourrions lire ensemble ce que les astres disent pour ton fils ! » dit Lukrécia, avec l'enthousiasme d'une enfant.

Les yeux d'Eloisa se voilèrent de larmes. « Vous êtes la seule à dire "ton fils", dit-elle, pleine de gratitude. Pour les autres, il est "le fils de la princesse".

— Mon fils, il est là », répondit Lukrécia avec un rire, en montrant le coussin qui rembourrait ses robes et auquel la couturière, de semaine en semaine, ajoutait une couche de toison de mouton.

Eloisa rit aussi, mais redevint bien vite triste. « À la fin, pourtant, vous aurez un fils en chair et en os. »

Lukrécia se fit sérieuse à son tour. « Parfois je repense à la prophétie faite par cette femme qui s'est enfuie. Tu te souviens ? "Tu auras un petit homme, m'a-t-elle dit. Mais il ne sera pas à toi". » Elle s'interrompit, troublée. « Je suis désolée, ajouta-t-elle. Je lui donnerai tout l'amour que peut donner une femme qui ignore ce qu'est l'amour. » Elle tendit la main vers Eloisa et effleura sa robe. « Mais tu pourras le voir tous les jours. Et suppléer à mes manques. » Elle sourit.

« Si votre père le permet, dit Eloisa en se levant et secouant la tête. S'il ne me tue pas. S'il ne me vend pas à un autre seigneur. » Elle s'en alla.

Lukrécia ne dit rien. Elle baissa les yeux sur le coussin en laine de mouton qui gonflait son ventre.

Le lendemain, elle prit Eloisa par le bras pendant qu'elles se promenaient dans la cour sous la surveillance des gardes, et lui chuchota : « Je n'ai jamais lutté pour moi. J'ai toujours pensé que je n'en avais pas la force. Mais pour toi et pour ton fils, je me battrai. Je t'en fais la promesse. Je ne sais pas ce que je pourrai faire, mais je le ferai. Tu me crois ? »

Eloisa la regarda, dans l'air tiède du printemps. « Oui, lui répondit-elle. Vous êtes une bonne personne. »

À mesure qu'elles se fréquentaient et s'échangeaient leurs secrets les plus intimes, leurs peurs et leurs espoirs, naissait un sentiment profond, comme une amitié absurde entre les deux femmes, qui étaient encore de très jeunes filles. Pour chacune d'elles, les journées devinrent moins dures, moins effrayantes, parfois même tranquilles. Un jour qu'Eloisa se sentait plus confiante en l'avenir et qu'à son retour de promenade elle s'était jetée sur son lit, un sourire rêveur aux lèvres en pensant à Mikael, elle entendit du bruit à l'extérieur de sa chambre, et une conversation qui se tenait à voix basse devant sa porte. Agnete était partie s'occuper du vieil Harro.

Tout doucement, Eloisa entrouvrit le battant.

Elle vit les gardes endormis. Puis le prince Marcus qui parlait avec Lelio, un jeune ambitieux engagé par Arialdo de Tarvis pour l'aider dans la comptabilité des deux royaumes.

« Votre Seigneurie, chuchota Lelio, – assez fort pour qu'elle entende –, vous rendez-vous compte que le jour où il aura son héritier, vous… comment dire ?… vous deviendrez un obstacle ?

— Et alors ? demanda Marcus de sa voix hypocrite, sondant le terrain avec prudence. Qu'y puis-je ?

— S'il n'y avait pas d'héritier, reprit Lelio, vous

auriez le temps de réfléchir à ce que vous voulez faire. » Il s'inclina avec onctuosité. « Et je serais très honoré de vous servir et de vous conseiller.

— Et comment faire pour qu'il ne naisse pas ? dit Marcus, une lueur rusée dans les yeux, pour pousser Lelio à se compromettre.

— Certains poisons ne laissent pas de traces. Si Votre Seigneurie m'y autorise…

— Je ne t'autoriserai jamais à commettre un meurtre. »

Lelio baissa les épaules, effrayé. « Votre Seigneurie, je ne voulais pas dire…

— Mais si un accident arrivait au bâtard de cette putain… le coupa Marcus, je pourrais t'en être très reconnaissant. »

58

« C’est vous deux qui êtes responsables des affaires de la Sainte, non ? »

Mikael se retourna. Un jeune homme dans les vingt-cinq ans s’était approché de leur tente. C’était lui qui leur avait posé la question. Un estropié, à la jambe gauche plus courte que l’autre d’un bon empan. Son corps penchait à chaque pas, comme si son pied tombait dans un trou. Il était vêtu d’un costume aux couleurs voyantes, fait de pièces bigarrées, orné de longues manches bouffantes qui flottaient au vent, et il portait au cou une clarine dorée.

Volod eut une moue méprisante. « Qu’est-ce que tu veux, l’éclopé ? »

L’étrange personnage écarquilla ses yeux verts et vifs. Il ouvrit les bras pour esquisser une théâtrale et hasardeuse révérence. « Oh, seigneur courtois et bienveillant, si je suis tordu, c’est à cause des tempêtes et des ouragans de la vie. Ne m’en blâmez pas », répondit-il en s’arrêtant devant Volod, avant de le regarder avec une admiration feinte. « Mais vous ! Vous êtes en revanche droit comme le membre d’un adolescent en chaleur. Que Dieu vous garde toujours aussi dur ! »

Mikael sourit et éprouva pour cet homme une sympathie immédiate.

Une ombre passa sur le visage intelligent du jeune homme, comme si une préoccupation soudaine lui avait traversé l'esprit. Il fixait toujours Volod. « Je me demande cependant ce que vous ferez au premier coup de vent, raide comme vous l'êtes ? Plier ou rompre ?

— Plutôt que devenir un lèche-cul comme toi, je préférerais me rompre, répliqua Volod avec dédain.

— Oh ! La merveilleuse merveille de l'intégrité ! s'exclama l'autre en joignant les mains. Que pourrait donner de plus que sa propre vie un homme prêt à mourir pour une raison idiote ? » Il s'inclina de nouveau. « Je vous admire tant, Monseigneur, que je pourrais vomir ici même, à l'instant ! »

Mikael sourit ouvertement.

Volod le foudroya du regard. « Tu ne vois donc pas que c'est un jongleur ? Un homme de rien, qui vit pour faire rire les nobles ?

— Pas seulement les nobles, excellent seigneur. Je suis sûr que si vous aviez le cul plus détendu, vous pourriez nous péter un petit rire, à votre façon. »

Mikael éclata de rire.

« Stupéfiant ! dit le jongleur en désignant Mikael. Ce baudet empaillé sait même faire du bruit. Vous devriez le produire dans un cirque, avec d'autres créatures admirables, comme le chat qui miaule ou le chien qui aboie ou le cheval qui hennit. Ce serait un grand succès ! »

Nullement offensé, Mikael rit de nouveau.

« Bref, honorables membre érigé et baudet empaillé,

on dit que c'est vous qui conduisez les affaires de la Sainte, reprit le jongleur. Or mon très estimé Seigneur, un âne incapable même de braire, a entendu parler de cette dernière bizarrerie surgie des égouts de Constance. Il voudrait engager votre Sainte Chanteuse pour une soirée à sa cour. Si Vos Seigneuries n'étaient pas trop indisposées par un public moins odorant que votre public habituel, bien sûr. Quoique, sous leurs soieries, leurs parfums et leurs peaux blanches, ces nobles aient les âmes aussi propres qu'une merde rincée par l'orage. » Il tapa la main sur sa hanche, où était accrochée une bourse de cuir. « Pourriez-vous donner votre accord pour cinq pauvres pièces d'or pur ?

— Et si je te coupais la gorge pour te les prendre, tes pièces de monnaie ? dit Volod. Crois-tu que ton maître viendrait ici te chercher, l'estropié ? »

Le jongleur feignit la frayeur. Il détacha sa bourse et la lança à Volod, qui l'attrapa au vol. « Par la grâce de Dieu ! Prenez mon trésor tout de suite ! »

Volod versa le contenu de sa bourse dans la paume de sa main. « Des boutons…

— D'excellente facture, cependant », précisa le jongleur. Mikael rit encore.

« Mon seigneur est sans doute un âne, fit le jongleur en haussant les épaules, mais pas un couillon. Et comme tous les riches, il tient à son argent. » Il sourit. « Si vous vouliez accepter son invitation, vous seriez payés sur place. Sans faute. » Il reprit sa bourse avec les boutons et tout à coup posa l'index sur sa tempe, comme s'il se souvenait de quelque chose. « Ah ! dit-il à Volod. Bien que le terme d'"estropié" soit résolument original pour me définir… bien qu'il démontre tout votre talent pour les surnoms raffinés… si vous vous lassiez de l'employer pour m'appeler plutôt monstre, avorton, horreur, boiteux, immonde, farce de la nature, je promets que je vous répondrais toujours. Sinon, vous pourriez utiliser mon vrai nom, qui est Berni.

— La femme n'est pas à vendre, l'estropié, répondit Volod.

— J'ai dû mal voir alors, hier soir, dit Berni d'une voix désolée. Il m'avait semblé que c'était vous qui ramassiez les pièces de monnaie par terre. »

Volod se raidit. « Ce sont des dons spontanés. Nous ne demandons rien.

— Celle de mon seigneur aussi est une donation spontanée.

— Pour l'exposer comme un phénomène de foire. »

Berni regarda autour de lui. « Certes, je vous comprends. Ici, c'est très différent.

— Va-t'en, l'estropié », dit Volod d'une voix dure.

Berni plongea dans une révérence. « Votre Intégrité, je vous salue bien. » Il s'éloigna, de sa démarche caracolante qui faisait tinter sa clarine.

Volod, le visage sombre, retourna dans la tente.

Mikael suivit des yeux le jongleur qui marchait péniblement dans la boue du campement, au milieu des risées de la foule. Puis il rentra à son tour dans la tente.

Emöke, dans un coin, les yeux fermés, parlait seule, dans son dialogue imaginaire avec Gregor. Volod s'était assis à une table improvisée sur deux tréteaux et se versait à boire.

Mikael le regarda. Volod avait changé, depuis qu'ils étaient à Constance. Il passait des heures sous la tente, à boire. Ses yeux de loup s'étaient voilés. Les hommes de la bande erraient dans le campement sans autre occupation que chercher la bagarre. Mikael sentait lui aussi un malaise chaque jour plus profond. Un malaise qui entretenait sa mauvaise humeur.

« Qu'est-ce qu'on fait ici ? demanda-t-il à Volod d'une voix maussade.

— Me casse pas les couilles, répondit celui-ci en se versant encore du vin.

— Tu avais dit qu'on chercherait des réponses, continua Mikael d'un ton accusateur. Au lieu de ça, tu passes tes journées à boire dans cette tente de merde.

— C'est pas ma faute s'ils ont arrêté le seul homme à qui je voulais parler.

— Non. Mais tu m'avais dit que le monde entier était ici. Et qu'on y serait nous aussi. Parce que c'était important. » Il écarta les bras, montrant l'intérieur sordide de la tente. « Regarde-nous ! Là-dedans, à respirer cet air vicié, à nous saouler comme à la taverne, à...

— Ta gueule ! » Volod tapa le cul de son verre sur la planche qui servait de table et se versa de nouveau à boire.

Mikael frémissait de colère. Il se sentait trahi. Il était à des centaines de lieues d'Eloisa, et il ne savait même plus pourquoi. « Moi, j'avais un rêve, ajouta-t-il sourdement. Toi aussi. On voulait que la justice règne sur notre terre.

— Tu peux pas changer le monde tout seul, paysan, dit Volod, la bouche pâteuse.

— Alors on n'a qu'à le changer tous ensemble ! » s'exclama Mikael.

Volod fit une moue désabusée, avant de reprendre

une gorgée de vin. « Les serfs n'attendent qu'une chose…

— Oui, oui, je sais. Tu n'arrêtes pas de répéter ça ! explosa Mikael. Ils attendent qu'on leur torche le cul parce qu'ils sont pas capables de se le torcher tout seuls.

— Exactement.

— Rentrons ! Apprenons-leur à torcher leur merde !

— Il serait plus facile à la Terre de tourner autour du Soleil, dit Volod.

— Alors je dirai au Soleil de s'arrêter et à la Terre de lui tourner autour, si c'est ça qu'il faut.

— T'es vraiment con, paysan », dit Volod ironiquement, en se versant un autre verre.

Mikael le regarda. « Il a raison, le bouffon, dit-il avec l'intention de blesser. On est là à vivre sur le dos d'Emöke, comme des parasites. »

Volod leva les yeux, le regard éteint. « Personne te retient. Tourne les talons quand tu veux, et va-t'en. »

Mikael serra les poings. « C'est bien ce que j'ai l'intention de faire, avant de devenir comme toi ! » Il sortit rageusement de la tente, repoussant l'un des hommes, qui rentrait saoul aux premières heures du matin.

Aussitôt qu'il fut dehors, une femme l'accosta. Elle tenait un fin bracelet d'argent avec un petit cœur de corail. « C'est pour la Sainte, lui dit-elle en lui tendant son bijou de pacotille. Pour qu'elle prie pour moi.

— L'homme qui tient la caisse est dans la tente », répondit abruptement Mikael.

Il s'éloigna d'un pas furieux, sans se soucier des flaques de boue. Près de la palissade qui délimitait leur campement, il vit un groupe de gamins avec des bâtons poursuivre une tache multicolore, qui claudiquait tant bien que mal pour leur échapper. Malgré le chahut des gamins, on entendait le son d'une clarine. Ils finirent par rattraper le bouffon, le jeter au sol et glisser leurs bâtons entre ses jambes estropiées. Il se débattait dans la boue, comme une sauterelle.

Mikael s'élança. « Laissez-le ! Laissez-le ! » Il tomba sur le premier qui lui passa sous la main et l'envoya valdinguer. Un autre brandit son bâton. Mikael esquiva le coup, tourna sur lui-même et déséquilibra son adversaire qu'il désarma avant de le frapper aux reins avec sa propre arme. Le garçon hurla de douleur et tomba à genoux. Mikael fit tournoyer le bâton et dispersa les autres. « Va-t'en ! » cria-t-il à la figure de celui qu'il avait frappé sur les reins. Celui-ci se leva, perclus de douleur, et s'enfuit.

Mikael tendit la main au bouffon pour l'aider à se relever.

Berni regardait son costume souillé. Il eut un demi-sourire. « À quoi sert un bouffon, sinon à amuser les enfants ?

— Ce sont des lâches ! dit Mikael, encore bouillant de colère.

— Et maintenant, je devrais te dire merci, c'est ça ? »

Berni avait abandonné son rôle de bouffon. Son visage était sérieux. Mikael le regarda mieux. Peut-être qu'il était seulement triste.

« Si tu t'avises de me plaindre, je retourne me faire bastonner, dit Berni d'un ton cynique. Je préfère. » Puis il s'adoucit et ajouta : « Au moins, j'ai l'habitude. »

Mikael le regardait sans répondre. Il se souvenait du temps où c'était lui le plus faible.

« Merci, en tout cas », siffla Berni entre ses dents.

Mikael haussa les épaules.

« Qu'est-ce que tu veux ? demanda Berni. Vous avez changé d'avis à propos de la Sainte ?

— Non, répondit Mikael, qui restait là à le fixer.

— Bon. Je t'ai dit merci. Pourquoi tu restes planté là ? On peut se saluer, non ?

— Oui… répondit Mikael, toujours immobile.

— Écoute, le baudet. Je mets le double de temps pour rentrer d'où je viens. Décide-toi à me dire ce que tu veux, sinon j'arriverai à la nuit tombée.

— Je t'accompagne, dit alors Mikael. Comme ça, je ne te ferai pas perdre de temps. »

Berni le regarda, sincèrement étonné. « Autrement dit, tu me sauves, et ensuite tu n'as pas honte de marcher dans les rues glauques de cette ville avec moi ? »

Mikael secoua la tête. « Pourquoi je devrais avoir honte ? »

Berni fronça les sourcils. « T'es bizarre, tu sais ? Peut-être que tu es encore plus baudet que je pensais.

— Baudet, c'est vraiment original comme surnom… mais tu peux aussi m'appeler imbécile, idiot, couillon ou benêt, et je promets que je te répondrai toujours, dit Mikael avec un petit sourire malin. Ou bien tu peux utiliser mon nom, Mikael. »

Berni sourit. « Tiens-toi à ma droite, Mikael le baudet, lui dit-il. Si tu marches à ma gauche, il faudra t'éloigner au moins d'un pas. Sinon je te donnerai sans arrêt des coups de tête. » Il se mit à rire.

Tous deux se frayèrent un passage vers la porte sud de Constance.

« Si un jour il me passait par la tête de tomber amoureux, et si je trouvais une femme qui réponde à mon amour, dit Berni en voyant un couple de jeunes gens échanger des baisers, sais-tu ce que je ferais ? »

Mikael fit non de la tête.

« Je l'estropierais, dit Berni. Je lui raccourcirais la jambe gauche, comme la mienne. Tu sais pourquoi ? »

Mikael fit de nouveau signe que non.

« Parce qu'on pourrait marcher bras dessus bras dessous sans tomber tous les trois pas, continua Berni. Un estropié traîne la jambe. Mais deux estropiés qui se tiennent par la main, s'ils se balancent au même rythme… ça devient une danse. »

Mikael sourit.

« Tu parles pas beaucoup, hein ? »

Mikael secoua encore une fois la tête.

« Moi, plutôt que de rester dans le silence, je parle tout seul, comme les fous, dit Berni. Le silence, ça m'assourdit. »

Mikael ne savait pas pourquoi, mais le bouffon lui plaisait. C'était la première personne intéressante qu'il rencontrait depuis leur arrivée à Constance.

« Qu'est-ce que vous êtes venus faire ici ?

— Je ne sais plus, répondit Mikael.

— Vous êtes venus gagner de l'argent avec la Sainte ?

— Non ! » se récria Mikael.

Berni s'arrêta pour le regarder. « Tu veux dire que ce n'est pas du boniment ? demanda-t-il d'un ton sceptique.

— Emöke chante, c'est tout. Elle l'a toujours fait. Avant d'arriver ici, les gens l'appelaient la Folle. Maintenant, c'est la Sainte.

— Un jour, quand ils se seront lassés d'elle, ils

l'appelleront la Sorcière et ils la brûleront », dit Berni avec sérieux en reprenant sa marche.

Mikael sentit un frisson lui parcourir l'échine. Avait-il sauvé Emöke du bûcher d'Ojsternig pour qu'elle soit brûlée vive à Constance ? Il chassa cette pensée. « Pourquoi es-tu ici ? lui demanda-t-il.

— Moi, je suis avec mon maître.

— C'est qui ?

— Le très-noble et très-excellent comte Chapuys de Reves, annonça pompeusement Berni. Qui n'est rien de plus qu'un des chiens de l'empereur, tout comme je suis le sien.

— Et toi, quel est ton chien ? demanda Mikael avec un sourire.

— Moi, je suis le dernier de la chaîne. En dessous il n'y a que mon ombre », répondit Berni d'un ton sérieux.

Toujours cahin-caha, accompagnés par le charivari de la clarine et les plaisanteries cruelles des passants, ils se retrouvèrent bientôt devant un bâtiment important au centre de la ville, gardé par un grand nombre de soldats. Midi sonnait.

« Allons nous mettre quelque chose sous la dent, dit Berni. Tu as bien mérité un peu de nourriture pour m'avoir escorté. »

Ils passèrent entre les soldats, qui semblaient nerveux.

« Qu'est-ce qu'ils ont ? demanda Mikael en entrant dans le palais. Pourquoi tous ces soldats ? »

Dans les cuisines, Berni détacha le filet d'une poule faisane à peine sortie du four, qu'il partagea avec Mikael. « Viens », lui dit-il. Il l'emmena à l'arrière du palais, près d'une étroite fenêtre scellée de barreaux qui donnait dans les souterrains sur une petite pièce humide et sombre.

Mikael entrevit un homme en habit noir à l'épaisse barbe grise, qui priait, agenouillé sur le sol.

« Mon seigneur a reçu la mission infâme d'être le geôlier de ce pauvre hérétique, expliqua Berni. Il est chargé de sa surveillance dans la prison de Constance, où on l'enferme d'habitude. Mais l'empereur n'a pas assez confiance dans les gardes de la ville. Il a fait transférer l'hérétique ici, dans son palais, parce qu'une délégation d'évêques veut le rencontrer. Les saints hommes d'Église auront ainsi des repas dignes de leur Sainteté, chose impossible à la prison. »

Mikael regarda le prisonnier. Il devait avoir dans les quarante-cinq ans, mais il était très éprouvé et ressemblait à un vieillard. Son nez aquilin était couvert de sueur, sa peau blême était sans éclat. Quand l'homme sentit leur présence, il leva les yeux. Mikael vit qu'ils étaient d'un noir intense, luisant dans la pénombre comme des braises.

« Qui est-ce ? demanda Mikael.

— Son nom ne peut pas être prononcé à haute voix, par les temps qui courent », répondit Berni. Il s'approcha de Mikael et lui susurra à l'oreille le nom de l'hérétique.

Moins d'une demi-heure plus tard, Mikael entrait au pas de course dans leur tente. « Volod ! Volod ! » s'écria-t-il, tout excité.

Celui-ci leva sur lui un regard vide embrumé par le vin.

Mikael le secoua par les épaules. « Volod, écoute-moi ! »

Son regard de loup, comme voilé, se posa sur

Mikael. Mais il avait du mal à ajuster sa vision. « Qu'est-ce que tu veux encore ? demanda-t-il d'une voix pâteuse.

— J'ai vu Jan Hus ! dit Mikael. Et j'ai peut-être trouvé un moyen pour lui parler ! » Il se tourna vers Emöke, alla près d'elle. « Emöke, lui demanda-t-il en lui caressant les cheveux, tu voudrais chanter pour un noble, dans son palais ? »

59

« Vois-tu la Sainte Vierge ? » demanda un prélat obèse vêtu de noir, que ses dents proéminentes faisaient ressembler à un rat. Il fixait un regard inquisiteur sur Emöke, debout face à lui.

Sur la demande du comte Chapuys de Reves, elle avait dû ôter ses vêtements misérables, pour enfiler une élégante robe de drap florentin orange aux manches turquoise.

Mikael, à côté d'elle, était tendu. Il essayait de déchiffrer les expressions sur le visage du comte, assis à côté du prélat. Le noble était vêtu à la française, en habits de satin damassé bleu et jaune. Ses doigts couverts de bagues scintillaient à la lumière des candélabres. Il avait l'air de s'ennuyer. Sobre pour la première fois depuis longtemps, Volod se tenait un pas derrière Mikael.

Outre le maître de maison et le prélat étaient présents le jeune secrétaire de ce dernier et Berni. Ils se trouvaient dans un vaste salon, au plafond à caissons richement décoré. Impatients d'entendre chanter la Sainte, les invités attendaient derrière la porte.

Le prélat avait exigé de l'interroger avant, pour

éviter tout risque de fanatisme, en un moment où la question des trois papes faisait vaciller la Sainte Église au-dessus d'un abîme théologique.

« Réponds. Vois-tu la Sainte Vierge ? répéta le prélat.

— Non, répondit Emöke.

— L'entends-tu murmurer à ton oreille ?

— Non.

— Saint Pierre te suggère-t-il lequel des trois papes est le vrai ?

— Non.

— Parles-tu avec les morts ?

— Seulement avec mon mari. »

Sur le visage de l'inquisiteur apparut une expression cruelle. Il avait trouvé la faille. « Veux-tu dire que ton mari est mort et que tu lui parles ? »

Mikael se raidit.

« Est-ce qu'une femme ne doit pas toujours parler avec son mari, Votre Excellence ? » demanda Emöke sans se troubler.

Dans le salon, pendant un long, interminable instant, on n'entendit plus une mouche voler.

Le comte Chapuys de Reves ricana.

« Il n'y a pas de quoi rire, comte », dit le prélat, avant de se rendre compte que son ton était déplacé face à un noble de haut rang. « Je voulais dire, excellence… reprit-il pour corriger son erreur. Cette femme est étrange, ne pensez-vous pas ?

— Monseigneur, intervint alors Berni, a emmené avec lui son propre dépeceur de lapins et son propre plumeur de volaille, votre Demi-Sainteté, comme si à Constance on mangeait les lapins avec leurs poils et les faisans avec leurs plumes. Et c'est à lui que vous demandez de juger si quelqu'un est étrange ? »

Le comte rit de bon cœur.

« Nous devons écouter les Prophètes qui disent... reprit le prélat.

— Oh, par pitié, ne citez pas les Prophètes ! l'interrompit Berni. La Bible ne parle que de ceux qui ont réussi ! »

Le comte rit à nouveau.

Mikael sourit.

« Votre bouffon devrait apprendre à mieux tenir sa langue, s'il ne veut pas risquer le bûcher, fit le prélat avec agacement.

— Mais qui donc viendrait me voir brûler ? Vous ne feriez que dépenser du bois pour rien, dit Berni. Toute la ville attend que vous fassiez rôtir l'hérétique. C'est cela votre grand spectacle. »

Le prélat rougit de colère. « Excellence, veuillez faire taire ce monstre ! s'exclama-t-il.

— Vous me faites honneur, répondit Berni tout à trac, en s'inclinant devant le prélat. C'est un privilège d'être un monstre à vos yeux, depuis que j'ai découvert que saint Judas lui-même en était un. »

Le prélat bondit sur ses pieds. « Comment oses-tu ?

— Votre éminentissime Demi-Sainteté, vous devriez pourtant savoir que c'est la vérité, répliqua Berni, feignant l'étonnement. Dans les rues de Constance et dans les églises, en toutes ces journées de procession des reliques, j'ai compté vingt-cinq doigts des mains de saint Judas. Puis sept fémurs, deux crânes, une centaine de dents et une telle quantité de côtes que mon cerveau en a perdu le compte. Chacun de ces saints ossements est exhibé comme une relique. Par conséquent, si ce que disent les prêtres est vrai – et comme chrétien, je crois que l'Église ne ment jamais –, il ne me reste qu'une chose à en déduire : saint Judas était un monstre à deux têtes emplies d'une infinité de dents, avec une main de douze doigts et l'autre de treize, sept jambes et un thorax long de deux perches au moins, pour contenir une telle quantité de côtes. »

Le comte explosa d'un rire bruyant. Il se tourna vers le prélat.

« Allons, quel mal peut faire une femme qui s'apprête en chantant à nous faire passer une soirée agréable ?

— Quel mal peut faire une femme qui tend une pomme à l'homme dans le Paradis terrestre ? » répliqua le prélat en haussant les sourcils par sarcasme.

Le comte le foudroya du regard. « Alors nous ferons bien attention que cette femme ne nous vende pas de pommes », dit-il d'une voix dure en fixant le prélat. Et il ajouta, agacé : « Pour l'instant, nous écouterons sa voix, parce que l'empereur m'a demandé un avis avant de l'écouter lui-même. Et je ne tiens pas à lui communiquer que votre… Demi-Sainteté… m'a empêché de satisfaire sa curiosité en avançant des chicaneries pédantes. »

Le prélat pâlit.

« Je crois que nous nous sommes compris », conclut le comte en souriant. Il se leva et le regarda d'une manière hautaine. « Bien sûr, vous nous ferez la grâce, vous et votre secrétaire, de ne pas assister au spectacle, afin de ne pas le gâcher par votre aspect lugubre. À présent, débarrassez-nous de votre présence. » Il se tourna vers les portes, derrière lesquelles attendaient les serviteurs, l'oreille tendue. « Que la fête commence ! »

Elles s'ouvrirent à l'instant. Une élégante foule multicolore se déversa bruyamment dans le grand salon, tandis que le prélat et son jeune secrétaire, penauds, rejoignaient la sortie.

Les serviteurs conduisirent Emöke jusqu'à une petite scène revêtue de soie placée au fond de la salle.

Mikael et Volod se mirent au pied de l'estrade, Berni à leurs côtés.

« On le verra quand, Jan Hus ? demanda Volod avec impatience.

— Ce ne sera peut-être pas possible, répondit Berni.

— C'est pour ça qu'on est là, l'estropié ! » lâcha Volod.

Mikael regarda Volod avec agacement. Ces dernières semaines avaient miné sa confiance en lui. « Arrête, Volod, dit-il, venimeux. Si on t'avait écouté, on en serait encore à se saouler au fond de la tente.

— Ne perds pas ton temps à me défendre », dit Berni en souriant.

Mikael, assombri, continuait de fixer Volod avec colère.

« Tu sais quoi ? dit Berni à Mikael. Ton pire défaut est que tu ne ris guère. Les gens comme toi pensent que c'est le cœur qui règle la vie et les âmes. Mais n'importe quel boucher pourrait t'expliquer que le cœur est un organe comme les autres, qu'on peut peser sur une balance. Alors que personne ne pourra jamais peser un rire. Le rire allège. Le rire permet de voler. » Il se tourna vers Emöke. « La Sainte a de l'esprit. Elle est capable de voler. »

Une fois les invités installés dans les fauteuils

apportés par une armée de serviteurs empressés, le comte fit un signe en direction de la scène.

« Chante, Emöke », chuchota Mikael.

À ce moment-là, dans le silence de l'attente, on entendit un grincement. L'instant d'après apparaissait une vieille femme assise dans un étrange siège à roues de bois, tapissé de velours et poussé par deux dames de compagnie. Elle avait un regard dur et fixe, les cheveux rassemblés sous une coiffe où brillaient des pierres précieuses. Son corps minuscule était racorni comme une prune sèche. Les bras sur les accoudoirs de son siège mobile, elle serrait les poings.

« Mère ! » s'exclama le comte en se précipitant à sa rencontre. Il regarda les deux dames d'un air de reproche. « Le médecin vous a ordonné de garder le lit.

— Je veux... entendre... », dit la vieille comtesse d'une voix rauque et faible, mais sans réplique.

Consterné, le comte acquiesça et deux serviteurs firent une place à la comtesse au premier rang, juste devant la scène.

Emöke fixait la vieille femme et ne se décidait pas à commencer.

« Chante, Emöke », répéta Mikael.

Elle descendit de la scène et se dirigea vers la femme, sans cesser de la regarder.

Les deux dames de compagnie s'interposèrent.

La vieille comtesse fixait Emöke de ses yeux durs. « Laissez-la passer... idiotes... »

Elles s'écartèrent.

Emöke s'approcha d'elle et prit sa main entre les siennes. Elle la lui caressa, sous les regards abasourdis des nobles de l'assistance, incapables d'imaginer un contact aussi intime avec une femme du peuple. Lentement, elle ouvrit les doigts contractés et les détendit. « Laissez-la partir, madame », lui chuchota-t-elle. Elle reposa la main ouverte de la comtesse sur l'accoudoir du fauteuil. Puis elle prit son autre main et l'ouvrit à son tour. « Laissez-la partir », répéta-t-elle.

La vieille femme la regardait toujours avec les mêmes yeux durs et pleins de hargne. Elle referma les mains d'un coup, comme deux pièges.

« Laissez-la partir, elle empoisonne votre esprit et tue votre corps », dit Emöke, parlant avec la comtesse comme s'il n'y avait personne.

Les nobles, embarrassés, assistaient en silence à cette scène inattendue. Quelqu'un toussa.

« Qui devrait-elle laisser partir ? » demanda le comte.

Emöke semblait ne pas avoir entendu, le regard toujours plongé dans celui de la vieille dame. Soudain, elle pivota sur elle-même, monta sur la scène et entonna une musique âpre et désagréable, d'une voix qui raclait ses cordes vocales.

Les nobles commencèrent à marmonner, agacés.

Mikael ne comprenait pas. Il n'avait jamais entendu Emöke chanter ainsi. Il regarda le comte et le vit mécontent, le visage sombre.

Les murmures de désapprobation s'intensifiaient mais Emöke, regardant la comtesse, continuait de chanter. Elle aussi tenait les poings serrés et avait sur le visage une terrible expression de colère. Mais juste avant que le comte ne se lève pour mettre fin à la prestation, la voix d'Emöke s'éclaircit, les notes se firent plus douces, ses mains commencèrent à s'ouvrir comme une fleur déployant ses pétales, les rides s'effacèrent de son front, son expression de colère disparut.

Le parterre cessa ses murmures, fasciné par cette transformation. Le comte lui-même, qui s'était levé, se rassit.

La vieille dame, lentement, ouvrit les mains.

Le chant d'Emöke devint déchirant, comme inspiré par une douleur antique, profonde. Des larmes lui vinrent aux yeux. Ses mains, à présent complètement ouvertes, s'accrochèrent à sa robe sur sa poitrine, comme si elle voulait l'arracher dans son désespoir. Puis, quand la douleur qu'elle chantait atteignit son comble, la mélodie changea peu à peu pour devenir un chant plein de douceur, presque une berceuse, où il n'y avait pas de bonheur mais une profonde sérénité, une acceptation. C'était le chant de l'eau qui s'écoule, limpide, et emporte avec elle, sans violence, tous les restes de la colère et de la douleur.

Mikael vit couler une larme solitaire sur la joue de la vieille dame. Elle avait porté les mains, ouvertes, à son cou.

Le parterre était muet. Le comte, abasourdi, ne pouvait plus détacher ses yeux de sa mère.

« Essayons maintenant, dit Berni à mi-voix. Venez. »

Mikael et Volod le suivirent discrètement, rasant le mur du salon jusqu'à une porte. Ils sortirent, et Berni les guida le long d'un couloir qui menait à l'escalier des souterrains. Ils se retrouvèrent face à une dizaine d'hommes armés.

« Qu'est-ce que tu veux ? demanda le capitaine des gardes à Berni.

— Nous voulons voir le prisonnier. »

Le capitaine eut un rire railleur. « Tu me prends

pour un imbécile, bouffon ? dit-il. Personne peut l'approcher. Ordre du comte.

— Allons, ce sont deux amis, dit Berni en montrant Mikael et Volod.

— Des amis de qui ? De l'hérétique ?

— Des amis à moi.

— Des amis à toi ? Des bouffons comme toi, donc ! » Le capitaine se tourna vers ses hommes. « Ils veulent faire rire l'hérétique ! »

Les gardes ricanèrent.

« L'hérétique n'a guère de quoi rire, le procès se termine et on prépare déjà le bûcher, dit le capitaine. Partez, avant que je perde patience.

— Nous pouvons vous payer pour votre obligeance, intervint Mikael. Il est important pour nous de lui parler.

— Et il est important pour moi de ne pas être pendu. Personne ne peut parler à l'hérétique.

— Que pourrions-nous faire ? Nous sommes désarmés », continua Mikael.

Le capitaine dégaina son épée. « Partez », répéta-t-il. Derrière lui, les gardes posèrent la main sur leur arme.

Volod s'en alla. « Ce que je peux être idiot ! Faire confiance à un bouffon ! s'exclama-t-il rageusement tandis qu'ils revenaient par le même couloir.

— Vous l'avez entendu vous aussi, se justifia Berni. La fin approche et ils craignent un coup de main de ses partisans… »

Volod, sans répondre, revint dans le salon, suivi par Mikael et Berni, au moment où Emöke terminait son chant.

Les nobles étaient secoués. Ils s'étaient attendus à

une simple chanteuse. Or il leur semblait avoir assisté à autre chose. Ils n'auraient su dire quoi, mais chacun s'était senti touché dans la partie la plus intime de son être. Personne n'applaudit, ce fut juste un murmure confus, gêné. Certaines dames avaient le regard empli d'émotion. Les hommes essayaient de se donner une contenance. Quand les serviteurs apportèrent des carafes de vin français et des plateaux de victuailles, tous se jetèrent dessus.

Le comte s'approcha de sa mère. « Vous avez pleuré ? » lui demanda-t-il avec stupeur.

La vieille comtesse ne répondit pas. Elle fit signe à Emöke de s'approcher.

Mikael l'aida à descendre de l'estrade et la conduisit près de la comtesse.

Les mains de la vieille dame n'étaient plus serrées. Son visage ridé s'était détendu, il avait perdu sa dureté figée. « Qui es-tu, ma fille ? » lui demanda-t-elle. Même sa voix, nota Mikael, n'avait plus toute cette âpreté. « Si tu avais des ailes, je croirais que tu es un ange.

— Les anges n'ont pas d'ailes, madame, répondit Emöke avec sérieux. Ce ne sont pas des pigeons. Et ils n'ont même pas de corps.

— Comment sont-ils faits, alors ?

— Ils ne sont faits d'aucune manière, madame. Ils sont une petite brise.

— Une petite brise ?

— Oui, comme le passage d'un voile de soie. » Emöke se baissa et chuchota à l'oreille de la comtesse. « Il ne vous arrive jamais de penser qu'une de vos dames est entrée dans la pièce, et quand vous vous retournez, la pièce est vide ? chuchota-t-elle. Mais ne dites à personne que vous entendez les anges, sinon ils vous prendront pour une folle. »

La vieille dame la regarda et une lueur imperceptible passa dans ses yeux. Elle se tourna vers son fils. « Récompense cette fille par toute chose qu'elle désirera, lui dit-elle.

— Elle aura les cinq pièces d'or convenues.

— De l'argent ! marmonna la comtesse, qui regarda Emöke. L'argent t'intéresse, ma fille ? »

Emöke fit non de la tête.

La vieille comtesse prit la main d'Emöke dans sa main racornie. « Merci, ma fille. Toi et moi savons ce que tu m'as aidée à faire, n'est-ce pas ? »

Emöke la regardait de ses yeux vides.

« Madame… », intervint Mikael. Il baissa la tête avec respect. « Puis-je moi-même vous demander quelque chose ? »

La vieille dame le regarda en levant un sourcil. « Toi, l'argent t'intéresse, je parie.

— Non, madame.

— Et que voudrais-tu ?

— Parler avec Jan Hus », répondit Mikael.

Le comte s'interposa : « Impossible.

— Tais-toi », le coupa la comtesse. Elle regarda Mikael puis Emöke. « C'est toi qui veilles sur elle ?

— Oui, madame.

— Vous faites une étrange compagnie, dit la vieille dame, avec une moue amusée. Pourquoi veux-tu parler avec lui ?

— Impossible, mère, intervint de nouveau le comte d'un ton péremptoire, avant que Mikael ne puisse répondre. Il est sous ma tutelle et je ne peux pas l'autoriser. »

La comtesse fixa Emöke. « C'est important ? » lui demanda-t-elle.

Emöke acquiesça.

« Fais-la parler avec l'hérétique, dit alors la comtesse à son fils.

— Non, mère…

— J'ai promis de donner à cette femme tout ce qu'elle pouvait désirer. Elle ne veut rien pour elle-même. Et elle a cédé son crédit à ce garçon », l'interrompit la comtesse. Puis elle se tourna vers ses dames de compagnie. « Emmenez-moi dans ma chambre, idiotes. »

« Impossible de raisonner cette femme », soupira le comte en regardant sa mère s'éloigner. Puis il se tourna vers Mikael et lui dit : « Venez, je vous laisserai parler avec Jan Hus. »

Le cœur de Mikael bondit dans sa poitrine.

60

Le comte ordonna qu'on fasse place devant le corps de garde. Berni fixa le capitaine et dit : « Alors, c'est qui, le bouffon ? »

L'autre devint rouge de colère.

Berni fit un clin d'œil à Mikael et murmura : « Ris. »

En descendant l'escalier obscur, précédé par le comte et suivi d'Emöke et de Volod, Mikael sentait son sang courir plus vite dans ses veines. Ils allaient rencontrer l'homme pour qui ils étaient venus à Constance. L'homme qui s'était rebellé sans peur contre l'Église en dénonçant les crimes, la corruption et l'infâme commerce des indulgences. L'homme qui ne craignait pas les puissants, qui n'avait plié devant aucun des trois papes. Et cet homme-là répondrait à ses questions, pensait Mikael, ému.

Avant d'entrer dans la cellule provisoire installée pour l'hérétique, il fallut passer devant un autre groupe de gardes. Les hommes s'écartèrent, tête baissée, devant le comte. Le geôlier fit tinter son trousseau de clés devant la porte et ouvrit les deux serrures.

« Je ne vous accorderai pas beaucoup de temps », dit le comte à l'adresse de Mikael.

Celui-ci acquiesça. Il sentit la main d'Emöke lui caresser le dos.

Le comte entra dans la cellule. « Jan Hus de Husinec, tu as de la visite », dit-il. Il se tourna vers Mikael, Volod et Emöke. « Entrez. »

Mikael fit un premier pas timide. La cellule, malgré l'été, était humide et froide. Il y régnait une âcre odeur d'urine. Quand ses yeux s'habituèrent à la pénombre, il aperçut dans un coin un pot de chambre plein que personne ne s'était soucié de vider. La cellule n'était meublée que d'une planche, accrochée au mur par deux chaînes de fer. Sur la planche, une chandelle de suif presque entièrement brûlée projetait une lueur instable sur cette silhouette maigre, vêtue de noir, agenouillée, et sur ses mains squelettiques qui tenaient un livre de prière.

Mikael s'arrêta. Volod le poussa pour passer devant et s'approcha de l'homme agenouillé. Emöke prit la main de Mikael et la serra.

« Messire, dit Volod, nous sommes venus pour vous parler. »

Jan Hus ne tourna pas la tête.

« Messire ? » dit à nouveau Volod.

Jan Hus resta immobile, absorbé, son livre de prière à la main, comme s'il était seul dans sa cellule.

« Nous avons entendu parler de vous jusque dans les montagnes où nous vivons, continua Volod. Nous avons parcouru plus de trois cents lieues pour entendre votre voix. »

Jan Hus se tourna lentement. Regarda Volod. Ses yeux étaient tristes, sa longue barbe broussailleuse.

Son costume noir, usé et sale. « Je n'ai rien à vous dire, murmura-t-il. Allez-vous-en. » Puis il se retourna et recommença sa lecture. Mikael et Emöke étaient encore sur le seuil de la cellule, dans l'ombre.

« Messire… », reprit Volod.

Mais Jan Hus, plongé dans la prière, ne l'écoutait pas.

« Vous êtes comme les autres, explosa Volod. Vous prêchez pour vous-même. Par orgueil. Vous êtes sourd aux gens ordinaires. »

Jan Hus ne réagit pas.

Volod se tourna vers la porte. « Allons-nous-en, dit-il à Mikael en passant devant lui. On s'est trompés.

— Non, je veux rester ! répondit Mikael.

— Pour quoi faire ? C'est si amusant de l'écouter chuchoter ses prières, comme n'importe quel prêtre ? »

Mikael sentit Emöke presser sa main plus fort. « Je reste jusqu'à ce qu'on me chasse », dit-il.

Volod souffla de colère. « Ils sont tous les mêmes… marmonna-t-il. Il voulait le pouvoir et ça a mal tourné. »

Le silence retomba. Mikael fut pris d'une sensation bizarre. Confus, perdu dans le brouillard, sans points de repère. Il avait sauvé Emöke, prêt à risquer sa vie parce que c'était juste, et parce qu'il voulait changer le monde. Il ne savait plus maintenant ce qui était juste. Ses idéaux s'éteignaient peu à peu, à mesure qu'il s'enfonçait dans les sables mouvants de Constance.

Puis le comte dit : « C'est fini. Vous devez partir. »

Jan Hus murmurait toujours ses prières.

Le geôlier entra dans la cellule. « Dehors. »

Alors Jan Hus, sans détacher les yeux de son livre, dit : « Je ne répondrai qu'à une seule question. »

Volod fit un pas en avant au moment où Jan Hus se tournait vers eux.

« Non », dit ce dernier. Il tendit son index maigre vers Mikael. « Lui. »

Envahi par l'émotion, Mikael lâcha la main d'Emöke.

Jan Hus s'adressa au geôlier : « Lui seul. »

Le geôlier fit signe à Volod et Emöke de sortir.

En écoutant les pas de Volod et Emöke s'éloigner, Mikael sentit son cœur battre de plus en plus fort.

« Viens plus près », lui dit Jan Hus en se levant à grand-peine.

Mikael s'avança.

Jan Hus prit la chandelle sans prêter attention à la cire qui coulait sur ses doigts, et la leva près du visage de Mikael pour l'examiner. Les yeux de l'hérétique brillaient intensément dans cette lumière.

Mikael y vit tout un monde. La force et la détermination, la fatigue et la résignation, la foi et le courage, la peur et la tristesse.

Jan Hus acquiesça imperceptiblement. « Qui es-tu ? » demanda-t-il. La chandelle était si près que Mikael sentait la chaleur de la flammèche.

« Je ne sais pas », répondit Mikael comme dans un rêve.

Jan Hus acquiesça de nouveau et demanda : « Pourquoi es-tu ici ? »

Mikael de nouveau répondit : « Je ne sais pas. »

Jan Hus continua de le fixer, longtemps. « Tu es sincère », dit-il.

Les jambes de Mikael flageolaient sous le regard sérieux et pénétrant de cet homme.

« Pose-moi ta question. »

Mikael s'était préparé à ce rendez-vous des jours durant, quand il avait imaginé le rencontrer. Depuis son arrivée à Constance. Et avant encore, pendant le voyage. Il voulait savoir ce qu'était la liberté. Il ouvrit la bouche, mais la question resta dans sa gorge. Comme si elle n'avait plus de sens. Il resta silencieux, perdu dans le regard de braise de Jan Hus derrière la flamme de la chandelle, qui s'éteignait peu à peu.

Jan Hus ne bougeait ni ne parlait. Il attendait.

« Qu'est-ce que je dois faire ? » demanda Mikael après un certain temps, s'étonnant presque de la question, formée sur ses lèvres avant de l'être dans sa tête, comme jaillie de son cœur. « Qu'est-ce que je dois faire pour ne pas me perdre ? » répéta-t-il, une manière de se rendre compte lui-même de ce qu'il demandait.

Jan Hus le fixa longuement. La chandelle brilla plus fort un instant, avant de s'éteindre.

Mikael entendit dans l'obscurité la voix de Jan Hus, comme venue de nulle part.

« Cherche la vérité… » La voix de Jan Hus était profonde et lasse. « Écoute la vérité… apprends la vérité… aime la vérité… dis la vérité… tiens-t'en à la vérité… défends la vérité jusqu'à la mort… parce que la vérité te rendra libre… » Sa voix se brisa, ou plutôt s'éteignit, comme s'était éteinte la chandelle.

Mikael restait immobile. Lentement, il tendit le bras. Il avait besoin de toucher cet homme qui l'avait si profondément frappé, mais sa main ne rencontra que l'air. Jan Hus n'était plus devant lui. Mikael eut peur, comme s'il avait seulement rêvé cette rencontre.

Soudain, la lumière d'une chandelle éclaira la pièce derrière lui. Mikael vit alors Jan Hus agenouillé près de la planche, son livre de prière à la main.

Le geôlier venait de déposer une autre chandelle à côté de l'hérétique, qui ne sembla pas s'en apercevoir. « Allons-y », dit-il ensuite à Mikael. Il le prit par le bras et le ramena dans le couloir.

Au moment où Mikael sortait, le comte se présenta au seuil de la cellule. « Jan Hus de Husinec, tu seras remis demain matin au cardinal Othon Colonne pour être jugé, et nous ne nous verrons plus. Que Dieu soit avec toi et t'apporte ses conseils. »

Jan Hus ne répondit pas.

Le geôlier referma la porte.

« Qu'est-ce qu'il t'a dit ? » demanda Volod à Mikael alors qu'ils remontaient l'escalier sombre.

Mikael ne répondit pas. Il éprouvait des sentiments contradictoires. Son corps était lourd, mais il sentait une certaine légèreté dans son cœur.

À leur retour dans le salon, le comte dit : « Amusez-vous, mangez, buvez. Ensuite, vous passerez voir mon secrétaire pour recevoir votre rétribution. »

Mikael fit oui de la tête, distraitement.

Berni les rejoignit.

« Ne disparaissez pas, ajouta le comte, qui distribuait déjà sourires et salutations à ses invités. J'ai organisé d'autres soirées pour les prochaines semaines et j'aurai besoin des services de… la Sainte », dit-il avant de s'éloigner.

« Alors ? Qu'est-ce qu'il t'a dit ? » demanda Volod dès que le comte se fut éloigné.

Mikael le regarda. « De chercher… la vérité.

— C'est tout ? dit Volod.

— Oui. »

Volod hocha la tête. « Ils sont tous pareils, ils savent

seulement faire des phrases, comme toi. Allons boire, au moins la soirée aura servi à quelque chose.

— Non, ne reste pas ici », dit Emöke à Mikael en serrant de nouveau sa main.

Mikael lui sourit. « Non, nous ne restons pas.

— Faites comme vous voulez », marmonna Volod d'une voix sourde en se dirigeant vers un serviteur qui proposait du vin.

Mikael ressentit à nouveau un profond mépris pour cet homme qu'il avait pourtant regardé comme un héros, en un temps qui semblait maintenant appartenir à une autre vie. Volod n'était qu'un homme plein de colère, de rancœur et de frustration, qui révélait à présent sa vraie nature.

« Ce n'est pas vrai, dit Emöke.

— Quoi ? »

Emöke ne répondit pas et l'emmena vers la sortie du salon.

« N'oublie pas que la vie est une bouffonnerie ! lui cria Berni en les voyant partir. Ris, mon frère ! »

Mikael vit Emöke se tourner et sourire à Berni.

Sur le chemin du retour, Mikael regarda les gens qui se bousculaient dans les rues, malgré la nuit déjà bien avancée. On aurait dit qu'ils ne savaient pas quoi faire, comme lui. Il regarda Emöke marcher, l'air vide. En apparence, rien ne la touchait. « Qu'est-ce qu'on fait ici ? lui demanda-t-il sans attendre de réponse.

— Tu n'as pas encore la force de rentrer, répondit-elle. C'est un long chemin. »

Mikael, étonné, la regarda. Il hocha la tête. « Il n'y a aucune vérité ici, dit-il le visage sombre, en repensant aux paroles de Jan Hus.

— Un champignon se cache sous des millions de

feuilles dans un bois, dit Emöke. Ça ne veut pas dire qu'on ne peut pas le trouver. »

Ils marchèrent en silence, côte à côte, dans le vacarme de la foule.

« Tu n'es pas folle, hein ? finit par lui demander Mikael.

— Ris, mon frère ! » dit-elle. Et elle se mit à chanter, pas à sa manière habituelle, mais plutôt comme n'importe quelle jeune fille joyeuse.

61

Agnete regarda sans rien dire la servante qui apportait le dîner d'Eloisa.

Cette servante, nommée Lucilla, avait moins de vingt ans. Elle était gracieuse, le sein opulent, un cul qui balançait sous sa jupe. Comme chaque jour depuis des semaines, elle posa le plateau sur la table et lança un regard à la grosse chatte au long poil touffu roux et noir, lovée sur le lit.

« Pourquoi vous gardez cette sale bête ? dit-elle.

— Tu me poses la question un jour sur deux, répondit Agnete. Tu peux dire à la personne qui t'a chargée d'enquêter…

— Qui ? Personne m'a demandé…

— Tu peux dire à la personne qui t'a chargée d'enquêter, répéta Agnete d'une voix qui couvrit celle de Lucilla, que nous la gardons parce que c'est une excellente compagnie pour une femme enceinte prisonnière dans un château. Et dis-lui également que Sa Seigneurie la princesse nous a personnellement autorisées à la garder.

— Ah, si la princesse l'a dit… », ironisa Lucilla.

Agnete fit semblant de ne pas avoir entendu et

poursuivit : « Et tu peux aussi dire à ton maître que nous trouvons la compagnie d'une chatte plus agréable que celle des poules comme toi, qui caquettent sans arrêt. » Elle agita la main comme on fait pour chasser une poule. « File. »

Lucilla haussa les épaules, fit la moue et partit.

« Allez vous faire foutre, toi et l'autre ! » s'exclama Agnete en direction de la porte qui se fermait.

Eloisa, couchée près de la chatte, se mit à rire. Mais nerveusement, comme chaque fois qu'elle s'apprêtait à manger, depuis qu'elle avait entendu la conversation entre le prince Marcus et l'aide-comptable. Elle posa la main sur son ventre, terrorisée à l'idée qu'il puisse arriver quelque chose au bébé. Chaque nuit, elle faisait de terribles cauchemars.

Agnete prit une écuelle de terre cuite où elle posa une des cailles farcies aux châtaignes et au lard. « Allez, viens, Eva, et que Dieu te protège », dit-elle à la chatte.

La chatte se leva paresseusement, bâilla, s'étira puis descendit du lit. Elle avait un ventre énorme.

Agnete l'avait apportée depuis qu'elle avait appris le complot des deux autres pour priver Ojsternig de l'héritier qu'Eloisa portait. « Mais pourquoi cette pauvre chatte, qui est grosse ? » avait protesté faiblement Eloisa. La réponse d'Agnete avait été lapidaire : « Certains poisons tuent les gens. D'autres provoquent des avortements. » Eva goûtait désormais tous les plats destinés à Eloisa.

La chatte flaira l'écuelle avant de commencer à manger.

Agnete étudiait attentivement ses réactions.

« Mère... dit Eloisa.

— Attends, répondit Agnete sans quitter la chatte des yeux.

— Mère… La voix d'Eloisa se faisait plus pressante.

— Ne me distrais pas, bon Dieu ! maugréa Agnete.

— Mère… j'ai perdu les eaux. »

On n'entendit plus pendant un instant que le bruit des dents d'Eva croquant la carcasse. Agnete bondit alors vers le lit et souleva la jupe d'Eloisa. La peau de loup était inondée d'un liquide visqueux.

« Sainte Vierge, murmura Agnete, ça y est. » Quand elle regarda sa fille, ce fut avec une expression calme et résolue. « Tu sais toi aussi que c'est seulement le début… lui dit-elle.

— J'ai peur.

— Peur de quoi ? dit Agnete. Accoucher est la chose la plus naturelle du monde. C'est pour ça que nous sommes nées, nous les femmes.

— J'ai peur, répéta Eloisa, les yeux écarquillés.

— Tu as vu accoucher des dizaines de femmes.

— Et certaines sont mortes… » La voix d'Eloisa était proche des larmes.

« Mais ça ne t'arrivera pas.

— Pourquoi ? demanda Eloisa d'une voix enfantine.

— Parce que tu es ma fille. Ça ne peut pas t'arriver.

— Pourquoi ?

— Parce que je ne le permettrai pas. »

Eloisa parut se calmer.

« C'est juste le début. Tu sais bien comment ça se passe. Maintenant je vais essuyer tes jolies fesses roses. Tu n'as rien d'autre à faire que respirer et rester calme. Il peut encore se passer des heures avant que les douleurs commencent.

— Oui…

— C'est bien, ma fille. » Agnete ôta la peau de loup trempée, avant d'essuyer Eloisa avec un linge de lin. Elle se pencha sur l'entrée de son vagin et hocha la tête. « On n'y est pas encore. Reste là tranquille pendant que je vais tout préparer.

— Non ! s'écria Eloisa en s'agitant. Ne me laissez pas seule.

— Qui va me chauffer de l'eau et m'apporter tout ce qu'il me faut ? » Elle jeta un coup d'œil vers la chatte. « Eva, peut-être ? »

La chatte miaula.

« Je veux pas rester seule…

— Eloisa, ne fais pas des caprices comme une gamine.

— J'ai un mauvais pressentiment, mère…

— Oiseau de mauvais augure ! s'exclama Agnete en se signant d'une main et en faisant les cornes de l'autre. N'attire pas le mauvais sort ! » Elle pointa vers elle un doigt menaçant. « Tu restes là. Tranquille. » Elle sortit.

Eloisa demeura immobile quelques instants.

Eva, qui avait mangé toute la caille, sauta sur la table pour manger le reste du dîner sur le plateau. La lueur de la chandelle projetait son ombre gigantesque et sinistre sur le mur froid de la pièce. Eloisa ferma les yeux, effrayée. Puis la chandelle grésilla. La chatte cracha et sauta à bas de la table en renversant la chope de bière. Eloisa cria de terreur.

À ce moment-là, elle sentit la première contraction, qui la laissa le souffle coupé. « Mère… », gémit-elle, quand la douleur se fut calmée. Elle eut de nouveau un mauvais pressentiment. Désespérée, elle serra les mains contre son ventre, où le bébé poussait pour sortir.

Agnete ne réapparut qu'à la troisième contraction, apportant avec elle deux gros baquets fumants d'eau bouillante. Elle les posa sur le sol. « J'ai recommandé en cuisine de garder de l'eau sur le feu toute la nuit. Celle-ci aura sûrement refroidi quand on en aura besoin », dit-elle en haussant les épaules. Elle étala sur la table, l'un par-dessus l'autre, plusieurs linges de lin. À côté, un bocal de saindoux, un couteau bien aiguisé, du fil à coudre et deux aiguilles recourbées.

Un instant plus tard, la princesse Lukrécia apparut.

« Ah, vous voilà, Votre Seigneurie. Vous êtes venue surveiller *votre* bébé ? » s'exclama Agnete d'un ton agressif. Elle n'avait pas confiance en elle, et la considérait même avec un air de soupçon visible, bien qu'Eloisa lui ait parlé de leur amitié.

« Je ne peux pas parler à Agomar, dit d'emblée Lukrécia, en proie à l'agitation. Je voulais lui révéler le plan de Marcus mais j'ai entendu… » Elle s'arrêta, comprenant que quelque chose n'allait pas. « Que se passe-t-il ?

— Il se passe que le bébé frappe à la porte », dit Agnete.

Lukrécia s'approcha d'Eloisa, étendue sur le lit. « Comment vas-tu ? lui demanda-t-elle, inquiète.

— Comment elle devrait aller, à votre avis, Votre Seigneurie ? » dit Agnete, acide. Elle la poussa de côté. « Laissez-la respirer, vous l'étouffez. »

Lukrécia s'écarta docilement.

Eloisa lui sourit, toujours aussi effrayée.

Agnete avait de nouveau soulevé la jupe de sa fille. « Les contractions ont déjà commencé ? » s'exclama-t-elle, étonnée.

Eloisa acquiesça.

« Combien ?

— Trois.

— Trois », répéta Agnete. Elle tira une chaise à son chevet.

Quelques instants plus tard, vint une quatrième contraction. Eloisa cria et s'accrocha aux draps, qu'elle serrait spasmodiquement, le dos arqué.

Lukrécia porta la main à sa bouche et ouvrit des yeux ronds.

Agnete ne bougea pas. Quand la contraction eut cessé, elle commença doucement à compter jusqu'à la cinquième. « Tu vas vite, ma petite fille, dit-elle quand celle-ci aussi fut passée. Dans une heure à peine, tu riras avec ton bébé accroché au sein. »

Eloisa avait commencé à transpirer. « Il fait chaud…

— Supporte », dit Agnete, laconique.

Lukrécia prit un linge sur la pile préparée par Agnete, contourna le lit et vint faire de l'air à Eloisa.

Agnete la regarda sans aménité mais ne dit rien.

À mesure que les contractions se rapprochaient, elle se levait pour venir vérifier entre les jambes d'Eloisa, jusqu'à ce qu'elle dise : « Voilà, ça se dilate. On y est, ma petite fille. À partir de maintenant, quand je te le dirai, tu devras pousser. » Elle ouvrit le bocal de saindoux sur la table et s'en étala une noix sur les mains. Entre deux contractions, elle glissa deux doigts dans son vagin, puis la main tout entière, pour tâter le bébé.

Eloisa était pâle, sa sueur coulait en abondance.

La douleur des contractions la laissait chaque fois épuisée, essoufflée.

« Ça y est », répétait Agnete, mais sa voix, d'une contraction à l'autre, perdait de son assurance. Elle retourna à la table s'enduire de graisse jusqu'au coude. Elle glissa une main dans le vagin puis lentement, les yeux fermés, comme si sa vue tout entière était concentrée au bout de ses doigts, elle commença à y glisser aussi le bras.

Lukrécia vit une moue de désapprobation sur le visage d'Agnete. « Que se passe-t-il ? » demanda-t-elle d'une voix angoissée.

Agnete, sans répondre, continua à s'affairer dans l'utérus de sa fille, tandis qu'une expression inquiète se lisait sur son visage.

« Que se passe-t-il ? répéta Lukrécia.

— Allez chercher quelqu'un. J'ai besoin d'aide, dit Agnete d'une voix rauque. Et faites apporter du vin… Non, plus fort. De l'eau-de-vie.

— Que se passe-t-il ? demanda Lukrécia, effrayée.

— Vite ! cria Agnete. Vite… Votre Seigneurie, ajouta-t-elle en cherchant à se contrôler. Je vous en prie. »

Lukrécia quitta la chambre, en proie à la panique.

« Qu'y a-t-il, mère ? demanda Eloisa d'une voix faible.

— Rien d'inquiétant, ma chérie.

— C'est pas vrai…

— Si, c'est vrai…

— Non, c'est pas vrai…

— Quelle obstinée tu fais…

— Je le sais, moi, haleta Eloisa. J'ai ce… vilain… pressentiment… je vous l'avais dit, non ?

— Le diable en personne pourrait apparaître, il devra me passer sur le corps avant que je le laisse faire du mal à ma petite fille, dit Agnete, dont l'angoisse se lisait dans les yeux. Il ne t'arrivera rien, aussi vrai que Dieu existe.

— Ne laissez pas le bébé mourir, mère... »

Lukrécia revint, essoufflée d'avoir couru. Elle apportait une bouteille.

« Alors ? demanda Agnete d'un ton rude.

— Une servante va arriver, elle a déjà eu deux enfants », répondit Lukrécia. Elle lui tendit la bouteille. « Voilà de l'eau-de-vie. »

Agnete ôta le bouchon. « Ça va très bien se passer », dit-elle pendant qu'Eloisa, en proie à une nouvelle contraction, se tordait sur le lit. Elle s'approcha de la table pour prendre le couteau, qu'elle nettoya à l'eau-de-vie. À voix basse, elle dit à Lukrécia. « Il ne reste plus beaucoup de temps, Votre Seigneurie. Et ça ne sera pas beau à voir. Je vous conseille de vous retirer dans votre chambre et de vous boucher les oreilles. »

Lukrécia pâlit et recula d'un pas. « Qu'allez-vous faire avec ce couteau ? » murmura-t-elle.

À ce moment-là arriva Lucilla, la servante qui avait apporté le dîner. « Vous m'avez demandée ? »

Agnete dévisagea Lucilla, puis Lukrécia, d'un air désapprobateur.

« C'est elle, la servante que vous avez appelée ?

— Non... répondit Lukrécia.

— Personne n'a le droit de venir ici sauf moi. Je suis celle qu'il faut, pour elle, rétorqua Lucilla avec un petit sourire vers Eloisa.

— Dites à Agomar que je ne la veux pas dans mes pattes, dit Agnete à Lukrécia.

— Je ne peux pas… Agomar… commença Lukrécia, sans réussir cependant à expliquer ce qu'elle voulait dire ni la raison de son expression préoccupée.

— C'est Agomar qui m'envoie », lança la servante d'un air de défi.

Lukrécia se tourna vers elle, comme si elle ne la reconnaissait que maintenant. « Ah oui… tu es celle qui couche avec Agomar », dit-elle.

La servante mit les poings sur ses hanches. « Et alors ? » dit-elle d'un ton méprisant.

Agnete vit Lukrécia baisser la tête sans répliquer.

L'autre regardait Lukrécia avec arrogance, sachant le peu de cas qu'on faisait d'elle. « Vous vouliez me dire quelque chose… princesse ? »

Lukrécia resta silencieuse, incapable de surmonter sa faiblesse de caractère.

« Sors de là, cria Agnete en repoussant la servante, si tu ne veux pas que je te refasse la figure à coups de bâton !

— Personne d'autre ne viendra t'aider. Rappelle-toi ça, la vieille », dit Lucilla en quittant la pièce avec indolence.

Agnete referma la porte.

Eloisa gémissait.

Lukrécia, les yeux écarquillés, demanda d'un ton effrayé : « Et maintenant, qu'allons-nous faire ? »

Agnete la regarda intensément. « Maintenant vous allez devoir vous salir les mains, Votre Seigneurie. »

Lukrécia déglutit en silence. « Que dois-je faire ? demanda-t-elle enfin d'une voix étranglée.

— D'abord remonter ça, Votre Seigneurie, répondit

Agnete en désignant les longues et précieuses manches de la robe de Lukrécia. Le sang, ça s'enlève difficilement sur la soie. »

Eloisa hurla.

« J'arrive, ma petite fille », dit Agnete.

Elle s'approcha de Lukrécia et, le couteau à la main, murmura pour qu'Eloisa n'entende pas : « J'aurais voulu ne pas avoir à m'en servir. Mais je dois couper. Sinon ils mourront tous les deux, le bébé et elle. Et peut-être que le bébé mourra de toute façon. Il se présente de travers et il a le cordon ombilical noué autour du cou. » Elle ferma les yeux un instant et serra les lèvres. « Ça ne va pas être beau, Votre Seigneurie, et ça sera douloureux. Vous pensez y arriver ? »

Lukrécia, les manches roulées au-dessus du coude, l'air terrifiée, tenta d'acquiescer. Mais sa tête bougea à peine et ses yeux s'emplirent de larmes.

« J'ai besoin de votre aide, continua Agnete en la saisissant aux épaules.

— J'y arriverai », dit Lukrécia d'une toute petite voix, avec un ton craintif, presque interrogateur.

Agnete prit du saindoux, enduisit les mains et les avant-bras de Lukrécia, en la fixant droit dans les yeux. « Oui, vous y arriverez », lui dit-elle. Elle lui tendit la bouteille d'eau-de-vie. « Faites-la boire. Mais gardez-en un peu pour après. »

Lukrécia s'approcha d'Eloisa, qui hurla de douleur sous l'effet d'une nouvelle contraction. Lukrécia fit un bond en arrière et laissa tomber la bouteille sur le lit.

Agnete la ramassa et la lui rendit. Elle serra fort sa main autour du goulot. « Vous devez absolument y arriver. »

Lukrécia revint près d'Eloisa et la fit boire.

Eloisa toussa dès que l'eau-de-vie lui brûla la gorge.

« Bois, s'il te plaît », lui dit Lukrécia.

Eloisa la regarda, la terreur dans les yeux. « Ne faites pas mourir l'enfant…

— Personne mourra dans cette foutue chambre ! » s'exclama Agnete. Elle se pencha sur sa fille et la gifla violemment. « Compris ? » Puis, toujours à voix haute, elle ordonna à Lukrécia : « Par tous les saints, faites-la boire ! »

Après quelques gorgées supplémentaires d'eau-de-vie, le regard d'Eloisa s'embruma.

« C'est le moment, dit Agnete à Lukrécia. Venez. » Elle lui montra le vagin dilaté d'Eloisa. « Enfilez la main jusqu'à sentir le corps du bébé. Ensuite, vous cherchez la tête, vous descendez jusqu'au cou et vous passez deux doigts autour du cordon ombilical, pour l'empêcher de s'étouffer. »

Lukrécia regardait le vagin d'Eloisa sans bouger.

« Aidez-moi à sauver ma fille, je vous en supplie, Votre Seigneurie », implora Agnete avec tristesse.

Lukrécia enfila timidement sa main. Elle tentait de retenir les larmes qui lui brûlaient les yeux.

« Vous le sentez ? » demanda Agnete.

Lukrécia acquiesça.

« Vous avez trouvé le cordon ombilical ? »

Lukrécia acquiesça une nouvelle fois.

« Bien, écartez-le doucement de son cou. »

Les mains de Lukrécia s'affairèrent.

« Maintenant, fermez les yeux, Votre Seigneurie, dit alors Agnete. Et surtout, ne lâchez pas prise. » Elle approcha ses lèvres de l'oreille de Lukrécia, pour que sa fille n'entende pas. « Eloisa va crier. Je vais lui faire très mal, Dieu me pardonne.

— Qu'allez-vous faire ? demanda Lukrécia avec une sorte de sanglot dans la voix.

— Quoi qu'il arrive, ne lâchez pas prise, dit Agnete. Ensuite j'enfilerai mes mains et nous sortirons l'enfant. On est d'accord ? »

Lukrécia acquiesça.

« Fermez les yeux », dit encore Agnete. Elle prit une inspiration profonde puis, d'un coup de couteau sec et précis, trancha la chair.

Eloisa hurla de douleur et voulut bouger, mais la main d'Agnete la maintenait fermement.

Lukrécia pleurait maintenant à gros sanglots et sentait l'odeur du sang. Elle n'était pas loin de s'évanouir. Mais elle sentit à ce moment-là les mains d'Agnete contre la sienne, et le bébé commença à sortir.

Tout d'un coup, il était là.

« C'est un garçon », dit Agnete. D'un geste expert, elle dénoua le cordon ombilical autour du cou de l'enfant, dont le visage était cyanosé. « Respire, par pitié », murmura-t-elle. Elle se pencha sur la petite bouche charnue et y souffla sa propre respiration.

Le bébé, après quelques instants, toussa et se mit à vagir.

« Merci, Sainte Vierge », dit Agnete d'une voix cassée par la tension. Elle vit la main de Lukrécia toujours serrée autour du cordon. « Vous pouvez lâcher, maintenant, Votre Seigneurie », lui dit-elle avec gratitude.

Lukrécia lâcha prise et ouvrit les yeux. Elle vit le sang sur le lit, l'entaille profonde entre les jambes d'Eloisa, le bébé cyanosé. Elle hurla.

« C'est fini, Votre Seigneurie. C'est fini. »

Lukrécia s'affaissa et s'abandonna aux sanglots.

Agnete fit un nœud sur le cordon ombilical, avant de le couper. Puis elle mit l'enfant dans les bras d'Eloisa, qui semblait inconsciente. Elle donna de petites gifles à sa fille.

Eloisa ouvrit les yeux. « Mon bébé… », chuchota-t-elle, assommée par la douleur.

« C'est un garçon. Il va bien, caresse-le. Tu as été très courageuse. Mais il reste une dernière chose, ma petite fille, lui dit-elle en l'embrassant sur le front. Pousse encore un peu. »

Quand Eloisa expulsa le placenta, Lukrécia, en sentant l'odeur terrible qui en émanait, se mit à vomir.

Agnete prit une aiguille recourbée et du fil. « Tenez-la bien, qu'elle ne laisse pas tomber le bébé », dit-elle à Lukrécia. Elle commença à recoudre la plaie, après l'avoir désinfectée à l'eau-de-vie. Elle tamponna le sang, et vérifia silencieusement que l'hémorragie s'était bien arrêtée. Enfin, elle sourit. Elle regarda Eloisa, qui serrait faiblement son fils, anéantie par la douleur. « Jamais je n'aurais permis, même pas au diable, qu'on te prenne à moi. »

Eloisa sourit faiblement.

« Maintenant, il va falloir laver le bébé », lui dit doucement Agnete.

Lukrécia s'approcha, tendant les mains vers le nouveau-né. « Laissez-moi le faire. »

Agnete l'éloigna avec brusquerie. « Il n'est pas encore à vous », dit-elle avec amertume.

Lukrécia rougit. Elle baissa les yeux. « Excusez-moi… », bafouilla-t-elle, se rendant compte tout à coup de la situation. Par la volonté de son père, elle allait voler ce bébé qui avait eu tant de mal à naître. « Je suis désolée… »

Agnete la fixait d'un regard de haine.

La porte s'ouvrit soudain avec violence et Agomar apparut, la chemise hors des chausses. « Comment ? Vous vous êtes permis de chasser la femme que je vous avais envoyée ? grogna-t-il.

— Plutôt que me faire aider par cette putain... », commença Agnete, hors d'elle.

Agomar se jeta aussitôt sur elle pour la prendre à la gorge, presque jusqu'à l'étouffer. « Y a qu'une putain ici, c'est ta fille ! lui souffla-t-il au visage. Et c'est moi qui donne les ordres ! »

Soudain, la voix de Lukrécia se fit entendre dans la pièce, impérieuse. « Lâche-la ! »

Agomar se retourna, stupéfait.

Agnete aussi.

« Lâche-la ! » répéta Lukrécia, les traits tendus et la voix ferme. Elle saisit le bras d'Agomar qui serrait la gorge d'Agnete.

Surpris, Agomar lâcha prise.

Lukrécia se plaça entre Agnete et lui, le défiant d'un regard fier. Elle avait les cheveux ébouriffés, les bras souillés de sang, la robe tachée de vomi. Elle était pâle, la sueur perlait sur son front. Et elle mesurait deux empans de moins que lui.

Pourtant, face à l'expression résolue de ses yeux, Agomar recula.

« Dehors », dit Lukrécia.

Agomar hésita.

« C'est un ordre, dit Lukrécia, droite et redressant les épaules, fière et forte comme elle n'aurait jamais cru pouvoir l'être. « Rappelle-toi qui je suis. » Elle le fixa avec autorité. « Ne te permets plus jamais d'entrer ici sans ma permission. »

Les narines d'Agomar se dilatèrent. Rouge de colère, il esquissa une vague courbette et sortit, fermant la porte derrière lui.

Quand il eut disparu, Lukrécia sembla se dégonfler.

Agnete la regardait avec respect, et un profond étonnement.

« Marcus a proposé à Agomar de tuer mon père », dit Lukrécia sans se retourner. Les mots se bousculaient dans sa bouche. « Il lui a promis une rente à vie en échange du royaume. Il dit qu'il ne veut pas moisir dans ce trou. Et j'ai vu passer l'avidité dans les yeux d'Agomar. » Elle se tourna vers Agnete et Eloisa. « Maintenant nous sommes vraiment seules. »

Agnete la regarda quelques instants en silence. Elle prit le bébé, de moins en moins cyanosé, et le tendit à Lukrécia. « Tenez, lavez-le » lui dit-elle.

Lukrécia sentit de nouveau les larmes lui monter aux yeux. Elle regarda Eloisa.

« Vous nous avez défendues », dit faiblement Eloisa en essayant de sourire.

Lukrécia prit le bébé dans ses bras, maladroitement.

« Lavez-le vous-même… princesse », répéta Agnete avec dans la voix une note de respect qu'elle n'avait jamais eue. Elle trempa un linge dans l'eau tiède et le lui tendit. « D'abord la tête. Délicatement. » Puis, d'un ton presque revêche, elle l'avertit : « C'est pas une poupée. »

62

Ojsternig avait appris la nouvelle par la dépêche d'un messager qui avait crevé son cheval sous lui : trois semaines plus tôt, le 14 juin de cette année 1415, Eloisa avait mis au monde un garçon. L'enfant, disait la dépêche, jouissait d'une excellente santé.

« J'ai mon héritier », avait murmuré Ojsternig. Son plan avançait à merveille. Excité, il avait commencé à élaborer une stratégie. Il fallait d'abord s'occuper du « départ » provisoire, puis définitif, de Marcus. Dès lors il serait, au nom de sa fille, le tuteur de son héritier. Ce qui lui laisserait encore dix-sept ans de régence sur les deux royaumes.

Mais l'exaltation avait bientôt laissé place à la mauvaise humeur. Cela faisait plus de trois mois qu'il était à Constance, loin de ses intérêts. Cette ville chaotique était comme une prison, et il s'y ennuyait à mourir. Obligé de se rendre chaque jour à la cour de l'empereur, sans jamais pouvoir lui parler, et de passer des heures à faire bonne figure au milieu des autres membres de la noblesse. Sigismond de Luxembourg voulait affirmer son pouvoir devant toutes les éminences de l'Église réunies pour le concile. Leur montrer que l'empereur était reconnu et respecté par tous ses féodaux, et que nul ne pourrait remettre en question son autorité, son influence sur les affaires de l'Europe et sa suprématie, pas même le pape à venir. Les nobles des maisons les plus anciennes et les plus puissantes étaient souvent appelés par l'empereur et ses dignitaires, mais les petits seigneurs comme Ojsternig n'étaient que des figurants, condamnés à se languir sur des banquettes le long des murs. Ojsternig ne prenait pas non plus part aux chasses, car l'empereur et sa suite proche entendaient garder pour eux le peu de gibier resté dans les forêts autour de Constance. Il n'avait pas eu le droit de monter à bord des bateaux impériaux qui sillonnaient le lac, et encore moins de ceux qui s'aventuraient sur le Rhin jusqu'aux cascades de Schaffhausen.

Tout ce qu'il lui restait, c'était d'écouter les bavardages de ses pairs, qui se remplissaient la bouche de vantardises et d'esbroufe pour tenter de s'élever, ne serait-ce qu'en paroles, au-dessus de leur rang de misérables comparses.

Ojsternig vivait dans l'une des tentes que les dignitaires impériaux avaient fait installer autour de la résidence choisie par Sigismond de Luxembourg. Sur la terre battue étaient posés des tapis élimés et mangés aux mites. Des rideaux poussiéreux entouraient son lit pour l'isoler du reste de la tente, où l'on mangeait sur une table crasseuse. La chaleur, le jour, y était oppressante. La nuit, l'humidité faisait remonter les odeurs. Et le soir des milliers de moustiques tourmentaient son dîner. Quant aux latrines, ce n'étaient qu'une chaise percée et bancale au-dessus d'un trou.

Depuis qu'il avait appris la naissance du fils

d'Eloisa, Ojsternig, qui supportait déjà très mal cette installation, se sentait comme un animal féroce enfermé dans une cage et bouillait de colère.

Un après-midi, à son retour de la cour, il trouva un secrétaire qui l'attendait. Il le reçut assis dans un fauteuil tapissé de velours, aux accoudoirs marquetés, qu'il avait fait acheter chez un marchand de Constance.

« Son Éminence Excellentissime le comte Chapuys de Reves, commença pompeusement le secrétaire, Seigneur du Domaine de la Loire, Ministre de Basse-Justice, Maître des Clefs du…

— Venez-en au fait », le coupa Ojsternig, de mauvaise humeur.

Le secrétaire fit une révérence respectueuse, mais on lisait dans ses yeux toute son indignation face à cet insignifiant noble des montagnes, incapable même de respecter l'étiquette. « Mon Excellentissime Seigneur a le plaisir d'inviter Votre Seigneurie ce soir dans sa résidence, pour assister à un spectacle de suprême intérêt que mon distingué Seigneur fait la grâce d'offrir aux nobles gentilshommes de la suite de…

— Remerciez le comte, l'interrompit de nouveau Ojsternig. Malheureusement, ce soir, je suis indisposé et je me vois contraint de décliner son invitation. » Il se leva, comme pour signifier que l'entretien était terminé. Il avait été invité pendant tous ces mois à des dizaines de manifestations et spectacles que les nobles, un peu par ennui, un peu par goût de la pompe, organisaient. Il avait toujours refusé d'y participer.

Le secrétaire arqua un sourcil, avec quelque mépris, et ne fit pas mine de prendre congé. « Permettez que je vous expose avec plus de clarté le cadre de la situation, que je crains, dans ma hâte, d'avoir oublié de préciser, ce dont je vous demande humblement de m'excuser.

— Qu'y a-t-il d'autre ? » demanda Ojsternig d'un ton désagréable.

Le secrétaire le fixait droit dans les yeux. « L'empereur prendra également part au spectacle de ce soir », dit-il sans ambages.

Ojsternig comprit aussitôt. Ce n'était pas une invitation. C'était un ordre. « Vous pouvez assurer au comte que je serai heureux et honoré de me rendre à cette soirée. »

Le secrétaire sourit, une expression de satisfaction méchante dans les yeux. « Je suis heureux de constater que votre indisposition n'a été que passagère, dit-il avec une légère note d'ironie.

— Vous pouvez partir maintenant, dit Ojsternig, irrité.

— Une ultime précision, courtois Seigneur, reprit le secrétaire en regardant l'épée au flanc d'Ojsternig. Les armes ne sont pas admises dans la salle. Votre escorte personnelle devra attendre dehors et remettre ses armes aux officiers de sa Majesté, jusqu'à ce que l'empereur quitte la résidence du comte Chapuys de Reves.

— Naturellement, dit Ojsternig, glacial.

— Je me permets également de préciser que demain 6 juillet vous êtes tenu d'être présent à la sentence du procès contre maître Jan Hus d'Husinec, qui sera prononcée en la cathédrale Notre-Dame, ajouta le secrétaire.

— Vous pouvez rassurer celui qui vous mande. Je ne manquerai pas non plus ce spectacle. Constance devient une cité très mondaine. »

Le secrétaire fit une brève révérence.

« On servira donc demain du rôti d'hérétique, commenta Ojsternig. Et ce soir ?

— Une chanteuse, répondit le secrétaire. Vous en aurez sans doute entendu parler. On l'appelle la Sainte. »

Mikael revint avant le soir, environné d'un nuage de moustiques affamés.

Pendant les semaines qui avaient suivi sa rencontre avec Jan Hus, il s'était replié sur lui-même. Il passait de longues heures au bord du lac, loin de la confusion, et son regard se portait souvent vers l'est, par-delà les grandes montagnes à l'horizon, voilées d'une brume de chaleur. Il se sentait emprisonné, obligé d'accompagner Emöke, invitée presque chaque soir par les nobles, qui se disputaient ses exhibitions. Cette vie n'avait aucun sens. Il voyait Emöke elle-même perdre de soir en soir un peu de la magie qui animait son chant. Corrompue, petit à petit, elle aussi, par Constance.

Il avait passé l'après-midi à faire des ricochets dans les eaux limoneuses du lac et à regarder comme chaque jour, le cœur serré, vers l'est, vers la Raühnvahl, à trois cents lieues de là. Il fermait les paupières et imaginait le visage d'Eloisa. Ses yeux bleus, de ce bleu des lacs alpins, ses lèvres douces comme des abricots, ses cheveux lisses coupés à la hauteur de la mâchoire. Et puis ses mains, ses seins, ses jambes. Il respirait dans l'air son odeur, entendait sa voix dans ses oreilles. Il sentait leurs deux corps mêlés.

Et vers la fin de l'après-midi, il avait pensé en ouvrant les yeux : « Je dois rentrer. » C'était une vérité, et il devait l'écouter, comme l'avait dit Jan Hus.

Pourtant, à son retour au campement, il avait eu

les jambes molles. « Tu n'as pas encore la force de rentrer. C'est un long chemin », avait dit Emöke. Et cela aussi était une vérité, même si elle était frustrante.

Au moment de se glisser dans la tente, il vit Volod assis à la table, une bouteille de vin à la main. Une autre était par terre, vide.

« Il faut repartir », lui dit-il, comme pour puiser en lui cette force qui lui manquait.

Volod posa sur lui un regard flou. « Toujours la même rengaine ? » marmonna-t-il d'une voix pleine d'ennui.

Mikael s'assit. Il tira Volod par la manche. « Demain ils prononcent la sentence contre Jan Hus.

— Ah ouais ?

— Ils ont dressé le bûcher dans un pré entouré de beaux jardins, continua Mikael en s'animant. Tout est déjà prêt.

— Amen, répondit distraitement Volod.

— C'est pas ça, la justice ! s'exclama Mikael.

— Tu m'ennuies, dit Volod en collant ses lèvres au goulot. J'en ai rien à foutre de ton Jan Hus.

— *Mon* Jan Hus ? » Mikael frémissait de colère. Volod puait, il ne se lavait plus, gardait ses vêtement souillés de vin et de vomi. Il lui arracha la bouteille. « Qu'est-ce qui t'est arrivé ? s'écria-t-il.

— Rends-moi cette bouteille.

— Qu'est-ce qui t'est arrivé ? »

Volod se leva pour reprendre sa bouteille, mais tituba et manqua sa prise. Il se rassit. « J'ai perdu la foi. C'est ça que tu veux m'entendre dire ?

— Si c'est ce qui t'est arrivé, oui. »

Volod haussa les épaules. « Sans doute que je l'ai jamais eue.

— Je ne te crois pas.

— Arrête de faire la morale, mon gars. Tu m'ennuies. » Volod tendit la main vers la bouteille.

« Tu avais un cœur. Mais cette ville est en train de te le prendre », dit Mikael avec mépris. Il lui rendit la bouteille. « J'ai honte de t'avoir admiré, dit-il avec rancœur.

— J'en ai rien à foutre », répondit Volod, la bouteille à la main, sans se décider à boire. Il y avait dans sa voix l'écho d'une douleur.

« Tu m'as trahi, murmura Mikael.

— Nom de Dieu, ça suffit ! » hurla Volod en lançant la bouteille loin de lui. Elle frappa la paroi de la tente, qui amortit sa chute, l'empêchant de se briser sur le sol. Volod resta figé, tendu, la respiration difficile, en continuant de fixer Mikael. Puis il baissa les yeux sur ses vêtements souillés, qu'il toucha, comme pour les lui montrer. « Tu me demandes ce qui m'est arrivé… » Sa voix était lasse, lointaine. Il prit une inspiration en secouant vaguement la tête, sans regarder Mikael dans les yeux. « J'ai peur, mon garçon… », finit-il par dire.

Mikael fronça les sourcils. « Peur ?… de quoi ? »

Volod leva les yeux sur lui, un sourire cynique sur les lèvres. Puis il se tourna vers Emöke, assise à l'écart.

« D'elle ?

— De ce qu'elle m'a dit.

— Qu'est-ce qu'elle t'a dit ? »

Volod se leva et ramassa la bouteille. Il avala ce qu'il restait, la laissa tomber par terre et revint à la table, d'un pas mal assuré. « J'ai peur de mourir.

Et maintenant, va-t'en, mon garçon, dit-il, d'une voix lasse.

— Qu'est-ce qu'elle t'a dit ? »

Volod posa la tête sur ses bras croisés.

« Tu n'as jamais eu peur de mourir, dit Mikael.

— J'ai toujours pensé que j'avais au moins une chance d'échapper à la mort, dit Volod sans le regarder. Mais là, c'est différent. Tu veux savoir ce qu'elle m'a dit ? "Constance sera ta tombe." Que le diable l'emporte, les sentences de la Folle sont sans appel.

— Elle peut se tromper. Elle a dit des tas de bêtises depuis que je la connais », mentit Mikael, touché par cet aveu.

Volod leva la tête et le regarda. « Moi je sais qu'elle ne se trompe pas. »

Après un instant de silence, Mikael acquiesça. « Moi aussi je pense qu'elle ne se trompe pas. Regarde à quoi tu es réduit. Est-ce que ce n'est pas un genre de mort, la vie que tu mènes ?

— Lâche-moi les couilles, lança Volod. J'ai pas besoin de ta pitié ni de ta morale de merde.

— Volod, dit alors Mikael en baissant la voix, qu'est-ce qu'on fait ici ? C'est comme si on était dans une histoire qui n'a aucun sens…

— Ça n'existe pas, les histoires, l'interrompit Volod avec amertume. C'est des inventions des troubadours pour les imbéciles. »

Mikael se rappela le livre que Raphael lui avait offert, quand il était enfant. Il ne l'avait pas relu. Mais il se souvenait de ce que Raphael avait dit. « Nous sommes notre propre histoire. »

Volod ricana.

« Aide-moi… », dit tout à coup Mikael, en lui saisissant le bras.

Volod se dégagea, agacé. « Je peux aider personne. »

Mikael le regarda sans rien dire. Puis il se leva et s'adressa à Emöke. « Allons-y, lui dit-il avec tendresse. Tu dois chanter chez le comte, ce soir. Il y aura l'empereur. »

Emöke leva les yeux vers lui.

« Je te promets que ce sera la dernière fois, dit Mikael.

— Oui, je sais », dit Emöke.

Mikael eut l'impression qu'un voile de tristesse traversait son regard. « Allons-y, alors », dit-il.

Au moment où ils passaient à côté de la table, Volod se remit debout à grand-peine. « Moi aussi je viens à la fête.

— Où tu veux aller, dans l'état où tu es ? dit Mikael en faisant un pas de plus vers la sortie.

— Il peut s'appuyer sur toi », chuchota Emöke.

Mikael se retourna, stupéfait.

Alors Emöke dit, avec une grande tendresse : « S'il ne peut pas t'aider, aide-le. »

Ojsternig, à cheval, avançait lentement au milieu de la foule qui encombrait les rues de Constance, pour se rendre à la résidence du comte Chapuys de Reves. Les deux cavaliers à la tête de son escorte peinaient à écarter les gens pour lui ouvrir un passage. Dès qu'ils levaient la tête vers Ojsternig, pourtant vêtu de ses plus beaux habits, ils reconnaissaient en lui un noble de moindre rang, habitués qu'ils étaient à la somptuosité des autres. L'ayant jaugé, ils tardaient à se pousser, comme pour lui faire remarquer le peu d'estime qu'ils lui portaient.

Ojsternig et son escorte mirent près d'une heure à fendre le flot de jongleurs, ivrognes, prostituées, prêtres et passants curieux.

« Vous êtes en retard, Seigneur », lui dit d'un ton hautain l'aide du maître de cérémonie, qui avait la charge d'accueillir les invités dans la cour de la résidence. Vous aurez une place dans le fond.

— Tant mieux, comme ça je serai le premier à partir, répondit Ojsternig.

— Voudriez-vous avoir la courtoisie de me remettre votre épée, Seigneur ? dit l'homme. Ainsi que toute arme qui serait en votre possession.

— Je n'ai pas d'autre arme, mentit Ojsternig, qui avait retenu la leçon d'Agomar et cachait toujours un poignard dans la manche de sa tunique.

— Votre escorte devra attendre dehors, avec les chevaux. Et vos soldats doivent eux aussi remettre leurs armes au capitaine de la garde impériale, dit l'homme, débitant avec lassitude un couplet prononcé des dizaines de fois depuis le début de la soirée. Comme vous le savez, c'est une mesure de sécurité.

— Oui, oui, le coupa Ojsternig. Dites-leur vous-même. »

Il marcha vers l'entrée du palais sur un chemin de fin gravier, délimité par des haies de buis basses et éclairé de chaque côté par des torches fixées sur de longs pieux.

Un valet l'accompagna jusqu'à un vaste salon où se pressaient les courtisans. Ojsternig pensa avec envie aux nombreuses pièces de cette résidence, qui devaient être confortables et fraîches, contrairement à sa tente. Il s'assit, penchant la tête pour ne saluer personne et échapper à ces conversations ennuyeuses et guindées. Une fois seulement il jeta un coup d'œil vers le premier rang, où était assis l'empereur. Il ne vit que sa nuque. Autour de lui se trouvait la dizaine de nobles qui composaient son escorte, les seuls autorisés à porter des armes.

Le comte Chapuys de Reves annonça l'attraction de la soirée et le parterre se tut.

Pour ne croiser aucun regard, Ojsternig gardait obstinément les yeux baissés, les coudes posés sur ses cuisses.

Soudain, du silence, monta une voix de femme.

Ojsternig soupira. Il détestait les spectacles. Mais après quelques notes, il éprouva une étrange sensation. Ce chant remuait quelque chose en lui. Mal à l'aise, il s'agita. Il regarda derrière lui, tenté de sortir. Mais le maître de cérémonie et son armée de valets, tels des geôliers, gardaient toutes les portes. On le remarquerait. Il resta donc assis, même si son malaise continuait de croître, comme accordé au chant de cette femme qui semblait annoncer un malheur.

Quand ce malaise devint insupportable, Ojsternig leva les yeux vers elle.

Mikael était assis avec Volod et Berni à l'arrière de la scène. Volod s'endormait presque, assommé par le vin. Mikael et Berni parlaient à voix basse. Mikael aimait la compagnie du bouffon. C'étaient les seuls moments où il s'autorisait à sourire.

Tout à coup, une voix altérée, qui couvrit le chant d'Emöke, résonna dans le salon.

« Cette femme est une sorcière ! »

Il y eut un murmure de déconvenue.

Mikael bondit sur ses pieds. Cela semblait

impossible, mais il avait l'impression de reconnaître cette voix. Il se pencha vers la salle.

« Cette femme est une sorcière ! Elle a été condamnée au bûcher et elle a réussi à s'enfuir ! Arrêtez-la ! »

Mikael reconnut une silhouette tout au fond. Son sang se glaça dans ses veines. Il se tourna vivement vers Volod.

« Ojsternig ! s'exclama-t-il en le secouant. Volod, il y a Ojsternig ! »

Volod réagit à peine.

Emöke avait cessé de chanter.

Un brouhaha se répandit dans le public. Certains protestaient contre cette interruption, d'autres se levaient. Les nobles escortant l'empereur avaient la main posée sur la garde de leur épée.

Ojsternig écartait violemment les courtisans pour arriver jusqu'à la scène. Il avait les yeux exorbités, le visage écarlate. « Arrêtez-la ! Elle a été condamnée pour sorcellerie ! »

Mikael bondit sur la scène et prit Emöke par le bras. À ce moment-là, il croisa le regard d'Ojsternig.

Ce fut comme si le temps s'arrêtait.

Mikael et Ojsternig se fixaient.

Puis Ojsternig pointa Mikael du doigt. « Toi… », balbutia-t-il.

Mikael entraîna Emöke en bas de la scène, pendant que le parterre s'agitait. Les nobles de l'escorte dégainèrent leurs épées et firent cercle autour de l'empereur.

« C'est un rebelle ! Arrêtez-le ! » cria Ojsternig.

Tous se tournèrent vers Mikael.

La suite arriva en un instant.

Ojsternig combla la distance qui le séparait de la scène en poussant tout le monde avec fureur et sortit son poignard de sa manche. Mikael saisit la main d'Emöke, cherchant une issue. Les nobles de l'escorte impériale ne savaient pas s'il fallait s'élancer sur lui ou sur Ojsternig, qui brandissait un poignard. Berni entraîna Mikael vers l'arrière du palais et ouvrit une grande fenêtre.

« Sautez ! » cria-t-il.

Volod, encore groggy, commença à prendre conscience de ce qui se passait.

« Viens, il y a Ojsternig », lui cria Mikael.

Volod se leva en chancelant.

Mikael aida Emöke à monter sur le rebord de la fenêtre. Il la poussa pour qu'elle saute, au moment exact où Ojsternig, hurlant, les yeux hors des orbites, plongeait sur lui avec son poignard.

Mais à cet instant, Volod se jeta entre Mikael et la lame. Le poignard pénétra dans son flanc droit. Volod gémit, avant de frapper Ojsternig d'un coup de tête dans le nez. Celui-ci tomba en arrière mais se releva aussitôt, le poignard à la main, prêt à attaquer encore.

« Sauve-toi, mon gars ! » cria Volod, vacillant mais réveillé par la douleur. Il fit de nouveau front face à Ojsternig.

Mikael sauta sur le rebord de la fenêtre. Mais s'arrêta. Il saisit solidement Volod au collet. « Je ne t'abandonnerai pas ! » Il le souleva puissamment du sol et le jeta presque de l'autre côté.

Le poignard d'Ojsternig rencontra le vide.

Mikael sauta par la fenêtre et rejoignit Emöke, qui soutenait Volod.

Ojsternig voulut se lancer à leur poursuite mais deux nobles de l'empereur, leurs épées pointées dans son dos, lui ordonnèrent de s'arrêter et de lâcher son poignard.

Pendant ce temps, les hommes d'armes de la cour, qui avaient entendu le charivari, étaient sur le qui-vive. Une escouade d'une dizaine d'hommes se retrouva en face de Mikael, Volod et Emöke qui tentaient de fuir. L'épée dégainée, ils marchèrent sur eux.

« Vends cher ta peau, mon gars », siffla Volod, qui avait du mal à marcher.

Mikael reconnut dans sa voix la fierté du rebelle d'autrefois.

« Venez donc ici, bâtards », grogna Volod tout bas.

Mikael resta immobile un instant. Soudain, il eut une idée. Il s'élança vers les soldats, les mains levées. « Vite ! Courez à l'intérieur ! » leur cria-t-il. Arrivé près du capitaine, il montra la fenêtre ouverte. « Un attentat contre la vie de l'empereur ! Une trahison ! »

L'escouade s'arrêta. Les hommes hésitaient.

« Vite ! Il n'y a pas de temps à perdre ! continua Mikael. C'est une trahison ! Une trahison ! »

Les hommes d'armes s'élancèrent aussitôt vers l'entrée du palais. La voie était libre.

Mikael attrapa Volod sous les épaules, le traînant presque. « Allez, dit-il à Emöke. Cours, ne t'arrête pas. »

Ils étaient arrivés aux grilles quand Mikael entendit Ojsternig hurler à gorge déployée : « Ramasse-merde ! »

Mikael se retourna.

Ojsternig, comme un fou, se penchait par la fenêtre, retenu à grand-peine par deux nobles. Il semblait possédé par le démon. Son visage était rouge du sang qu'avait fait couler le coup de tête de Volod.

« Ramasse-merde ! cria-t-il, en proie à une fureur aveugle. J'ai ta femme ! Et j'ai pris ton fils ! » Puis il éclata d'un rire dément.

63

Mikael était revenu au campement comme dans un rêve, sans même avoir conscience du poids de Volod qu'il avait dû traîner de force, et sans être sûr qu'Emöke les suive. Pendant tout le trajet, il n'avait cessé de revoir le visage d'Ojsternig qui hurlait : « J'ai ta femme ! Et j'ai pris ton fils ! » Il entendait encore son rire fou, qui couvrait tous les autres bruits autour de lui.

Dans la tente, quand il l'eut étendu sur sa couche, il comprit que Volod lui avait sauvé la vie.

Volod était pâle. Emöke s'agenouilla près de lui, ouvrit sa casaque et déchira sa chemise trempée de sang. Le poignard avait pénétré profondément en haut de son flanc droit. Quand elle eut nettoyé la blessure avec du vin, on distingua, au-delà de l'épiderme, les muscles tranchés et, au fond, la masse sombre du foie, dont sortaient du sang et un liquide verdâtre. Emöke, avec un calme et une maîtrise qui étonnèrent Mikael, tamponna la blessure avec une toile mouillée de vin avant de la bander avec des lambeaux de sa chemise.

Volod lui fit un sourire fatigué. « Finalement, t'avais raison, hein, la Folle ? » Il se tourna vers

Mikael, agenouillé aussi à ses côtés. « Attentat à la vie de l'empereur… Sacrée idée, murmura-t-il. Mais ça a marché. T'es malin pour un paysan… », ajouta-t-il d'une voix presque amusée, avant de grimacer de douleur. Il prit la main de Mikael. « Vous pouvez pas rester ici. Ils savent où on loge. Ils vont venir vous chercher.

— Je ne t'abandonnerai pas, dit Mikael en secouant la tête.

— Fais pas ton morveux. » Volod avait du mal à respirer. « Je suis en train de mourir.

— Je ne t'abandonnerai pas », répéta Mikael. Il prit du vin, en versa dans une chope qu'il lui tendit. « Bois. »

Volod fit signe que non. « Plus besoin de m'embrumer la cervelle. Je veux être réveillé quand la mort viendra me présenter la note. »

Les yeux de Mikael se voilèrent de larmes. « Tu ne vas pas mourir… »

Volod eut un sourire triste, sans répondre.

« Je vais préparer les chevaux, dit Mikael. On s'en va.

— Je tiendrai pas en selle, paysan… je suis pas aussi fort que toi…

— Tu es plus fort que moi, au contraire, s'entêta Mikael.

— Crois-moi, mon garçon… » La voix de Volod était calme. « J'y arriverai pas. »

Mikael se leva d'un bond et lança la chope de vin, en essayant de retenir ses larmes. « Non ! » s'écria-t-il. Il attacha l'épée de Raphael à sa ceinture et sortit de la tente.

Moins d'une demi-heure plus tard, il était de retour.

S'agenouillant près de Volod, il glissa les bras sous son corps puis le souleva, sans effort. « Emöke, dit-il, prends tes affaires, vite. »

Deux chevaux sellés attendaient dehors. Un pour lui, un pour Emöke, et une charrette à deux roues attelée à la monture de Volod. Mikael le coucha délicatement sur le plateau rembourré de paille.

« Où crois-tu donc aller ? » dit une voix. La silhouette bancale de Berni surgit de l'obscurité.

« On s'en va, lui dit Mikael.

— Pas cette nuit. Vous avez créé un sacré chambardement et tout le monde vous cherche. Ils seront là dans pas longtemps. La garnison parcourt toutes les rues. »

Mikael posa la main sur la garde de son épée.

« Ça ne te servira à rien, dit Berni. Pour le moment, vous devez vous cacher. Demain, en plein jour, vous pourrez quitter Constance.

— En plein jour ? dit Mikael, les sourcils froncés. C'est complètement idiot !

— Demain ils mèneront Jan Hus au bûcher. Ce sera le chaos, la confusion, le désordre, la frénésie. Personne ne fera attention à vous, vous vous mêlerez à la foule.

— Écoute donc le bouffon... dit Volod sur la charrette. C'est un bon plan. » Il regarda Emöke avec un sourire lointain. « Sans compter que demain vous n'aurez pas un moribond à traîner derrière vous, hein, la Folle ? »

Emöke le regarda dans les yeux. Puis, avec douceur, elle acquiesça.

« Non ! » s'écria Mikael.

Berni lui mit la main sur la bouche : « Tu veux avertir tout le monde que vous êtes là ? »

Mikael, rageur, se dégagea, les yeux pleins de larmes. « Non, répéta-t-il tout bas.

— J'ai pensé à un endroit où on ne vous cherchera pas », dit Berni.

Il y eut un long moment de silence.

« Allons-y, mon gars… souffla Volod. J'ai pas envie de mourir sur cette charrette.

— On y va », décida Mikael. « Monte sur le siège », dit-il à Berni, qui se hissa à grand-peine, avant d'encourager le cheval. Mikael et Emöke montèrent en selle et se placèrent de part et d'autre de la charrette. Tandis qu'ils avançaient, Mikael gardait la main serrée sur son épée.

Berni les guida jusqu'au lac, et leur montra un gros bateau aux armes du comte Chapuys de Reves. « Un seul serviteur monte la garde. On peut le corrompre. Personne ne vous cherchera ici.

— Et si le serviteur nous dénonçait ensuite ? dit Mikael. Non. Il faut faire autrement. » Le brouillard qui avait engourdi son cerveau ces derniers mois s'était dissipé. Son esprit était lucide, et il réfléchissait vite. Il examina le bateau. Puis descendit de cheval, chercha autour de lui et trouva un gros bâton. « Il est où, ce serviteur ? demanda-t-il à Berni.

— Il doit dormir dans une couchette, mais j'ignore laquelle, dit Berni avec une grimace.

— Je trouverai.

— Bouffon… intervint Volod. Il faut que tu l'aides.

— Et comment ? demanda Berni, inquiet.

— Attire le serviteur dehors… il te connaît… », répondit Volod.

Les yeux de Berni, pleins de peur, croisèrent le regard d'Emöke.

Elle lui sourit, simplement.

« Allons-y, souffla Berni, un tremblement dans la voix. Je suis vraiment un couillon. »

Mikael monta le premier sur le bateau et se tapit dans l'ombre. Berni appela le serviteur, qui reconnut sa voix et monta sur le pont, en pestant parce qu'on le réveillait. Il n'eut pas le temps de demander à Berni ce qu'il voulait que le bâton de Mikael s'était déjà abattu sur sa tête. Il roula des yeux et s'affaissa comme un sac vide. Mikael le traîna dans un coin où personne ne le verrait et l'attacha avec une corde, avant de lui enfoncer un chiffon dans la bouche et de le bâillonner. Il descendit à terre et souleva Volod pour le monter dans le bateau, où il l'étendit sur une couchette de toile. Une fois redescendu, il attacha les chevaux, cacha la charrette et emmena enfin Emöke sur le bateau.

Berni, resté à bord, tremblait comme une feuille.

« T'es vraiment doué comme bouffon, lui dit Volod en explosant d'un rire rauque. Tu fais même rire les morts. » Il toussa et gémit, le visage grimaçant.

Le silence tomba.

« Bouffon… demanda Volod le souffle court, tu pourrais faire une dernière chose pour moi ?

— Quoi… ?

— Va à notre tente… dis à mes hommes que je suis en train de mourir… et que je veux leur dire au revoir… »

Berni sorti, Mikael se mit à pleurer silencieusement.

« Arrête, gamin… dit Volod. Viens là… »

Mikael s'approcha.

« Essuie tes yeux… Je suis heureux de mourir comme ça… » Il lui sourit. « Cet après-midi, dans la tente… je me suis dit que t'avais raison… j'allais mourir complètement bourré…

— Au lieu de ça, tu m'as sauvé la vie, dit Mikael en essayant de s'empêcher de pleurer. Je te demande pardon, Volod. J'ai dit que j'avais eu honte de t'admirer et…

— Ça suffit, mon gars… deviens pas pathétique… Ce soir, c'est moi que j'ai sauvé… pas toi… Tu comprends ça ? »

Mikael acquiesça.

« Bien. On n'en parle plus, dit Volod. Va-t'en, mon garçon. C'est toi qui avais raison, c'est de la merde, ici… » Il respirait difficilement, résistant à la douleur.

Mikael vit que les yeux de Volod étaient redevenus brûlants et intenses comme ceux d'un loup.

« Jan Hus t'a dit de chercher la vérité… continua Volod. Il a raison. Si j'ai dit que je le méprisais, c'est seulement parce qu'il m'avait jaugé. Il a vu que ça ne valait pas la peine de gaspiller ses paroles pour moi… et j'ai pas supporté, je savais bien qu'il avait raison. Mais toi, il a lu dans ton cœur, et il t'a parlé. Trouve ta vérité… elle te donnera la force de faire ce que tu crois impossible… »

Mikael laissa libre cours à ses larmes. « Tu as été un maître, lui dit-il.

— Tu veux me faire mourir d'ennui, mon garçon ? »

Mikael sourit.

Volod se tourna vers Emöke. « J'ai toujours aimé ta voix, Folle, lui dit-il. S'il te plaît, chante une dernière fois pour moi. »

Emöke vint s'asseoir près de lui.

Volod regarda Mikael. « Tu sais ce qui est le plus ridicule dans tout ça ? Un montagnard qui meurt sur l'eau, dans un bateau, comme un marin… » Il sourit et ferma à demi les paupières. « Chante, Folle… »

Emöke entama une mélodie douce qui évoquait les forêts, les cimes enneigées, les ciels purs. Une mélodie qui sentait la mousse, les champignons, la résine, le miel. Et les bouses aromatiques des vaches et le piquant des foins fauchés, la vapeur des orages d'été et le parfum du feu dans la cheminée.

Puis l'on entendit dans ses notes le battement des ailes de l'aigle, la course légère du lièvre et les bonds des chevreuils, la vipère sinueuse, le discret piétinement de l'hermine, le sifflement aigu de la marmotte, les cris désaccordés des coqs de bruyère, le chant mélodieux des rossignols, le mystérieux appel des hiboux nocturnes, le bourdonnement des abeilles. Et le murmure du ruisseau, le rire argentin des cascades quand la neige fond au soleil du printemps, le murmure de l'herbe dans les prés, le bruissement des feuilles.

Quand elle cessa de chanter, Volod avait cessé de respirer.

64

Mikael se réveilla en sursaut, avant l'aube. « J'ai ta femme ! Et j'ai pris ton fils ! » Le cri résonnait encore à ses oreilles.

Il se tourna vers Emöke. Elle le regardait, comme si elle attendait son réveil.

« On rentre ? » demanda Emöke.

Mikael acquiesça. « Oui. »

Emöke sourit.

« Je ne peux pas laisser Eloisa entre les mains d'Ojsternig, dit Mikael en se levant. C'est la première de mes vérités. » Il la regarda. « Et j'ai un fils... »

Emöke sourit encore.

« Tu viendras avec moi, ajouta-t-il. Que Dieu nous protège. » Il s'approcha du cadavre de Volod. « Berni n'est pas revenu avec tes hommes, je suis désolé », murmura-t-il, comme si Volod pouvait l'entendre. Il regarda Emöke. « Je dois l'ensevelir dans un cimetière consacré. »

Il descendit à terre. Non loin de là, un vieux pêcheur démêlait ses filets. Il marcha dans sa direction. « Où enterrez-vous vos morts, brave homme ? »

Le vieux lui indiqua un endroit dans son dos.

« C'est un cimetière consacré ? »

Le pêcheur acquiesça.

Mikael remonta sur le bateau et prit dans ses bras le corps de Volod, enveloppé dans la toile d'une couchette. Il l'étendit sur le plateau de la charrette, puis se dirigea vers une petite église en bois. Elle n'était pas plus grande qu'une chambre, ornée de filets de pêche, avec un gros poisson embaumé. À l'arrière, une masure mal en point. Il dut frapper longtemps avant que le curé vienne ouvrir, tout ensommeillé. « Je dois enterrer un homme, lui dit-il. Pouvez-vous prier pour son âme ? »

Le prêtre le fixa en silence.

« Je vous paierai, dit Mikael. Et je paierai même cinquante messes. Je vous donnerai aussi de quoi poser une pierre tombale. » Il montra une pièce d'or du comte Chapuys de Reves.

Le curé ouvrit de grands yeux, s'empara de la pièce d'or et donna une pelle à Mikael pour creuser la fosse. Il récita les prières funèbres avec une ferveur qu'il n'avait sans doute pas pour les simples pêcheurs, et aida Mikael à recouvrir de terre le corps de Volod. Avant que Mikael ne parte, il lui demanda : « Tu veux écrire quoi sur la pierre tombale ?

— Volod le Noir. Né dans la montagne, mort sur l'eau. »

Il remonta sur le bateau. Emöke était assise à la proue. « Attendons que le jour soit levé, ensuite nous partirons », lui dit-il.

Emöke regardait le lac d'un air mélancolique.

« Que fais-tu ? demanda Mikael.

— Gregor s'en va, répondit-elle. Je lui dis au revoir.

— Pourquoi il s'en va ?

— Il se met de côté, répondit Emöke, les yeux pleins de larmes. Il me laisse libre.

— Mais pourquoi ? »

Emöke ne répondit pas et continua de fixer les eaux du lac où s'agitaient des fantômes de brume.

Berni arriva en milieu de matinée, tout essoufflé, monté sur un âne. « Dieu soit béni, vous êtes encore là ! s'exclama-t-il en regardant Emöke.

— Où étais-tu ? Tu n'as pas trouvé les hommes de Volod ? » Il remarqua que Berni ne portait pas son costume bigarré de jongleur ni sa clarine, mais une tunique grise anonyme et des braies de futaine marron. « Qu'est-ce que tu fais, habillé comme ça ?

— Pas le temps pour les explications. Ils ont prononcé la sentence. Il faut qu'on soit là-bas avant que Jan Hus sorte de la cathédrale. »

Mikael et Emöke le suivirent jusqu'au centre de Constance. À leur arrivée, Jan Hus était déjà sur le parvis.

« Venez, suivons les gens, dit Berni. On est tout près. Il ne faut pas qu'on se perde », ajouta-t-il en se tournant vers Emöke.

Elle poussa son cheval à côté de l'âne de Berni.

Devant le cimetière, ils virent un feu énorme où l'on brûlait les livres de l'hérétique.

Mikael, Berni et Emöke se frayèrent un chemin dans le flot de gens armés qui suivaient Jan Hus, comme si la ville tout entière devait se défendre d'un seul homme enchaîné.

Les autorités religieuses avaient posé sur sa tête une couronne en carton d'au moins deux empans de haut, sur laquelle on avait dessiné des diables. Elle portait une inscription que Mikael ne put lire. La foule se déchaînait, couvrant la voix de l'hérétique qui criait son innocence.

Sur le pré où le bûcher avait été préparé, Berni dit : « C'est le bon moment pour déguerpir.

— Non, dit Mikael.

— Par le Ciel, quel intérêt de voir brûler un pauvre homme ?

— Aucun, répondit Mikael. Mais il ne m'a pas tourné le dos, et je ne lui tournerai pas le dos non plus. Même si c'est un spectacle écœurant. »

Devant le bûcher, Jan Hus était tombé à genoux et priait. La couronne tomba. Il releva alors la tête, regarda la foule et sourit.

« Tu n'es pas le diable », murmura Mikael en le fixant. Il eut l'impression que leurs regards s'étaient croisés.

Autour d'eux, la foule criait aux mercenaires de l'escorte de lui remettre la couronne.

L'un d'eux la ramassa et la montra aux gens avant de la lui remettre sur la tête. Il cria : « Qu'il soit brûlé avec les démons, ses maîtres, qu'il a servis sur la terre ! »

La foule l'acclama.

Jan Hus fut déshabillé et lié par des cordes au poteau en haut du bûcher. On passa une chaîne de fer autour de son cou pour que sa tête reste droite.

Au moment exact où le bourreau alluma le feu, Jan Hus parla.

Dans le vacarme de la foule, Mikael n'entendit que cette phrase : « Aujourd'hui je suis prêt à mourir heureux. »

Les flammes montèrent rapidement et l'envelop-pèrent.

Les gens se turent, attendant les cris de douleur du condamné.

Mais ce fut seulement un chant doux et suave qui s'éleva de la bouche de Jan Hus, au-dessus du crépitement lugubre de la morsure des flammes. Malgré le feu qui consumait sa chair, il termina l'hymne sacré puis en entonna un deuxième.

Emöke chantait avec lui.

Avant qu'il ne puisse commencer le troisième, imperturbable, apparemment insensible à la terrible chaleur du bûcher, un coup de vent rabattit les flammes, qui brûlèrent son visage et sa langue.

Mikael vit le martyr remuer les lèvres. Il lui sembla qu'il murmurait le *Pater Noster*.

Bientôt les flammes eurent brûlé les cordes et le corps de Jan Hus. Ses restes carbonisés étaient attachés à la chaîne qu'on avait passée à son cou.

« Partons, pour l'amour de Dieu ! dit alors Berni.

— Partons », dit Mikael en se signant.

Alors qu'ils s'éloignaient, ils entendirent un bruit qui leur donna la chair de poule. Mikael se retourna et vit que le bourreau avait ôté la chaîne et descendu les restes carbonisés de Jan Hus, et brisait maintenant les os avant de les jeter à nouveau dans le feu, pour qu'il ne reste plus de lui que des cendres.

« Les cendres seront dispersées dans le Rhin, dit Berni. Jan Hus sera effacé à jamais de la surface de la terre, et il ne restera aucune relique pour ses partisans.

— Jamais ils ne pourront l'effacer, dit Mikael, avec une force nouvelle dans son cœur et dans son âme. On ne peut pas effacer la vérité.

— Oui… marmonna Berni. C'est comme la peste… un jour ou l'autre, elle revient. »

Ils avancèrent en silence jusqu'à dépasser les murs d'enceinte de la ville. La surveillance des gardes était distraite : ils étaient contrariés d'avoir raté le spectacle qui excitait l'imagination populaire depuis des mois.

« J'ai entendu le comte dire qu'Ojsternig a obtenu la permission de l'empereur de rentrer dans son royaume de merde, dit Berni, alors qu'ils avaient déjà fait un bout de chemin.

— C'est un endroit magnifique, pas du tout un endroit de merde, répliqua Mikael.

— En tout cas, apparemment, Ojsternig est sûr que tu vas y retourner. »

Mikael ne répondit pas. Il pensait à Eloisa et au fils dont, jusqu'à la veille, il avait ignoré l'existence. Il se souvint alors du rêve qu'il avait fait à Sankt Jakob, guidé par le chant hypnotique d'Emöke, quand il avait découvert quel animal il était. Il y avait une biche dans ce rêve, et il avait tout de suite pensé qu'elle représentait Eloisa. Mais il y avait aussi un petit faon qui pleurait dans les bois. Il se tourna vers Emöke. Elle le savait.

Berni montra une écurie tout près. « Là, dit-il.

— Là quoi ? » dit Mikael.

Berni trotta jusqu'à l'écurie et descendit de son âne. Il s'annonça avant d'entrer puis ressortit aussitôt, suivi des hommes de Volod.

Mikael descendit de cheval. « Volod est mort sans vous, leur dit-il, d'un ton lourd de reproche.

— Oui. Le bouffon nous a trouvés seulement ce matin, et il nous a dit que c'était sûrement trop tard », répondit Manuel, un des hommes, la tête basse.

Mikael ne répondit pas.

« Volod nous a dit de croire en toi, même si tu es très jeune, continua-t-il. Laisse-nous te suivre. Où que tu ailles.

— Je rentre, dit Mikael, avec une expression dure.

— Alors, on rentre avec toi », dit Manuel.

« Pourquoi me fier à eux ? » se demanda Mikael avec amertume. Mais il se souvint qu'il avait lui-même jugé et condamné Volod. Tandis que Volod, sans hésiter, lui avait sauvé la vie. Il s'était trompé sur son compte. C'était bien vrai qu'il n'était qu'un moralisateur. À voir ces hommes plus âgés, dont certains auraient pu être son père, se tenir tête baissée devant lui, il ressentit tout à coup une émotion profonde. « C'est peut-être la mort qui m'attend chez moi, leur dit-il, en se souvenant de ce qu'avait dit Lucio, le premier d'entre eux qui avait fait demi-tour. J'ai une femme et un fils pour qui mourir. Mais vous ? Réfléchissez bien.

— Moi, j'ai besoin de me rappeler qui j'étais, fit Lamberto, un autre membre du groupe. C'est une bonne raison pour mourir. Du moins ça l'était, autrefois.

— Pareil pour moi, dit un autre.

— En ce temps-là, on était prêts à mourir, dit un troisième. Pourquoi on ne le serait plus ? Peut-être que je recommencerais à me sentir vivant. »

Mikael les regarda, l'un après l'autre. Ils comptaient sur lui pour trouver la force de faire ce que seuls, ils n'arrivaient pas à faire. Cela avait été la même chose pour lui. Mais tout était changé : Volod lui avait laissé un héritage. Pendant tout le voyage vers Constance, Volod, comme s'il pressentait sa fin, avait fait en sorte que ses hommes ne se retrouvent pas sans chef. En fixant tour à tour les yeux de ces rebelles qui, à Constance, s'étaient égarés, il comprit que Volod avait décidé depuis bien longtemps de lui confier la tâche de les guider. Transmettre à ces hommes la force, la confiance et l'espoir en un monde meilleur. Il ne pouvait pas revenir dans la Raühnvahl uniquement pour Eloisa et pour son fils. Il devait aussi se montrer à la hauteur de ce lourd héritage, qu'il ne pouvait pas refuser.

Sans réfléchir, il donna l'accolade à Manuel, puis à tous les autres. « C'est de la part de Volod », dit-il d'une voix brisée par l'émotion.

Les hommes étaient émus, et leur visage exprimait la honte d'avoir abandonné leur chef.

« Il est mort comment ? demanda Manuel.

— Comme il a vécu. Avec courage », répondit Mikael.

Les hommes acquiescèrent.

« On attend quelqu'un ? demanda Mikael, voyant que deux hommes manquaient à l'appel.

— Non. Paolo est devenu protecteur d'une putain… »

Mikael ne le regretta pas. Depuis qu'il avait tenté de violer Emöke, il ne le supportait plus.

«… Et Modric est mort dans une bagarre. »

Mikael hocha la tête. « Vous avez vos armes ? »

Tous, à part Manuel, firent signe que oui.

Manuel rougit. « Non… dit-il à regret. J'ai vendu mon épée pour… boire un verre et tirer un coup… »

Mikael alla jusqu'à son cheval et décrocha de sa selle un objet enveloppé. Il le lança à Manuel. « C'est l'épée de Volod. Fais-lui honneur. »

Manuel, un grand costaud avec une vilaine gueule déformée par les coups de poing, éclata en sanglots comme un gosse.

Mikael se tourna vers Berni. « C'est le moment de nous saluer, lui dit-il.

— Non, je viens avec vous, dit Berni. Si jamais vous voulez bien d'un estropié dans votre compagnie.

— Pourquoi ? demanda Mikael avec étonnement.

— Écoute, je ne suis pas un héros comme vous. Ça me fait des nœuds dans les intestins, dit Berni avec un sourire. Disons que je viens pour t'apprendre quelque chose que tu ne sais pas faire.

— Quoi ?

— Rire. »

Mikael sourit. « Tu as bien réfléchi ? lui demanda-t-il.

— Réfléchir ? Avec mon cerveau minuscule ? Je n'arrive pas à faire deux choses en même temps. Pour le moment je suis occupé à retenir cet animal malodorant », dit Berni en montrant son âne.

Les hommes se mirent à rire.

« En route, alors », dit Mikael en sautant à cheval.

Au bout d'une heure, Berni vint chevaucher à côté de lui.

« T'as changé d'avis, bouffon ?

— Non, baudet. Mais c'est que j'ai encore une autre raison de venir avec vous. » Il lança un regard à Emöke, qui chevauchait derrière eux, une expression sereine sur le visage. « Je ne sais pas si c'est une sainte. Mais j'aime bien être avec elle. » Puis il ajouta : « Peut-être parce que son âme est aussi éclopée que moi. »

Ils chevauchèrent en silence.

Berni dit alors : « Sauf que je n'ai pas d'arme.

— Ça vaut mieux, répondit Mikael en riant. Tu risquerais de te faire mal. »

Plus ils avançaient, plus Mikael sentait le sortilège de Constance l'abandonner. Il ne savait pas ce qu'il allait trouver dans la Raühnvahl, ni ce qu'il en était d'Eloisa, de l'enfant et d'Agnete. Mais il se sentait la force de lutter pour eux, pour ses hommes et pour tous les idéaux qu'il sentait renaître en lui.

Il se retourna vers Emöke. « Chante, Folle ! »

65

Un des quatre chatons que la chatte Eva avait mis bas moins d'une semaine après la naissance du bébé d'Eloisa fit un bond maladroit, pour attaquer le moignon de queue qu'Harro ne cessait d'agiter depuis qu'Agnete l'avait ramené au château. Les petites griffes se plantèrent dans la peau coriace du molosse, qui poussa un soupir patient.

À un autre moment, Eloisa, Agnete et Lukrécia auraient ri.

Mais ce matin-là, les tambours de mort résonnaient dans la cour.

Elles s'étaient toutes les trois promis de ne pas aller à la fenêtre. Pourtant, à mesure que le moment approchait, leurs regards ne pouvaient s'empêcher de se tourner nerveusement vers la cour.

La servante personnelle de Lukrécia, depuis toujours fidèle à sa maîtresse, leur avait rapporté un dialogue effrayant entre Agomar et Marcus. Et Lukrécia, deux semaines plus tôt, avait entendu Marcus promettre à Agomar le gouvernement du royaume, si lui-même en devenait le prince. Le même jour, la servante avait entendu Agomar dire à Marcus : « Nous devons être les seuls à savoir. On ne peut se fier à personne. » Ce qui signifiait qu'Agomar avait accepté la proposition.

Ces roulements des tambours de mort dans la cour le confirmaient, annonçant une exécution imminente.

Eloisa alla à la fenêtre.

Agnete la prit par le bras et l'en écarta. « Ne regarde pas. Les mauvaises émotions gâtent le lait. »

Eloisa se tourna vers l'enfant, qui dormait, en toute innocence. À mesure qu'approchait le moment où Ojsternig viendrait le lui prendre, chaque fois que ses yeux se posaient sur lui, son cœur se serrait. Il avait des joues roses et des cheveux blonds ondulés. Plus tard, ils feraient de jolies boucles, comme celles de Mikael. Mais il avait les yeux bleus d'Eloisa.

Les tambours se turent.

« Lelio Depretis ! annonça la voix d'Agomar dans la cour. Tu es condamné à mort pour haute trahison. Tu as comploté pour assassiner l'héritier légitime du trône. Ta tête et ton corps seront enterrés séparément.

— Non ! Je vous en supplie ! » s'écria l'aide du comptable, d'une voix étranglée par la peur.

Nouveau roulement de tambour.

« Après, ce sera notre tour, dit Lukrécia en se tordant les mains.

— Non », dit Agnete.

Eloisa et Lukrécia la regardèrent.

« J'ai beaucoup réfléchi, leur expliqua-t-elle. S'ils nous tuent avant le retour de votre père, quelqu'un risque de s'échapper pour le prévenir. Dans ce cas, ils entreraient en guerre avec lui. » Elle regarda Lukrécia. « Ils attendront son retour. Ça me retourne l'estomac, mais nous devrons prendre son parti. Dès qu'il reviendra, il vous faudra lui parler et l'informer de ce que trament Agomar et Marcus. C'est notre seul espoir. »

Les tambours se turent.

Le jeune homme sanglotait.

Les trois femmes se précipitèrent à la fenêtre.

Il y eut dans l'air comme un éclat métallique.

Et la lourde hache du bourreau s'abattit sur le billot, sur lequel deux soldats avaient maintenu fermement le condamné. On entendit un bruit mou de chair tranchée, le craquement des vertèbres, puis le choc de la lame qui s'enfonça dans le bois. La tête de Lelio roula dans la poussière.

Les trois femmes crurent voir sa bouche s'ouvrir et se fermer, comme s'il murmurait des paroles inaudibles. Ses yeux étaient exorbités. Un flot de sang jaillissait de son cou, tandis que son corps s'affaissait au pied du billot.

Les soldats, silencieux, regardaient.

Agomar et Marcus se tenaient côte à côte.

Le vieux comptable Arialdo de Tarvis, la tête baissée, était tout pâle.

Soudain une femme, les joues sillonnées de larmes, les cheveux ébouriffés et le regard désespéré, se détacha du groupe des serviteurs qui avaient assisté à l'exécution et se jeta aux pieds d'Agomar.

« Votre Seigneurie ! dit-elle entre deux sanglots. Donnez-moi sa tête, s'il vous plaît… je vous en supplie ! » Elle se frappa la poitrine. « Votre Seigneurie, faites-moi la grâce de pouvoir ensevelir mon fils tout entier, pour qu'il ne se présente pas sans tête au Jugement Dernier, le jour de la Résurrection !

— La décision en revient au prince, pas à moi », répondit Agomar, s'inclinant légèrement vers Marcus.

« Salaud », siffla Agnete entre ses dents.

Marcus adressa un sourire fielleux à la femme. « Tu auras la tête de ton fils. »

La femme éclata de nouveau en sanglots. « Merci, Votre Seigneurie ! Dieu vous bénisse ! »

Marcus saisit la tête de Lelio par les cheveux, toujours son même sourire fielleux aux lèvres.

La femme alla vers lui, les bras tendus, en larmes.

Mais quand elle fut près de lui, Marcus pirouetta sur lui-même et lança la tête, qui s'envola dans les airs, se détachant contre le ciel limpide, avant de retomber par-delà les murs du château.

Marcus éclata d'un rire cruel et dit : « Va la chercher, vieille femme ! »

Elle demeura un instant interdite puis, hurlant de douleur, se précipita dehors avec angoisse.

Eloisa, Agnete et Lukrécia la virent courir après la tête de son fils qui roulait le long de la colline escarpée, rebondissait contre les pierres et changeait constamment de trajectoire. La femme était âgée, elle avait du mal à la rattraper. Elle tomba et se releva, tandis que les soldats riaient et lui disaient de courir plus vite. La tête s'arrêta en bas de la colline. Elle la prit et la serra contre elle en caressant les cheveux de son fils.

« Le spectacle est terminé ! » cria Agomar. Il lança un regard à Marcus, lui sourit et leva la tête vers la fenêtre d'où les trois femmes horrifiées avaient suivi la scène.

Marcus leur adressa une courbette moqueuse.

« Salauds de porcs répugnants », dit Agnete. Elle

prit Eloisa dans ses bras et la serra avec force, avant de la repousser brusquement, comme si elle s'était imaginée à la place de la mère du condamné.

Un silence profond tomba dans la pièce. Elles étaient toutes les trois incapables de parler.

Bientôt la porte s'ouvrit, sans qu'on ait frappé.

Agomar et Marcus entrèrent, l'air arrogant.

Eloisa remarqua que la main de Marcus était couverte de sang.

Il vit son regard, sa main ensanglantée et, en fixant Eloisa dans les yeux, la nettoya nonchalamment sur sa casaque brillante de soie florentine ocre.

« À partir de maintenant, vous ne sortirez plus de cette chambre, dit Agomar.

— Et cela vaut aussi pour vous… ma chère épouse », ajouta Marcus en ricanant. Il fit un pas vers elle.

Harro grogna.

Épouvanté, Marcus s'arrêta net.

Agomar tira son poignard du fourreau.

« Non ! » lança Lukrécia. Agomar la regarda.

« C'est moi qui vous le demande », dit Lukrécia.

Lentement, Agomar rengaina son poignard. Après un coup d'œil à Harro puis à la chatte et ses petits, il eut une moue de mépris : « C'est un vrai sérail, ici.

— Ma mère a besoin de rentrer chez elle chaque jour, messire, dit alors Eloisa. Elle doit préparer les onguents pour le bébé.

— Elle le fera ici, répondit durement Agomar.

— Messire, c'est impossible, répliqua Eloisa. Elle doit cueillir des herbes fraîches pour que ce soit efficace. »

Agomar la regarda en silence. Il réfléchissait.

« Quelle importance que la vieille sorte du château ? » intervint Marcus. Il s'approcha du nouveau-né, toujours endormi, et lui caressa la tête.

Agnete dut retenir Eloisa par le bras.

Marcus eut un sourire mielleux. « Ici, il y a mon fils. Et la petite putain », ajouta-t-il en désignant Eloisa. Il pointa le doigt sur Agnete. « Si tu t'absentes plus de trois heures, un vilain accident pourrait leur arriver… » Et il ébouriffa le bébé d'un geste brusque.

Aussitôt réveillé, l'enfant ouvrit les yeux et se mit à pleurer.

« Vraiment, oui, on dirait un sérail », dit Marcus en riant de nouveau.

Eloisa prit le bébé dans ses bras et commença à le câliner.

« Lâche-le, dit alors Marcus, avec son habituel regard malveillant. Donne-le à sa mère. » Il tendait le bras vers Lukrécia.

Agomar riait, amusé. Mais en voyant qu'Eloisa serrait plus fort le petit contre elle, il lui cria : « T'as pas entendu le prince ? Donne-le tout de suite à sa mère ! »

Eloisa, lentement, passa l'enfant à Lukrécia.

Celle-ci prit le petit, qui continuait à pleurer, et le berça avec maladresse.

« Quelle scène émouvante, dit Marcus.

— On est d'accord, la vieille ? » dit Agomar à Agnete. Sans attendre de réponse, il sortit.

Marcus le suivit en ondulant des hanches.

La porte refermée, Eloisa arracha l'enfant à Lukrécia.

La princesse baissa les épaules, mortifiée. « Je suis désolée… », balbutia-t-elle.

Agnete s'était tournée vers sa fille. « Quels onguents ? lui demanda-t-elle. Quelles herbes ? »

Eloisa haussa les épaules. « C'est la seule idée qui me soit venue. Mais au moins une de nous pourra sortir… » Ses yeux s'emplirent d'espoir. « Si Mikael revenait. »

Agnete acquiesça, admirant l'astuce de sa fille.

Eloisa délaça son corsage et dénuda un sein, avec un regard de défi à l'intention de Lukrécia. Elle savait que ce n'était pas sa faute, mais elle ne pouvait s'empêcher de la détester chaque fois qu'elle pensait à ce qui allait arriver.

L'enfant se mit à téter et cessa de pleurer.

« Tu ne lui as pas encore donné de nom, dit Lukrécia pour tenter de diminuer la tension.

— Ce n'est pas mon fils, répondit âprement Eloisa. Mais on sentait la douleur dans sa voix.

— Choisis le nom toi-même, insista Lukrécia. C'est ton fils.

— Pas pour longtemps, dit sourdement Eloisa.

— Donne-lui un nom, dit Agnete.

— Alors il s'appellera Marcus III », dit Eloisa d'un ton décidé.

Agnete haussa les sourcils mais ne fit aucun commentaire.

Lukrécia, elle, ouvrit de grands yeux. « Mais… c'est le nom que va lui donner mon père ! » s'exclama-t-elle, étonnée.

Eloisa la regarda. « Non, dit-elle fièrement. C'est le nom qui lui revient. »

66

À mesure qu'ils avançaient sur le chemin du retour, Mikael se sentait de plus en plus propre et léger. Les questions qu'il s'était posées pendant des mois trouvaient une réponse. Volod lui avait toujours dit qu'il ignorait ce qu'était la liberté. C'est juste un mot, disait-il. Les rebelles s'opposaient à Ojsternig pour la simple, évidente nécessité de survivre. Ils se battaient pour nourrir leurs enfants, ne pas mourir de faim enchaînés à une parcelle de terre ou à une mine. « Un jour, c'est peut-être toi qui m'apprendras ce que c'est, la liberté », avait dit Volod un soir. En marchant seul devant ses hommes, il comprenait mieux ce qu'il cherchait, pourquoi il allait se battre. Les puissants ne voulaient pas de la liberté, ils auraient dû renoncer à trop de privilèges. Leur liberté n'était totale que s'ils l'enlevaient à tous les autres. De lieue en lieue, tout devenait plus clair. Ne pas laisser mourir de faim ses propres enfants n'était pas seulement une nécessité, c'était la preuve que bien des gens, beaucoup trop, n'étaient considérés que comme de simples animaux. Un homme ne peut pas être la propriété d'un autre, se répétait Mikael. Il fallait commencer par là. Briser ces chaînes. Tous ensemble. « C'est la première liberté du monde à venir », se disait-il.

Combattre pour Eloisa, pour son fils et pour Agnete, c'était combattre pour tous. Plus il y pensait, plus il sentait grandir en lui le désir et la hâte de rentrer. Il éperonnait son cheval avec impatience, encourageant les autres à le suivre. Le vent des montagnes qui lui fouettait le visage débarrassait ses épaules de la pesanteur, de la saleté, du vice, du brouillard intérieur qui, à Constance, s'étaient collés à lui comme une maladie.

« On va l'appeler *constantite*, cette maladie pour laquelle il n'y a pas de remède », plaisanta Berni.

Mikael rit.

« T'es en train d'apprendre à rire ? s'exclama Berni. Ça, c'est exceptionnel. Tu vois, je te fais du bien. »

Mikael se retourna pour regarder Lienz derrière eux, là-bas, à l'horizon, tandis qu'ils remontaient le cours de la Drava. « Non, ce n'est pas toi », dit-il, les yeux illuminés d'enthousiasme. Il écarta les bras, englobant la vallée, les montagnes et le ciel de la fin juillet, d'un bleu intense. « C'est tout ça ! » Il sourit. « Respire, dit-il. C'est déjà l'odeur de chez nous. Le seul remède contre la *constantite*. » Il montra un point loin devant, au fond de la vallée. « Ce soir, nous serons à Kirchbach. Et demain matin nous nous remettrons en route », dit-il d'un air rêveur. « Bientôt… », murmura-t-il, un frémissement dans la voix, avant de se perdre dans ses rêveries, qui lui avaient donné la force de résister à la fatigue, de faire avancer les hommes et les chevaux jusqu'à l'épuisement. Ils avaient couvert le chemin du retour vers la Raühnvahl en presque deux fois moins de temps qu'à l'aller.

Quand il se tourna vers Berni, revenant à la réalité, il ne le trouva plus à ses côtés.

Il savait où il était. Avec Emöke. Il sourit. Ce qui se passait entre eux le remplissait de joie.

Lors d'une des dernières soirées organisées par le comte, à Constance, Mikael les avait vus échanger un sourire. Puis Berni s'était joint à leur groupe, quittant son maître pour un voyage qui ne serait pas sans danger.

Jour après jour, Mikael avait assisté à la transformation d'Emöke. Le matin où ils s'apprêtaient à s'enfuir de Constance, quand il l'avait trouvée contemplant les eaux immobiles du lac, elle avait dit : « Gregor s'en va. » Et elle avait ajouté : « Il se met de côté. Il me laisse libre. » Mikael n'avait pas compris ce qu'elle voulait dire, et n'y avait guère accordé d'attention. C'était une de ces phrases bizarres d'Emöke. Mais à mesure qu'ils avançaient, il avait noté de petits changements, qui devinrent de plus en plus visibles. Le regard d'Emöke était moins vide, moins absent, moins distant. On ne la voyait plus parler toute seule, perdue dans ses rêveries. Elle revenait lentement parmi eux d'un voyage dans un autre monde, comme si elle sortait d'une longue léthargie.

Berni chevauchait de plus en plus souvent à ses côtés. Au début, ils n'échangeaient pas un mot. Le soir, au moment du dîner, Berni s'asseyait près d'elle, lui remplissait sa chope de bière, ou feignait l'absence d'appétit pour lui donner un peu de sa part. Plus tard, à l'heure du coucher, il venait s'asseoir près d'elle, un sourire aux lèvres, et la regardait dormir. Ensuite il s'était couché à côté d'elle, enroulé dans sa couverture. Une nuit où Mikael n'arrivait pas à trouver le sommeil, pris par l'excitation et l'inquiétude du retour, il les avait vus dormir en se tenant la main. Le jour suivant, ils avaient chevauché côte à côte sans cesser de parler. Le soir, Mikael avait entrevu un baiser, rapide et maladroit, du bout des lèvres. Alors ils avaient commencé à dormir enlacés sous la même couverture, et certaines nuits, dans le noir, Mikael sentait leur respiration devenir fébrile.

Emöke chantait toujours, mais son chant avait changé. Ses mélodies étaient descendues du ciel sur la terre. Elles avaient perdu une partie de leur magie, de ce mystérieux charme qui les faisait pénétrer jusqu'aux tréfonds de l'âme. Elles s'étaient faites chair, parlaient de la vie, de l'amour tel que les humains le ressentent. Comme n'importe quelle femme amoureuse. Mikael ne trouvait pas ses chants moins touchants, au contraire. Il se reconnaissait dans ces sentiments si naturels et si communs, ceux qu'il éprouvait pour Eloisa, et en était encore plus ému.

Une fois cependant il avait vu Emöke à l'écart, en haut d'une montagne, assise sur un rocher blanc taché de mousse, les yeux tournés vers le coucher du soleil, les cheveux dénoués dans le vent, l'air mélancolique.

Mikael s'était approché : « Qu'est-ce qu'il y a ? »

Emöke, tournée vers lui, avait souri. « Quelquefois il me manque.

— Qui ?

— Gregor. »

Mikael n'avait su que répondre. Il avait souri lui aussi, baissant la tête. Puis regardé vers l'est, vers la Raühnvahl, vers Eloisa, vers l'enfant qu'il n'avait jamais vu, vers son destin. « On y arrivera, Emöke ? »

Elle avait tendu le bras vers lui et lui avait pris la main. « Je ne sais pas, Mikael. »

Il avait éprouvé une sensation étrange et réconfortante à l'entendre prononcer son nom. Elle ne l'avait jamais fait. Il avait insisté : « Qu'est-ce que tu vois ? »

Emöke avait promené son regard autour d'eux. « Des montagnes, des prairies, des arbres, le soleil qui se couche, les étoiles qui commencent à briller dans le ciel. » Puis elle avait de nouveau posé son regard sur lui.

« Tu n'entends rien ? avait continué Mikael, avec une légère sensation de vertige.

— J'entends ta voix, le vent, la chouette en chasse, le bois qui brûle dans le feu de camp, les chevaux qui hennissent, les hommes qui rient », avait-elle répondu avec un sourire plein de gentillesse. Elle avait serré sa main plus fort, et murmuré, comme si c'était un secret entre eux : « Le don s'en est allé. » Ses yeux brillaient de joie. « Je suis libre, Mikael. »

Ce fut pour lui une émotion intense de l'entendre une nouvelle fois prononcer son nom, comme n'importe quelle fille. Il avait dit : « Bienvenue, Emöke », avant de s'éloigner.

Plongé dans ces réflexions, Mikael ne s'était pas aperçu qu'ils étaient arrivés à Kirchbach. Il se retourna. Berni et Emöke chevauchaient main dans la main, bavardant gaiement.

Mikael se souvint que lorsqu'elle avait encore le « don », ainsi qu'elle l'appelait, elle avait prédit qu'il rentrerait mais pas elle. Il comprit qu'il ne pouvait la ramener sans la condamner à vivre en fugitive dans la forêt de Mezesnig. Plus maintenant. Un sourire lui vint en pensant que Berni n'aurait pas survécu une semaine dans les bois.

« T'es une vraie plaie, bouffon ! » lui cria-t-il en éclatant de rire.

Dans la petite ville, il conduisit ses hommes chez le vieux capitaine qui connaissait Raphael.

Celui-ci le reconnut aussitôt.

« Et les autres ?

— Certains se sont mariés, d'autres ont trouvé du travail dans les mines, et d'autres…

— … ne s'en sont pas sortis, conclut l'homme d'un ton grave. L'homme aux yeux de loup non plus ? »

Mikael fit signe que non.

« C'était un bon chef, dit le vieux.

— Oui.

— Et maintenant, on dirait que c'est toi le chef, sourit le vieux. Je le vois au respect dans le regard de tes hommes. »

Mikael rougit.

Le vieil homme lui mit la main sur l'épaule. « Ne sois pas gêné. Si le baron t'a donné son épée, c'est que tu as toutes les qualités pour être un bon chef.

— Nous rentrons.

— Je m'en doutais. Vous pouvez dormir dans l'hospice du couvent, comme la dernière fois. Et je serais heureux, comme la dernière fois, que tu dînes avec nous ce soir. »

Mikael conduisit ses hommes au couvent. Il prit Berni à part. « Bouffon, ce sont des moines. Garde tes mains où il faut, cette nuit.

— Je vais essayer », répondit Berni. Puis, voyant le visage de Mikael s'assombrir, il ajouta : « Je plaisante !

— Ris, mon frère ! » dit Emöke derrière eux.

Mikael hocha la tête, amusé, et se dirigea vers la maison du vieil homme.

Au dîner, il fit un compte rendu détaillé du voyage, du séjour à Constance, de la mort de Jan Hus sur le bûcher. Mais il s'abstint de parler de sa rencontre avec Ojsternig.

Le vieil homme ne posa pas de questions.

Au moment de prendre congé, Mikael sentit sur ses épaules tout le poids de sa responsabilité envers Emöke et Berni. Il repensa à ce qu'Emöke avait dit, qu'elle ne reviendrait pas.

« Messire, dit-il au vieillard sur le seuil. Je dois vous demander une faveur. La femme qui nous accompagne…

— La dernière fois, c'était ta sœur, dit le soldat en riant.

— C'est vrai… mais… disons…

— Tu ne me dois pas d'explications, dit le vieil homme en souriant. Alors, que veux-tu me demander ?

— Cette femme et l'un des hommes… vous l'avez peut-être remarqué…

— L'estropié.

— C'est un brave type, dit Mikael. J'ai une dette envers lui.

— Ce qui ne le rend pas moins estropié.

— Non… » Mikael buta sur les mots. « Messire, pensez-vous que vous pourriez leur trouver quelque chose à faire à Kirchbach ?

— Laisse-moi réfléchir. Je te donnerai une réponse demain matin. » Puis le vieux capitaine posa la main sur son épaule. « Tu y tiens beaucoup, à cette femme, n'est-ce pas ?

— Beaucoup.

— Alors je verrai ce que je peux faire. »

Ce fut une nuit agitée. Mikael sortit de l'hospice et alla s'étendre dans la cour, respirant les odeurs du potager en pleine floraison. Il contempla le ciel étoilé, limpide, de cette nuit de fin juillet. Il dormit d'un sommeil léger, où les pensées se mêlaient aux rêves. À l'idée qu'il était à quelques jours de marche de la Raühnvahl, son cœur était ballotté entre l'excitation et l'angoisse. Il ignorait ce qu'il trouverait, ce qu'il pourrait faire, s'il serait à la hauteur de la situation. Mais il allait revoir Eloisa. Connaître son fils. Rentrer chez lui. Serrer Agnete dans ses bras. Est-ce qu'Harro serait encore en vie ? À force de se débattre entre toutes ces questions et ces doutes, quand l'aube se leva, il était encore plus fatigué.

Les hommes aussi avaient peu dormi, pensant sans doute au choix qu'ils avaient fait quand ils avaient quitté Constance. L'éventualité de la mort était maintenant toute proche, réelle. Et celle aussi que le courage vienne à leur manquer. Chacun d'eux, pendant cette longue nuit, avait dû peser ses sentiments et sa détermination.

Mikael les serra un à un par les épaules, au moment du repas. « Nous allons à la rencontre de notre destin, leur dit-il d'une voix assurée. Vous devez être fiers de vous. »

Bientôt, les hommes plaisantèrent entre eux, reprenant courage. Et Mikael devina dans leurs yeux une lumière nouvelle.

« Volod avait raison, lui dit Manuel en s'approchant de lui. Tu es un bon chef.

— Conneries », répondit Mikael. C'était exactement ce que Volod aurait dit.

En allant seller son cheval, il trouva le vieux capitaine qui l'attendait avec un sac de provisions qu'il s'était fait donner par le prieur.

« J'ai réfléchi à ta requête, dit le vieux capitaine. Depuis quelque temps j'avais l'idée de reprendre une auberge dont le propriétaire est mort. On pourrait y faire de bonnes affaires, à condition de la gérer comme il faut. Mais je suis un soldat et puis, je ne suis pas très sociable. Seul, je la ferais couler rapidement. » Il regarda Mikael dans les yeux. « Alors qu'avec un comique et une chanteuse, je suis sûr que les affaires marcheraient.

— Comment savez-vous que… », commença Mikael, stupéfait.

Le vieil homme l'arrêta d'un geste de la main. « Je ne sais rien, mon garçon. Tout au plus, je suppose. »

Mikael acquiesça.

« Tu crois que la proposition pourrait les intéresser ? » demanda le vieux capitaine.

Mikael appela Emöke et Berni et leur exposa l'idée. Puis il prit Emöke à part et lui dit : « Un jour, tu m'as dit que tu ne reviendrais pas chez nous.

— Je ne me souviens pas, répondit-elle avec un léger sourire.

— J'ai toujours eu peur que ça veuille dire que tu allais mourir », avoua Mikael, se rendant alors compte que cette pensée l'avait tourmenté.

Emöke lui sourit. « Et en fait, je suis vivante », dit-elle. Elle regarda Berni, les yeux pleins d'amour. « Je n'aurais rien de tout ça, si tu n'avais pas été là. »

Mikael se sentit dépassé par sa propre émotion.

« Alors, qu'est-ce que vous décidez ? lui demanda-t-il avec rudesse.

— Merci, Mikael, répondit Emöke.

— C'est un oui ? »

Emöke acquiesça en souriant.

« Elles me manquent un peu, tes phrases bizarres, lui dit-il.

— À moi non. »

Mikael la regarda sans rien dire. Il n'arrivait pas à se faire à cette transformation. Mais c'était extraordinaire.

« Prends-moi dans tes bras, avant que je me mette à pleurer, dit Emöke.

— Si je le fais, c'est moi qui vais pleurer. »

Emöke passa ses bras autour de la taille de Mikael et le serra fort. « Ris, mon frère, murmura-t-elle à son oreille. La vie est belle et stupide.

— Ça, ce sont les bêtises que ton bouffon t'a mises dans la tête », plaisanta Mikael d'un ton bourru en se dégageant de son étreinte, les yeux voilés de larmes. Avant d'aller parler à Berni, il revint près d'elle. « Dis-moi que tout ira bien, lui demanda-t-il. Même si tu n'en sais plus rien maintenant.

— Tout ira bien, Mikael », lui répondit-elle avec chaleur.

Il acquiesça puis revint vers le vieil homme et Berni. « Alors, on dirait que vous avez deux personnes spéciales qui vont bien s'occuper de votre auberge », dit-il.

Le vieux capitaine sourit, content. Il pointa le doigt sur Berni et Emöke. « Je ne sais pas comment vous vous appelez, dit-il avec sérieux, mais je suis sûr que vos noms ne peuvent pas être Berni, bouffon du comte

Chapuys de Reves, et Emöke Albath, connue comme la Sainte, tous deux recherchés, j'ai raison ?

— Vous avez parfaitement raison, messire, répliqua aussitôt Berni. Permettez que je me présente. Je suis Leonidas Argos, berger et poète espiègle, et je viens de l'Hellade. Et elle, dit-il à Emöke avec un clin d'œil, elle ne saurait être une sainte, puisqu'elle dort dans mon lit. »

Le vieil homme éclata de rire, en même temps que Mikael, tandis qu'Emöke se serrait contre la hanche bancale de Berni et l'embrassait sur la joue.

« Je ne peux pas vous assurer que vous ne vous repentirez pas un jour de vous être associé à un estropié idiot comme ce fanfaron, dit Mikael au capitaine en lui tapant la main sur l'épaule.

— Oh, par tous les pets puants de l'Enfer, s'exclama Berni. Si même les baudets se mettent à faire de l'esprit, où allons-nous ? »

Ils redevinrent sérieux. C'était le moment de se dire adieu. Ils se donnèrent l'accolade, gauchement, et même Berni ne trouva pas de blague adaptée à la circonstance.

Avant que Mikael ne monte en selle, le capitaine s'approcha.

« Salue le baron de ma part », lui dit-il. Puis, baissant la voix : « Le seigneur d'Ojsternig est passé par ici il y a deux jours avec cinquante cavaliers armés jusqu'aux dents. Il a mis à prix la tête d'un jeune rebelle et raconté partout qu'il passerait par Kirchbach. » Il lui serra l'épaule d'une main qui avait dû être ferme et puissante. « Prends soin de toi, mon garçon. Et fais attention. »

67

Le troisième jour du mois d'août, on aperçut Ojsternig au débouché de la Raühnvahl, à plus d'une lieue de distance. Si bien que, lorsqu'il fit son entrée dans le château avec ses hommes en soulevant la poussière, Agomar était là pour l'accueillir.

Il remarqua aussitôt qu'Ojsternig semblait fatigué par le voyage. Mais il lut aussi une émotion intense dans son regard, entre excitation et colère.

À peine descendu de cheval, il vit le gros billot ensanglanté. « Tu as eu du travail ? »

Marcus arriva.

Ojsternig ne lui accorda pas un regard.

« J'ai dû ordonner une exécution, répondit Agomar.

— Des rebelles ?

— Pire, dit Agomar avec un air de consternation. Vous vous rappelez Lelio, l'assistant engagé par le comptable ? »

Ojsternig acquiesça.

« On a découvert qu'il voulait tuer votre héritier.

— Quel aurait été son intérêt ? » répliqua Ojsternig.

Agomar tourna la tête vers Marcus.

Ojsternig porta la main à son poignard, bouillant d'une colère terrible, et fit un pas vers Marcus. « Toi ?

— Non, Seigneur, ce n'est pas ce que vous croyez, intervint promptement Agomar, qui retint son bras. L'aide-comptable a bien essayé de corrompre le prince, dans le but d'obtenir des privilèges. Mais le prince est venu me trouver et l'a dénoncé. »

Lentement, la main d'Ojsternig se desserra autour de son poignard, tandis qu'il fixait Marcus. Il colla son visage au sien, plissant les paupières. « Chiffe molle, finit-il par dire, ou tu es plus intelligent que je ne croyais, ou tu es encore plus bête.

— J'ai seulement fait mon devoir », répondit Marcus d'une voix incertaine. Il baissa les yeux.

Ojsternig le fixait toujours en silence. Il prit Agomar par le bras et l'emmena à l'écart. « Je veux que tu doubles la garde.

— Le danger a été évité.

— Pas pour cette histoire, dit Ojsternig en liquidant l'affaire d'un revers de la main. À Constance, j'ai rencontré le ramasse-merde, et aussi la Folle. » Un sourire satisfait et féroce se dessina sur son visage. « Et je crois bien avoir blessé à mort le chef des rebelles.

— Volod le Noir ? demanda Agomar, étonné. Mais qu'est-ce qu'ils faisaient à Constance ?

— Aucune idée. » Il haussa les épaules. « Mis à part le fait qu'ils exhibaient la Folle comme chanteuse, ajouta-t-il en riant. Tout le monde l'appelait la Sainte. » Il eut une moue de dégoût. « Jamais vu autant de racaille rassemblée qu'à Constance. En tout cas, après cet incident, l'empereur m'a autorisé à quitter la cour… à condition que je m'engage à ne pas attenter à sa vie. Quels idiots !

— Pourquoi doubler la garde, alors ? » demanda Agomar. Il avait du mal à suivre le raisonnement. « Puisque vous avez tué le chef des rebelles… »

Ojsternig le saisit vigoureusement aux épaules. Ses yeux étaient presque animés par la joie. « Parce que le ramasse-merde va revenir. » Il sourit. « C'est lui qui a fait s'échapper la Folle, j'en suis sûr maintenant. Je ne sais pas encore comment il a fait, mais j'ai bien l'intention de le découvrir. Il reviendra forcément libérer sa femme et son fils.

— Mais comment il sait pour l'enfant ? demanda Agomar, stupéfait.

— Je lui ai dit, répondit Ojsternig, radieux. Il reviendra. Et là, nous l'aurons. » Il éclata d'un rire satisfait. « Je veux voir mon héritier, maintenant », dit-il en marchant vers l'entrée du palais. Soudain il s'arrêta et attira Agomar à lui. Il chuchota : « La chiffe molle ne me sert plus à rien. Occupe-toi de son départ.

— Vous êtes sûr, Seigneur ?

— De quoi ? répliqua durement Ojsternig.

— Eh bien… je pensais… » Agomar hésita. « Est-ce qu'il ne serait pas plus prudent de laisser grandir l'héritier jusqu'au moment où vous serez sûr qu'il survivra ? »

Ojsternig le fixa. L'éclair d'un soupçon voila son regard, avant que ses yeux ne redeviennent de glace. « Tu discutes mes ordres, Agomar ? Tu me caches quelque chose ?

— Non, Seigneur, fit Agomar, la tête baissée en signe de soumission.

— L'enfant est le fils du ramasse-merde et de la serve. Il sera aussi fort qu'eux, dit Ojsternig. Ce sont les fils des nobles qui n'arrivent pas à grandir. Ils sont comme l'avoine gorgée d'eau.

— Je m'en occuperai, Seigneur. »

Ojsternig, entré dans le palais, guetta par une petite fenêtre qui donnait sur la cour. Il vit Agomar discuter avec Marcus, et monta à l'étage.

À son entrée, Eloisa allaitait le bébé, son corsage complètement délacé.

Elle se tourna dans l'autre sens, essayant de se couvrir aux yeux d'Ojsternig.

Agnete fut aussitôt debout.

« Père », dit Lukrécia.

Ojsternig la regarda à peine. « Fille. » Il s'approcha d'Eloisa.

Harro grogna.

Ojsternig lui donna un coup de pied. « Je croyais que tu avais fini par crever, toi. Il faut croire que je t'ai pas envoyé assez de coups de pied.

— Sage, Harro », dit Lukrécia en s'agenouillant près du chien, alors qu'Ojsternig s'apprêtait à lui en lancer un autre.

Ojsternig haussa les épaules et marcha vers Eloisa. « Montre-moi mon héritier, dit-il en la saisissant par l'épaule pour l'obliger à se tourner.

Eloisa tirait sur son corsage pour couvrir son autre sein.

Ojsternig regarda l'enfant. Il tendit la main pour lui caresser la tête.

Eloisa recula.

« N'essaie même pas », siffla Ojsternig. Il tendit de nouveau la main et la passa sur les cheveux blonds du bébé, qui tétait placidement. « On voit tout de suite qui est le père, dit-il avec satisfaction. Ils se ressemblent comme deux gouttes d'eau.

— Seigneur, dit alors Lukrécia, je dois vous parler… »

Ojsternig ne lui prêta aucune attention et continua de regarder l'enfant qui tétait.

Agnete fit signe à Lukrécia de poursuivre. Il fallait absolument lui parler du complot de Marcus et d'Agomar.

« Père… reprit Lukrécia.

— Quoi ? » dit Ojsternig, qui s'impatientait, en se retournant vers sa fille.

Lukrécia ouvrit la bouche, mais Agomar surgit.

Lukrécia se tut.

« Prince », dit Agomar en lançant un regard furtif à Lukrécia. Car Lucilla, sa maîtresse et son espionne, avait entendu leur projet. Il lui fallait d'urgence empêcher Lukrécia de parler à Ojsternig. « Je voulais me concerter avec vous sur cette affaire… mais je vois que vous êtes occupé. De son côté, Arialdo de Tarvis semble avoir hâte de vous informer de l'état de vos finances. D'ailleurs vous voudrez peut-être manger et vous reposer. Un cygne rôti vous attend. »

Ojsternig acquiesça, irrité. « J'arrive. » Il se tourna vers Eloisa. « Tu as assez de lait ?

— Je n'en manque pas », répondit Eloisa.

Il caressa une nouvelle fois la tête de l'enfant, ignorant de ce qui se tramait autour de lui. Ojsternig fixa Eloisa dans les yeux. « Il s'appellera Marcus III », lui dit-il d'un ton de défi.

Eloisa soutint son regard, avec fierté. « Oui », répondit-elle.

Ojsternig fronça les sourcils, surpris. Puis il se tourna vers Lukrécia et lâcha d'un ton distrait : « Je n'ai pas le temps de m'occuper de toi en ce moment. »

Agomar lança un regard à la princesse.

« J'ai faim, dit Ojsternig à Agomar. Dis à Arialdo de m'apporter ses livres à table. » Pendant qu'il s'éloignait, les trois femmes l'entendirent : « Je me moque des détails du départ. Tu t'en occupes, c'est tout. »

« Agomar suspecte quelque chose », dit Eloisa d'une voix sourde.

Cet après-midi-là, Lukrécia, avant d'avoir pu parler à son père, fut saisie d'une douleur à l'estomac. Elle s'écroula au sol et un liquide verdâtre écuma à ses lèvres.

Agnete comprit aussitôt qu'elle avait été empoisonnée. Elle courut jusque chez elle et prit tous les antidotes qu'elle avait. Mais quand elle revint dans la chambre de Lukrécia, celle-ci avait déjà perdu ses esprits. Aux rares moments où elle ouvrait les yeux, elle délirait et se tordait de douleur.

Ojsternig était assis sur le lit de sa fille. Il n'arrivait pas à comprendre ce qu'il ressentait. Dans son cœur, outre la colère, s'agitait un sentiment qu'il ne voulait pas reconnaître. « Elle vivra ? demanda-t-il à Agnete ?

— J'en doute, répondit-elle. Je ne sais pas quel poison a été utilisé, mais il est puissant. »

Ojsternig l'attrapa par le cou, serrant jusqu'à l'étouffer. « Si elle meurt, tu mourras avec elle ! »

Quand Ojsternig relâcha sa prise, Agnete toussa puis dit, sans peur : « Alors je vais commencer à recommander mon âme à Dieu, parce que je ne crois pas pouvoir la sauver. »

Ojsternig grinça des dents et serra les poings si fort

que les jointures de ses doigts blanchirent. Il frappa Agnete d'une gifle violente qui fit saigner sa lèvre inférieure. Immobile, il soufflait comme un taureau. Il la menaça du doigt. « Fais tout ce que tu as à faire, dit-il avec férocité. Ne te laisse pas distraire en prières. Avant de te couper la tête, je te laisserai le temps d'invoquer Dieu.

— Déshabille-toi... », dit Lukrécia d'une voix faible, dans son délire.

Ojsternig se tourna vers le lit.

« Je ne suis pas... je ne suis pas comme elle... continua Lukrécia en s'agitant, pâle et à bout de forces. Je suis désolée, père... je ne suis pas elle... »

Ojsternig ne bougeait plus. Il savait de quoi sa fille parlait. À quel cauchemar elle était en proie.

« Ça fait mal, père... », dit encore Lukrécia dans un souffle de voix.

Ojsternig se souvenait de la nuit où sa fille avait prononcé ces mots. La première fois qu'il l'avait prise, quand il voyait en elle un peu de son épouse qui avait tant excité ses sens.

« Ne m'appelle plus... jamais père... », soupira Lukrécia.

Il se rappelait lui avoir dit cette phrase.

« Ne m'appelle pas père... pendant que nous faisons... » Lukrécia haletait. La phrase se brisa dans sa gorge, laissant place à un gémissement de douleur. Elle se tordait de douleur.

Mais Ojsternig ne savait pas si ce tourment n'était pas plutôt dû au souvenir de cette première nuit, quand il avait pris sa virginité.

« Je ne le dirai... plus jamais... reprit Lukrécia. Plus jamais... je vous le jure... »

Et depuis ce jour, chaque fois qu'il avait abusé d'elle, Lukrécia n'avait plus rien dit.

« Père... », murmura Lukrécia. Juste ce mot-là.

Ojsternig se sentit profondément mal à l'aise. Il ne voulait plus entendre sa fille. Il se tourna vers Agnete. « Si tu es sûre qu'elle ne survivra pas, donne-lui une mort rapide ! » Il hurlait presque.

« Comme à une bête ? dit Agnete.

— Père... », répéta Lukrécia d'une voix faible, une voix de petite fille, une sorte de prière.

« Faites-la taire ! ordonna Ojsternig en poussant Agnete vers le lit de Lukrécia.

— Votre Seigneurie, dit alors Agnete, ce que votre fille voulait vous dire...

— Ça ne m'intéresse pas ! » cria Ojsternig.

Mais Agnete avait décidé de ne plus se taire, sans savoir ce qui se passait dans la tête d'Ojsternig. « Votre fille a découvert qu'Agomar et Marcus projetaient de vous tuer », dit-elle tout à trac.

Ce fut pour lui comme un seau d'eau glacée, qui l'arracha à son malaise et le ramena à la réalité. Il fixa un instant Agnete. Il sentait la colère l'envahir. Soulevant la table à bout de bras, il la projeta dans les airs. Le meuble retomba sur le sol avec un bruit sourd. Ojsternig se dirigea vers la porte.

« Père... », murmura Lukrécia.

Il claqua violemment la porte derrière lui et marcha à pas vifs dans le couloir, sans voir la servante de belle apparence s'éloigner sur la pointe des pieds pour avertir Agomar que tout était découvert.

Ojsternig monta en selle et quitta le château. Une fois dans la forêt, il s'arrêta et descendit de cheval. La tête lui tournait. Il sentit comme un craquement en lui, une déchirure, et une brûlure dans sa poitrine. Il avait ressenti la même chose le jour où Emöke lui avait lancé sa malédiction : « Tu aimeras. » Ce jour-là aussi une sorte de fissure s'était ouverte. Mais il avait réussi à la refermer. Il y parviendrait encore. Le gel qui empêchait les sentiments de l'affaiblir finit par descendre en lui, éteignant cette chaleur qui avait brûlé dans sa poitrine et l'avait rendu un instant vulnérable.

Quand il rentra au château, Agomar l'attendait.

« Qu'est-ce que tu veux ? demanda Ojsternig d'une voix dure, métallique.

— Je dois vous avouer un grave manquement, dit Agomar, d'une voix contrite. J'ai commis une grosse erreur.

— C'est ce que je crois », lui rétorqua Ojsternig, le visage tendu et la main sur son poignard.

Agomar lui tendit un petit flacon de verre ambré.

Ojsternig ne le prit pas. « C'est quoi ?

— Du poison, répondit Agomar. Votre fille a été… » Il s'interrompit, secouant la tête. « J'ai fouillé la chambre de Marcus. » Il agita le flacon. « Et j'ai trouvé ça. » Baissant la tête, il ajouta. « Mon erreur a été de croire que je pouvais le garder sous contrôle. Pendant votre absence, il m'avait approché pour vous tuer et devenir le seigneur. Mais il ne voulait pas vivre ici, il voulait seulement une rente généreuse. Il m'aurait laissé le gouvernement du royaume. »

Ojsternig le fixait d'un regard impassible.

« J'ai pensé qu'en lui faisant croire que j'étais de son côté, je pourrais connaître son plan. Je sais bien qu'il n'a pas d'avenir, vous l'avez encore confirmé aujourd'hui, et en fait… » Agomar laissa sa phrase en suspens.

« Et en fait, au lieu de m'empoisonner, il a empoisonné ma fille ? dit Ojsternig, avec une pointe de scepticisme. Ça n'a aucun sens.

— C'est vous qu'il voulait empoisonner, à mon insu, répliqua Agomar. Mais un marmiton, en cuisine, a échangé les plats sans s'en rendre compte. »

Ojsternig le regarda en silence. « Que de choses tu as découvertes, en si peu de temps, dit-il enfin. Et que de choses tu m'as cachées.

— Si vous n'avez plus confiance en moi, dit Agomar en courbant la tête, humblement agenouillé face à lui, j'accepterai votre juste punition. »

Ojsternig posa sa botte sur l'épaule d'Agomar. « Ça t'arrive de revoir tes hommes en rêve ? Ceux que tu as trahis, que tu m'as laissé éliminer comme des chiens galeux ? »

Sans lever les yeux, Agomar répondit : « Je vis dans la réalité. Je ne prête pas attention aux rêves.

— Moi non plus. » Il poussa Agomar du bout de sa botte et le fit tomber à terre. « Apporte le flacon de poison à la sage-femme, immédiatement. »

Ojsternig pénétra dans son palais.

Une fois à l'intérieur, il prit appui contre le mur froid, et respira à fond, réfléchissant à quelque chose de bien cruel. Le seul moyen de tenir la faiblesse à distance.

Quand il eut trouvé, savourant d'avance son plaisir, il monta dans la chambre d'Eloisa. « Ton ramasse-merde est sur le chemin du retour. »

Une lueur d'espoir s'alluma dans les yeux de la fille.

Il sourit, méchamment. « Tu peux déjà lui dire adieu. Je lui prépare une petite surprise amusante. »

68

Mikael était accroupi depuis une demi-heure dans les fougères qui bordaient la forêt de Mezesnig, au sud du pont sur l'Uque, gardé par deux soldats. Il surveillait la maison d'Agnete, qui se trouvait à trois cents pieds à peine, mais était entièrement à découvert.

Le jour de leur arrivée dans la Raühnvahl, il avait ordonné à ses hommes d'aller dans l'ancienne cachette des rebelles. Puis il était descendu seul vers la vallée, s'arrêtant au milieu de la forêt. On était à la mi-août, les nuits étaient chaudes. Il avait dormi sur les feuilles, entre deux rochers. À l'aube, il avait attaché son cheval à l'orée du bois. Depuis, il observait le réveil du village.

En presque un an, avec la venue des bûcherons et de leurs familles, le nombre d'habitations avait augmenté. Au moins vingt baraques de plus, sans compter trois étables et une énorme scierie à l'arrière de laquelle un entrepôt logeait sans doute des apprentis. Plus d'une centaine d'habitants supplémentaires peut-être, ce qui compliquait ses mouvements. Il pouvait se fier aux gens du village, qui ne le dénonceraient pas. Mais il ignorait la réaction des nouveaux venus. Sans parler d'Eberwolf, qui serait ravi de le capturer, en parfait traître qu'il était.

La quantité de bétail qui paissait, vaches et moutons, avait triplé. En regardant les alentours, Mikael eut la vision de ce que serait dans quelques années sa belle et riche vallée. Les bêtes, trop nombreuses pour les prés mis en pâture, avaient commencé à dévaster les pentes du Mezesnig, empêchant la forêt de repousser. La coupe systématique des arbres faisait le reste. Le Mezesnig ne serait un jour plus qu'un mont pelé. Ojsternig administrait le royaume avec son avidité brutale et s'emparait de tout, sans songer à l'avenir.

Mikael était resté caché une heure, sans voir de mouvement chez Agnete. La baraque semblait inhabitée. À l'extérieur, l'incurie régnait. La pile de bois pour l'hiver s'était écroulée. Les bûches éparpillées dans l'herbe pourriraient aux premières pluies. Deux moutons s'étaient introduits par une fente de la clôture et broutaient l'herbe haute devant le seuil.

Il eut un pincement d'inquiétude. L'absence d'Eloisa, certainement prisonnière au château, ne l'étonnait pas. Mais Agnete ? Était-elle morte ? Jamais elle n'aurait laissé des moutons déposer leurs excréments dans son pré. Ni l'herbe, refuge idéal des serpents et des rats, pousser aussi haut. Ni ce bois de chauffe, fendu et empilé à grand-peine, pourrir sur le sol. Il ne voyait pas Harro non plus.

Malgré ces interrogations, Mikael résistait à la tentation d'approcher un des villageois qui travaillaient dans les champs d'avoine et d'orge, quand il vit tout à coup Agnete marcher dans la rue principale.

Son cœur fit un bond. « Elle est vivante ! »

Elle marchait d'un pas vif, comme poussée par une urgence.

Il regarda autour de lui. Comment atteindre la baraque sans être vu ? De l'autre côté du torrent, sur la grève, deux grosses vaches paissaient tranquillement. Elles portaient de larges et solides colliers de cuir. Mikael sortit des fourrés, traversa à gué les eaux, peu profondes en cette période de l'année, et rampa à quatre pattes jusqu'aux deux bêtes. Il leur parla doucement, comme faisaient les paysans pour les tranquilliser, avant d'en attraper une par son collier. La vache ne fit pas d'écart. « Tout doux », murmura Mikael en la caressant. La bête, d'abord réticente puis docile, se laissa conduire à travers le pré jusqu'à la baraque d'Agnete, maintenant rentrée chez elle. Caché derrière la masse de l'animal, Mikael atteignit l'arrière de la baraque. Il rampa dans l'herbe haute et se faufila dans ce qui avait été sa maison.

Entendant un bruit dans son dos, Agnete se retourna juste à temps pour voir une silhouette encapuchonnée bondir sur elle, poser la main sur sa bouche et l'écarter de la fenêtre.

« C'est moi, chuchota Mikael. C'est moi. »

Les yeux d'Agnete se dilatèrent, sa bouche s'ouvrit, elle serra entre ses mains le visage de Mikael, lui donna des baisers, lui tira les cheveux, répétant sans arrêt : « Mon gamin… mon gamin… mon gamin…

— Oui, c'est moi, dit Mikael tout ému. C'est moi…

— Mon gamin… », dit encore Agnete. Puis ses yeux se remplirent de larmes, qu'elle essuya du revers de la main avant de se mettre à rire. « Eloisa le disait bien, que tu reviendrais. » Mais l'inquiétude apparut bientôt sur son visage. « Qu'est-ce que tu fais ici ? C'est trop dangereux ! Ojsternig...

— Chut... », dit Mikael en posant le doigt sur ses lèvres. Il l'attira contre elle et la garda serrée.

« Mon gamin... », répéta Agnete en s'abandonnant à son étreinte. Puis elle s'écarta de lui lentement, pour le regarder bien en face. « C'est vraiment toi », dit-elle, comme pour s'en convaincre.

Mikael lut un profond chagrin dans ses yeux. Il avait peur de poser la question mais ne put s'en empêcher : « Eloisa ?

— Elle va bien... commença Agnete d'une voix hésitante.

— J'ai un fils ? » insista Mikael.

Agnete fit signe que oui. « Tu l'as... », dit-elle douloureusement. « Sans l'avoir...

— Comment ça ?

— Viens, gamin, assieds-toi », dit-elle en le prenant par la main. Ils s'assirent autour de la table. Agnete cherchait ses mots.

« Je vous en supplie ! »

Alors Agnete, d'une voix anxieuse, lui parla d'Eloisa, de sa joie en entendant le message apporté par Lucio, de la mort d'Eberwolf, du plan cruel d'Ojsternig, de leur captivité au château, de la princesse Lukrécia qui se trouvait entre la vie et la mort. Quand elle eut fini, elle baissa la tête. Elle prit la main de Mikael dans les siennes. « Il faut que tu sois fort », dit-elle. Relevant la tête, elle vit dans ses yeux une lueur qui la surprit. « Te voilà un homme, murmura-t-elle.

— Je ne le laisserai pas faire, marmonna-t-il, perdu dans ses pensées.

— Fais pas de folies, le supplia Agnete. Regarde-moi et écoute-moi. Tu ne peux rien faire. Ojsternig a une troupe entière de gens armés, plus de cent cinquante soldats. C'est lui qui a dit à Eloisa que tu n'allais pas tarder à revenir… » Elle s'arrêta un instant. « Mais comment il l'a su ? demanda-t-elle.

— Peu importe, répondit Mikael, les dents serrées.

— Écoute-moi, je t'en supplie, reprit Agnete avec la même voix angoissée. Quand le bébé sera sevré, Ojsternig n'aura plus besoin d'Eloisa et elle reviendra. Alors vous pourrez vous enfuir tous les deux, et refaire votre vie…

— Et mon fils ? » demanda Mikael, les narines dilatées par la colère.

Agnete baissa la tête sans répondre.

« C'est mon fils, scanda Mikael. Jamais je ne laisserai faire ça.

— Si tu te fais tuer, Eloisa vous perdra tous les deux. Tu y as pensé, à elle ? dit-elle avec chagrin.

— Il s'appelle comment ? »

Après une courte pause, Agnete dit : « Marcus III. »

Une expression de fierté apparut sur le visage de Mikael. « C'est le nom qui lui revient. »

Agnete sentit ses yeux s'emplir à nouveau de larmes. « Eloisa a dit pareil. »

Mais Mikael ne l'écoutait pas. Il bouillait de colère et répétait obstinément : « Je ne peux pas le laisser faire. »

Soudain, il y eut un bruit dehors. « Hé, la sage-femme ! »

Agnete sursauta.

Mikael porta la main à son poignard.

Agnete alla à la fenêtre. « J'arrive, canaille ! » Puis

elle se tourna avec effroi vers Mikael. « Sois pas idiot ! Ils sont trois et ils sont armés. Il faut que je rentre au château », dit-elle en déplaçant le coffre qui couvrait la trappe. « La princesse est en train de mourir. Je cherche un antidote, même si je n'ai guère d'espoir. » Elle souleva la trappe. « Fais-le pour Eloisa. Cache-toi et attends qu'on soit partis. »

Mikael se glissa dans la trappe. Tandis qu'Agnete la refermait et remettait le coffre en place, il replongea dans son passé. C'était là que sa nouvelle vie avait commencé. Là qu'il avait appris à résister au froid. À s'appeler Mikael et non plus Marcus II de Saxe. Là qu'il avait rencontré Hubertus, le petit rat, son premier ami. Il eut un pincement au cœur en devinant dans l'obscurité la couche où il avait passé tant de mois à se transformer de prince en serf de la glèbe.

« Dis donc, t'as pas fini ? dit un soldat en entrant dans la baraque.

— Non, j'ai pas fini, imbécile, répondit Agnete d'un ton agressif.

— Combien de temps il te faut encore ? » continua le soldat. Ses lourdes bottes martelaient le plancher.

Mikael se rappela combien c'était réconfortant, à l'aube, d'entendre les premiers mouvements d'Agnete et Eloisa, quand elles se réveillaient. Comme il devait se sentir seul, à se contenter ainsi du bruit de leurs sabots au-dessus de sa tête. Et la soupe chaude du matin, quand il y trempait ses doigts engourdis par le froid avant de la manger. Le bout de lard qu'un jour Eloisa y avait ajouté. Ou l'oignon, qu'il avait partagé avec Hubertus. Pourtant, au lieu de s'en émouvoir, il frémissait de colère. Il serra son poignard de toutes ses forces. « Tu ne m'enlèveras pas ce que j'ai conquis, murmura-t-il. C'est à moi. »

« Agomar t'a donné le poison, continuait de pester le soldat. T'en mets un temps à le trouver, ton antidote !

— Tu veux le faire toi-même ? s'exclama Agnete. Parfait. Installe-toi. Voilà mes herbes. Sauve-la toi-même, la princesse. »

Le soldat lâcha alors : « Grouille-toi, la vieille. »

Mikael entendit Agnete rassembler des flacons et les mettre dans un sac. « Fais attention à pas les casser, sale bête sans cervelle », dit-elle au soldat.

Mikael entendit le soldat se diriger vers la sortie.

« Tu sais que le vieux Raphael va très mal ? dit alors Agnete, d'une voix plus forte.

— Qui ça ?

— Tu devrais aller le voir, continua Agnete de la même voix forte.

— Je le connais même pas, ton foutu Raphael ! Tu deviens gâteuse ou quoi ? » répondit le soldat en sortant.

Mikael savait qu'elle s'adressait à lui.

« Eh bien, moi je te dis que tu devrais aller le voir, au contraire », conclut Agnete de sa même voix.

Mikael entendit les soldats ricaner. Les chevaux s'éloignèrent. Quand il fut certain d'être resté seul, il remonta la petite échelle, au barreau toujours cassé. Il poussa sur la trappe et la souleva sans effort, malgré le poids du coffre. Il se souvint du mal qu'il avait eu autrefois pour sortir, la nuit où Hubertus, répondant à l'appel de la nature, s'était échappé. Alors que lui, il avait peur de sortir de cet endroit obscur, peur d'affronter la vie. Il se souvenait aussi des brimades d'Eberwolf et de sa terreur, quand il se sentait le plus faible de tous, incapable de faire leur travail. Mais aujourd'hui, il était fort. « Non, Ojsternig, tu ne m'enlèveras pas ce qui m'appartient », dit-il en se redressant.

Dehors, plus de vache derrière laquelle se cacher. Heureusement, il était très rapide. Même si on le voyait, on ne pourrait pas le rattraper. Son cheval était dans les fourrés, et la forêt était son élément. Il s'élança tête baissée et couvrit les trois cents pieds en un éclair. Au moment de sauter sur la grève, il jeta un regard en arrière pour s'assurer que personne ne le suivait. Il manqua alors se cogner dans un homme habillé en bûcheron qui remontait du torrent et qu'il ne connaissait pas.

Leurs regards se croisèrent un instant.

Le bûcheron vit le poignard que Mikael avait aussitôt dégainé. « J'ai rien, me tue pas ! » pleurnicha-t-il, persuadé d'avoir affaire à un brigand.

Il dépassa le bûcheron d'un bond et pénétra dans les fourrés. En se retournant, il le vit courir vers les soldats sur le pont et leur montrer du doigt l'endroit où il avait disparu.

Aussitôt en selle, il commença à monter dans la forêt, en restant à l'écart de la route. Quand il aperçut le Doigt de Moïse, qui dominait le petit méplat où se dressait la cabane de Raphael, il passa la bride de son cheval autour d'une branche basse de mélèze. À côté du mulet de Raphael, un autre cheval était attaché à la clôture. Il le reconnut aussitôt. Le cheval pie de Lucio, blanc et rouge.

Sans grande prudence, il traversa le pré où il avait

appris à piocher quand il était petit et entra dans la cabane.

Lucio, assis au bord de la couche de Raphael, bondit sur ses pieds, son poignard à la main.

Mikael leva les mains en l'air. « C'est moi, Lucio », dit-il avec un sourire radieux. Ils s'étreignirent avec fougue. Ce fut alors qu'il vit Raphael, couché.

Le vieil homme souriait. Mais il était pâle et amaigri, ses forces semblaient l'avoir abandonné. Il était plus maigre, plus menu. La peau des mains ratatinée, les doigts tordus. Mais dans ses yeux la même lueur d'intelligence brillait. « Mon garçon ! s'exclama-t-il avec joie. J'espérais te revoir. Voilà un beau cadeau.

— Comment vous allez ? » demanda Mikael en s'agenouillant à ses côtés.

Raphael sourit, serein et mélancolique à la fois. « J'arrive à la fin du voyage, répondit-il.

— Comme d'habitude, vous ne dites que des bêtises, dit Mikael en hochant la tête.

— Comme d'habitude, tu ne comprends rien », répliqua Raphael avant de lui prendre la main.

Mikael sentit combien sa prise était faible.

Raphael le regardait. « Tu es revenu, dit-il, heureux. Tu as appris à te servir de l'épée ?

— J'ai besoin que vous m'appreniez encore quelques trucs, dit Mikael. Comme avec la pioche. »

Raphael rit doucement à ce souvenir. « Quel mauvais paysan tu faisais. Mais je suis sûr que tu t'en sors mieux avec l'épée. Tu l'as dans le sang. Je le sais…

— Pour l'amour de Dieu, ne recommencez pas avec cette histoire de mon cœur qui est fort ! plaisanta Mikael.

— Tu l'as nourri ? » demanda Raphael, sérieux.

Mikael aussi devint sérieux. « Non, à Constance il se transformait en prune sèche. » Il sourit. « Mais depuis que j'ai décidé de revenir il s'est remis à battre. »

Raphael posa la main sur la poitrine de Mikael. « Oui », murmura-t-il.

Ils se regardèrent dans les yeux, comme autrefois, longtemps, sans parler.

Puis Mikael dit : « Le commandant militaire de Kirchbach vous envoie ses salutations.

— C'est qui ? demanda tout à coup Raphael, avec un voile de tristesse dans les yeux.

— Je ne sais pas comment il s'appelle, répondit Mikael. Mais il m'a montré deux horribles cicatrices en forme de croix sur sa poitrine. Il a dit que vous sauriez qui il est. »

Raphael acquiesça. Ses yeux devinrent humides. « Ettore Salvemini », murmura-t-il affectueusement. Il sourit à Mikael et dit : « Laisse-moi me reposer un peu, mon garçon. Lucio et toi, vous avez sûrement beaucoup de choses à vous dire. » Son regard se voila, perdu dans le passé.

Mikael se leva et rejoignit Lucio qui préparait le dîner. « Comment va ta famille ? Tu les as revus ? »

Lucio souriait en remuant la soupe d'orge et de lapin. « Oui. Les deux garçons ont forci.

— Et ta femme ? » demanda Mikael avec une pointe d'inquiétude.

« J'avais oublié qu'elle pétait tout le temps, dit Lucio en riant. Mais j'arrive à la rencontrer une ou deux fois par semaine, donc c'est pas trop dur. » Ses yeux brillaient d'amour.

« J'ai appris que tu avais porté mon message à Eloisa. Merci.

— Une promesse est une promesse », répondit Lucio en haussant les épaules, gêné. « Ici, c'est pire qu'avant, poursuivit-il. À Dravocnik, il y a moins de surveillance et moins de soldats depuis que ce bâtard d'Ojsternig s'est installé dans ta vallée. Mais crois-moi, la misère est terrible. Il y a des mineurs qui creusent avec leurs ongles pour trouver un nouveau filon. D'autres ont réussi à s'enfuir. Beaucoup sont morts en chemin, avec leur famille… »

Mikael hocha la tête et dit : « Volod aussi est mort loin de chez lui. »

Lucio ne dit rien. Il baissa seulement les yeux sur la marmite, fixant en silence la soupe qui bouillait paresseusement.

Mikael resta silencieux lui aussi. On aurait dit qu'ils priaient tous les deux pour Volod.

« Il y en a d'autres qui ne baissent pas les bras, reprit Lucio. Je les ai organisés comme Volod nous a appris. On est une cinquantaine. Mais on n'a pas de vrai chef. C'est un peu la débandade. On fait des petites razzias de bétail. Ojsternig a tellement de bêtes qu'il ne s'en aperçoit même pas. Et de temps en temps on attaque un convoi de marchands qui trafiquent avec lui. » Il leva les yeux vers Mikael. « T'as vu ce qu'ils ont fait de la forêt ? »

Mikael acquiesça.

« Les cerfs ont quasiment disparu. Les loups n'ont plus de proies, et on commence à en voir aux alentours de Dravocnik qui viennent fouiller dans les ordures. Un jour ou l'autre, ils tomberont sur un gosse qui se sera éloigné de sa mère. Et quand ils auront goûté à la chair humaine, ils descendront en meute de la montagne. » Il fit une pause. « T'es revenu pour être notre chef ?

— J'en sais rien…

— De temps en temps, je parle avec des gens de la Raühnvahl, quand j'en rencontre dans la forêt, reprit Lucio, sérieux. Tu ne peux pas imaginer comment ils parlent de toi. Tu es celui qui s'est toujours opposé à Ojsternig. Celui qui a libéré Emöke. Ils disent aussi que déjà quand tu étais petit tu les avais sauvés… » Il le fixa intensément. « Tu n'as pas idée de ce que tu as fait pour eux…

— Conneries.

— Non, continua Lucio. Tu as planté une graine dans leur tête…

— Je n'ai rien planté du tout, esquiva Mikael. Cette graine-là, ils l'avaient déjà en eux.

— Alors tu l'as fait germer, répliqua Lucio. Là-bas, ils parlent plus de toi que de Volod le Noir. » Il le prit par les épaules. « Il n'y en a pas beaucoup qui naissent avec le don que tu as. Je sais pas ce que c'est. Mais je sais que ce don-là, c'est celui de tous les chefs. »

Mikael s'agita, mal à l'aise.

« Tu es capable de faire naître l'espoir, reprit Lucio. Ne les abandonne pas. »

C'était exactement ce qu'il avait dit à Volod, quand il l'avait rencontré dans sa cachette de la forêt, pensa Mikael. Non. Il ne les abandonnerait pas. Il se tourna vers Raphael. « Il vous aide ? »

Lucio sourit. « Il nous a toujours aidés. C'est un grand homme. » Il regarda Mikael. « Il a un faible pour toi. Quelquefois, la nuit, quand la fièvre monte, il dit ton nom. »

Mikael alla s'asseoir près du vieil homme, ému.

Il respirait doucement, les yeux fermés. Sans les ouvrir, il tendit la main.

Mikael la prit dans la sienne et lui demanda : « Vous nous avez entendus ? »

Raphael acquiesça. « Oui, et ça ne m'étonne pas.

— Je ne sais pas par où commencer », dit Mikael.

Les yeux toujours fermés, le vieil homme lui tâta la poitrine et posa la main sur son cœur. « Réponds sans réfléchir. Pourquoi es-tu revenu ?

— Pour Eloisa et pour mon fils.

— Pas seulement.

— Parce qu'il est temps que le monde change. »

Raphael hocha la tête, silencieux. « Oui, il est temps, finit-il par dire. Tu vois que tu sais par où commencer, à l'intérieur de toi ? » Puis il demanda qu'on l'aide à se lever et tous trois s'assirent à table pour manger.

La nuit, dehors, commençait d'effacer les contours.

Soudain, dans le silence, on entendit un galop dans le pré.

Mikael et Lucio bondirent et se placèrent de chaque côté de la porte, le poignard à la main.

« C'est peut-être un de mes hommes, chuchota Lucio. Je l'ai envoyé rôder autour du château pour savoir s'il y avait des convois prêts à partir ou arriver. »

Quelques instants après, on frappa : trois coups, suivis de deux autres.

Lucio se détendit et ouvrit la porte. « Entre, Gabriel. » Il indiqua Mikael. « C'est un vieil ami, du temps de Volod le Noir. T'en as entendu parler, c'est Mikael de la Raühnvahl. »

Gabriel, petit et malingre, dans les vingt ans, ouvrit de grands yeux. « T'es le Mikael qui a fait s'évader la Folle du château d'Ojsternig ? » s'exclama-t-il avec admiration.

Mikael lui jeta un regard dur. « Si tu l'appelles encore une fois la Folle, je te casse toutes les dents. »

Raphael rit de bon cœur.

« Alors ? T'as découvert quoi ? » demanda Lucio.

L'autre secoua la tête. « Ça fait bien trois semaines que rien ne bouge.

— Assieds-toi et mange », dit Lucio.

Gabriel se jeta sur ce qu'il restait de soupe. Quand il eut fini et léché l'écuelle, il but une longue gorgée de bière. « Vous connaissez une certaine... Eloisa Veedon ? dit-il d'un ton distrait.

— Pourquoi ? dit aussitôt Mikael.

Raphael aussi se redressa sur sa chaise.

Gabriel les regarda. « Je suis désolé... murmura-t-il.

— Quoi ? explosa Mikael en l'attrapant par le col de sa chemise.

— Pendant que je venais ici, j'ai entendu les hérauts annoncer à grand bruit que... » Gabriel fit une pause, embarrassé. « Ils annonçaient que cette Eloisa Veedon est coupable d'avoir tenté d'arracher l'héritier à la princesse et que...

— Et que... ? » Mikael avait les yeux écarquillés d'angoisse.

« Elle sera exécutée après-demain. »

69

Eloisa n'arrivait pas à croire ce que sa mère lui avait dit, et ses journées, jusqu'alors gouvernées par l'angoisse de perdre son enfant, étaient devenues merveilleuses. Agnete avait vu Mikael. Et cette rencontre avait ravivé leur espoir. Son cœur était plein d'un amour encore plus grand. « Il est revenu ! » ne cessait-elle de se répéter, folle de joie. Elle chuchotait à l'oreille de son fils, en le couvrant de baisers : « Ton père est revenu ! »

Le lendemain soir, Ojsternig entra dans la chambre d'Eloisa.

« Où est ma mère ? » demanda-t-elle. Elle ne l'avait pas vue de toute la journée, alors qu'il lui était maintenant interdit, à elle, de quitter sa chambre. Elle était impatiente de se faire raconter une nouvelle fois la rencontre d'Agnete et de Mikael. De l'entendre dire, sans jamais s'en lasser, qu'il était vivant, qu'il était beau, qu'il était fort.

« Ta mère s'occupe de la princesse. Elle n'a pas de temps pour toi. » Puis il s'approcha et tendit les bras vers le bébé. « Donne-le-moi. »

Eloisa fit un pas en arrière.

Ojsternig lui arracha l'enfant des mains. « Il est à moi. »

Tout l'après-midi, Eloisa avait entendu rouler les tambours dans le village, au fond de la vallée. Elle savait que, quand les tambours retentissaient dans le royaume cruel d'Ojsternig, ce n'était jamais bon signe.

Ojsternig se tourna vers une vieille servante apparue sur le seuil, tenant un instrument bizarre et une bouteille d'étain scellée par une membrane. « Fais ce que tu as à faire », dit-il à la servante. Et il sortit avec le bébé dans les bras.

« Où emportez-vous mon fils ? hurla Eloisa.

— Ce n'est pas ton fils ! répondit Ojsternig depuis le couloir.

— Qu'est-ce qu'il se passe ? demanda Eloisa à la servante. »

La vieille femme la regarda. « Montre tes mamelles. »

Eloisa ne bougea pas.

« Sinon je serai obligée de faire venir deux soldats, dit la vieille d'un ton acerbe. Ils ont les mains rudes et ils sont violents. Facilite-moi la tâche, ça vaudra mieux pour toi. »

Lentement, Eloisa dénuda sa poitrine.

La vieille déboucha la bouteille d'étain et la posa sur la table. « Penche-toi en avant. »

Eloisa regarda l'instrument que tenait la servante. C'était un cône formé d'une corne de vache évidée. À la base, un levier monté sur une bague de fer plongeait à l'intérieur. La corne était cerclée d'une ventouse ronde de boyau souple.

« Penche-toi », répéta la vieille.

Eloisa se courba vers l'avant. Ses seins, gonflés de lait, se penchèrent avec elle.

« Ne bouge plus maintenant », dit la servante en posant la partie large de la corne sur son sein droit, avant de commencer à appuyer sur le levier.

Eloisa perçut une tension et le lait commença à goutter.

Quant le levier fut entièrement descendu, la vieille femme détacha la corne du sein d'Eloisa, précautionneusement, attentive à ne rien renverser, et versa le contenu dans la bouteille.

Eloisa regarda son sein. Elle le sentait fourmiller et vit une marque circulaire rouge là où le sommet de la corne s'était collé à sa peau.

« Encore, dit la vieille.

— Pourquoi je ne peux pas l'allaiter ? Qu'est-ce que ça veut dire, tout ça ? » demanda Eloisa, à qui l'angoisse coupait la respiration.

L'autre ne répondit pas. Elle appliqua de nouveau l'instrument sur le sein et continua jusqu'à en avoir tiré tout le lait.

Eloisa pleurait en silence, humiliée, courbée en deux, sans s'opposer. Son sein était douloureux, de petits vaisseaux s'étaient rompus autour du mamelon et formaient en surface un fin réseau rouge.

« L'autre, dit la servante. Bouge pas. » Elle approcha l'instrument de son sein gauche et recommença à la traire comme une vache.

La servante vida le second sein, remplit toute la bouteille et la reboucha d'un air satisfait. « Il n'aura pas faim, aujourd'hui », dit-elle en se retournant pour partir.

« Au nom de Dieu, qu'est-ce qui se passe ? »

demanda encore Eloisa en relaçant son corsage, les mains tremblantes.

Le roulement de tambour se rapprochait, sans qu'on distingue encore les paroles du héraut.

La porte s'ouvrit d'un coup.

« Ma fille ! » cria Agnete au désespoir, le visage sillonné de larmes.

Alors deux soldats surgirent. Ils s'emparèrent d'elle pour la tirer avec rudesse dans le couloir.

« Mère ! » hurla Eloisa en s'élançant vers elle.

Mais la porte se referma violemment, tandis que les cris d'Agnete devenaient de plus en plus angoissés.

« Mère ! » Eloisa se précipita sur la poignée.

La barre de fer était déjà retombée dans les encoches.

Elle força en vain la poignée puis tapa des deux poings sur la porte. « Mère !

— Dieu, non ! s'écria Agnete terrorisée. Dieu, je t'en prie, ne laisse pas faire ça ! »

Les tambours étaient maintenant aux portes du château.

Eloisa entendit un bruit sourd, et les hurlements d'Agnete s'éteignirent.

Elle colla l'oreille à la porte. Il lui semblait qu'on traînait un corps sur les dalles du couloir. Elle se retourna vers la vieille servante, les yeux écarquillés d'angoisse.

Les tambours firent leur entrée dans la cour. Le son des baguettes de bois sur la peau d'âne des instruments fit vibrer l'air, et le rythme saccadé envahit l'espace de la chambre.

« Je t'en supplie. Tu n'as donc pas de cœur ? » l'implora Eloisa, les mains tendues vers la servante.

Les tambours, ensemble, se turent.

« Après-demain, vendredi huit août de l'an 1415, avec la bénédiction de Dieu Tout-puissant et par la volonté de notre bien-aimé Seigneur, prince des royaumes de Dravocnik et de Saxe… » La voix tonitruante du héraut s'interrompit, tandis que les tambours roulaient de nouveau.

« Qu'est-ce qu'il va se passer après-demain ? demanda Eloisa, le cœur déchiré de terreur, craignant que Mikael n'ait été capturé.

— Après-demain, c'est le jour de ton exécution », répondit la servante. Un sourire malveillant découvrit sa bouche édentée.

Eloisa n'entendit plus rien. Ni les roulements de tambour ni la voix du héraut qui annonçait sa condamnation à mort. Tout était silencieux, en elle et autour d'elle. Elle tomba à genoux.

Elle resta là, immobile, sourde au monde entier, jusqu'au moment où la porte s'ouvrit. Deux soldats, précédés par Agomar, entrèrent et la soulevèrent de force, avec une violence qui la fit trembler de la tête aux pieds. Elle voulut se libérer, mais les soldats la tenaient fermement et la traînaient sans effort, malgré sa résistance.

Quand ils passèrent devant la porte de Lukrécia, elle fut brutalement consciente de ce que signifierait la mort de la princesse.

« Je vous en supplie, dit-elle à Agomar. Au nom de la miséricorde, laissez-moi parler une dernière fois à la princesse.

— La princesse est en train de mourir, répondit froidement Agomar.

— Je vous en supplie, répéta Eloisa avec fermeté. Vous ne pouvez pas me le refuser.

— Je peux faire ce que je veux », dit Agomar. Mais il ouvrit la porte de Lukrécia et fit signe aux soldats de la lâcher.

Eloisa entra dans la pièce, où l'on sentait les mauvaises odeurs des mourants, et celles des herbes qu'Agnete utilisait comme antidote pour combattre le poison.

Lukrécia gisait sur son lit. Ses yeux étaient voilés, à demi fermés. Eloisa se pencha à son chevet et murmura : « Princesse... » Lukrécia ne bougea pas.

Eloisa prit sa main dans la sienne. Elle était froide et inerte.

« Presse-toi », dit Agomar dans son dos.

« Princesse... reprit Eloisa, je vous en supplie, vous devez vivre... » Sa voix se brisa dans sa gorge. Elle posa la tête sur l'épaule osseuse de Lukrécia. « Princesse, vous devez vivre, je vous en supplie... sinon mon enfant... » Elle eut un hoquet puis sanglota. « Sinon mon enfant... reprit-elle, désespérée, n'aura personne pour prendre soin de lui...

— Allez, l'entrevue est terminée, dit Agomar, agacé.

— Vous me l'avez promis, princesse ! dit Eloisa en haussant la voix et en serrant sa main plus fort. Vous m'avez promis que vous lutteriez pour lui !

— Elle ne peut pas t'entendre, espèce de putain stupide, dit Agomar. T'as pas encore compris ? »

La main de Lukrécia bougea imperceptiblement, comme si elle voulait serrer celle d'Eloisa.

Eloisa retenait son souffle. « Mais si, elle m'entend », murmura-t-elle. Elle s'apprêtait à partir quand elle aperçut près du lit, sur un meuble bas, le flacon de poison à partir duquel Agnete avait cherché à distiller un antidote. Elle se releva et sans réfléchir glissa le flacon dans sa poche, à l'insu d'Agomar et des soldats.

Puis elle se laissa emmener dans les souterrains, où on l'enferma dans une cellule sombre et humide malgré l'été, à la fenêtre hors d'atteinte, mince comme une meurtrière.

Cette nuit-là, étendue sur la paille détrempée, elle comprit en tremblant pourquoi elle avait pris le flacon. Elle avait vu trop d'exécutions pendant toutes ces années, pour ne pas savoir quelle atroce agonie l'attendait. Elle se tuerait plutôt que d'être écorchée vive, brûlée sur un bûcher, éventrée ou même seulement pendue. Elle sentait déjà la lame affilée du bourreau inciser la peau de son dos. Le poignard ouvrir son ventre. Les flammes la dévorer. Elle se voyait agiter frénétiquement les jambes dans le vide, pendue au bout d'une corde. Toute la nuit, elle tenta en vain de chasser ces visions, et les terribles souffrances à venir devenaient de plus en plus réalistes. Elle avait prié la Madone, mais sans grand soulagement. Alors elle avait décidé de boire tout le poison, espérant une mort rapide.

Quand l'aube de son dernier jour apparut faiblement par la meurtrière, elle déboucha le flacon et l'approcha de ses lèvres. Elle le respira. L'odeur était douceâtre.

Tout à coup, elle entendit des pas dans le couloir. Vite, elle reboucha le flacon et le cacha.

La porte s'ouvrit. La servante de la veille apparut.

« Déshabille-toi, dit-elle. Tu sais comment ça se passe. » Elle apportait la bouteille d'étain et le piston à tirer le lait.

Le geôlier, sur le seuil, regardait.

« Va-t'en, cochon », lui dit la servante.

Le geôlier se toucha l'entrejambe de manière obscène. Il rit, puis s'éloigna.

Eloisa délaça son corsage, découvrit ses seins et se pencha vers l'avant. « Comment va mon enfant ? »

Sans répondre, la servante commença à tirer le lait, et quand elle eut fini, sortit de la cellule.

« Qui prendra soin de mon bébé ? » se dit-elle, désespérée, quand elle fut seule. Si seulement Lukrécia arrivait à survivre. Elle reprit le flacon, qu'elle déboucha, pour le refermer aussitôt et le jeter dans un coin de la pièce, avec un sanglot. Elle ne pouvait pas être lâche à ce point. Elle avait peur, bien sûr. Une mort horrible dans des souffrances inimaginables l'attendait. Pourtant, elle ne devait pas s'avouer vaincue. Un miracle pouvait arriver. Mikael pouvait venir la sauver, comme il avait sauvé Emöke. Elle porta les mains à son visage. Comment avait-elle pu ne penser qu'à elle ? Oublier son fils, même dans un moment de désespoir ? Oublier Mikael ? Agnete ? Non, elle ne se tuerait pas. Elle affronterait la mort la tête haute. Pour son fils, pour Mikael. Et elle n'abandonnerait pas sa mère. Se tuer, c'était la condamner à mort. Ses mains descendirent jusqu'à son ventre, où son bébé avait grandi pendant neuf mois. Où était-il à présent ? Qu'allait-il devenir ? Est-ce que Lukrécia lui parlerait d'elle ? Lui dirait la vérité ? Non, se répéta-t-elle, elle ne devait pas s'ôter la vie. Elle se laisserait traire comme une vache pour donner son lait à son enfant. Jusqu'au dernier moment. « Le lait de sa mère », dit-elle, le cœur déchiré. Le soir, la servante revint remplir la bouteille d'étain. Au moment de franchir la porte de la cellule, elle tomba sur Ojsternig.

« Votre Seigneurie, l'entendit dire Eloisa, voici une autre bouteille pleine.

— Ça suffira pour la nuit ?

— Certainement, Votre Seigneurie.

— Alors tu en rempliras une autre demain matin.

— La dernière », dit la servante.

Elle crut voir son sourire de triomphe.

Il s'approcha pour éclairer son visage. Longuement, en silence, il la regarda.

« Comment va mon fils ?

— Ce n'est pas ton fils, dit Ojsternig. Mets-toi bien ça dans la tête.

— Comment va… l'enfant ? » demanda Eloisa d'une voix pleine d'angoisse.

Ojsternig continuait de la fixer sans répondre.

« Demain est un grand jour. Tu ne veux pas savoir pourquoi ? » finit-il par demander cruellement.

Eloisa ne trouva pas le courage d'affronter son regard.

Ojsternig lui releva le menton. « Regarde-moi en face », dit-il, se repaissant de la peur qu'il lisait dans ses yeux.

Elle ferma les paupières.

« Regarde-moi ! » ordonna Ojsternig.

Avec un sursaut, elle les rouvrit, terrorisée.

« Alors, tu ne veux pas savoir pourquoi demain est un grand jour ? répéta Ojsternig. Réponds ! » Il grognait comme un chien enragé.

Eloisa fut secouée d'un violent tremblement. « Si… », chuchota-t-elle, vaincue par la peur.

Le sourire de triomphe revint sur les lèvres

d'Ojsternig. « Parce que demain… grâce à toi… scanda-t-il en savourant chaque mot, le ramasse-merde… tombera dans mes filets. » Il observa la stupeur qui s'alluma aussitôt dans les yeux d'Eloisa, avant d'exploser d'un rire sonore. Lâchant son menton, il tourna les talons et sortit, sans cesser de rire.

Quand elle entendit le cadenas se fermer, Eloisa, comme en un rêve, alla s'asseoir sur la paille humide, le dos à la paroi visqueuse. Mikael, le lendemain, tenterait sûrement un geste désespéré. Ojsternig le savait. Et il l'attendait.

Eloisa comprit qu'elle n'avait pas d'issue. Elle se traîna jusqu'au flacon de poison.

« Pardonne à ta mère, mon enfant, chuchota-t-elle en pleurant. Je ne veux pas te priver aussi de ton père. »

Si elle mourait avant, il n'y aurait pas d'exécution. Mikael serait sauvé. Il pourrait au moins élever leur fils.

Tout était différent maintenant. Elle le ferait par amour, non par lâcheté.

Elle ferma les yeux et approcha le flacon de ses lèvres.

70

Mikael sentait en lui un profond calme intérieur, en traversant le pont sur l'Uque avec le groupe de bûcherons qu'il suivait, mêlé aux apprentis de la scierie.

Il avait retrouvé ses hommes deux nuits plus tôt dans l'ancienne cachette des rebelles. Il y avait aussi les mineurs que Lucio avait rassemblés ces derniers mois. Tous étaient désorientés, se contentant de survivre. Pourchassés, comme des bêtes dans la forêt. Mais son arrivée leur avait redonné courage. Avec ce qu'on racontait de lui, il était devenu légendaire dans la vallée, la forêt et les mines. Mikael ne pensait pas mériter une telle réputation mais, à voir ces yeux pleins d'espoir qui le fixaient, une prière muette dans le regard, il comprit qu'il avait une responsabilité. Pour eux, il était l'héritier de Volod le Noir.

Il ne leur avait pas parlé, il s'était contenté d'acquiescer. « Avant, je dois sauver ma femme », leur avait-il dit.

Tous les hommes s'étaient proposés pour l'accompagner.

« Non. On serait tout de suite repérés. On ne ferait pas vingt pas dans la vallée sans qu'ils nous tombent dessus. C'est l'affaire d'un homme seul », avait dit Mikael en essayant de ne pas montrer combien il était tendu. « Mais si je reviens... » Il les avait regardés en silence, avant de lever le poing. « Si je reviens, nous combattrons ensemble, côte à côte, jusqu'à libérer nos frères. »

Il avait pris Lucio et Manuel à part pour leur exposer son plan. Dix hommes à la mire parfaite suffiraient. Aucune erreur n'était permise.

Et tandis que ses pas résonnaient sur les planches du pont sur l'Uque, Mikael, lucide et maître de lui, savait ce qu'il avait à faire. Cette année de voyage loin de la Raühnvahl l'avait radicalement transformé. Il avait combattu et tué, appris à se cacher, à tenir ses émotions à distance, à observer les gens. Il n'était plus le gamin effrayé d'autrefois.

Un des gardes du pont le fixa. Mikael lui fit un léger signe de tête, en retenant son souffle, sans que l'autre réponde à son salut. Mikael continua de marcher.

Il avait caché son épée sous une longue tunique de toile brute, en la liant d'un lacet de cuir à son thorax, sous l'aisselle gauche et contre sa hanche. S'il le fallait, il suffirait de tirer sur le lacet.

Dans la vallée, il se joignit à un autre groupe de bûcherons et d'apprentis, en route pour assister à l'exécution. Il évita soigneusement les gens du village. L'un d'eux aurait pu le reconnaître et, maladroits comme ils étaient, le démasquer en croyant le protéger.

Il regarda le château. Le bois au milieu de la vallée, celui où les hommes du village l'avaient aidé à transporter les pierres, avait disparu, englouti par la soif d'or d'Ojsternig.

Le groupe grossissait. Mikael resta dans celui des apprentis mais vit à l'avant des visages familiers. Il reconnut le brasseur Ahlwin, qui avait grossi et dont la moustache avait jauni ; la vieille Astrid, celle qui avait dit à Agnete que le gamin maigrichon acheté au marché de Dravocnik ne survivrait pas ; les deux frères roux qui s'étaient presque entre-tués dans les combats organisés par Ojsternig ; Preschern, dont les fils étaient devenus des hommes ; Fabio, son compagnon de lutte dans l'équipe des Verts ; le vieux Zacharias, tout décrépit, à la figure si antipathique ; le frère Timotej, qui marchait en s'aidant d'un bâton ; la femme de Cvetko, un des trois pendus de Dravocnik après l'attaque des rebelles, et tant d'autres, avec qui il avait partagé les travaux des champs et une longue partie de sa vie. Il espéra qu'aucun d'eux ne le remarquerait, et se glissa plus profondément encore dans le groupe des apprentis.

« T'es nouveau ? Je t'ai jamais vu », lui demanda un jeune garçon qui marchait à côté de lui.

Mikael haussa les épaules. « On est trop nombreux pour tous se connaître », répondit-il. Mais il ralentit le pas et se laissa précéder par l'apprenti pour couper court à la conversation.

À mesure qu'ils avançaient, on entendait, à l'intérieur du château de plus en plus proche, les tambours qui roulaient pour annoncer l'imminence de l'exécution.

La nuit précédente, Mikael était descendu dans la Raühnvahl. Il s'était approché du château pour tenter quelque chose. Mais Ojsternig avait fait disposer autour des murailles une ceinture d'hommes de ronde armés de torches qui éclairaient à vingt pas. Impossible d'aller plus près.

Il ne restait donc plus que la solution qu'il avait choisie.

L'exécution aurait sûrement lieu dans la cour intérieure du château. S'il arrivait à libérer les chevaux et à les effrayer pour faire diversion, il pourrait s'approcher suffisamment d'Eloisa pour tuer le bourreau et les deux soldats qui l'assistaient. Tous deux gagneraient ensuite les souterrains jusqu'au passage secret. Avec un peu de chance, ils seraient rapidement au pont. Là, le plan mis au point la veille avec Lucio et Manuel les sauverait.

Mais il vit alors un cordon de soldats qui bloquait l'accès au château, cinquante pas avant la grande porte. Tous s'arrêtèrent. Sa gorge se serra. S'il ne pouvait pas assister à l'exécution, tout espoir de tenter quelque chose était perdu.

« Pourquoi on nous laisse pas entrer ? » demanda-t-il à un bûcheron.

L'autre secoua la tête. « J'en sais rien. »

Le bruit des tambours était devenu assourdissant.

Mikael, en proie à une anxiété croissante, recula encore vers le fond. « Pourquoi on nous laisse pas entrer ? » demanda-t-il à un autre apprenti.

Celui-ci haussa les épaules.

À ce moment-là, Mikael aperçut Agnete expulsée par la grande porte entre deux gardes, qui la poussèrent dans la foule avant de s'éloigner.

Elle promena son regard sur l'assistance. Son visage était contracté par l'appréhension et la douleur.

Mikael comprit qu'elle le cherchait. Juste avant que leurs regards ne se croisent, il tourna le dos et alla se mêler à un groupe compact de bûcherons accompagnés de femmes et enfants.

De là, il remarqua un soldat un peu à l'écart par rapport au cordon que formaient les autres.

« Pourquoi on nous laisse pas entrer ? » lui demanda-t-il en s'approchant de quelques pas, sachant que c'était une grave imprudence.

« Regarde et tu verras, répondit l'autre.

— Mais l'exécution se passera dans la cour ? insista Mikael, d'une voix étranglée.

— Je t'ai dit regarde et tu verras », répéta le soldat. Il lui montra les gens qui attendaient : « Retourne avec les autres. »

Mikael allait repartir quand il remarqua que le soldat, qui ne s'intéressait plus à lui, examinait attentivement la foule. Il regarda les autres soldats : ils faisaient de même. Leur mission n'était pas seulement de contenir la foule.

« Vous cherchez quelqu'un ? » demanda-t-il au soldat.

L'autre se retourna avec un regard mauvais. « Lâche-moi les couilles, tu me fais perdre mon temps ! » lança-t-il d'un ton agressif.

Mikael revint se mêler aux spectateurs, et comprit que les gardes du pont sur l'Uque, alertés par le bûcheron sur lequel il était tombé deux jours plus tôt, avaient averti Ojsternig. Et Ojsternig avait aussitôt compris qu'il ne s'agissait pas d'un simple brigand. Il observa le comportement des soldats. Aucun doute, ils le cherchaient dans la foule. Ojsternig profiterait de l'exécution pour le capturer.

Mikael baissa la tête, frémissant de colère.

Les tambours continuaient à rythmer l'attente de la mort, dans l'air qui vibrait.

« C'est vraiment toi ? » chuchota une voix tout près de lui. Il sursauta et se tourna brusquement. C'était Ahlwin, le forgeron, le père d'Eberwolf. Il ne répondit pas et s'éloigna de quelques pas.

Mais l'instant d'après, Ahlwin était de nouveau près de lui. « T'en fais pas, mon gars, je suis de ton côté, dit-il tout bas.

— Va-t'en, tu vas me faire repérer », siffla Mikael entre ses dents. Il regarda un instant les yeux du forgeron. Il avait vieilli, marqué par la tragédie qui avait vu son fils, le traître, massacré par ses compatriotes, comme l'avait raconté Agnete. Il s'éloigna encore. Quand il releva la tête, il constata avec soulagement qu'Ahlwin n'était plus là. Il lança un coup d'œil aux soldats. Aucun ne les avait remarqués. Mais Ahlwin avait rejoint Agnete au premier rang, et lui parlait à l'oreille. Mikael comprit que les soldats la surveillaient tout particulièrement.

Agnete ne se tourna pas dans la direction que lui avait sûrement indiquée Ahlwin. Elle était maligne, pensa Mikael avec un sourire, elle avait compris.

Puis il vit Ahlwin revenir. Mikael était furieux. Mais il ne bougea pas.

« Agnete dit qu'ils te cherchent. Tu dois partir, dit Ahlwin, sur un ton de conspirateur.

— Oui, et grâce à toi ils vont me trouver, marmonna Mikael. Va-t'en. »

Ahlwin, mortifié, courba la tête et s'apprêta à partir. Mikael remarqua que des soldats regardaient dans leur direction. Il saisit Ahlwin par le bras. « Parle avec ton voisin. Et tâche de rire, si tu peux. »

Ahlwin fit des yeux ahuris.

« Vas-y ! » Mikael regardait les soldats qui tenaient le forgeron à l'œil.

Ahlwin, empoté, se mit à parler au bûcheron.

Mikael était si tendu qu'il n'entendait même pas ce qu'il lui disait, mais les soldats regardaient déjà ailleurs dans la foule. Il se rapprocha insensiblement des premiers rangs, supposant que les soldats y chercheraient avec moins d'attention.

Alors le rythme des tambours augmenta jusqu'à la frénésie puis, à l'unisson, ils se turent.

Le silence qui suivit fut encore plus terrifiant.

« Là-haut ! » s'écria un petit garçon en pointant le doigt vers le sommet d'une des deux tours massives de la grande porte.

Mikael leva les yeux.

La foule aussi.

En haut de la tour venait d'apparaître Ojsternig, tenant un balluchon à bout de bras. Près de lui, un archer.

Le silence était total.

Ojsternig défit le balluchon et souleva au-dessus de sa tête un bébé.

Mikael eut un coup au cœur.

« Aujourd'hui est un jour de fête pour le royaume ! annonça Ojsternig, triomphant. Je vous présente l'héritier du trône, Marcus III de Saxe ! »

Les yeux de Mikael furent obscurcis par la rage. « Mon fils », se dit-il.

Pendant qu'Ojsternig le redescendait, l'enfant se mit à pleurer. Il le tendit à une servante apparue derrière lui. Elle prit l'enfant, l'enveloppa à nouveau dans ses langes et s'en alla.

« Mais aujourd'hui est aussi un jour de punition ! » cria Ojsternig. Il pointa le bras sur sa droite, vers l'autre tour.

La foule regarda de ce côté.

Mikael vit une femme à la tête couverte d'une capuche de toile, maintenue par une corde nouée autour de son cou. Elle était debout sur un créneau, où le bourreau la maintenait en équilibre.

La foule murmura.

Mikael sentit ses jambes devenir molles. Il savait qui elle était. Elle portait la robe dans laquelle il l'avait toujours vue. Celle du jour où ils avaient fait l'amour pour la première fois, dans l'herbe, près de la grève de l'Uque.

« La juste punition pour qui a attenté à la vie de mon héritier et de sa mère légitime, la princesse Lukrécia, qui languit sur son lit et lutte contre la mort ! » cria Ojsternig.

Mikael n'avait pas besoin de regarder sous cette capuche. Il connaissait par cœur ses traits, la couleur de ses yeux, ses cheveux fins, ses lèvres délicates comme des abricots. Il n'avait pas besoin de voir son visage pour savoir qui était cette femme en équilibre au-dessus du vide. « Eloisa », chuchota-t-il. Son cœur allait exploser dans sa poitrine.

« Et la seule punition est la mort ! » s'exclama Ojsternig d'une voix vibrante.

Mikael toucha son épée attachée à son thorax. Que devait-il faire ? Mourir ici, avec elle ? Ou retourner auprès de ses hommes pour combattre ? Il avait du mal à réfléchir. « Eloisa… », murmura-t-il encore. Il glissa la main dans sa tunique, atteignit le lacet qui nouait la poignée sous son aisselle.

« Que la sentence soit exécutée ! » ordonna Ojsternig d'une voix forte.

Mikael trouva le nœud qui serrait le lacet.

L'archer à côté d'Ojsternig encocha une flèche et tendit son arc vers l'autre tour.

Mikael défit le nœud. Il avait cessé de respirer. Son cœur même avait cessé de battre.

La flèche partit, volant vers sa cible.

Les gens retenaient leur souffle, dans un silence absolu. On entendit distinctement la flèche siffler dans l'air.

Mikael serra la main sur la poignée de son épée. Eloisa allait mourir.

La flèche l'atteignit en pleine poitrine.

Mikael la vit vaciller un instant.

Puis son corps tomba dans le vide.

Mikael serrait frénétiquement la poignée de son épée.

Le bruit du corps, tel un sac empli de pommes s'écrasant sur le sol, fut terrible, effroyable.

« Non ! » cria Mikael, déchiré par une douleur qu'il n'avait jamais ressentie jusque-là. Il tira son épée.

71

« Te voilà ! Tu es à moi, ramasse-merde ! » s'écria alors Ojsternig d'une voix triomphante. Il le désigna à ses soldats. « Emparez-vous de lui ! Je le veux vivant ! »

Mikael, le visage baigné de larmes qui ne cessaient de couler, fit un pas en avant pour sortir du premier rang des spectateurs, brandissant son épée à deux mains. Il savait qu'il allait mourir.

Pendant que les soldats marchaient sur lui, Mikael vit Agnete courir en hurlant vers le corps, abandonné au sol comme un objet sans valeur.

Mikael abattit le premier soldat d'un rapide coup de fendant transversal qui déchira la cotte de maille et trancha le thorax. Le second, juste derrière, fit l'erreur de s'arrêter au lieu d'attaquer tout de suite, et Mikael eut le temps de lever son épée pour l'abattre sur lui. La lame lui détacha le bras à la hauteur de l'épaule.

Les autres soldats, comprenant qu'ils n'avaient pas affaire à un simple paysan, perdirent leur fougue initiale et étudièrent ses mouvements, attentifs à ne pas être à portée de ses coups de fendant.

« Emparez-vous de lui ! » hurla Ojsternig du sommet de la tour.

Mikael haletait. Il n'avait pas peur de mourir. Il pensa à son père, qui s'était battu seul face aux hommes d'Agomar, et qui était mort avec courage. « Allez ! Venez ! » leur cria-t-il, les veines du cou gonflées, serrant son épée avec une force multipliée par la douleur et par le désespoir.

« Mikael, sauve-toi ! cria Agnete à ce moment-là. C'est un piège ! »

Mikael se tourna vers elle.

Agnete avait ôté sa capuche au cadavre. « C'est pas elle ! »

Un soldat tenta une attaque.

Mikael para et le repoussa en arrière.

Agnete souleva la tête du cadavre. « C'est pas elle ! cria-t-elle encore. Sauve-toi ! »

Mikael reconnut le visage sans vie. C'était celui de Marcus, l'imposteur. Ojsternig l'avait habillé comme Eloisa, pour lui tendre un piège.

« Eloisa est vivante ! » cria encore Agnete.

Deux soldats attaquèrent Mikael, par la droite et par la gauche.

Les jambes pliées, il fit tournoyer son épée à la hauteur de leurs genoux.

L'un des deux cria et tomba, la jambe coupée. L'autre, qui avait évité le coup, abaissa son épée sur Mikael.

Celui-ci esquiva et le frappa à l'épaule gauche. Il se rendit alors compte qu'il allait mourir pour rien. Eloisa était vivante. Il sentit un calme nouveau descendre en lui. « La seule chose qui compte, c'est de survivre. » Les paroles de Volod lui revenaient en mémoire. « Tu n'as pas froid. Tu ne ressens pas la faim, la douleur, la colère, la nostalgie. Tu n'es ni triste ni gai. Tu n'es pas amoureux. Tu n'as pas sommeil. Tu n'es pas saoul. Tu n'es pas blessé. » Il se sentait lucide à présent. Tout vacarme, tout bruit avait cessé. Une dizaine de soldats s'élança sur lui. L'ordre d'Ojsternig était de le capturer vivant, ce qui lui donnait un énorme avantage. Derrière les soldats, des palefreniers retenaient à grand-peine les chevaux par la bride. Mikael sut immédiatement quoi faire. Il se jeta au milieu des gens, feignant de s'échapper.

Les soldats, déployés en éventail, le suivirent dans la foule.

À ce moment, Mikael pivota sur lui-même et s'élança sur un des soldats. Il n'eut pas de mal à l'abattre. L'attaque était inattendue. Il se retrouva sur le terrain découvert entre la foule et le château, au-delà de la ligne des soldats. Il arracha les brides à un des palefreniers qu'il étourdit d'un coup de poing, avant de sauter en selle et de planter les talons dans les flancs du cheval. L'animal se cabra et partit au galop.

Les soldats avaient repris leurs esprits et barraient le chemin de part et d'autre.

« Poussez-vous ! » cria Mikael en lançant son cheval en direction de la foule.

Elle s'ouvrit, comme une mer.

Mikael s'y jeta à corps perdu.

Deux soldats qui auraient tout loisir de le tuer jaillirent d'un groupe compact de bûcherons.

Mais une main attrapa l'un des deux par sa tunique et le projeta en arrière, avec une force incroyable.

« Sauve-toi, mon gars ! » lui cria Ahlwin, avant de se tourner vers les gens : « Rappelez-vous qui vous a défendus et sauvés ! » Il se retourna pour affronter les soldats, brandissant le marteau de forge qu'il portait à la ceinture.

Mikael éperonna son cheval. Il vit Ahlwin ouvrir en deux, d'un coup puissant, le casque du premier soldat. Deux autres attaquèrent alors le forgeron. L'un lui enfonça son épée dans le ventre et l'autre le frappa au cou, lui détachant presque la tête. Ahlwin chancela, agita faiblement son marteau, qui lui échappa des mains. Il tomba à terre, raide mort.

Mikael était déjà dans le ventre de la foule, devenue comme un organisme unique qui s'ouvrait et se refermait sur son passage.

Les soldats faisaient tournoyer leurs épées pour se frayer un chemin mais avançaient lentement, gênés par les serfs de la glèbe qui, sans les combattre, tardaient à s'écarter.

« Maintenant, je vais la tuer pour de vrai, ramasse-merde ! » cria Ojsternig du haut de la tour.

Mikael se tourna vers lui.

« Attrapez-le ! » hurla Ojsternig, hors de lui.

Mikael avait déjà lancé son cheval vers le fond de la vallée. En se retournant, il vit les soldats à cheval renverser des gens dans la foule. Des hurlements de douleur s'élevaient quand les sabots piétinaient ceux qui étaient sur leur route.

La course des chevaux en était cependant ralentie, et Mikael arriva en vue de l'Uque avec une large avance.

Les deux gardes du pont se mirent en position, l'épée dégainée.

Derrière, ses poursuivants gagnaient du terrain. Mikael n'avait pas le temps de s'arrêter pour se battre avec eux. Il ne restait plus qu'à espérer que le plan fonctionne. Il planta furieusement les talons dans les flancs de son cheval.

« Vous attendez quoi ? » cria-t-il. Il était maintenant à quelques pas des gardes. Ils allaient sûrement l'abattre. « Maintenant ! » hurla-t-il de tous ses poumons.

À cet instant, les premières flèches frappèrent les gardes dans le dos.

Ils s'affaissèrent sur le sol. Le cheval de Mikael bondit par-dessus les corps.

Une nouvelle nuée de flèches, lancées par les dix hommes que Mikael avait fait se cacher dans les bois, tomba sur ses poursuivants. Quelques-uns moururent sur le coup. D'autres, se voyant à découvert, freinèrent leur monture. À la seconde volée de flèches, ils firent virer leurs chevaux pour se mettre hors de portée, impuissants.

Mikael se jeta dans les fourrés d'où les flèches étaient parties, hurlant à ses hommes : « On s'en va ! »

Tous montèrent à cheval et se dispersèrent dans la forêt pour rejoindre l'ancienne cachette.

« On a sauvé la mise à notre chef ! » s'écria Lucio quand ils furent tous en sûreté.

Enivrés par ce succès, les rebelles poussèrent de grands cris de joie.

Mikael cependant ne les écoutait pas. « Je dois partir », dit-il.

En moins d'une heure, il était à la cabane de Raphael.

Lucio le suivit à distance, avec dix hommes armés.

Mikael entra dans la cabane.

« Tu es vivant, mon garçon ! » s'exclama le vieil homme.

Mikael lui prit la main. « Ojsternig va tuer Eloisa ! dit-il d'un trait, la voix brisée d'angoisse. C'était un piège. Mais maintenant il va la tuer pour de bon. »

Raphael fronça les sourcils. « Comment ça ? Il n'a pas exécuté Eloisa ? » Son visage ridé se détendit. « Mon garçon, il va falloir que tu m'expliques.

— Je n'ai pas le temps, bafouilla Mikael, perdu. Je ne l'ai plus, je dois tenter le tout pour le tout, vous comprenez ?

— Non ! Si tu ne m'expliques pas, je ne peux pas comprendre, misère de misère ! »

Mikael avait du mal à respirer. « J'ai cru... dit-il faiblement tandis que la tension, en retombant, emplissait ses yeux de larmes, j'ai cru... que je l'avais perdue pour toujours...

— Alors qu'elle est vivante. Elle est vivante », répéta Raphael avec un sourire, comme pour s'en convaincre lui-même. Il attendit que Mikael se calme. « Raconte-moi ce qui s'est passé. »

Mikael raconta tout dans les moindres détails. « Et Ahlwin... » Il hocha la tête. « Ahlwin est mort pour me défendre... »

Raphael garda le silence, pensif. « Pas seulement. Il est mort pour laver la faute de son fils. »

Mikael le regarda.

« Oui, mon garçon. Et tu le sais aussi bien que moi. »

Mikael baissa de nouveau les yeux. « Je dois essayer, Raphael, murmura-t-il presque sans énergie.

— Couillonnades ! s'exclama Raphael. C'est justement ça, que veut Ojsternig.

— Eh bien, il l'aura, insista Mikael avec entêtement. Il a pris Eloisa ! Il a pris mon fils. » Il pensa à Volod dans la tente, à Constance, ivre et tourmenté par le remords, effrayé à l'idée de sa fin prochaine. « J'ai vu un homme qui ne s'est pas battu pour sa famille quand il en a eu l'occasion. J'ai vu comment il a vécu ensuite. Je ne laisserai pas Ojsternig tuer Eloisa sans l'en empêcher.

— Il ne la tuera pas, dit Raphael. Sinon il n'aurait plus d'appât pour te capturer. »

Mikael le regarda.

« Ojsternig veut te faire croire qu'il le fera, poursuivit Raphael, pour que tu tentes une entreprise inconsidérée. Ce sera alors un jeu d'enfant pour lui de te capturer. Ne tombe pas dans le piège. Sers-toi de ton cerveau.

— Il n'y a pas d'autre choix », fit Mikael d'une voix sourde.

Raphael lui mit la main sur la nuque et l'attira à lui. « Il y a toujours un autre choix. Calme-toi et réfléchis.

— Vous ne comprenez pas… dit Mikael en baissant la tête.

— Je comprends très bien, au contraire ! le coupa Raphael d'un ton dur et autoritaire. Arrête de te comporter comme un gamin !

— Je *suis* un gamin ! » s'écria Mikael.

Raphael resta silencieux à le regarder. « Non, dit-il d'une voix ferme. Tu es un homme. C'est le moment de l'accepter. »

Mikael le fixa. C'était comme si la force extraordinaire de ce vieil homme pénétrait en lui. Il se leva. « Je vais y réfléchir. »

Le vieillard acquiesça de la tête.

Mikael alla dans la remise où Raphael rangeait ses outils. Il prit la pioche. L'empoigna comme Raphael le lui avait appris. « Il faut de la force et de la grâce à la fois, du cœur et de la technique », avait dit le vieux. Il souleva la pioche au-dessus de sa tête. Commença à l'abaisser, le dos droit et les jambes pliées. La lame entra dans la terre avec l'angle juste, déchaussant une motte. Il piocha pendant plus d'une heure, sans penser à rien, jusqu'à ce qu'il se sente parfaitement calme. L'outil rangé dans la remise, il s'assit sur le billot à fendre le bois, le regard tourné vers le Doigt de Moïse au-dessus d'eux.

Le soleil se couchait quand il se leva. Sa décision était prise.

Les mains en cornet autour de la bouche, il cria vers la lisière des bois : « Lucio ! Sors de là ! »

Lucio sortit alors des fourrés au galop, l'air ébahi.

Mikael sourit. « Tu croyais que je ne t'avais pas vu me coller au cul ? Vous faites plus de bruit qu'un troupeau de moutons. » Redevenant sérieux, il lui fit signe d'entrer dans la cabane.

« C'est dangereux de rester ici, dit Lucio. Ils te cherchent.

— Viens là et écoute, dit Mikael en s'asseyant au bord du lit de Raphael. Ça ne sera pas long. Ensuite on partira. »

Lucio s'assit sur un tabouret.

Raphael, silencieux, regardait Mikael.

« Voilà mon plan, commença-t-il. Gabriel nous a dit qu'un convoi arrive dans trois semaines. » Il regarda Lucio. « Normalement, on l'aurait attaqué pendant qu'il traversait la forêt, c'est là qu'on a le plus de chances. Mais là, je voudrais que tu l'attaques quand il sera près du château. »

Lucio fronça les sourcils, sans commenter.

« La veille, je tuerai un soldat, reprit Mikael. Je

cacherai le cadavre et je mettrai son uniforme. Pendant l'attaque… je serai un des soldats qui protègent le convoi. L'attaque échouera. Les soldats se retireront en toute hâte à l'intérieur du château. Comme ça, je serai à l'intérieur. Dans la confusion qui suivra, j'aurai une certaine liberté de mouvement. À partir de là, je serai seul… et je ferai ce que je pourrai.

— C'est de la folie, dit Raphael avec sérieux.

— Vous avez une meilleure idée ?

— Tu auras sans doute ce que tu cherches : tu mourras, répondit Raphael.

— C'est la meilleure idée qui me soit venue », répliqua Mikael. Puis il s'adressa à Lucio. « Tu comprends ce que je te demande, hein ? Beaucoup de tes hommes risquent aussi de mourir.

— Ce sont tes hommes, pas les miens, dit Lucio. Mais comment on va faire ?

— Mon idée, ça reste de s'enfuir par le passage secret. Ceux qui en auront réchappé m'attendront cachés à la lisière du bois. Si vous me voyez sortir, vous me couvrez. Je sais que je demande beaucoup. Mais si on réussit, on aura envoyé un signal fort aux gens. » Il lui prit la main. Tu m'as dit que les mineurs de Dravocnik sont à bout de forces. Envoie un des hommes parler avec eux. Dis-leur que le moment de l'insurrection est venu. Plus il y aura de mineurs de notre côté, plus Ojsternig sera en difficulté. » Il ouvrit sa main. « Un seul doigt n'est rien… » Il serra le poing. « Tous les doigts ensemble sont forts. » Son regard s'assombrit. « Et si je peux, je tuerai Ojsternig.

— Ne te laisse pas mener par la haine, dit Raphael. Il n'y a aucun honneur à cela. Ton objectif, c'est Eloisa. Cherche à la sauver, elle.

— Elle et mon fils, dit Mikael, une flamme dans les yeux.

— Ce ne sera peut-être pas possible, dit Raphael. Tu te rappelles qu'enfant je t'avais dit de ne jamais oublier que la vie est un don précieux, et pas une chose de rien comme le croient les imbéciles et les désespérés ? »

Mikael hocha la tête.

« Tu avais échappé au massacre de ta famille, à la trappe d'Agnete et aux loups, le matin où je t'ai trouvé, continua Raphael avec une mélancolie affectueuse dans les yeux. Eh bien, j'espère que dans ton destin il y a encore un peu de cette chance. Par conséquent, ne la gaspille pas. »

Mikael poussa un profond soupir.

« Ojsternig a besoin de l'enfant comme héritier, reprit Raphael. Il ne touchera pas à ton fils. D'autres occasions de le sauver se présenteront. »

Mikael baissa les yeux, pensif.

Raphael lui prit la main. Il parla à voix basse. « Sauve Eloisa, dit-il, fais-le pour elle… » Il serra plus fort et ajouta, presque dans un murmure : « Et pour moi.

— Pour vous ? » dit Mikael, surpris. Il vit les yeux de Raphael pleins de douleur, voilés de larmes.

Raphael se tourna vers Lucio. « Attends dehors », ordonna-t-il.

« J'ai quelque chose à te dire, commença Raphael dès qu'ils furent seuls. Il est temps que tu l'entendes. »

Mikael serra sa main en retour. « Je vous écoute, baron… »

72

L’obscurité tombait. Eloisa était toujours dans sa cellule, habillée de vêtements qui n’étaient pas les siens.

À côté d’elle, non loin de la paille sur laquelle elle s’était jetée, perdue et désespérée, gisait le flacon de verre ambré, vide.

Le poison n’avait provoqué que de violentes crampes d’estomac. La matinée était restée comme en suspens. Elle savait que le bourreau allait venir la chercher.

Et le bourreau, ponctuel, était venu.

Eloisa aurait voulu crier, pleurer, dire quelque chose, mais la peur avait pris sa gorge en tenaille. Elle ne pouvait plus bouger.

Le bourreau l’avait saisie et déshabillée, tel un violeur, sans qu’elle oppose de résistance.

Il l’avait laissée là, nue, par terre. Avant de sortir, il lui avait jeté d’autres vêtements.

Eloisa était resté couchée jusqu’à ce qu’elle entende la voix d’Ojsternig annoncer : « Aujourd’hui est un jour de fête pour le royaume ! Je vous présente l’héritier du trône, Marcus III de Saxe ! »

« Mon fils », avait murmuré Eloisa le cœur serré. Aussitôt elle s'était dit que Mikael le verrait pour la première fois dans les bras d'Ojsternig. Elle avait senti la douleur et la rage que Mikael devait éprouver en ce moment, comme une tempête. Elle y avait trouvé la force de se lever et d'enfiler les vêtements que le bourreau lui avait lancés.

La suite était confuse dans son esprit, jusqu'au moment où elle avait entendu une clameur sinistre s'élever de la foule, déchirant le silence. Puis une voix qu'elle avait aussitôt reconnue.

« Mikael ! »

Elle s'était agrippée aux pierres du mur.

« Tu es à moi, ramasse-merde ! »

« Non ! » avait hurlé Eloisa. Son cœur explosait dans sa poitrine. « Mikael ! » Folle de douleur, toujours criant, elle avait tenté d'escalader le mur, agrippant ses doigts aux pierres, se cassant les ongles. Elle avait couru à la porte, secoué les barreaux, s'était jetée violemment contre le mur, comme pour le faire tomber.

De l'extérieur lui arrivaient des cris, du vacarme, des hennissements.

« Mikael ! Non, Mikael ! »

Et pour finir, les bruits avaient cessé.

À moitié évanouie, Eloisa avait continué de griffer les pierres avant de s'écrouler sur le sol, secouée de sanglots.

Vers le soir seulement elle réussit à dire, d'une voix qui n'était pas la sienne : « Mikael est mort. »

En entendant le cadenas s'ouvrir, elle eut le sentiment d'être dans un rêve.

« Allons-y », dit la servante. Voyant qu'elle

n'esquissait aucun mouvement, elle se tourna vers les deux soldats qui l'escortaient. « Portez-la en haut. »

Les soldats la soulevèrent par les aisselles et la remontèrent dans sa chambre.

« Ma fille ! »

La voix de sa mère la ramena à la réalité.

« Lâchez-la ! » s'écria Agnete en soutenant Eloisa.

À peine vit-elle le visage de sa mère qu'elle laissa exploser sa souffrance. Ses yeux se remplirent de larmes, sa bouche de sanglots.

« Qu'est-ce que vous lui avez fait ? » s'écria Agnete en voyant le sang sur ses mains, son front, ses pieds.

Les soldats et la servante sortirent sans un mot et refermèrent la porte.

« Qu'est-ce qu'ils t'ont fait, mon enfant ? » s'exclama Agnete en l'aidant à s'étendre sur le lit.

Eloisa s'accrocha à elle et la secoua, désespérée.

« Mère… sanglota-t-elle, mère… Mikael… Mikael est…

— Non, il est vivant, ma petite fille ! » Elle lui prit le visage entre ses mains.

« C'est pas vrai… pleurait Eloisa. Mikael est…

— Non ! Il est vivant ! Il est vivant, je te le jure sur la Sainte Vierge ! »

Eloisa cessa de pleurer. Elle regarda sa mère en faisant non de la tête, incrédule. « Il est vivant… », répéta-t-elle en prononçant les mots tout doucement, comme s'ils étaient des verres de cristal qui pourraient se briser pour un rien.

Agnete l'étreignit avec force. « Dieu soit loué, dit-elle en l'étouffant presque par sa fougue. J'ai cru vous perdre tous les deux, aujourd'hui. » Elle s'écarta de sa fille, elle-même incrédule, et essuya ses larmes avec tendresse.

« Il est vivant… répéta Eloisa, un léger sourire montant à ses lèvres.

— Vous êtes vivants », acquiesça Agnete. Elle sourit, heureuse. « Vous êtes vivants tous les deux. »

Dans ce moment de joie, tout à coup, Eloisa se rendit compte que tout aurait pu se passer différemment. « J'ai essayé de me tuer… murmura-t-elle, effrayée. J'ai pris le poison de la princesse… le flacon… qui était… »

Agnete écarquilla les yeux. Soudain, elle éclata de rire.

« Qu'est-ce qu'il y a, mère ? demanda Eloisa, ahurie.

— Le poison… je l'ai… » Agnete voulait parler mais le rire l'en empêchait. « Le poison… » Rouge à force de rire, Agnete se tapa sur les cuisses.

« Mère ! »

Agnete dut reprendre sa respiration. « Le poison, je m'en suis servie pour chercher l'antidote, dit-elle enfin. Dans le flacon c'était… » Elle éclata de rire à nouveau. « C'était du laxatif ! » Et elle ne pouvait plus s'arrêter de rire.

Eloisa comprit qu'elle riait en réaction à la peur de ce qui aurait pu arriver.

En soignant ses blessures, Agnete lui raconta l'exécution de l'imposteur, censé avoir empoisonné la princesse. Et que Mikael s'était battu comme un lion.

« Mais comment il a fait pour… ? » l'interrompit Eloisa.

Agnete s'assombrit et dit avec sérieux : « Il s'est passé quelque chose d'incroyable. Ahlwin est mort.

Et aussi sa femme, et la veuve de Cvetko et une jeune fille dont je ne connais pas le nom, la fille d'un bûcheron. Même la vieille Astrid est à moitié morte. » Un profond respect se lisait dans son regard. « Pendant que Mikael s'échappait, Ahlwin s'est jeté sur les soldats et il est mort en combattant… Pauvre homme, il voulait mourir depuis si longtemps, ajouta-t-elle avec une profonde tristesse. Mais c'est quand les soldats sont montés à cheval pour se lancer à la poursuite de Mikael que le plus incroyable est arrivé. » Les yeux d'Agnete s'emplirent d'émotion. « La première, c'était la vieille Astrid… Tu te souviens ? Ce qu'elle disait quand il était arrivé dans la vallée ? Qu'il ne tiendrait pas une semaine… Là, elle s'est mise devant les chevaux, les bras grands ouverts. Petite comme elle était… on aurait dit un colosse. Un cheval a pris peur et désarçonné son cavalier, mais le suivant l'a renversée. Elle est dans un triste état. Alors toutes les femmes, comme si elles s'étaient concertées, ont formé un mur de leurs corps… Ce fut terrible… et magnifique. » Agnete pleurait. « C'est elles qui ont sauvé Mikael. Elles ont été plus courageuses que les hommes. La veuve de Cvetko, la femme d'Ahlwin et sa jeune fille sont mortes piétinées par les sabots des chevaux. Certaines ont des fractures aux bras ou aux jambes, la tête enfoncée, les côtes… » Agnete cacha son visage dans ses mains et sanglota. Elle répéta d'une voix inaudible : « C'était magnifique…

— Il est vivant », ne cessait de dire Eloisa, serrant sa mère entre ses bras.

À la tombée de la nuit, la porte s'ouvrit.

« C'est l'heure de la tétée », dit la vieille servante

qui avait tiré le lait d'Eloisa les jours précédents. Elle portait le bébé affamé, qui criait.

Eloisa se leva d'un bond et prit le petit, qu'elle couvrit de baisers en lui murmurant : « Ne pleure pas, chut... Ne pleure pas. » Elle délaça sa robe et lui donna le sein, savourant la douceur de ses lèvres sur sa peau.

« Je suis désolée, ma fille, dit la servante, mortifiée. Personne ne savait rien. Je croyais que...

— Va-t'en d'ici, abominable vieille, siffla Eloisa.

— T'as entendu ce que ma fille a dit ? renchérit Agnete en marchant vers la servante. Va-t'en ou je t'arrache les yeux. »

L'autre s'éclipsa rapidement.

Mais avant qu'Agnete ne referme la porte, elle aperçut une lumière vacillante au fond du couloir. Eloisa et Agnete crurent voir un fantôme.

Lukrécia était pâle et maigre. Ses yeux étaient comme deux globes saillants dans son visage émacié. Titubante, elle s'appuya au montant de la porte. « Est-ce que... ça va ? leur demanda-t-elle d'une petite voix.

— Princesse... vous êtes vivante, vous aussi ! » s'écria Eloisa, incapable de dire autre chose.

Agnete aida Lukrécia à s'asseoir et l'on n'entendit plus que la succion béate du petit Marcus III de Saxe.

73

« Mon nom est Raffaele Fortebraccio di Bentivoglio, baron d'Hermagor par l'investiture de sa Majesté *Rex Romanorum* Vaclav le Paresseux », commença Raphael avec solennité mais sans emphase.

Mikael comprit qu'il n'allait pas entendre un conte de fées où tout finit bien. Il émanait du vieil homme une tristesse infinie.

« Mon père était le comte de Castelforte, poursuivit Raphael. Ma famille descend d'une lignée très ancienne de guerriers. Mes ancêtres ont combattu et sont morts pour la chrétienté dès la cinquième croisade, si désastreuse. Pendant des siècles, la guerre a été notre… métier. » Raphael hésita. « À mesure que le temps passait, notre richesse et nos possessions augmentaient, mais notre âme se desséchait. Petit à petit nous avons perdu nos idéaux. Nous sommes devenus des mercenaires. Une guerre valait l'autre. Nous choisissions tel ou tel camp par opportunisme, en pariant sur le vainqueur, pour éviter une défaite qui aurait entraîné notre ruine. Au fil des générations, la transformation devint plus radicale. » Ses yeux dans ceux de Mikael, il sourit avec mélancolie. « Tu te rappelles quand nous parlions de ce goût amer que tu sentais dans ta bouche ? »

Mikael acquiesça. Il se souvenait du jour où, furieux, il lui avait dit : « Vous ne connaissez pas la vie. » Et il eut l'impression d'être un imbécile présomptueux.

« Il y a eu un moment où je me suis dit que ce goût qui m'empoisonnait était héréditaire, comme les cheveux blonds ou un grain de beauté dans le dos. » Raphael lui toucha la main. « Tu comprends pourquoi je t'ai toujours dit que le pire danger dans les mensonges, c'est de finir par y croire soi-même ?

— Et risquer de ne plus avoir de vie.

— C'est ça, mon garçon.

— J'ai rencontré un homme à Constance, continua Mikael. Lui aussi m'a dit que la seule chose qui compte, c'est la vérité.

— Et c'était un homme digne ?

— Oui. Il est mort pour défendre sa vérité. Ils disaient que c'était un hérétique, mais je ne sais pas juger des affaires d'Église.

— Dans les temps où nous vivons, celui qui pense avec sa tête est un hérétique ou un rebelle. Le système marche à la perfection depuis des siècles. Tu as raison, il est temps que le monde change. » Il allait reprendre son récit quand Mikael l'interrompit.

« Pourquoi vous dites que les rebelles cherchent le soleil la nuit ? »

Raphael haussa les épaules. « C'est une de ces phrases stupides qui m'échappent de temps en temps. En tout cas, je crois que les rebelles sont des gens qui cherchent à sortir des ténèbres où les puissants et l'Église tiennent à les maintenir. Mais cette manie de philosopher, tu l'as définie un jour comme elle le mérite : ce sont des bavardages.

— Je me trompais », dit Mikael.

Raphael rit doucement. « Tu as raison, il ne faut jamais contrarier un moribond.

— Continuez votre récit. S'il vous plaît, dit Mikael, troublé.

— J'étais le dernier de cette lignée sanguinaire de guerriers, reprit Raphael. Mon père m'emmena faire la guerre à ses côtés, sous le commandement de l'empereur. Je me suis distingué dans la bataille. J'étais fort, féroce, habile à l'épée et à l'arc. Je n'avais aucune pitié pour mes adversaires, et aucune peur de mourir. À un moment, alors que la bataille était incertaine, les ennemis enfoncèrent une de nos lignes de défense, sur notre flanc droit. Pendant que nous battions en retraite en désordre, essayant de nous réorganiser, je restai isolé avec une vingtaine d'hommes. Nous fûmes attaqués et je me défendis. Rien d'extraordinaire à cela, je luttais pour ma vie. Mais le hasard voulut qu'il y ait parmi nous le bâtard de l'empereur. Je ne savais même pas qui c'était. J'ai coupé en deux un ennemi qui allait le tuer. Je ne l'ai fait que pour survivre. Mais à la fin de la bataille, que nous avons d'ailleurs gagnée, le fils de l'empereur raconta à son père que je l'avais sauvé. Et c'est ainsi que je devins baron d'Hermagor. En récompense, on me donna un royaume, de l'autre côté de ces montagnes. Sans que je l'aie mérité. » Raphael fit une longue pause. « Et ce fut ma damnation. »

Mikael restait silencieux.

« J'étais un homme ignoble, Mikael, reprit Raphael d'une voix douloureuse. Un homme qui ne savait rien faire que tuer, sans la moindre hésitation. La vie des autres n'avait pas de valeur pour moi. À cause de ce chancre dans ma bouche, de cette amertume, qui était le goût de la haine. Et ce genre d'homme, quand il ne combat pas, quand il ne s'étourdit pas du choc des épées, des hurlements des agonisants, quand il ne se couche pas le soir trempé du sang de l'ennemi... » Raphael hocha la tête, et eut une moue de mépris. « Ce genre d'homme, mon garçon, finit par s'en prendre à des innocents. » Il but une gorgée de l'alcool des moines. « Il y eut une longue période de paix. Mon domaine était riche et j'étais puissant. Mais je ne savais pas quoi faire de ma vie. » Il s'interrompit. Ses yeux s'emplirent de larmes.

Mikael sentait la douleur de Raphael vivre et palpiter entre eux. Il devina qu'ils arrivaient au cœur du récit.

« Un matin, dans la cour de mon château, je vis une fille. Je ne l'avais pas remarquée jusque-là, continua Raphael, la gorge nouée. Je sais maintenant qu'elle était très belle. » Il serra les yeux et les mâchoires. « Mais alors, non, je n'en avais pas conscience. J'étais aveugle. Je sentis simplement un frémissement à l'entrejambe, comme un animal », dit-il avec férocité. « Cette nuit-là, je me la fis amener dans ma chambre par deux soldats. » Il resta longuement silencieux, le regard perdu. Quand il recommença à parler, ce fut d'une voix calme. « Je n'appris que le lendemain soir qui elle était, au moment de décrire à mes soldats la femme qu'ils devaient chercher pour l'amener dans mon lit. C'était la fille de la sage-femme, une femme qui connaissait aussi les herbes. »

Mikael ouvrit de grands yeux.

Raphael le regarda, acquiesçant avec gravité. « Oui, mon garçon, dit-il. C'était Agnete. »

Mikael sentit le sol s'effondrer sous ses pieds.

« J'étais tombé amoureux d'elle, à ma façon, même si je n'étais pas capable de le comprendre, dit Raphael. Tu me vois d'un autre œil, maintenant, hein ?

— Oui. Mais pourquoi me le raconter ?

— Je te le dois, répondit Raphael tristement avant de reprendre. Agnete ne pouvait pas aimer un homme qui l'avait prise par la violence. Et cela me rendait furieux. Comment cette serve osait-elle ? Elle ne voyait donc pas l'honneur que je lui faisais ? » Sa voix était pleine de dégoût pour lui-même. « Quelque temps après, Agnete mit au monde Niklas. Pour la punir, je refusai de le reconnaître et la chassai du palais. Elle l'éleva seule, dans une baraque sordide. Et moi, plein de haine et d'orgueil, je voulais qu'elle revienne à genoux me supplier de la reprendre. Mais tu connais Agnete… » Il s'accorda un sourire. « Elle ne revint pas. Et je compris alors combien de choses vaines avaient rempli ma vie, et combien Agnete était devenue importante pour moi. » Il grimaça tristement. « Évidemment, pas question de le lui dire. Puis, quelques années après… elle vint me voir pour me demander de la laisser épouser un brave homme, un boulanger, qui prendrait soin d'elle et de l'enfant. Niklas avait quatre ans et me ressemblait beaucoup… » Une nouvelle fois, le regard de Raphael se brouilla. Il fixait Mikael avec une douleur insondable. « Je suis devenu fou. Elle était à moi, elle ne serait à aucun autre. Je la traînai dans ma chambre. Après quatre ans pendant lesquels je l'avais laissée moisir dans cette horrible baraque, seule… seule contre le monde et contre son seigneur… je la pris, encore une fois, désespérément. » La voix de Raphael devint un murmure. « Je lui refusai la permission de se marier. Je fus sourd à ses pleurs, à ses supplications. J'envoyai même des soldats menacer le boulanger. J'appliquais la stratégie de la terre brûlée autour d'elle. Les gens avaient même peur de lui donner du travail, craignant ma colère. Dieu me pardonne. Je n'étais habité que par la haine. Un seul homme tenta de me raisonner. Mon lieutenant. Ettore Salvemini, le vieux soldat que tu as rencontré à Kirchbach. Mais lui non plus, je ne l'écoutai pas », sembla conclure Raphael.

Mikael comprit pourquoi Agnete appelait « tanière du dragon » la cabane perdue de Raphael. Parce qu'il avait été ce terrible dragon pour elle. « Continuez, je vous en prie », dit-il.

Les yeux de Raphael n'exprimaient plus qu'une profonde mélancolie. Comme si la douleur mauvaise qui avait marqué jusque-là son récit l'avait abandonné. « Quand Agnete réussit à s'enfuir de mon domaine, la folie me reprit. Je voulais la retrouver et la tuer. Et je l'aurais peut-être fait, en ce temps-là, si Ettore Salvemini, mon fidèle capitaine, ne l'avait pas protégée. C'est lui qui l'aida à s'enfuir. Il l'amena dans la Raühnvahl, et parla à ton père.

— Mon père ? fit Mikael, interloqué.

— Oui, ton père. C'était un bon prince. Et un homme juste. »

Mikael porta la main à sa poche et serra entre ses doigts la bague de son père tordue par les flammes.

« Après avoir écouté Ettore, ton père leur attribua un logement, en promettant de protéger Agnete de ma colère. »

Mikael était abasourdi. Il ne reconnaissait pas Raphael dans l'homme de ce récit.

« Je passai trois ans à chercher Agnete. Or j'avais confié les recherches à Ettore... » Raphael sourit. « Si bien qu'on ne la retrouva jamais. » Le regard du vieil homme se fit vague et s'adoucit. « Pendant ces trois années, il m'arriva quelque chose d'extraordinaire. La haine qui me consumait jour après jour se transforma en souffrance. Et la souffrance effaça petit à petit la saveur amère dans ma bouche. Je vis enfin quelle race d'homme indigne j'étais devenu. Mais j'étais orgueilleux, sûr d'être le centre du monde. Si bien que, pour expier mes péchés, la seule idée qui me vint à l'esprit fut de partir pour la Terre Sainte et de sacrifier ma vie à Dieu. » Raphael fit une pause. « Là encore, Ettore me sauva. Il me parla comme on ne parle pas à son seigneur, courant le risque d'être exécuté. Il me dit que j'étais un salaud, stupide et arrogant, incapable de penser à personne d'autre qu'à moi-même. En ajoutant : "Croyez-vous que Dieu ait besoin de la vie d'un homme incapable d'aimer ses semblables ?" Il dit ces mots-là : "ses semblables". C'est bien cela que tu apprends sur la liberté, non, mon garçon ? Les princes ne considèrent pas une serve comme leur semblable. J'étais exactement ainsi, sans y avoir jamais réfléchi. Ce fut pour moi un bouleversement. Ettore s'en rendit compte. Alors seulement il me révéla ce qu'il en était d'Agnete et où elle se trouvait. »

Mikael se dit que lui non plus n'aurait peut-être pas compris, s'il avait été élevé comme un prince et non comme un serf de la glèbe. Et pour la première fois de sa vie, il pensa qu'il avait eu de la chance.

« Évidemment, je me précipitai aussitôt chez Agnete monté sur mon cheval magnifique, mon épée ornée de pierres précieuses au côté, avec vingt cavaliers d'escorte pour la ramener avec moi, reprit Raphael d'une voix douloureuse. Quand j'arrivai, je compris toutefois que ton père n'avait pas pu la protéger d'un autre animal dans mon genre. Elle avait été agressée dans les bois deux ans plus tôt, par quelqu'un dont elle n'a jamais voulu révéler l'identité. Qui sait ? Peut-être un bandit. Peut-être plusieurs. On l'avait retrouvée par terre à moitié morte. Et neuf mois plus tard naquit une petite fille…

— Eloisa ?

— Eloisa.

— Eloisa ne le sait pas… », murmura Mikael, le souffle coupé.

Raphael lui fit signe de se taire. « Non, même à elle, Agnete n'a jamais rien dit. » Ses yeux se voilèrent. « À mon arrivée, Niklas, mon fils, était en train de mourir. » Raphael tourna vers Mikael un regard plein de désespoir. « Je lui dis que j'allais tout tenter pour sauver cet enfant, mais elle me répondit qu'il n'y avait rien à faire. Et que… je ne me laverais pas si facilement la conscience. Ce furent ses propres paroles. Je vis mon fils mourir. En deux jours, il était parti. » Raphael retint ses larmes. « Si je les avais pris avec moi depuis le début, Niklas serait encore vivant. Il aurait mangé de la viande tous les jours, il aurait dormi sous des couvertures chaudes, il aurait… » Le vieillard s'interrompit et ferma les yeux. « Quand je proposai à Agnete de revenir avec moi au château, lui promettant de veiller sur Eloisa comme si elle était ma fille, Agnete m'ordonna de rester loin d'elle, de ne pas la contraindre à revenir, sinon elle me tuerait une nuit dans mon sommeil. Et sais-tu ce que je vis alors dans ses yeux, mon garçon ? La même haine qui m'avait empoisonné pendant tant d'années. Je l'avais contaminée de ce même chancre. » Il poussa un profond soupir. « Je me rendis chez un prêtre, un saint homme qui vivait en ermite, pour lui demander conseil. Quand j'arrivai, je le vis heureux, serein. Je lui demandai comment il avait fait pour atteindre l'illumination. Il me répondit : "Je fendais du bois tous les jours." Alors je lui demandai : "Et quand vous avez trouvé l'illumination, qu'avez-vous fait ?" Sais-tu ce qu'il me répondit ? "J'ai continué à fendre du bois." » Raphael sourit. « Alors je fis vœu d'humilité et de pauvreté, je quittai tout et allai trouver ton père, qui m'octroya cet endroit où je vis désormais. Je me mis à fendre du bois et piocher la terre. Lentement, j'ai retrouvé un équilibre. Et le plus beau, c'est que j'ai vu disparaître la haine du regard d'Agnete. C'est une femme exceptionnelle.

— Oui, dit Mikael.

— Ensuite, quand tu es apparu dans ma vie, j'ai pensé qu'on me donnait une seconde chance. » La voix de Raphael devint grave. « Voilà pourquoi j'ai voulu te raconter mon histoire. Pour que tu saches qui je suis. Je te le devais. »

Mikael eut l'impression, pour la première fois depuis qu'ils se connaissaient, de voir une étincelle de peur dans les yeux de Raphael. Il savait que le vieil homme attendait quelques mots de lui, mais il n'arrivait pas à parler. Un tumulte de sentiments s'agitait dans son cœur.

« Maintenant, va-t'en, mon garçon, dit Raphael.

Ce n'est pas un endroit sûr pour toi. Cache-toi dans la forêt et attends le bon moment.

— Avec votre épée », parvint à dire Mikael.

Les yeux de Raphael se remplirent d'émotion. « Va-t'en, répéta-t-il.

— Emöke m'a demandé de vous dire qu'ils vous avaient pardonné. » Mikael se leva et alla vers la porte. La main sur la poignée, il s'arrêta et se retourna. Le vieillard avait les joues baignées de larmes. « Tous, ajouta Mikael. Ils vous ont tous pardonné. » Puis il sortit.

« Lucio ! » appela Raphael. Et quand celui-ci s'encadra dans l'entrée, il lui dit : « Laisse le garçon partir seul. Je dois te parler. »

Ils écoutèrent en silence Mikael s'éloigner, au pas de son cheval.

« Chacun de nous fera ce qu'il est en son pouvoir de faire, hein ? » dit-il alors d'un ton grave.

Lucio acquiesça.

« Je veux que tu ailles à Kirchbach », dit Raphael. On percevait l'autorité dans sa voix. « Présente-toi en mon nom au capitaine Ettore Salvemini. » Il lui saisit la main d'un geste décidé. « C'est une course contre le temps, Lucio. »

74

Mikael avait tenté deux fois d'aller jusqu'à la petite église de Notre-Dame des Neiges. Mais il avait dû chaque fois y renoncer. Le village lui aussi pullulait de soldats.

À la troisième tentative, il s'était caché derrière la remise à bois d'une baraque, à la limite du village. Une escouade de cinq cavaliers passa tout près. Il retint son souffle. Une fois les cavaliers disparus, il jeta un coup d'œil dans la baraque. Sur une couche gisait la vieille Astrid, le visage tuméfié, ses jambes et ses bras bandés munis d'attelles. Elle avait du mal à respirer et gémissait faiblement.

Trois autres soldats arrivaient. Mikael franchit le rebord de la fenêtre et pénétra dans la baraque. Il se cacha sous la couverture d'Astrid en murmurant : « Je vous en supplie, il ne faut pas qu'ils me voient. »

La vieille femme ne souffla mot aussi longtemps que les soldats furent dans les parages. Elle eut alors un petit rire, qui la fit tousser. « J'aurais jamais espéré, à mon âge, me retrouver avec un beau garçon dans mon lit ! »

Mikael sortit de sous la couverture et sourit.

« Je sais ce que vous avez fait, lui dit-il. Merci. Je vous dois la vie.

— Ouais, mais nous aussi on te la devait », dit Astrid d'une toute petite voix. Elle pointa vers lui un doigt tordu tout tremblant. « Maintenant, on est quittes. Je peux m'en aller la conscience tranquille.

— Vous avez fait beaucoup plus que moi, dit Mikael.

— Arrête de faire des manières, mon garçon, ou je finirai par croire que tu veux vraiment coucher avec moi. »

Mikael lui souriait quand la porte de la baraque s'ouvrit.

Il bondit sur ses pieds, le poignard à la main.

Face à lui, un homme robuste, dans les trente ans, qui portait une petite marmite en terre cuite à couvercle de bois.

« C'est le mari de ma fille, Mikael. Il m'apporte à manger », dit Astrid.

Mikael baissa son poignard.

L'homme referma la porte. Il regarda Mikael en serrant les mâchoires. « Qu'est-ce que tu fais là ? » demanda-t-il, agressif. Il montra Astrid : « Ça te suffit pas qu'elle soit dans cet état à cause de toi ? Tu veux aussi nous faire pendre ? »

Mikael secoua la tête et baissa les yeux.

« Tais-toi, Valerio, dit Astrid.

— S'ils découvrent qu'on cache un rebelle, ils nous pendront, insista Valerio. Tu veux que ta fille meure à cause de lui ?

— Je m'en vais tout de suite, dit Mikael.

— Non, s'interposa Astrid en s'efforçant de parler

d'une voix ferme. Tu ne sais rien de rien, Valerio. Te mêle pas de ça.

— Je me fiche de savoir. Il a amené le malheur dans notre famille. C'est tout ce que je sais.

— T'es qu'un couillon de bûcheron, lança la vieille femme. Si ce garçon nous avait pas sauvés il y a des années, ta femme ne serait pas en vie aujourd'hui. Et tu serais là tout seul à secouer ton engin... » Astrid avait le souffle court. « Et t'aurais pas ton beau petit gamin... »

Valerio, l'air sombre, posa la marmite sur la table.

« Pourquoi t'es là, mon garçon ? demanda Astrid quand elle eut repris sa respiration.

— Je voulais parler avec le frère Timotej. »

Astrid acquiesça. « Valerio, va chercher le curé. »

L'autre voulut répliquer, mais Astrid leva son bras bandé taché de sang. « Si t'y vas pas, aussi vrai que Dieu existe, je me lève de mon lit et j'y vais moi-même en rampant, dit-elle avec force. Ça n'a rien de bizarre qu'une vieille femme qui va mourir demande à parler à un prêtre, non ? Dis-lui que je veux l'extrême-onction. »

Valerio resta figé un instant puis sortit en claquant la porte.

« C'est un brave homme, fais pas attention à ce qu'il dit... reprit Astrid, éprouvée par cet effort.

— Non, il a raison.

— Un jour il te remerciera, lui aussi. Un jour... devant la cheminée, l'hiver... » La voix d'Astrid se faisait plus faible. « Un jour, quand il sera vieux, il racontera à ses petits-enfants que tu l'as fait se sentir un homme. Il souffle un air nouveau ici dans la Raühnvahl. Et c'est toi qui l'as amené. » Elle se tourna pour le regarder. Ses yeux étaient voilés par la cataracte. « T'as pas idée de ce que je me sens bien, mon garçon. » Elle sourit. « Et dire que j'aurais pas parié un sou sur toi quand je t'ai vu arriver, avec cette laisse autour du cou. » Elle hocha la tête. « Des fois, les vieux sont des idiots. »

Mikael prit la marmite et s'assit à côté d'elle pour l'aider à manger. « Si nos hommes étaient comme vous, les femmes, lui dit-il en lui présentant une cuillerée, Ojsternig n'aurait aucune chance.

— C'est parce que nous, les femmes, comme dit l'Église, on est les filles du Démon », dit Astrid, la bouche pleine. Elle rit, toussa, et macula sa chemise de soupe. « Mais quelque chose change même dans la tête des hommes, grâce à toi. C'est juste que vous êtes plus bêtes que nous, il vous faut plus de temps pour comprendre. »

Mikael lui essuya le menton. « Merci », dit-elle.

Quand le frère Timotej arriva et vit Mikael, il hésita sur le seuil.

Valerio le poussa à l'intérieur et referma la porte vivement. « Faut pas qu'on nous voie », dit-il au curé.

Frère Timotej, immobile au milieu de la baraque, fixait Mikael d'un regard effrayé. « Au nom de Dieu, dit-il d'une voix où l'on sentait la peur, tu ne devrais pas être ici. Astrid, je croyais…

— Écoute plutôt ce garçon, curé », fit Astrid.

Mikael se leva et vint se placer devant lui. « Je peux avoir confiance en vous ?

— J'ai toujours été du côté des villageois, mon garçon, dit le frère. Mais pas du côté des rebelles…

— Eloisa est une rebelle ? demanda Mikael, qui s'impatientait.

— Eloisa ? bafouilla le frère. Quel rapport avec Eloisa ? Ne…

— Si vous êtes vraiment de notre côté, continua Mikael, vous devez faire quelque chose pour la sauver.

— Moi ? Et comment je pourrais, mon fils ? dit frère Timotej, les yeux dilatés d'effroi. Je ne suis qu'un pauvre prêtre et…

— Vous trouvez pas que ça sent la merde ? dit alors Astrid. Il y en a un parmi vous qui s'est chié dessus ? »

Frère Timotej baissa les yeux, mortifié. « Qu'est-ce que je devrais faire ? demanda-t-il d'une petite voix.

— Aller au château », commença Mikael.

Frère Timotej enfonça la tête dans ses épaules, comme s'il avait reçu un coup.

« Vous êtes le seul à pouvoir y entrer sans éveiller les soupçons, poursuivit Mikael. Trouvez un moyen de parler avec Agnete.

— Mais comment ? dit le frère Timotej d'un ton désespéré.

— Agnete veut se confesser et vous êtes le seul prêtre. C'est votre métier, non ? rétorqua Mikael avec mépris. C'est pas une raison suffisante ? »

Frère Timotej secoua la tête et recula d'un pas.

« Vous devez le faire ! » lui siffla Mikael au visage en l'agrippant par son habit.

Frère Timotej acquiesça à contrecœur. « Qu'est-ce que… je dois… lui dire ? » balbutia-t-il le souffle court.

Mikael le lâcha. « Découvrez où ils gardent Eloisa et combien de soldats la surveillent. Et dites-leur de se tenir prêtes. Il y aura une attaque des rebelles. Dans la confusion, je m'introduirai dans le château et nous nous enfuirons par le passage secret. »

Frère Timotej le regarda. « Quel passage secret ? demanda-t-il, tout pâle.

— Vous n'avez pas besoin de le savoir, répondit Mikael. Eloisa le connaît. »

Le frère acquiesça faiblement.

Mikael lui mit la main sur l'épaule. « Vous le ferez ?

— Je le ferai », répondit frère Timotej en serrant le crucifix en bois attaché à sa ceinture.

Mikael s'approcha de la fenêtre et s'assura que la voie était libre.

En enjambant le rebord, il entendit Astrid dire : « Tant qu'à faire, curé, donne-moi l'extrême-onction. On gagnera du temps. »

Le frère Timotej passa la grande porte du château en tremblant, la tête basse.

« Où tu vas, curé ? demanda l'un des gardes.

— J'apporte… balbutia le frère, j'apporte le sacrement de la confession à… la sage-femme et à tous ceux qui le souhaitent… »

Le garde lui fit signe de passer.

À l'entrée du palais, un autre garde lui demanda où il allait. Il donna la même réponse, moins balbutiante.

Le seuil franchi, il se sentit mieux. Il traversa la grande salle, où des soldats jouaient aux dés, et se dirigea vers l'escalier.

« Où tu crois aller ? » demanda une voix rude,

au moment où il allait poser le pied sur la première marche.

Frère Timotej se tassa sur lui-même. « Je porte le sacrement de la confession à la sage-femme », répondit-il sans se retourner. Puis il s'apprêta à monter.

Une main brutale le saisit par l'épaule. « Attends », dit Agomar en l'obligeant à se retourner.

Le prêtre était blanc comme un linge et s'efforçait de ne pas trembler.

Agomar le fixa en silence. « Comment tu sais que la sage-femme veut se confesser ? »

Les yeux de frère Timotej s'écarquillèrent. « Il y a si longtemps… si longtemps qu'elle n'a pas pu assister à la Sainte Messe et… bafouilla-t-il, tout chrétien a droit à la consolation du pardon et à la… bref, il est nécessaire de décharger sa conscience de temps en temps, mon fils…

— Qu'est-ce que tu me caches, curé ? » demanda Agomar.

Le front du frère commença à se perler de sueur.

Agomar le fixait toujours. « T'as pas le droit de monter. » Il le prit par le capuchon et l'entraîna dans une pièce latérale, dont la fenêtre était fermée de lourds barreaux.

Frère Timotej tremblait maintenant comme une feuille. « Au nom de Dieu… dit-il, d'une voix cassée.

— Tais-toi, curé, fit Agomar. Tu confesseras la sage-femme ici. Je l'envoie chercher.

— Dieu te bénisse, mon fils », dit le frère avec un soupir de soulagement.

Agomar quitta la pièce, qu'il ferma à clé.

Peu de temps après, il revint avec Ojsternig.

Celui-ci examina le frère sans rien dire.

Frère Timotej recommença à s'agiter. Une sueur brûlante lui coulait dans les yeux, l'obligeant à battre sans arrêt des paupières.

Ojsternig le fixait toujours.

« Je ne fais rien de mal, Votre Seigneurie, dit le frère Timotej en se tordant les mains, les pupilles dilatées par la peur. Je suis venu… apporter…

— Qu'est-ce que tu apportes, dis-moi ? insista Ojsternig, menaçant.

— La confession… »

Ojsternig se mit à rire. « Moi je parie au contraire que tu apportes un message du ramasse-merde.

— Non, Votre Seigneurie ! s'exclama frère Timotej d'une voix blanche.

— Et moi je te dis que si, répondit Ojsternig avec un rire.

— Non, Votre Seigneurie, je vous assure, gémit frère Timotej. Je suis un homme d'Église et…

— Non ! tonna Ojsternig. En ce moment, tu es un rebelle ! » Il l'attrapa par sa soutane et le fit mettre à genoux. « Et ton habit ne te sauvera pas ! » Il se pencha sur lui.

« Votre Seigneurie… au nom de Dieu… geignait le frère.

— Je t'écoute, curé, susurra Ojsternig.

— Je n'ai… je n'apporte aucun message… croyez-moi… »

Ojsternig soupira. Il lui ôta son capuchon et lui caressa la tête. « Curé… curé… dit-il d'un ton chagriné en hochant la tête, pourquoi mens-tu à ton prince ?

— Non… Votre Seigneurie… » Le visage du frère Timotej était contracté par la terreur.

Ojsternig se jeta sur lui. Il le saisit par l'oreille, tira son poignard et lui trancha net le lobe.

Frère Timotej poussa un cri pitoyable.

Ojsternig agitait sous son nez le lobe tranché. « Plus vite tu me diras ce que tu sais, curé, prononça-t-il d'une voix calme, moins tu souffriras.

— Je ne sais rien ! s'écria frère Timotej d'une voix aiguë. Je vous en supplie, au nom de Dieu !

— Comme tu veux », dit Ojsternig en se relevant et en jetant le lobe par terre. Il se tourna vers Agomar. « Appelle le bourreau. Dis-lui d'apporter ses instruments. » Et il alla s'asseoir sur une chaise, près de la cheminée éteinte, en lui tournant le dos.

Frère Timotej sanglotait. Le sang coulait de son oreille dans son cou, souillant la bure de sa soutane. Il prit son visage dans ses mains pour tenter de maîtriser ses hoquets de désespoir. Et quand il les baissa, sa peur ne l'avait pas abandonné, mais une lumière nouvelle brillait dans son regard. « Dieu, donne-moi la force. » Serrant son crucifix, il leva les yeux au ciel et murmura : « *Pater noster qui es in cælis, sanctificetur nomen tuum, adveniat regnum tuum, fiat volontas tua, sicut in cælo, et in terra…* » Et peu à peu sa voix se raffermit.

Pendant que le prêtre priait, Ojsternig riait.

À la tombée de la nuit, trois rebelles envoyés en repérage par Mikael trouvèrent un garçon qui errait dans la forêt. Il prétendait avoir un message pour Mikael, de la part du frère Timotej.

Deux des hommes restèrent pour le surveiller, pendant que le troisième s'en allait informer Mikael.

Celui-ci arriva avec Manuel, accompagné de cinq

rebelles qui s'éparpillèrent dans la forêt, prêts à donner l'alarme au cas où arriveraient des soldats.

Mikael regarda le garçon. « Qui tu es ?

— Je m'appelle Fredo et…

— Je ne t'ai pas demandé comment tu t'appelles mais qui tu es », le coupa Mikael, se souvenant que Volod, la première fois où ils s'étaient rencontrés, lui avait posé les mêmes questions. « Je ne te connais pas.

— Non, monsieur, répondit le garçon. Je suis le fils d'un bûcheron du prince. On est arrivés l'an dernier.

— Et tu as quel âge, Fredo ?

— Seize ans, messire. »

Mikael le fixa. Le même âge que lui lors de sa rencontre avec Volod. Une vie entière s'était écoulée depuis.

« Je vous apporte un message du frère Timotej », dit Fredo. Sa voix était assurée, mais son regard bougeait sans cesse, avec nervosité.

« Tu as peur ? demanda Mikael.

— Non », répondit le garçon. Et de nouveau ses yeux se fixaient à droite et à gauche.

« Tu mens, dit Manuel. Qui t'envoie ? Regarde-moi ! »

Fredo s'efforça de ne plus bouger les yeux. « C'est frère Timotej qui m'envoie, je vous l'ai déjà dit.

— Et pourquoi n'est-il pas venu lui-même ? demanda Manuel.

— Parce qu'il y a des soldats partout, répondit Fredo en se fâchant presque. Depuis l'exécution, ils sont tous sur les dents.

— Ils contrôlent un curé mais pas toi ? dit Manuel, sceptique.

— Moi, je suis juste un garçon, répliqua Fredo

en haussant les épaules. Et puis j'ai traversé l'Uque à gué. »

Tous regardèrent ses bottes. Elles étaient trempées.

« Ta tunique aussi devrait être trempée, continua Manuel.

— Je l'ai enlevée, je voulais pas crever de froid.

— T'as toujours réponse à tout, hein ? T'as bien appris ta leçon », dit Manuel.

Les yeux de Fredo se mouillèrent de larmes et les coins de ses lèvres s'abaissèrent, comme s'il allait pleurer. Un instant, il parut plus petit que son âge. Puis il devint écarlate. « Je dis la vérité ! s'écria-t-il en serrant les poings.

— Et moi, je te crois pas », rétorqua Manuel d'un ton dur.

Mikael leva la main. « Laisse-le parler. »

Fredo restait la tête baissée, le souffle court.

« Vas-y », dit Mikael au garçon.

Fredo leva les yeux. « Frère Timotej dit qu'Eloisa est dans une chambre au premier étage. La deuxième porte à droite. Et qu'il y a deux soldats de garde, jour et nuit.

— Merci, Fredo. Et remercie aussi le frère Timotej, dit Mikael, considérant la conversation terminée.

— Je travaille pour le prince, messire, ajouta cependant Fredo. Je suis gâte-sauce et je connais bien le château. Si vous voulez connaître le meilleur chemin pour arriver au passage secret, je peux vous aider. »

Mikael le regarda en fronçant les sourcils. « Moi aussi je connais bien le château. » Il lui tourna le dos et remonta sur son cheval.

« Messire… », lança Fredo.

Mikael se retourna.

« Frère Timotej dit que c'est très dangereux. Il vous supplie de renoncer...

— Rentre chez toi », dit Mikael en éperonnant son cheval.

Pendant qu'ils rentraient au refuge, Manuel vint se placer aux côtés de Mikael. « Il me plaît pas, ce garçon.

— On a compris.

— Il ment, insista Manuel. Il a réponse à tout, les yeux fuyants...

— En tout cas, là où il a menti, c'est en disant qu'il n'avait pas peur. » Son regard se perdit dans le passé. « Moi aussi j'avais peur la première fois que j'ai rencontré le chef des rebelles. Et j'avais le même âge.

— Je me souviens très bien. J'étais là. » Manuel hocha la tête. « Mais t'étais pas pareil.

— Si, crois-moi, dit Mikael en souriant.

— Pas du tout, rétorqua Manuel d'un ton assuré.

— Arrête avec ça, répliqua Mikael. On a des nouvelles de Lucio ? Ça fait des jours qu'il a disparu. »

Manuel s'assombrit. « Aucune. Mais c'est pas son genre de s'enfuir.

— Non, c'est pas son genre.

— Donc il est...

— Donc c'est toi qui commanderas l'attaque du convoi, le coupa Mikael, qui ne voulait pas entendre parler de mort. Tu t'en sens capable ?

— Oui.

— Bien. La question est close. » Il posa la main sur l'épaule de Manuel. « J'avais dit d'envoyer un homme à Dravocnik parler avec les mineurs.

— Giacomo y est allé. Mais il dit qu'il a vu seulement la peur dans leurs yeux. »

Mikael acquiesça. « On ne peut pas leur en faire le reproche.

— C'est des lâches, dit Manuel, le regard noir. Nous, on se bat aussi pour eux…

— Ne perds pas espoir, Manuel. »

Mikael resta silencieux pendant une bonne demi-lieue. « Tu sais ce qu'il a dit Volod, quand t'es parti ?

— Que j'étais un morveux qui se remplissait la bouche de grands mots, dit Mikael en riant. Et il avait raison.

— Non. Il a dit qu'il avait vu un serf qui un jour deviendrait un homme. Et il l'a dit avec un profond respect. »

Mikael fut envahi à la fois de stupeur et d'émotion. « Je voudrais que Volod soit là », murmura-t-il.

« En tout cas, on ne pourrait pas dire la même chose de ce garçon, maugréa Manuel. Décidément, il me plaît pas. »

Mikael tourna vers lui un regard noir. « Tu ne comprends pas que je n'ai pas le choix, Manuel ? dit-il avec dureté. Je sauverai ma femme ou je mourrai. Et si je meurs, ce sera à vous de continuer notre œuvre. »

À l'heure du dîner, la porte de la chambre d'Eloisa s'ouvrit.

Mais au lieu de la servante habituelle apparut un garçon dans les seize ans, qui portait le plateau.

« Lucilla se sent pas bien, dit l'un des soldats de garde. Fais goûter la soupe à la chatte, si tu te méfies du gamin », ajouta-t-il avant de refermer la porte en riant.

Le garçon avait un air timide et gauche, mal à

l'aise avec ce plateau entre les mains. « Où je dois le poser ? demanda-t-il la tête basse.

— Donne-le-moi, dit Agnete en le lui prenant des mains. Tu peux t'en aller.

— Madame, je dois vous parler, chuchota le garçon en s'adressant à Eloisa.

— Qu'est-ce que tu veux ? » dit Agnete d'un ton agressif.

Le garçon s'approcha d'Eloisa. « Qui vous savez… vous fait dire de vous tenir prêtes, dit-il tout bas.

— Mikael ? » s'exclama Eloisa.

Le garçon se tourna vivement vers la porte. « Par pitié, parlez moins fort, murmura-t-il, effrayé.

— Mikael ? répéta Eloisa dans un chuchotement.

— Oui, madame, acquiesça le garçon en se tournant une nouvelle fois avec inquiétude vers la porte. Il vous fait dire de vous tenir prêtes. Il y aura une action des rebelles dans pas longtemps…

— Quand ? » demanda Eloisa, une pointe d'anxiété dans la voix.

Agnete écoutait en silence, regardant fixement le garçon.

« Dans deux semaines. Les rebelles attaqueront un convoi, répondit-il. J'ai pas beaucoup de temps, madame, sinon les gardes vont soupçonner quelque chose. Écoutez-moi sans trop poser de questions. Il s'introduira dans le château et il viendra vous libérer. »

Eloisa porta ses mains à sa bouche, les yeux écarquillés.

« Un groupe d'hommes l'aidera dans le château, poursuivit le garçon. Ils dégageront le chemin et protégeront votre fuite d'ici jusqu'au… au passage secret. »

Il regarda Eloisa dans les yeux. « Où ils doivent se mettre ?

— Qui ? dit Eloisa.

— Les hommes qui vous protégeront, madame, dit le garçon. Où est le passage secret ? »

Eloisa se figea.

« Qui es-tu donc, toi ? demanda Agnete.

— Je m'appelle Fredo, dit le garçon, avant d'ajouter avec fierté : Je suis un rebelle.

— Alors pourquoi Mikael te l'a pas dit, où il est, le passage secret ? demanda Eloisa.

— Notre chef est caché dans la forêt. Le village est plein de soldats, répondit promptement Fredo. Il a dit à frère Timotej que vous le saviez. Et frère Timotej nous a passé le message. »

Les deux femmes hésitaient.

« Alors, c'est pas bientôt fini ? cria un soldat de l'autre côté de la porte.

— Ça y est, j'arrive ! » répondit le garçon d'une voix forte. Il regarda un instant les deux femmes. « Ça fait rien. Je vous comprends. Vous avez raison de vous méfier. On affrontera la situation le moment venu. » Il fit une courte pause. « On fera au mieux, et vous prierez pour que le passage secret ne soit pas surveillé. » Puis il se dirigea vers la porte.

« Attends… », dit Eloisa.

Agnete lui posa la main sur le bras, comme pour la retenir. Mais elle aussi hésitait.

« Faut que je vienne te chercher à coups de pied dans le cul ? » grogna le soldat derrière la porte.

Eloisa rattrapa Fredo. Elle savait que c'était risqué. Mais elle n'avait pas le choix. Elle ne pouvait pas faire échouer le plan de Mikael. « C'est dans le sous-sol, sous les cuisines. La trappe ressemble à une pierre, exactement au milieu, mais si tu tapes, tu vois qu'elle est en bois », dit-elle tout d'un trait. Elle prit son visage entre ses mains et lui donna un baiser sur le front. « Dieu te bénisse, Fredo ! »

75

Deux semaines durant, en attendant le jour de l'attaque, Mikael avait étudié les mouvements des gardes du pont. La relève se faisait toutes les six heures. Ceux dont le tour de garde avait pris fin remontaient à cheval et rentraient au château. Chaque fois, un seul des quatre menait son cheval par la bride jusqu'à la rive du torrent, l'attachait à une branche basse, se déshabillait et allait se rafraîchir dans les eaux limpides.

À ce moment-là, il était vulnérable.

Ensuite il se rhabillait et remontait au château en saluant les deux remplaçants.

Ce matin-là, Mikael se tapit derrière un buisson de sorbier sur la rive de l'Uque, peu avant la relève de la garde. Il attendait, la main nerveusement serrée sur son poignard, en essayant de calmer sa respiration. Le convoi que les rebelles devaient attaquer arriverait l'après-midi. Ils avait longuement discuté, Manuel et lui, et ils étaient tombés d'accord pour qu'il n'agisse qu'au dernier moment. Avant, les camarades du soldat tué s'apercevraient de sa disparition, et cela rendrait les choses encore plus difficiles.

Mikael n'avait pas le droit d'échouer. C'était maintenant ou jamais.

Il entendit arriver la relève. Les chevaux marchaient au pas. Les épées heurtaient en rythme les jambières de fer des soldats.

Une éternité s'écoula avant qu'ils n'arrivent au pont et saluent leurs camarades. La sueur coulait le long du dos de Mikael. Enfin, il entendit un des deux soldats qui avaient fini leur tour de garde talonner son cheval pour repartir au château. Mikael se tapit plus encore, tendant l'oreille et priant pour que l'autre soldat n'ait pas l'idée de changer ses habitudes. Au bout de quelques interminables instants, il le vit attacher son cheval à la branche habituelle et se déshabiller, puis descendre se plonger dans les eaux fraîches de l'Uque.

Il devait l'attaquer par-derrière mais sans l'égorger. Les soldats de garde auraient pu voir le sang rougir l'eau du torrent. Et puis il n'aimait pas l'idée de tuer un homme sans défense.

Il repéra une grosse pierre blanche et lisse, qu'il ramassa, s'assurant de l'avoir bien en main.

« Vite ! » se dit-il en bondissant de sa cachette.

Deux pas rapides sur la grève et, au moment où le soldat, alarmé par le bruit des cailloux, se retournait, il tomba de tout son poids sur lui. Il le frappa en plein front, avec force. Le soldat écarquilla les yeux et tituba. Il ouvrit la bouche pour donner l'alerte, mais Mikael frappa encore. L'homme s'effondra dans l'eau.

Il tira le corps sur la rive opposée et le mit à couvert dans la forêt. Il l'immobilisa avec une longue corde qu'il avait cachée dans un buisson et le bâillonna. Après s'être déshabillé, il enfila l'uniforme du soldat, récupéra la bague de son père dans sa poche et redescendit vers le torrent. Il dénoua la bride du cheval, grimpa en selle et remonta la rive, le dos tourné aux gardes.

« Te voilà propre comme une putain, Hector ! cria l'un d'eux. Je sens ton parfum d'ici ! »

Mikael ne se retourna pas. Il leva simplement la main pour les saluer, résistant à la tentation de lancer son cheval au galop.

« La tarentule t'a mordu, que tu nous dis même pas un mot ? cria l'autre.

— Non, c'est l'eau du torrent qui lui a gelé les couilles, il veut pas qu'on l'entende piailler comme une fille ! » dit le premier en riant.

Mikael leva de nouveau la main et mit son cheval au trot.

Quand il fut certain de ne plus être en vue, il obliqua et entra dans la forêt se cacher parmi les broussailles.

Il ne restait plus qu'à attendre.

Il repensa alors au récit de Raphael, qui l'avait profondément frappé et ému. Et à Agnete, à tout ce qu'elle avait souffert. Mais il pensait surtout à Eloisa. L'idée de la revoir l'excitait et l'effrayait en même temps. Son plan était-il une folie ? N'allait-il pas la mettre en danger ? À mesure qu'approchait le moment de l'action, des doutes le tourmentaient. Toutes ces années avaient opéré tellement de transformations en lui. Le petit prince gâté était devenu un enfant qui avait du mal à survivre, inadapté à la vie des serfs de la glèbe. Puis un jeune garçon, qui avait connu l'amour et ses délices, enfin un rebelle, un fugitif. Et maintenant il était là, tapi, à attendre la bataille, et ses hommes étaient prêts à mourir pour lui, pour la justice, pour l'espoir d'une vie meilleure. À dix-sept ans seulement, il avait déjà vécu trois vies. Il serra dans sa main la bague de son père, en se disant qu'il aurait été fier de lui.

L'attente lui parut interminable. Mais dès qu'il vit le convoi traverser le pont sur l'Uque, le temps se mit à voler.

Ce n'était plus le moment de réfléchir. Il monta en selle.

L'attaque fut lancée à moins d'une demi-lieue du château.

Emmenés par Manuel, les rebelles jaillirent au grand galop de la forêt en criant, les armes à la main.

« C'était peut-être une folie ? » se demanda Mikael en voyant trois des siens tués par la première volée de flèches des soldats de l'escorte.

De nouvelles troupes sortirent aussitôt du château pour se jeter dans la mêlée.

Le moment était venu. Il éperonna son cheval et se joignit aux soldats, sans qu'aucun d'eux ne le remarque.

Au cœur de la bataille, ses yeux s'emplirent de colère. Il était du mauvais côté. Il assistait impuissant à la mort de ses hommes.

« Allez-vous-en, bâtards ! » cria-t-il à pleins poumons.

Manuel l'entendit. Il ordonna à ses hommes de commencer à se replier.

Pendant qu'ils s'exécutaient, Manuel, l'épée de Volod à la main, resta pour couvrir leur fuite. Cinq soldats se jetèrent aussitôt sur lui et le frappèrent. D'instinct, Mikael voulut le sauver et lança son cheval dans la mêlée.

Manuel, à terre, couvert de sang, le vit. Il lui lança un regard intense. « Non ! » s'écria-t-il. À ce moment, une épée lui perça la poitrine.

Mikael s'arrêta, plein de colère et de douleur. Son cheval hennit et se cabra. Il fut presque désarçonné.

« Maintenant », articulèrent les lèvres de Manuel à l'instant de la mort.

En hurlant, Mikael fit virer son cheval, qu'il talonna avec férocité pour le lancer au galop vers le château, où le convoi arrivait maintenant. Il pénétra dans la cour au moment où quatre soldats s'apprêtaient à fermer la grande porte. La confusion régnait. On avait saisi les blessés par les bras et par les jambes pour les transporter à l'intérieur de la caserne. Les palefreniers tentaient de calmer les chevaux pour les faire rentrer dans les stalles. Les serviteurs couraient en tous sens, effrayés.

Tandis que Mikael descendait de son cheval, qu'il confia aux soins d'un valet, il entendit le bruit sourd de la grande porte qui se refermait et le raclement des pesantes barres de fer qui s'encastraient dans les encoches.

Impossible à présent de sortir par-là.

L'épée à la main, Mikael se dirigea d'un pas résolu vers le palais. Il entra tête baissée dans la grande salle. La même confusion y régnait. Du coin de l'œil, il vit Agomar. Il aurait voulu le tuer là, à l'instant. Mais il commença à gravir les marches qui menaient au premier étage. Personne ne l'arrêta. Pourtant, en haut de la première rampe d'escalier, il eut la sensation qu'Agomar le regardait. Il serra son épée plus fort et reprit sa montée.

Alors qu'il longeait le couloir du premier étage, il

avait encore dans les yeux l'image de la mort de ses hommes et de Manuel. Il sut alors qu'il n'hésiterait pas à tuer.

Il se lança avec une fureur aveugle sur ceux qui gardaient la porte. Son premier coup trancha presque jusqu'à la moitié le thorax du premier soldat. Il enfonça la lame rouge de sang dans le cou de l'autre, qui n'eut pas le temps de dégainer son épée.

D'un grand coup d'épaule, il ouvrit la porte.

Eloisa et Agnete étaient tapies au fond de la chambre, contre le mur, enlacées.

« Mikael ! » s'écria Eloisa en le voyant, avant de se précipiter à sa rencontre.

Il lâcha son épée et la prit dans ses bras, la serrant à l'étouffer. Une émotion profonde le secouait, comme un tremblement de terre.

« Mikael… », répéta Eloisa.

Des larmes de joie coulèrent sur ses joues. Quand elle se détacha de leur étreinte pour le caresser, Mikael s'aperçut qu'il avait taché sa robe du sang des ennemis qu'il avait tués. Il eut pendant un court instant un mauvais pressentiment, tandis que ses yeux se voilaient eux aussi de larmes. « Eloisa… Eloisa… », murmura-t-il, sans rien pouvoir dire d'autre que le nom de celle qu'il aimait depuis toujours et qu'il avait tant craint de ne pas revoir.

Elle lui caressait le visage, comme pour se convaincre que c'était lui. « Tu es là…

— Oui, je suis là… », murmura Mikael en passant un doigt sur ses lèvres douces, qu'il avait rêvé d'embrasser pendant près d'un an. Puis il se reprit. Il se tourna vers Agnete. Il aurait voulu la prendre elle aussi dans ses bras. Mais le temps manquait. « Le bébé ? »

Agnete répondit en secouant la tête en signe de dénégation.

Mikael crispa les mâchoires, telle une bête féroce. « Qu'est-ce que ça veut dire ?

— Nous ne savons pas où ils le gardent », dit Eloisa avec une douleur atroce dans la voix.

Mikael serra les poings. Puis il saisit Eloisa par le bras. « Je reviendrai le chercher, je te le jure », lui dit-il avec un regard déterminé, ramassant son épée. « Allons-y maintenant, il faut faire vite. » Il l'entraîna vers le couloir.

Eloisa se tourna vers Agnete et lui prit la main.

« Restez derrière moi, dit Mikael. Baissez les yeux et ne courez pas. »

Un soldat, en haut des escaliers, dégaina son épée.

Mikael remit la sienne au fourreau et s'approcha de lui. « Aide-moi, dit-il d'une voix calme. Il faut emmener les prisonnières ailleurs. » Arrivé à un pas de lui, il tira son poignard, le frappa à l'estomac puis poussa violemment vers le haut, le soulevant presque. Jusqu'à ce que la lame arrive jusqu'au cœur.

Le soldat vomit sur lui un flot de sang et tomba comme un sac.

Eloisa faillit crier, mais Agnete lui mit la main sur la bouche.

Mikael commença à descendre les marches, les deux femmes à sa suite.

Quand ils posèrent le pied dans la grande salle, Mikael répéta à mi-voix : « Ne courez pas. Quoi qu'il arrive. »

Ils se retrouvèrent dans la cour sans que personne les arrête, et la contournèrent par le nord.

« Où sont les hommes ? demanda Eloisa d'une voix effrayée.

— Quels hommes ? s'étonna Mikael.

— Ceux qui devaient nous aider. Fredo…

— Fredo ? l'interrompit Mikael.

— Oui, il a dit que… »

Mikael la fit taire et dégaina son épée. « Le salaud, grogna-t-il tout bas.

— Non, il est de notre côté », dit Eloisa comme pour s'en convaincre.

Mikael ne répondit pas. Son visage était contracté par la tension. Il avança jusqu'à l'angle qui donnait sur les cuisines. « Restez ici », dit-il à Eloisa et Agnete. L'épée à la main, il se pencha pour examiner la situation. « Je reviens tout de suite, ne bougez pas. » Il passa à toute vitesse devant les cuisines et descendit dans le sous-sol, craignant un guet-apens. Il mourrait seul, se disait-il. Sans mettre en péril Eloisa et Agnete. Heureusement, le sous-sol était désert, dans le même état d'abandon que le jour où il avait sauvé Emöke.

Il fit demi-tour en courant, un faible sourire d'espoir aux lèvres, et repassa l'angle. Les deux femmes n'y étaient plus. Son sang se glaça.

« On est là », dit la voix d'Eloisa.

Mikael se retourna. Elles s'étaient cachées derrière la porcherie. « Allons-y ! »

Elles le rejoignirent et le suivirent jusqu'à la trappe.

Mikael l'ouvrit et regarda au fond. Il n'avait pas de torche. Il aurait été impossible d'en apporter une. Mais Eloisa et lui connaissaient bien le chemin. Ils avanceraient à tâtons. « Allez-y, descendez », dit-il d'une voix tendue, tandis qu'il se plaçait devant la porte, prêt à les défendre. Personne ne vint. Mikael descendit après elles et referma la trappe derrière eux.

L'obscurité, maintenant, était totale.

Une fois en bas, il sentit toute la tension accumulée retomber comme une vieille couverture. « Eloisa, où tu es ? dit-il.

— Ici… »

Mikael tendit le bras et la sentit. Lentement il fit remonter sa main jusqu'à son visage et effleura ses lèvres.

« On s'en est sortis ? demanda Eloisa d'une toute petite voix.

— Oui, dit Mikael en la serrant avec toute la passion qu'il avait dû refouler pendant la fuite.

— On s'en est sortis ! dit Eloisa en riant. Mon amour…

— Mon amour ! »

Agnete toussota dans le noir.

Mikael et Eloisa éclatèrent de rire.

« Mère ! s'exclama Eloisa.

— Oui, ma fille… soupira Agnete.

— Avançons », dit Mikael en riant. Il dénoua leur étreinte. « Faites attention où vous mettez les pieds, Agnete.

— Et toi, fais attention où tu mets les mains, marmonna-t-elle. Cela dit, je ne suis pas trop d'humeur à plaisanter. Fais-nous sortir d'ici, mon garçon, et que Dieu te bénisse. »

Ils avancèrent prudemment sur une cinquantaine de verges puis Mikael les avertit : « Maintenant, baissez-vous et avancez à quatre pattes. » Il eut une indéfinissable sensation de malaise. « On y est presque, ajouta-t-il en se baissant.

— On ne devrait pas voir la lumière ? »

Mikael comprit alors pourquoi il éprouvait ce malaise. Eloisa avait raison. Il restait environ dix verges, et ils auraient dû voir un peu de lumière, si faible soit-elle. « On est presque à la tombée du jour… et la végétation est épaisse à l'entrée », dit-il sans réelle conviction. Il accéléra l'allure, égratignant ses mains et ses genoux sur le sol rocheux.

Soudain, sa tête heurta la pierre. Il s'arrêta. Le souffle coupé, il tâta la paroi. Partout des pierres. Et entre les pierres, du mortier encore frais.

« Ils ont muré la sortie… »

Il cogna des poings contre le mur, poussa, se lança dessus à coups d'épaule. À bout de souffle, il renonça.

Dans le boyau, chacun retenait sa respiration.

Il pensa aux rebelles qui les attendaient dans les bois. Ils ne les verraient pas sortir du passage. Et ils ne pourraient pas attaquer non plus car ils étaient trop peu nombreux.

« Qu'est-ce qu'on va faire ? finit par demander Eloisa en essayant de ne pas laisser transparaître dans sa voix la panique qui lui serrait la gorge.

— Reculez, dit Mikael. Nous sortirons par un autre endroit.

— Où ça ? demanda Agnete.

— Je ne sais pas, répondit sourdement Mikael. On trouvera bien un moyen. »

Ils rebroussèrent chemin. À une vingtaine de pas de l'échelle qui montait à la trappe, ils virent une lumière tremblotante.

Mikael passa devant les deux femmes et dégaina son épée. Il avança avec précaution.

La lumière provenait d'une torche, jetée là par terre.

Mikael s'en empara.

Au même instant, amplifié par l'écho du souterrain, résonna un rire spectral, inhumain.

Mikael leva la torche.

La lumière éclaira le visage d'Ojsternig encadré dans la trappe, les yeux plantés dans les siens.

Il fit un pas en arrière, la torche toujours levée.

« Dis-moi, ramasse-merde, lança Ojsternig, ça fait quoi de se retrouver fait comme un rat ? »

Mikael se sentit le sang lui monter à la tête. « Viens me chercher ! » cria-t-il avec fureur en brandissant son épée.

Ojsternig éclata de rire. « Non, ramasse-merde ! Je ne te laisserai pas mourir aussi facilement ! » hurla-t-il, une lueur folle dans les yeux. « Tu mourras là-dedans… lentement… de faim et de soif… », articula-t-il d'un ton cruel. Et à voix basse, sifflant comme un serpent : « Et tu verras ta femme mourir avant toi. »

76

« Laisse-les sortir, Ojsternig ! cria Mikael. Elles n'y sont pour rien !

— Tu as raison, ramasse-merde. Elles n'y sont pour rien, répondit Ojsternig d'une voix calme où vibrait un plaisir pervers. Elles mourront par ta faute.

— C'est une affaire entre toi et moi ! » continua Mikael, désespéré.

Quand l'écho de son cri s'éteignit, Ojsternig murmura : « Oui… c'est une affaire entre toi et moi.

— Laisse-les libres ! » Mikael cogna avec fureur sur la pierre. Puis, dans un coup de folie, il monta les premiers barreaux de l'échelle. « Je vais sortir et tu me tueras, comme ça, on en aura terminé ! »

Eloisa gémit et s'accrocha à Agnete.

« Et tu les abandonneras là-dessous ? dit Ojsternig avec un rire moqueur. Tu les laisseras mourir seules, à côté de ton cadavre ? »

Mikael s'arrêta.

Ojsternig rit de nouveau. « Non, tu ne feras jamais ça. »

Mikael s'agenouilla sur un barreau. « Regarde-moi ! » lui cria-t-il.

Les yeux cruels d'Ojsternig le fixaient. « Que veux-tu ? Tu veux que je te supplie ? » dit Mikael, tremblant d'une fureur à peine contenue. Il lâcha son épée. « Regarde-moi, je te supplie de ne pas prendre la vie de deux innocentes. »

Ojsternig sourit. « C'est toi qui l'as prise, leur vie, susurra-t-il. Tu es le seul responsable de leur mort.

— Regarde-moi ! cria Mikael. C'est ça que tu veux ? Tu as gagné ! » Sa voix vibrait de colère. « Tu as gagné et moi je te supplie. Ça ne te suffit pas ? »

Ojsternig le fixa longuement. « Non, ça ne me suffit pas. Mais tu me supplieras encore… et encore… à mesure que tu les verras s'affaiblir. » Il sourit. « Laquelle mourra la première, à ton avis ? La vieille ou la jeune ?

— Salaud ! » hurla Mikael en reprenant son épée et en se lançant à l'attaque vers la trappe.

Ojsternig fit un bond en arrière et, en riant, frappa violemment de son épée celle de Mikael, dont la pointe venait d'apparaître par la trappe.

« Non, Mikael ! » s'écria Eloisa, d'un ton désespéré.

Mikael s'arrêta et recula.

« Écoute-la, ramasse-merde. Ne la laisse pas seule.

— Je te tuerai », dit férocement Mikael.

Ojsternig le regarda la tête inclinée sur le côté. Il éclata de rire. « Et comment penses-tu y arriver ? »

Mikael cracha dans sa direction. « Je te tuerai !

— Bon, je vais manger. J'ai faim. Mais je reviendrai vous regarder mourir. Attends-moi. »

Mikael l'entendit ordonner aux soldats de le repousser s'il montait, mais sans le tuer.

« Mikael… », murmura Eloisa.

Lentement, Mikael redescendit les barreaux. À la

lumière de la torche, il vit la pâleur d'Eloisa. « J'ai échoué, lui dit-il. Pourras-tu jamais me pardonner ? »

Eloisa se serra contre lui. « Mieux vaut mille fois mourir dans tes bras que vivre sans toi », répondit-elle tout bas.

Mikael se tourna vers Agnete.

Celle-ci détourna les yeux, le visage contracté.

« Tu m'as dit un jour que tu ne me le pardonnerais jamais, s'il arrivait quelque chose à Eloisa par ma faute », chuchota-t-il.

Agnete s'éloigna, réprimant sa colère.

Mikael et Eloisa restèrent enlacés, sans parler.

« Comment est notre fils ? » demanda Mikael, brisant le silence.

Eloisa enfonça le visage contre sa poitrine, respirant l'odeur du sang et retenant ses sanglots. Puis elle leva la tête. « Il est beau et fort comme son père, dit-elle avec un sourire douloureux mais plein de douceur. Ton portrait tout craché. »

Le silence descendit à nouveau.

Eloisa le prit par la main et l'entraîna dans un recoin de leur prison. Elle s'assit par terre. « Viens te serrer contre moi. »

Mikael s'assit près d'elle et la prit dans ses bras. Ce fut alors qu'il vit les blessures à ses mains. « Qui t'a fait ça ? lui dit-il.

— Ce n'est rien. » Elle lui sourit. « Raconte-moi ce que tu as fait pendant tous ces mois où tu étais loin », demanda-t-elle en lui caressant le visage.

Mikael s'était imaginé le lui raconter devant un feu de bois, son fils sur les genoux, ou au lit, après l'amour. Mais cela n'arriverait pas. Le temps leur était compté. Ils mourraient dans ce tunnel.

« Non ! s'écria-t-il avec colère en se levant d'un bond.

— Mikael… dit Eloisa en essayant de le retenir.

— Non ! » répéta Mikael. Il se jeta sur son épée. « Je te sortirai d'ici ! » Il s'empara de la torche et se dirigea presque en courant vers le fond du boyau. Arrivé à la sortie murée, il l'examina à la lueur de la torche. C'étaient de grandes pierres, encastrées les unes dans les autres et jointoyées au mortier. Il posa par terre l'épée et la torche, et commença à creuser furieusement entre les pierres avec la pointe de son poignard. La première couche enlevée, il glissa la lame entre les pierres et exerça une pression pour faire levier. Le poignard se brisa en deux. Mikael le jeta avec rage. Il s'empara de son épée et commença à taper sur les pierres, en la tenant par la lame comme si c'était un pic. Malgré les blessures à ses paumes, il frappait sans discontinuer, de toutes ses forces. Le métal produisit des étincelles mais fit à peine sauter quelques éclats.

Alors le rire d'Ojsternig, revenu savourer la fin de ses prisonniers, s'insinua dans le boyau, couvrant le heurt sourd du métal contre les pierres. « Tu crois donc qu'il n'y a pas de soldats, de l'autre côté ? Épargne tes forces, ramasse-merde !

— Non ! s'écria Mikael en intensifiant ses coups. Non ! » La lame lui coupait les paumes.

« Mikael… », dit Eloisa derrière lui.

Mikael continua de frapper dans les fentes avec son épée, aveuglé par la fureur et le désespoir.

« Arrête… supplia Eloisa. Mikael, reste avec moi… » Elle posa la main sur son dos. Puis elle s'étendit sur la pierre froide et rugueuse. « Viens là », murmura-t-elle.

Mikael, lentement, rampa en arrière jusqu'à elle et s'étendit à ses côtés. Il devait être fort pour elle. Il lui souleva la tête jusqu'à rencontrer ses lèvres.

« Chaque fois que tu m'embrasses, je sens un coup au cœur, murmura-t-elle.

— Ça n'aurait pas dû finir de cette façon, dit Mikael. J'ai été présomptueux. Je croyais pouvoir changer le monde… Et au lieu de ça… regarde dans quoi je nous ai fourrés. Je t'ai condamnée à mourir à l'endroit même où tu m'as donné la vie. » Il hocha la tête. « Quelle absurdité.

— Mikael, dit alors Eloisa, je t'aime simplement parce que je ne peux pas m'en empêcher. » Elle passa un doigt le long de la cicatrice sur son front. « Mais je t'aime encore plus de vouloir changer le monde. »

Ils restèrent silencieux, se caressant lentement, avec une douceur désespérée qui portait en elle la conscience de la fin.

Quand ils revinrent en arrière dans le boyau, Eloisa s'approcha de sa mère.

Agnete avait le visage contracté, les yeux comme deux fentes pleines de colère.

« Pleurez, mère », dit Eloisa.

Agnete ne la regarda pas.

« Pourquoi ne pleurez-vous pas ? insista Eloisa.

— Parce que je n'en suis pas capable », répondit Agnete d'une voix éteinte.

Mikael restait à l'écart.

« Mère… », dit alors Eloisa, une supplication muette dans le cœur. Elle lui toucha la main et se tourna vers Mikael.

Agnete serra les lèvres, puis quelque chose se brisa en elle. Elle caressa le visage de sa fille, avec la même certitude et le même désespoir, sachant que c'était la dernière fois. Puis elle tendit le bras vers Mikael.

Celui-ci s'approcha, tête basse.

Agnete lui prit la main et le fit asseoir près d'elle. « Tu n'as rien fait de mal, mon garçon. Je n'ai rien à te pardonner. »

Les yeux de Mikael se remplirent de larmes et il se jeta contre elle.

Agnete caressa ses longs cheveux blonds. À Eloisa, elle dit : « J'ai toujours su que tu avais gardé une mèche de ces belles boucles blondes. Tu avais prié toute la nuit, même dans ton sommeil, pour que Mikael ne se fasse pas dévorer par les loups. À l'aube, la mèche t'a échappé des mains et je l'ai trouvée par terre. J'aurais voulu te bourrer de coups parce que tu m'avais désobéi, mais je n'en ai pas eu le courage... » Ses yeux se remplirent de tendresse. « Tu as aimé ce garçon dès le premier jour. »

Eloisa appuya à son tour la tête contre sa mère, près de celle de Mikael.

Agnete leur caressait les cheveux et revoyait leur vie, si proche maintenant de sa fin.

« Vous vous souvenez d'Hubertus, mère ? dit Eloisa en souriant.

Agnete eut un petit rire. « Je me rappelle le matin où tu as dit à Mikael que son nom ne lui allait pas, vu que ce rat dégoûtant n'était pas un mâle mais une femelle.

— Et moi, j'y ai cru... murmura Mikael.

— Parce que tu es un gros bêta », dit Eloisa. Elle

tendit la main pour chercher celle de Mikael. Ils entrelacèrent leurs doigts sur les cuisses d'Agnete.

« Oui, tu as toujours été un désastre, mon garçon, dit Agnete en riant encore. Si tu avais vu ta tête le soir où je t'ai dit que c'était à moi que tu faisais du pied, et pas à Eloisa… »

Mikael et Eloisa sourirent, le cœur plein de tristesse.

« Oui, dit Agnete. Nous avons eu de bons moments. »

Pendant une grande partie de la nuit, aucun des trois ne réussit à parler. Les heures s'écoulaient avec lenteur, épaisses comme du goudron. Ils avaient perdu la notion du temps.

À un moment, la torche, dans une dernière lueur, s'éteignit.

C'était comme une préfiguration de la mort.

« J'ai peur, murmura Eloisa.

— Non ! s'exclama Mikael en s'arrachant à cette torpeur. Nous ne pouvons pas nous rendre. On serait arrivés jusqu'ici pour renoncer ? Non ! » dit-il d'un ton déterminé.

Ni Eloisa ni Agnete ne répondirent. Perdues dans le noir, elles sentaient l'espoir décliner peu à peu.

« Non », répéta Mikael, têtu. Il pensa de nouveau que ses hommes étaient là, dehors. Mais il savait qu'ils n'étaient pas assez nombreux pour attaquer le château. Alors, peut-être poussé par le désespoir, il se souvint de la prophétie d'Emöke, le jour des combats organisés entre les jeunes gens de la vallée par Ojsternig. « Il réalisera son destin par l'épée, qui transformera tous en un seul. » Elle n'avait pas dit qu'il mourrait pris au piège comme un rat. Une voix, en lui, disait que son espoir devait être bien faible, pour qu'il s'accroche ainsi à une prophétie. « Non », répéta-t-il encore, serrant les poings, résistant à la voix qui lui soufflait de renoncer. Depuis qu'il avait sauvé Emöke, sa vie avait été habitée par la magie. Elle avait dit autre chose encore, se souvint-il. Il posa les mains et le front contre la pierre froide. « Gregor... murmura-t-il, tu as promis de m'aider.

— Qu'est-ce que tu fais ? demanda Agnete.

— Gregor, honore ta promesse, dit Mikael plus fort.

— Viens ici, dit Agnete.

— Gregor, tu as promis de m'aider ! cria alors Mikael en tapant sur le mur avec ses poings.

— Viens ici, mon garçon, répéta Agnete.

— Mikael... », dit Eloisa d'une voix angoissée.

Il resta immobile quelques instants. Puis, vaincu, il céda à cette voix en lui qui lui disait de renoncer. Il revint s'étendre près des deux femmes avec lesquelles il allait attendre la mort.

Il lui semblait que le temps s'était mis à courir sans aucune mesure, aucun sens.

Soudain, aucun des trois n'aurait su dire quand, un bruit confus de voix s'insinua dans le boyau. Ouaté, lointain, presque irréel.

Mikael releva la tête.

« C'est quoi ? » demanda Eloisa d'une voix rauque.

Mikael se mit debout, tendu, essayant de comprendre d'où provenait ce bruit.

Eloisa et Agnete se levèrent à leur tour et se prirent par la main. À la rumeur de voix s'ajoutaient des coups frappés, répétés, qui faisaient vibrer l'air.

« C'est quoi ? » demanda de nouveau Eloisa d'une voix plus forte.

Mikael courut vers l'échelle qui montait jusqu'à la trappe.

Les soldats aussi, en haut, s'agitaient, inquiets.

L'intensité des coups grandissait.

« Par-là ! s'écria Mikael.

— Où ça ? demanda Agnete dans le noir.

— Au fond du boyau ! » s'écria-t-il en s'élançant à l'aveuglette dans l'obscurité. Il courut. Il entendait les coups devenir de plus en plus forts, jusqu'au moment où il se cogna contre le plafond qui s'abaissait, dans la dernière partie du boyau. Il tomba, assommé, tandis que le bruit des coups s'accélérait. « Par ici ! » cria-t-il à nouveau.

Eloisa et Agnete le rejoignirent.

Mikael les attendait en écartant les bras pour leur éviter de se cogner la tête, elles aussi. « À quatre pattes », dit-il, une excitation incontrôlable dans la voix. Eloisa le rejoignit.

« Qu'est-ce qui se passe ? » demanda-t-elle.

Mikael ne répondit pas et progressa à toute vitesse dans le noir.

« Ils nous attaquent ! » cria un des soldats restés près de la trappe.

« Ce sont mes hommes ! s'exclama Mikael. Mes hommes ! Tout n'est pas perdu ! »

Soudain, tout au fond, une fine lame de lumière perça l'obscurité.

77

La première pierre qui obstruait le passage secret roula sur le sol.

« On est là ! cria Mikael.

— Ils sont vivants ! dit une voix en écho à l'extérieur. Ils sont vivants ! »

Mikael s'agrippa aux pierres en essayant de les faire bouger.

« Enlève tes mains ! » cria la voix. Puis un grand coup de pic fit tomber une autre pierre.

La lumière envahit le boyau.

Au bruit de voix indistinct se superposèrent tout à coup des cris de douleur et de rage, et le choc métallique des armes. La bataille, dehors, avait commencé.

Mikael fit demi-tour et alla chercher son épée. À son retour, les coups de pic avaient ouvert une brèche suffisamment large. Il s'y glissa, l'épée plaquée contre lui.

Il se retrouva devant deux hommes au visage couvert de poussière noire et rouge, le pic à la main. Deux mineurs de Dravocnik. Mais le moment n'était pas à l'émotion. Derrière eux, deux soldats chargeaient. « Attention ! » leur cria-t-il.

Il se jeta vers le premier, l'épée levée devant le museau du cheval, qui se cabra, déséquilibrant son cavalier. Mikael fit un bond de côté et frappa le soldat en pleine poitrine, le tuant net.

Entre-temps, un des mineurs, le pic à bout de bras, tournoya sur lui-même et frappa la cuisse de l'autre soldat, qui gémit et tomba de cheval. Le pic de l'autre mineur perça violemment son casque et lui fracassa le crâne.

Le danger évité, les deux mineurs regardèrent Mikael. « C'est toi, Mikael de la Raühnvahl ? »

Mikael acquiesça et leva les yeux vers le champ de bataille.

« C'est Mikael de la Raühnvahl ! hurlèrent les deux mineurs.

— C'est Mikael de la Raühnvahl ! » cria aussitôt un autre plus loin, le pic en l'air.

Mikael ressentit un frisson. Il ne pouvait y croire.

« Mikael ! » Le cri retentit tel un écho sur le champ de bataille. « Mikael ! C'est notre Mikael ! »

L'émotion embruma ses yeux. Les serfs de la Raühnvahl se battaient avec des faux, des haches, des fourches et des pioches, et criaient : « C'est notre Mikael ! » Les mineurs de Dravocnik brandissaient leurs pics : « Mikael de la Raühnvahl est avec nous ! » Quant aux rebelles réchappés de l'attaque de la veille, ils levèrent leurs épées au ciel et se mirent à hurler : « Voilà notre chef ! »

« Eloisa, reste où tu es ! cria Mikael en direction de l'ouverture du mur, la gorge serrée. Je vous dirai quand vous pouvez sortir ! »

Dès que les hommes le virent se jeter dans la mêlée

en faisant de larges moulinets avec son épée, ils luttèrent avec un courage renouvelé.

Mikael était secoué par un tourbillon de sentiments. Ceux de son village et les mineurs de Dravocnik, des serfs qui avaient vécu toute leur vie en baissant la tête, se révoltaient. Grâce à lui. « Je te l'avais bien dit, Volod ! » s'écria-t-il, presque en riant. Il se porta sans réfléchir en première ligne des combats et prit le commandement de la bataille. « Formez un front unique ! hurlait-il. Restez groupés ! »

Ceux qui composaient cette armée chaotique ne connaissaient rien à la guerre, et espéraient un guide. Ils se placèrent aussitôt à ses côtés, dans l'attente de ses ordres.

« Allons-y ! À l'attaque ! Tous ensemble ! » cria Mikael en s'élançant vers une escouade de soldats.

Les serfs et les mineurs, avec des hurlements de guerriers, bondirent en avant pour enfoncer leurs armes dérisoires dans le corps des adversaires, sans plus aucune peur de mourir.

Mikael frappait à l'aveugle, comme s'il tirait sa force de cette rébellion extraordinaire, se frayant un chemin parmi les ennemis avec une joie incrédule qui faisait battre son cœur comme un fou. Et son armée de gueux, exaltée par son courage, restait à ses côtés, sans reculer, et repoussait les charges des soldats.

« Je te l'avais dit, Volod ! hurla encore Mikael. Je te l'avais dit que c'était possible ! En avant, tous ! »

Mais des renforts sortirent du château, menés par Agomar. Les forces ennemies, grossies en un instant, fauchaient un nombre croissant de combattants.

Mikael comprit qu'ils ne pourraient pas soutenir l'assaut. S'obstiner dans la bataille conduirait à un massacre. L'armée d'Ojsternig ne comptait guère plus de cent cinquante hommes, mais c'étaient tous des soldats aguerris et bien armés. Ils auraient rapidement raison de ces combattants improvisés, même si ces derniers étaient deux fois plus nombreux.

« Restez unis ! cria-t-il. Reculez ! En ordre ! »

Battre en retraite était le seul moyen de limiter les pertes. Ce qu'ils avaient fait était déjà extraordinaire. Mikael devait maintenant penser à la vie de ses hommes, les protéger.

« Reculez ! Vers les bois ! » ordonna-t-il encore.

Au milieu des arbres, les forces ennemies auraient du mal à rester compactes, et la puissance de leur assaut en serait diminuée.

Il désarçonna un soldat et monta sur son cheval, brandissant son épée. « Prenez leurs chevaux ! hurla-t-il à ses hommes en continuant de se battre. Montez sur leurs chevaux ! »

Le seul moyen pour sauver le plus grand nombre d'hommes était de former un groupe-suicide qui couvrirait leur retraite. Il croisa le regard de Lamberto, un des rebelles qui l'avaient suivi depuis Constance. « Couvrons leur retraite ! Défendons-les ! Jusqu'à la fin ! »

Lamberto comprit qu'il allait mourir mais n'hésita pas.

« En arrière ! Battez en retraite ! ordonna Mikael aux serfs et aux mineurs. Vers les bois ! » Puis il cria à Lamberto : « Je reviens tout de suite ! » Il s'élança vers le passage secret. « Eloisa ! Agnete ! Sortez ! » Il était encore temps de les mettre en sécurité.

Eloisa et Agnete se glissèrent par l'ouverture. Elles

restèrent bouche bée elles aussi, en voyant les serfs du village prendre part à la bataille.

Mikael lut dans leurs yeux la même fierté que la sienne. « Joignez-vous à ceux qui battent en retraite ! Nous vous protégerons ! » Il adressa un regard plein d'amour à Eloisa. Il avait peu de chances de survivre. Mais il mourrait pour elle et pour tous les siens. Ce serait une mort glorieuse.

Eloisa comprit le regard de Mikael. Elle hocha la tête, tandis que ses yeux s'emplissaient de larmes.

Mikael la regardait. Il savait que c'était la dernière fois. Soudain, alors qu'il s'apprêtait à se jeter de nouveau dans la bataille, il aperçut au fond de la vallée un nuage de poussière d'où montaient des roulements de tambour. Puis des cris de guerre. La terre trembla sous la charge de dizaines et de dizaines de chevaux.

Tous les combattants se figèrent.

« C'est qui ? » demanda Mikael à l'un des rebelles.

Si c'étaient d'autres hommes d'Ojsternig, tout finirait encore plus vite.

Au lieu de cela, il reconnut, à la tête d'une colonne de plus de cent soldats, deux de ses amis.

« C'est Lucio ! » cria Lamberto.

Et Mikael avait aussi reconnu Ettore Salvemini, le vieux capitaine de Raphael. Le sort de la bataille s'était renversé.

« Retournez dans le passage ! » cria-t-il à Eloisa et Agnete.

Eloisa le regardait, effrayée.

« Je ne mourrai pas ! lui dit Mikael avec un sourire radieux. Pas aujourd'hui ! » Il attendit qu'Eloisa et Agnete soient à l'abri et talonna vivement son cheval. Il vit alors Agomar donner un ordre à ses soldats, qui commencèrent à reculer vers le château. Il comprit aussitôt ce qui risquait d'arriver.

« Ils ne doivent pas fermer la porte ! » criait-il en se joignant aux siens.

S'ils parvenaient à empêcher les soldats de se retrancher dans le château, pensa Mikael avec un frisson d'excitation, ce serait alors la bataille finale.

Il se tourna vers les serfs et les mineurs. « Suivez-moi ! cria-t-il avec fougue. Ne laissons pas la porte se fermer ! »

Mineurs, serfs et rebelles, comme s'ils avaient déjà vaincu, se lancèrent en hurlant dans une course triomphante, en brandissant leurs armes.

« Fermez ! Fermez ! » ordonnait pendant ce temps Agomar, prêt à laisser mourir bon nombre de ses hommes encore à l'extérieur.

Les soldats du château commencèrent à pousser les lourds battants de la grande porte. Mais leurs camarades, refusant d'être abandonnés, se jetèrent dessus et ralentirent l'opération, comme s'ils luttaient contre leurs frères d'arme.

Ce retard leur fut fatal. Mikael et son armée hétéroclite s'abattirent sur les soldats dans une fureur aveugle, sans plus faire preuve d'aucune prudence.

Quand la colonne commandée par Ettore Salvemini se joignit à eux, Mikael les regarda avec une lumière rayonnante dans les yeux. C'étaient de vrais soldats. Ils connaissaient la guerre. Et ils étaient plus de cent. Ils enfoncèrent sans difficulté les défenses ennemies et se déversèrent dans la cour, luttant au corps à corps.

La bataille fut rapidement terminée.

Mikael vit alors Agomar au milieu de la cour,

blessé, à genoux. Il sauta de son cheval, l'épée ruisselant de sang, et marcha vers lui.

Agomar leva les yeux vers Mikael. « Pitié, mon garçon », dit-il. Il avait peur.

Mikael le fixa. Agomar était exactement là où il avait tué son père.

« Ça se passera ici », avait prédit Emöke.

« Je n'ai fait qu'exécuter les ordres d'Ojsternig, continua Agomar.

— Je sais », dit Mikael enflammé de haine.

« De la même façon que ça s'est passé pour lui », avait aussi dit Emöke.

« Tu te souviens de ma mère ? dit Mikael. Et de ma petite sœur ? »

Agomar plissa les yeux pour comprendre.

« Tu te souviens de mon père ? Ici même ? À genoux ? » cria soudain Mikael en levant son épée des deux mains et en l'abaissant de toutes ses forces.

Mais la lame s'arrêta, à deux doigts seulement du cou d'Agomar. Le corps de Mikael vibrait tout entier. Ses mâchoires étaient serrées et ses narines dilatées. « Non, dit-il à Agomar. Tu n'en vaux pas la peine. » Il se tourna vers les siens. « Emparez-vous de cet homme ! » ordonna-t-il. Il poussa Agomar parmi les prisonniers. « Il aura un procès régulier, et il paiera pour ses crimes. » Dans la prophétie, Emöke lui avait laissé la possibilité de choisir. « C'est lui-même qui décidera de te rendre la pareille ou pas. » Il avait décidé. Pas d'honneur dans la haine.

La bataille était terminée. Les soldats d'Ojsternig avaient jeté leurs armes à terre et s'étaient rendus.

Mikael plia les jambes et posa la main, doigts

écartés, sur la poussière de la cour, à nouveau colorée de sang, dix ans après.

« Père, je t'ai vengé », dit-il.

Il se releva, le visage mouillé de larmes. « Les soldats d'Ojsternig sont vos prisonniers ! » annonça-t-il d'une voix forte aux serfs de la glèbe et aux mineurs de Dravocnik. « Nous avons vaincu ! »

Après un instant d'hésitation ou peut-être d'incrédulité, serfs et mineurs exultèrent, encerclant d'un air menaçant les soldats désarmés qui les avaient si longtemps terrorisés et humiliés.

Mikael lut dans leurs yeux une fierté qu'aucun d'eux n'aurait cru pouvoir éprouver un jour. Volod le Noir aurait été fier. « Tu vois ? Ils se sont torché le cul tout seuls », murmura-t-il, un sourire aux lèvres.

« Mikael ! s'écria Lucio en l'étreignant.

— On te croyait mort !

— Alors qu'en fait je t'ai sauvé le cul ! répondit Lucio en riant.

— Non. Pas toi. Tu étais en retard, comme d'habitude », plaisanta Mikael. Son regard se promena sur les serfs, qui n'avaient jamais su, pendant des générations, ce qu'était la liberté. « Ils ont relevé la tête. »

Mais soudain, les hurlements de joie se turent.

Le hennissement nerveux d'un cheval avait fait tourner les têtes. Ojsternig, en selle sur son destrier, s'élançait vers eux au grand galop à travers la cour.

« Non ! » s'écria Mikael, dont le sang s'était glacé. Les bras écartés, il se planta devant l'animal.

Le cheval d'Ojsternig se cabra.

« Rien n'est fini, ramasse-merde ! hurla Ojsternig, les yeux exorbités. Sur la selle, devant lui, il tenait un couteau posé sur la gorge d'Eloisa. « Dis à cette racaille de me laisser passer, si tu ne veux pas que je l'égorge ici, devant toi ! »

Mikael recula d'un pas.

Eloisa était terrorisée. Une goutte de sang dessinait un mince fil rouge sur la peau blanche de son cou.

« Ôte-toi de mon chemin ! » cria encore Ojsternig, en retenant son cheval.

Mikael finit par se tourner vers ses hommes. « Ne bougez pas ! » leur ordonna-t-il.

Ojsternig sourit, une lueur folle dans ses yeux, et appuya plus fort sur la gorge d'Eloisa, qui gémit.

« Laissez-le passer », hurla Mikael. Il s'écarta, le regard fixé dans celui d'Eloisa.

Ojsternig avança lentement vers la grande porte du château.

La foule des serfs, des mineurs et des rebelles s'ouvrit en deux, formant un étroit couloir humain.

Mikael sentait que sa tête allait éclater. « Ojsternig ! cria-t-il en brandissant son épée. Laisse-la dans les bois ! Vivante ! Ou aussi vrai que Dieu existe je n'aurai pas de paix avant de t'avoir retrouvé et tué ! »

Le silence était total. On n'entendait que le bruit des sabots du cheval d'Ojsternig piétinant la poussière ensanglantée de la cour.

« Père ! » s'écria soudain une voix qui venait du palais.

Tous se retournèrent.

La princesse Lukrécia avançait péniblement, chancelante, soutenue par Agnete.

Ojsternig se retourna lui aussi, et arrêta son cheval.

« Père… dit encore Lukrécia. Ne m'abandonnez pas… »

Mikael se jeta sur elle, repoussant vivement Agnete.

Il saisit la princesse par les cheveux avant de poser la lame de son épée sur sa gorge. Ses mains tremblaient, ses yeux étaient injectés de sang. « Une vie pour une vie ! hurla-t-il d'une voix tonitruante, scandant les mots. Une mort pour une mort !

— Tu n'en serais pas capable, ramasse-merde !

— Ne me mets pas à l'épreuve ! » cria Mikael.

Ojsternig lui renvoya un sourire moqueur.

« Je sais ce que tu lui as fait, salaud de bâtard, dit alors Eloisa d'une voix étranglée par la pression de la lame sur son cou. Tu vas la laisser mourir, hein ? »

Ojsternig se raidit. « Tais-toi, putain ! » siffla-t-il.

Lukrécia gémit et murmura : « Père…

— Tu n'es qu'un sac à merde », continua Eloisa. Elle savait que le provoquer pourrait lui coûter la vie mais, comme avec Eberwolf, elle ne pouvait pas s'en empêcher. « Tu n'es qu'un pauvre diable, dit-elle avec mépris.

— Tais-toi ! » cria Ojsternig en pressant plus fort le couteau contre sa gorge. Mais quelque chose s'était fissuré dans sa voix. Sa prise sur le couteau devint moins ferme.

« La vie de ta fille est entre tes mains ! cria Mikael.

— Tu l'as déjà tuée une fois, quand elle n'était qu'une enfant, continua Eloisa, frémissante d'excitation, car elle avait conscience que la main d'Ojsternig tremblait et hésitait. Tu me dégoûtes ! »

Ojsternig secoua la tête. « Tu aimeras », avait dit la malédiction de la Folle. Il regarda sa fille. Secoua la tête encore plus fort, comme pour refermer la fente qui s'était ouverte dans son âme. Celle, terrible, par laquelle voulaient s'insinuer les sentiments qui rendent les hommes faibles. Il se dit que sacrifier la vie de sa fille sauverait la sienne. C'était ce qui comptait. Il était un homme seul. Et lui seul comptait.

Lukrécia le fixait toujours.

Ojsternig lut dans ce regard celui d'une fille qui sait déjà que son père la trahira. Mais elle continuait de le regarder et de prononcer son nom, comme une prière, sans se résigner. C'était aussi le regard d'une fille qui, par-delà toute raison, ne pouvait renoncer à l'espoir d'être aimée. En un instant, Ojsternig revit son existence. Il lui semblait toucher du doigt l'incroyable férocité qui avait guidé toutes ses actions. Tout à coup, plus rien n'avait de sens.

« Père... », murmura encore Lukrécia.

Ojsternig sentit quelque chose craquer en lui. Les mots « Tu aimeras » résonnaient dans sa tête, alors que son âme insensible était secouée d'une émotion stupéfiante, inattendue. Il comprit alors qu'il pouvait donner un sens à sa vie. Il laissa tomber son couteau, sans détacher son regard de celui de sa fille.

Les yeux de Lukrécia s'écarquillèrent de surprise.

Et Ojsternig vit son reflet dans ce regard, dans cette surprise, dans cette émotion nouvelle, qui n'était pas aussi terrible qu'il l'avait craint.

Les yeux de sa fille se remplirent de larmes tandis qu'elle chuchotait, presque effrayée : « Merci... »

Ojsternig poussa Eloisa à bas du cheval, les yeux toujours dans ceux de Lukrécia.

Eloisa, n'osant y croire, se précipita vers Mikael, qui lâcha les cheveux de Lukrécia.

La princesse tomba à genoux, trop faible pour marcher, et répéta en versant les premières larmes de bonheur de sa vie : « Merci... père. »

Nul ne bougeait ni ne respirait.

Mikael écarta Eloisa d'un geste presque rude et brandit son épée. « Toi et moi, Ojsternig ! » cria-t-il. Il prit la bague qu'il avait dans sa poche et la lui lança. « Tu la reconnais ? »

La bague vola dans les airs.

« Elle appartenait à mon père ! »

Ojsternig attrapa la bague.

Le silence, tout à coup, se fit plus dense encore.

Ojsternig regardait la bague dans sa main. Dans l'or fondu et tordu, il reconnut une cornaline, un peu émoussée, dans laquelle un sceau était gravé.

« Je suis Marcus II de Saxe ! »

Ojsternig leva les yeux sur lui. Les images de toutes ces années et son obstination à le persécuter lui revinrent à l'esprit. Il aurait pu l'écraser comme un cafard. Au lieu de cela, il l'avait toujours épargné. Et maintenant le ramasse-merde réclamait son royaume, avec ce même regard fier qu'il avait déjà enfant. Un fils qui se battait pour son père. Un père qui se battait pour sa fille. Il regarda Lukrécia. « Voilà. Maintenant tout a un sens », pensa-t-il. Il descendit de cheval et dégaina son épée.

La foule fit cercle autour d'eux.

Mikael prit une profonde inspiration. Il attendait depuis dix ans de venger la mort de son père. Et l'heure était venue.

Ojsternig attaqua, frappant un coup de fendant de haut en bas. Eloisa retint un cri.

Mikael réussit à esquiver mais fut déséquilibré.

Ojsternig sentait en lui une force qu'il n'avait jamais eue. Pour la première fois de sa vie, pensa-t-il, il se battait pour quelque chose. Pour quelqu'un. Il rit en repensant à la prophétie de la Folle qui l'avait tant effrayé. Ce n'était pas une malédiction. Il fendit l'air d'un autre coup puis feignit une attaque frontale, qui déséquilibra de nouveau son adversaire.

Mikael se rendit compte qu'il avait face à lui un combattant redoutable. Il avait du mal à parer ses coups et ne cessait de reculer. Il ne devinait qu'au dernier instant les coups de fendant d'Ojsternig, qui les masquait par des feintes rapides et imprévisibles. Et chaque fois Mikael perdait l'équilibre.

« Allez, ramasse-merde ! railla Ojsternig. Prouve-moi que tu es un vrai prince et pas un trouillard comme ton père ! »

Mikael oublia à l'instant même tous les enseignements de Volod. Le sang lui monta à la tête. Dans un hurlement, il se lança sur Ojsternig, sans aucune prudence, grinçant des dents, aveuglé par la rage.

C'était exactement ce qu'attendait Ojsternig. Il esquiva sans difficulté et frappa Mikael par surprise au flanc gauche, d'un coup de fendant violent qui aurait pu le tuer.

Au dernier moment, Mikael réussit à le contrer de sa lame et à dévier en partie le coup. Mais il fut jeté à terre, le souffle coupé, et l'épée lui échappa des mains. Il crut entendre la voix de Volod. « T'es mort ! »

Ojsternig éclata de rire, sûr d'avoir vaincu. Il s'élança pour l'assaut final.

Mikael n'avait plus d'issue.

Eloisa hurla de désespoir.

Il ne vengerait pas la mort de son père. Et cette pensée lui donna l'énergie pour réagir. Alors qu'Ojsternig abaissait son épée pour donner le coup fatal, Mikael roula sur le flanc. Il saisit son épée avec l'énergie du désespoir et la pointa vers Ojsternig, droite, comme une lance, sans chercher à parer le coup.

Tout se passa en un instant.

Ojsternig écarquilla les yeux, surpris.

Mikael sentit la pointe toucher la poitrine d'Ojsternig, dont la garde était ouverte, tant il était sûr de sa victoire, et sa propre fougue le poussa sur l'épée de Mikael. Celui-ci, malgré la violence de l'impact, maintint la prise. Il sentit sa lame fracasser les côtes et s'enfoncer dans la chair.

Le visage d'Ojsternig se cogna presque au sien quand il s'affaissa sur lui, percé de part en part.

« Père ! » hurla Lukrécia, bouleversée de chagrin.

Ojsternig regarda Mikael, les yeux écarquillés. Puis il tourna lentement la tête vers sa fille, le visage dévasté par la douleur. « Je regrette… », parvint-il à murmurer, avant qu'un flot de sang ne remplisse ses poumons. Il toussa, crachant au visage de Mikael le rouge visqueux de sa mort, et ses yeux se voilèrent avant de s'éteindre.

78

Le capitaine Salvemini fut le premier à se reprendre. Il libéra Mikael du poids d'Ojsternig puis lui tendit la main pour l'aider à se relever.

Eloisa courut jusqu'à Mikael et l'étreignit en pleurant.

« C'est fini, dit Mikael en la serrant fort contre lui. Maintenant, c'est vraiment fini. »

Tous, autour d'eux, étaient indécis. Il s'était passé quelque chose d'inimaginable, de si énorme, qu'ils en étaient paralysés de stupeur.

À ce moment-là, un petit garçon, sale et les pieds nus, avec de la morve qui coulait sur sa lèvre supérieure, se glissa entre les jambes des gens et s'approcha de Mikael. Sur la paume de sa main, il y avait la bague du prince de Saxe tordue par les flammes.

Mikael la prit.

Le petit garçon s'agenouilla devant lui.

« Qu'est-ce que tu fais ? » murmura Mikael, surpris.

Alors, l'un après l'autre, tous les serfs de la Raühnvahl posèrent un genou à terre et baissèrent la tête, en silence.

L'instant d'après, Agnete et Eloisa s'agenouillaient aussi.

« Eloisa, qu'est-ce que tu fais ? » murmura Mikael, de plus en plus gêné.

Le capitaine Salvemini s'approcha de lui. « À partir d'aujourd'hui, si tu veux qu'ils se relèvent, lui murmura-t-il à l'oreille en souriant, tu dois leur en donner l'ordre… prince. »

Mikael rougit. Mal à l'aise, il dit d'une voix incertaine : « Relevez-vous. »

Les serfs de la Raühnvahl se remirent debout, en silence, aussi embarrassés que lui. Agnete et Eloisa firent de même.

Un sourire de triomphe resplendissait sur le visage d'Agnete. « C'est ma fille qui l'a sauvé, le jour du massacre ! s'exclama-t-elle, pleine d'orgueil. Et moi, je l'ai caché pendant des mois dans la trappe de ma baraque. » Elle éclata de rire. « J'ai fait tout ça sous votre nez, bande d'idiots ! »

Beaucoup d'habitants de la vallée se mirent à rire, d'autres s'étonnèrent bruyamment. Et tous se tournèrent vers Mikael.

« Voilà pourquoi t'avais des mains de fille », dit le vieux Zacharias, qui apparut à ce moment-là sur son âne.

Certains villageois esquissèrent un rire timide.

Mikael aussi se mit à rire.

« Tu t'arranges toujours pour être antipathique, même quand tu te crois sympathique », dit Agnete à Zacharias, les mains sur les hanches. Elle lui montra le poing. « Je t'aurais envoyé en enfer, ce jour-là. Mais aujourd'hui, notre prince va peut-être enfin te faire pendre, comme tu le mérites. »

Il y eut un éclat de rire moins gêné.

« T'étais pas avec le frère Timotej ? » demanda quelqu'un.

Zacharias hocha la tête. « Il est parti pour un monde meilleur. » Puis il regarda Mikael. « Si ces gens ont trouvé le courage de faire ce qu'ils ont fait, c'est sûrement grâce à toi mais aussi grâce au curé, faut que tu le saches. »

Les gens acquiescèrent, attristés par la mort du frère Timotej.

Zacharias se fit aider pour descendre de son âne et marcha vers Mikael. « Il t'a livré. Ojsternig l'a torturé et il a parlé. Il était pas fait pour être un martyr, raconta-t-il. Mais quand ils l'ont relâché, plus mort que vif, il a réussi à revenir à Notre-Dame des Neiges et il a sonné la cloche pour qu'on vienne. Il nous a dit : "Soyez meilleurs que moi. Ce garçon nous montre le chemin. Pensez au pauvre Gregor, paix à son âme. Vous vous souvenez de ce qu'il a fait ? Au lieu de se rebeller, il a préféré se pendre. Vous voulez devenir comme Gregor ?" Voilà ce qu'il a dit. »

Mikael posa la main sur son cœur. Emöke lui avait assuré que Gregor l'aiderait. Et il l'avait fait, en un certain sens, à travers le curé, qui avait pris Gregor comme exemple. En leur donnant la force de ne pas être comme lui. « Merci, Gregor », se dit-il, ému.

« Le curé n'avait jamais fait de sermon aussi émouvant. On se rappellera longtemps ce qu'il a dit, reprit Zacharias. Après, on a vu les maçons d'Ojsternig qui travaillaient en bas des remparts et on a compris que c'était la sortie du passage secret, et qu'ils vous avaient coincés. Mais quand on a vu arriver les mineurs de Dravocnik… C'est pas leur vallée pourtant, et ils venaient se battre avec les rebelles, pour toi. Alors… » Il haussa les épaules et se tourna vers les villageois, le regard fier, sans pouvoir rien ajouter.

Mikael se rappelait avoir détesté Zacharias, quand il avait commencé à travailler dans le champ d'Emöke et Gregor. Il comprenait seulement maintenant que le vieil homme avait porté sur ses épaules tout le poids du village. « Merci », dit-il.

Zacharias sourit en montrant sa bouche édentée : « Si on revenait en arrière, je te mettrais encore dans le groupe des filles. »

L'éclat de rire fut général.

Mikael sentit alors quelque chose se frotter contre ses jambes. « Harro ! » s'exclama-t-il en se penchant pour embrasser son vieux chien bancal.

Harro meugla de joie.

« Harro, répétait Mikael en le serrant contre lui.

— Les rebelles sont des mineurs comme nous, ils sont nos frères », dit alors un grand costaud en s'avançant, la figure salie par la poussière de Dravocnik.

Mikael se releva, tandis qu'Harro remuait la queue de bonheur.

« Ils nous ont dit que tu étais l'héritier de Volod le Noir, qui s'est toujours battu pour nous, continua le mineur. Au début, on avait peur… mais après, pour une fois, on s'est servi de nos pics pour faire quelque chose d'utile.

— Merci », dit encore Mikael, ému. Puis il se tourna vers Salvemini. « Et vous… comment vous saviez ? »

Le vieux capitaine haussa les épaules, comme si ça ne comptait pas. Il tendit la main vers Lucio. « Il m'a apporté un message du baron, dit-il. Est-ce que j'aurais pu dire non ? » Il sourit à ses hommes.

« À Kirchbach, la vie est si ennuyeuse pour des jeunes gens habitués à la guerre », ajouta-t-il, tout fier, en clignant de l'œil.

Mikael les regarda pour la première fois avec attention. Et se rendit compte que c'étaient presque tous des vieillards.

Ettore Salvemini éclata de rire en voyant la stupeur dans ses yeux. « Ça faisait un siècle qu'ils n'avaient plus livré bataille. »

L'armée de vieux soldats leva ses armes au ciel et poussa des cris de joie.

« Aujourd'hui, prince, tu nous as rendu un peu de notre jeunesse », conclut le vieux capitaine avec un sourire joyeux.

Mikael restait muet, ivre de tant d'émotions. Eloisa était près de lui. Il passa son bras autour de sa taille, et la foule des vainqueurs, hétéroclite et brouillonne, absurde et décousue, lança des exclamations et des cris d'allégresse.

Mikael regarda alors autour de lui. « Où est ta mère ? » demanda-t-il à Eloisa.

Elle aussi regarda alentour.

« Poussez-vous de là ! » grogna alors la voix d'Agnete.

Les gens se turent et lui firent place.

Agnete s'avançait, portant le bébé dans ses bras. « Ce loup a faim, espèce de mère dénaturée ! » dit-elle à Eloisa.

Les gens se mirent à rire.

« Attendez… », dit une autre voix.

Agnete se raidit.

« Donnez-le moi, s'il vous plaît », répéta Lukrécia.

Le petit continuait à pleurer.

« Donnez-le-lui, mère », dit Eloisa.

Agnete, à contrecœur, mit l'enfant dans les bras de Lukrécia. « Le laissez pas tomber, maugréa-t-elle.

— Aidez-moi », lui dit Lukrécia. Puis, soutenue par Agnete, elle marcha vers Eloisa.

Les gens retenaient leur souffle.

Quand Lukrécia fut devant Eloisa, elle lui tendit l'enfant. « Voilà, dit-elle d'une voix faible. Je te le rends. »

Les yeux d'Eloisa s'emplirent de larmes.

« Allez, assez pleuré ! s'exclama Agnete avec de grands gestes. Fourre-lui le téton dans la bouche, qu'il se taise ! »

Les gens rirent de nouveau. Dans les yeux de tous, l'émotion était telle que certains rires ressemblaient plutôt à des sanglots.

« Mon fils », murmura Mikael d'une petite voix.

Eloisa découvrit son sein et guida les lèvres du bébé vers son mamelon.

L'enfant se mit à téter goulûment.

« Je peux… le toucher ? » demanda Mikael.

Eloisa fit signe que oui.

Mikael tendit une main tremblante vers la tête blonde et bouclée de son fils. Mais il la vit couverte de sang, et s'arrêta. « Non, tu ne vivras pas dans le sang, dit-il tout bas, se rappelant les paroles de son père. Je t'en fais la promesse. » Il essuya sa main sur sa tunique et seulement alors caressa la petite tête. Puis il se tourna vers la foule. « Mon fils ! annonça-t-il d'une voix forte. Marcus III de Saxe ! »

La foule l'acclama.

Mikael se tourna vers Lukrécia. « Je ne vous aurais jamais fait de mal, princesse, lui dit-il.

— Vous m'avez fait plus de bien que vous ne pourrez jamais imaginer, prince », répondit Lukrécia.

Mikael vit que son regard n'était plus ce puits de

boue qu'il avait vu dans son enfance et qui lui avait fait si peur.

« Maintenant, tu dois leur faire un discours », lui glissa Salvemini à l'oreille.

Mikael le regarda les yeux écarquillés. « Non... je... balbutia-t-il, je ne sais pas quoi dire...

— Ils l'attendent, fit le capitaine. Parle avec ton cœur, prince. »

Mikael se tourna vers la foule. Il les regarda tous, l'un après l'autre, en silence. Ils étaient sa famille. Et il sut alors ce qu'il leur dirait.

La foule s'était tue.

Eloisa le regardait, fière.

« Je ne sais pas encore ce que c'est, un prince... parce que je le suis seulement depuis quelques instants, commença Mikael d'une voix étranglée. Il va falloir que j'apprenne. » Il reprit son souffle, entendant son cœur cogner dans sa poitrine. « Mais je sais, au contraire de tant de princes, ce que c'est d'être un serf de la glèbe. Parce que jusqu'à ce jour j'en étais un. » Il regarda ces gens qui avaient partagé sa vie. « Pendant toutes ces années j'ai été votre frère, j'ai souffert avec vous de la faim et de la fatigue des travaux des champs... j'ai vécu la férocité de la tyrannie... comme vous j'ai été humilié, privé de toute dignité... je me suis couché et réveillé chaque soir et chaque matin en sachant que ma vie ne valait rien... que moi-même je n'étais rien... »

Eloisa lui prit la main.

« Alors si moi, aujourd'hui, je ne suis plus un serf... », reprit Mikael d'une voix qui tremblait. Il s'interrompit, se rendant compte que tout ce dont il avait rêvé ne dépendait maintenant plus que de lui. « Si moi je ne suis plus un serf, aucun de vous ne doit l'être ! » Il regarda les visages stupéfaits dans la foule. « Vous êtes libres ! » cria-t-il.

Les gens n'en croyaient pas leurs oreilles. Ce fut une grande acclamation.

« Vous pouvez partir ou rester, poursuivit Mikael d'une voix forte, pour imposer le silence. Et si vous restez… nous essaierons d'imaginer un autre monde. Ensemble. »

Un paysan s'agenouilla en pleurant.

« Ça valait la peine de vivre, rien que pour voir ce qui s'est passé aujourd'hui », continua Mikael. Les paroles jaillissaient directement de son cœur, nées de toute cette vie vécue avec eux. Il avait conquis le pouvoir de les dire, sans jamais céder, sans jamais reculer. « Parce que aujourd'hui vous avez prouvé que la liberté ne peut pas être celle d'un seul, mais doit être celle de tous. Chacun de vous, aujourd'hui, a conquis sa liberté et celle de ses frères. »

Les gens étaient muets. Effrayés peut-être par la portée de ce discours.

« C'est vous qui m'avez appris à être un homme, conclut Mikael. Maintenant, je sais qui je suis et qui je veux être. »

Il y eut un long silence. Puis une des femmes qui étaient arrivées entre-temps du village, s'écria : « Dieu te bénisse, prince Mikael !

— Idiots, il s'appelle Marcus ! dit Agnete.

— Non », l'interrompit Mikael. Il se tourna vers Eloisa, celle qui lui avait donné son nouveau nom. « Je suis Mikael. »

79

Le lendemain matin, après avoir enseveli les morts dans le cimetière de Notre-Dame des Neiges, Mikael se rendit à la cabane de Raphael, au sommet du Mezesnig, avec Eloisa, leur fils, Agnete, et Harro chargé sur son cheval.

Ils étaient escortés des villageois de la Raühnvahl, des mineurs de Dravocnik sur le chemin du retour, et suivis par l'armée de Salvemini.

Un mineur vint se placer à côté de Mikael.

« Votre Seigneurie, vous me permettez de dire un mot ?

— Bien sûr », répondit Mikael, en posant la main sur la tête de Harro qui avait commencé à grogner.

Le mineur baissa la voix.

« Vous serez notre prince, à nous aussi ? »

Mikael secoua la tête. « Non, le royaume de Dravocnik revient par droit de naissance à la princesse Lukrécia. »

La déception se peignit sur le visage du mineur.

« La princesse régnera au nom de la justice, dit Mikael. Je peux t'en assurer.

— Avec le père qu'elle a eu, Seigneur ? répondit

le mineur, une note de scepticisme dans la voix. Permettez-moi d'en douter, avec tout le respect que je vous dois.

— Justement, c'est parce qu'elle a eu ce père-là que la princesse régnera avec justice.

— Nous, c'est vous qu'on aurait préféré, Seigneur, en toute sincérité, continua le mineur, chagriné. Ce que vous avez dit…

— J'ai parlé avec la princesse, l'interrompit Mikael, en baissant encore plus la voix. Quand elle sera rétablie et qu'elle s'installera dans son château, elle vous annoncera que vous êtes libres. Nos deux royaumes marcheront ensemble. Mais laissons la princesse l'annoncer elle-même. »

Le mineur sourit. « Nous aussi on aura une belle annonce à faire à la princesse. » Un sourire radieux illumina son visage. « On a trouvé un nouveau filon.

— Il reste de l'hématite ? dit Mikael, surpris.

— Non. Finie la poussière rouge de sang qui étouffait nos maisons à Dravocnik… » Le mineur retint son souffle un instant puis s'exclama : « De l'argent ! Un filon énorme ! »

Mikael éclata de rire.

« Qu'est-ce que t'as donc à rire, petit prince ? demanda Agnete derrière lui.

— Un peu de respect ou je te transforme en tas de bûches, répondit Mikael.

— Je te conseille pas d'essayer ! » répliqua Agnete en pointant vers lui un doigt menaçant. Va pas t'imaginer que les choses ont changé entre nous, gamin ! »

Mikael regarda Eloisa et lui sourit, amusé. Son fils dormait comme un bienheureux dans les bras de sa mère.

À l'approche du col où l'on obliquait pour monter chez Raphael, Mikael ralentit pour que Salvemini les rejoigne.

« Comment vont Emöke et Berni ? lui demanda Mikael.

— Qui ça ? » dit Salvemini. Puis il haussa les sourcils. « Ah, tu veux dire Leonidas Argos et sa femme Lavanda ?

— Lavanda ?

— Cet imbécile de Grec estropié dit qu'elle sent la lavande quand ils font l'amour ! » s'exclama Salvemini en hochant la tête.

Mikael rit. « Eh bien ? Comment ils vont ?

— Ils sont insupportables, dit Salvemini d'un ton sérieux.

— Vraiment ?

— Oui, prince. Ils roucoulent toute la journée comme deux pigeons en amour, dit Salvemini en souriant. Et quand ils marchent dans la rue, pour rester collés, elle boîte comme lui. Et du coup… j'aurais du mal à t'expliquer. On dirait que…

— Qu'ils dansent, continua Mikael comme pour lui-même. Deux estropiés qui se tiennent par la main, s'ils se balancent au même rythme… ça devient une danse », dit Mikael.

Salvemini le regarda, perplexe, et acquiesça. « En tout cas, elle a une voix angélique. Et lui, il faut bien reconnaître qu'il est spirituel. Ils gagnent beaucoup d'argent.

— Je suis content. Ils le méritent.

— Ils m'ont demandé de te transmettre un message.

— Ris, mon frère ! s'exclama Mikael.

— Comment tu le sais ?

— J'ai deviné. »

Harro aboya.

« T'as fait un beau discours, hier », dit Salvemini.

Mikael hocha la tête, pensif. Ils chevauchèrent côte à côte en silence jusqu'au carrefour qui menait à la cabane de Raphael. Mikael arrêta son cheval.

« Allez, crache le morceau », dit le capitaine.

Mikael le regarda en fronçant les sourcils. « Raphael m'a tout raconté.

— Et… ça t'a secoué ? »

Mikael lut une profonde sagesse dans les yeux de Salvemini. Et de la tolérance. Et de la pitié. « Oui, répondit-il.

— Peu importe combien de fois un homme tombe, mon garçon, rappelle-toi ça, dit le capitaine en parlant lentement, de la voix de quelqu'un qui connaît la vie et ses horreurs. Ce qui compte, c'est qu'il se relève. Une fois de plus que le nombre de fois où il est tombé. » Il fixa Mikael. « Le baron s'est relevé. Il est sorti de ces abîmes. Il faut être un homme exceptionnel pour faire ça. »

Mikael restait immobile, les rênes tendues. Levant les yeux, il regarda le Doigt de Moïse. Tous croyaient qu'il était le symbole de la colère du prophète. « Mais moi je crois que c'est un doigt qui bénit nos vies », lui avait dit un jour Raphael. « Oui, répondit-il à Salvemini. Le baron est un homme exceptionnel. » Il planta ses éperons dans les flancs de son cheval et s'élança au galop dans la pente qui menait à la cabane de son maître. Il voulait être le premier à le voir.

Il descendit de son cheval avant même l'arrêt de l'animal, mit Harro à terre et ouvrit la porte.

« Mon garçon… », dit Raphael dans un filet de voix.

Mikael vint vers lui et lui prit les mains.

Raphael sourit. « Je te vois ici bien vivant, en pleine forme, et j'entends un grand vacarme dehors… j'imagine que ça veut dire que tout s'est bien passé.

— Oui, Seigneur, fit Mikael. Eloisa, mon fils et Agnete sont sains et saufs. Ojsternig est mort et… les gens se sont rebellés ! Ils se sont battus ! continua-t-il, les yeux enflammés de passion. Ils ont relevé la tête. Et plus personne ne pourra la leur faire baisser. »

Raphael le regarda en silence, hochant la tête. « Je suis fier de toi », dit-il enfin, la voix vibrante d'émotion. Il sourit. « Aurais-tu jamais imaginé que ce vieux livre en latin que je t'ai offert pouvait raconter une histoire aussi incroyable ?

— Non.

— À dire vrai, moi non plus, mon garçon, dit Raphael, les yeux pleins d'admiration.

— Il parlait de quoi en fait, ce livre ? »

Raphael se mit à rire.

« C'était un manuel d'agriculture très ennuyeux. »

Mikael rit à son tour. Il resta silencieux quelques instants. « Tout ce que je suis, c'est vous qui me l'avez appris, dit-il, ému. Vous avez été comme un père pour moi.

— Toi, tu es le fils de ton père, répondit Raphael. Tu ne l'as jamais oublié, même quand je t'ordonnais de le faire. C'est toi qui avais raison. Et moi j'avais tort.

— Non. J'ai eu deux vies. Et deux pères. »

Raphael agita la main, saisi d'émotion. « Allez morveux, débarrasse-moi le plancher ! »

Mikael serra fort sa main. Il savait le vieil homme proche de la mort.

« Attends, dit Raphael. Le curé est avec vous ?

— Non, Seigneur. »

Une lueur de déception passa dans les yeux de Raphael. « Dis-moi, mon garçon. Tu dis qu'Ojsternig est mort ?

— Oui, je l'ai tué avec votre épée.

— Ce qui veut dire que maintenant c'est toi le prince de Saxe, dit Raphael.

— Oui, Seigneur, répondit Mikael en rougissant.

— Bon. Alors tu as le pouvoir de le faire.

— De faire quoi ?

— Je te le dirai après. Pour le moment, dépêche-toi de faire entrer ceux qui doivent me dire au revoir. Mais dis-leur de faire vite. Commence par Ettore Salvemini, s'il est toujours vivant.

— Comment je dois faire ? insista Mikael.

— À la fin de la procession, dit Raphael, tu reviendras avec Agnete et Eloisa.

— Et mon fils.

— Et ton fils, s'il ne piaille pas trop. »

Mikael sourit et sortit. Dehors, il fit un signe au capitaine Salvemini, qui entra immédiatement dans la cabane.

« Comment il va ? demanda Agnete, une note de chagrin dans la voix.

— Il veut vous voir. En dernier.

— Naturellement, marmonna Agnete. La servante passe toujours en dernier. »

Mikael se tourna vers Eloisa. « Il veut te voir toi aussi, lui dit-il. Et notre fils… s'il ne piaille pas trop, il a dit.

— Il vient de manger, dit Eloisa, un doux sourire sur les lèvres. Il ne s'apercevra de rien. » Une brise fit voler ses cheveux lisses.

« Comme tu es belle », dit Mikael.

Eloisa baissa les yeux, heureuse.

Il l'attira contre lui.

Eloisa posa le front contre sa poitrine.

Mikael promena son regard sur les gens qui les avaient suivis pour rendre un dernier hommage à Raphael. Alors seulement il aperçut, à l'écart, le petit garçon qui avait ramassé la veille la bague de son père pour la lui rendre.

Le garçon le regardait à la dérobée, la tête rentrée dans les épaules. La morve sous son nez avait formé une croûte. Il caressait Harro, assis près de lui.

Mikael lui sourit. Il avait été le premier à s'agenouiller, dans la poussière rouge de sang de la cour.

Le petit garçon courba encore plus la tête et détourna les yeux.

Mikael continuait à le regarder. Il était maigre, fragile. Ses bras grêles et sans muscles. Mikael pensa que lui aussi, à son arrivée dans la vallée, devait avoir à peu près cette apparence.

« Qui c'est ? » demanda-t-il à Eloisa.

Eloisa se retourna. « Pauvre petit, dit-elle. C'est le fils d'une des prostituées du château. Sa mère est morte depuis des mois et il survit en mangeant les restes qu'il trouve dans les ordures. » Eloisa soupira en caressant la tête de son fils. « Il ne saura jamais qui est son père… »

Un frisson parcourut le dos de Mikael. Il eut un pincement au cœur. « Comme toi, mon amour », pensa-t-il.

Quand tous eurent rendu hommage à Raphael, Mikael fit signe à Agnete et Eloisa de le suivre dans la cabane.

« À la bonne heure, marmonna Agnete en s'approchant de la couche où gisait Raphael, pâle et faible. J'ai bien cru que vous alliez casser votre pipe avant que je puisse vous envoyer une dernière fois au diable.

— Tais-toi, Agnete, lui dit Raphael avec sérieux. Viens ici et prends-moi la main.

— Et pourquoi ça ? demanda Agnete, embarrassée.

— Bon Dieu, fais ce que je te dis, pour une fois ! » s'exclama Raphael en lui tendant la main.

Agnete la prit.

Raphael se tourna vers Mikael. « Mets-toi face à nous, au milieu, lui dit-il. Et toi, Eloisa, à côté de ta mère. »

Mikael et Eloisa firent ce qu'il demandait.

« Bien, continua Raphael. En ta qualité de prince, Marcus II de Saxe, tu as le pouvoir et le droit de célébrer les mariages. Et toi, Eloisa, tu seras le témoin. »

Agnete ôta sa main, brusquement, comme brûlée par les flammes. « Qu'est-ce qui te prend, vieux gâteux ? s'écria-t-elle.

— Agnete… dit Raphael en tendant la main, d'une voix pleine de douceur. Viens ici. »

Agnete était écarlate. Elle secouait la tête, le souffle coupé, saisie d'une émotion qu'elle ne comprenait pas.

« Agnete… », répéta Raphael.

Lentement, sans parvenir à se calmer, elle reprit sa main.

Raphael la serra. « Répète après moi, mon garçon, dit-il à Mikael. "Toi, Raffaele Fortebraccio di

Bentivoglio… baron d'Hermagor par l'investiture de Sa Majesté *Rex Romanorum* Vaclav le Paresseux…"

— Toi… Raffaele Fortebraccio di Bentivoglio… baron d'Hermagor par l'investiture de Sa Majesté *Rex Romanorum* Vaclav le Paresseux…

— Veux-tu prendre pour légitime épouse Agnete Veedon, serve de la glèbe ?

— Je ne suis plus une serve de la glèbe, dit Agnete avec orgueil. Le garçon nous a tous libérés. »

Raphael regarda Mikael avec admiration. « Répète, mon garçon.

— Veux-tu prendre pour légitime épouse Agnete Veedon… femme libre ?

— Oui, je le veux, dit Raphael. Maintenant demande-lui à elle, fais-moi économiser mon souffle.

— Veux-tu, Agnete Veedon, femme libre… dit Mikael d'une voix altérée par l'émotion, prendre pour légitime époux Raffaele Fortebraccio di Bentivoglio, baron d'Hermagor par l'investiture de Sa Majesté *Rex Romanorum* Vaclav le Paresseux ?

— Misère de misère », bougonna Agnete. Elle hocha la tête, regardant Raphael. « Tu te rappelles quand tu as gardé le gamin chez toi parce qu'il était incapable de travailler aux champs ? Et que pour expliquer ta visite j'ai dit aux gens que tu étais venu me demander pour épouse et que j'avais dit non, parce que tu étais trop sage et trop ennuyeux ?

— Agnete, ne change pas de sujet. Réponds à la question. »

Agnete, le coin des lèvres baissé, cherchait à retenir ses larmes et ne parlait plus.

« Réponds oui, merde ! » s'exclama Raphael.

Agnete sursauta, comme effrayée, et dit : « Oui…

— Je le veux ! dit Raphael.

— Oui, je le veux.

— Agnete, dit Raphael en riant, c'est plus fatiguant de t'épouser que de mourir. » Il soupira. « Je te dispense de la torture d'embrasser ton époux. »

Agnete posa les mains sur sa figure, secouée de sanglots.

Raphael sourit en la regardant.

Sans cesser de sangloter, Agnete se tourna vers Eloisa et Mikael. « Sortez », dit-elle à voix basse.

Mikael et Eloisa sortirent et refermèrent la porte derrière eux.

Dès qu'elle fut seule, Agnete s'agenouilla près de Raphael.

« Je t'ai aimée », dit Raphael, qui n'avait plus de voix.

Agnete avait le visage déformé par les pleurs et l'émotion.

« Tu es vilaine quand tu fais ça, dit Raphael.

— J'ai jamais été belle, répondit Agnete d'une voix qui devenait ridicule tellement elle s'efforçait de retenir ses larmes.

— Oh si, tu l'as été », dit Raphael.

Agnete se pencha vers lui, lentement. Alors que l'un et l'autre semblaient incapables de respirer tant ils étaient émus, elle baisa ses lèvres. Avec tendresse.

Raphael la regarda, apaisé et heureux. Il lui sourit. Des larmes de joie vinrent à ses paupières. Il tendit la main et lui caressa le visage, avec amour. Puis il mourut.

Agnete plongea son visage contre sa poitrine et resta immobile, jusqu'au moment où elle sentit qu'elle pourrait retenir ses larmes. Relevant la tête, elle le regarda comme elle ne l'avait jamais regardé. Elle arrangea les cheveux de Raphael, passant ses doigts tordus par l'âge dans ses longues mèches blanches. « Je ne t'avais jamais embrassé », murmura-t-elle.

Quand elle sortit, tous les regards se tournèrent vers elle.

« Raphael sera enterré au pied du Doigt de Moïse, dans la terre où son âme s'est pacifiée », dit-elle. Puis, désignant Mikael : « Il sera enterré avec son épée. »

Mikael acquiesça. « C'est juste », dit-il. Il tira l'épée du fourreau et la remit à Agnete.

Agnete rentra dans la cabane et posa l'arme entre les mains de Raphael qu'elle avait croisées sur sa poitrine.

En sortant, elle vit Eloisa et Mikael enlacés. Alors, épouse et veuve en un instant, elle se dit qu'en fait elle aussi avait connu un peu l'amour. « Dorénavant je vivrai ici, dans la maison de mon mari », annonça-t-elle avec fierté. Puis, avant de fondre en larmes à nouveau, elle fit un geste brusque vers ceux qui étaient là. « Allez, entrez et honorez la mémoire de Raffaele Fortebraccio di Bentivoglio, baron d'Hermagor par l'investiture de… je ne sais plus quel foutu empereur… Celui que nous connaissons tous comme le vieux Raphael, marchand d'enfants. » Et elle entra la première s'asseoir près du lit, comme font les veuves, tandis que les habitants de la Raühnvahl et l'armée d'anciens du capitaine Salvemini défilaient devant le corps sans vie de l'homme le plus mystérieux qu'ils aient jamais connu.

Mikael et Eloisa virent s'éloigner le petit orphelin.

« Attends », cria Mikael.

Le garçon se retourna, effrayé.

« Je ne te veux pas de mal », le rassura Mikael en venant vers lui avec Eloisa.

Le petit garçon les fixait, sur la défensive.

« Quel âge tu as ? lui demanda Mikael.

— Huit ans. »

De près, il semblait encore plus maigre et plus dénutri. « Tu viendras vivre avec nous, dit Mikael, sans même réfléchir. » Aussitôt il se tourna vers Eloisa, se rendant compte qu'il ne lui avait pas demandé son avis. « Excuse-moi, dit-il. Seulement si tu es d'accord.

— Oui », dit-elle sans hésiter. Puis elle sourit au petit garçon. « Nous nous occuperons de toi.

— Et quand tu seras plus grand, tu deviendras mon écuyer, dit Mikael. Puis je te ferai chevalier, si tu sais le mériter. »

Le petit garçon écarquillait les yeux.

« Comment tu t'appelles ? » demanda Eloisa.

Le garçon fit une grimace. « Ma mère m'appelait toujours d'un nom différent », dit-il d'un air de défi. Mais une profonde douleur se lisait dans ses yeux. « Elle disait que je m'appelais comme tous mes pères. »

Mikael serra les poings.

Le petit garçon eut peur d'être frappé et se protégea le visage.

« Personne ne te fera de mal », dit Mikael. Et il tendit la main pour lui caresser la tête.

L'enfant s'écarta.

Eloisa s'approcha de lui et nettoya sa morve avec la manche de sa robe.

« Aujourd'hui, une nouvelle vie commence pour toi, dit Mikael. Et tu auras un nouveau nom. » Il sentit un frisson et une grande émotion. « Comment tu veux t'appeler ? »

Le petit garçon haussa les épaules.

« Comment tu veux t'appeler ? »

Il ne bougea pas.

« Raphael ! s'exclama Eloisa.

— Ça te va, Raphael ? » demanda Mikael.

Le petit garçon haussa encore les épaules.

« Alors, tu t'appelleras Raphael », dit Mikael d'un ton empreint de solennité. Il se sentait replonger dans le passé, le jour où sa nouvelle vie avait commencé. Il sourit, répétant les mots mêmes d'Agnete : « Et si ce nom ne te plaît pas, il ne faudra pas venir te plaindre, puisque c'est elle qui te l'a donné. S'il ne te plaît pas, tu ne pourras t'en prendre qu'à toi-même, puisque tu n'as pas su te décider. Dans la vie, il faut choisir, rappelle-toi ça. »

Le petit garçon le fixait.

« Mais je suis sûr que ça te plaira, Raphael. Elle est très forte pour trouver les noms », ajouta Mikael en souriant à l'adresse d'Eloisa.

« Allons-y », dit Eloisa en se dirigeant vers la cabane.

Le petit garçon mit exactement ses pas dans ceux de Mikael. Avant d'entrer dans la cabane, il dit : « Seigneur, vous m'apprendrez à me servir d'une épée comme vous ? »

Mikael posa la main sur la porte. Il regarda à l'intérieur le noble profil de Raphael, puis se tourna vers le petit garçon. « Viens avec moi », lui dit-il en l'emmenant à l'arrière. Il ouvrit deux gros battants de bois. À l'intérieur, des outils de paysan.

Quand Eloisa sortit, une heure plus tard, le petit

Marcus III dans les bras, elle vit Mikael assis sur une souche, derrière la cabane, Harro couché à ses pieds, et le petit garçon au milieu du champ, à vingt pas, qui levait au-dessus de sa tête ses deux poings serrés et aussitôt après les baissait d'un geste vif.

« Qu'est-ce qu'il fait ?

— Il pioche. Tu ne vois pas ? » répondit Mikael. Il se mit debout et cria : « Plie les jambes, gros bêta ! » Puis il entoura la taille d'Eloisa de son bras et l'attira à lui, sans quitter des yeux le gamin. « Il faut qu'il se fasse les muscles », dit-il.

Découvrez dès maintenant
les premières pages du
nouveau roman de
LUCA DI FULVIO :

Les Prisonniers de la liberté

aux éditions Slatkine & Cie.

En librairie le 12 septembre 2019.

LUCA DI FULVIO

LES PRISONNIERS DE LA LIBERTÉ

Traduit de l'italien
par Elsa Damien

Slatkine & Cie

1

Alcamo, Sicile

« *Bottana* ! »

Rosetta Tricarico continuait d'avancer sur les sentiers poussiéreux d'Alcamo sans se retourner, la tête haute.

« Espèce de sale *bottana* ! » reprit une autre vieille, vêtue de noir de la tête aux pieds, le visage parcheminé par le soleil féroce de Sicile.

Mais Rosetta poursuivit son chemin, droit devant. Elle marchait pieds nus en faisant virevolter les pans de sa robe rouge feu.

Un groupe d'hommes, installés autour d'une petite table, sous l'auvent en roseaux de l'auberge, avec la *coppola* calée sur le front, une chemise blanche au col crasseux, le gilet noir aux poches élimées et la barbe drue, fixaient Rosetta comme une proie. L'un d'eux cracha une sécrétion noire et visqueuse, pleine de tabac. « Mais où tu cours comme ça ? » lança alors l'aubergiste en s'essuyant les mains sur son tablier. Les clients éclatèrent de rire. Rosetta les dépassa. « Y paraît que cette nuit, les loups sont descendus de la montagne... » commença l'un des hommes, en sirotant un petit verre de vin doux. Les autres se remirent à ricaner. L'homme continua :

« Heureusement, ils ont pas touché à mon troupeau…

— Les loups, c'est les *bottane* qu'ils cherchent, pas les braves gens ! » commenta l'aubergiste.

Toute la compagnie acquiesça. Rosetta s'arrêta net, dos tourné, poings serrés. « T'as quelque chose à nous dire ? » grogna un des hommes, d'un ton provocateur. La jeune femme resta immobile, frémissant de rage. Puis elle reprit son chemin jusqu'à l'église San Francesco d'Assisi.

Là, elle entra dans le presbytère comme une furie et se planta devant le père Cecè. « Comment pouvez-vous permettre ça ? » cria-t-elle. Elle était écarlate, la fureur l'étouffait. Elle avait vingt ans et déjà la force d'une femme accomplie. Ses cheveux, dénoués sur ses épaules, étaient sombres et brillants comme les plumes d'une corneille, ses yeux lançaient des éclairs noirs sous ses sourcils broussailleux.

« Comment un homme de Dieu peut-il faire comme si de rien n'était ?

— De quoi parles-tu ? demanda le père Cecè, mal à l'aise.

— Vous le savez très bien !

— Calme-toi, mon petit…

— Cette nuit, ils ont tué dix de mes brebis !

— Ah oui, ça, bredouilla le prêtre, il paraît qu'il y a eu des loups…

— Les loups n'égorgent pas les moutons avec des couteaux !

— Mon petit, comment peux-tu dire…

— Les loups, ils les mangent, les brebis ! continua

Rosetta avec un regard de colère et de désespoir. Oui, ils les mangent, ils les laissent pas comme ça, dans le pré ! »

Elle serra les poings jusqu'à ce que ses doigts deviennent blancs : « Mais... vous le savez très bien... » En prononçant ces derniers mots, sa voix avait pris un ton tragique. Elle secoua la tête : « Comment pouvez-vous ? Comment est-ce possible ?... » Le père Cecè soupira, toujours plus mal à l'aise. Il se retourna, incapable de soutenir le regard de Rosetta, et il aperçut sa bonne en train d'écouter à la porte. « Va-t'en ! » s'énerva-t-il. Il alla fermer la porte, puis se rendit à l'autre bout de la pièce et prit deux chaises qu'il posa face à face. Il en indiqua une à Rosetta. Elle s'approcha et dévisagea longuement le prêtre avant de s'asseoir :

« Comment pouvez-vous permettre ça ? répéta-t-elle.

— Cela fait longtemps que je ne t'ai pas vue à l'église », fit-il remarquer.

Rosetta eut un sourire sarcastique :

« Et alors ? Si je viens à l'église, vous m'aiderez ?

— Notre Seigneur t'aidera.

— Et comment ?

— En parlant à ton cœur et en te suggérant la bonne décision. »

Rosetta se leva d'un bond : « Alors comme ça, vous aussi, vous êtes un valet du baron ! » cria-t-elle avec mépris. Le curé poussa à nouveau un gros soupir, puis il se pencha vers elle et lui prit la main. Elle la retira aussitôt, agacée. « Assieds-toi », lui dit-il sans agressivité aucune. Rosetta s'exécuta.

« Ma fille, voilà plus d'un an, depuis que ton père est mort, que tu te bats, commença-t-il d'un ton las. Il est temps que tu te résignes...

— Jamais !

— Regarde ce qui t'arrive, poursuivit-il. Plus personne n'achète tes fruits. Ils restent là, à pourrir. Il y a deux mois, un incendie a brûlé la moitié de ta récolte… »

Rosetta tourna les yeux vers son avant-bras droit, qui portait la marque d'une grave brûlure.

« Plus ce combat entre le baron et toi s'éternise, ajouta le prêtre, plus tu deviens têtue et bizarre. Regarde un peu la robe que tu portes…

— Qu'est-ce qu'elle a de bizarre ? interrogea Rosetta avec orgueil. Je ne suis pas veuve, je n'ai pas à m'habiller en noir ! Cette robe m'arrive aux chevilles et ne montre pas du tout mes nichons.

— Mais comment tu parles… soupira-t-il.

— Comme une *bottana*, railla Rosetta avant de fixer le prêtre droit dans les yeux. Mais moi, je ne suis pas une *bottana*, et vous le savez très bien.

— Oui oui, je sais…

— Je suis une *bottana* simplement parce que je ne courbe pas l'échine.

— Tu ne comprends pas…

— Oh si, je comprends très bien, au contraire ! éclata Rosetta en brandissant un poing dans les airs. Le baron possède déjà des centaines d'hectares, et il s'obstine à vouloir aussi mes quatre hectares, parce que la rivière y coule : comme ça, toute l'eau sera à lui. Mais cette terre, elle est à moi ! Ma famille s'y casse les reins depuis trois générations, et moi je veux simplement faire comme eux. Les gens du village devraient m'aider, mais ils ont peur. Ce n'est qu'une bande de lâches, voilà tout !

— Tu vois que tu ne comprends pas ! s'exclama

le père Cecè. Bien sûr, que les gens craignent le baron ! Mais tu crois vraiment que c'est pour ça qu'ils s'acharnent contre toi ? Tu te trompes, tu n'as rien compris. Pour eux, tu es plus dangereuse encore que le baron… et d'une certaine manière, je ne peux pas leur donner tort. Tu es une femme, Rosetta.

— Et alors ?

— Que se passerait-il si d'autres femmes se comportaient comme toi ? s'enfiévra le père Cecè. C'est contre nature ! Même Dieu le condamne !

— Moi, je vaux autant qu'un homme.

— Mais c'est justement ça, que Dieu condamne ! s'écria-t-il en la saisissant par les épaules. Une femme doit…

— Je connais la chanson, l'interrompit Rosetta, s'emportant et s'écartant de lui. Une femme doit se marier, faire des enfants, et encaisser les coups de son mari sans se rebeller, comme une brave boniche.

— Mais comment peux-tu réduire à ça le mariage sanctifié par Dieu ?

— Mon grand-père battait sa femme jusqu'au sang, lâcha Rosetta, sombre, les narines dilatées par la rage. Et mon père battait ma mère. Toute sa vie, il lui a reproché de ne lui avoir donné qu'un seul enfant, une fille. Quand il était ivre, il la frappait à coups de ceinture et me battait moi aussi. Il disait que je ne serais jamais bonne qu'à baiser ! »

À ce souvenir, elle serra les poings, ses yeux s'embuèrent de colère et de douleur :

« C'est donc ça, votre mariage sanctifié par Dieu ? Eh bien écoutez-moi : je ne laisserai plus jamais personne me frapper comme si j'étais un animal !

— Alors, vends !

— Non.

— Je me fais du souci pour toi…

— Faites-vous plutôt du souci pour votre âme, quand vous donnerez l'absolution aux villageois qui ont égorgé mes brebis ! »

Là, elle se leva et fixa le prêtre : « Vous avez absous mon père aussi, pas vrai ? Il vous a dit qu'il me battait jusqu'au sang avec sa ceinture ? Qu'il m'écrasait sous ses poings ? Vous n'avez jamais remarqué les bleus sur mon visage ? Sur celui de ma mère ? Nos lèvres étaient tellement fendues que nous ne pouvions pas réciter un “Je vous salue Marie” sans saigner. La peur, la douleur et la tristesse ont tué ma mère. » Elle le regarda avec colère avant de conclure dans un murmure :

« Et vous, vous avez donné l'absolution à mon père. Vous pouvez vous le garder, votre Dieu, si c'est ça, ses suggestions !

— Ne blasphème pas ! C'est aussi ton Dieu !

— Sûrement pas ! cria Rosetta. Mon Dieu, lui, il veut la justice ! »

Elle se jeta sur la porte, l'ouvrit d'un geste brusque et surprit la bonne du curé penchée en avant à espionner par le trou de la serrure. Elle la bouscula et se précipita hors du presbytère. La domestique se signa à trois reprises, comme si elle venait de voir le démon en personne, et murmura : « *Bottana* ! »

Dehors, un soleil aveuglant faucha Rosetta. Une petite troupe de curieux s'était rassemblée devant l'église. Ils observaient la jeune femme en silence et formaient une sorte de haie qui l'empêchait de passer.

Rosetta aurait voulu fuir, mais il n'y avait aucune échappatoire possible. Le cœur battant à tout rompre, elle avança vers le groupe compact. Elle avait du mal à respirer et la fureur lui martelait les tempes. Quand elle fut à moins d'un pas du premier villageois, elle s'arrêta et le dévisagea, lèvres serrées. Un léger souffle de vent balayait ses longs cheveux noirs dénoués.

Après un moment, l'homme fit un pas de côté. Alors Rosetta reprit lentement sa marche. Les gens s'écartaient doucement, paresseusement, et l'obligeaient à frôler leurs corps menaçants. Quand elle les eut dépassés, elle sentit que ses jambes ne la portaient plus. Mais elle s'efforça de ne pas accélérer le pas, et de se tenir le plus droit possible. Quand elle s'engagea dans le sentier qui menait à son terrain, elle perdit tout contrôle de ses jambes, et elle se retrouva soudain à courir comme si elle était pourchassée par mille monstres. Elle traversa le champ, ses brebis égorgées gisaient sur le dos, elle essaya de ne pas les regarder. Enfin, elle se jeta à l'intérieur de la ferme blanchie à la chaux où elle était née, et tira le verrou. Elle resta dos contre la porte, haletante, jusqu'à ce que la nausée la plie en deux. Elle tomba à genoux, les mains sur le sol fait de briques cuites au soleil.

Tous les villageois s'imaginaient qu'elle n'avait peur de rien. Mais son âme était tourmentée par la crainte depuis l'enfance. Et tous les jours, sans exception, les mêmes cauchemars revenaient la harceler. Elle éclata en sanglots, cherchant inutilement à résister aux pleurs qui la secouaient, tout en répétant, comme lorsqu'elle était enfant et que son père la battait jusqu'au sang : « Même pas mal… ça fait même pas mal… »

(…)

Composition et mise en pages
FACOMPO, Lisieux

Achevé d'imprimer en Allemagne
par GGP Media GmbH
à Pößneck
en avril 2019
S27245/01